KB061459

처녀명란전

선녀 명란전

8

관심즉란 장편소설

위즈덤하우스

知否? 知否? 应是绿肥红瘦

아는가, 아는가,

푸른 잎은 짙어지고

붉은 꽃은 진다는 걸

목차

제5장
하지만 그는
해당화가 여전하다고 말하네 (3)

제5장

하지만 그는
해당화가 여전하다고 말하네
(3)

제206화

낭군님과 작별하며

이날 고정엽과 저녁을 먹자마자 명란은 계집종과 어멈들을 얼른 물리고 낮에 장 씨가 해 준 이야기를 남편에게 전했다. 이야기를 들은 고정엽이 신기해하며 말했다.

"심형도 참 이상하군. 나와 말할 때는 부인을 몹시 경계하는 듯하더니, 아직 정확히 결정되지도 않은 황실의 일을 부인에게 털어놨단 말이냐?"

이 말을 듣고도 명란은 전혀 놀라지 않았다. 오늘 이야기할 때 장 씨가 남편을 그리 존경하거나 사랑하지 않음을 어렴풋이 느꼈기 때문이다. 그녀는 약간 미심쩍어하며 중얼거리듯 물었다.

"국구 나리는 어떻게 그런 생각을 하셨을까요? 관례에 따르면 부마는 조정 일에 참여할 수 없지 않나요?"

이 말의 속뜻은 이 혼사가 별로라는 의미였다.

오랜만에 부부의 의견이 갈리자 고정엽은 인내심을 가지고 명란에게 설명했다.

"그렇긴 하다만……. 휴, 심형이 보국공의 적녀를 며느리로 들이고 싶어 했는데 보국공은 조카딸을 보내겠다고 했다. 그 후에 여양후의 넷째 딸을 염두에 두었는데 거기선 서녀만 주려고 했지. 또 요 각로의 막내딸도 마음에 들어 했는데 그 댁 노대부인이 안 된다며 앓아누웠다지 뭐냐. 그래도 한국공부는 시원스럽게 입을 열자마자 작위를 계승할 아들의 적장녀를 주겠다고 했다는구나. 그렇지만……."

명란은 그를 대신해 말을 이었다.

"그렇지만 지금의 한씨 집안은 조정에서 벼슬하는, 힘이 될 만한 사내도 없고 집안도 평안하지 못하니 국구 나리 눈에 차지 않았겠죠."

말하면서 명란은 소매로 입을 가리고 살짝 웃었다. 심 국구가 그렇게 많은 벽에 부딪혔을 줄이야. 직계 혈통이 아니어도 안 되고, 인품과 용모가 출중하지 않아도 안 되며, 작위를 계승한 적장자 혈통이 아니어도 안 되고, 청렴하고 깨끗한 가문이 아니어도 안 되니, 이거야 정말 고르기 힘들 수밖에.

아내가 여우 같이 웃는 모습을 본 고정엽은 심형의 어쩔 수 없는 상황이 안쓰러워 탄식하듯 말했다.

"고를 수 있는 혼처는 그 정도인데 심형도 자존심이 강한 사람이라 황상께 부탁드리길 꺼렸지. 보다 못한 황후마마가 오라비의 처지를 애석히 여겨 이 혼사를 거론한 것이다. 심형이 생각해보니 그것도 괜찮았겠지. 첫째, 공주는 누구든 공손히 받들어야 할 웃전이니, 오히려 시끄러울 일이 없다. 둘째, 부마는 조정과 인연이 없지만 아비가 잘났다고 자식까지 출세한다는 보장이 없는 상황에서 아예 고귀한 지위를 택하는 것도 나쁘진 않다."

집안에 공주 며느리가 있으면 나중에 조정이 어떻게 되든, 아들에게 능력이 있든 없든, 누구도 무시할 수 없을 것이며 안정과 부귀를 누릴 것이다. 여기까지가 심종홍의 생각이고, 마지막으로 고정엽이 한마디 더 덧붙였다.

"아무튼 지금으로선 자질이 어느 정도일지 알 수 없지만, 심형의 큰아들은 편안히 누리고 살 복을 타고났는지도 모르지."

전에 심종흥이 큰아들을 데리고 연무장에서 수련한 적이 있다. 몇 차례 해보니, 큰아들은 말 위와 지상에서 선보이는 무예, 병사를 배치하고 진을 치는 것이 다 중상급 수준이었다. 한 가지 더, 국구가 자리에 있어서 병사들이 한 수 접어 줬다는 점에 주의하라.

명란은 남편이 심 국구 큰아들과 공주의 혼사에 은근히 찬성하고 있다는 걸 느낄 수 있었다. 그 점도 어느 정도 납득이 갔다. 자기 실력으로 전국 10위권 대학밖에 못 가는데, 전국 4위권 대학에 추천 입학할 수 있게 되어 마지막으로 부모의 동의만 얻으면 되는 상황이나 다름없으니 말이다.

"……틀린 말은 아니지만…….."

그녀는 여전히 적절치 않다고 생각되었다. 입장 바꿔 생각해보면, 나중에 단이의 능력이 아무리 평범하다 한들, 어질고 총명한 여인에게 장가보내면 명란은 그걸로 만족할 것 같다. 부귀를 얻기 위해 공주에게 장가보내지는 않을 것이다.

고정엽은 아내의 고운 귀밑머리를 만지며 부드러운 목소리로 말했다.

"네 말이 무슨 뜻인지 안다. 나라도 단이를 공주에게 장가보내고 싶지 않지."

사실 명란은 평범한 집안의 상식적인 수준에서 생각한 것이었지만, 심가의 상황이 어디 정상적이라 할 수 있겠는가?

명란의 표정이 갑자기 펴졌다.

"그럼 됐네요. 저는 나리가 이래도 좋고 저래도 좋다고 하시면서 나중에 단이 아내로 공주를 데려올까봐 그게 걱정이었어요."

명란은 잠시 생각하다가 웃으며 말했다.

"전 국구 나리가 걱정이 너무 많으신 게 아닌가 싶어요. 사실 심가는 황친이고, 나중에 태자께서 황위에 오르시면 외사촌을 등용하실 텐데⋯⋯. 굳이 공주에게 장가보내지 않아도 누가 감히 심가를 업신여길 수 있겠어요?"

고정엽은 잠자코 있었다. 그가 말한 적도 없는데 명란이 예리하게 스스로 알아챈 것이다.

그는 잠시 생각하다가 입을 열었다.

"인자하신 황후마마께서는 늘 자식들에게 추 씨의 은혜를 가슴에 새기고 외사촌인 심가의 형제자매들에게 잘하라고 당부하신다. 황상께서 막 제위에 오르셨을 때 심가 아이들이 자주 궁에 가서 황자와 함께 공부하고 같이 놀곤 했단다. 그런데 무슨 시비가 붙었는지 그 어린아이가 황자와 말다툼을 하다가 그만 '우리 어머니가 황후마마 때문에 돌아가셨다'는 식으로 말했다지⋯⋯."

명란은 숨을 한번 들이마시고는 믿을 수 없다는 듯 말했다.

"아니 어떻게 그런 말을? 추가에서 아이들에게 늘 그런 소리를 한 건 아닐까요?"

고정엽은 탄식하며 말했다.

"그때 아이들 나이가 아직 어렸고, 심 형도 여러 차례 사죄했다. 내가 보기에 황상께서도 그다지 신경 쓰는 것 같진 않았어."

추 씨가 황제 때문에 죽은 것도 아니고 말이다.

"하지만 두 황자가 어떻게 생각하는지는 알 수 없지."

피를 나눈 사촌 형제라도 만나지 않으면 어찌 가까워질 수 있겠는가.

얼마 전 장 씨의 난산 사건으로 황제는 황후에게 화풀이하고, 또 학업 문제로 황자들을 꾸짖었다. 황후는 별로 언짢지 않았을 수도 있지만 두 황자는 어땠겠는가? 심종흥도 이 점이 염려되어 아들을 믿을 수 있는 집에 장가보내지 않으면 안 되겠다고 생각한 것이다. 그럼 나중에 황제가 돌봐 주지 않는다고 해도 대신 중에 누군가가 살펴줄 테니까.

"심 형의 생각이 너무 많은 거겠지. 그래도 첫째 공주와 두 황자는 동복 형제자매라서 우애가 깊단다……."

그는 여기서 말을 멈췄지만 명란은 무슨 뜻인지 알아들었다. 두 부부는 한동안 말없이 가만히 있었다. 잠시 후 고정엽이 정신을 차리고 웃으며 말했다.

"아직 말도 나오지 않은 일이다. 황상께서도 아직 아무 말씀 없으셨어. 아무 소리 말고 그냥 모른 척하고 있거라."

명란이 고개를 끄덕이며 동의하자 고정엽이 다시 말했다.

"막내 처남 일은 내가 보기엔 괜찮을 것 같구나. 그 댁은 가족들이 다 점잖아서 문제 한번 일으킨 적이 없지. 너는 지금 몸이 무거우니 내가 장인어른께 가서 말씀드리는 게 어떻겠느냐?"

명란이 급히 말했다.

"나리, 그냥 두세요. 나리가 가서 말씀드리면 아버지는 내키지 않아도 싫다고 말씀하시기 어려울 거예요. 혼사라는 건 두 집안이 기꺼이 원해야 원만하게 이뤄지는 것이니 나리께선 이 일에 너무 마음 쓰실 필요 없어요."

그는 아내의 살짝 나온 배를 어루만지고 나서 단이의 머리를 쓰다듬었다. 녀석은 부모의 베개를 차지하고 누워서는 뱃가죽을 들썩거리며 쌕쌕 코를 골고 있었다. 고정엽은 사랑이 가득 담긴 눈빛으로 단이를 잠시 바라보다가 말했다.

"누구나 부부의 연이 있는데, 우리 아이는 나중에 어떤 아내를 데려올지 모르겠구나."

"좀 바보 같은 사람이면 좋겠어요."

명란이 말했다.

"그건 또 무슨 말이냐?"

고정엽이 깜짝 놀라 물었다.

"고부지간은 강약의 조화가 중요한 법이에요. 제가 이렇게 똑똑한데 더 똑똑한 며느리가 들어오면 매일같이 암투가 벌어지지 않겠어요?"

명란이 진지하게 대답했다.

잠시 후 고정엽이 아내의 머리를 쓰다듬으며 조심스럽게 말했다.

"너는 네가 똑똑……하다고 생각하느냐?"

"나리는 제가 멍청하다고 생각하세요?"

명란이 째려보며 물었다.

"아니지. 그럴 리가. 부인께서는 어수룩해 보이지만 실은 매우 지혜로우십니다."

고정엽이 웃으며 말했다.

명란은 눈살을 찌푸리며 의심스럽다는 듯 남편을 쳐다봤다. 아무래도 이 사내의 말속엔 다른 뜻이 숨어 있는 것만 같았다.

고정엽이 다시 단이를 바라보며 말했다.

"만약 이 아이가 온순한데 며느리까지 바보 같으면 큰일이지 않겠느냐?"

명란은 아이의 작은 손을 살짝 주무르며 말했다.

"걱정하지 마세요. 이 아이가 얼마나 영리한데요."

하루하루 커가면서 단이의 성격도 점차 분명해졌다. 그녀는 단이가 의뭉스러운 성격의 소유자가 될 것이라고 확신했다. 삶은 달걀을 하나 주면 단이는 자기가 좋아하는 흰자만 쏙 빼먹고 천진하게 웃으며 노른 자는 헤헤 웃는 최씨 어멈의 입속에 쏙 넣었다. 돌아와 보면 늘 빈 달걀 껍데기만 있으니 명란은 눈치챌 수 없었다.

다행히 솔직한 최씨 어멈이 몇 번 그런 일이 있고 난 뒤 명란에게 사실 대로 털어놨다. 명란은 아무 말 없이 단이의 귀엽고 통통한 엉덩이를 한 대 때리면서 편식하지 말라고 꾸짖었다. 단이는 토라져서 침상 귀퉁이 에 움츠리고 앉아 울면서 명란을 쳐다보지도 않았다. 밤이 되어 아버지 가 돌아오자 울고불고 손짓 발짓해가며 고자질했다(아무 성과도 없었 지만). 이 아이가 온순하다고? 흥.

· · ·

다음 날 명란은 서신을 썼다. 장 씨가 말한 내용 그대로 더하거나 빼지 않고 상세히 적었다. 현명한 성굉이라면 이해득실을 잘 따질 테니 다른 말은 덧붙일 필요가 없었다.

사나흘 후 류 씨가 만면에 웃음을 띤 채 신선한 해산물을 한 움큼 가지 고 명란을 찾아왔다. 친정 형제들이 외지에서 가져온 것이라고 했다. 두 여인은 정답게 인사말을 몇 마디 나누고는 바로 본론에 들어갔다.

"아버님께서 이번 혼사는 가문만 보면 최고라며, 그런 집안에서 도련 님을 마음에 들어 하는 것도 장동 도련님의 복이라고 말씀하셨어요. 다 만, 그 아가씨가 어려서부터 변경 지역에서 자라서 성정이 너무 강하지 는 않을까 걱정이라고 하시더군요."

류 씨가 말했다.

이 말의 속뜻은 이랬다. 장동은 가장 어리고 생모의 신분도 가장 미천하여 나중에 가족 재산을 분배할 때 많이 받지 못할 것이다. 부인이 무인 집안 출신인 데다 성격까지 드세면 집안이 시끄러워지면서 하동부 꼴이 나는 건 아닐까?

명란이 잠시 생각하더니 "심가의 부인들을 초대해 차라도 한잔할까요? 그때 올케와 큰언니도 오셔서 혼담 말고 그냥 친척 집 마실 온 것처럼 편하게 웃으면서 이야기 나누는 건 어때요?"라고 제안했다.

마침 같은 생각을 하고 있던 류 씨가 웃으며 화답했다.

"아가씨가 그리해주신다니 저도 마음이 놓입니다. 아버님도 같은 생각이세요. 그쪽에서는 장동 도련님을 봤지만 우리는 어떤 사람인지 전혀 모르잖아요. 더구나 큰아가씨가 옆에서 살펴본다면 더 안심이지요."

류 씨가 떠나고 명란은 속으로 기뻐했다. 성굉이 요 며칠 어떤 경로로 알아봤는지는 모르겠지만 그래도 꽤 만족하는 듯했다. 명란은 장 씨에게 바로 서신을 보냈다. 이튿날 장 씨로부터 전부 명란이 알아서 해달라는 전갈을 보냈다. 다만 요즘 환절기라 심가 아주머니가 풍한에 걸려 의원이 며칠 쉬어야 한다 했다고 전했다.

사실 두 당사자 모두 아직 나이가 어려 두 집안 중 어느 쪽도 급하게 생각하진 않았다. 명란은 조급해하실 것 없으니 몸조리 잘하시라고 위로의 서신을 보냈다. 사실 심가에서도 걱정하던 차였다. 풍한이 다 낫지도 않았는데 회임 중인 명란을 만났다가 나중에 뭔가 잘못되면 행여 좋은 일을 망칠까 염려하고 있었던 것이다.

가을이 무르익으면서 밤공기도 서늘해졌다. 최씨 어멈은 맑은 날을 골라 가희거 안에 있는 방들의 지룽에 불을 땠다. 명란은 뜨끈뜨끈한 침상 위에서 아들과 뒹굴며 놀아 주었다.

단이가 점점 말귀를 알아듣게 되자 최씨 어멈이 하나하나 가르치기 시작했다. 단이는 호기심 어린 눈으로 어머니의 볼록한 배를 봐도 달려가 안기는 대신 작고 통통한 손으로 살짝 만지기만 했다.

이날 막 점심을 마친 명란이 회랑을 따라 산책을 하려는데 갑자기 고정엽이 호탕하게 웃으며 돌아와서는 손님을 맞으라고 했다. 좀 뜻밖이었지만 옷매무시를 바로잡은 후 가마를 타고 고정엽을 따라 편청으로 이동했다. 내려서 보니 오랫동안 못 봤던 석씨 형제와 차삼낭이 와 있었다.

사실 몇 해 전 밤중에 강가에서 몇 마디 나눈 게 다였지만, 명란은 또렷이 기억이 났다. 석갱의 저 당겨진 활시위 같은 힘 있는 구레나룻이 몹시 눈에 띄기 때문이다. 차삼낭은 제법 복스러워졌다. 피부는 좀 거칠었지만 주름살 없이 귀티 나는 용모가 이제는 귀한 집 마님 같았다.

고정엽이 들어오는 걸 보자 석갱이 다급히 동생을 툭 쳤다. 두 형제는 나란히 무릎을 꿇고 인사하고, 옆에서 차삼낭도 허리를 굽혀 인사했다. 그러자 고정엽이 한달음에 다가와 두 형제를 잡아 일으키며 호탕하게 웃었다.

"형제끼리 무슨 예를 갖추고 그러느냐!"

명란도 배를 받친 채 미소 지으며 말했다.

"삼낭 아주머니, 어서 앉으세요. 진작 초대했어야 하는데 제가 너무 게을렀네요."

그리고는 소도와 녹지에게 차와 간식을 내오게 했다.

차삼낭의 성격은 그대로였다. 시원시원하게 고맙다고 말하고는 장난스럽게 웃으며 남편을 살짝 밀었다. 세 사람 모두 자리에 앉았다. 두 부부는 스스럼없이 행동했지만, 아직 젊은 석장은 얼굴이 그만큼 두껍지 못했다. 이렇게 호화로운 곳에 처음 와본 석장은 시종일관 얼굴을 붉히며 고개를 숙인 채 한마디도 하지 못했다. 녹지가 차를 건네줄 때도 시선을 어디에 두어야 할지 몰라 찻잔을 놓칠 뻔했다.

오랫동안 못 만났지만 명란은 석씨 형제와 차삼낭이 낯설지 않았다. 고정엽의 예전 수하들은 매년 남쪽 지방에서 새해 선물을 보내오고 있었다. 석갱의 선물도 늘 빠지지 않는데 다른 사람들 것보다 훨씬 값진 선물을 보내곤 했다.

선물을 받으면 마음이 물러지는 법. 더구나 고정엽이 진심으로 기뻐하는 모습에 명란은 더 신경 써서 손님을 대했다. 명란은 안부 몇 마디를 나누고 가마를 불러 차삼낭과 함께 내원의 화청으로 옮겨 차를 마시며 회포를 풀었다. 사내들끼리 편하게 이야기를 나누도록 자리를 비켜준 것이다.

지난 몇 년간의 일을 이야기하다가 고정엽이 웃전 라인을 제대로 타기 시작하면서부터 석씨 형제도 덩달아 상황이 나아지며, 강회江淮 지역과 내륙 하천부터 롱서隴西[1] 관문까지 이르는 조운을 맡게 되었다는 사실을 알게 되었다.

"공자님 덕분에 이렇게 편히 밥벌이를 할 수 있게 돼서 이제는 살길 찾느라 고생할 필요가 없어졌어요."

이야기를 하다 보니 차삼낭의 입에서 예전 호칭이 흘러나왔다. 명란이 그녀가 보낸 선물에 대해 감사하다고 하자 "당연한 일이죠! 나리가

---

1) 현 감숙성 지역.

위에서 돌봐 주지 않으셨다면 저희가 어떻게 지금 같은 호사를 누릴 수 있었겠어요!"라며 황급히 대꾸했다.

"조운이 원활히 이루어지는 건 나라와 백성에게 이로운 일이죠. 나리 께서 두 분만을 위해서 그리하신 것도 아닌데요, 뭘."

명란이 미소 지으며 말했다.

"나리가 아무리 능력이 좋아도 전부 다 돌볼 수는 없어요. 지금 그리되신 것은 다 두 분이 힘들게 노력한 결과예요."

고정엽이 성지를 내려 그들이 여기저기서 위세를 부리며 다니게 만들 수도 없지 않은가. 소금 운반하는 사업치고 뒷배 없는 사람이 어디 있겠나. 대다수의 경우는 석씨 형제의 수완이라고 봐야 했다.

이 말에 감동한 차삼낭은 눈물을 닦으며 말했다.

"그렇게 말씀해주시다니 앞으로 평생 공자님을 따르겠습니다."

차삼낭은 워낙 시원시원한 성격이라 감상에 젖은 건 몇 초가 다였다. 그녀는 곧 손으로 눈가를 누르더니 명란을 보고 다시 미소 지으며 말했다.

"부인과 나리는 정말 하늘이 맺어 준 인연입니다. 처음에…….."

그녀는 말을 하기도 전에 혼자 웃음을 터뜨렸다.

몇 해 전 그날 밤을 떠올렸다. 얼어붙은 강에 찬바람이 불던 그 날, 드넓은 강 위에 큰불이 나고 불길이 칠흑 같은 밤하늘로 치솟고 있을 때 명란은 물에 빠져 얼어 죽을 위기였다. 그때 타임슬립으로 다시 돌아갈 기회였을지도 모르지만, 이게 웬걸 차삼낭이 그녀를 배 위로 건져 올렸다.

"저도 몰랐어요……. 이렇게 될 줄은."

그때 둘째 아저씨라고 부르던 사람이 지금은 남편이 되어 있다니. 이들 모두 그때 두 귀로 직접 들은 사람들이었다. 갑자기 민망해진 명란이 말했다.

"삼낭 아주머니가 제 생명의 은인인데 여태 감사의 인사도 제대로 못 드렸네요."

차삼낭의 얼굴에 웃음이 번졌다. 그녀가 한쪽 눈을 찡긋하며 말했다.

"저한테 고마워하실 게 뭐 있나요. 나리처럼 온 강을 다 뒤진 것도 아닌데요. 얼마나 다급히 찾으시던지. 우리 집 얼빠진 사내는 글쎄 부인이 분명 공자님의 '친조카'일 거라고 우겼다니까요. 그래서 저희는 얼어 죽으면 어쩌나 하고 더 열심히 찾았었죠. 하하……. 그런데 건져 보니 글쎄 아리따운 아가씨가 아니겠어요? 하하……. 그래서 제가 그랬죠, 세상에 어떤 아저씨가 조카를 그런 식으로 보냐고요!"

명란은 얼굴이 화끈 달아올라 얼른 얼버무렸다.

"친척이 워낙 많아서 저도 그냥 따라서 막 그렇게 불렀지만, 사실은 아니었어요……."

명란이 고정엽을 '둘째 아저씨'라고 부르는 걸 들은 몇 안 되는 사람 중 하나를 이렇게 만나게 될 줄이야. 정말 하늘 아래 비밀은 없구나!

눈치 빠른 차삼낭은 이미 웬만큼 놀린 데다 더 했다간 명란이 너무 민망해할까봐 화제를 자녀 이야기로 얼른 돌렸다. 명란은 사람을 불러 단이를 데려오게 했다. 차삼낭은 불룩한 두루주머니를 찔러 넣으며 연신 칭찬하다가 결국 한탄했다.

"……저는 딸아이 하나뿐인데, 부인은 참 복이 많으십니다."

"아직 젊으시니 분명 튼튼한 아들을 낳을 수 있을 거예요."

명란이 말했다.

차삼낭은 시원스레 손을 저으며 웃었다.

"젊었을 때 먹고 사느라 고생해서 몸이 많이 상했어요. 딸 낳을 때는 거의 죽을 뻔했죠. 의원 말이 다시는 아이를 못 낳는답니다."

그녀는 난처해하는 명란의 얼굴을 보고 다시 하하 웃으며 다독였다.

"그래도 전 복이 있는 편이에요. 남편이 내팽개치지도 않고 이렇게 말하더라고요. 동생이 장가가서 자식을 많이 낳으면 나중에 우리 사당에 향불을 피워 줄 테니 그거면 된 거라고요."

명란이 그 말에 미소 지으며 말했다.

"그럼요. 전부 한 식구잖아요. 석갱 아저씨는 진실한 분이시니 더 바랄 나위가 없네요."

전에 고정엽이 알려 주었다. 부모가 일찍 죽는 바람에 석갱이 석장을 키우느라 두 형제의 정이 부자지간처럼 돈독하다고.

젊었을 때 이리저리 떠돌며 고생하던 차삼낭이 드디어 정착하게 되었다 생각한 명란은 탄식하며 부드러운 목소리로 말했다.

"……건강 잘 챙기세요. 나중에 복 많이 받으실 테니까요. 그때 배 위에서 석갱 아저씨가 아주머니에게 예쁜 자수 옷을 지어 주겠다고 했던 말이 생각나요."

차삼낭은 자신의 소매를 만져 보았다. 반질반질하고 톡톡한 감촉이 느껴졌다. 까치가 나뭇가지 위에 앉아 있는 모습이 살아 움직이는 듯한 자수를 보니 웃음이 절로 나왔다.

"그 고지식한 양반이 요즘은 매일 이 자수 옷만 입으라고 하지 뭡니까. 부인이 웃으실지도 모르겠지만……."

그녀는 목소리를 낮추고 말했다.

"이 자수 옷이 예쁘긴 한데 전 아무래도 면으로 된 옷이 훨씬 편해요."

후세 사람들이 천연 소재를 고집하여 일부러 리넨 옷을 구입하는 것이 생각난 명란은 소매로 입을 가리며 웃음을 터트렸다.

저녁이 되어 명란은 소 씨, 차삼낭과 함께 식사를 했다. 석씨 형제와 고정엽 그리고 공손 선생은 외원에 마련된 조촐한 주안상에 둘러앉아 식사하며 술을 마셨다.

네 사람은 술잔을 기울이며 계속 이야기를 나누었다. 밤이 깊어서야 방으로 들어온 고정엽은 아직 침상에서 서책을 보고 있는 명란을 발견했다. 그는 재빨리 차가운 겉옷을 벗고는 손을 비벼 따뜻하게 한 다음 명란에게 다가갔다.

"어찌 아직 안 자고 있느냐? 그러다 몸 상할라."

명란이 뭉그적거리며 일어나 앉아 미소 지으며 말했다.

"한숨 자고 일어난 거예요."

사내는 아내의 부드러운 머리카락을 쓰다듬으며 따뜻하게 말했다.

"나 때문에 잠을 설쳤구나."

명란은 아무 대답 없이 큰 눈을 반짝이며 조용히 말했다.

"……언제 떠나시나요?"

순간 온몸이 얼어붙은 고정엽은 쓴웃음을 지으며 말했다.

"네가 걱정할까봐 천천히 말하려고 했는데, 벌써 눈치챘구나."

사실 알아차리기 힘든 일도 아니었다. 남편은 요즘 매일 밤늦게 들어와 야식을 저녁처럼 먹었다. 황제의 군사 열병도 부쩍 많아지고, 심 국구는 거의 군영에서 살다시피 했다. 집에서 태교에 전념하느라 밖에 나가진 않았지만, 경성 저잣거리와 여러 무장 가족들의 분위기가 달라진 것을 명란도 느낄 수 있었다.

"황상께서는 어째서 이런 때 군대를 움직이시는 거예요? 이런 엄동설한에. 더구나 이제 곧 새해잖아요."

명란은 입을 삐죽이며 못마땅해했다.

고정엽은 명란을 자신의 품 안에 안고 그녀의 머리 위에 턱을 대고는 나지막이 말했다.

"우선 롱서 지역에 가서 군사를 모으고 잠시 정비하면서 한겨울을 날 것이다. 초원에 먹을 것이 부족해 갈노족이 멋대로 약탈할 시기이니 우리가 한발 먼저 가서 기다리고 있어야 해. 갈노족이 더는 못 버티고 나타나면 그때 일망타진할 수 있을 게야."

명란은 아무 말도 하지 않았다.

조정대군이 정규군이라면 갈노족은 유격대와 같았다. 이 도적떼는 대군이 퇴각할 때를 노려 성 밖의 백성들을 마구 약탈했다. 그렇다고 조정의 대군이 영원히 변방에 주둔할 수도 없으니 결전을 벌여야 했다. 그럴때 가장 어려운 것이 바로 주력 유격대를 붙잡는 일이었다.

"석씨 형제가 이번에 경성에 온 것도 공무 때문인가 보죠?"

명란이 물었다. 곧 입동인데 뭐 하러 추운 북쪽에 오겠는가.

고정엽이 고개를 끄덕였다.

"하천이 아직 꽁꽁 얼어붙지 않았으니 이때 어서 군량과 마초를 보내야 하는데 관선官船으로는 부족하다."

명란은 자신의 배를 어루만졌다. 출산 예정일은 내년 오월이다. 그녀는 너무나 괴로웠지만 남편더러 쉬라고 할 수도 없는 노릇이었다. 명란은 축 처진 목소리로 물었다.

"……그럼 언제 돌아오세요?"

그러자 그는 깊은 한숨을 쉬며 힘겨워하는 말투로 대답했다.

"이르면 내년 삼사월인데, 늦어지면 글쎄다……. 내가 돌아오지 않으면 너 혼자 낳을 수밖에 없겠구나."

명란은 피식 웃었다.

"그게 무슨 말도 안 되는 소리예요. 그럼 아이를 저 혼자 낳지 나리가 어떻게 함께 낳아요!"

이 말을 뱉고 나자 명란은 갑자기 용기가 솟았다. 그냥 남편 없이 아이를 낳는 것뿐이지 않은가. 뭐 그리 큰일이라고. 그저 무인의 아내로서(요의의 엄마는 절대로 동의하지 않았지만), 남편을 잠시 변방으로 보내는 것뿐이다!

명란은 허리를 곧게 펴며 한 손으로 그의 가슴을 밀어내고 한 글자 한 글자 또박또박 말했다.

"세 가지만 말할게요. 첫째, 공을 세우려 애쓰지 말아요. 관직이든 작위든 이미 충분하니까요. 둘째, 무사히 돌아와요. 어디 잘리거나 부러지지 않고 사지 멀쩡히 오세요. 셋째……."

그녀가 매섭게 말했다.

"바람피우지 말아요. 이민족 공주나 도망친 장수의 여자를 데려오기만 해봐요!"

고정엽은 명란을 품에 꼭 끌어안고는 큰 소리로 웃었다. 웃음소리가 어찌나 큰지 창살이 흔들리는 것 같았다. 한밤중에 밖에서 숙직하던 어멈들이 깜짝 놀라 서로의 얼굴을 쳐다봤다.

제207화

낭군님을 보낸 후의 자잘한 일상

11월 상순이 되자 황제는 흠천감이 고른 길일에 어가를 타고 친히 서쪽 외곽에 있는 연운대薦雲臺로 행차해 모든 무장을 집결시킨 가운데 제사를 올리고 삽혈歃血[1] 의식을 행했다. 그런 다음, 군은 세 갈래로 나뉘어 롱서 지역으로 출발했다.

황제는 무장 중에 특히 영국공과 위북후를 따로 떨어져서 가도록 했다. 장인과 사위의 사이가 너무 좋아 군 통솔 시 지나친 자비심을 베풀 것이 걱정되어 그런 건지, 아니면 둘 사이가 나빠 대사를 그르칠까 봐 그런 건지는 모르겠다. 어쨌든 결국 고정엽은 영국공을 따라 북로로 이동하고, 심종흥은 단씨 형제를 이끌고 서쪽으로 향했다. 박천주와 감 노장군은 중앙을 맡았다.

공손 선생을 배웅하고 온 도가 형제가 명란에게 말하길, 서쪽 외곽 군

---

1) 맹세의 표시로 짐승의 피를 서로 나눠 마시거나 입에 바르는 일.

영에 십수 만 대군이 모였는데 깃발이 온 하늘을 뒤덮고 칼과 방패가 빽빽이 늘어서서 사기가 하늘을 찌를 듯했다고 했다.

명란은 고대의 그 성대한 광경을 직접 못 본 것이 한스러웠다. 게다가 옆에 남편도 없으니 견디기 힘들 정도로 마음이 헛헛했다. 명란이 축 가라앉은 표정으로 구들 위에 앉아 있자 아래쪽에서 시립하고 있던 어멈과 계집종들은 감히 찍 소리도 내지 못했다.

"봉선 낭자, 말 좀 해보라니까요."

녹지가 머리를 숙이고 서 있는 봉선 낭자와 계집종들에게 손가락질하며 큰 소리로 말했다.

"똑바로 처신해야지 왜 그리 부끄러운 짓을 한단 말입니까!"

봉선 낭자는 고개를 숙인 채 한마디도 없이 서 있었다. 연약하고 수려한 얼굴엔 눈물 자국이 보였다. 그 옆에 선 계집종이 인정하지 않으며 투덜거렸다.

"우리 아가씨는 그냥 친정 식구를 만난 것뿐이잖아요? 뭐 그리 큰 잘못이라고 이렇게 사람 잡을 듯이 소리를 지르는지······."

명란이 싸늘하게 한번 쳐다보자 계집종은 즉시 입을 닫았다.

"내 일찍이 규율을 정해 두었을 텐데. 외부 사람을 만나려거든 내게 보고해야 한다고."

명란은 천천히 손가락을 튕기며 말했다.

"이렇게 한마디도 없이 은자로 어멈을 매수해 중문을 열게 하고 몰래 쪽문으로 나가 사람을 만나다니, 대체 어찌 된 일인가?"

봉선 낭자는 여전히 아무 말도 없었다. 오히려 계집종이 당차게 웃으며 말했다.

"마님께서 너그러우신 것이야 저희도 다 알고 있습니다. 마님께서 집안일로 늘 노심초사하시잖습니까. 저희 아가씨는 마님께 폐가 될까 봐 걱정하는 마음에 이렇게……."

"료용댁에게라도 말했다면 그래도 괜찮다. 그리했느냐?"

명란이 담담히 물었다.

계집종은 말문이 막혀 멈칫하다 멋쩍어하며 대답했다.

"료용댁도…… 너무 바쁘지 않습니까……."

명란은 계속 계집종과 말을 섞고 싶지 않아 옆에 있던 료용댁을 향해 말했다.

"그 어멈은 잘 처리했겠지. 더 이상 이곳에 두지 말게. 고작 은자 열 냥에 문을 열어주다니. 쓸모없는 것."

"후부에서 쭉 중문을 지키던 어멈입니다. 그렇게 사리 분별 못 할 줄은 몰랐습니다."

료용댁이 허리를 굽히며 대답했다.

명란은 고개를 한번 까딱했다.

"나리께서 집을 비우셨으니 문을 더 단단히 지켜야 하네. 나중에 몇 사람 추천해주게나. 문단속은 철저히, 밤에는 물론이고 낮에도 소홀해서는 안 되네."

그녀의 말에 료용댁도 그리하겠다고 대답했다.

명란은 봉선 낭자의 계집종을 다시 쳐다보며 말했다.

"규율을 어겼으니 벌을 받아야겠지. 내가 젊다고 집안에 규율이 없는 것은 아니다. 하지만 내 차마 봉선 낭자에게 중벌을 내리지는 못하겠고, 주인과 정이 깊은 것 같으니 네가 주인을 대신해서 벌을 받으면 되겠구나."

그러자 계집종의 눈이 휘둥그레졌고, 곧 겁먹은 얼굴로 연신 살려 달라고 애원했다. 료용댁이 어멈 둘을 불러 계집종을 붙잡게 한 뒤 차갑게 말했다.

"잔꾀만 믿고 마님 앞에서 수작 부리지 말거라. 이 집의 규율이 어디 네 맘대로 바꿀 수 있는 건 줄 아느냐!"

계집종은 계속 울부짖었다.

"……저희는……저희는 감 노장군이 보낸 사람들이란 말입니다!"

료용댁은 차갑게 웃었다.

"너와 함께 봉선 낭자를 보필하러 온 그 편선인가 하는 아이는 지금 어디로 갔지? 네가 뭐라도 되는 양 건방지게 굴지 말라고 이미 경고했었다. 그러다 쥐도 새도 모르게 죽는 수가 있어!"

료용댁은 봉선 낭자를 쳐다보며 비웃음과 경고의 눈빛을 그대로 드러냈다.

몸종이 끌려 나간 후 봉선 낭자도 더 이상 버티지 못하고 고개를 들어 명란을 봤다. 그리고 가까스로 침착을 유지하며 물었다.

"마님, 저를 어찌하실 생각이십니까?"

"나리께서 말씀하시길, 감 노장군이 자네를 보낼 때 '죄지은 신하의 식솔로 꽤 예쁘장하고 영리한 편이니 잡일도 시키고 심심풀이도 하시게.'라고 했었다지."

명란은 대수롭지 않게 몸을 옆으로 돌려 소도에게 욱신거리는 다른 쪽 종아리를 주무르게 했다.

"자네도 배운 사람이니 '잡일도 시키고 심심풀이도 하라.'는 말이 무슨 뜻인지 한번 말해보게."

그러자 방 안에 있던 계집종들이 일제히 키득거렸다. 료용댁이 먼저 대답했다.

"배운 적 없는 저희 같은 아랫것들도 그건 잘 압니다. 잡일을 시키라는 건 하인으로 삼으라는 소리고, 심심풀이는……, 하하……, 노리개란 뜻이지요! 그렇지만 마님은 낭자에게 잡일도 시키지 않으시고 희롱하지도 않으셨습니다. 오히려 늘 좋은 음식에 계절마다 비단옷도 새로 지어주셨는데 참 안타까운 노릇입니다."

바늘로 찌르는 것 같은 주변 사람들의 눈빛에 봉선 낭자의 얼굴이 빨갛게 달아올랐다가 다시 창백해졌다.

명란이 그녀를 한번 보더니 손짓으로 계집종들을 물리고 소도와 녹지만 남게 했다.

"내가 어찌할 작정이냐고 물었는가? 오히려 내가 먼저 물어보고 싶네. 자네는 어찌할 생각이지?"

봉선 낭자는 다급히 고개를 들고 눈물을 머금은 눈으로 애처롭게 대답했다.

"……비록 감 노장군이 교방사에서 사 온 몸이지만, 호적상으로는 여전히 관노인데 제가 어찌 밖에서 평범하게 살 수 있겠습니까. 그저 마님께서 불쌍히 여기시어 밥만 먹여 주신다면 저는 마님과 나리를 충심을 다해 모시……."

명란은 그녀의 말을 끝까지 듣지도 않고 손을 내저으며 말했다.

"그런 쓸데없는 소리는 앞으로 다시는 하지 말게."

절망스러운 얼굴로 눈물을 줄줄 흘리는 봉선을 보면서도 명란은 아랑곳하지 않고 말했다.

"자네가 이 집에 온 지도 벌써 사오 년쯤 되었지. 나는 이곳에 자네보다 늦게 왔네. 만약 나리가 자네를 거둘 생각이었다면 왜 여태껏 가만두었겠나? 자네는 죄지은 신하의 후손인데다 감가에서 보낸 사람이니 나리는 자넬 원치 않으실 것이네. 괜찮은 이랑을 들이려면 어디서든 구할 수 있는데 왜 굳이 자넬 원하시겠는가?"

봉선은 바닥에 무릎을 꿇었다. 큰 죄를 지은 신하의 딸은 교방사에 팔려 가는 경우가 많았다. 그러다 운이 좋으면 상인에게 첩으로 팔려 가고, 운이 나쁘면 청루에 팔려 갈 수도 있다는 걸 그녀는 잘 알고 있었다.

어느 정도 명망 있는 사람들은 보통 교방사에서 나온 여자를 첩으로 들이지 않는다. 당초 감 노장군도 자신을 노리개로 보낸 것이고, 더군다나 고가와 감가는 서로 꺼리는 사이였다. 그래도 처음엔 고정엽의 총애를 받을 수 있다면 자신도 통방이 될 수 있을 것이라 생각했다. 그러다 자식이라도 낳으면 녕원후의 공로와 명성으로 자신의 지위도 서서히 올라갈 것이라 여겼다. 그런데 웬걸…….

봉선의 눈에서 눈물이 비 오듯 쏟아졌다. 벌써 스무 살도 넘었고 친정 아비의 죄로 온 집안 재산은 몰수되어 부평초 같은 신세였다.

"마님…… 설마 제 인생은 이렇게 끝나는 것입니까?"

명란이 탄식하며 말했다.

"자네는 그래도 부끄러움을 아는 사람이라고 상 유모가 그랬지. 요 몇 년간 냉정하게 지켜보니 그래도 정직한 편이더군. 이제 자네에겐 세 가지 길이 있네."

봉선 낭자는 급히 고개를 들고 희망에 부푼 얼굴로 명란을 바라봤다.

"첫 번째는, 믿을 만한 친지가 있다면 거기 가서 살도록 자네를 보내 주겠네. 나중에 멀리 떠나 농가로 시집을 가도 좋고. 계집종 하나 시집보낸 걸로 치면 되네. 두 번째는, 지금 삼낭 아주머니가 집에 묵고 있으니 내가 혼처를 알아봐달라고 부탁하겠네. 점잖고 소박한 가문에 시집가거나 부잣집에 첩으로 들어가게. 남쪽으로 내려갈수록 좋아……. 경성에서 멀리 떨어져 있으니 자네의 과거에 대해 떠드는 사람을 만날 일도 없을 걸세."

봉선은 명란의 말에 불안해서 낯빛이 계속 변했다.

명란이 계속 말을 이었다.

"만약 자네가 떠나고 싶지 않다면 내가 장원에서 성실한 노비를 물색해 자네와 짝을 지어주겠네. 이것이 세 번째 길이네. 생각해보고 얼른 정하게. 더 나이가 들면 어느 것도 쉽지 않을 걸세."

한꺼번에 많은 말을 쏟아냈더니 명란은 좀 피곤했다. 녹지에게 봉선 낭자를 데리고 나가게 하고는 나른하게 등받이에 기대앉아 배 위에 손가락을 올려놓고 톡톡 두드렸다. 그녀는 천장 대들보에 조각된 석류 무늬를 멍하니 올려다보았다.

고정엽은 집을 떠나기 전에 명란에게 이제 슬슬 봉선 낭자를 처리해도 된다고 했다. 이 말인즉, 감 노장군이 아마 곧……할 거라는 뜻인가?

황제의 이번 인사는 참 흥미로웠다. 감 노장군의 경력은 영국공도 형님이라고 불러야 할 정도이니 심씨, 고씨, 단씨는 말할 것도 없다. 그러나 박 우대도독을 만났으니 그도 어찌할 방법이 없다. 그의 수하가 되는 수밖에. 이운용李云龍[2]의 '내가 분대장 할 시절에 너는 고작 솥단지 들고 다니는 취사병이었다!'라는 대사가 적용되는 경우랄까.

게다가 이번에 붙잡으려는 대상은 유격대였다. 중앙군은 주력군인 척 장수기를 자랑스럽게 펄럭이지만, 실제로는 눈속임하는 역할이라 '성과 없이 군량미만 낭비했다'는 죄명에서 벗어나기 힘들다.

---

2) 중국 소설이자 인기 드라마인 〈양검亮劍〉의 주인공으로, 용맹한 장군.

황제가 기분 좋으면 기쁜 얼굴로 "장군들은 죄가 없소. 그대들은 다른 양쪽 경로로 움직인 군대를 위해 큰 공을 세웠으니 모두 상을 내리겠소."라고 할 것이나, 황제의 기분이 언짢다면 안면을 싹 바꾸고 "두 노장이 이렇게 짐을 실망시킬 줄 몰랐소."라고 할 것이다.

명란이 예상하건대, 흠, 황제는 아마 사람들 앞에서 기분 나쁜 척했다가 뒤에서 기뻐할 것이다.

이번에 박 우대도독은 자신이 반평생 쌓아온 명성을 버리더라도 자식들이 황제의 호감을 살 수 있게 해주려고 큰 희생을 하는 셈이다. 대단하다, 대단해……. 하지만 이 정도의 계책은 명란도 알아챌 수준인데 감 노장군이라고 눈치채지 못하겠는가.

명란은 고개를 흔들며 생각을 멈췄다. 어쨌든 고정엽에게는 매우 잘된 일이다. 영국공은 본디 믿을 수 있는 사람으로, 진중한 데다 수하 장수들의 손발을 묶지도 않는다. 큰 손해를 보지 않는다는 게 장점이지만 큰 공을 세우기는 어려웠다.

그래도 괜찮다. 무사히 돌아오기만 한다면 그걸로 충분하다. 잘난 척하며 뽐내는 역할은 국구나 하라지 뭐.

생각할수록 기분이 좋아진 명란은 배를 받치고 구들 위에서 이리저리 뒹굴었다. 그녀는 기름을 훔쳐 먹은 생쥐처럼 눈을 가늘게 뜨고 흡족한 미소를 지었다. 마치 내일 당장이라도 남편이 온전한 모습으로 돌아올 것만 같았다.

• • •

명란은 바람만 불어도 쓰러질 것 같은 가녀린 봉선 낭자가 이런 중대한 문제를 두고 몇 달은 전전긍긍하리라 생각했다. 그런데 이게 웬걸, 인생이 달린 큰 문제에 직면하니 우유부단함이라곤 전혀 찾아볼 수 없었다.

봉선 낭자는 이틀도 지나지 않아 취미를 통해 부잣집의 첩으로 가고 싶다는 뜻을 완곡하게 전했다. 어찌 되었든 좋은 사람으로 찾아달라며, 집안은 좀 부유하고 본처는 너그러우며 남자가 좀 젊었으면 좋겠다고 했다. 남자의 나이가 너무 많으면 자식을 낳을 수 없기 때문이었다.

……조건 한번 구체적이군.

명란은 잠시 어리둥절했지만, 곧 생각을 정리하고 냉소를 지으며 차 삼낭에게 부탁하러 갔다.

차삼낭은 자초지종을 듣고 무릎을 치며 웃었다.

"그게 뭐 어렵겠습니까."

그녀는 바깥 일 처리에 이골이 난, 민첩하고 결단력 있는 사람이었다. 잠시 생각하던 그녀가 입을 열었다.

"남편이 아는 사람 중에 소금 장수가 많아서 그쪽이 손쓰기 제일 좋습니다. 그런데 이런 장사하는 사람들은 보통 벼슬하는 분들하고 친하기 쉽지요. 나중에 괜히 후부를 곤란하게 할지 모르니 아예 내륙지방 하천을 따라서 안쪽으로 쭉 들어가서 시골 토박이 부자를 찾는 게 나을 것 같네요. 그러면 나중에 성가실 일은 없을 겁니다."

명란이 웃으며 말했다.

"아주머니께 정말 감사드려야겠네요. 아주머니가 아니었다면 어찌해야 할지 갈피를 못 잡을 뻔했어요."

"부인도 참 마음씨가 좋으십니다. 그런 낭자의 앞길까지 신경 써주시다니요."

차삼낭은 어이없어하며 웃었다.

"보셨겠지만, 봉선 낭자는 가난을 싫어하고 내려도 좀 있어서 집안에 계속 남겨 두면 마음을 놓을 수가 없답니다."

명란이 탄식하며 말했다.

"그래도 사람을 아무 데나 팔아 버리는 것도 마음이 편치 않으니 수고 스럽겠지만 좀 알아봐 주세요."

"수고는요, 무슨! 낭자는 예쁘장하고 얌전한 데다 처녀이니 이랑으로 들이겠다는 사람을 찾는 건 일도 아닙니다. 우리 같은 일하는 사람이 발 이 좁으면 말이 되나요."

"석갱 아저씨가 군량미를 운반하러 간 사이 아주머니도 한동안 저희 집에 머무르셔야 하는데 혹시 부족한 점이 있다면 편하게 말씀하세요."

명란은 감동하여 진심으로 말했다.

차삼낭은 고개를 들고 양쪽 어금니가 다 보일 정도로 크게 웃었다.

"부인, 무슨 농담을 그리하십니까. 제가 어촌에서 자랄 때는 볏짚을 깔 고 잤답니다. 요즘 호강한다고 해도 이렇게 좋은 집에 묵어 본 적은 없는 걸요."

그 말에 명란은 마음이 놓여 미소를 지었다. 원래는 차삼낭이 이곳의 자질구레한 규율을 불편해하면 어쩌나 걱정했다. 하지만 그녀는 말재 간이 좋고 재미있는 이야기가 가득한 데다 사교성이 워낙 좋아 며칠 만 에 소 씨와는 절친한 사이가 된 것 같았다. 고상한 척하는 약미마저도 기 꺼이 찾아와 이야기를 나누며 먼 길 떠난 공손 선생으로 인한 우울한 마 음을 달랬다.

두 사람은 그렇게 한바탕 웃었다. 차삼낭이 잠시 주저하는 듯 싶더니 결국 입을 열었다.

"부인, 제가 본 것이 한 가지 있는데 말씀을 드려야 할지 말아야 할지 모르겠습니다. 이게…… 저도 단정하긴 어렵지만……."

"편히 말씀하세요."

명란이 뜻밖이라는 듯 말했다.

차삼낭은 미간을 찌푸리며 말했다.

"그 약미라는 아이, 배가 꽤 많이 불렀더군요. 배 속에 혹시 둘이 든 게 아닌지요."

그녀는 곧바로 쓴웃음을 지으며 말을 이었다.

"전에 저도 딸 쌍둥이를 임신했는데 안타깝게도 하나만 남았지요."

깜짝 놀란 명란은 임 태의가 추천한 성 태의에게 보러 와달라고 급히 전갈을 보냈다. 태의가 오고, 자신은 병풍 뒤에서 지켜보았다. 약미는 임신 5개월째인데 복부는 거의 6, 7개월 정도 된 듯 불러 있는 것을 보니 당황스러웠다.

성 태의가 한참 맥을 짚어보더니 고개를 저으며 "확실히 한 명입니다."라고 말하고는 땀을 닦았다. 녕원후부에 자주 진맥하러 오는 사람으로서 이런 것도 못 알아차렸다면 망신이 아닌가?

그는 다시 한번 자세히 이것저것 물어보더니 마침내 결론을 내렸다.

"제가 보기에 확실히 쌍둥이는 아닙니다."

그러나 혹시나 하는 생각에 한마디 덧붙였다.

"안심이 안 되시면 다른 의원을 불러 한 번 더 보시지요."

명란은 도무지 안심할 수가 없어 산부를 잘 보기로 유명한 의원 몇 명을 더 불렀다. 그런데 하나같이 약미는 쌍둥이를 가진 것이 아니라 몸보신을 너무 과하게 해서 태아가 빨리 자란 것이라고 했다.

며칠을 분주히 사람들을 불러다 이리저리 알아봤는데 이런 결론을 얻게 되니 명란은 화가 치밀었다. 공손 선생 처소의 장부와 고방 지출을 뒤졌더니 약미가 요 몇 달간 보양식으로 진귀한 식재료를 엄청나게 먹었다는 게 확인되었다. 쌍둥이를 낳고도 남을 정도였다!

명란은 최씨 어멈을 시켜 태아가 너무 커서 난산하거나 사산하는 산부가 많다는 사실을 약미에게 알렸다.

약미는 최씨 어멈이 결코 허튼소리를 할 사람이 아니란 걸 잘 알고 있기에, 그 말에 깜짝 놀라 얼굴이 창백해졌다. 그 모습에 취미까지 놀라 서둘러 한참을 달랜 끝에 겨우 진정시킬 수 있었다.

명란은 그래도 화가 가라앉지 않았는지 약미를 수발하는 어멈 몇 명을 불러 호되게 꾸짖었다.

"계집종들이야 철이 없다지만, 자네들같이 오래 일한 사람들이 그런 것도 모른단 말인가? 나한테 시치미 떼지 말게. 주인을 속이고 보양식을 대령하면서 자네들도 중간에서 짭짤하게 챙겼겠지. 만약 미 이랑과 아이에게 무슨 일이 생긴다면 자네들 모두 무사히 넘어가지 못할 걸세. 내가 전부 팔아 버릴 테니 그리 알아!"

밑에 서 있던 어멈들은 놀라서 머리를 조아리며 용서를 빌었다. 자신의 코앞에서 이런 일이 벌어지니 명란은 괴로웠다. 약미가 놀라지만 않는다면 당장이라도 이 고약한 아랫것들을 처리해버리고 싶었다! 하지만 약미도 어리석긴 마찬가지였다.

명란은 이 난처한 문제를 얼른 떠넘길 수 있게 공손 부인이 좀 더 일찍 오면 좋겠다고 생각했다. 공손 부인이 오면 이 고약한 어멈들의 노비 문서를 모조리 줘 버리고, 혼쭐을 내든 응징을 하든 다 공손 부인이 알아서 하라고 할 것이다!

"제가 엉터리로 넘겨짚는 바람에 우스운 꼴이 되고 말았네요."

차삼낭이 명란을 위로했다.

"그런 말씀 마세요."

명란이 얼른 대답하고는 분통을 터트리며 말했다.

"아주머니가 제때 말씀하시지 않았다면 약미 그 멍청한 아이가 언제 까지 그리 먹었을지 모를 일입니다."

그 일이 있은 지 며칠 후, 명란은 태의의 충고에 따라 약미에게 식단을 조절하고 많이 움직이고 마음을 최대한 편히 먹으라 명령했다. 하지만 최씨 어멈은 그저 명란의 몸이 걱정될 뿐이었다. 다행히 태의가 괜찮다 고 거듭 안심시켜 주었다.

'댁의 마님께서는 정말 건강하십니다. 게다가 가끔 화내고 소리를 한 번씩 지르면서 쌓여 있던 화를 분출하는 건 산부에게 나쁜 일도 아닙니 다. 그리움으로 우울하게 있는 것보다는 훨씬 좋습니다.'

최씨 어멈은 태의 말의 뒷부분은 명란에게 전하지 않았다.

이렇게 깜짝 소동을 한바탕 겪으니 고정엽이 떠나서 깊어졌던 시름이 오히려 조금 옅어졌다.

11월 하순이 되자 장 씨가 전갈을 보냈다. 심가 아주머니의 풍한이 다 나아서 더없이 건강해 위험할 일 없으니 만나는 자리를 마련해달라는 내용이었다.

제208화

설 전후

일을 지체해선 안 되었다. 설이 되면 할 일이 많아 각 집안 안주인들은 눈코 뜰 새 없이 바빠지기 때문이다. 명란은 급히 11월 말 날짜를 잡아 초대장을 보냈고 각 집안의 수락을 받은 후 취미에게 준비를 맡겼다.

섣달 둘째 날 아침 일찍 류 씨와 화란이 흥분한 표정을 감추지 못한 채 찾아왔다. 화란은 차를 조금 마시다가 손수건을 내려놓더니 말했다.

"내가 시집갈 때만 해도 장동이가 요만했는데, 말도 제대로 못 하던 것이 어느새 장가갈 때가 되었구나."

류 씨는 약간 피곤한 얼굴로 말했다.

"그러게 말입니다. 명란 아가씨가 소식을 보내왔을 때 아버님과 상공도 한참 넋을 놓고 있다가 한나절이 지나서야 겨우 정신을 차리셨지요. 아버님께서 저도 자리에 같이 가 보라고 하셔서 참 난감했답니다. 아직 어리고 아무것도 모르는 제가 장동 도련님 색싯감이 어떤지 보다니 가당찮은 일이죠. 그래서 어젯밤에 한숨도 못 잤는데 형님과 명란 아가씨가 계셔서 정말 다행입니다."

화란이 웃으며 말했다.

"지금 어머니와 할머니가 다 안 계셔서 집안일을 챙길 사람이 올케밖에 없잖아요. 오늘 만남이 순조롭다면 장동이 일로 신경 써야 할 게 한둘이 아닐 텐데 올케가 거절하면 되겠어요?"

명란은 손을 허리에 얹고 아양을 떨듯 웃으며 큰언니에게 기댔다.

"올케, 마음 푹 놓으세요. 오늘은 큰언니가 있잖아요. 색싯감이 어떻든 우리 소관은 아니에요."

류 씨는 새로 들어올 며느리가 별로이면 자기가 욕을 먹을까 봐 걱정이었는데 명란의 말을 들으니 한결 마음이 놓였다.

화란은 명란의 귀를 비틀며 눈을 부릅뜨더니 장난스럽게 말했다.

"이러니 할머니가 널 애물단지라고 하지. 이렇게 나한테 싹 떠넘기다니. 나중에 무슨 일 생기면 나만 아버지와 장동이한테 원성을 듣겠구나. 둘은 쏙 빠지고."

그러자 류 씨가 얼른 말했다.

"형님, 그런 말씀 마세요. 아버님께서 형님을 신뢰하시는 건 물론이고, 또 형님이 저희보다 더 오래 사셨으니 안목도 훨씬 좋으시잖아요. 형님께서 앞장서 주셔야 저희 마음이 편한걸요."

"두 사람 다 아첨은 적당히 해요. 됐어요, 됐어. 내가 늘 앞장서면 되잖아요?"

화란은 화난 척했다.

세 사람이 한창 이야기를 나누며 웃음꽃을 피우고 있을 때 취미가 들어와 국구 부인 장 씨와 심가 모녀가 도착했다고 전했다.

오십쯤 돼 보이는 심가 아주머니는 피부가 약간 거무스름했지만 외모가 나쁜 편은 아니었다. 다만 정성껏 치장하고 화려한 옷을 입었음에도 젊었을 때 고생한 흔적이 가려지진 않았다. 그에 반해 심가 아가씨는 이

목구비가 수려하고 호감이 가는 고운 얼굴이었다.

외모만 놓고 말하자면 해 씨, 류 씨와 비교도 안 되게 고왔지만, 너무 수줍음을 많이 탔다. 화란이 어떤 음식을 좋아하는지, 평소 취미는 무엇인지 등을 부드럽게 묻자 모기만 한 소리로 짧게 대답할 뿐이었다. 명란은 입술 모양을 보며 무슨 말인지 겨우 알아들을 수 있었다.

심가 아주머니는 그런 딸의 모습이 멋쩍어서 속으로 쓴웃음을 지었다. 사실 심가 아가씨는 원래 쾌활하고 영리한 성격이었다. 그런데 문인 가문과 혼담이 오간다는 사실을 알게 되고, 거기다 둘째 오라비가 성가에는 벼슬을 얻지 못한 사내가 없다면서 사돈들도 다 세도가라는 소리까지 덧붙인 탓에 잔뜩 주눅 들어 있었다. 괜히 말을 많이 했다가 목소리가 조금이라도 커지면 흉이라도 잡힐까봐 걱정스러웠다.

화란은 겉으론 웃고 있었지만, 본인이 적자와 서자를 합쳐 세 명의 아들을 둔 어미로서 저절로 시어머니 같은 심정이 되었다. 심가 아가씨의 숫기 없는 모습은 자신의 시원시원한 취향과는 영 맞지 않았다. 만약 자기 친동생의 색싯감이라면 나중에 집안을 제대로 떠받칠 수 없을 것 같아서 절대 수락하지 않을 것이었다. 하지만 집안의 화목을 생각하면 서자의 아내로는 이런 사람이 적당했다. 유순하고 수줍어하는 성격이 사납고 억척스러운 성격보다는 나았다.

한쪽에선 류 씨가 속으로 '괜찮네.'라고 생각하고 있었다. 동서지간에 가장 상대하기 힘든 부류는 바로 지고는 못 배기는 사람들이었다. 손위 동서인 해 씨가 강한 성격인데 또 무시무시한 성격의 동서가 들어온다면 견디기 힘들 것이 뻔했다. 심가 아가씨 정도의 성격이 딱 좋았다.

명란은 여유로운 태도로 편안히 웃고 말하며 아직 앳된 티가 나는 심가 아가씨의 얼굴을 훑어보았다. 용이보다 두어 살 정도밖에 안 많은 것 같은데 벌써 혼담을 나누고 있다고 생각하니 어린 새싹을 무참히 꺾는 것만 같아 미안한 마음이 들었다.

명란은 이미 장 씨에게 자세히 물어보았다. 자수 실력이나 학문 수준은 다음이고, 역시 가장 중요한 건 너그럽고 선량한 심성이었다. 장동은 성실해 보여도 좀 어리숙한 구석이 있다. 아무리 가슴에 큰 뜻을 품고 있어도 서로를 공경할 줄 아는 따뜻한 아내가 있어야 일이 잘 풀리는 법이었다. 심가 아가씨가 세상 물정을 모르는 건 서서히 배우면 될 일이었다.

돌아가는 상황을 파악한 장 씨가 곧바로 심가 아가씨가 인품이 너무 좋다며 칭찬을 늘어놓았다. 가족을 따라 시골에 살 때 종종 노인을 부축해서 도랑을 건넜으니 노인을 업고 산에서 내려오는 것도 마다하지 않았던 장동과는 천생연분이라고 했다.

명란은 아무 말도 하지 않았다……. 댁은 이번에 처음 중매서는 거잖아요.

성가 여인네들이 심가 아가씨를 재고 있는 동안 심가 아주머니도 몰래 성가 여인들을 관찰하고 있었다. 화란은 온화하며 의젓했고, 명란은 친절하고 다정했다. 기품 있고 가정교육도 최고 수준으로 잘 받은 것 같았다. 류 씨는 외모는 평범하지만 어딘지 의젓하고 바르게 보여 함께 지내기 힘들 것 같지는 않았다.

심가 아주머니는 속으로 고개를 끄덕였다. 역시 학식 있는 사람은 교양 있고 고상해서 케케묵은 학문으로 유식한 척 규율을 들먹이며 사람을 뭉개려고 하지 않는구나 하고 생각했다.

다 같이 차를 서너 잔 마신 후 장 씨와 심가 아주머니가 자리에서 일어나 작별 인사를 했다. 명란이 중문까지 배웅했고, 서로 기분 좋은 말을 한참 나눈 후에야 헤어졌다. 방으로 돌아오니 류 씨와 화란이 벌써 상견

례 결과에 대해 의견을 나누고 있었다. 한 사람은 심가 아가씨의 용모가 반듯하고 아름답다고 했고, 다른 한 사람은 심가가 넉넉하고 그 아버지와 오라비가 장동에게 도움이 될 거라고 했다. 결국 두 사람 모두 이 혼사가 괜찮다는 결론을 내렸다.

"어쨌든 이번에 명란 아가씨가 중매를 선다고 해서 저희도 크게 걱정하지 않았어요. 믿을 만하다는 걸 알고 있었으니까요."

류 씨는 마지막으로 명란의 손을 잡고 거듭 고맙다고 하고는 성굉에게 보고하러 가야겠다며 작별 인사를 했다.

류 씨가 떠나는 것을 보고 화란이 고개를 돌려 웃으면서 말했다.

"참 잘도 빠져나가는구나. 너까지 끌어들이고 말야."

명란이 한숨을 쉬었다.

"서자 며느리에 불과하잖아요. 적자도, 장자도 아니고. 장동이의 혼사를 치렀다가 여기저기서 좋은 소리 못 들을까봐 저러는 거겠죠. 우린 장동이의 누이들이니 부족한 부분이 있으면 우리가 좀 더 채워주면 되는 거예요."

그 말에 화란은 잠시 조용히 있다가 감탄하며 말했다.

"……할머니가 넌 인정이 많아 분명 나중에 복 받을 거라고 하신 말씀을 이젠 나도 믿겠구나. 네 말이 맞다. 장풍이 부인은 확실히 호락호락하지 않아. 넌 아직 모르지? 제구실도 못 하는 장풍이 녀석, 며칠 전에 그 녀석 방의 계집종 아이 하나가 회임한 것이 밝혀져서 아버지께서 무척 노하셨단다!"

"아니, 어떻게요? 올케가 아직 아이를 낳지도 않았는데."

명란은 깜짝 놀랐다.

"장풍 오라버니도 참 어리석군요. 아버지의 뜻을 집안에서 모르는 사람이 없는데, 장풍 오라버니와 올케 둘 다 아직 젊은데 장자가 적출이 아니면 어쩌려고. 설마 탕약을 쓰지 않았나요?"

"왜 안 썼겠니? 그런데 그 여우같은 계집이 탕약을 몰래 버렸지 뭐야. 회임한 걸 이용해서 신분 상승을 해보려고 한 거지."

화란이 입을 삐죽거렸다.

"아버지께서 화가 많이 나셨어. 학문에 정진할 생각은 안 하고 여색에 빠진 변변치 못한 놈이라고 나무라시더니, 셋째를 가두고 몽둥이질을 하셨단다. 동생들이 울며불며 한참을 말려서 그나마 사당에서 무릎 꿇고 벌서는 것은 피했지."

"……그럼 그 계집종은요?"

"약을 먹이고 노비 상인을 찾아가서 팔아 버렸지. 내가 말했잖니, 셋째가 버릇을 잘못 들여서 그 방에 있는 계집종들은 하나같이 자기가 무슨 귀비 마마라도 된 줄 안다고. 하늘 높은 줄 모르고 주인집 규율까지 망치려 하다니!"

명란은 한숨을 내쉬었다. 다정한 가보옥이 없었다면 청문晴雯[1]도 나오지 않았을 것이다. 류 씨도 참 만만치 않았다. 아마 이번 기회에 집안을 제대로 정리할 작정인 것 같은데, 그럼 재수 없이 걸리는 계집종들이 한 무더기쯤은 나올 것이다.

"예전에 가아도 그렇고, 약미도 그렇고, 장풍 오라버니는 그 정 많고 부드러운 성격을 어떻게 못 하겠대요? 그러니 그 계집종들이 품어선 안 되는 마음을 품고 결국엔 주인의 가정까지 해치려 들잖아요."

---

1) 『홍루몽』에 나오는 가보옥의 계집종 중 하나. 용모가 빼어나고 언변이 좋아 가보옥의 환심을 사면서 상하질서를 문란하게 만듦.

화란이 이맛살을 찌푸리며 자기도 모르게 경멸하는 어조로 대꾸했다.

"임 씨가 가르쳤으니 거기서 좋은 게 나올 리 있겠니."

그녀는 잠시 멈추었다가 말을 이었다.

"요즘 넷째네도 난리가 났단다. 종인부의 작위 승계 허가 책자가 내려오지 않아서 온 집안이 그저 가만히 시간만 보내고 있다더구나. 네 형부가 그러는데 하필 그 집 첫째가 군을 통솔하는 요직에 임명될 가능성이 크다던데 말이야. 휴, 량 부인도 안됐지……."

한참 조용하던 명란이 입을 열었다.

"그 혼사는 넷째 언니가 온갖 노력을 다해서 성사된 것이니, 좋은 일이든 나쁜 일이든 다른 사람을 원망할 수는 없잖아요. 만약 량부에 무슨 일이 생기면 우리는 친척으로서의 본분을 다하면 그만이에요."

"그래 바로 그거야."

화란은 명란의 말이 옳다고 칭찬했다.

• • •

설 분위기가 너무 썰렁하지 않도록 명란은 겨울옷 짓는 일을 일찌감치 용이와 한이에게 맡겼다. 두 아이는 분주히 들락날락했다. 사 온 옷감을 검사하고, 바느질하는 법을 배우고, 돈을 지불하는 것까지 직접 하면서 신이 나서 움직였는데, 결국은 명란이 은자를 서른 냥이나 더 지불하게 되었다.

이 일이 마음에 걸린 소 씨가 딸아이와 용이를 데리고 와서 사과하며 아이들을 엄하게 꾸짖었다.

"이 멍청한 계집애들이 자기들끼리 신나서 그만 일을 그르칠 뻔했네.

동서가 미리 점포에 옷을 주문해 놨으니 망정이지. 그게 아니었다면 너희 둘이 어찌 이 일을 수습했겠느냐!"

두 아이는 얼굴이 빨개져서 손을 비비며 고개도 들지 못했다.

명란이 구들 가장자리에 기대 웃으며 말했다.

"은자 몇십 냥으로 교훈을 얻었으니 비싼 것도 아닙니다."

그 말에 한이가 기쁘게 고개를 들며 간곡히 잘못을 뉘우쳤고, 용이도 부끄러워하며 자신이 매달 받는 용돈에서 그 돈을 제해 달라고 했다.

명란은 가소롭다고 생각하며 명치를 어루만졌다.

"이제 잘 알겠지? 글공부와 실제 일 처리는 별개의 일이란다. 이번 손실을 잘 기억하거라. 용돈에서 제할 필요까지는 없고, 돌아가서 뭐가 잘못되었는지 곰곰이 생각해보고 다음부터는 안 그러면 된다."

그리고 말을 덧붙였다.

"이번에 너희가 처음 일을 해 본 것이라 실수를 하게 되면 서로를 탓하리라 생각했는데, 둘이 함께 책임을 지려고 하는 걸 보니 자매 사이가 아주 훈훈해서 참 좋구나."

칭찬을 들은 두 아이는 좀 전의 고민은 싹 잊은 듯 헤헤 웃으며 손을 맞잡고 어린 새처럼 총총거리며 뛰어나갔다. 그 모습을 본 소 씨는 고개를 저으며 빙그레 웃었다.

섣달 23일, 명란은 관사 어멈들을 이끌고 조왕신竈王神에게 제사를 지낸 뒤 온 식구와 함께 국수를 나눠 먹었다. 그리고 집 안 구석구석 청소하고 제야에 먹을 음식을 준비해 두었다. 섣달 그믐밤이 되자 식구들은 함께 교자를 먹었다. 몇몇 운 좋은 계집종과 하녀들은 두세 개 정도의 은자를 얻어 신이 났다. 소리에 임산부가 놀랄까 봐 계집종들은 멀리 정원에 가서 폭죽을 터뜨렸다. 용이는 담이 커서 혼자 쌍발 폭죽을 터뜨렸지만, 한이는 소 씨가 품에 꼭 안고 안 놔주는 바람에 불꽃 튀는 막대기 몇 개에 불을 붙이며 노는 것에 만족해야 했다.

명란은 단이를 데리고 구들 가장자리에 엎드려 창문 너머로 하늘을 화려하게 수놓은 불꽃을 구경했다. 단이는 옹알거리며 오동통한 손가락으로 하늘을 가리키는 것이 뭔가 신이 난 모양이었다.

새해 첫날 아침이 되자 료용댁과 학대성이 집 안의 모든 관사와 하인들을 이끌고 와서 명란에게 세배를 했다. 명란은 관례대로 하인에게 엽전 광주리를 들게 하고는 세뱃돈을 나눠 주었다. 관사들에게는 두 배로 주었다.

그 후 며칠간 명란은 줄지어 새해 인사하러 오는 친척과 친지들을 정성껏 대접했다. 고정엽도 없이 부른 배를 받치며 힘든 얼굴로 맞이하는 명란을 본 손님들은 눈치도 좋게 오래 머물지 않고 사소한 안부를 조금 나누다 곧 자리에서 일어났다. 차삼낭은 요 며칠 굉장히 기분이 좋아 보였다. 군량미 운반 일이 다 끝나서 곧 그녀를 데리고 강회로 돌아갈 수 있다는 남편의 편지를 받았기 때문이었다.

정월이 시작되니 황제도 세뱃돈을 풀었다. 왕실과 외척 외에도 명란처럼 남편이 전방에 출정 나간 단가, 경가, 박가도 모두 하사품을 받았다. 명란은 새하얀 백옥으로 만든 큰 사발 하나와 온실에서 재배한 금귤나무 화분을 몇 개 받았다.

한겨울에 이렇게 선명한 빛깔의 살아 있는 식물을 볼 수 있다니. 게다가 은은한 과일 향이 퍼져 용이와 한이가 무척 좋아했다. 단이는 동그랗고 예쁜 과실을 보더니 먹겠다고 버둥거렸다. 명란은 달래긴커녕 재빨리 하나를 따서 껍질을 벗기고 작은 과육을 살짝 찢어 단이의 입안에 쏙 넣어 주었다.

그러나 금귤은 너무 시었다. 생각지도 못한 맛에 깜짝 놀란 단이가 눈물을 글썽이며 입을 삐죽거렸다. 작은 얼굴이 마치 서른두 겹의 주름이 진 게살만두처럼 잔뜩 찡그려졌다.

그러자 아무도 금귤을 먹을 생각을 하지 않았다.

황은이 망극하옵니다. 아멘.

이밖에 다른 특전을 하사받은 사람들도 있었는데, 영창후 적자가 작위를 계승해도 좋다는 황제의 성지도 그중 하나였다. 량 부인은 드디어 마음을 놓을 수 있었다. 하지만 장례식을 치른 지 얼마 되지 않았기에 축하 자리는 조촐했다. 명란은 격식대로 축하 선물을 보냈고, 묵란도 친정에 와서 자랑하는 것을 잊지 않았다. 하지만 안타깝게도 류 씨의 태도는 냉담했고, 장풍도 매를 맞은 볼기가 아직 다 낫지 않아서 사람들을 만나기 어려웠다.

성핑은 묵란을 축하해주었다. 기왕 사돈댁이 작위를 보전받게 되었으니, 묵란이 너도 아들을 낳으라고 잔소리를 했다. 자식이 없으면 시댁에서도 대우를 못 받는다는 게 이유였다. 정말 상처에 소금을 뿌리시는군. 묵란은 분하고 답답해서 자랑하러 오지 않는 편이 나을 뻔했다고 생각했다.

정월에는 기쁜 일이 많았다. 며칠 후 전방에서 승전보도 날아왔다. 선부[2] 총사령관이 선부에 출몰하던 갈노족 무리를 섬멸하고 남은 패잔병들도 모두 북서쪽 요새 밖으로 몰아냈다고 하니, 곧 큰 전쟁을 치러야 하는 시기에 아주 좋은 징조가 아닐 수 없었다.

---

2) 만리장성 지대에 설치한 9개 요새 도시 중 하나.

황제가 크게 기뻐하며 공적에 따라 상을 내렸는데, 그중 량부 첫째의 이름이 앞에서 세 번째에 올라 있었다. 그러자 영창후부 앞이 갑자기 문전성시를 이루며 사람들이 꼬리를 물고 찾아왔다.

안타깝게도 이런 광경은 십여 일 정도밖에 지속되지 못했다.

이날 류 씨가 명란을 찾아와 담담하면서도 간단히 전했다. 영창후부가 곧 분가한다는 것이었다. 벌써 며칠째 이 일로 소란스러운데 량함과 묵란까지 관여되었으니 명란도 한번 찾아가 볼 생각인지 물었다.

명란은 잠시 아무 말 하지 않다가 입을 열었다.

"큰언니가 언제 가는지 물어보고 그때 저도 함께 갈게요."

제209화
분가 소동

그 후 며칠이 지나 화란이 명란을 찾아왔다. 그 일에 대해 두 자매는 말하지 않아도 같은 생각이었다.

다른 형제자매들은 다 순탄하게 지내는데 묵란만 힘들게 산다면 수수방관할 수 없는 노릇이었다. 상황을 따져 보건대 묵란 부부는 역시 분가하지 않고 영창후부에 계속 붙어 지내는 게 나았다.

화란과 류 씨 두 사람이 다른 잡다한 일들은 맡아서 처리하기로 이야기를 끝냈지만, 어쨌거나 명란도 한번 다녀와야 했다. 일종의 후방 지원 역할이었다.

이날 량 부인이 량가의 인척 안식구들끼리 모여 차를 마시며 분가에 대해 상의하려고 하니 와달라고 청했다. 화란은 아주 적절한 자리라고 생각했다. 안채 여자들끼리 이야기하면 서로 감정 싸움할 필요도 없고, 또 성가의 입장도 밝힐 수도 있었기에 명란에게 함께 가자고 했다.

명란, 화란, 류 씨, 이렇게 셋이 한 마차를 타고 가는 길에 명란이 량가의 근황을 물었다.

"량 대인의 사십구재가 이제 막 끝났는데 큰며느리가 그렇게 대놓고 분가를 바라다니 참 뜻밖이네요."

고대에는 분가가 그리 떳떳한 일이 아니었다. 부모가 먼저 말을 꺼내고 윗사람이 추진하는 상황이 아니라면 대부분 구설에 올랐다.

류 씨가 한숨을 쉬었다. 그녀는 이 일에서 발을 빼기 가장 곤란한 입장으로, 시아버지와 남편이 계속 부탁하는 바람에 어쩔 수 없이 바쁘게 뛰어다니는 신세였다.

"명란 아가씨는 착한 사람이니 그런 각박한 수법을 어찌 상상이나 하겠어요? 량 대인께서 돌아가신 후부터 첫째 내외가 시끄럽게 굴었다 해요. 첫째 나리가 선부로 가면서 그나마 한동안 평온했는데, 작위를 계승하라는 명이 내려오자 큰며느리가 또 수선을 떨면서 전보다 더 심해졌나 보더군요."

화란이 쓴웃음을 지었다.

"무슨 속셈인지 짐작하는 건 어려운 일도 아니죠. 량 대인이 계승자를 세우지 않으니, 계속 궁리하다가 공을 먼저 세우면 작위를 얻기 쉬울 거라고 생각한 거예요. 그런데 이제 그것도 가망이 없으니까 분가를 생각했겠죠."

류 씨도 지쳤다는 듯 말했다.

"제가 보기에도 그런 것 같아요. 그 댁 큰며느리가 분가하겠다는 말을 명확하게 하는 것도 아니면서 온종일 돌려서 투덜거리나 보더군요. 하루는 둘째 며느리가 자기 몫을 가로챘다고 뭐라 하고, 다음 날은 시어머니의 편애로 온 집안사람들이 자기를 업신여긴다며 불평한다지요. 뭐하나 꼬투리를 잡으면 한바탕 대성통곡을 하거나 친척 집을 찾아가 억울하다고 하소연하면서 죽네 사네 소란을 피우고, 입만 열면 '도저히 못 살겠다'고 투덜거리고요. 묵란 아가씨한테도 그 친척 아가씨, 춘가 이랑인지를 야박하게 대한다고 벌을 주기까지 했다는군요."

화란이 듣다가 짜증을 냈다.

"그냥 무시하면 되는 거 아닌가요? 그런 소인배와 따져서 뭘 한다고."

명란이 고개를 저으며 말했다.

"량 부인처럼 자존심 강한 분이 그걸 두고 보셨겠어요?"

"그럼 시어머니다운 수완을 발휘해서 물러 터진 홍시처럼 당하지 말았어야지!"

화란이 마차의 벽을 세차게 내리쳤지만 두꺼운 솜으로 덮여 있어 아무 소리도 나지 않았다.

류 씨가 말했다.

"그건 형님께서 잘 모르는 말씀이에요. 요즘 량가 첫째 나리가 승승장구하고 있는데 누가 감히 무시할 수 있겠어요? 황제께서 즉위한 후 량 대인이 힐책을 받긴 했지만, 그래도 량가 첫째 나리는 재능이 많아서 앞길이 어찌 될지 모르는 상황에서 선부 총사령관인 번 대인의 총애를 받아 단번에 벼락출세를 하게 되었죠. 바깥사람들은 량 대인이 복직할 수 있었던 것도 다 큰아들 덕이라고 말하는걸요. 사람들은 자기한테 유리한 쪽에 붙으려고 하잖아요. 이번에 분가 소동이 벌어지니까 량가 사람 여럿이 큰며느리 쪽에 섰나봐요. 그러니 사돈어른이 아주 단단히 화가 나신 거죠!"

그 말을 듣고 두 자매가 함께 한숨을 쉬었다. 명란이 씁쓸하게 중얼거렸다.

"역시 대를 이을 아들이 힘이 있어야 하는군요."

화란은 자신의 처지를 생각하니 미간이 찌푸려졌다. 그녀가 낮게 읊조렸다.

"호랑이 새끼를 키웠어."

이 세상 적모들이 첩의 자식을 키우며 괜히 쓸데없는 아이를 키우는 건 아닐까 경계하는 것을 어찌 탓할 수 있으랴. 이제 보니 그게 괜한 걱정은 아닌 것 같다. 좋은 예가 눈앞에 있지 않은가.

명란은 화란을 흘끗 보곤 부드럽게 말했다.

"량가 같은 경우는 드물어요. 너무 마음에 담아 두지 말아요, 언니."

그 말에 수긍하는 건지는 알 수 없지만 화란은 고개를 끄덕였다.

량부에 도착하니 사람들이 가산假山[1] 옆의 편청에 모여 있었다. 다들 선녀처럼 화려한 옷과 보석으로 온몸을 치장한 모습이었다. 명란이 대충 세어보니 열 명 정도 되었다. 량 부인이 사람들을 가리키며 소개했다. 그중 둘은 그녀의 친척이고, 둘은 둘째 며느리의 친정어머니와 올케이며, 넷은 량가 집안 안식구들이고, 나머지는 전부 큰며느리의 친정 식구들이었다. 서차자庶次子의 아내인 셋째 며느리는 홀로 고개를 숙인 채 한쪽에 앉아 있었다. 넷째 며느리인 묵란의 친정 식구들이 이제 막 도착했다.

"몸이 힘들면 안 와도 되는데 그랬구나."

량 부인이 미안해하며 말했다.

명란은 배를 받쳐 들고 살짝 미소 지었다.

"괜찮습니다. 요 몇 달 동안은 아주 편안하게 잘 지내고 있었는걸요. 사돈어른께 일이 생겼다는데 저희가 손아랫사람으로서 당연히 찾아뵈어야죠."

---

1) 산 모양이 되도록 인공으로 돌과 흙을 쌓아서 만든 산.

간단한 안부 인사를 나눈 후 모두 자리에 앉았다.

량가 큰며느리는 서른 정도 나이에 체형이 아담하고 마른 데다 아름다웠다. 그녀는 명란 일행을 경계하듯 훔쳐보면서 손수건을 털어 펼치고는 하던 이야기를 계속했다. 량 부인 밑에서 사는 게 얼마나 힘든지에 대한 하소연이었다.

"……그냥 메추리알이 먹고 싶다고 한 건데, 그게 그리 귀한 음식인가요? 어멈이 그냥 어물쩍 넘기더군요. 좀 괜찮은 어멈은 알겠다고 대답하지만, 고얀 어멈은 뒤에 가서 괜히 시끄럽게 군다며 흉을 보지요. 만약 다른 형제자매들이 말했다면 한밤중에라도 메추리를 잡으러 나갔을 겁니다!"

그녀는 눈물을 닦으며 계속 말했다.

"겨우 네다섯 살 된 계집아이가 뭘 알겠어요? 아이 아버지가 있을 때도, 아비는 둘째, 넷째 작은아버지에 비하면……."

이 여인의 억울함을 호소하는 기술은 보통이 아니었다. 사소한 것 하나도 빠짐이 없고 털끝만 한 일도 어마어마하게 부풀렸다. 차를 늦게 내온 일, 탕이 식은 일, 말 한마디와 눈빛 등등 모든 것을 체면 손상과 연결시켰다.

그녀 옆에 있던 부인 몇 명이 서로 맞장구를 치면서 한마디씩 거들었다. 서장자 며느리가 얼마나 힘든 건지 탄식하기도 하고, 량 부인은 도리를 잘 알고 도량이 크신 분이니 큰며느리의 억울함과 고충을 분명 이해하실 거라고도 했다.

량 부인이 새파랗게 질린 얼굴로 "지금 내가 공평하지 못하다는 말이냐?"라고 묻자, 큰며느리가 흐느끼며 "손가락 다섯 개도 길이가 다 다른데 하물며 적자와 서자는 엄연히 차이가 있지요. 어머니께서 무슨 죄가 있겠습니까."라고 대답했다. 량 부인은 차마 '난 적자보다 서자에게 더 잘해 준다'고는 말할 수 없어서 가만히 있을 수밖에 없었다.

그러자 큰며느리가 울면서 구구절절 장황하게 떠들기 시작했다. 얼굴은 눈물과 콧물 범벅이었지만 말은 조리가 분명하고 억지도 쓰지 않았다. 옆에서 재미있게 듣던 명란은 속으로 이런 고수는 처음 본다며 감탄했다.

예컨대, 사오정이 "오공 형님, 형님은 왜 팔계 형님한테만 잘해주고 저한테는 매일 일만 시켜요."라고 비난한다면 손오공은 최소한 한두 가지 변명을 할 수 있을 것이다. "그 바보 녀석은 게으르고 밥만 축내잖니. 침착하고 듬직하고 잘생기고 몸매 좋고 어린 부인까지 있는 오정이 너하고 어찌 비교할 수 있어."라는 등 여러 이유를 늘어놓으면 주변에서 수긍하지는 않을지라도 말은 되었다.

그런데 이 댁 큰며느리는 일반적인 방법으로 공격하는 게 아니라 완전히 의식의 흐름대로 말하고 있었다.

"저희를 속으로 원망하고 계시잖아요. 눈빛과 행동에서 저희를 얼마나 무시하고 증오하는지 다 드러납니다……. 부정하실 것 없어요. 저희가 장님도 아니고, 다 보입니다."

이런 적수를 만나면 얼굴이 새빨개진 채 욕을 퍼붓는 것 말고 무슨 방법이 있을까? 이러니 묵란도 그녀에게 무릎을 꿇을 수밖에 없었구나 싶었다. 명란은 문득 깨달았다. 과연 고수는 재야에 묻혀 있었다는 걸.

둘째 며느리는 온화하고 조신한 사람이라 윗사람에게 말대꾸해 본 적이 한 번도 없었다. 셋째 며느리는 자기 처지를 불쌍히 여기며 의기소침한 채로 있었다. 묵란은 몇 번이나 이야기하려 했지만, 량 부인의 권위가 무서워서 감히 나설 용기를 내지 못하고, 그저 부글부글 끓는 불만을 품은 채 한 귀퉁이에 앉아 있었다.

큰며느리는 차를 두 잔 마시는 동안 내내 하소연을 하더니 드디어 본론에 들어갔다.

"여러분이 저희 내외에게 상처를 주고 평온한 삶을 뒤엎으려고 하시니 도저히 이렇게는 못 살겠습니다."

아까부터 화가 머리끝까지 나 있던 량 부인이 냉소를 지었다.

"분가를 하고 싶으면 하고 싶다고 말하렴. 설마 내가 너희를 막을 것 같으냐?"

웬일인지 큰며느리는 말꼬리를 붙잡지 않고 계속 울면서 장황하게 말을 늘어놓았다.

"나무가 자라면 가지치기를 해야 하는 법인데, 분가도 나쁜 일은 아닙니다. 친형제의 정은 자를 수 없으니 떨어져 산다고 해도 자주 왕래하면 전과 다를 바 없을 것입니다."

이어 빙빙 에두르며 두 동생을 어떻게 도울 것인지를 이야기했다.

량 부인은 화가 나서 온몸이 부들부들 떨었다.

"나가고 싶으면 혼자 나가면 될 것이지, 왜 셋째와 넷째까지 끌어들이는 게냐? 내가 이미 안 된다고 말했거늘 아직도 포기하지 않았구나?"

그러자 둘째 며느리가 급히 다가와 시어머니를 부축하며 말했다.

"어머님, 진정하십시오. 형님 혼자만의 생각입니다. 두 서방님과 동서들은 분가를 원치 않는다고 이미 말씀드렸잖습니까."

셋째 며느리와 묵란도 얼른 일어나 입을 모았다.

"저희는 어머님께 효도하며 함께 살고 싶습니다."

그러자 큰며느리가 곧장 울음을 그치고 눈을 치켜뜨며 말했다.

"분가를 할 거면 전부 다 나가야지, 둘은 남고 하나는 나가는 게 웬 말인가? 나중에 뒷말이 나올 테니 오늘 깔끔하게 마무리 지어야겠네."

명란은 상황을 몇 번이나 곱씹고 나서야 비로소 깨달았다. 큰며느리는 자기가 분가하길 원할 뿐 아니라 밑에 두 동생도 다 나가 살길 바라는 것이었다! 명란이 고개를 돌리니 화란도 자신을 쳐다보고 있었다. 둘은 서로 의심스러운 눈빛을 주고받았다.

둘째 며느리의 올케가 더 이상 듣고 있을 수가 없어 점잖게 말했다.

"큰며느님은 분가를 원하고 두 동생분은 바라지 않는데, 어찌 강요를 하시는지요? 각자 알아서 하시면 될 것을요."

그녀는 절강성 남쪽의 명문 귀족 출신으로, 조부부터 형제들까지 삼대가 벼슬을 지냈으며 친가와 외가 모두 온화하고 겸손한 가풍의 집안이었기에 지금처럼 무례한 경우를 보는 건 처음이었다.

큰며느리는 붉으락푸르락하다가 표정을 서서히 누그러뜨리고 억지웃음을 지으며 말했다.

"사돈의 말씀은 맞지 않습니다. 형제가 전부 다 분가하지 않고 저희만 나간다면 저희가 너무 불효자처럼 보이지 않겠습니까?"

명란은 결국 더 참지 못하고 실소를 터뜨렸다.

"큰며느님께서는 과연 주도면밀하십니다. 하지만 당사자가 싫다고 하는데 계속 이러시는 건 며느님의 분가를 위해서가 아닌가요?"

큰며느리는 억지웃음을 지었다.

"량씨 집안은 하나입니다. 다른 사람들이 장남을 손가락질하는 데 어머님과 서방님들께서 매정하게 두고 보기만 하시겠습니까?"

그러자 명란이 농담하듯 말했다.

"방금 큰며느님께서도 말끝마다 시어머니와 동서가 나쁘다고 하지 않으셨습니까? 가족들도 그렇게 대놓고 야박하게 구는데 남들의 '손가락질' 정도가 뭐 그리 큰 문제겠습니까?"

이건 말싸움이 아니라 논리의 문제였다.

큰며느리는 순간 말문이 막혔다. 주변의 여자들이 작게 코웃음을 쳤다. 량 부인은 찌푸렸던 눈썹을 풀고 눈이 녹듯 옅게 미소 지었다. 둘째 며느리는 고개를 돌려 감격스러운 표정으로 명란을 바라보았고, 셋째 며느리도 몰래 눈을 들고 명란을 바라봤다. 묵란은 복잡한 표정으로 사람들을 훑어보다가 멍하니 창밖을 내다봤다.

명란이 한마디 더 덧붙였다.

"다들 눈이 있으니 효자인지 아닌지는 보면 알 것입니다. 어르신이 돌아가신 지 아직 백 일도 지나지 않았습니다. 세상에 아무리 서러운 일이 있어도 참아야 할 시기에 분가를 하겠다고 난리를 피우는 사람이 있다니요, 호호."

큰며느리는 이를 부득부득 갈았다. 저 말이 일리 있다는 건 그녀도 알고 있었다. 사람들의 시선이 두렵지 않았다면 그녀는 아마 더 심하게 난리를 쳤을 것이다.

상황을 지켜보던 화란이 큰 소리로 웃었다.

"이렇게 하면 되지 않겠습니까? 사돈어른께서 말씀하셨듯이 분가해서 살고 싶은 사람은 나가 살고, 그러고 싶지 않은 사람은 남으면 되지요. 형제 사이가 가까워도 각자의 길을 가는 것이니 좋게 분가하면 되지 않겠습니까."

화란은 잠시 멈췄다가 미소를 거두고 차갑게 말했다.

"소란스러워지는 건 아무도 겁내지 않습니다. 다만 체면을 생각하고 가족의 화목을 바라는 것이지요. 큰며느님, 적당히 하시고 이쯤에서 물러서시는 게 좋겠습니다."

의욕이 생긴 둘째 며느리가 등을 살짝 펴더니 점잖고 예의 바르게 말했다.

"형님, 셋째와 넷째는 모두 분가할 생각이 없다고 하니, 형님만 원하는 대로 하시면 됩니다."

남편이 세습 작위를 계승 받은 후로 그녀는 큰며느리에게 적잖이 구박을 당해 왔다.

큰며느리는 심각한 얼굴로 한마디도 하지 않았다. 이때 옆에 있던 부인이 웃음을 터뜨리며 말했다.

"한 집안사람끼리 왜들 이러십니까? 계속 말꼬리를 잡으시니 대화가 이렇게 꼬인 것 같습니다. 사실 큰며느님도 다른 뜻이 있는 건 아닙니다. 원래 자식들이 장성하면 분가해서 나가 살곤 하지 않습니까?"

그녀는 하하 호호 웃으며 분위기를 수습하고는 이어서 말했다.

"……만약 분가를 한다면, 어르신께선 어떻게 나누실 생각이신지요?"

량 부인은 조금도 망설이지 않았다.

"제답과 영업전永業田[2]은 손댈 수 없네. 다섯째가 아직 출가하지 않았으니 혼수도 남겨 두어야 해. 그 나머지를 균등하게 넷으로 나누어 분배할 것이네."

큰며느리가 껑충 뛰며 날카롭게 말했다.

"그건 안 됩니다! 회서가의 점포들과 금방金房 두 개, 그리고 네 해 전에 산 장원 두 개는 아버님께서 저희를 위해 마련한 재산이라고 전에 말씀하셨습니다. 그게 어찌 공동 재산이란 말씀이십니까?"

---

2) 자손에게 상속되는 토지.

"네 해 전에 마련한 것을 나리가 왜 여태 너희들 손에 넘겨주지 않았겠느냐?"

량 부인이 물었다.

큰며느리는 입술을 꽉 깨물며 손가락으로 손수건을 마구 비틀었다.

량 부인이 그녀를 보며 한 글자 한 글자 힘주어 말했다.

"좋을 때는 제대로 보이지 않으니 나리도 못 보신 게지. 그런데 무슨 일만 생기면 너희는 큰아들, 큰며느리가 돼서 조금도 짐을 나눠 지려 하지 않았다. 집안에 큰일이 닥치거나 부모 형제에게 어려운 일이 생겨도 오직 자기 생각만 하고, 다른 일에는 전혀 신경 쓰지 않더구나! 나리도 그걸 아신 후로 재산을 거둬들였다가 내게 공평하게 나눠 주라고 하신 게다."

큰며느리는 얼굴이 하얗게 질리더니 잠시 후 무릎에 얼굴을 묻고 통곡하기 시작했다.

"집안에 형제가 넷인데 장남만 밖에 나가서 죽어라 고생하고. 하지만 어쩌겠습니까, 서자는 장래가 밝지 않으니 피땀 흘리며 살아남는 수밖에요! 집안을 빛내고, 형제들 체면을 세워주고, 거기다 가산도 불려야 하니, 이제 갓 서른이 넘은 나이에 벌써 몸이 다 상했습니다. 추우면 다리가 쑤시고, 더우면 등에 난 종기 상처가 터지고, 비가 오면 오한에 예전 상처가 가려워 견딜 수 없는 지경입니다. 온몸이 성한 데가 없다고요!"

그녀는 서글프게 울며 가슴을 치고 발을 동동 굴렀다.

"둘째 서방님은 팔자도 좋죠. 종일 서책 보고, 꽃구경하며 유유자적해도 선조에게 물려받은 작위가 있으니까요. 셋째, 넷째 서방님도 마찬가집니다. 집 안에서 편안히 지내도 집밖에 큰형님이 버티고 있으니 누구도 우습게보지 못하고요……."

들고 있던 량 부인이 벌컥 화를 냈다.

"듣자 듣자 하니 넌 다른 형제들이 너희 덕을 보는 게 싫은 게로구나. 걱정 말거라. 아무리 큰일이 닥쳐도 의지할 인척은 있으니. 밥을 굶는 한이 있어도 너희 집 문을 두드리지는 않을 것이야!"

'친척'이라는 말을 듣자 큰며느리는 경계심이 들었다. 자신의 남편을 제외하곤 량가의 나머지 세 아들은 겉보기에만 그럴싸해 보이는 등롱에 불과했다. 하지만 시어머니와 두 동서를 당해내지 못하는 건 바로 뒤에 대단한 인척들이 버티고 있었기 때문이다.

마음이 바뀐 그녀가 눈을 들었다. 그런데 명란이 방실거리며 자신을 바라보고 있는 것이 아닌가. 그녀는 순간 목을 움츠렸다.

량 부인의 뒤에 앉아 있던 귀부인이 차갑게 한마디 했다.

"흥, 량가 큰아들이야 하늘이 낳고 길렀으니 우리 언니나 형부가 뭘 가르칠 필요도 없었지요. 어미 배 속에 있을 때부터 재능을 타고나서 마치 무곡성武曲星[3]의 현신 같지 않았습니까!"

큰며느리는 입을 다물고 눈을 내리깔며 분노 어린 눈빛을 숨겼다.

여기까지 지켜보던 명란은 슬슬 따분해졌다.

능력 있는 큰형이 무능한 동생들에게 발목 잡히기 싫어서 혼자 독립하고 싶은 것은 이해 못 할 일도 아니었다. 량가 첫째 내외는 서자가 강하고 적자가 약한 배경을 믿고 이번 분가를 계획한 것이었다. 아버지는 돌아가셨고 적모는 거만한 데다 도와줄 다른 친척도 적으니 성공률이 꽤 높았다. 하지만 그들은 부자는 망해도 삼 년은 간다는 것을 간과했다.

---

3) 북두칠성 가운데 여섯째 별로 인간 세상의 군대와 전쟁을 주관하는 별.

형제들이 아무리 무능하고 적모가 아무리 거만해도 인척들은 여전히 그들을 얕보기 어려웠다. 량 부인과 둘째 며느리의 뒷배경만 놓고 봐도 한 사람은 양광총독[4]이고, 다른 한 사람은 호부시랑인 데다, 권세 있는 관리를 자주 배출하는 명문 귀족 가문도 둘이나 있었다. 성가, 고가, 원가를 포함하지 않아도 그 정도였다.

량가 장남이 아무리 능력이 출중하다고 해도 이렇게 많은 사람에게 한꺼번에 밉보일 순 없었다.

배 속의 태아가 명란의 무료함을 눈치챘는지 몇 번 크게 움직였다. 명란은 조그맣게 '앗' 하고는 얼굴을 찡그리며 배를 움켜잡았다.

량 부인이 그 모습을 보고 철렁하여 물었다.

"어디 불편한 데라도 있느냐?"

명란은 천천히 배를 문지르며 웃어 보였다.

"괜찮습니다. 너무 오래 앉아 있었나봅니다."

량 부인은 명란을 바로 돌려보내면 안 되겠다고 판단하곤 고개를 돌려 묵란에게 말했다.

"여기 뒷방이 깨끗한 편이니 여동생을 데리고 건너가서 좀 쉬거라. 잠시 쉬었다가 다른 이야기를 하자꾸나."

묵란은 얌전히 대답하고 고개를 숙인 채 명란을 부축했다. 옆에서 시중들던 소도가 재빨리 먼저 움직였다. 소도는 눈치도 못 채게 옆으로 다가와 둘 사이에 서더니 명란을 부축하고 천진하게 웃으며 말했다.

"묵란 아가씨께서 앞장서시지요."

---

4) 광동성과 광서성을 다스리는 총독.

묵란은 천천히 뒷방 쪽으로 사뿐사뿐 걸어갔다. 명란과 소도도 그 뒤를 따라 편청을 막 나가려는 데 둘째 며느리의 친정어머니가 천천히 말하는 소리가 들렸다. 귀부인의 목소리에는 힘이 실려 있었다.

"분가를 하고 싶으면 솔직히 그렇다고 하면 될 일인데, 적모가 야박하게 굴어서 그렇다 어떻다 하면서 괜히 자신의 옹졸함만 드러내셨소. 바깥사돈의 재산은 형제끼리 나눈다 해도 상당히 풍족하지 않습니까. 후손 된 사람이라면 좀 더 멀리 볼 줄 알아야지요. 모든 일에는 여지를 남겨 두어야 하거늘……."

그 말을 들으며 명란은 속으로 고개를 끄덕였다. 참으로 대단한 충고이자 협박이었다.

자단목 유리에 모란 여의를 채색한 커다란 병풍을 지나서 모퉁이 두 개를 도니 깔끔하고 널찍한 상방이 나왔다. 침상은 벽에 붙어 있고 창가에는 탁자와 의자가 놓여 있었다. 큼직한 여의 원탁도 있었다.

소도가 명란을 부축해 푹신한 평상에 앉혔다. 그리고 허리를 굽혀 명란의 신발을 벗긴 후 두 다리를 침상에 올렸다.

"또 부으셨네요."

소도가 명란의 다리를 살살 주무르자 명란은 만족스러운 소리를 냈다. 퉁퉁 부어 저리던 종아리가 무척 편안해졌다.

묵란은 명란의 맞은편에 앉아 차와 간식을 들여온 량부 계집종들을 물러가게 했다. 석탄화로의 측면 철제 격자를 통해 따뜻한 연기가 피어나오고, 앞쪽 편청에서 논쟁하는 소리가 희미하게 들려왔다.

묵란은 방에서 나가지 않으려 하는 소도에게 눈을 흘긴 후 명란을 쳐다보았다. 명란도 그녀를 보고 있었다. 방 안에는 떨어지는 바늘 소리가 들릴 정도의 적막이 흘렀다.

묵란과 명란은 서로를 너무나 잘 알았다. 묵란이 아무리 불쌍하고 연약한 척을 해봤자, 명란이 아무리 얌전하고 순박한 척 연기해봤자 아무 소용없는 일이었다.

언쟁도 하고, 싸워도 보고, 날카롭게 대립도 해보고, 서로 모함도 했었다. 지금은 서로의 배 속 창자가 얼마나 긴지는 몰라도, 창자가 어떤 모양인지, 무슨 색인지 알 정도는 되었다.

묵란이 살짝 웃으며 말했다.

"제부가 또 출정을 나가서 적적하겠구나? 휴, 제부가 무사히 돌아와야 할 텐데."

명란은 묵란의 말에는 신경도 쓰지 않고 따뜻한 잔을 들고 여유 있는 표정으로 말했다.

"듣자 하니 량 대인께서 돌아가신 후에 사돈어른이 언니 처소의 계집종 여럿을 내보냈다면서요?"

묵란은 표정이 어두워지더니 변명을 해댔다.

"나리가 아버님께서 돌아가셨으니 삼년상을 치러야 한다며 그 계집들을 둘 필요가 없다고 하셔서 그런 거야."

"그런 거였군요."

명란은 웃었다.

명란의 표정을 보니 묵란은 더 원망스러웠다. 시어머니는 자신이 못마땅하다는 걸 알게 모르게 드러내곤 했다. 고가 이야기가 나올 때마다 시어머니는 늘 "녕원후 부인이야말로 남편 내조 잘하고 자식 잘 낳아 키우는 복 있는 사람이지."라며 칭찬했다.

"다들······."

묵란이 입술을 깨물며 물었다.

"내가 무능하고 쓸모없는 인간이라고 생각하겠지?"

명란이 빙그레 미소 지었다.

"자식, 출세, 부부 사이를 놓고 큰언니, 여란 언니, 그리고 나를 언니가 직접 비교해봐요."

묵란은 원망스러운 눈빛으로 자리에서 일어나 명란에게 몇 걸음 다가 갔다. 그러자 소도가 잽싸게 뛰어와 평상 앞을 막아서며 외쳤다.

"묵란 아가씨, 저희 아가씨에게 세 걸음 이내로 접근하시면 소인이 무 례를 범할지도 몰라요!"

소도는 원래 단단한 체구인 데다 최근 고전과 몇몇 아이들과 함께 권 법을 배워서 안채 계집애를 가볍게 내동댕이친 적도 있었다.

묵란이 눈을 부릅떴다.

"네가 감히!"

소도가 묵란을 빤히 쳐다보며 말했다.

"묵란 아가씨, 전에 깨진 기와 조각으로 저희 아씨 얼굴을 긁으려고 하 신 거 기억하고 있습니다. 방씨 어멈이 다음에 또 그런 일이 생기면 묵란 아가씨 얼굴에 주저 말고 완력을 써도 된다고 하셨습니다!"

묵란은 화가 나서 다리가 비틀거렸다. 하지만 소도는 우직하고 솔직 한 아이라 정말 말한 대로 하리란 생각이 들었다. 그녀의 튼튼한 몸을 본 묵란은 뒷걸음질로 다시 의자에 앉아 팔걸이를 탁탁 두드리며 낮게 투 덜거렸다.

"난 어릴 때부터 운이 없었지. 오늘은 너희가 날 아주 우습게 보는구나."

명란이 천천히 몸을 일으키며 자기도 모르게 실소했다.

"언니는 어려서부터 재수 없는 일을 당할 때마다 남 탓만 했지요. 아버 지한테 충분한 사랑을 못 받아서라든가, 할머니가 편애해서라든가, 형제자매들이 방해해서라든가 하면서요. 그 버릇을 아직도 못 고쳤네요. 언니의 혼인은 언니가 스스로 계획한 것인데 누굴 원망하겠어요. 언니는 계속 운 탓만 해요. 이 모든 상황이 언니 자신이 초래한 거라는 생각은 왜 안 하는 건가요?"

화가 머리끝까지 난 묵란은 이마에 핏대를 세우며 소리쳤다.

"내가 뭘 잘못했는데? 그럼 가만히 앉아서 너희들이 출세하는 걸 빤히 보고만 있으라는 거야?"

명란은 미동도 없이 조용히 말했다.

"임 이랑이 언니한테 '가만히 있지 말라'고 가르쳤을 때부터 언니는 잘못된 길을 간 거예요."

"너……!"

묵란은 약이 바짝 올랐다.

명란이 덤덤하게 말했다.

"임 이랑이 뭘 가르쳤는지 언니의 지금 행실을 보면 알 것 같네요. 남편의 총애를 받으려 다투고, 첩을 응징하고, 남편을 꽉 틀어쥐고, 분명 그런 것들이었겠죠. 이간질하고, 아첨하고……."

명란은 살짝 웃었다.

"솔직히 사돈어른이 언니를 못마땅해하는 것도 이상할 게 없어요. 임 이랑은 어떤 신분이었죠? 언니는 어떤 신분이고요? 멀쩡한 본처가 왜 첩이 하는 짓을 배워서 그런 음험한 재주로 편하게 살려고 하는 거죠?"

묵란은 손으로 탁자를 꽉 잡은 채 갈라진 목소리로 말했다.

"내 어머니를 함부로 말하지 마! 어머니는 충분히 벌을 받았어!"

지난번에 생모를 보러 갔을 때가 떠올랐다. 아름답던 임 이랑은 지금 사납고 성미 못된 할멈이 되어 있었다.

"그럼 친어머니 말고 나를 가르칠 사람이 누가 있어? 내가 친어머니 말을 안 듣고 안 믿으면 어쩌겠냐고?"

명란은 그녀를 보며 고개를 저었다.

"공 상궁, 할머니, 거기다 아버지도 항상 우리 자매들에게 가르침을 주셨잖아요. 하지만 언니는 듣질 않았어요. 언니가 운이 나쁘다고요? 그럼 큰언니는요? 사돈어른이 언니 혼수를 따지길 했어요, 아니면 언니 처소에 여자를 집어넣길 했어요? 언니 자식을 매몰차게 대하고 업신여겼나요? 아…… 잠시 깜박했네요. 언니는 아직 자식을 안 낳아봤는데."

묵란은 가슴속에 분노가 끓어오르면서도 한편으론 낙심하여 기운이 빠졌다. 자신의 삶은 가망이 없다는 생각이 들었다. 명란의 얼굴을 할퀴고 싶었지만, 몸이 얼어붙은 것처럼 말을 듣지 않아서 원망 가득한 눈길로 명란을 노려볼 뿐이었다.

"큰형부가 전에 말한 적 있어요. 넷째 형부는 곱게 자란 귀족 자제는 결코 아니라고요. 그저 젊어서 놀기 좋아하고 마음이 여리며 충동질에 쉽게 넘어가긴 해도, 속이 그리 나쁜 사람은 아니라서 잘 지켜보면서 격려해주면 장래가 밝을 거라고요."

명란은 화란이 했던 말을 떠올리며 가볍게 말했다.

"형부가 만 이랑을 총애하긴 했지만, 언니가 도리를 내세우며 형부에게 학업에 정진하라고 간곡히 타이르고, 만 이랑이 억지 소란을 피울 때 호되게 야단쳤다면, 사돈어른이 언니를 좋아하지 않았을까요? 언니 편을 들어 주지 않았을까요? 이런 방식으로 수완을 발휘했다면 형부가 어찌 언니 말을 안 들었겠어요."

숨이 차오른 명란은 잠시 말을 멈추었다.

"하지만 언니는 옳은 길을 놔두고 잘못된 길을 선택했죠. 이랑과 남편의 총애를 다투느라 계속해서 통방을 밀어 넣는 바람에 집안이 엉망이 됐고요. 최근 큰형부는 큰언니가 해간 혼수의 몇 배를 벌어다 주었는데, 넷째 형부는 어떤가요? 언니와 혼인한 후에 몇 년이 지났는데도 아직 벼슬 소식도 없잖아요! 이것만 물을게요. 언니한테 묻고 싶어요. 만약 사돈어른께 무슨 일이 생겨 언니네가 분가해 나가면, 과연 형부가 집안을 제대로 이끌 수 있을 것 같아요?"

명란은 한숨 돌리고 다시 말을 이었다.

"말 잘 듣던 아들이 며느리의 꼬드김에 빠져 출세할 생각은 눈곱만큼도 안 하고 허구한 날 계집질이나 하는 걸 보면, 어머니로서 과연 그 며느리가 마음에 들까요?"

남편이 성공을 위해 정진하도록 감독하는 분야라면 류 씨가 바로 교과서였다.

짝, 짝, 짝. 박수 소리가 울렸다.

묵란이 차갑게 웃으며 손뼉을 치면서 말했다.

"훌륭해. 정말 말 한번 잘하는구나! 역시 일품 부인답게 맞는 말만 골라서 하니, 이 쓸모없는 언니는 머리를 콱 처박고 죽어버리고 싶구나. 다음 생엔 더 좋게 환생하게 말이야! 네가 지금 출세 가도를 달리고 있으니 비웃지만 말고 어쨌든 이 언니도 좀 밀어주지 그러니?"

오만상을 찌푸린 묵란의 얼굴을 보고 명란은 잠시 침묵하다가 입을 열었다.

"여란 언니가 형부 따라서 지방에 내려갔는데 왜 물어보지도 않죠? 어디로 갔는지는 알아요?"

묵란은 물을 가치도 없다는 듯 콧방귀를 뀌었다.

"어디 시골구석에나 갔겠지. 하찮은 말단 관리주제에!"

"……천주로 갔어요."

명란이 작은 소리로 말했다.

"전에 아버지와 함께 다 같이 살았던 곳이요. 다섯째 형부가 자기 능력으로 스스로 얻은 일이에요. 아버지는 그저 마지막에 한 번 밀어주셨을 뿐이고요."

명란은 말을 마치고 긴 한숨을 내쉬었다.

"이제 충분히 쉬었어요. 가서 돌아간다고 인사를 드려야겠어요. 나올 것 없으니 여기서 헤어져요."

그녀는 평상에서 내려와 신발을 신었다.

문밖으로 나오자 소도가 명란을 부축하며 툴툴거렸다.

"마님도 참 친절하시네요. 묵란 아가씨는 들을 자격도 없어요! 마님께서 호의로 하신 말씀을 조롱으로 받아들이기나 하죠!"

명란은 소도의 앞머리를 쓰다듬으며 미소 지었다.

"바보 같기는. 때로는 '필요한 일'이 아니라 '해야 할 일'을 해야 하는 거란다."

량 부인을 위해 좋은 일 한 셈 치면 그만이었다. 어쨌거나 자신에게 잘 대해 준 사람이었으니 말이다.

• • •

묵란은 맥없이 홀로 의자에 앉아 있었다. 머릿속이 온통 새하얘졌다.

천주, 그 얼마나 좋은 곳인가.

따스하고 촉촉한 공기, 어딜 가든 깨끗한 연못, 밝고 쨍하게 내리쬐는 햇살. 쌀밥과 생선국 향이 코끝을 스치고, 뛰노는 아이들의 맑은 노랫소리가 들려오고, 바다 건너온 서양 물건들이 있는 곳…….

그녀가 가장 행복했던 시절이었다.

그때 그녀는 아버지가 가장 총애하는 딸이었고, 생모 임 이랑도 떳떳하게 대접받았다. 밖에 나가 놀거나 사람들을 만나면 어느 댁 부인이든 그녀의 아름다움과 총명함을 칭찬했다. 본처 소생의 두 자식보다 더 고귀한 자제 같은 품격이 있었다.

천주, 문염경, 아버지의 계획…… 원래는 모두 그녀의 것이었다.

별안간 마음이 텅 빈 듯 허전해졌다.

제210화

천리 인연 上

영창후부의 분가 소동은 보름이나 이어졌다. 2월 초가 돼서야 경성으로 돌아온 영창후의 서장자는 곧장 병부로 가서 공무 보고를 마친 뒤 서둘러 집으로 돌아갔다. 그는 적모 앞에 무릎 꿇고 엎드린 채 대성통곡하며 손이 발이 되도록 용서를 빌었고, 친척들 앞에서 아내의 우둔함을 꾸짖다가 결국 뺨까지 때렸다. 세 형제에게는 생전에 아버지가 가족들이 합심하여 집안을 이끌어 나가길 얼마나 염원했는지 모른다며 구구절절 늘어놓았다.

결국, 어르신들에게 위로의 눈길을 받으며 네 형제는 서로를 끌어안고 눈물을 흘렸다. 량 부인은 입꼬리를 씰룩였고, 며느리 넷은 각자 다른 마음으로 멍하니 한 쪽에 서 있었다(나이가 아직 어려서인지 다들 표정을 숨기는 데 서툴렀다). 그렇게 한 편의 재밌는 극은 막을 내렸다.

"그러면 분가는 안 하는 건가요?"

명란은 어처구니가 없었다.

류 씨는 한숨을 쉬며 고개를 끄덕이다가 머뭇거리듯 물었다.

"량가 첫째 나리는…… 정말 부인이 왜 그랬는지 몰랐을까요?"

명란이 입을 떼기도 전에 화란이 혀를 차며 못마땅하다는 듯 말했다.

"그럴 리가! 그런 척한 거지! 어쩐지 량가 첫째가 보통이 아니라고 다들 그러더구나. 임기응변에도 강하고 영리한 데다 결단력까지 있다면서 말이야. 그런데 그렇게 번복할 일을 왜 벌였느냔 말이야. 정말 웃기는 일이지!"

명란은 잠시 망설이다가 조심스럽게 추측했다.

"제 생각은 이래요. 량가 첫째 나리는 공을 세워서 작위를 얻으려 했는데, 계획이 엎어지고 가망이 없어지자 분한 마음이 생겼을 거예요. 게다가 형제들은 능력도 없고 가세도 예전만 못하니까 차라리 가문을 따로 세우는 편이 더 좋다고 생각한 거죠. 그러면 발목 잡힐 일도 줄어드니까요. 그래서 부인에게 보내는 서신에 분가에 대한 의사를 슬쩍 내비쳤을 거예요."

류 씨와 화란은 명란의 말에 끄덕이며 다음 말을 재촉했다.

"분가는 아마 작위를 받는 데 실패하고 나서 욱하는 마음에 떠오른 생각인 듯해요. 그래서 충분히 고민하지 못했을 거고요. 그런데 예전부터 분가할 생각을 하고 있던 부인이 떡 본 김에 제사 지내려고 진짜 분가하겠다고 소란을 피운 건데……."

명란은 슬쩍 비웃듯 미소 짓고는 더는 말하지 않았다.

"세상사에 관심 없던 콧대 높은 량 부인이 이리 격한 반응을 보일 거라고 예상하지 못했던 거로구나."

화란이 웃으며 말을 이었다.

"친척까지 동원해서 목소리를 높였잖아. 게다가 자식으로서 도리가 있는데, 부친이 세상을 떠난 지 백 일도 채 안 돼서 분가한다는 말을 꺼내면 어디를 가나 욕먹을 게 뻔하고. 량가 첫째는 일이 갑자기 심상치 않게 돌아가자 급히 방향을 돌린 거야. 흥, 불쌍한 부인 체면만 깎였어. 고육지책이었던 게지!"

류 씨는 시누이들이 차분하게 분석하는 것을 들었다. 자초지종도 모르는 상태에서 량 씨 집안 둘째 며느리가 자신에게 몰래 털어놓은 이야기와 거의 비슷한 추리를 하자, 그녀는 속으로 성씨 집안 자녀들의 영민함과 예리함에 감탄했다. 자기가 하필 재수 없게 멍청한 두 사람에게 걸려든 셈이었다. 남편이야 이제 자신의 충고를 따르지만, 아가씨는……. 어휴…….

큰아주버님이 매정한 사람이라 조만간 분가를 결심할 줄 알았다면, 남편을 격려하고 다그쳐 입신양명하게 하는 것이야말로 진짜 중요한 일이었다. 삼년상을 치른 뒤 빨리 아들을 하나 낳으면 대세는 안정될 것이다. 게다가 만 이랑은 더는 아이를 낳을 수 없었고 슬하에 딸 하나뿐이니 아무리 총애를 받는다 한들 그게 무슨 소용이랴? 그러니 그녀와 대립할 필요도 없었다. 생긴 건 똑똑해 보이는데 어리석기 그지없었다.

조바심에 마음이 괴롭고 생각을 하느라 머리가 아파지던 찰나, 밖에서 아이들의 웃음소리가 간간이 들려왔다. 명란이 환기를 위해 소도에게 창문을 반쯤 열어 두라고 했던 것이다.

아직 겨울의 한기가 가시지 않아 쌀쌀한 날씨였다. 가희거의 넓은 뜰에서 녹지가 어린 계집종들을 데리고 소복이 쌓인 눈을 치우고 있었다. 얼음이 녹지 않은 땅 위에서 여자아이들은 희희낙락거리며 장난을 쳤다. 살얼음을 주워서 다른 아이의 옷깃이나 소매 속에 넣거나, 서로 밀어 주고 끌어 주느라 몸이 휘청거렸지만, 옷을 두툼하게 껴입은 덕에 넘어져도 다치지 않았다. 신나게 노는 아이들의 얼굴이 새빨갛게 물들었다.

방 안에 있던 세 사람은 이 모습을 재미있게 구경했다. 잠시 후 살짝 추위를 느낀 명란이 소도에게 창문을 닫으라고 했다.

화란이 몸을 돌려 웃으며 말했다.

"그러고 보니 장동이가 이맘때쯤 태어났단다. 그때도 바람 불고 쌀쌀한 날씨였는데, 나는 뜰에서 놀고 있었어. 나중에 누가 오더니 '아씨께 동생이 또 생겼네요.'라고 하지 뭐니. 내가 이해하기도 전에 옆에 있던 어멈이 이제 장난은 그만 쳐야 한다는 둥, 몸가짐을 단정히 해야 한다는 둥 잔소리를 했어."

명란이 손수건으로 얼굴을 반쯤 가리며 키득거렸다.

"언니가 어릴 때 아주 개구졌다고 방씨 어멈에게 들었어요. 할머니도, 아버지도, 어머니도 다 예뻐만 하고 혼내지 않아서 유모가 걱정을 심하대요……. 그래서 집안에 아이가 태어날 때마다 이렇게 며칠을 빌었대요. '천지신명이시여, 아씨께 동생들을 위해 모범을 보여야겠다는 마음이 생기도록 도와주세요!'라고요."

류 씨가 듣더니 웃으며 말했다.

"지금 이렇게 단아하고 우아하신데 도무지 상상이 안 돼요. 내조하면서 아이들 키우는 모습에 다들 얼마나 침이 마르도록 칭찬하는데요. 유모를 불러서 직접 보라고 해야겠어요."

어린 시절을 떠올리자 화란은 고개를 저으며 씁쓸하게 웃었다.

"단아하고 우아하기는요. 휴, 그 유모는 젖어멈이었는데 날 오랫동안 돌봐 주다가 나이 들어 자식들과 산다고 고향으로 돌아갔어요."

그러면서 명란을 가리키며 류 씨에게 말했다.

"이 아이는 어릴 때도 얌전했죠. 먹으라면 먹고, 자라면 자고. 말썽을 피운 적이 한 번도 없었어요. 여란이는 한시도 가만히 안 있어서 잠시 한눈이라도 팔면 사고를 쳤고……."

혀를 차며 빠른 세월을 한탄하다가 장동의 혼사는 어떻게 돼 가는지 물었다.

류 씨가 웃으며 말했다.

"최근 정신없이 바빠서 뒤죽박죽이에요. 마침 그 이야기하려던 참이었어요. 명란 아가씨께서 말 좀 전해주세요. 아버님께서 아주 만족하신다고. 다만, 집안에 손위 어른이 계셔서 그분께 말씀드리려고 며칠 전 사람을 보냈으니 답신 오는 대로 직접 가서서 혼사에 대해 의논하시겠다고요."

명란도 웃으며 말했다.

"겨우 며칠인데요, 뭐. 정월에 안 바쁜 사람이 어디 있어요? 그쪽 집안도 너무 바빠서 신경 쓸 겨를이 없을지도요."

성굉은 체면치레에 소홀했던 적이 한 번도 없고, 남에게 지적받을 만한 문제는 절대 만들지 않는다.

화란과 류 씨를 배웅한 후, 명란이 유모에게 단이를 데려오라고 할까 생각하던 찰나, 차삼낭이 풍만한 엉덩이를 흔들며 들어왔다. 자리에 앉자마자 그녀는 기다리지 못하고 말을 쏟아냈다.

"저에게 봉선 낭자의 혼처를 알아보라고 부탁하셨잖아요. 찾았습니다."

명란은 살짝 놀랐다.

"이렇게 빨리요?"

그러더니 자신도 모르게 웃음을 터트리며 말했다.

"수완이 대단하시네요!"

차삼낭은 득의양양하게 웃으며 시원스럽고 당당하게 말했다.

"흠, 이 정도 능력도 없이 어찌 밥벌이를 한답니까?"

그녀의 감칠맛 나는 이야기를 통해 명란은 비로소 상대가 곽 씨고 한

76

마을의 부호임을 알았다. 부부가 능력이 좋아 가산으로 족히 만 묘畝[1]가 넘는 기름진 밭을 가지고 있었다. 남편보다 대여섯 살 많은 아내는 올해 지천명이 됐고, 장자는 작년에 이미 혼례를 치렀다.

곽 부인은 나이가 들어 자색을 잃자 젊은 여자를 들여 남편의 시중을 들게 하고 싶었다. 하지만 작은 마을에 멀쩡한 계집이 몇이나 되겠는가? 봉선 낭자 같은 죄지은 신하의 딸이 딱 적당했다. 좋은 집안의 귀첩보다 다루기 쉽고, 기녀보다 몸가짐이 단정하기 때문이다.

"부인께서 허락만 하신다면 며칠 내로 보낼 수 있어요."

차삼낭이 말했다.

명란은 빨리 매듭을 짓고 싶은 마음에 바로 봉선 낭자에게 물어보라며 취미를 보냈다.

반나절이 지나고 얼굴에 홍조를 띤 봉선 낭자가 잔걸음을 치며 오더니 청당 앞에 섰다. 명란은 참을성 있게 그녀의 신세 한탄을 들어 주었다. 차를 반 잔 정도 마셨을 때 그녀가 수줍어하며 물었다.

"더 좋은 자리는 없을까요?"

명란이 정색하며 말했다.

"있지. 작년 설에 물건을 가지고 온 장두들 중 힘은 넘쳐나는데 아내가 없는 사내가 여럿 있더군."

봉선 낭자는 그녀의 표정이 안 좋은 것을 보고 황급히 혼례를 치르겠다고 답했다. 그제야 화를 푼 명란이 상냥하게 몇 마디 하자 봉선 낭자가 또 얼굴을 붉히며 물었다.

---

1) 논밭 넓이의 단위. 1묘는 약 100제곱미터에 해당.

"그분의 생김새는 어때요?"

"……."

"그럼, 저에게 혼수를 얼마나 해주실 생각이신지요?"

"……."

"먼 길을 가야 할 텐데 가구들은 운반하기 힘드니 은자만 가지고 가겠습니다."

"……."

심보 고약한 원수가 보낸 여자에게 좋은 것만 먹이고 챙겨주고 시집 갈 곳도 찾아줬더니 이제 혼수까지 요구한다. 명란은 한참 동안 침묵했다. 더는 성모 마리아처럼 참아 줄 수 없었다.

시집보내기 전까지 그녀는 봉선 낭자와 만나지 않았고, 혼수로는 은자 이십 냥만 내주었다. 그래도 예전에 감씨 집안에서 보내온 패물들은 가지고 갈 수 있도록 했다. 집을 나서기 전, 녹지는 사나운 기세로 봉선 낭자가 싸둔 옷 꾸러미 속에서 작고 정교한 옥 봉황이 달린 여요 청화 백자 한 쌍과 자색 유약을 덧칠한 옥이 달린 금 손화로를 찾아냈다.

차삼낭도 이마에 난 땀을 닦으며 말했다.

"삐쩍 마른 약골 재녀인 줄로만 알았더니……."

명란은 속으로 탄식했다. 그녀의 친애하는 고정찬 아가씨처럼 재녀는 대가를 치르는 법이다. 고정찬은 시집간 뒤 감감무소식이었다. 공주부는 관리가 삼엄해서 소식을 듣고 싶어도 들을 수 없었다. 한 번은 심청평이 정 부인으로부터 재미있는 소식을 전해 듣고 와서 '부인네 아가씨는 재주 내세우기를 참 좋아하나 봐요. 한부의 여식이 다른 집안 아가씨들과 시 모임을 가졌는데, 글쎄 그중 으뜸인 사람의 코를 납작하게 만들었대요.'라며 명란을 놀렸다.

장 씨도 가끔 이야기를 전해주었다. 공주는 새 며느리가 하루빨리 적응할 수 있도록 혼례 후 두 달째에 상궁을 보내 법도 교육을 시켰다. 반 년 후에는 상궁 한 명을 더 붙였고, 일 년 후에는 둘을 더 붙였다.

모 시어머니는 아들의 처소에 통방이나 이랑 밀어 넣기를 좋아하더니, 공주는 상궁 밀어 넣기를 좋아하니…… 참으로 묘하기 그지없었다.

이게 바로 황가의 대단함이다. 공주부에 살면, 기분 좋을 때는 '식구끼리 사는데 내외할 게 뭐 있나.'라고 하다가, 기분이 안 좋으면 13학기 동안 총 250학점짜리 법도 수업을 진행하고 졸업도 안 시켜주면서 말도 못 하게 괴롭힌다.

험난한 세상에서 재녀는 건물주보다 못한 신세다.

제211화

천리인연 下

봉선 낭자가 새로운 삶을 살기 위해 떠난 지 칠팔 일이 지나서야 석씨 형제가 돌아왔다. 뜨거운 가마 위 개미처럼 좌불안석이던 차삼낭은 명란의 호기심 어린 눈빛을 흘끗 보더니 민망해하며 말했다.

"혼례를 치른 후로 남편과 떨어진 적이 별로 없어요. 예전에 약속했지요. 그가 물에 빠지면 저도 함께 빠지고, 그가 불 속으로 뛰어들면 저도 같이 뛰어들겠다고. 어쨌든 먼저 눈 감는 사람이 황천길에서 기다리기로 한 거죠."

당당한 그녀의 말에 오히려 조금 민망해진 명란이 결국 참지 못하고 물었다.

"푹 빠지셨네요. 만약에…… 석갱 아저씨가 배신하면 어쩌실 거예요?"

차삼낭이 호기롭게 웃었다.

"무예와 잡기로 연명하던 계집이 조방의 작은 두목에게 시집갔으니 신분 상승한 셈이지요. 저는 노모나 잘 모시며 살고 싶었는데, 그 사람은 형제들을 돌보고 싶어 해요. 형제들이 모두 미천한 데다 사는 것도 고달픈 사람들이라 그냥 이렇게 함께 사는 것입니다. 나중 일이야 누가 알겠어요. 저를 바보로 알고 수작질하면 너 죽고 나 죽는 거죠! 지금은 그저 하루하루 살기도 바쁩니다."

명란은 그녀와 다르게 이해득실을 따지는 자신이 우습고 부끄러워 어색한 미소를 지었다.

석씨 형제가 돌아오던 날, 차삼낭은 자수가 놓인 참신한 스타일의 다홍색 오자를 걸치고 대문 앞에서 남편을 기다렸다. 석양볕 아래에 석갱의 까무잡잡한 얼굴이 드러났다. 아내를 바라보는 그의 눈빛은 아름다운 노을처럼 반짝였다.

그가 가지고 돌아온 수십 개의 커다란 상자 중 열 개는 고정엽이 보낸 것이었다. 서북의 특산품, 각종 진귀한 가죽과 포목, 바람에 말린 버섯과 나물, 당삼黨參[1], 황기와 당귀, 그리고 화려한 색감을 뽐내는 이국적인 느낌의 도톰한 담요가 들어 있었다.

석갱이 말했다.

"모두 백성들이 존경의 뜻으로 나리께 바친 물건입니다."

또, 몇몇 상자들을 가리키며 웃는 얼굴로 말했다.

"이것들은 저희 형제가 드리는 이번 새해 선물이고요. 약소하지만 받아 주십시오."

명란은 물건보다 사람이 더 궁금했다. 약미가 육중한 몸을 이끌고 다가와 조심스럽게 몇 마디 물었다.

석갱이 덧붙였다.

"나리는 건강하십니다. 행군도 순조롭고요. 태교에만 전념하시고 다

---

1) 길림성에서 나는 인삼.

른 것은 걱정하지 마시라고 하셨습니다."

그러고는 약미에게도 말했다.

"공손 선생도 잘 계십니다. 최근 서역의 포도주에 푹 빠지셨는데 전쟁 때문에 많이 못 드셔서 두 수레를 보내셨지요. 이랑께서 잘 가지고 계시죠. 나중에 아들과 마시겠다 하셨으니까요."

공손 선생의 입담은 여전했다. 약미는 기쁜 마음에 고개를 숙이고 입을 가린 채 함박웃음을 지었다.

석갱은 문가에 앉아 한참을 떠들고 나서야 품속에서 서신 한 통을 꺼내 고정엽이 보냈다며 명란에게 건넸다.

봉투가 두툼했다. 손에 드니 묵직한 느낌이 들었다.

고정엽의 글은 항상 간결했다. 그는 원래 군더더기가 되는 말은 한 글자도 쓰지 않는 사람이다. 그래서 명란은 오는 도중에 받은 은표 봉투가 아닐까 엉뚱한 생각까지 들었다. 그런데 방으로 돌아가 뜯어보니 정말 서신이었다!

편지는 중요한 내용 대신 사소한 일상 이야기와 당부의 말들로 가득했다.

한 줄씩 또는 한 장씩 글이 이어졌다가 끊어지는 것이 틈틈이 쓴 것 같았다. 날씨, 병사들의 사기, 서북 지역의 풍토와 인심 그리고 병사들끼리 나눈 잡다한 이야기나 농담들이 단락마다 적혀 있었고, 마지막 한두 줄에는 약간의 농담도 적혀 있었다.

이를테면, '모래바람이 온 하늘을 가려서 얼마 행군하지 못한 채 진을 치고 주둔했다. 너보다 더 고약한 모래바람이구나.', '하늘도 너처럼 이랬다저랬다 변덕을 부리면서 무얼 잘못했는지는 말도 안 해 준다.', '이곳의 아녀자들은 모두 용감하고 건장해서 말을 타면서 활도 쏘더구나,

이번에 돌아가면 말 타는 법을 가르쳐 주겠다.' 등과 같은 글이었다.

가끔 글이 막히면 의미심장한 시를 적었다.

'어젯밤과 다른 별인 듯한데, 나는 누굴 위해 한밤중에 바람을 맞으며 서 있는 것인가.[2]' 이건 그나마 좀 나았다. '임 그리며 지새는 밤은 또한 정이 많아서인가? 땅 끝 하늘 끝도 내 마음처럼 길지 않으리.[3]'는 조금 닭살 돋았고, '나는 별 너는 달이 되어, 매일 밤하늘을 휘영청 밝히자.[4]' 는…….

명란은 서신을 든 채 웃으며 침상에 누웠다. 네, 좋아요. 당신은 별이 되고 나는 달이 되어 돌아오면 서로 부둥켜안고 놓지 말아요.

우유 계란죽 반 그릇을 비우고 고개를 꾸벅거리며 졸고 있는 아들에게 명란은 진하게 입을 맞추고는 배시시 웃으며 말했다.

"공부 열심히 해야 한다. 너희 아버지처럼 이상한 책에서 글을 베끼면 안 돼."

그날 밤, 명란은 편지를 읽고 또 읽었고, 열 장이 넘는 편지를 가슴에 품고 스르르 잠에 빠졌다.

다음 날, 가희거를 찾은 차삼낭의 좋아진 혈색과 밝은 표정, 윤기 흐르는 피부를 보니 뜨거운 밤을 보내고 푹 잔 게 분명했다. 명란이 농담

---

2) 似此星辰非昨夜사차성진비작야, 為誰風露立中宵위수풍로입중소. 청나라 시인 황경인黃景仁의 〈기회綺懷〉의 한 구절.

3) 相思壹夜情多少상사일야정다소, 地角天涯未是長지각천애미시장. 당나라 시인 장중소張仲素의 〈연자루燕子樓〉의 한 구절.

4) 願我如星妳如月원아여성니여월, 夜夜流光相皎潔야야유광상교결. 남송 시인 범성대範成大의 〈차요요편車遙遙篇〉의 세 번째 구절 중 임금, 남편 등 남성을 지칭할 때 쓰는 君을 여성을 가리키는 妳로 치환한 표현.

을 몇 마디 던지자 차삼낭이 바로 방문 목적을 밝혔다.

그녀가 분명한 어조로 전한 몇 마디 말에 명란은 매우 놀랐다.

"석장이 소도를 아내로 들이고 싶어 한다고요?"

차삼낭이 손수건을 만지작거리며 난감한 듯 말했다.

"집을 떠난 지 몇 달이나 됐잖습니까. 며칠 뒤 돌아갈 계획인데 그 녀석이 어젯밤부터 수상하더군요. 골똘히 생각에 잠겨서는 밥도 안 먹고, 무슨 일이냐고 물어도 조개처럼 입을 꾹 다물고 있다가 형이 주먹을 들자 그제야 입을 열었는데, 글쎄 몇 년 전 소도 낭자를 본 뒤로 계속 마음에 품고 있었답니다. 이번에 돌아와서 봤더니 더 성숙해진 모습에 마음이 동한 거죠."

명란은 한참을 멍하니 있다가 더듬거리며 말했다.

"석장은…… 소도의…… 어떤 면이 좋대요?"

해적을 만났던 몇 년 전, 명란은 구출된 뒤 바로 옷을 갈아입고 쉬었다. 이후 내내 방 안에 앉아 마음을 안정시켰고, 나머지는 계집종들이 분주하게 왔다 갔다 하며 뒤처리를 했다. 그때 석장이 도와주었으니 당연히 그녀의 계집종들을 봤을 것이다.

소도는 좋은 아이가 분명했지만, 외모가……. 명란은 소도를 떠올렸다. 동글동글하고 소박한 데다 투박하고 둔한 것이 영락없는 시골 처녀였다. 그런데 첫눈에 반했다고?

차삼낭도 난처해하며 말했다.

"그건 저도 모르겠어요. 부인께서 직접 그 녀석에게 물어보시는 게 어떨까요?"

명란은 고개를 끄덕였다. 외간 남자는 안채에 들어올 수 없어서, 그녀와 차삼낭은 가마를 타고 청당으로 향했고, 사람을 보내 석장을 불러오게 했다.

청당에 도착하니 입구에 서 있는 석장이 보였다. 머리는 천장에 닿을 듯했고, 붉은 얼굴은 꼭 잘 익은 계란 같았다. 다만 목구멍이 막히기라도 했는지 죽어도 입을 열지 않았다.

차삼낭은 아들이나 다름없는 석장의 모습이 답답하고 한심해서 세게 쥐어박으며 말했다.

"말 좀 해요! 때마침 부인도 계집종들의 남편감을 물색 중이시라는데 계속 이렇게 말 안 하면 다 잡은……."

아차, 아직 일이 어떻게 될지도 모르니 아직 다 잡은 고기는 아니었다.

"계속 말 안 하면 될 일도 안 되니까……!"

차삼낭이 주먹을 휘두르며 호통쳤다.

명란이 깔깔거리며 웃자 청당의 분위기가 한층 부드러워졌다.

"말해보렴. 소도의 어디가 좋은 거니? 이유도 말하지 못하는데 내가 어찌 마음 놓고 소도를 멀리 시집보내겠어?"

명란이 다정하게 말했다.

석장은 이마에 흐르는 땀을 닦으며 어쩔 줄 몰라 했다. 그는 형수를 보다가 병풍 뒤의 그림자를 보더니 마침내 용기를 내어 말했다.

"소도 낭자는……."

한참을 머뭇거렸다.

"착한 낭자입니다!"

차삼낭은 어렸을 때부터 너무 엄하게 키운 것은 아닌가 하는 생각에 절망했다.

명란은 한숨을 쉬고는 중학교 학생주임 선생님이 학생을 구슬려서 연애 이야기를 털어놓게 할 때 쓰는 말투로 말했다.

"그러면, 몇 년 전 처음 소도를 봤을 때 어떤 상황이었어⋯⋯?"

명란의 원래 계획은 그 바보같이 착한 아이에게 듬직한 남편을 찾아 주고 제 가까이 살게 하는 것이었다. 그래야 돌봐 줄 수 있으니까.

석장은 그때를 회상하며 두서없는 말을 한참 늘어놓았는데, 그중 중요한 말은 딱 한 문장이었다.

"⋯⋯배에 타고 있던 낭자들은 모두 놀라서 울거나 욕하거나 아니면 덜덜 떨면서 말 한마디도 못 했는데⋯⋯ 소도 낭자만 그러지 않았습니다."

"그럼 뭘 하고 있었지?"

명란도 궁금해졌다.

지체 높은 집안의 안채에서 곱게 자란 계집종들이 언제 도적을 봤겠는가. 당시에 배는 이미 기슭에 댄 상태였지만, 물 위에는 시체들이 둥둥 떠다니고 있었다. 그리 멀지 않은 곳에 있던 배에서 불길이 꺼지면서 시체 그을음 냄새가 퍼지기 시작했고, 갑판 곳곳에는 마르지 않은 핏자국이 흩어져 있었다. 막 구출된 계집종들은 놀란 마음을 가라앉히기도 전에 뒷정리를 해야 했기에 안색이 좋지 않은 것은 당연했다.

석장은 환상에 젖은 표정이었다.

"⋯⋯소도 낭자가 작살 한 자루를 빌리더니 얕은 물가로 가서 통통한 생선을 열 마리 넘게 작살에 끼워서 들어 올리고는 기슭으로 달려갔어요. 그런 다음, 비수를 꺼내 그 자리에서 생선 머리를 잘라내고 비늘을 벗기고 배를 갈라 내장을 제거한 뒤 흥얼거리면서 돌아갔지요."

이번에는 명란뿐 아니라 차삼낭까지 어안이 벙벙해졌다. 그녀는 어린 도련님의 이마를 짚어보고 싶은 것 같았다. 생선 머리를 자르는 모습이 매력적이라니?

"전 그런 사람을 아내로 맞고 싶습니다!"

석장이 주먹을 쥐며 확고하게 말했다.

한참 아무 말도 하지 않던 명란은 겨우 한마디 쥐어짰다.

"이건…… 소도에게도 물어봐야겠구나……."

바보 같은 아이의 성격이 생각나서 한마디 덧붙였다.

"금방 답을 못 줄 수도 있어."

차삼낭이 웃으며 말했다.

"급하지 않습니다. 그렇게 오랫동안 데리고 있던 아이인데, 부인께서도 당연히 이것저것 따져 보셔야죠. 저희 도련님은 아직 나이도 어린데다가 남편의 숙부님이 돌아가신 지 일 년도 채 안 됐으니 천천히 하세요, 천천히. 부인께서 결정을 내리신 뒤 다시 이야기해요."

그녀는 석장처럼 단순한 성격도 아니었고 모든 일에 생각이 많고 깊었다. 어린 도련님이 사랑하는 여자를 아내로 맞으면 당연히 좋은 일이었고, 녕원후 부인이 어릴 때부터 데리고 있던 아이라면 더 좋았다. 이익을 얻고자 욕심부리는 것이 아니라 후부와 조금이라도 더 연줄이 닿아 있다면, 나중에 자신과 석갱이 세상을 떠나고 조방에서 석씨 집안의 세력이 약해져도 딸과 어린 도련님을 돌봐 줄 것이기에 고생하지는 않을 거라는 생각 때문이었다.

• • •

방으로 돌아간 명란은 웃을 수도 울 수도 없는 기분으로 곧장 소도를 불러 물었다.

소도의 반응은 예전의 단귤보다 나았다. 그녀는 얼굴도 안 붉히고 한참을 멍하니 있더니 물었다.

"시집간 뒤에도 마님과 함께 살 수 있나요?"

명란이 말했다.

"그건 안 된다. 집이 좀 멀어서 여기까지 오는 데만 보름은 걸릴 거야."

소도가 바로 고개를 저었다.

"그럼 시집 안 갈래요."

"바보야, 무엇 때문에 그러는 거야?"

소도가 시무룩한 목소리로 말했다.

"예전에 단귤 언니랑 약속했어요. 언니가 너 외지로 시집갈 거면 난 시집가지 않겠다고 하길래, 언니는 기다리는 사람이 있지만 나는 없으니 마님 곁에는 내가 있겠다고, 그러니까 마음 놓고 시집가라고 했다고요. 약속을 어길 수는 없잖아요?"

명란의 마음이 뭉클해졌다.

"너희들……."

그녀는 단이를 안는 것처럼 소도의 머리를 끌어당겨 품 안에 안고 어루만졌다. 명란의 눈에는 소도가 한참 어리디어린 아이로만 보였다.

"바보야, 이건 단귤에게도 한 말인데 너에게도 해야겠구나."

명란의 코끝이 찡해졌다.

"나는 단 한 번도, 정말 단 한 번도 너희가 평생 누릴 수 있는 행복을 포기하고 내 곁에 남아 있기를 바란 적이 없어."

비록 그녀도 섭섭하지만 말이다.

애써 차오르는 눈물을 참으며 명란은 소도의 얼굴을 잡고 진지하게 말했다.

"어려서부터 너는 날 단 한 번도 속인 적이 없었지. 그러니 지금도 솔직하게 말해보렴. 너도 석장 도령 알잖니. 너…… 혹시 그 사람 좋아하니……?"

소도는 한참을 멍하니 생각하다가 고개를 흔들며 말했다.

"모르겠어요."

명란이 답답하다는 듯 말했다.

"그러면 그가 어떤 사람인 것 같아?"

소도가 울음 섞인 목소리로 말했다.

"서북으로 가기 전에 그 사람이 다른 사람을 통해 저에게 몇 번이나 물건을 보냈어요. 안아재安雅齋의 소당酥糖[5], 덕복거德福居의 족발 장조림, 서가西街의 연근 연잎밥 같은 거요……. 이번에도 맛있는 음식들을 한가득 줬어요. 제가 좋아하는 음식을 어떻게 알고 있냐고 슬쩍 물어보니까 자기가 좋아하는 음식들로 보낸 거라고 하더라고요."

말하다 보니 진짜 눈물이 났다. 순간 무슨 잘못이라도 한 것처럼 당황하여 어찌할 바 모르는 소도였다.

명란이 탄식하며 말했다.

"울긴 왜 울어, 바보같이. 서로 잘 맞구나. 둘 다 먹어보면 좋은 거지, 뭐."

그녀는 소도의 눈물을 닦아 주며 물었다.

"그럼 그와 함께 살고 싶니? 평생 동안 말이야."

소도는 또 멍한 표정을 지었다.

명란은 웃기면서도 기운이 빠져서 손을 내저으며 말했다.

"됐다. 일단 가 봐. 다른 사람에게는 아무 말 하지 말고. 내가 좀 더 생

---

5) 실타래처럼 늘인 엿에 콩고물 등을 입혀서 바삭바삭하게 만든 과자.

각해보마.”

어느 쪽이 적절할까. 저 착한 아이를 곁에 남겨 두는 것이 좋을까, 아니면 내보내서 독립적인 인생을 살게 하는 것이 좋을까. 명란은 머리를 싸매고 고심했다.

차삼낭은 영리한 사람이었다. 며칠이 지나지 않아 명란의 고민을 간파한 그녀는, 자신은 남편과 함께 조방의 일을 처리해야 해서 먼저 돌아가야 한다며, 석장은 조금 더 머무르면서 도가 형제에게 가르침을 받을 수 있도록 은혜를 베풀어 달라고 청했다.

이 일로 머리가 아팠던 명란은 단번에 허락했다. 차삼낭은 사람을 다룰 줄 아는 사람이라 한 번도 입과 손이 궁해 본 적이 없다. 일찍이 차삼낭에게 넘어간 도씨 집안의 두 부인은 이 소식을 듣고는 기꺼이 호의를 베풀었다.

이렇게 후부에 남은 석장은 외원에 있는 공손맹의 거처와 가까운 곳에서 지내게 되었다. 그는 낮에는 우락부락한 도호에게 권법을 배우며 실컷 얻어맞고, 끝나면 거리에 나가서 맛있는 음식을 찾아다녔다.

석장의 거처가 손쉽게 해결되어 료용댁이 명란에게 보고하러 왔을 때, 마침 명란은 낮잠을 자고 있었다. 그래서 하하에게 말을 전해 달라고 부탁했다. 하하는 알겠다고 한 뒤 료용댁을 배웅하고는 자기 방으로 돌아갔다.

벽사가 구들에 늘어져 있는 것을 본 하하가 웃으며 잔소리를 했다.

“못됐어! 료용댁이 왔는데 버릇없이 자는 척을 해?!”

벽사는 심드렁하게 손에 든 시집을 뒤적이며 애교 섞인 미소를 지으며 말했다.

“잠깐 쉬게 해줘. 너 하루, 나 하루 쉬자.”

하하가 한동안 바닥에 놓인 화로를 보다가 멍하니 말했다.

"보아하니 소도 언니도 평생 기댈 곳이 생기겠어."

그 말에 벽사가 구들에서 벌떡 일어나 다급하게 물었다.

"설마 그게 정말이었어?"

그러고는 혼잣말을 중얼거렸다.

"어쩐지 하루가 멀다 하고 이것저것 보내더라."

석장의 건장한 체격과 조방의 부유함을 떠올린 그녀가 입을 삐죽거리며 말했다.

"부끄러운 줄 모르고 몰래 서로 주고받기는!"

하하가 고개를 저으며 놀리듯 말했다.

"언니, 샘나는구나? 보내 준 음식들은 언니도, 나도 다 나눠 먹었잖아. 그리고……."

그녀는 입을 약간 오므린 채 말했다.

"하유창댁이 아무 말도 안 하는 걸 보니 마님의 뜻인 게 분명해."

벽사가 울적해하며 말했다.

"누가 샘을 낸다고 그래! 취미 언니는 옛날부터 소도랑 단귤 언니만 예뻐했고, 마님도 항상 그 둘만 데리고 다니셨잖아. 그 멍청한 애 대체 어디가 좋다는 걸까?"

하하는 우습다는 듯 그녀를 봤다.

"나는 나중에 들어와서 언니들이랑 비교할 수는 없지만, 언니는 쌤통이다!"

"그게 무슨 뜻이야?"

벽사가 작게 물었다.

하하가 말했다.

"마님을 모신 지 얼마 안 됐지만 너그럽고 상냥한 분이라는 건 나도 알겠어. 하물며 언니들은 어릴 때부터 모셨잖아. 그러니 좋은 게 있으면 챙겨 주려고 신경 쓰시지 않겠어?! 진상 언니랑 단귤 언니는 시집갔는데도 마님께서 종종 이것저것 보내시잖아. 이런 주인을 만나다니…… 아휴, 조상님의 은덕이지."

그녀는 난로 옆으로 가더니 뜨거운 차를 한잔 따라서 호호 불었다.

"연초라는 사람은 본 적 없고, 약미 언니는 마님께 폐를 끼쳤잖아. 그리고 언닌……."

그녀는 벽사 옆에 앉아 장난치듯 이마를 콕콕 찔렀다.

"정말로 구제 불능이야."

벽사는 뽀로통하게 몸을 틀었다.

하하는 계속 웃으며 말했다.

"언니처럼 먹기만 좋아하고 게으른 사람은 정말 처음 봐. 옷이나 연지를 나눠 줄 때는 제일 먼저 달려가면서, 일해야 할 때는 사라져서 보이지도 않잖아. 튼실한 거위랑 오리, 능라비단을 주고 가도 매일 수본도 그리다 말고, 수도 두세 바늘밖에 안 놓잖아. 쉴 때는 책 보는 거 아니면 먹고 마시는 게 다고. 아미타불, 부처님. 시중들러 온 거야, 아니면 받으러 온 거야? 마님이랑 언니들이 성격이 좋으니까 뭐라고 안 하는 거야. 다른 집이었으면 언니를 이대로 가만히 뒀을 것 같아?!"

천성이 느긋한 벽사는 평생 이렇게 잘 먹고, 잘 입고, 일도 안 하고, 계집종들의 시중도 받으며 한가롭게 살고 싶었다. 하지만 언니나 동생들이 하나씩 혼인하는 모습을 보니 괜스레 마음이 조급해졌다.

"그래 봤자 강호를 떠도는 잡역부 같은 건데, 뭐 대단하다고!"

그녀는 조용히 중얼거렸다.

하하가 웃으며 말했다.

"무슨 헛소리야. 좋은 사람이 아니라면 마님께서 이렇게 고민하시겠어? 석 부인의 옷이나 장신구를 생각해 봐. 거기다 눈 하나 깜빡하지 않고 은자를 쓰잖아."

곧이어 한숨을 내뱉으며 말했다.

"진짜 시집가면 그 댁 마님이 되는 거지."

"나름대로 있다는 집안이 왜……."

벽사는 얼굴을 붉히며 목소리를 낮추었다.

"왜 더 예쁜 사람을 동서로 안 고르는 거야. 보는 눈이 없으신가?"

하하는 실소를 터트렸다.

"언니, 정말 바보야?"

설명해도 못 알아들을 것 같다는 생각에 아예 직설적으로 말했다.

"석씨 집안은 많은 자손을 원해. 석씨 부인이 진작 알아보셨지. 소도 언니가 아들 낳을 상이라고 얼마나 좋아했는데."

그녀는 차를 한 모금 마시고 말을 이었다.

"보는 눈이 없다고? 하하, 석씨 부인은 마님의 마음이 흔들린 걸 진작 눈치챘어. 다만 소도 언니가 좀 아둔하니까 마님께서 석장 도령의 성품이 어떨지 걱정하신 거지. 그래서 석 부인이 마님께서 살펴볼 수 있도록 석장 도령을 남겨 뒀잖아. 이제 마님께서 소도 언니 대신 결정을 내리시겠지."

마음이 급해진 벽사가 하하의 소매를 잡고 늘어졌다.

"그, 그럼 난 어떡해? 녹지 언니도 거의 정해졌잖아. 마님께서 외원의 진 관사를 눈여겨보고 료용댁에게 진씨 집안 어른들과 얘기해보라고 했다던데, 나만……."

하하는 그녀의 손을 토닥이면서 위로했다.

"마님 성격상 언니를 푸대접하진 않을 거야."

하지만, 이렇게 편한 것만 좋아하고 일하기 싫어하는 계집종의 남편감을 그리 신경 써서 찾지는 않으실걸. 아마 앞으로 언니는……, 후후, 생활이 좀 검소해질 수도 있겠네.

벽사는 다루기 쉬웠다. 나리의 침대로 기어 올라갈 용기도, 열심히 일할 의지도 없었고, 근면 성실하게 살려는 노력도 하지 않았다. 하하의 말을 듣고는 마음 놓고 다시 퍼질러 누워서 시집을 뒤적거리는 것이 부잣집 아가씨가 따로 없었다.

하하는 턱을 괴고 그녀를 보면서 웃었다.

사실 그녀는 소도가 시집가길 바랐다. 그러면 자신에게도 잘 보일 기회가 더 많아질 테니까. 이렇게 사리에 밝은 좋은 집안에서 계집종 노릇을 하는 것도 복이었다.

녕원후부에는 늘 평화롭고 온화한 분위기가 감돌았다. 계집종들끼리 시기 질투할 필요 없이 그저 열심히 일하기만 하면 나중에 녹지만큼은 아니더라도 잘 먹고 잘살 수 있었고, 운이 좋으면 노비 신분을 벗고 밖에 나가서 가정을 이루고 터를 잡고 살 수도 있었다.

제212화

사람에겐
칭찬이 필요하다

석장은 매일 외원에서 도가 형제에게 훈련을 받았고, 소도는 변함없이 안채에서 맛있는 음식을 선물 받아 풍족한 생활을 했다. 가희거의 계집 종들은 옆에서 많이 얻어먹은 데다, 평소 소도의 온화한 성격을 생각하면 나중에 제게 좋은 일이 생길까 싶어 비웃거나 놀리는 대신 석장에 관해 좋게 이야기하기 시작했다.

두 번 연달아 꿀 바른 돼지고기 요리를 받자 둔감한 소도도 마침내 감동하여 감사 인사를 전해야겠다고 마음먹었다. 그녀는 글을 쓸 줄 몰라 반듯한 모양의 튼튼한 두루주머니 두 개를 만들어 선물했다.

한 사람은 계속 선물을 주고, 한 사람은 계속 고마움을 표하더니 조금씩 가까워지기 시작했다. 그렇게 시간이 흘러, 만나면 다섯 마디도 못 나누던 두 사람은 어느새 인생과 꿈에 관한 이야기부터 달과 별 그리고 예전에 함께 잡은 물고기에 관한 이야기까지 나누었다.

다른 사람의 입을 통할 필요 없이 소도는 모든 일을 명란에게 고스란히 털어놓았다. 어려서부터 형님 부부를 따라 각지를 떠돌아다닌 석장은 지역마다 지닌 특색과 풍습은 물론, 재미있는 이야기까지 알고 있어 제법 식견이 높았다. 비록 서투른 말솜씨였지만 내용이 알차서 소도의 탄복을 끌어내기에 충분했다. 소도가 존경하는 사람을 대하는 방식이 한 가지 있는데, 바로 과하게 칭찬을 하는 것이다.

명란은 그들이 서로 예의를 지키며 자중하고 선을 넘지 않는 모습에 대견해 하면서도, 한편으로 괜스레 쓸쓸한 마음이 들었다. 십여 년의 세월 동안 소도는 그녀에게만 '정말 똑똑하세요, 정말 박학다식하세요, 정말 대단하세요.'라고 칭찬했었다.

명란은 불현듯 석장을 불러 괜한 트집을 잡고 싶다는 충동이 들었다.

그날 오전, 명란은 취미와 물품 책자를 살피고 있었다. 겨울 사이 모피 선물을 많이 받았다. 하지만 식구라고는 얼마 되지 않은 터라 어른뿐만 아니라 한창 크고 있는 두 여자아이까지 모두 검은 양털 상의와 모자를 만들어 쓰고, 새해에 친척들에게 나누어 주고도 여전히 적잖은 양이 남았다.

봄이 조금씩 가까워지자 명란은 쌓아 둔 물건이 상할까 봐 걱정되기 시작했다. 그녀는 사람 키의 반만 한 높이의 녹나무 궤짝 열 개를 새로 만들어 따뜻한 햇볕에 바짝 말린 모피를 차곡차곡 쌓아서 보관하기로 했다.

반나절을 바삐 움직이다가 점심이 되어서야 일이 끝났다. 명란은 두 사람이 같이 메야 할 정도로 크고 튼튼한 녹나무 궤짝을 보며 혀를 내둘렀다. 어쩐지 옛날 할아버지, 할머니들을 보면, 화수분이라도 옆에 끼고 것처럼 하루가 멀다고 자손들에게 선물을 준다 했다. 이대로 가면 자신도 할머니가 될 때까지 수많은 재물을 모아 둘 수 있을 것 같았다.

취미는 명란이 살짝 눈살을 찌푸리자 다른 뜻으로 착각하고는 미소 지으며 달래듯 말했다.

"마님, 물건이 상하진 않을 테니 걱정하지 마세요. 지금이야 집안에 사람이 별로 없지만, 마님께서 도련님과 아가씨를 더 낳으시면 아이들로 북적일 테고, 하나둘 크면 오히려 부족할 수도 있어요."

명란은 별다른 말 없이 빙그레 웃고는 취미에게 마무리하라고 당부한 뒤 자신은 따뜻한 구들 위에 누워 낮잠을 청했다. 잠시 후 잠에서 깬 그녀는 머리를 매만진 후 유모에게 단이를 데려오라고 했다. 말을 가르칠 생각이었다.

발그스레한 뺨에 베갯잇 자국을 단 채 단이가 유모의 손을 잡고 방으로 들어왔다. 단이는 족제비의 짧은 털이 섞인 빨간색 오자에 부귀와 장수를 뜻하는 무늬의 금색 자수가 놓인 옷을 입고, 동그란 호랑이 머리가 달린 신발을 신고 있었다. 단이는 명란을 보자마자 유모의 손을 놓고는 뒤뚱거리며 다가왔다. 그리고 어미가 안기도 전에 구들 위로 끙차 소리를 내며 기어올랐다.

유모는 만면에 웃음이 가득했다.

"큰 도련님은 날이 갈수록 잘 걷네요. 방금 잠에서 깨서 그렇지, 평소 걸어 다니실 때는 손도 못 잡게 한답니다."

명란이 회임한 뒤로 그녀는 눈치 빠르게 단이를 '큰 도련님'이라고 불렀다.

명란이 말했다.

"내가 이제 몸이 무거우니 유모가 더 많이 신경 써주게. 나중에 단이가 크면 잊지 않고 유모를 잘 챙길 것이네."

유모가 털썩 무릎 꿇고 앉아 말을 쏟아냈다.

"마님과 단이 도련님을 모시는 거야말로 쇤네의 복입니다. 이렇게 큰

대갓집 도련님을 보살피고 싶어 하는 사람이 얼마나 많은데요. 쇤네가 한 게 뭐 있나요."

단이가 모유를 끊은 후, 노대부인이 보냈던 두 유모 중 하나는 벌써 내보내졌다. 자신은 매일 몸가짐을 신중히 했을 뿐만 아니라 인내심을 가지고 아이를 보살핀 덕에 녕원후 부인의 눈에 들어 후부에 남을 수 있었던 것이다.

명란은 미소를 짓더니 단이 교육은 자기가 할 테니 가서 간식이나 먹으며 좀 쉬다 오라고 했다.

단이는 갓난아기 때부터 건강했다. 잘 먹고 잠도 잘 자서 걸음걸이도 힘찼다. 하지만 말이 아직 서툴렀다.

명란이 소 씨를 가리키며 '큰어머니'라고 알려줬더니 단이는 '큰머리'라고 불렀고, 화란을 가리키며 '이모'라고 알려주니 '미모'라고 말했다. 용이와 한이는 반나절 내내 '누나'라고 가르쳐줬더니 '우나'라고 했다.

우나는 무슨! 울긴 누가 울어!

명란은 한나절 씩씩대다가 나중에서야 자신이 말려들었다는 생각이 들었다. 오늘이야말로 기필코 단이의 발음을 교정하고 말겠다 다짐한 그녀는 구들에서 조금 놀아주다가 소도에게 키 낮은 작은 걸상을 가져오게 해 단이를 똑바로 앉혀놓고 수업을 시작했다.

그녀는 옆에 있는 원형 탁자를 가리키며 또박또박 말했다.

"책상."

단이가 옹알거리며 말했다.

"……태상."

명란은 이마에 핏줄이 섰지만 간신히 참고 말을 천천히, 길게 늘이며 가르쳤다.

"따라해봐. 집."

단이가 천진난만하게 말했다.

"지."

명란이 화를 냈다.

"바보!"

단이는 까르르 웃으며 따라 했다.

"빠. 빠."

명란은 저도 모르게 울화가 치밀었다. 순간적으로 아들이 장난을 치는 건가 의심했다가, 이내 신체 발육만 좋지 유전자는 형편없는 고정엽 탓이라는 생각이 들었다. 최씨 어멈이 찜그릇을 들고 들어오다가 모자가 서로를 째려보고 있는 걸 보고는 웃으며 말했다.

"마님, 뭐 그리 급하세요. 말을 할 줄은 아니 걱정 마십시오. 그리고 옛말에 말이 늦게 트일수록 커서 말을 잘한다잖습니까."

명란은 의심스러웠지만 얌전히 숟가락을 들고 음식을 먹기 시작했고, 최씨 어멈은 단이를 다정하게 안고 우유 계란죽을 한 숟가락씩 떠먹였다. 단이는 제 어미가 맛있게 먹는 모습을 구경하며 몸부림치지 않고 얌전히 받아먹었다.

모자가 입을 헹구고 입가를 막 닦았을 때, 심청평이 왔다는 소식을 전해 들었다.

명란은 황급히 구들에서 내려와 신발을 신고 쪽 찐 머리에 떨어질 듯 걸쳐진 주잠을 똑바로 한 뒤 하하에게 옷차림을 정돈해 달라고 했다. 그런 다음, 거울로 차림새를 확인한 후 밖으로 나가 기다리니 곧 심청평이 계집종 한 명과 어멈 한 명을 데리고 웃으며 들어왔다.

"귀한 손님 오셨네."라고 작게 중얼거린 명란은 한 손으로 불룩한 배를 받치고, 다른 한 손으로 심청평을 잡아 초간으로 이끌었다.

"평생 집 밖으로 안 나오시는 줄 알았습니다! 사람들 말로는 아이를 낳은 뒤로 현모양처가 되셔서 바깥출입을 전혀 안 하신다고 하던데요."

명란은 말하면서 심청평의 안색을 살폈다. 몸은 여위어 홀쭉해졌지만, 낯빛은 훨씬 좋아 보였다. 단지 막 출산한 사람답게 몸이 풍만한 게 아니라 오히려 전보다 말라 있었다.

심청평은 부끄러워하며 한숨을 푹 내쉬었다.

"예전에는 세상에 무서울 게 없었는데 이제는 제가 못난 사람이란 걸 알았어요. 최근 몇 달 동안 딸 돌보랴, 또……. 아휴, 사실대로 말하면 사람들이 이것저것 물어볼까 봐 걱정해서예요. 형님이 저더러 좀 넓게 보라고 하셨는데, 생각해보니 다른 사람은 몰라도 부인과는 마음도 잘 맞는데 연을 끊으면 안 되겠다 싶더라고요."

그녀는 출산 후유증으로 꼬박 두 달을 몸조리했다. 그러고 몇 달 뒤에 딱 한 번 대문을 나섰는데, 그나마도 절에 소원 빌러 간 것이었다. 이제는 예전처럼 여기저기 돌아다니면서 헛소문을 퍼트리고 다닐 기력이 없었다.

명란은 안타까웠지만 애써 웃음 지으며 어멈이 품에 안고 있는 강보 안을 보았다. 긴 눈썹에 커다란 눈망울을 가진 깜찍한 아기는 심청평을 빼다 박았다. 단지 너무 가냘파서 새끼 고양이가 떠오를 만큼 연약해 보였다. 이때 녹지가 큰 쟁반을 들고 왔다. 거기엔 붉은 비단에 싸인 순금 아기 장신구가 놓여 있었다.

"부인의 아기를 위해 준비해 둔 것이에요. 부인께서 겁쟁이처럼 계속 두문불출하시면 제가 해산 후에 쳐들어가려고 했습니다."

명란은 웃으며 녹지에게 심청평이 데려온 어멈한테 건네주게 했다.

"흥, 겁쟁이는 부인이지요."

심청평은 툴툴거리며 웃고는 금팔찌와 금발찌를 들어보았다. 정교한 금쇄편金鎖片[1]도 있었다. 반쯤 핀 연꽃 봉오리 형태였는데 정면에는 큼지막한 '복福'자가 매끄럽게 새겨져 있고, 뒷면에는 '평안백세平安百歲'라는 글자가 각인되어 있었다. 금쇄편 아래에는 자그마한 연꽃 열매들이 달려 있었다.

"신기한 문양이에요. 이런 건 처음 봅니다."

심청평은 마음에 드는지 손으로 매만졌다.

명란이 웃으며 말했다.

"부인 집안에 어르신들이 많이 계셔서 길운을 상징하는 것들은 이미 많이 가지고 있을 것 같아서요. 제가 직접 그림을 그려 금방에 가서 만든 거예요. 꼭 차고 다니지 않아도 되니 가지고 놀라고 하세요."

심청평은 명란이 준비한 선물이 단순히 물건만은 아니란 걸 알고 있었다. 자신이 나중에 아들을 낳기 힘들 거란 걸 알고는 일부러 예쁜 물건을 주며 기분 좋게 해주려는 마음이 명란의 선물일 것이다. 그녀는 감격해서 목이 멨다.

"고마워요, 날 생각해줘서. 난…… 난……."

명란은 그녀가 눈물을 흘릴까봐 황급히 최씨 어멈을 불러 단이를 데려오게 했다. 심청평을 가리키며 '숙모'라고 불러보라 하자 단이는 우렁찬 목소리로 '순모'라고 말했다. 다행히 발음이 비슷해서 다른 사람들은 이상한 걸 알아채지 못했다.

---

1) 아이를 위한 액막이 부적 개념으로 만든, 자물쇠 모양의 금목걸이.

심청평은 씩씩하고 늠름하고 뽀얗고 동글동글한 단이가 너무 예쁜 나머지 품에 안고 연신 입을 맞추며 놓아주지 않았다.

"반년을 못 봤더니 벌써 이렇게 컸구나."

그녀는 단이 생일을 기억하고는 말했다.

"오늘 가지고 온 것이 없구나. 두 돌 때 숙모가 꼭 좋은 선물을 준비해 올게."

잠시 다정하게 웃으며 장난치다가 심청평은 계집종과 어멈을 물렸고, 명란도 최씨 어멈에게 단이를 데리고 나가라 일렀다. 심청평의 아기만 따뜻한 구들 위에서 까무룩 잠이 들어 있었다. 심청평은 딸이 자신의 시야에서 멀어지는 것을 원하지 않아 명란과 함께 신발을 벗고 구들에 올라가 앉았다. 그녀는 딸을 살살 토닥거리며 미소 지었다.

"듣자 하니 우리 올케가 최근 성씨 집안에 중매를 섰다지요."

명란은 멍하니 있다가 심청평이 말하는 '우리 올케'가 장 씨라는 것을 알아차렸다. 조금 의아했지만 계속 미소를 유지하며 말했다.

"지난달에 할머니께서 서신을 보내셨어요. 이번 중매가 잘된 것 같다고요. 셋째 올케가 직접 가서 혼담을 꺼냈는데, 정혼을 먼저 맺고, 몇 년 뒤에 정식 혼례를 올리자고 했다는군요."

심청평이 웃으며 말했다.

"부인 할머님께서는 시원시원한 데다 손도 큰 분이시더군요. 듣기로는 비취 팔찌를 정혼 선물로 보내셨답니다. 올케 말이 전체적으로 투명한 데다 무늬나 취색까지 그렇게 고운 비취는 처음 봤대요. 중원의 물건은 아닐 텐데, 분명 보기 힘든 진귀한 물건이었던 거죠."

명란은 할머니가 장동의 예물이 초라할 것을 걱정해 그랬다는 것을 알고 있었다. 게다가 서출이 아닌가. 장동은 장백처럼 왕 씨가 예물을 준비해주는 것도 아니고, 장풍처럼 임 씨의 재산이 있는 것도 아니었다. 그러니 예물 중 귀중품이 없으면 처가에서 얕잡아 볼 수 있었다.

명란이 웃으며 설명했다.

"그건 할머니의 패물일 겁니다. 원래 효국驍國 왕실의 물건이었는데 서씨 집안 어르신께서 전남滇南[2]을 정벌했을 때 얻은 전리품이라더군요. 나중에 무황제가 용의후부에 하사하셨다 들었습니다. 휴, 지금은 그쪽이 다 봉쇄됐으니 어디에 이처럼 좋은 물건이 있겠습니까."

"그런 내력이 있었군요."

심청평은 열심히 듣더니 다리를 탁 내려치며 말했다.

"어쩐지 저희 아저씨와 아주머니가 보시더니 아무 말씀도 안 하시더라고요. 우리 올케 말로는 혼수를 더 할까 상의 중이라고 합니다."

심씨 가문은 은자나 전답이 부족하지 않았지만, 이제 막 고위직에 오른 집안이라 역사가 있는 진귀한 물건이 없었다.

"괜찮습니다. 저희 할머니께서도 요 몇 년은 경성에 못 돌아오셔서 막내 손자며느리에게 선물로 대신한 거예요. 저희 친정에서 괜히 혼수를 독촉한 꼴이 될 수 있으니 가서서 적당히만 준비하시면 된다고 전해주세요."

명란은 나중에 괜히 문제가 생길 것을 염려해 재빨리 손사래를 치며 말했다.

심청평도 사실 부탁을 받아서 운을 떼본 것이었다. 명란의 말을 듣고는 한시름 놓은 그녀는 웃으며 심가에서 혼수를 준비하다가 생긴 재미

---

2) 운남성.

있는 이야기들을 늘어놓았다.

명란은 한창 듣고 있다가 그녀가 말끝마다 '우리 올케가 어쩌고저쩌고' 말하자 결국 참지 못하고 슬쩍 떠보았다.

"부인……, 올케와는…… 푸셨습니까?"

심청평은 씁쓰레한 웃음을 짓더니 고개를 저으며 말했다.

"옛날 일을 생각해보면 억울할 것도, 분할 것도 없는데 참 쓸데없는 고생을 했어요. 휴, 올케도 힘들었을 거예요."

그녀는 한숨을 내뱉고는 목소리를 낮춰 말했다.

"제가 고생을 해보니 알겠더라고요."

명란은 볼록하게 솟아오른 배를 쓰다듬으며 마음속으로 안타까워했다.

"……부인의 형님은 뭐라고 하시나요?"

심청평은 다정한 눈빛으로 곤히 자는 딸아이를 바라보며 한숨을 내쉬었다.

"형님은 걱정하지 말라고 위로하셨어요. 정씨 집안은 법도를 아는 집안이니 첩실이 아들을 낳아도 제 자리를 넘볼 순 없을 거라고요."

말과 함께 눈물 한 방울이 툭 떨어졌다. 그녀가 황급히 닦아 내고 억지 미소를 지으며 말했다.

"못난 모습을 보였네요. 그렇다고 투기에 눈먼 여자처럼 상공 처소에 첩실이 못 들어가게 막거나 하지 않아요."

그녀는 코를 훌쩍이고는 고개를 들어 곧은 자세로 말했다.

"제 언니는 황후고, 오라버니는 군을 통솔하는 대장군인데, 어떤 여우같은 계집이 감히 저를 밟고 올라서려고 하겠어요? 제가 걱정하는 건……."

그녀는 코끝이 찡해지며 목이 멨다.

"나중에 제가 죽고 나서 이 아이가 외가 형제들의 도움을 받지 못하면 어찌할까 하는 거예요. 형님이 낳은 조카들은 아무리 좋아도 결국 한 다리 건너 사촌이잖아요."

어머니의 마음이란 다 이렇다. 나중에 황후와 국구 모두 세상을 떠나면 사촌 형제들은 각자 혼인해서 독립할 텐데, 그중 몇이나 이 아이를 보살필 수 있을까. 명란은 입장을 바꾸어 생각해보고는 한숨을 내쉬었다. 어떻게 위로해야 할지 몰라서 그저 옆에 묵묵히 앉아만 있었다.

잠시 후 심청평은 눈물을 닦고 부끄러워하며 말했다.

"못난 모습만 보였습니다. 요즘 종일 쓸데없는 생각만 해요. 사실 그렇게 조급할 필요 없는데 말이죠. 나리께서 먼 롱서로 군량미를 운반하러 간데다가……. 휴, 시아버님도 안 좋으시고 시어머님까지 쓰러지셨잖아요. 형님께서 밤낮으로 시부모님 모시랴, 집안사람들 챙기랴 바쁜데 제가 어찌 저 하나만 생각하겠어요. 저도 열심히 거들어야죠."

부친상을 당하면 무장은 출병 명령을 받을 수는 있어도, 첩을 들이고 아들을 낳는 건 생각도 할 수 없었다.

명란은 정 노대인의 병세가 심각하다는 것을 알고 있었기에 딱히 놀란 기색 없이 진심 어린 위로의 말을 건넸다.

"이럴 때일수록 몸을 잘 챙겨야 해요. 하늘이 무너져도 솟아날 구멍은 있다지 않습니까. 어쩌면 서자가 심성이 착해 나중에 적모에게 효도하고 이복 누나를 끔찍이 생각할지도 모르고, 아니면 이 딸아이가 복을 타고 태어나 부인처럼 화목하고 좋은 집안으로 시집가서 남편 사랑도 듬뿍 받고 시댁 식구들과 단란하게 지낼 수도 있지요. 자식은 다 제 복을 제가 갖고 태어난다 합니다. 뭐 하러 벌써부터 사서 걱정을 하세요."

심청평은 눈물을 거두고 웃으며 말했다.

"정말 그리된다면 매일 법화사에 가서 절이라도 올리겠어요."

그녀가 한참을 웃더니 문득 떠오른 생각에 명란의 눈치를 보며 말했다.

"이걸…… 이야기해도 될지 모르겠지만……."

명란은 흘겨보며 짐짓 화내는 척했다.

"무슨 말씀이세요! 그동안 할 말, 못 할 말 다 하시고선!"

심청평은 잠시 고민하더니 천천히 말했다.

"부인도 알겠지만, 충경후부와 한씨 집안은 사돈 관계입니다. 며칠 전 큰아버님, 그러니까 충경후 어르신들께서 시아버님 문병을 오셨는데, 사촌 올케 몇 분도 같이 왔지요. 사촌 올케 한 분이 형님과 한참 이야기를 나눴는데, 나중에 형님이 말해주길……."

그녀는 잠시 망설였다.

"경창대장공주께서 최근 그 집안 셋째 나리에게 이방二房[3]을 들이셨답니다."

명란은 멍해졌다.

"이방을요? 첩을 들인 건가요?"

아들이 첩을 들이는데 공주가 나설 일이 뭐 있단 말인가?

"그저 그런 평범한 소실이 아니라 이름 있고, 학식 있는 사람이랍니다."

심청평이 고개를 저으며 말했다.

---

[3] 둘째 부인 격, 정실과 첩실 사이의 지위를 가짐.

"교유教諭[4]의 여식인데 어쩌다 그랬는지는 모르겠지만 공주님 눈에 들었나 봐요. 그래서 아들에게 들이신 거죠."

명란은 놀란 나머지 말문이 막혔다. 시어머니가 나서서 보란 듯이 이 방을 들이는 것은 대놓고 뺨을 때리는 격이 아니고 무언가? 그녀가 믿을 수 없다는 듯 물었다.

"……혹시 저희 아가씨가 남편의 마음을 얻지 못한 건가요?"

심청평이 고개를 흔들며 목소리를 한껏 낮추고 말했다.

"부인의 아가씨가 성질이 대단하여 하나라도 마음에 안 들면 남편에게 싫은 얼굴을 한다고 들었어요. 남편이 통방이랑 몇 마디라도 하면 며칠씩 앓아눕고, 가녀린 척 울거나 심지어 방 밖으로 내쫓기까지 한답니다. 처음에는 어르고 달랬는데 글공부에 매진해야 하는 사람이 어디 매일같이 아내와 함께 시나 읊으며 비위를 맞춰주겠습니까……"

명란은 들으면서 쓸쓸한 기분이 들었다. 대진 씨를 따라 하고 싶었나 본데, 그것도 두둔해 줄 수 있는, 분별력 없는 고언개 같은 인물이 있을 때나 가능한 일이다.

경창대장공주는 몇 년을 참다가 결국 한계에 다다랐다. 그렇다고 근본도 없는 계집종에게서 손자를 보고 싶지 않아서 학식 있는 집안의 여식을 이방으로 들인 것이다.

"형님께서 부인과 고 태부인 사이가……."

심청평은 적절한 단어를 생각해내지 못했다.

"그러니까…… 껄끄러우니 부인께 언질을 주라고 하셨어요. 부인도

---

[4] 생원을 가르치는 선생.

알고 있어야 한다면서."

명란이 단이를 낳은 날 큰불이 난 뒤로 경성에 각종 소문이 끊임없이 나돌았다. 게다가 분가한 뒤로는 서로 거의 왕래가 없고, 다른 친척이나 지인들만 왕래하는 터라 사람들은 상황을 어림짐작하고 있었다.

심청평을 배웅한 뒤 명란은 미간을 찌푸린 채 잠시 고민하다 곧 마음의 결정을 내렸다. 심적 안정을 되찾은 명란은 하하의 부축을 받으며 천천히 안채로 돌아왔다. 단이가 대자로 뻗어 쿨쿨 자고 있었다.

명란이 들어오는 것을 본 최씨 어멈은 몸을 일으켜 그녀가 앉을 수 있도록 부축했고, 이때 그녀가 중얼거린 혼잣말도 자연스레 듣게 되었다.

'참 친절하기도 하지. 일부러 와서 알려 주기까지 하고……'

최씨 어멈은 따뜻한 차를 내오라며 하하를 내보낸 뒤 무릎을 꿇고 앉아 명란의 신발을 벗겼다. 이어서 겉옷까지 벗겨 주고는 명란이 아들과 머리를 맞대고 누워 쉬도록 했다. 항상 진지하기만 한 얼굴에 보기 드문 장난스러운 미소가 떠올랐다.

"정씨 집안의 두 마님 모두 마님께 잘하는 이유를 정말 눈치 못 채셨습니까?"

최씨 어멈도 옆방에서 두 사람이 나눈 대화를 대충 들은 터였다.

명란이 고개를 돌려 의아하다는 듯 물었다.

"이유? 무슨 이유가 있다는 겐가?"

최씨 어멈은 명란 옆 평상 가장자리에 앉아 자애로운 얼굴로 그녀의 잔머리를 넘겨줬다.

"우리 아가씨처럼 총명하신 분이 눈치를 못 채시다니. 정가의 둘째 마님께서 연신 하신 말씀이 '딸을 무척 아긴다', '나중에 의지할 곳이 없을까 봐 걱정이다'였잖습니까. 사실 그게 뭐 어렵나요? 속사정을 잘 아는 인정 많은 사람에게 부탁하면 그만이죠. 그 댁 첫째 마님도 그건 잘 알고 계실 겁니다."

말하면서 눈길이 명란에게 닿았다가 다시 구들에 누워 있는 단이에게로 옮겨가더니 웃는 듯 마는 듯 묘한 표정을 지었다.

명란은 입이 떡 벌어져서는 고개를 숙여 단잠에 빠진 단이를 한번 보고는 고개를 들었다.

"……설마……?"

말은 그렇게 했지만, 그녀는 생각할수록 그럴 수도 있다는 생각에 순간 소름이 돋았다.

"단이는 앞으로 작위를 물려받을 것이니 아내는…… 현명하고 어진 사람이어야 하네."

심청평의 딸이 싫다기보다는…… 입 밖으로 꺼내기 어렵지만, 차라리 정 부인의 딸이었다면 바로 동의했을 것이다.

어? 그녀의 사고방식이 점점 가보옥의 어머니와 같아지고 있었다.

최씨 어멈은 수심에 찬 명란의 얼굴을 보며 내심 웃음이 나왔다.

"단이 도련님이 아닐 수도 있지요. 제가 보기에 정가 둘째 마님은 딸을 장자의 정실로 보내고 싶어하지 않을 수도 있습니다. 아까도 마님의 상태와 출산일을 물어보지 않았습니까?"

명란은 반사적으로 배를 감싸며 의아해했다.

"……설사 이 아이가 아들이라 해도 부인의 딸보다는 어리잖은가."

최씨 어멈이 웃으며 말했다.

"반년에서 일 년은 별 차이 아닙니다. 작은며느리 노릇이 큰며느리보다 쉽잖습니까."

명란은 바보가 된 기분이었다.

첫째는 두 돌도 안 지났고, 둘째는 아직 태어나지도 않았는데 벌써 며느릿감을 고민해야 할 거라고는 꿈에도 생각지 못했다.

피식 웃음이 터진 최씨 어멈은 명란을 토닥이며 달랬다.

"마님, 조급해할 필요 없습니다. 정가 둘째 마님도 반드시 마님과 사돈을 맺으려는 건 아닐 거고요. 도련님이 커서 어떨지, 품성은 어떻고 또 얼마나 유능할지는 아무도 모르잖아요. 자식 가진 부모로서 찬찬히 지켜보겠죠."

명란은 흐리멍덩하게 있다가 한참이 지나서야 정신을 차렸다.

"……그러면 국구 부인과 갑자기 사이가 좋아진 것도 깨달은 게 있어서이기도 하지만 다른 의도도 있었던 거로군."

국구 부인의 아들은 심청평의 딸보다 여섯 달 먼저 태어나서 나이로 치면 더 적합했고, 사촌이기도 했다. 장 씨는 품성이 올곧아서 며느리를 힘들게 하지는 않을 것이다.

최씨 어멈이 웃으며 말했다.

"정말 똑똑하시네요!"

이 말을 듣자 명란은 일순간 슬픔이 밀려왔다.

소도가 제 짝을 찾은 이후로 명란은 오랫동안 칭찬을 듣지 못했다. 그러니 멍청해진 거지.

제213화

뛰는 놈 위에 나는 놈 있다

심청평의 정보는 정확했다. 이틀 뒤 오전, 명란이 대패를 나눠 준 뒤 단이와 놀며 인사하는 법을 가르쳐주고 있을 때 녹지가 다급하게 달려오더니 고 태부인이 왔다고 알렸다.

단이를 안고 있던 최씨 어멈은 팔에 힘을 준 채 굳은 표정으로 명란을 보았다. 명란은 천천히 몸을 일으켜 말했다.

"어멈은 단이를 유모에게 보내고 소도는 날 침상으로 부축하거라. 녹지는…… 형님을 모셔오고."

마지막 말은 어딘지 의미심장했다. 녹지가 낭랑하게 대답하고는 앞서서 문을 나섰다.

잠시 후, 소 씨가 당황한 기색으로 급히 안채로 들어왔다. 명란의 계집종들은 분주하게 드나들며 물을 끓여 탕약을 달이거나 잔뜩 굳은 얼굴로 주변을 경계하듯 서 있었다. 특히 몇몇 계집종의 표정은 마치 강적을 기다리는 듯 비장하기까지 했다.

소 씨가 방으로 들어가니 명란은 침상 위에서 웅크린 채 눈물을 흘리고 있었고, 최씨 어멈과 소도는 옆에 앉아 조용히 달래고 있었다. 깜짝 놀란 소 씨가 황급히 물었다.

"세상에, 이게 무슨 일이냐?"

최씨 어멈은 수심이 가득한 얼굴로 일어나 대답했다.

"아침까지만 해도 괜찮으셨는데, 큰마님께서 오신다는 이야기에 겁에 질려 죽어도 만나지 않겠다고 하십니다."

소 씨는 멍하니 있다가 재빨리 침상 옆으로 가서 명란의 손을 잡고 부드럽게 말했다.

"동서, 어디가 안 좋은 것인지 말해보게. 복중 아이가 놀라겠어."

명란이 천천히 이불 밖으로 얼굴을 내밀었다. 명란은 창백한 안색으로 두려움에 부들부들 떨면서 경계하는 목소리로 말했다.

"형님, 무섭습니다……. 전 만나고 싶지 않아요."

소 씨는 온몸이 딱딱하게 굳어버렸다. 방에서 수본을 보다가 시어머니가 왔다는 소식에 나가서 인사를 올리려고 의복을 단정하게 정돈하던 참이었다. 그때 당황한 표정의 녹지가 와서 명란이 찾는다고 해서 와보았는데 이럴 거라고는 생각지도 못했다.

그녀는 다급하게 달래며 말했다.

"그게 무슨 말인가?! 동서, 몸이 불편하면 어머님께 이리로 오시라고 하면 되잖은가?!"

똑바로 앉아 눈을 부릅뜨고 있는 명란은 마치 새끼를 밴 늑대처럼 사나웠다.

"죽어도 안 봅니다……. 또 저를 해치려고 왔을 텐데, 절대 안 만날 거예요!"

이 말을 끝으로 그녀는 배를 감싸 안은 채 뒤돌아 누워서 몸을 떨며 조용히 흐느꼈다.

소 씨는 명란의 몸을 돌려 다시 잘 설득해보려고 했지만, 최씨 어멈이 저지하듯 그녀를 끌어당겼다.

"보시다시피 마님께서는 지난번 일로 겁먹으셨습니다. 배도 불렀고, 나리도 안 계시잖습니까. 큰마님께서는 웃어른이시라 저희 마님께서 해코지당해도 달리 방도가 없습니다. 그간 쌓은 정을 생각해서라도 첫째 마님께서 대신 큰마님을 맞아주십시오."

소 씨는 그 자리에 얼어버렸다. 그녀는 뭐라고 대답하기도 전에 사람들에게 떠밀려 앞쪽 청당까지 가게 되었다. 이미 상석에 앉아 차를 마시던 고 태부인은 소 씨만 나오자 눈썹을 찌푸리며 말했다.

"둘째는? 분가했으니 난 어른도 아니라는 것이냐? 뭐가 그리 귀하다고 얼굴도 안 비쳐?"

소 씨는 허둥지둥 자세를 잡고 예를 갖춰 인사를 한 뒤 더듬거리며 말했다.

"동서가…… 동서는…… 몸이 좋지 않아서 어머님을 못 뵐 것 같습니다……."

고 태부인은 잠시 얼빠져 있다가 차갑게 웃으며 말했다.

"그래, 내가 오니 병이 났구나. 나올 수 없다면 내가 가면 된다!"

발걸음을 옮겨 안으로 들어가려고 하자 뜻밖에도 료용댁과 건장한 체격의 어멈 몇 명이 막아섰다. 고 태부인은 크게 역정을 내며 소리쳤다.

"건방진 것 같으니라고. 감히 내 앞을 막아?"

소 씨는 그 말에 살짝 놀랐다. 자신이 기억하는 시어머니는 늘 온화하고 상냥한 태도로 큰일도 가볍게 해결하는 분이었다. 비록 집안에서 권력과 권세가 높지만 한 번도 거칠게 말하거나 사나운 표정을 지은 적이 없었는데 오늘은 어째서 이리 거칠고 초조한 모습을 보이는 것인가?

그녀는 한쪽 구석에서 고 태부인을 힐끗 쳐다보았다. 여느 때와 같이 단정하고 기품 있는 차림이었지만, 안색이 조금 나빴다. 노랗게 뜬 얼굴은 유난히 수척해 보였고, 알 수 없는 초조함까지 느껴졌다.

료용댁은 예를 갖추어 차분하게 말했다.

"나리께서 떠나시기 전 분부하셨습니다. 마님의 허락 없이는 그 누구도 함부로 안에 들어가실 수 없습니다."

그녀는 큰마님을 슬쩍 보고 웃으며 한마디 덧붙였다.

"마님께서 몸이 무거워지셨는데 무슨 일이라도 생기면 큰일 나지 않겠습니까."

고 태부인은 노기등등한 얼굴로 비칠대며 료용댁에게 삿대질만 할 뿐 말문이 막혔는지 한참을 아무 말도 하지 않았다. 그녀가 발을 구르더니 몸을 돌려 소 씨를 향해 소리쳤다.

"오냐! 여기가 금란전金鑾殿[1]이구나. 안에 계신 천인의 비위를 거스를까 봐 들어가지를 못하겠구나! 가서 전해라. 상의할 일이 있으니 나오지 않으면 내가 들어갈 거라고! 그때까지 여기서 꼼짝도 안 할 거라고 말이야!"

평생 어른에게 대든 적 없는 소 씨는 차마 말을 거스를 수가 없어서 곧장 뒤돌아 가희거로 갔다. 숨 돌릴 새도 없이 고 태부인의 말을 명란에게 전했더니 명란은 가녀린 여인이 겁에 질린 모습을 연출하며 울먹였다.

"만날 일이 뭐 있나요? 또 불 질러서 제가 타 죽어야 그때 만족하시겠답니까!"

---

1) 황제가 조회를 받는 정전.

소 씨는 말문이 막혀서 몇 마디 설득도 못 한 채 최씨 어멈이 부른 어멈에게 또다시 떠밀려 나갔다. 시중드는 계집종이 계속 고 태부인을 돌려보내야 한다고 재촉하는 바람에 소 씨는 머리가 지끈거릴 지경이었다. 한쪽은 놀라게 하면 안 될 연약한 동서이고, 한쪽은 지엄한 시어머니이다. 어느 쪽 기분도 상하게 해선 안 되는데, 양쪽 모두 대응하기가 어려웠다. 진퇴양난에 처한 소 씨는 뜨거운 가마 속 개미처럼 안절부절못했다.

한참을 그 자리에 서서 고민해봐도 좋은 방법이 떠오르지 않자, 소 씨는 망연자실한 얼굴로 자신의 처소로 돌아갔다.

마침 한이가 구들 위 탁자에서 글자 연습을 하다가 넋을 놓고 들어오는 어머니를 보았다.

"어머니, 왜 그러세요? 할머니께서 오셨다더니 왜 돌아오셨어요. 절 찾으세요? 옷은 이미 갈아입어서 바로 갈 수 있어요."

소 씨는 한이의 침착한 말투에 기댈 곳을 찾은 듯 손을 잡고 하소연을 했다. 방금 있었던 일을 뒤죽박죽으로 털어놓고는 다급하게 말했다.

"애야, 내가 어쩌다 이런 일에 끼어들었을까? 나랑은 상관도 없는데 어찌……?"

정신없이 한참을 우왕좌왕하던 그녀는 갑자기 무언가를 떠올리고는 조용히 말했다.

"네가 보기에…… 네 작은어머니가 아픈 척하는 것 같으냐?"

한이는 조용히 듣더니 손에 쥐고 있던 옥으로 된 붓대에 파란 털이 달린 붓을 내려놓았다.

"척인지 아닌지는 상관없어요. 작은어머니의 뜻은 분명해요. 할머니를 뵙고 싶지 않은 거죠. 잠깐 얼굴을 비치는 것조차 싫으니 어머니께 나서 달라고 한 거예요."

울기 직전인 소 씨는 손수건으로 얼굴을 가리고는 초조하게 말했다.

"그럼…… 어찌하면 좋으냐……."

한이가 말했다.

"가서 할머니께 말하면 되죠."

소 씨는 손수건을 치우고 탁자를 쾅 내리치며 화를 냈다.

"망할 것! 맨날 서책만 보더니 무슨 헛소리를 하는 것이야! 그분은 내 시어머님이시다! 내…… 내가 어떻게 버릇없이 그래!"

"뭐가 무서우세요?"

한이는 자신의 손수건을 꺼내 어머니의 눈물을 닦아주며 웃으면서 말했다.

"분가도 했는데 설마 우리를 어떻게 하시겠어요?"

소 씨는 고개를 숙인 채 묵묵히 눈물을 훔쳤다.

한이가 옅은 한숨을 쉬었다.

"어머니, 할머니께 미움받을까봐 그러시는 거 알아요. 게다가 작은 아버지는 전장에 나가 계시고 단이는 아직 어리니 자칫 무슨 일이라도 생기면 작은어머니가 나중에 우리를 곤란하게 될까봐 그러시는 거잖아요."

소 씨는 너무도 비참하고 괴로운 마음에 조그마한 딸아이를 껴안고 울며 말했다.

"한이야, 어린것이 벌써 이렇게 철이 들었구나……. 네 아비 없이 우리 둘이 살아야 하는데 어찌 조심하지 않을 수 있겠느냐?"

한이는 어머니의 품을 파고들면서 조곤조곤 말했다.

"그것 때문이라면 망설일 필요 없어요. 사실, 어머니께서 할머니를 어찌 대하든 우리는 이미 할머니께 미움받고 있으니까요."

소 씨가 놀라서 말했다.

"그게 무슨 말이냐. 시집온 뒤로 내 단 한 번도 어머님께 불경한 적이 없거늘."

한이는 작게 한숨을 쉬었다.

"어머니, 아버지께서 저희를 위해 무엇을 하셨는지 아직도 모르세요? 현이를 양자로 들이지도 않으시고, 할아버지께서 작은아버지께 준 전답과 은자도 모두 돌려주셨어요. 게다가 작은아버지가 작위를 물려받을 수 있도록 직접 종인부에 상소도 올리셨죠. 임종 전에는 후부의 가산을 명확히 알려 주시고, 또 친지들에게 두 작은 증조부의 분가 얘기까지 하셨고요."

소 씨는 딸이 갑자기 이런 이야기를 하는 이유를 몰라 멍하니 있었다.

"저도 어렸을 때는 이해되지 않았어요. 그런데 몇 년 동안 설 스승님께 도리를 배우고 이치를 깨우치면서 조금씩 알게 됐어요."

한이의 눈시울이 붉어졌다.

"언뜻 보면, 작은아버지가 마음을 돌려 후부 작위를 지키도록 설득하기 위해 그러신 것처럼 보이지만, 사실은……."

그녀의 앳된 얼굴에서 맑은 눈물 두 줄기가 또르르 흘러내렸다.

"모두 어머니와 절 위해 그러신 거였어요!"

아버지가 임종 전에 백방으로 방법을 찾은 것은 어머니와 자신이 걱정돼서였다. 소 씨는 결국 참지 못하고 손수건으로 얼굴을 가린 채 통곡했다.

한이는 고개를 숙이고 얼굴에 난 눈물 자국을 닦으면서 꿋꿋하게 말을 이었다.

"아버지께서 돌아가시기 전에 한 모든 일은 남에게 미움을 살 수밖에 없었어요. 넷째 종조부, 다섯째 종조부 그리고 할머니를 우리 모녀의 부귀영화와 맞바꾼 거예요! 저도 아는 걸 할머니가 모르실까요? 어머니는 아직도 할머니께서 아버지를 미워하지 않길 바라세요? 어머니, 아버지는 진즉에 우리가 누굴 의지해서 살아야 할지 결정하셨어요. 그런데 어머니는 아직도 뭐가 그리 걱정이세요."

소 씨가 훌쩍이며 말했다.

"네 아버지가 그렇게 고생했는데, 어찌하여 네 작은어머니는 나더러 이 일에 나서라는 것이냐! 난…… 네 할머니를 보기만 해도 무섭단 말이다……."

한이가 이해한다는 듯 어머니의 등을 쓰다듬으며 부드럽게 말했다.

"어머니, 작은어머니가 아버지께 저희를 돌보겠다고 답은 했지만, 잘해 줄지 말지는 모두 작은어머니 마음에 달렸어요. 어머니, 생각해보세요. 지난 몇 년 동안 작은어머니가 저희에게 어떻게 해주셨어요?"

소 씨는 고개를 들고 얼굴을 닦으면서 쭈뼛거리며 말했다.

"……솔직히 네 작은어머니는 너그럽고 착한 사람이지."

한이는 얼굴을 들고 생각에 잠겨 말했다.

"학당 자매 중에 정가 넷째 며느리의 생질녀가 있어요. 그 애 아버지가 수재인데 계속 낙방하는 바람에 결국 관직에 오른 친척 형제들의 사부 노릇을 하면서 외지를 따라다녔죠. 그런데 집안 살림을 맡은 친척 아주머니가 어머니와 자기 몫인 옷이나 음식을 가로채고는 늦게 주거나 아예 안 주더래요."

한이는 고개를 돌려 어머니를 똑바로 응시하고는 나긋나긋한 목소리로 말했다.

"어머니, 작은어머니도 상중이란 걸 핑계로 저희가 입고 쓰는 것을 줄일 수도 있어요. 하지만 그러시기는커녕 이런저런 방법을 써서 저에게 모피로 된 옷과 장신구를 안겨 주셨어요. 나갈 때마다 사람들이 그러더라고요. 부친상을 당한 아이라는 걸 모를 만큼 깔끔하고 우아하게 차려입었다고, 집에서 신경을 많이 써 주는 것 같다고요. 그리고 어머니가 평소 불공을 드리거나 향을 태우고 향유를 기부할 때, 작은어머니가 저희더러 은자를 내라고 한 적이 있던가요? 전부 대신 내주셨잖아요."

듣다가 감동한 소 씨가 진지하게 말했다.

"네 작은어머니는 흠잡을 데가 없을 정도로 우리를 후대하긴 했지."

그러고는 잠시 머뭇거리더니 이를 악물고 말했다.

"네 말이 맞구나. 그 은혜에 보답하기 위해서라도 힘을 내야겠다."

그녀는 어른으로서 조금 더 멀리 생각할 필요가 있었다. 훗날 한이의 혼사까지 내다본다면, 자신은 과부고 친정집도 힘이 없는 데다 연줄도 없으니 좋은 집안을 찾으려면 명란의 도움이 필요할 터였다.

"하지만…… 네 할머니께 뭐라고 해야 한단 말이냐?"

예전의 기세등등한 시어머니를 떠올리자 그녀는 어찌해야 좋을지 알수 없었다.

한이가 고개를 기울이며 생각했다.

"작은어머니가 만나기 무섭다, 또 불을 지를까 걱정된다는 소리를 하셨다 했죠? 차라리 그대로 말하세요. 어머니는 말만 전하는 것뿐이잖아요."

잠시 뜸을 들이던 한이의 작은 얼굴에 치기 어린 조소가 그려지더니 작은 소리로 중얼거렸다.

"어쨌든 딱히 틀린 말도 아니니 억울한 것도 없지요."

처음 몇 마디를 들었을 때 소 씨는 펄쩍 뛰며 따끔하게 혼내려고 했지만, 뒷말을 듣고는 다시 물러나 무기력하게 탄식했다. 그러고는 계집종을 불러 다급히 몸단장하고 거울을 보며 옷매무시를 바로잡은 다음 문 앞에 서서 심호흡했다. 이내 그녀가 힘찬 걸음으로 방을 나섰다.

다시 만난 시어머니는 오래 기다린 것이 못마땅했던지 소 씨를 보자마자 냉랭하게 웃었다.

"오랜만에 보았다고 너까지 귀한 척하는 게냐? 겨우 몇 마디 전하는데 어찌 이리 오래 걸려!"

여전히 그녀가 무서운 소 씨는 당장 뒤돌아서 도망치고 싶었지만, 딸아이의 미래를 생각하며 용기를 냈다. 그녀는 더듬거리며 '놀라서 앓아누운' 명란의 병세를 부풀려서 설명했다. '불을 질러'라는 말을 꺼내자고 태부인의 얼굴에는 노기가 서렸고, 눈에는 똑바로 쳐다볼 수 없을 만큼 표독한 눈빛이 떠올랐다.

소 씨는 거의 탈진 상태가 되어 마지막 말을 했다.

"동서 말이…… 어쨌든 만날 엄두가 안 난다고……, 계속 곤란하게 하시면 친정으로 가거나 심가와 정가에 도움을 청할 거라 합니다."

그녀는 숨을 헐떡였다. 평생 쓸 배짱을 거의 다 쓴 느낌이었다. 그녀는 고 태부인을 쳐다보지도 못하고 덜덜 떨며 말했다.

"어쨌든 어머님은 쳐들어가실 수도 없습니다……. 그러니 그냥…… 돌아가세요……."

고 태부인의 서슬 퍼런 얼굴을 보며 섬뜩함을 느낀 소 씨는 마치 귀신이라도 본 듯 하마터면 무릎을 꿇을 뻔했다. 고 태부인은 짧게 코웃음을 치더니 소 씨와 청당에 있는 어멈들을 위아래로 훑었다.

"좋다. 내 잊지 않으마!"

그 말을 끝으로 그녀는 몸을 돌려 뒤도 안 보고 떠났다.

다리가 풀려 바닥에 털썩 주저앉은 소 씨는 어멈의 부축을 받아 청당을 나왔다. 때마침 불어온 찬바람에 그녀는 등 뒤가 식은땀으로 흥건해진 것을 느꼈다.

세심한 료용댁은 소 씨의 이마에 맺힌 식은땀을 보고 어멈에게 생강탕을 끓이라고 분부한 후 마음을 진정시키는 탕약까지 보낸 뒤에야 명란에게 갔다.

이야기를 들은 명란은 구들 위에 앉아 모과와 망태버섯을 넣은 갈비찜 한 그릇을 천천히 먹으며 담담한 표정으로 조용히 말했다.

"내가 너무 심했나?"

그녀는 힘차고 규칙적인 태동이 느껴져 배를 쓰다듬었다. 그녀는 영원히, 평생 자기 아이를 그 마귀할멈에게 보여 주지 않을 것이다.

최씨 어멈이 담담하게 말했다.

"지난번 불이 났을 때, 첫째 마님께서는 물 한 통도 보내지 않으셨습니다. 이제 그분도 좀 아셔야죠. 늘 자기 처지만 딱하다고 생각하는 버릇을 고쳐야 한다는 걸요. 큰마님께 질질 끌려다닐 수 있으니 이참에 첫째 마님을 아예 끊어내십시오."

그러다 한마디 덧붙였다.

"허나 한이 아가씨가 참 착하긴 합니다. 마님께서 예뻐하신 게 헛되지 않았어요."

명란이 고개를 끄덕였다.

"어멈도 기억하는가? 작년 설에 할머니께서 한이를 보시고는 복을 타고났다고 하셨지."

최씨 어멈은 구석에 놓인 물시계를 확인하고는 고개를 돌려 말했다.

"임 태의가 올 시간입니다. 다시 누워 계시는 게 좋겠어요."

명란은 도리질 치며 쓴웃음을 지었다. 연극을 하려면 끝까지 해야 효과가 있다. 소도는 그녀를 부축해 눕히고는 종아리를 주무르며 걱정스레 말했다.

"마님께서 아무렇지 않다는 것을 임 태의가 알아차리면 어떡하죠?"

명란은 팔다리를 편하게 뻗으며 쿡쿡 웃었다. 최씨 어멈은 소도의 머리를 쓰다듬으며 못 말린다는 듯 말했다.

"바보 녀석아, 그리 눈치 빠르고 영민한 임 태의가 누워서 끙끙대는 마님을 보며 멀쩡하다고 우기겠니?"

평범한 의원도 아픈 곳 없는 환자가 실없이 앓는 소리를 내면 은근히 맞장구쳐 주면서 한 몫 단단히 챙겨간다. 그러니 직업윤리와 예술성 면에서 모두 뛰어난 임 태의 같은 인재는 어떻겠는가?

그로부터 이틀 뒤, 또 태의를 모셔왔다. 탕약 냄새가 처소를 가득 메웠고, 병세는 열심히 과장되어 퍼져나갔다. 명란이 임 태의 개인 의원에서 비싼 약재까지 뭉텅뭉텅 사들이자 녕원후 부인이 놀라서 앓아누웠다는 소식도 함께 퍼져나갔다.

동시에 녕원후 부인이 오만하고 매정하다는 말 또한 날개 달린 것처럼 경성에 퍼져나갔다. 소문에 따르면 녕원후의 계모가 어쩌다 부탁할 일이 있어서 어렵사리 찾아갔는데 얼굴 한 번 못 보고 쫓겨났다는 것이었다.

설 명절이 지난 뒤 경성이 조용해지자 무료해진 귀부인들은 이 일로 입방아를 찧기 시작했다.

과거 녕원후 부인이 해산을 앞두고 큰불이 난 것이 수상했다며, 지금은 고 장군도 없으니 충분히 놀랄 만하다고 말하는 사람도 있었고, 후처는 아들에게 대접도 못 받고 팔자가 기구하다며, 언관에게 녕원후 부부의 불효를 고발해야 한다는 사람도 있었다. 숨겨진 내막을 은밀히 알고 있는 사람들은 애당초 화재 사건뿐 아니라 첩과 양자를 들이는 일 등 풍파가 끊이지 않았다고 말했다……. 소문은 갈수록 눈덩이처럼 불어났고, 사람들은 더욱 신나게 입방아 질을 했다.

사실, 두 소문 모두 사실이었다. 고 태부인은 실제로 문전박대를 당했고, 명란 또한 정말 지난 일로 '놀라서 앓아누웠다'. 그 사이에 숨은 내막은 믿고 싶은 대로 믿는 것이다.

고 태부인은 전투 의지에 불탔지만, 아쉽게도 의로운 일에 용감히 뛰어들기보다 강자의 편에 서서 약자를 비웃는 게 요즘 분위기였다.

불효라니? 명란은 헛웃음만 나왔다.

성굉은 딸이 '놀라서 앓아누웠다'는 소식에 바로 류 씨를 보내 겸사겸사 자신의 근엄한 생각을 전했다. 고 태부인처럼 아들과 손자가 있고 큰 재산을 챙겨 분가한 사람이 의붓아들과 그 며느리의 불효함을 고발하기란 어렵다며, 황제가 벌할 마음이 있어야만 어사가 나서서 장단을 맞출 것이니 안심하라는 내용이었다.

됨됨이가 올바른 최씨 어멈은 바로 감동해서 말했다.

"그래도 친아버지라고 마님이 염려되시나봐요."

명란의 입꼬리가 실룩거렸다. 아버지는 고위 관직에 있는 사위에게 미운털 박힐까 봐 걱정하는 거라네.

며칠 동안 사람을 내보내 바깥 동향을 살피던 중 뜻밖의 소식을 듣게 됐다. 이날, 고전이 갑자기 와서 이상한 이야기를 전했다.

"……처음에는 몰랐어요. 제가 며칠 동안 입구를 지키고 있었는데, 글쎄 여 부인께서 대엿새 동안 두 번이나 다녀가시는 거예요. 그래서 여기저기 알아보았더니 작년부터 큰마님 댁에 자주 드나들었다고 합니다……."

"누구?"

최씨 어멈은 어리둥절했다. 고전은 명란의 안색을 살펴더니 입을 닫았다.

명란은 고전을 흘끗 보고는 가볍게 말했다.

"언홍 언니의 어머니 말이로구나."

고전은 대답 대신 연신 고개를 끄덕였다.

최씨 어멈은 경악했다.

"네……? 여씨 집안에서 쫓겨났잖습니까. 대체 둘이 어찌 또 붙어먹은 걸까요?"

제214화
간밤에 불어온 세찬 바람

여 부인이라. 정확히 말하면 전前 여 부인이다. 그녀는 방씨 집안사람으로, 방씨 집안은 조상 대대로 고위 관직에 올라 가세가 대단하다. 바로 이러한 배경 덕분에 서녀의 신분으로 여씨 집안의 맏며느리가 될 수 있었던 것이다. 그러나 방씨 집안은 자식 세대에서 이미 가세가 기울고 있었다. 방 씨가 시댁에서 쫓겨나 친정으로 돌아간 후 적장자인 방 대인은 시비를 따지러 여씨 가문을 찾았다. 그러나 여 각로에게 이끌려 서재에 들어가 밀담을 나눈 뒤로는 입을 다물었다.

방 대인이 함구하는 이유에 대해 세간에서는 대략 세 가지로 추정했다. 첫째는 방씨 집안의 가세가 예전만 못한 데다 자손들 역시 변변치 않아 여씨 가문에 항변할 힘이 없다는 것이고, 둘째는 이복동생에게 정이 도탑지 않아 방 대인도 딱히 최선을 다하지 않았다는 것이다. 그리고 세 번째는…… 여 각로의 언변이 너무 좋다는 것이었다.

방 씨가 소박맞고 돌아왔을 때, 방씨 집안에서도 그다지 박대하진 않았다. 어쨌든 그녀의 자식들은 여씨 집안에 남아 있고, 또 여 각로 부부가 직접 가르친다고 하니 앞으로 벼슬길만 트이면 방 씨에게 기사회생

할 날이 올 수도 있기 때문이다.

사실 방 씨는 휴처당하기 전까지만 해도 무척 호강하며 살았다.

시집가기 전에는 생모가 아버지의 총애를 가장 많이 받았고, 자신도 아버지의 사랑을 듬뿍 받으며 살았다. 아버지는 그녀가 원하는 건 무엇이든 다 들어주며 목숨처럼 자신을 아꼈다. 정실부인이 낳은 자매들조차 그 사랑을 놓고 감히 다투지 못했다. 시집간 후에도 지방관으로 부임한 여 대인과 함께 외지에서 십수 년간 생활하면서 남편을 휘어잡고 살았다.

그래서일까. 하루아침에 소박맞은 신세가 되었음에도 방 씨는 여전히 안하무인으로 행동했다. 온종일 사람을 때리고 욕하는 것은 기본이고, 올케, 조카며느리들과도 불화가 끊이지 않았다. 하루도 편할 날이 없자, 마침내 방씨 가문은 그녀를 경성 근교에 있는 백운암으로 보내 불도를 닦게 했다.

그녀의 이야기는 그것으로 일단락되는 줄 알았건만, 어느새 그 늙은 여우 둘이 다시 조우했을 줄이야!

"……저희가 분가했을 때 여 부…… 아니, 방 씨가 큰마님을 찾아갔다가 쫓겨났잖아요? 그런데 지금은 어째서……?"

참으로 독특한 사고방식이라 정신이 제대로 박힌 사람은 도저히 이해할 수 없는 흐름이다.

녹지가 예리하게 꼬집으며 입만 아프다는 듯 말했다.

"그 두 사람이 만나서 무슨 좋은 말이나 했겠어요? 또 누굴 괴롭히려고 붙어먹었겠죠!"

명란이 한참 조용하게 있다가 입을 열었다.

"신경 쓰지 말거라. 어쨌든 두 사람이 만났으니, 우리도 대비해야 할 것이야."

고개를 숙이고 장부를 넘기던 명란이 고개를 들었다.

"학 관사에게 이렇게 전하라고 하거라. 방 씨는 마음이 삐뚤어진 사람이니, 큰마님께서는 최대한 거리를 두고 왕래하지 않는 것이 좋을 거라고 말이야."

녹지가 대답한 후 나가려고 하자 최씨 어멈이 머뭇거리며 말했다.

"마님, 그리 말씀하셔도 소용없을 겁니다. 큰마님은 듣지 않을 거예요."

명란이 희미하게 미소 지으며 말했다.

"이 세상에는 소용없는 말도 해야 할 때가 있네. 이건 며느리로서 도리를 하는 것뿐이야."

이 말을 들은 녹지는 더는 시간을 지체하지 않고 곧장 말을 전하러 나갔다. 일 처리에 노련한 학 관사는 반나절 만에 고 태부인에게 말을 전하고 돌아와 명란에게 보고했다. 학 관사 말이, 명란의 전언을 들은 고 태부인이 차갑게 웃으며 이렇게 말했다고 한다.

'어려울 때 외면해놓고 인제 와서 헛소리라니. 너희 댁 마님한테 가서 전해라. 쓸데없이 참견 말고 본인 일이나 신경 쓰라고 말이야.'

예상 밖의 반응은 아니었다. 명란은 화가 나 식식대는 최씨 어멈을 다독이며 학대성에게 물러가 쉬라는 뜻으로 손을 내저었다.

이 일은 작은 돌멩이에 불과했기에 잔물결 정도만 일으키고 금세 잠잠해졌다. 이후에도 명란은 매일같이 태교와 집안일 그리고 단이에게 말을 가르치는 일에 전념했다. 중간중간 한이와 용이의 글공부를 검사하고 심청평에게 공주부 이방에 대한 흥미진진한 이야기도 들었으며 이따금 풍선처럼 부풀어 오르는 약미의 배를 걱정하기도 했다.

두 집안이 정혼식을 준비하기 시작하자 장동 역시 자신에게 정혼자가 있다는 사실을 알게 되었다. 노부인을 업고 산에서 내려왔더니 푸짐한 혼수와 함께 복덩이 아내가 기다리고 있었다. 마약을 파는 것보다 훨씬 이문이 남는 장사였으니, 역시 좋은 사람에게 좋은 일이 있기 마련이었다.

3월의 봄볕이 내리쬐는 어느 날, 글공부를 마친 장동은 년이를 따돌린 후 쭈뼛대며 명란을 찾아갔다. 말로는 누나가 보고 싶어 왔다고 하지만, 어째 다른 뜻이 있는 듯 얼굴까지 새빨갰다.

명란은 짐짓 모르는 척하며 슬쩍 말을 돌렸다. 장인이 될 분은 검술이 뛰어나서 사위가 말을 안 들으면 직접 처리하러 달려올 수 있다고 겁을 줬다가, 그 집 둘째 아들은 학문이 뛰어나다 들었으니 혼례를 올리면 서로 공부하는 데 도움이 될 것이라며 나름의 조언도 했다.

계속 말을 돌린 채 속 시원하게 말하지 않자, 장동은 초조한 마음에 어쩔 줄 몰라했다.

이때, 인자한 최씨 어멈이 명란에게 눈을 흘기더니 장동을 끌어당기며 부드럽게 말했다.

"도련님, 심려 마세요. 마님께서 그 아가씨를 직접 만나 보셨으니 틀림없을 것입니다. 정숙하고 현명하고 상냥한 아가씨일 거예요. 그저께 두루주머니를 보내왔는데, 바느질도 제법이었습니다."

장동이 눈빛을 반짝이며 낮게 '아' 소리를 냈다. 그런데도 할 말이 남은 듯 명란을 힐끗 바라보며 뭉그적거렸다.

장동의 속내를 간파한 명란이 팔을 휘휘 저으며 말했다.

"어멈, 내가 말하겠네. 어멈이 잘 모르는 일도 있으니."

그녀가 어린 동생을 끌어당기며 얄궂게 웃더니 말했다.

"장동아, 그 아가씨 용모가 말이야……."

잔뜩 긴장한 얼굴로 귀를 쫑긋 세우고 눈을 빛내는 장동을 보며 명란은 속으로 웃었다.

"최씨 어멈을 닮았단다."

장동은 입을 함박만 하게 벌린 채 최씨 어멈의 엄숙하고 주름진 얼굴을 바라보았다.

명란이 위로하는 척하며 동생의 어깨를 토닥였다.

"부인은 현명하고 부지런하고 일도 잘하는 여자가 가장 좋다는 말도 있잖니."

장동은 절망스러운 심정으로 고개를 툭 떨어뜨렸다. 망연자실한 마음에 울음이 터질 것만 같았다.

더는 두고 보지 못한 최씨 어멈이 얼른 어린 도련님을 잡아끌며 말했다.

"마님 말씀 듣지 마세요. 요즘에 자꾸 저리 농을 치신답니다. 그 아가씨 용모가 얼마나 고운데요!"

희망적인 말에 장동의 얼굴에도 희색이 돌았다. 그가 고맙다는 눈빛으로 최씨 어멈을 바라보았다. 짓궂은 누이는 배를 움켜잡고는 구들 위에 엎드려 바닥을 탕탕 두드리며 마구 웃어 댔다.

이렇듯 소소하고 유쾌한 장난을 치며 며칠을 평온하게 보냈다. 그러다 뜻지 않은 손님이 찾아왔다. 주 씨였다. 명란은 잠시 고개를 갸웃거리다가 침묵을 깨고 짧게 말했다.

"모시거라."

마음을 놓을 수 없었던 최씨 어멈은 튼실해 보이는 어멈들을 골라 방밖에 보초를 세웠고 자신은 소도를 비롯한 몇몇 계집종을 데리고 옆에 서 두 눈을 부릅뜨고 서 있었다. 태연하게 차를 내놓고 있었지만, 시선만은 어미 새처럼 잠시도 주인 곁을 떠나지 않았고, 이 모습에 주 씨는 그저 씁쓰레한 웃음만 지을 뿐 딱히 별말은 하지 않았다.

동서 간에 마주 보고 앉아 차를 반쯤 마시고 난 후에야 주 씨가 천천히 입을 열었다.

"어머님은 오늘 제가 이곳에 온 것을 모르십니다. 제가 친정에 간 줄 알고 계세요……."

그녀가 자조 섞인 미소를 흘렸다.

"어쨌든 요즘 친정 갈 일이 많아서요."

뜬금포 같은 그녀의 말에 명란의 눈썹이 살짝 올라갔다.

주 씨가 명란의 눈을 보며 조용히 말했다.

"그날 어머님은 정찬 아가씨 일로 형님을 찾은 거였어요. 형님은 워낙 똑똑하시니, 이미 짐작하셨겠죠. 그래서 한사코 만나길 거부하셨던 거고요."

명란은 가타부타 말없이 화제를 돌렸다.

"어머님께서 제일 처음 도움을 청한 사람은 아무래도 동서의 친정 식구겠지요."

주 씨가 무기력하게 고개를 흔들고는 씁쓸한 미소를 지으며 말했다.

"정찬 아가씨 일은 이번이 처음이 아닙니다. 승평백부도 제법 괜찮은 집안이지만, 황실 눈에는 아무것도 아니지 않습니까."

그녀가 뜸을 들이다가 흐릿하게 웃으며 말을 이었다.

"저희 부모님과 올케는 모두 좋은 사람이에요. 그저께는 저에게 약조까지 하더군요. 나중에 큰조카딸을 저희 현이에게 시집보내겠다고요."

명란은 고개를 끄덕였다.

적장자의 큰딸을 작위도 권력도 없는 후부의 방계 아들과 맺어 주겠

다고 선뜻 약속하다니. 주 씨의 오라버니와 올케는 확실히 인품이 훌륭
했다. 앞으로 고정엽이 신경 쓰지 않아도 현이의 앞길은 주씨 집안에서
돌봐 줄 것이었다. 좋은 강철은 칼날 만드는 데 써야 한다는 말도 있지
않은가. 뭐든지 가장 중요한 곳, 가장 필요한 곳에 써야 하는 법이다. 출
가한 여식이 친정집에 자주 도움을 청하는 것은 원래 좋은 일이 아닌 데
다 너무 잦으면 아무리 착한 오라버니와 올케라도 성가실 게 뻔했다.

"어머님께서는 저를 불러 여러 번 말씀하셨지만, 저는 잠자코 있었어
요. 결국에는 제가 불효하다며 크게 역정을 내시더니 급기야 제 아버지
와 오라버니까지 걸고넘어지더군요. 거기에 저도 울컥해서 말대꾸를
했습니다. 정찬 아가씨의 평소 언행을 보시라, 공주의 며느리가 아니라
그 누구라 해도 친정에서 나서 줄 가치가 어디 있느냐 라고요!"

주 씨의 목소리가 저도 모르게 높아졌다. 그녀는 오랫동안 곰삭은 응
어리를 모조리 풀어내는 듯했다.

"저도 아들이 있고 형님도 아들이 있으니 아실 거예요. 제 며느리가
정찬 아가씨 같다면 저도 화가 날 것 같아요. 온종일 생떼 쓰는 건 어떻
게든 넘어갈 수 있지만, 적어도 효도는 해야지요. 공주의 다른 두 며느
리는 모두 자식들을 낳고 길렀어요. 집안 어르신 시중드는 일도 정찬 아
가씨는 겨우 이틀 하고는 온갖 아픈 척을 다 하며 죽어라 진찰받고, 약
먹고 난리를 쳤다 합니다. 보다 못한 아가씨 남편이 몇 마디 했더니, 아
가씨가 울고 불며 자신을 배려하지도, 아껴주지도 않는다고 원망했다
하고요……."

주 씨는 말을 할수록 감정이 격해져 얼굴까지 붉어졌다. 그날 고 태부
인에게 말대답한 벌로 주 씨는 한 시진 동안 서 있어야 했다.

명란의 낯빛이 어두워졌다.

듣기로는 대진 씨가 시집왔을 때 시어머니의 식사 시중을 잠깐 들다가, 시어머니가 식사를 마치기도 전에 계집종과 어멈, 동서가 있는 앞에서 혼절했다고 한다.

아내 바보인 고언개는 급히 집으로 달려가 대진 씨를 안고 그녀의 손을 꼭 잡은 채 곁에서 떨어지지 않았다. 전쟁터를 누비던 용맹한 장수는 눈물이 그렁그렁한 채 양친 앞에서 머리를 조아리며 아내를 살려 달라고 빌었다. 노부부는 가뜩이나 큰며느리 때문에 놀란 데다 아들까지 이러자 화딱지가 나 죽을 지경이었다. 반 끼의 식사로 이런 사달이 벌어지자 결국 대진 씨의 시중들기도 흐지부지 끝나고 말았다.

이 일은 진씨 집안의 귀에도 흘러 들어갔다. 동창후 부인은 침이 마르도록 칭찬했고 나이 어린 소진 씨는 동경했다. 그리고 그때 언니가 했던 선구자적 일화를 자기 딸에게도 알려준 것이었다.

맙소사, 이런 무개념 광신도 같으니라고. 명란은 할 말을 잃었다.

주 씨는 단숨에 말을 쏟아냈다. 새로운 사람이 집에 들어온 후 노기등등한 고정찬은 곡기까지 끊었으나 안타깝게도 이틀 만에 철회하고는 삼 일째 되는 날 차를 받아 마셨다고 한다. 주 씨가 그제야 가슴을 쓸며 살짝 숨을 돌리는 것이 이야기가 대충 끝난 모양이다. 주 씨가 겸연쩍게 웃으며 말했다.

"비웃지 말아주세요. 솔직히 이런 이야기…… 아무에게나 할 순 없잖아요."

미소 띤 명란이 직접 차를 따라 주며 친절한 태도를 유지한 채 다음 말을 기다렸다. 두 사람이 알고 지낸 지 그리 오래되지 않았지만, 명란은 주 씨가 현명한 여인임을 알고 있었다. 그래서 아무 이유도 없이 하소연을 늘어놓을 리가 없다고 생각했다.

주 씨가 한숨을 내뱉으며 진심 어린 눈으로 명란을 바라보았다.

"저희 윗대의 일은 저 역시 며느리인지라 어쩔 수가 없습니다. 그렇지만 어미로서 자식을 생각하지 않을 수 없지요. 단이와 현이는 그래도 사촌이 아닙니까. 앞으로 혼사나 관직에 대해서 의논할 일이 꽤 있을 텐데 발길을 끊어서야 되겠어요?"

명란은 살짝 망설이다가 고개를 들고 웃으며 말했다.

"그럼요. 동서가 있으니 서방님 아이들은 다들 똑똑하고 현명한 인물이 될 거예요."

명란은 주 씨가 자신을 찾아온 의중을 눈치챘다.

주 씨가 안도의 한숨을 내쉬고는 명란의 양손을 잡았다.

"역시 형님은 도량이 크십니다. 저희 집안의 복이에요."

집을 나서기 전에 주 씨가 웃으며 명란을 위로했다.

"아주버님이 안 계시니 홀로 힘드시죠? 배도 점점 더 불러오는데, 아주버님이 얼마나 보고 싶으시겠어요. 저희 친정에서 들었는데, 조만간 서신이 올 거랍니다. 그러니 형님도 조금만 더 힘내세요."

주 씨의 아버지와 오라버니는 전장에 나간 것은 아니지만, 소식은 일반 사람보다 빨랐다.

아니나 다를까, 며칠이 지나자 전방의 소식이 경성에 당도했다.

갈노족은 지형지물에 밝고, 야산에서의 움직임도 기민했으며, 워낙 신출귀몰하여 붙잡기가 어렵다. 황제의 대군은 사방으로 적군의 행방을 쫓았으나 적군과 일전을 벌이다 승리를 거두기도, 패배를 맛보기도 했다.

이 중 심 국구가 이끌던 군이 운 좋게도 마을을 약탈 중이던 갈노족의 좌곡려왕의 군을 일망타진했다. 격렬한 전투 끝에 노획한 전리품과 포로가 십 리까지 이어졌고 좌곡려왕까지 붙잡아 회군 길에 올랐다고 하니 황제와 황후는 기쁜 마음에 입을 다물지 못했다.

박 우대도독 쪽은 진군하는 내내 세계군사박람회에 참석해도 될 정도로 위세가 하늘을 찔렀다. 이에 갈노족은 감히 노략질할 엄두를 못 내고, 서북에서 수십 년간 활동하던 산적들도 영업을 중단하고 꽁무니 빼기에 바빴으니 박 우대도독은 얻은 것 없이 빈손일 수밖에 없었다.

고정엽 쪽 상황은 다소 의아함을 자아냈다. 전해진 소식에 따르면, 영국공이 공을 탐하여 무리하게 진군하다가 고립되었고, 흑수하黑水河[1] 일대에 매복해 있던 적군에게 당해 장군 몇몇이 목숨을 잃고 화영산 구부령까지 후퇴했다는 것이었다.

영국공이 무리하게 진군했다? 명란은 미간을 찌푸렸다. 성굉을 열혈 청년이라고 부르는 것보다 더 터무니없는 말이었다.

영국공은 일찍이 사직한 신 각로와 기본적으로 동류의 사람이었다. 비유하자면, 천년 묵은 교활한 여우이자 만년 묵은 거북이랄까. 황제가 계속 바뀌는 동안 그들 자리는 바뀌지 않았다. 그런 그가 공적 없이 귀환해도 될 것을 굳이 무리해서 공격을 감행했다니?

황후에게 소식을 전해 들은 심청평의 얼굴은 참으로 가관이었다. 오라버니의 승전보로 기뻐하다가도 명란의 사정이 염려스럽기도 하여 표정이 이랬다저랬다 했다. 명란은 평범한 아녀자와는 다르게 크게 놀라지도 눈물을 짜지도 않았다. 오히려 차분한 얼굴로 소식을 전해주어 고맙다고 인사하고는 다른 기별이 있으면 바로 말해달라고 부탁했다.

----

1) 현 광서장족자치구에 있는 강.

심청평을 배웅한 후 명란은 한참 동안 멍하게 앉아 있었다. 그러다 최씨 어멈이 몇 번이나 독촉한 후에야 겨우 몇 술 뜨고는 잠자리에 들었다.

두려움일까? 걱정일까? 아니면 사무치는 그리움 같은 것일까? 명란은 알 수 없었다. 그저 옅은 안개 속에 갇힌 듯 뭐라 꼭 집어 말할 수 없는 기분이었다.

모반을 꾀한 것만 아니라면 가산을 몰수당하거나 가족이 해를 입거나 하지는 않을 것이다.

그렇다면 가장 최악의 결말은 제가 과부가 되는 것이었다. 그나마 단이도 있고 배 속에 둘째도 있어서 다행이었다. 황실과 심씨 등 여러 가문과 제법 친분이 있으니 이 불쌍한 과부와 고아를 돌봐줄 사람 없을까 걱정할 필요는 없었다. 어린 나이에 태부인으로 승격한다면 수십 년간 해야 할 노력을 하지 않아도 된다. 회장 비서에서 회장이 되는 것이니 생각해보면 과부도 썩 나쁘지 않을 것 같았다.

밤새 악몽에 시달리다 잠에서 깼다. 꿈에서 뭘 봤는지 아무것도 기억나지 않았다. 축축한 베개가 차갑게 식었다. 명란은 터무니없는 꿈을 꾼 듯 모든 것이 비현실적으로 느껴졌다. 침상 머리맡에 앉아 어슴푸레한 하늘이 밝아질 때까지 넋을 놓고 바라보았다. 배고픔도 잊은 채 그저 이렇게 앉아서 그가 돌아올 때까지 기다리고만 싶었다.

울면 안 돼. 울지 마. 그녀는 계속 자신을 다독였다.

버텨야 해. 이럴 때일수록 강해져야 해. 절대 약해지면 안 돼.

소식이 퍼지자 가장 먼저 고 태부인이 사람을 보내 기분 잡치는 말을 했다.

"정엽이에게 아무 일도 없어야 할 텐데 말이다."

명란도 안부 인사를 가장하여 고대로 돌려주었다.

"정찬 아가씨가 딸을 낳았다지요. 진심으로 축하드립니다."

평소 친분이 있던 부인들이 명란을 찾아와 위로했다. 종 부인과 단 부인(종 부인과 단 부인의 남편은 심 국구를 따라갔다.)은 물론, 동병상련을 느낀 경 부인(경 부인 남편은 고정엽을 따라갔다.)도 왔으며, 장 씨도 격려차 찾아왔다.

"황상께서 문책 성지를 내리셨나요? 병부에서 공식적인 소식을 내놓았고요? 구름 속을 걷는 듯 모든 게 모호합니다. 정작 조정에서는 아무 말도 없는데, 부인들끼리는 벌써부터 억측이 난무하기 시작했어요. 내 참 우스워서 정말!"

뛰어난 문학적 소양을 가진 장 씨가 이때만큼은 장수 집안의 딸답게 당찬 모습을 보였다. 사람을 대하는 태도는 예전보다 더욱 차분하고 여유로웠다.

"어릴 때부터 아버지가 출타하실 때마다 어머니가 이렇게 말씀하셨습니다. 착한 사람이 하늘의 가호를 받긴 하나, 결국 복이든 재앙이든 피할 수 없으니 긴장하지 말고 순리를 따르라고요. 부인, 우리는 무장 가문의 권속입니다. 그러니 이럴 때일수록 당황하지 말고 침착해야 해요. 게다가 부인은 홑몸도 아니니 괜히 남들 입방정에 심란해하지 마세요. 배속의 아이를 잘 지키는 게 지금 가장 중요한 일입니다."

명란은 따뜻한 말에 가슴이 뭉클해졌다. 그녀가 장 씨의 팔을 끌어안고 나직이 말했다.

"부인, 걱정하지 마세요. 그리고 앞으로 어떤 소식이든 들으시면 전부 말해주세요. 저는 슬프다고 죽네 사네 눈물 바람 일으키는 사람이 아닙니다. 아는 게 많을수록 마음을 다잡을 수 있어요. 아무것도 모르는 게 저는 더 불안하고 두렵거든요."

장 씨는 명란의 반짝이는 눈빛과 침착한 모습을 보고 나서야 안심했다.

그리고 며칠이 흘렀다. 여전히 많은 사람이 그녀를 찾아왔다. 류 씨와 화란도 명란을 보러 와서는 놀라지 말고 태교에 전념하라는 뻔한 이야기를 하고 갔다. 넷째 숙부네와 다섯째 숙부네도 수심에 잠긴 얼굴로 찾아와 슬쩍 소식을 물었다. 고정훤의 부인은 제가 직접 맞았지만, 쉴 새 없이 훌쩍이는 약미나 다른 방문객은 모두 소 씨에게 응대를 부탁했다. 그들이 눈물바다를 만들든 다 같이 부처님께 무사안일을 빌든 명란은 전혀 신경 쓰지 않았다. 이후 명란은 아예 몸이 불편하다는 핑계로 방문객을 받지 않았다. 차라리 '남편의 안위를 걱정하느라 병상에 드러누웠다'고 알려지는 게 속 편했다.

이 혼란스러운 상황이 보름 이상 지속되자 명란의 근심도 금방이라도 터질 듯 부풀었다. 야사나 화본조차 눈에 들어오지 않았다. 배 속에 있는 아기도 갈수록 얌전해졌다. 어머니가 늦게까지 잠을 이루지 못하면 발로 몇 번 차서 항의하는 게 전부였다.

시간이 흐르면서 명란도 조금씩 평정심을 되찾기 시작했다. 정신없는 와중에도 서두르지 않고 불안에 떠는 집안사람들을 안심시켰다. 주변 사람 중 그녀의 변화를 눈치챈 사람은 아무도 없었을뿐더러 녕원후 부인은 원래 침착한 사람이라고만 생각했다.

이날 도룡이 친히 서신을 들고 찾아왔다. 서신은 꼬깃꼬깃 접은 바람에 조금 닳아 있었다. 그녀가 봉투를 뜯자 서신의 좌측 상단에 아주 작은 해당화가 그려져 있었다. 꽃잎이 여덟 개인 해당화로, 둘째인 고정엽과 여섯째인 명란을 의미했다. 그가 전장으로 떠날 때 그녀에게 알려준 암호 중 하나였다.

명란은 단숨에 서신을 읽고 나서 흥 하고 코웃음 쳤다. 그러고는 얼굴에 극도의 경멸을 드러내며 차갑게 중얼거렸다.

"참 빨리도 온다. 그래, 오기만 해봐. 내가…… 아주 격하게 환영해줄 테니까!"

제215화

두번째 선택

편지를 받은 후 명란은 힘이 났다. 영국공과 고정엽 부대의 패전과 전사 소식이 사실인 양 퍼져나갔지만, 그녀는 귀를 닫은 채 매일 잘 자고 잘 먹었다. 산책과 가벼운 운동도 빠뜨리지 않았다. 사나흘이 지나고 도가 형제가 돌아왔다. 그들은 고생에 찌든 모습의 두 모자를 마차에서 끄집 어내렸다.

도룡은 복도에 서서 공수하며 말했다.

"유 대인 댁에 다녀왔습니다. 부인께서 분부하신 대로 모자를 잡아 온 형제에게 각각 스무 냥씩 주었고, 아랫것들을 시켜 최씨 어멈에게 넘겼 습니다."

명란은 내당에서 한 손으로 허리 뒤쪽을 받친 채 꼿꼿하게 서서 말 했다.

"고생하셨어요."

도가 형제는 예를 갖춰 공수하며 허리를 숙인 채 물러가겠다고 말 했다.

명란은 소도의 부축을 받아 천천히 밖으로 나갔고 녹지 등이 그녀의 뒤를 따랐다. 길게 이어진 초수유랑을 지나 측면 수화문으로 나가니 사방이 고요했다. 웃음소리나 말소리도 전혀 없이 이따금 벌레 우는 소리만 울려 퍼졌다.

외딴 방에 도착한 명란은 조심스레 발을 안으로 옮겼다. 방 안은 휑하고 썰렁했다. 상석에 태사의 하나, 옆에 탁자 하나만 놓여 있을 뿐 그 흔한 장식품 하나 보이지 않았다. 최씨 어멈이 힘깨나 쓰는 어멈 몇몇과 함께 시립한 채 중앙에 선 모자를 죽일 듯이 노려보고 있었다.

명란은 양손을 팔걸이에 걸치고 앉아 방긋 웃었다.

"잘 지냈냐고 물어볼 참이었는데, 이리 보니 예전보다 십 년은 더 늙은 것 같군. 다들 면주가 공기도 좋고 물도 좋아서 사람도 고와진다던데, 자네는 어찌 이리 몰골이 상했는가."

만랑이 천천히 고개를 들었다. 산발한 머리에 얼굴은 초췌했고, 일부러 남루한 차림을 한 터라 늙은 태를 감출 수 없었다. 그녀가 목소리를 낮춰 말했다.

"저희처럼 미천한 것들이 어찌 존귀한 마님과 견줄 수 있겠습니까. 마님께서는 전보다 더 아름다워지셨습니다."

명란이 눈썹을 치켜세운 채 고개를 돌려 그녀 옆에 있는 남자아이를 바라보았다.

"창이로구나. 나를 알아보겠느냐?"

대충 여덟아홉 정도로 보이는 남자아이는 말쑥한 얼굴이긴 했으나 무척 쇠약해 보였다. 양손으로 모친의 소매를 꽉 움켜잡은 채 고개를 푹 숙이고 있던 창이는 명란이 알은체하자 팍하고 고개를 들었다. 얼굴은 경계심과 증오로 물들어 있었지만, 위에서 내려다보는 명란의 시선과 마주하자 얼른 다시 고개를 떨궜다.

명란은 창이의 눈에 서린 감정을 놓치지 않았다. 명란이 가볍게 탄식하듯 말했다.

"최씨 어멈, 사람을 시켜 창이를 서쪽 상방으로 데려가 간식을 먹이게. 용이도 불러오고. 남매가 오랫동안 못 만나지 않았는가."

창이가 반항할 틈도 없이 양쪽에 있던 어멈 넷이 달려와 그중 두 명이 만랑을 붙잡고 다른 두 명이 창이를 안아 겨드랑이에 끼고는 재빨리 밖으로 나갔다.

명란은 만랑을 보며 생긋 웃었다.

"안심하게. 내 안위를 위해서라도 자네 아들이 여기서 변고를 당할 일은 없을 테니까. 그저 자네와 조용히 이야기를 나누려고 아이를 내보낸 것뿐이네."

만랑은 달갑지 않았으나 명란의 말이 진심임을 알기에 더는 발버둥 치지 않았다. 이때 형을 집행하는 어멈 둘이 들어왔다. 한 명은 다리가 긴 의자를 들고 왔고, 다른 한 명은 폭이 좁고 기다란 천을 가져왔다.

명란이 가볍게 세 번 손뼉 치자 두 어멈이 재빨리 움직이기 시작했다. 튼실한 어멈들이 달려와 만랑의 다리를 안고, 팔을 잡아당기고, 머리를 누르고, 허리를 잡았다. 눈 깜짝할 사이에 만랑을 의자에 묶은 어멈들은 최씨 어멈과 소도, 녹지 셋만 남기고 줄줄이 밖으로 나갔다.

만랑은 팔과 다리, 등까지 단단히 묶여 꼼짝달싹하지 못했다. 발끝이 바닥에서 세 치나 떨어져 있어 온몸을 마음대로 움직일 수 없었다. 그녀가 울면서 말했다.

"조금 전 여기 들어왔을 때 이미 몸수색을 하지 않으셨습니까? 아무것도 지닌 것이 없거늘, 어찌 저를 이리 대하시는 겁니까?"

명란이 담백하게 말했다.

"별거 아니네. 단지 그동안 자네가 머리를 단련했을까 봐 걱정돼서 말이야. 여기서 머리를 박다가 우리 집 바닥이 깨지면 어쩌나."

만랑은 명란이 그때의 일을 말하는 것임을 알고는 숨 막힐 듯 답답한 마음에 구슬프게 울기 시작했다.

"마님, 그때는 소인이 잘못하였습니다. 제가 너무 어리석었어요. 고 태부인의 사탕발림에 넘어가 감히 마님께 방자하게 굴었습니다. 그동안 소인도 많이 반성했습니다. 마님께서 그때 회임 중이셨는데, 혹여 잘못되셨으면 이년이 백번 죽어도 용서받지 못할 뻔했습······."

그녀는 눈물을 흘리며 감정에 호소했다. 지금 당장 땅에 머리를 박고 피를 좀 흘려야 하는데, 그렇게 하지 못해 안타깝기만 했다.

명란은 표정 없는 얼굴로 그녀의 말을 잘랐다.

"그만 힘 빼게. 자네가 불쌍하게 운다고 내가 눈 하나 깜짝할 것 같은가? 옛일은 자네도 알고 나도 알아. 밖에서 지키고 있는 어멈들은 여기서 열 보 떨어져 있고 이 방에는 우리뿐이네."

명란이 최씨 어멈과 두 계집종을 가리키며 농담 반 진담 반으로 말했다.

"내가 이들에게 자네가 방 안에서 옷을 홀딱 벗고 춤을 췄다고 말하라고 하면, 그렇게 말할 사람들이야. 그러니······."

명란이 방긋 웃었다.

"우리 그냥 터놓고 말해보세. 자네가 여길 나가면 얼마든지 시치미를 떼도 상관없어."

만랑이 흐느낌을 멈추자 눈가에 맺힌 물기가 서서히 사라졌다. 그녀가 싸늘하게 말했다.

"좋습니다. 제가 당당하니 못할 말이 뭐가 있겠습니까. 저희 모자는 경성의 기린문麒麟門[1]에 발을 들여놓자마자 붙잡혔습니다. 마님께서도 위세가 대단하십니다. 이제는 하급 관리도 마음대로 부리시니."

명란이 엷게 미소 지었다.

"자네가 잘못 알고 있는 게 두 가지 있네. 첫째, 그들은 평범한 관리가 아니야. 성을 지키는 호위병이지. 둘째, 내가 무슨 힘이 있어 그런 사람들을 부릴 수 있겠는가? 그건 후부 나리께서 출타하기 전에 특별히 유정 걸 대인께 부탁한 걸세."

순간 안색이 변한 만랑이 바들바들 떨며 말했다.

"……그럼 나리, 나리께서 절 잡으라고 시켰다는 말씀인가요……?"

"그때 나리께서 말하지 않았는가. 자네가 또다시 수작을 부리면 그땐 참지 않겠다고. 자네는 믿지 않았지만 말이야."

명란은 사랑에 눈이 멀어 사태 파악도 못 하는 만랑의 모습을 보며 진저리를 쳤다.

"자네 능력도 참 대단하군. 전방의 소식이 전해진 지 며칠밖에 지나지 않았는데, 소식을 듣고 밤낮을 달려 경성에 오다니 말이야……. 나리께서 자네를 면주로 보낼 때, 경성에 첩자를 심어 둔 거겠지."

비통하게 울부짖으며 면주로 압송되면서도 자신의 눈과 귀가 되어줄 사람을 만들어 놓을 수 있다니, 이런 능력과 담력, 식견에 대해서 명란은 꽤나 감탄했다.

만랑이 냉랭하게 말했다.

"절 칭찬하기는 아직 이르지요. 어느 곳이든 마님께 눈과 귀가 되는 사

---

1) 경성 외곽 성문 중 최동쪽 성문.

람도 적지 않을 테니까요."

명란이 웃었다.

"또 틀렸네. 자네 모자의 사정을 자주 보고하는 사람이 있기는 해. 허나 내가 시킨 게 아니라 나리의 뜻이지. 내게 연통을 보낸 사람이 자네보다 며칠 더 빨랐네. 그래서 나리의 분부대로 유 대인께 알렸지. 그리고……."

"그리고 성문 앞에 병사를 배치해 우리 모자를 기다린 거고요."

만랑이 냉소하고는 얼른 말을 이었다.

"그래서 마님께서는 저희 모자를 어쩔 작정이십니까?"

명란이 눈썹을 치켜 올렸다.

"또 틀렸군. 난 자네가 무슨 용무로 경성에 왔는지 궁금해서 불러온 것이야."

만랑이 고개를 뒤로 젖히며 박장대소했다. 목에 시퍼런 핏대가 툭툭 불거지도록 웃고 나서야 서늘하게 말했다.

"그러고도 부부입니까? 전방에 계신 나리는 생사도 알기 어려운데, 마님께서는 팔자 좋게 잘도 여기 앉아 계십니다! 나리께서 얼마나 잘해주셨는데, 정말 양심도 없으십니다!"

명란은 골똘히 생각한 후 말했다.

"그럼 내가 어찌해야 하나?"

만랑이 목청을 높였다.

"굳이 제 입으로 말할 필요가 있습니까? 얼른 관료들을 찾아가 도움을 구하고 나리를 구할 수 있는지 상황을 보든가, 서북 지방에 잘 아는 사람이 있는지 알아보셔야지요. 아니면…… 머리를 풀고 맨발로 황상을 알현하세요! 나리의 공로를 일일이 아뢰면서 제발 패전에 대한 책임을 묻지 말아달라고 빌어야지요!"

명란이 급기야 입을 가린 채 웃음을 터뜨렸다. 그녀는 배꼽을 잡고 한참을 웃고 나서 대답했다.

"자네는 희곡에 나오는 이야기를 진짜라고 믿는 겐가? 머리를 풀고 맨발로 황상을 알현해? 남편의 구명을 위해 문희文姬[2]라도 되는 것인가?"

한참을 깔깔대며 웃던 명란이 겨우 숨을 고르며 말했다.

"첫째, 군이 총동원되었는데 충원할 병력이 어디 있는가? 유 대인께 경성을 지키는 호위병을 서북으로 보내 달라 사정하라는 겐가? 둘째, 서북은 중요한 요충지라 이번 전투는 군국대사나 다름없네. 따라서 문관조차 실정에 대해 함부로 묻거나 알아낼 수 없어. 그런데 나 같은 일개 아녀자가 어찌 알아볼 수 있겠는가? 괜히 화를 자초하는 꼴이네! 셋째, 황상께서는 아직 어떤 성지도 내리지 않으셨네. 어사조차 함구하고 있거늘 내가 어떻게, 무엇을 빌라는 말인가?"

명란이 비웃자 만랑의 낯빛이 어두워졌다. 그녀는 이를 바득바득 갈더니 표독스럽게 말했다.

"마님께서는 똑똑하셔서 참 좋으시겠습니다. 저는 나리를 향한 마음이 깊고 깊어 맨정신으로 생각하지 못할 뿐입니다. 소인의 지고지순한 사랑만큼은 마님께서도 따라오지 못할 겁니다."

"지고지순? 웃기는군! 나리께서 자네를 어찌 처리하라 일렀는지 아는가?"

---

2) 남편 동사가 사형당할 위기에 처하자 조조에게 도움을 청하여 남편을 구해냄.

만랑의 얼굴이 순식간에 바뀌었다.

"나리, 나리께서는⋯⋯."

명란이 잔잔한 목소리로 말했다.

"그때 나리께서 말하지 않았나? 한 번만 더 귀찮게 굴면 이번 생에서 다시는 창이를 볼 수 없을 거라고 말이야."

만랑이 날카롭게 외쳤다.

"우리 모자를 갈라놓을 생각은 하지 마세요!"

"내가 아니네. 나리께서는 내 손이 더러워지는 걸 원치 않으셨거든."

명란이 천천히 고개를 흔들었다.

"나리께서는 유 대인에게 자네를 잡으면 곧장 창이를 데려가라고 하셨네. 인정 많고 부유한 집안을 골라 창이를 맡기라고 했어. 그런데 내가 유 대인께 부탁해서 자네와 창이를 함께 데려온 거네. 용이가 동생을 한 번 더 만날 수 있게 해주려고."

"⋯⋯ 그, 그럼 저는⋯⋯?"

만랑이 망연자실한 얼굴로 말했다.

명란이 냉정하게 말했다.

"보고도 모르겠는가? 나리께서 마음이 있으셨다면, 자네 모자가 어찌 면주를 벗어날 수 있었겠어. 나리께서는 창이만 잘 살피라고 명하셨네. 허나 자네는 무얼 하든 막지 않으셨지. 어째서 그랬겠는가? 그건 자네가 무얼 하든 전혀 관심을 두지 않았기 때문이네! 창이를 다른 집안에 보내 기만 하면 자네가 어디서 죽든 말든 알 바가 아니란 것이지!"

어? 이것도 함정 수사로 칠 수 있으려나.

만랑이 거칠게 고개를 흔들면서 대성통곡했다.

"나리께서 저를 이리 대하실 리 없습니다! 절대로요! 절대로⋯⋯."

이제야 그녀는 슬슬 두려워지기 시작했다. 만랑이 한참 울더니 홀연히 고개를 들고는 명란에게 애절한 목소리로 간청했다.

"마님, 이 모든 것은 제가 어리석고 무지하여 옳고 그름을 판단하지 못했기 때문입니다. 제발 마님께서 창이를 거두어 주시어요! 용이에게도 이리 잘해주시니 창이도 잘 가르치실 겁니다!"

"내가 가르칠 필요가 어디 있나. 애초에 자네가 아들이 없으면 죽겠다고 하지 않았는가? 그런데 이제 와서 나보고 키우라고?"

명란이 담담하게 그녀를 바라보며 입꼬리를 올렸다.

"요 몇 년 동안 자네가 창이를 참 잘 가르친 것 같더군."

원망과 복수를 가르치고, 고정엽에게 항상 생모에 대해 말하라고 가르치고, 적출인 동생들과 '함께 지내는 법'을 가르쳤겠지.

만랑의 눈빛이 살짝 움츠러들더니 얼른 다시 불쌍한 척을 했다.

"생모가 없으면 아버지라도 곁에 있어야 하잖습니까! 창이는 착한 아이입니다. 앞으로 마님께 효도할 거예요……."

"창이는 절대 후부로 들어오지 못해!"

명란이 딱 잘라 말했다.

"이게 나리의 뜻일세."

만랑의 눈빛이 살벌하게 변하더니 낮게 으르렁거렸다.

"마님은 참으로 교활하고 악랄한 분입니다. 그러니 지금 하신 말씀도 전부 거짓일 테지요! 마님이 옆에서 종용하고 부추기고 이간질했을 게 분명합니다! 나리께서 우리 모자에게 이리 모질게 굴 리 없으니까요!"

명란이 그녀를 한참 바라본 후에 천천히 말했다.

"그때 나리께서 왜 창이를 후부로 데려오려 했는지 아는가? 당시에 나리께서 누구와 혼인할지 아무도 몰랐기 때문이네. 창이는 어렸고 자

네는 아들을 교육할 그릇이 못 된다 여겼지. 아들을 데려와 하나씩 가르
치면 바르게 키울 가능성도 있다고 생각하신 게지. 허나 자네는 일언지
하에 거절했어. 한참 지나고 나서야 나리께서 그러시더군. 자네 같은 어
미가 창이를 기르면 다른 건 어찌 되든 최소한 제 배 아파 나은 아들을
해치진 않을 테니 괜찮다, 하지만 결코 창이를 내 아들과 함께 두진 못한
다고 말이야. 세상에는 막으려야 막을 수 없는 일도 있지 않은가. 천 년
동안 도둑질할 사람은 있어도 천 년 동안 도둑을 막을 수 있는 사람은 없
으니까.”

　명란의 말은 비수가 되어 만랑의 심장을 찔렀다. 그녀는 얼굴까지 창
백해진 채 입 안에서 말을 웅얼거렸다.

　‘안 믿어, 안 믿을 거야. 날 화나게 하려고 저러는 거야. 나리는 우리 모
자를 그리워하실 거야.’

　명란은 현실을 부정하는 만랑을 비웃지도 않고 한참 지켜보다가 나지
막하게 말했다.

　“창이를 위해 지금 자네에게 다시 선택할 기회를 주겠네.”

　그녀가 한숨을 쉬고 말을 이었다.

　“자네가 죽을 때까지 면주를 떠나지 않고 분란을 일으키지 않겠다고
약조만 하면 창이를 상씨 집안에 보내달라고 나리께 청하겠네.”

　만랑이 느릿느릿 고개를 들었다.

　“……상 유모요?”

　명란이 고개를 끄덕였다.

　“며칠 전에 상 유모에게 얘기해 두었네. 유모 역시 일면식도 없는 사람
이 창이를 기르는 것보다는 자기가 기르는 게 낫다고 말하더군. 어쨌든
연이도 출가했고, 년이도 밤낮으로 글공부에 매진하고 있는 터라 유모

도 여유가 있으니 마침 잘되었지."

상 유모는 워낙 인정 많고 자애로운 사람이라 아이가 고생하는 모습은 차마 못 볼 것이다. 명란이 속으로 가볍게 한숨을 내쉬고는 이어서 말했다.

"상 유모의 인품은 자네도 알 거라 믿네. 단정하고 올곧은 사람이지. 유모가 키운 자식들은 모두 출세했으니 창이도 분명 훌륭한 사람으로 자랄 걸세."

만랑이 한참 뒤에 입을 뗐다.

"제가 만약 약조를 어기면 어찌 되는 겁니까?"

명란이 눈을 깜빡이며 부드럽게 미소 지었다.

"하늘에 맹세하건대, 자네가 수락하기만 하면 자넨 절대로 약속을 어기지 못할 것이네."

만랑은 가슴이 철렁했다. 명란의 온화한 미소를 바라보니 까닭 없이 한기가 느껴졌다. 그녀는 명란의 말뜻을 잘 알고 있었다. 일단 수락하면 자신은 곧바로 면주로 압송될 것이다. 녕원후부의 세력이 워낙 대단하니 지방 관리한테 몇 마디 언질만 주면, 자신은 감옥살이하듯 영원히 그 궁핍한 산골을 벗어날 수 없을 터였다.

심한 내적 갈등에 어둡고 불안해진 만랑의 얼굴을 보니 명란은 웃음이 나왔다.

"어떤가, 잘 생각해야 할 걸세."

만랑은 일고의 가치도 없다는 듯 차갑게 콧방귀를 뀌었다.

"마님의 그 세 치 혀에 놀아날 뻔했습니다. 저는 마님을 믿지 않아요. 나리를 봬야겠습니다. 나리는 저희 모자를 저버리지 않을 겁니다!"

명란은 조금 실망한 얼굴로 탄식했다.

"그럼 창이가……. 휴, 됐네, 창이는 자네 소생이니. 그럼 나리의 뜻대로 하세나."

명란은 천천히 일어나 소도의 부축을 받으며 방을 떠났다. 이토록 이기적이고 박정한 여자는 결코 다시 보고 싶지 않았다.

방으로 돌아와 보니 단이가 토실토실한 다리를 구부린 채 황동으로 만든 반짝반짝한 구련환을 힘껏 잡아당기고 있었다. 아이는 어미를 보자마자 얼른 구련환을 내려놓고 흔들흔들 겨우 구들 위에 섰다. 그러고는 앙증맞은 두 팔을 활짝 벌렸다.

"엄마……."

또박또박 틀리지 않고 말하자 명란은 기특한 마음에 아들을 끌어안고는 한참 그대로 있었다. 아이가 어머니를 타고 굼실굼실 기어오르려 하자 최씨 어멈이 얼른 달려가 단이를 안았다.

구들에 반쯤 누운 명란은 미소 띤 얼굴로 보드라운 이불 위에서 이리저리 뒹구는 아들을 바라보았다. 단이는 신나게 놀다가 지쳤는지 팔다리를 쭉 편 채 조그마한 배를 내밀고 쿨쿨 잠이 들었다.

아들의 사랑스러운 모습을 보며 명란은 괜히 울적해졌다. 사실 창이를 아무도 모르는 곳으로 보내 믿을 만한 사람에게 맡기는 것이 어쩌면 더 안전할 수도 있었다. 게다가 아이를 기르는 일은 심적으로든 물질적으로든 고된 일임이 틀림없다. 진짜로 상 유모에게 고씨 집안의 골칫덩이를 떠넘기면 명란도 마음이 불편할 것이다. 아, 구태여 그런 짓을 해서 괜한 고생할 필요는 없지.

어쨌든…… 이 세상 모든 여자가 어미가 될 자격이 있는 건 아니구나 싶었다.

잠시 휴식을 취하는데 녹지가 황급히 뛰어오더니 목소리를 낮추고 말했다.

"마님, 창이와…… 그 어미를 유 대인께 넘겼습니다."

최씨 어멈이 옆에서 듣고는 한숨을 쉬었다.

"유 대인께서 고생하시네요. 다만…… 집안의 허물을 내보이는 것 같아서 그게 마음이 걸립니다."

명란이 피식 웃었다. 유정걸과 같은 일을 하는 사람이 문무백관의 대소사를 모를 리 없다고 속으로 생각했다.

"용이는?"

녹지는 신난 기분을 감추기 어려웠지만, 명란한테 핀잔을 들을까 봐 최대한 침착하게 말하려고 애썼다.

"창이 그 아이는 애초에 용이 아가씨를 알아보지 못했습니다. 아가씨가 한참을 달래도 소용이 없더라고요. 그저 아가씨와 말없이 앉아 있다가 나중에…… 그 여자가 왔고…… 모녀가 문을 닫고 대화를 나누었습니다. 그런데 어찌 된 일인지 고성이 오가더니 용이 아가씨가 울면서 뛰쳐나와 방으로 돌아가서는 지금까지 울고 있다 합니다."

명란은 잠자코 있었다.

녹지가 어쩔 수 없이 계속 말했다.

"나리께서 분부하신 대로 창이를 보냈고, 그 여자는 다른 길을 통해 경성 밖으로 내쫓았습니다. 유 대인께서 보낸 호위병이 학 관사와 술을 마시면서 몇 마디 흘렸는데, 그 여자가 다시 경성으로 돌아오면 그땐 사막으로 노역을 보낼 거라 했답니다."

명란은 침묵을 지켰다. 예전에 고정엽이 이런 말을 한 적이 있다. 자기 사정을 알고 있는 다른 친우들은 대부분 관대하게 봐주는데, 유독 유정걸은 자신에게 계집애처럼 마음이 약하다고 놀렸단다. 잘라낼 것을 잘라내지 않으면, 앞으로도 크고 작은 일에 끊임없이 휘말릴 거라면서. 다른 사람은 만랑에게 인정을 베풀지 몰라도, 유정걸만큼은 결코 봐줄 사람이 아니었다. 이것이 고정엽이 유정걸에게 부탁한 이유이기도 했다.

우울한 기분에 빠져 있는데, 바깥에서 도롱이 뵙기를 청한다고 알려 왔다. 명란은 잠시 멈칫했다가 대답했다.

"바깥방으로 와서 말씀하시라 하거라."

곧 묵직한 발소리가 들리더니 바깥방에 선 도롱이 저음의 목소리로 말했다.

"쉬고 계신데 죄송합니다. 사소한 일인 듯하나, 부인께 알려드려야 할 것 같아서 말입니다."

명란이 가볍게 손을 흔들었다. 최씨 어멈이 조심스럽게 단이를 안고 방으로 들어갔다. 녹지는 문 옆에서 발을 사이에 두고 낭랑하게 말했다.

"공자님, 말씀하십시오. 마님께서 듣고 계십니다."

도롱이 말했다.

"최근에 이곳저곳을 돌며 탐문을 해봤는데, 무언가 께름칙한 기분이 듭니다. 전방의 군국대사에 관한 일은 아직 관보官報로도 나오지 않았는데, 소식이 어떻게 전해졌을까요? 면주로 연통을 보낸 놈도 정보에 빠른 놈처럼 보이지 않았습니다. 그런데 어째서…… 이렇게 빨리 전해졌을까요……?"

완곡하게 말했지만 명란은 단박에 알아들었다. 다시 생각하자 심장이 덜컥 내려앉았다. 명란은 놀란 마음에 저도 모르게 말이 툭 튀어나왔다.

"일리 있는 말씀입니다! 나리가 소문의 한가운데에 있었던지라 나무만 보고 숲을 보지 못했어요. 미처 그 부분까지 생각하지 못했군요!"

그녀 역시 패전 소식의 출처를 의심한 적은 있지만, 역으로 생각해본 적은 없었다.

고대 사회에서 정보의 전달은 한계가 있었고 그 와중에 헛소문은 늘 눈덩이처럼 불어나 사람을 불안하게 만들었다. 특히 이번 전쟁의 경우, 설사 전방에서 대군이 크게 패전했다 해도 어느 정도 쉬쉬하는 게 맞았다. 그런데 이번에는 작은 소문에 어찌 이리 떠들썩해졌단 말인가?!

"공자님의 뜻은······?"

명란이 망설이며 말했다.

도룡이 말했다.

"저도 잘은 모르겠습니다. 그러나 최근 경성의 분위기가 조금 이상하긴 합니다. 오늘 아침 유 대인께 듣기로는 기근으로 고향을 떠나 경성으로 온 사람들이 꽤 있는데 대다수의 신원이 불분명하다 합니다. 우선 부인의 안위가 중요하니 장원에서 무공을 익힌 장정을 몇 명 데려와 후부를 호위하도록 하는 게 좋겠습니다······."

명란이 한참 망설이다가 천천히 고개를 끄덕였다.

제216화

어젯밤 비는 약했으나 바람은 세찼으니
– 집안에 재앙이 일어나다

유정걸은 형명刑名[1] 출신의 뛰어난 인재였다. 요 며칠 경성에 온갖 부류의 사람이 몰려들고 상황에서 시간을 더 지체할 수 없었던 유정걸은 만랑 모자를 데려가자마자 각각 다른 길을 통해 경성 밖으로 내보냈다. 그런데 이튿날 밤, 유 부인이 황급히 가마를 타고 와서 미안하다면서 말하길, 글쎄 창이가 납치됐다는 것이다.

명란은 소스라치게 놀랐다.

"어떻게 된 일인가요?"

"나리도 전혀 예상치 못했다는군요. 정말로 원숭이가 나무에서 떨어진 격이지요!"

유 부인이 부끄러운 표정을 지었다. 그녀의 말투에는 촉 지방의 사투리가 짙게 배어 있었다. 그녀는 몸에 걸친 적갈색 바탕에 은사로 호리병

---

1) 고대에 형법 또는 재판 사무에 관한 일을 주관하던 사람.

을 수놓은 배자 옷자락을 계속해서 비벼댔다.

"어제 나리가 그 여인을 내쫓으면서 성문 밖에 이르러 아주 단단히 엄포를 놓았답니다. 또다시 와서 귀찮게 굴면 무조건 변방으로 보내 노역을 시킬 거라고요! 그 여인은 연신 알겠다고, 다시는 안 그러겠다고 대답하고는 곧장 몸을 돌려 도망쳤고요."

유 부인이 목소리를 낮추며 몸을 앞으로 살짝 기울였다.

"사실 나리는 이 정도까지 했으니 그 여인에게도 제대로 먹혀서 다 해결될 줄 알았대요. 그런데……."

"괜찮습니다."

명란이 손사래를 쳤다. 정식으로 혼례도 치르지 않은 사이에 만랑이 할 수 있는 일은 이제 없다고 봐도 무방했다. 아무리 죽네 사네 매달려도 웃음거리만 될 뿐이었다. 지금 고정엽과 후부에게 신경 쓰이는 건 그 어린아이였다. 좀 나쁘게 말해서, 누군가 나쁜 마음을 먹고 창이를 끔찍한 곳에 팔아넘기거나 도적질을 시킨다면, 그거야말로 엄청난 화근이 될 수 있었다.

명란이 다급히 말했다.

"창이는 대체 어떻게 된 일인가요?"

유 부인이 손수건으로 이마를 누르며 땀을 닦았다.

"그 아이를 보살필 유모를 구하느라 반나절 정도 늦게 성에서 나갔지요. 그런데 성에서 십팔 리쯤 떨어진 봉운산 끝자락을 지나는 길에 갑자기 복면을 한 강도 무리가 튀어나와 덮쳤다지 뭡니까. 양쪽이 엎치락뒤치락하는 사이에 줄곧 뒤에 숨어 있던 여강도가 갑자기 말을 타고 가마 근처로 달려오더니, 유모를 몽둥이로 때려 쓰러뜨리고는 애를 안아 올려 말에 태우고 달아났습니다. 상황이 다급해서 호송하던 사람들이 강

도 여럿을 그 자리에서 해치우고, 목숨이 붙어 있던 두 명을 고문한 후에
야 그들이 어느 패거리인지 알게 됐지요. 돈을 받고 사람을 납치하는 놈
들이랍니다. 일행이 관복을 입고 있지 않아서 그저 평범한 가복인 줄 알
고 놈들이 그렇게 겁도 없이 덤볐던 게지요."

명란은 잠시 멍해졌다. 그 여강도가 누구인지 어렴풋이 짐작할 수 있
었다.

솔직히 명란은 여부에서 그녀를 처음 봤을 때부터 그 볼품없는 여인
이 예사롭지 않게 느껴졌다. 하지만 이 정도일 줄은 몰랐고, 오히려 자신
이 그녀를 과소평가한 거였다. 노래와 연기는 물론, 무예까지 뛰어날 줄
이야. 이번에 만났을 때 매사에 조심스러운 최씨 어멈이 그녀의 몸을 수
색하고 묶어 놓았기에 망정이지, 만랑이 갑자기 폭주해서 난동을 부리
기라도 했다면 자신도 봉변을 당했을 것이 뻔했다.

그녀는 잠시 입술을 깨물었다가 다시 물었다.

"누구의 지시로 벌인 일인지 유 대인께서 알아내셨나요?"

유 부인은 깊은 한숨을 내쉬었다. 미간을 잔뜩 찌푸린 모습이 나이 들
고 거칠어 보였다.

"물어봤지요. 개중에 목숨이 붙어 있던 자들이 그 자리에서 고했습니
다. 시체 중에 일을 부탁한 여인의 오라비가 있었다고요!"

명란은 헉 하고 놀랐다.

"만랑의 오라비라고요?"

유 부인이 다리를 두드리며 말했다.

"그럼 누구겠습니까? 듣자 하니 그 오라비가 요 몇 년간 직예 일대를
떠돌면서 저잣거리에서 도적질하는 건달들을 많이 사귀었답니다. 그자
들이 고하길, 자신들도 속아서 일을 받은 거라더군요. 오라비란 작자가

자기 여동생이 어느 부잣집 외첩이라고 했대요. 정실이 악랄해서 그 모자를 거두지 않고 애를 처리하려고 한다고 말이죠……. 아이고, 상대가 관리라는 걸 알았으면 어디 그럴 배짱이나 되었겠어요!"

명란이 비웃듯 입꼬리를 올렸다.

"틀린 말은 아니네요."

유 부인도 조소하며 덧붙였다.

"뒤에 숨어서 얼굴을 가리고 있던 여강도가 만랑이었던 거죠. 원래는 화살을 쏴서 저지하려고 했는데, 창이가 말 위에 있으니 혹시라도 아이가 다칠까봐 그저 달아나는 걸 보고 있을 수밖에 없었고요."

명란은 잠시 침묵하다가 입을 열었다.

"호송을 맡은 사람들을 탓할 수도 없지요. 그 작은 여인이 그렇게나 난폭할 줄 누가 알았겠어요. 다친 사람은 없는지 걱정이네요. 만약 무슨 사고라도 났으면 저희가 죄송해서 어찌합니까."

원래는 그저 택배 배송만 맡았었는데 결과적으론 보안 요원 역할까지 해야 했고, 갑작스러운 습격까지 당해야 했으니 말이다.

유 부인이 황급히 손사래를 치며 고개를 저었다.

"목숨에는 지장이 없고, 외상만 조금 입었을 뿐입니다. 강도 놈들이 무예가 뛰어나진 않았어요. 다만 머릿수가 많아서 우르르 달려들어서는 창이를 납치해 간 거지요."

명란은 그제야 조금 마음이 놓여 그 호위들에게 약 살 돈이라도 주어 감사의 표시를 하겠다고 했다. 유 부인은 처음에는 내키지 않는 듯했으나 명란의 조리 있는 설득을 이기지 못하고 결국은 그러겠다고 대답했다.

두 사람은 이번 사건의 아주 구체적인 부분까지 이야기를 나누었다.

유 부인이 참지 못하고 탄식했다.

"제가 저희 나리 대신 변명하는 건 아니지만, 솔직히 누구라도 생각지 못했을 겁니다. 그 여인이 얼마나 수척하고 가엾어 보입니까. 넋 나간 표정에, 관청 심부름꾼들 앞에서는 무서워서 감히 말도 못 하고, 목소리가 커지기라도 하면 숨넘어갈 것처럼 울면서 몸을 부들부들 떨고 말이죠. 그런데 순식간에 돌변해서는 오라비를 찾아가 일을 꾸미고, 미행을 붙이고, 사람을 사서 납치까지 하다니……. 쯧쯧, 참으로 대단한 인물 아닙니까!"

유 부인은 남편보다 나이가 몇 살 더 많아서 유정걸 수하의 심복들에게는 거의 아주머니뻘이었다. 그녀는 무슨 일이든 상당히 꼼꼼하게 조사하는 스타일이었다. 그녀는 사실 처음 만랑의 일을 들었을 땐 서자를 받아들이지 않는 명란을 속으로 탓했었다. 첩을 두지 않는 고관대작이 대관절 어디 있단 말인가, 어느 집안이든 서자 서녀가 한 무더기였다. 그런데 지금 와서 생각해보니 만랑 모자는 확실히 집안에 남아 있어서는 안 되었다.

명란이 입을 삐죽였다.

"그 오누이는 이원梨園[2] 출신의 실력자들이라 문무가 모두 뛰어나지요. 유 대인과 수하들을 탓하지 않습니다. 직접 눈으로 본 적도 없는데 어찌 이런 일을 상상이나 했겠어요. 게다가 그 여인한테 당한 사람도 한둘이 아니랍니다."

가장 먼저 당한 바보는 바로 그녀가 사랑해 마지않는 제 부군이었다.

---

[2] 고대 악공이나 궁녀에게 음악, 무용을 연습시키던 곳.

유 부인은 기가 막혔다.

"그 여인은 정말 마음을 독하게 먹었더군요. 자기 오라비가 칼에 맞아 쓰러지면서 큰 소리로 '누이' 하고 불렀는데 고개도 돌리지 않고 그저 쌩하니 자기 갈 길만 갔으니까요. 나리의 말에 따르면, 그 여인은 애초부터 그 강도 무리를 방패막이로 삼다가 다 죽일 작정이었을 거랍니다. 비밀이 탄로 날 수도 있고, 자기 오라비도 자신을 속일까봐 겁이 났을 테니까요."

유 부인은 연신 고개를 저었다. 자신과 혈육의 정을 나눈 오라비의 목숨도 이용하다니, 정말이지 독하고 악랄하다는 말을 빼면 그 여인을 설명할 수 없을 것이다.

명란은 한참 잠자코 있다가 입을 열었다.

"그 모자가 어디로 갔는지, 부인은 혹시 짚이는 데가 있으신지요?"

유 부인은 어색하게 미소를 지어 보였다.

"일단 봉운산 입구를 빠져나가면 동서남북 사통팔달이라 어디든 갈 수 있으니, 사실상 짐작하기가 힘듭니다. 게다가, 음, 지금의 경성은…… 아무래도 일손이 부족하다보니……."

명란이 그녀의 손을 잡고 부드럽게 말했다.

"굳이 설명하지 않으셔도 됩니다. 유 대인의 고충은 저도 잘 알지요. 저는 그저 그 아이가 안타까울 뿐이에요. 어린아이가…… 이제야 몇 년 안정이 되었는가 싶더니, 또다시 정처 없이 떠돌아다녀야 할지도 모르니까요."

유 부인은 아들딸을 일찍 낳아 자애로운 어머니 같은 면이 있었다. 그녀는 그 말을 듣자마자 길게 탄식하더니 명란의 손을 다독이며 타일렀다.

"부인, 제가 연장자로서 한마디만 하겠습니다. 그런 악랄한 여인이 어디서 제대로 된 대접이나 받을 수 있겠습니까? 부인 부부가 너무 너그럽고 착해서 모질게 굴지 못해서 그런 것이지, 그게 아니었으면 그 여인은 진즉에 끝났을 겁니다! 휴, 그 아이는 전생에 쌓은 덕이 부족했나 봅니다. 어떻게 그런 어머니 밑에 태어났는지, 누굴 원망할 수도 없으니 그저 다음 생을 기약해야 하지 않겠습니까!"

유 부인은 탄식을 금치 못했다.

정녕 전생에 덕을 쌓지 못해서일까?

명란은 망연자실했다. 사실 창이에게는 운명을 바꿀 기회가 여러 번 있었다. 안타깝게도 좋은 기회들을 다 놓치고 말았지만. 자신은 이런 골치 아픈 문제에는 영원히 손을 대고 싶지 않았고, 창이와 관련된 일이라면 뭐든 최대한 피해왔었다.

고정엽은 자신이 어렸을 때 겪어 본 바가 있었으므로 생면부지의 사람보다는 친모가 곁에 있어야 아이가 제대로 보살핌을 받을 수 있다고 생각했다. 또한, 정실부인과 적자를 생각해서라도, 서자 때문에 명란이 고생하거나 단이가 위협받는 건 바라지 않았다.

만랑은 정말이지 백 년에 한 번 나올까 말까 한 별종이었다. 창이를 일찍 포기해서 놓아주든, 아들과 사이좋게 잘 지내든 둘 중 하나를 택해야 하는데, 그녀는 쓸데없는 망상을 붙든 채 곧 죽어도 놓으려 하지 않았다.

어찌 된 일인지는 몰라도, 명란은 자신이 엄마가 된 후 갈수록 마음이 약해지는 것 같다고 느꼈다. 예전에는 아무리 끔찍한 사건이라도 그저 사무적으로만 처리했는데, 지금은 무고한 아이가 힘든 일을 겪어야 하는 것을 보니 그냥 넘어가기가 힘들었다.

유 부인을 배웅하고 온 명란은 용이를 불러왔다. 그러고는 다른 이들을 물러가게 한 후 용이에게 이 일을 상세히 설명하며 탄식했다.

"휴, 그래서 지금은 그들이 어디로 갔는지 아무도 모른단다."

용이는 고개를 떨구고 양손을 꽉 쥐었다. 두 눈은 벌겋게 부어 있었다. 요 며칠 수척해졌는지, 둥글고 윤기 나던 볼이 약간 홀쭉해져 소녀 같은 고운 턱선이 드러나 있었다. 용이는 명란의 말에 아무 대답 없이 그저 구들 옆 동그란 의자에 앉아만 있었다. 손톱이 손바닥을 깊게 파고들었다.

명란과 용이는 한참 동안 아무 말도 하지 않았다. 명란이 그만 가보라고 하자 용이가 불현듯 입을 열었다.

"감사해요, 어머니."

목소리에 잔뜩 섞인 비음에 명란은 약간 놀랐다.

용이가 손수건을 꺼내 코끝을 가볍게 닦으며 조그맣게 말했다.

"창이를 걱정해주시고 상 유모에게 창이를 돌봐달라고 해주셔서 감사해요. 이 일을…… 이 일을 알고 나서 전 정말 감동했어요……. 상 유모는 정직한 사람이고, 창이는 넌이 오라버니를 따라 공부하면 일취월장할 수 있을 테니 실로 하늘이 내린 복이라고 생각했어요. 그런데 몇 년 동안 못 본 사이에 창이가 성격이 비뚤어져서…… 친어머니 말고는 그 누구의 말도 들으려 하지 않았어요……."

용이가 남동생을 만난 그날, 오누이는 마치 낯선 사람처럼 데면데면했다. 용이의 눈에 눈물이 차올랐다. 마음도 쓰라렸다.

"저는 친어머니한테 동생이 상 유모의 집으로 돌아갈 수 있도록 설득해 달라고 했어요. 억지로 보낸다면 동생은 시끄럽게 소란을 피울 것이고, 그렇게 되면 상 유모도 힘들어지고 과거 공부를 해야 하는 넌이 오라버니도 방해를 받게 될 테니까요. 그런데…… 친어머니는 대답은커녕 오히려…… 절 욕하고, 또……."

용이는 차마 말을 잇지 못했다. 만랑은 용이에게 창이가 후부에 남을 수 있도록 명란을 찾아가서 요구하라고 시켰던 것이다.

"……하지만, 하지만 마님은 동의하지 않으실 거예요."

용이는 그때 이렇게 대답했다. 몇 년 동안 같이 지내오면서 용이는 명란이 겉보기에는 온순하고 부드러워도 실은 자기주장이 확고한 사람이라는 것을 잘 알았다.

"이 쓸모없는 것아! 아니면 그냥 가서 울어, 가서 애원해. 가서 죽자 사자 조르란 말이야! 설마 지금 후부의 큰 애기씨인 네가 죽는다는데, 그 여자가 그냥 지켜만 볼라고! 네 친동생이 아니냐, 남동생이 아무 명분도 없이 타지를 떠도는 걸 뻔히 보고 있겠다는 게냐?!"

만랑은 계산적인 표정으로 듣기 좋은 말을 늘어놓았다. 때론 부드러운 말투로 살살 구슬리기도 하고, 때론 소리를 지르며 욕도 했다. 자신의 속셈을 전혀 감추지 않는 친모를 보며 용이는 아무 말도 할 수 없었다.

용이는 더 이상 아무것도 모르는 철부지 소녀가 아니어서 친모의 요구에 숨겨진 위험과 책임을 모를 리 없었다. 더구나 용이는 분수를 잘 알았기에 잠깐 편안하게 지냈다고 금세 철없이 우쭐거리며 적모의 마음을 돌려놓겠다는 헛된 망상을 하지도 않았다.

용이는 세차게 머리를 흔들며 그날의 오싹한 광경을 머릿속에서 떨치려 애썼다. 그리고 고개를 들어 명란을 바라보며, 떨리는 목소리로 말했다.

"어머니, 전 도저히 친어머니의 마음을 모르겠어요. 어머니라면 자식들 생각을 먼저 해야 하는 거 아닌가요? 그런데 어째서…… 어째서……. 정녕 동생 인생이 엉망이 되어야 비로소 그치려는 걸까요?"

더는 참지 못하고 울음을 터뜨린 용이는 손수건으로 입을 틀어막고 흐느꼈다.

명란은 한숨을 쉬며 아이의 등을 토닥였다.

나쁜 쪽으로 생각한다면, 만랑은 창이를 전혀 사랑하지 않았다. 아들은 그저 자신이 마음먹은 대로 놓을 수 있는 바둑알에 불과했다. 좋은 쪽으로 생각한다면, 만랑도 아들을 사랑하긴 했다. 다만 아이를 잘 보살핀다는 기준이 정상적인 기준과는 크나큰 차이가 있을 뿐이다.

상황은 마치 막장 드라마와 같았다. 부잣집 자제의 쌍둥이를 낳아 하나는 부잣집에 보내 공자나 공주가 되게 하고, 다른 하나는 자신의 곁에 남겨 둔 가난하고 불쌍한 아가씨. 결국…… 하, 과연 어느 쪽이 주인공이 될까.

이 일은 이렇게 흐지부지되었고 만랑 모자는 마치 바람에 휩쓸려간 듯 흔적도 없이 자취를 감추었다. 명란은 우울하게 며칠을 보냈고, 화란이 방문해 그녀를 위로하고 나서야 조금 나아졌다.

"바보야, 그런 일에 신경 쓸 게 뭐가 있니!"

화란의 아름답고 수려한 용모는 여전히 변함없었다. 그녀는 동생의 이마를 쿡 찌르며 웃었다.

"이렇게 모질지 못해서야. 이것도 불쌍하고 저것도 안타까운데 아직도 집안이 엉망진창이 안 된 게 더 신기하다. 자고로 원한에는 상대가 있고 빚에는 빚쟁이가 있다고 했어. 부모가 버젓이 있는데 네가 나설 이유가 뭐니!"

명란은 고개를 숙인 채 커다란 배를 어루만지며 낮게 말했다.

"요즘 갈수록 우유부단해지는 것 같아요. 내가 일 처리를 제대로 못 해서 나중에 아이가 그 대가를 치르게 될까 걱정도 되고요."

무슨 일에든 열성분자였던 요의의는 한때 강경한 무신론자기도 했다. 아, 정말 지난날은 차마 회상하고 싶지 않다.

마음이 편하면 몸도 편하다고 생각하는 화란이 크게 웃음을 터뜨리며 말했다.

"부처님의 가르침도 정도껏 믿어야지. 모든 일을 다 그 기준으로 생각하면 안 돼. 제부가 너보고 관여하라고 한 것도 아니니까 그냥 가벼운 마음으로 미루면 그만이야. 설마 너 정말로 그 아이를 후부로 데려올 생각은 아니겠지?"

"그건 안 되죠."

명란이 단호하게 말했다. 그녀는 병아리를 보호하려는 어미 닭처럼 고개를 들더니 솔직하게 쓴웃음을 지었다.

"안타까운 건 안타까운 거고, 어미라면 자기 피붙이를 가장 먼저 지켜야죠. 누가 제 아이를 위험하게 만들면 목숨 걸고 싸울 거예요!"

화란이 동생의 얼굴을 꼬집으며 웃었다.

"그래, 그래야지!"

큰언니의 아름답고 부드러운 미소를 보며 명란은 괜한 걱정을 사서 하는 자신을 한탄했다. 그녀는 얼른 화제를 바꾸었다.

"올케가 아이를 가졌다고 해서 그저께 올케가 좋아하는 어포를 보냈는데, 요즘은 몸이 좀 괜찮은지 모르겠어요."

왕 씨가 고향으로 간 후 화란은 이제 막 안살림을 맡은 류 씨가 힘들까 봐 자주 친정에 들러 일손을 도왔다. 화란이 웃으며 말했다.

"동서는 참 복도 많아, 딱 좋은 시기에 회임하고 말이야. 잘 먹고 잘 자고 있단다. 평소랑 똑같이 생활하고."

한창 대화 중에 소도가 방금 만든 콩꼬투리 마늘 볶음을 내왔다. 그러자 화란이 미간을 찌푸리며 코를 막고 구역질을 했다.

명란이 눈썹을 찌푸리며 말했다.

"이건 언니가 평소에 좋아하던 거잖아요, 어찌……."

팥앙금 찐빵과 사과 맛탕으로 바꿔 내왔으나 화란은 냄새를 맡자마자 여전히 역겨워했다. 하는 수 없이 새로운 다과를 내오라고 명할 수밖에 없었다.

명란은 살짝 살이 오른 화란을 보며 장난기 어린 눈으로 웃으며 말했다.

"언니도 혹시 좋은 소식이 있는 거예요?"

화란이 손을 멈칫하며 농담조로 말했다.

"무슨 소리니, 내가 지금 나이가 몇인데."

요 몇 년 동안 아무 소식도 없는 데다 나이도 먹어가니, 화란은 체념한 지 오래였다.

그렇다 해도 중년에 아들을 얻은 여인이 없는 건 아니었다. 혹시라도 사고가 생길까봐 염려된 명란은 얼른 후부의 화려하고 푹신한 사두마차를 불러 화란이 편안하게 돌아갈 수 있도록 했다.

얼마 지나지 않아, 원부에서 사람이 와 마님께서 회임하셨다는 소식을 전했다.

명란에게 소식을 전하러 온 취선은 손뼉을 치며 기뻐했다.

"마님도 처음엔 안 믿으셨는데, 의원을 두 번이나 바꿨는데도 모두 태맥이 잡힌다고 하니 그제야 믿으시더라고요. 나리도 너무 좋아하세요.

황매가 갈고리발톱으로 새매의 발을 꼭 붙들고 있는 것처럼 잠시도 마님 곁을 떠나지 않으십니다. 이북 지역에도 가려 하지 않으세요.”

원문소는 만리장성 이북 지역에 눈여겨본 부지가 있었다. 그 부지를 사서 말 목장을 만들려고 상부에 특별히 휴가까지 얻었는데, 마침 사랑하는 아내가 회임한 것이다. 의원이 산모의 나이가 적지 않으니 더더욱 모든 것에 조심해야 한다고 당부하여 원문소는 말 목장 부지에 가려던 생각을 접었다.

“일이 더 중요하지요, 상공께서는 큰 포부를 가진 분이시니 절 신경 쓰실 필요가 없습니다.”

화란이 이렇게 말하는 건 당연지사였다.

하지만 원문소는 로맨스 드라마 속 남자 주인공 같은 분위기를 풍기며 말했다.

“돈은 언제든지 벌 수 있소. 우리 집안이 화목하고 즐거운 것이야말로 가장 중요한 것이지. 당신이 무탈하게 아이를 낳는 것이 산처럼 쌓인 금보다 훨씬 소중하오.”

화란은 부끄러워 얼굴이 빨개진 채 커다랗고 영롱한 눈으로 남편을 애틋하게 바라보았다. 원문소도 사랑이 넘치는 눈빛으로 그녀에게 화답했다. 둘의 나이를 합쳐 70이 넘는 중년 남녀가 보여주는 서로에 대한 마음은 실로 진실하고 애틋했다. 둘이 수시로 머리를 맞대고 소곤거리는데, 명란을 대신해 선물을 보내러 갔던 최씨 어멈은 닭살이 돋아 죽을 지경이었다.

“어쩐지…… 처음에 큰마님이 왜 두 분을 눈꼴 사나워하셨는지 알겠어요.”

최씨 어멈은 당시 자신이 왕 씨를 단단히 오해했음을 깨달았다. 명란

166

은 구들 위에 엎드려 배꼽이 빠지도록 웃으며 며칠 동안 쌓였던 근심을 모두 날려버렸다.

며칠 후, 도호가 성 밖에서 사십여 명의 장정들을 이끌고 돌아왔다. 명란은 다시 바빠졌다. 바깥뜰에 이들의 숙식 장소를 마련하고, 도룡과 보초를 어떻게 나눌지, 담장마다 어떻게 배치할지를 의논했다.

집 안은 조용하고 평온했으며, 집 밖으로 계속 사람을 보내어 각 길목의 소식을 파악했다. 경성 안에는 확실히 행동거지가 의심스러운 사람들이 들어와 삼삼오오 무리 지어 다녔으나, 그들의 거주지는 파악할 수 없었다. 유정걸은 점점 화가 났지만, 마땅히 조사할 방법이 없었다. 석장도 잔뜩 화가 났다. 그와 소도가 좋아하는 만둣집이 있었는데, 만둣집을 운영하는 노부부가 요즘 저잣거리가 뒤숭숭하다며 시골의 아들딸 집으로 내려가버린 것이다.

고정적 부부는 점포를 정돈하느라 여념이 없었다. 장사가 점점 나아지고 있었다. 고정훤의 부인은 맏아들에게 어울리는 며느리를 알아보느라 매우 바빴는데, 복伏가의 반응이 매우 적극적이었다. 고 태부인은 여전히 두문불출한 채 안에서 무슨 비밀 모의를 하고 있는지 알 수가 없었다. 고정위는 지금도 툭하면 밖으로 나돌며 술을 마시고 싸움을 했다. 방 씨는 하루가 멀다 하고 고 태부인의 집에 들락거렸다. 량가 첫째는 계속 손자인 척, 아니, 효자인 척했다……

명란은 기쁨도 많고 걱정도 많았다. 법원에서 일하는 일개 서기관의 정치의식이나 의사 결정 수준으로는 기껏해야 가정들에게 문단속을 철저히 시킬 수 있을 뿐, 현상에서 본질을 해석해낼 수는 없었다.

날씨가 따뜻해지고 있었다. 보름 만에 공기가 찬 듯 배가 부풀어 올랐다. 몇몇 어멈들은 산달이 가까워졌다고 얘기했다. 명란이 이 무거운 몸에 적응도 채 하기 전에, 약미에게 먼저 신호가 왔다.

다행히 산파와 유모는 모두 준비를 마친 상태였다. 이부자리를 깔고, 물을 끓이고, 가위를 소독하고, 모든 것이 질서 정연하고 차분했다. 명란이 공손 선생 처소의 대청에 앉아 직접 살폈기 때문에 아무도 감히 게으름을 피울 수가 없었다.

정오부터 시작해 달이 나뭇가지에 걸릴 때까지 약미의 비명은 끊임없이 들려왔다. 명란이 휴식용 의자에서 두 번째 깼을 때, 드디어 누군가 약미가 출산을 했다고, 토실토실한 아들이라고 소식을 전했다.

명란은 침을 닦고 애써 정신을 차리며 산모를 보러 갔다. 유모가 금실로 모란을 수놓은 붉은색 비단 강보를 안고 침상 옆에 앉아 있었다. 약미는 안색이 창백했지만, 얼마나 기쁜지 강보에 싸인 아기에서 눈을 떼지 못했다.

명란도 다가가 아이를 보았다. 음, 확실히 통통하군. 특히 산모들이 보면 안색이 싹 바뀔 정도로 큰 머리는 공손 선생을 완전히 빼다 박았다. 명란이 약미의 옆에 앉아 부드럽게 말했다.

"아이는 건강해. 아버지를 똑 닮았고. 이제 평생 의지할 데가 생겼구나."

비명을 너무 질러서인지 약미의 목소리는 살짝 쉬어 있었다. 그녀는 명란의 소매를 붙잡고 간절히 바라보았다.

"선생께서 돌아오시면 마님께서 좋은 말 몇 마디라도 좀 해주세요. 제가 목숨을 걸고 이 아들을 낳았다고요. 제가…… 제가 직접 키우면 안 되겠느냐고요……."

명란은 잠시 침묵하다가 탄식했다.

"말은 해보겠지만, 어쨌든 이건 선생 집안의 일이니까 결국은 선생과 사모의 의사가 중요하다."

이어 덧붙였다.

"처음에 네가 선생의 첩으로 가겠다고 했을 때, 내가 이리될 것이라 말하지 않았더냐."

명란은 말을 마치고 약미의 손에서 자신의 손을 살며시 빼냈다. 그리곤 금방이라도 울음을 터뜨릴 것 같은 약미의 얼굴을 뒤로 한 채 소도의 부축을 받으며 자리를 떴다.

그 후 약미가 산후조리를 하는 내내 명란은 그녀를 보러 가지 않았다. 그저 료용댁에게 약미를 잘 부탁한다며 먹고 입고 쓰는 모든 것에 부족함이 없게 하라고 일렀을 뿐이었다.

세삼례를 할 때가 되었다. 명란은 몇몇 어멈들에게 공손 선생의 처소에 잔칫상 두 상을 차리라 명하고, 평소에 약미와 친하게 지냈던 계집종과 어멈들을 불러 함께 즐거운 시간을 보내도록 했다. 약미가 온종일 얼굴을 찌푸리고 한숨만 쉬어 몸조리에 안 좋은 영향을 미칠까 걱정되어 즐겁게 해주려는 것이었다.

세삼례 바로 다음 날, 섬감총독의 급보가 조정을 깜짝 놀라게 했다.

갈노족 좌곡려왕의 아들이 부친을 구하기 위해 청서하 평원에 매복해 있다가 심종홍의 대군을 습격했다. 심종홍의 군대는 최근 대승을 거두어 전리품이 많았기에 대열이 너무 길었고, 여러 장수가 자만하여 방어에 소홀했다. 심종홍의 대군은 갈노족의 철기 부대에 전광석화처럼 힘없이 으스러졌으며, 또 다른 기병 무리는 중군中軍[3]의 장막을 공격해 주

---

3) 전군의 한가운데에 자리 잡고 있는 중심 군대.

요 장수들을 죽였다. 좌곡려왕은 구출되었고, 심종홍은 중상을 입었으며 군대 전체가 혼란에 휩싸였다. 장수 사병 할 것 없이 사상자가 넘쳐났다. 현재는 단성잠 장군이 잠시 군대를 맡게 되었다.

한편, 박천주 우대도독은 낙마로 혼수상태에 빠져 우대도독의 측근인 복 장군과 감 노장군이 함께 중앙 대군을 함께 지휘하게 되었다.

오히려 얼마 전까지 떠들썩했던 영국공과 고정엽의 대군은 초원 깊숙이 들어가서 지금까지 소식이 없었다. 대군이 대패한 건지, 다 죽어버린 건지 아무도 정확하게 알지 못했다.

명란은 손가락을 꼽으며 셈을 해봤다. 서신을 보낸 시간을 계산해보면 심종홍은 대승을 거둔 후 얼마 지나지 않아 습격을 받았고, 동시에 박 우대도독이 낙마해 중상을 입었다. 그녀가 사랑하는 나리에 대한 믿을 만한 소식은 여전히 오리무중이었다.

황상이 진노했지만 염려도 크다는 소식이 들려왔다. 성굉이 전한 말에 따르면, 영국공과 고정엽 부대의 패전 소식이 전해졌을 때보다 더 다급해 보였다고 한다.

황후와 심청평 모두 '울다 지쳐' 쓰러졌고, 장 씨는 사람들의 마음을 다독이다 반 박자 늦은 반나절 후에 '근심으로' 쓰러졌다.

박 노대부인은 너무나도 속이 상해서 혹시라도 한순간에 황천길로 들어설까 봐 경성 외곽의 장원으로 가 요양을 하리라 마음먹었다. 여기까지 듣던 명란은 참지 못하고 볼멘소리를 했다. 오십 년이 넘도록 장수의 아내로 살아왔으니 이미 무뎌질 대로 무뎌졌을 텐데, 슬프긴 뭐가 슬퍼.

예전에 박 우대도독이 심한 풍한에 걸려서 의원조차 매우 위험한 상태라고 했을 때, 박 노대부인은 침착하게 남편의 담요를 토닥이며 말했었다.

"당신 먼저 가세요. 절 기다리실 필요는 없습니다. 제가 당신을 찾을 수 있을 테니까요."

박 우대도독이 대로하며 '양심도 없는 늙은 여편네 때문에 절대 못 죽겠다'며 소리를 질러댔다. 그렇게 한바탕 화를 쏟아내자 병이 나았다. 이 이야기를 하는 고정엽은 무척이나 동경하는 표정이었다.

무관은 각각 원군을 요청해 혹시라도 뒤처질까봐 전방으로 나아갔다. 문관은 빗발 같은 상소를 올렸다. 경솔하여 책임을 다하지 못한 장수들을 중벌에 처해 달라며 탄핵을 요구하는 자도 있었고, 중상을 입은 박 우대도독과 심종홍을 경성으로 데려와 다시 논의하자는 자도 있었다. 찻집과 술집에서도 온통 이론이 분분했다. 영국공과 고정엽, 심종홍이 무능하다고 욕하는 사람이 있는가 하면, 요즘은 사람을 쓰는 게 어렵고 용병이 제구실을 못 한다며 떠드는 사람도 있었다. 경성은 삽시간에 기묘한 소란에 빠져들었다.

명란은 침묵했다.

며칠간 몸이 너무나 나른하고 기운이 없어 아들과 놀아주는 것조차 힘들었다. 그녀는 그저 앉아서 한이가 부드럽고 참을성 있게 뚱보 아기에게 말을 가르치는 모습을 구경할 뿐이었다. 용이도 옆에 앉아 그 모습을 조용히 바라보았다. 눈동자에 서운함과 열망이 함께 담겨 있었다.

그날, 명란이 깨어나자 소도가 그녀를 부축해 천천히 일으켰다. 취미가 김이 모락모락 나는 놋대야를 들고 들어와 수건을 적시며 웃었다.

"제가 오늘 아침에 약미를 보러 갔는데, 안색이 많이 좋아졌더라고요. 아이도 제법 살이 찌고 튼튼해졌습니다. 유모 두 명으로도 부족하다고 합니다."

명란은 힘겹게 침상 가장자리를 잡고 일어나 수묵화로 꽃이 그려진 솜 누빔 오자를 걸치고 천천히 창가로 향했다. 창문을 살짝 열고 손을 밖으로 내밀자 손등에 가느다란 빗방울이 떨어졌다. 창문 틈새로 비집고 들어오는 꽃샘추위 바람이 싸늘했다.

"오늘은 밖이 쌀쌀하니 옷을 따뜻하게 입으세요."

취미가 수건을 비틀어 짰다.

명란이 중얼거렸다.

"난 비 오는 날이 너무 싫어."

그녀는 눈동자를 굴리더니 뻔뻔스럽게 말했다.

"잠을 더 자야겠다."

그녀는 커다랗게 부풀어 오른 몸을 틀어 뚱뚱한 펭귄처럼 뒤뚱뒤뚱 팔자걸음으로 침상 쪽으로 걸어갔다.

취미는 어이가 없기도 하고 우습기도 해서 따뜻하게 적신 수건을 명란의 손에 덮으며 말했다.

"마님께서 더 주무시고 싶다면 그렇게 하세요. 하지만 그 전에 세수를 먼저 하고 죽을 드세요. 마님은 배가 안 고프셔도 복중 태아는 먹어야 한답니다."

명란은 천천히 손을 닦고 수건을 건네며 "오늘은 찐빵이 먹고 싶어."라고 말하려는데, 녹지가 느닷없이 다급하게 뛰어 들어왔다.

"마님, 마님! 궁에서 사람이 왔습니다. 마님께서 입궁하셔야 한답니다!"

툭 소리와 함께 취미의 손에 들려 있던 수건이 대야로 떨어지며 사방으로 물방울이 튀었다. 두꺼운 선홍색 양탄자에 떨어진 물방울이 마치 먹물처럼 어두운 흔적을 남겼다. 왠지 불길했다.

소도가 가장 침착했다. 왜냐하면 이 일이 왜 문제가 되는지 아예 생각조차 못 했기 때문이었다. 명란이 가라앉은 목소리로 말했다.

"옷을 갈아입어야겠다."

녹지가 한 발 앞으로 나왔다.

"마님, 밖에……."

명란이 정신을 가다듬고 물었다.

"무슨 조서를 내리셨더냐, 아니면 구두 성지더냐?"

녹지는 멍하니 고개를 갸우뚱하며 생각하더니 이내 대답했다.

"구두 성지일 것입니다. 료용댁이 향안을 펴라고 하지 않았거든요."

고부에서는 성지를 받들거나 하사품을 받는 경우가 자주 있어서 몇몇 큰 계집종들은 절차를 빠삭하게 알고 있었다.

명란은 방금까지 멍하고 나른한 모습은 온데간데없이 간결하고 명쾌하게 말했다.

"학 관사에게 가서 사자使者들을 바깥 대청으로 모시고 차를 내어드리라 전하거라. 내가 요즘 몸이 좋지 않아 아직 일어나지 못했다고, 지금 나올 채비를 하는 중이니 잠시 기다리시라 전하라 하고."

녹지가 대답 후 나서려다 말고 다시 명란에게 불려 와서 그녀의 분부를 들었다.

"그리고 넌 하하와 눈치 빠른 계집 몇을 데리고 가서 상황을 파악하거라. 이번에 온 사람이 황후마마의 곁에 있는 궁녀들인지, 아니면 하 태감 쪽 사람들인지 말이다."

영민한 녹지는 긴급 상황임을 알아차리고는 대답한 후 곧장 달려나갔다.

명란은 숨을 깊이 들이마신 후 몸을 똑바로 세우고 계집종들이 자신에게 옷을 입히고 머리를 빗기도록 팔을 벌렸다. 소도는 명란의 발에 신발을 신기려 애를 썼고, 취미는 옆에서 중의의 끈을 묶으며 떨리는 목소리로 말했다.

"마님, 산달이 가까웠습니다. 금방이라도 나올 것 같은데, 궁에서는 하필이면 이럴 때 마님을 오라고 하신답니까? 만약 좋지 않은 일이라도 생기면……."

설마 아이를 궁 안에서 낳게 되려나?

취미의 이마에 송골송골 땀이 맺혔다.

"설마 후부 나리께서……."

전투에서 패했다고 재산을 몰수당하는 걸까?

명란이 천천히 고개를 저었다.

"섣부른 걱정은 하지 말거라."

황후는 못 미더운 부분이 있긴 했지만 확실히 마음이 너그럽고 선량했다. 지난번에는 명란이 배 속에 단이를 품고 있다는 이유로 먼저 나서서 새해 정월 초하루에 행해지는 사은謝恩[4]을 위한 입궁을 면해주기도 했다. 급한 일이 아니라면 황후는 그녀를 군이 이런 시기에 입궁하라고 하지 않았을 것이다.

만약 중요한 일이 있었다면 심청평이 미리 귀띔을 해주지 않았을까?

죄를 묻는 것이 아니고서야 말이다.

하지만 이런 군사적 대사에 황후가 개입할 일이 무엇이겠는가. 패배한 장수의 재산을 몰수하는 건 황상의 한마디면 끝날 일이니, 군이 황궁 의장대가 와서 구두 성지를 전할 필요가 없었다. 게다가 유정걸 쪽에서도 깜깜무소식이었다. 그렇다면, 황제가…….

---

4) 받은 은혜를 감사히 여겨 예를 갖춤.

명란은 고명 부인이 입는 하피霞帔[5]를 걸친 후, 소도의 부축을 받으며 거울 앞에서 한 바퀴 돌아보았다. 취미가 조심스럽게 주관珠冠[6]을 들고 와 명란의 머리에 씌우려 하자 명란이 가볍게 손을 내저었다.

"너무 무겁다. 일단 네가 들고 있거라."

이때, 밖에서 마치 북을 치는 것 같은 뜀박질 소리가 들리더니 녹지와 하하가 숨을 헐떡거리며 뛰어 들어왔다.

"학 관사가 사자들을 맞이했습니다. 저와 하하가 병풍 뒤에서 자세히 살펴보았는데, 앞장서신 분은 환관 한 분과 여관 한 분이었습니다. 황후의 뜻을 받아오셨다는데, 그 두 분과 뒤에 있는 사람들 모두 처음 보는 얼굴이었습니다."

명란이 미간을 잔뜩 찌푸렸다. 뭔가가 이상했다. 황후 옆의 궁녀와 내관들은 대부분 그녀가 아는 얼굴이었기 때문이다.

최씨 어멈이 들어와 작은 목소리로 말했다.

"가마가 준비되었습니다. 마님, 혹시라도……."

늙은 여인의 얼굴에 가득한 근심을 보며 명란이 위로하듯 말했다.

"어멈은 걱정 말게. 나도 이제 어리지 않아. 내가 언제 손해를 본 적이 있던가."

최씨 어멈은 살짝 안심하며 가희거에서 천천히 걸어 나오는 명란의 옆에서 시중을 들었다. 비단 방석이 깔린 푹신한 가마는 서늘한 가랑비를 맞으며 외원을 지나 조용히 정당 대문을 돌아 나갔다. 명란은 가마에

---

5) 귀족 부인의 예복으로 목에서 앞가슴까지 덮는 어깨 덧옷.

6) 보석으로 장식한 모자.

서 내린 후 옆 복도를 지나 녹지와 소도의 부축을 받으며 조용히 대청으로 걸어 들어갔다. 대청의 열여섯 칸 주홍색 격선을 통해 학 관사가 사자들의 비위를 맞춰가며 차와 다과를 권하는 모습이 희미하게 보였다.

녹지의 말에 따르면 학 관사가 미리 상당한 은자를 찔러줬기 때문에 분위기가 이렇게 차분한 거였다.

명란은 격선에 가까이 붙어 틈새로 자세히 들여다보았다. 복스럽게 생긴 환관에서부터 중년의 깡마른 여관과 그 뒤에 줄줄이 늘어선 궁인들까지, 누구 하나 아는 얼굴이 없었다. 설마 날조된 성지를 전하러 온 건가?

고심만 할 뿐 아무 결론도 내리지 못하고 있을 때, 최씨 어멈이 살금살금 걸어와 명란의 귀에 대고 속삭였다.

"제가 침선방의 어멈을 불러 같이 살펴봤는데, 저 사람들이 입은 것과 지닌 것 모두 궁중에서 만든 것이 틀림없습니다."

명란은 재차 미간을 찌푸리며 잠시 생각하다가, 소도를 불러 몇 마디 지시하곤 고개를 들고 낮게 중얼거렸다.

"이렇게 말하면 학 관사도 이해하겠지."

소도가 곧장 달려나갔다. 잠시 후, 고전이 빠른 걸음으로 대청에 들어가 학대성의 귀에 대고 속삭였다.

"마님께서는 격선 뒤에 계십니다. 이들 중에는 가짜도 있으니 한번 알아봐주십시오. 황후 곁에 있는 한 상궁의 기침이 나아졌는지 물어보십시오."

학대성은 똑똑한 사람이어서 낯빛 하나 변하지 않고 뒤를 흘끔 본 후 웃으며 공수했다.

"진 공공, 황 사시司侍[7], 몇 년 동안 마마께서 이곳에 내리신 성지와 하사품이 많은데, 한 번도 두 분을 뵌 적이 없습니다. 아마도 궁 안에 귀인이 많아 저희가 알아보지 못하는 경우도 있는 것 같습니다."

그 환관은 낯빛이 확 변했다가 곧바로 다시 웃으며 대꾸했다.

"궁이야 사환들이 말도 못 하게 많지. 오늘은 이 아이가, 내일은 저 아이가 맡으니 말이야. 녕원후부는 원래부터 대접이 후한 곳이라 이곳에 성지를 전달하러 오고 싶어하는 사람이 많다네."

학대성은 연신 겸손의 인사를 하며 여관을 향해 웃으며 말했다.

"황 사시, 소인 어려운 청이 하나 있습니다. 저희 마님께서 아직 안 오셨으니 말인데, 황후마마 곁에 있는 한 상궁께 말을 좀 전해주십시오. 소인 이번에 비파 고약을 새로 만들었는데 언제 들여보내면 좋겠느냐고요. 그리고 요즘 날이 추웠다 따뜻했다 변덕을 부리는데 상궁 마님의 기침이 또 도지기라도 하면 어쩌나 걱정하고 있다고도 전해주십시오."

여관은 미동도 하지 않은 채 차가운 눈빛으로 그를 훑으며 말했다.

"황후마마를 모시는 상궁은 두 분이네. 한 분은 유 씨, 다른 한 분은 오 씨인데 한 상궁이라니?! 내게 너무 얕은수를 쓰는군. 어서 녕원후 부인을 모셔오게. 중대한 일을 이렇게 미루다니, 고씨 집안은 목숨이 아깝지 않단 말인가!"

그 말이 떨어지기 무섭게 바짝 긴장했던 명란의 신경이 느슨하게 풀렸다. 다리에도 힘이 풀려 서 있기가 힘들어지자 그녀는 소도를 붙잡고 천천히 격선에서 떨어져 앉은 후 식은땀을 닦으며 긴 한숨을 내쉬었다.

---

7) 관직명.

황후 곁에 한 씨 상궁이 없는 건 맞는 말이었다. 하지만 황후의 신임을 한 몸에 받는 한 씨 장사掌事[8]가 있었다. 유 상궁은 최근 점점 늙고 쇠약해져 자리에서 물러날 준비를 하는 중이었고, 황후는 한 씨를 마음에 두고 있으니, 올해부터 어린 궁녀나 환관들은 모두 한 씨를 한 상궁이라 부르고 있었다.

물론 이런 일은 아랫사람들에게만 해당했다. 아랫사람들은 알아야 했지만 상전은 알 필요가 없으니 말이다. 여기 온 황 씨는 기껏해야 5품 사시인데 어떻게 모를 수 있으며 어떻게 감히 한 상궁을 공경하지 않는단 말인가?

그녀가 황후의 궁녀가 아니지 않고서야 불가능했다! 그렇다면…….

명란이 눈을 가늘게 떴다.

고전이 다시 대청으로 달려가 말을 전했다. 학대성은 원래 사과를 하고 기분을 맞춰 주려 했으나, 고전의 귀엣말을 듣더니 잠시 눈을 빛냈다. 그러고는 고개를 돌려 크게 웃으며 호탕하게 말했다.

"소인 견문이 좁아 여쭙니다. 없는 성지를 있다 말하는 건 성지를 날조하는 행위입니다. 그렇다면 제멋대로 성지를 내리겠다 말하는 상전은 성지 날조자가 되는 겁니까?"

두 사람의 안색이 급변했다.

환관이 탁자를 내리치며 날카롭게 말했다.

"이자가 간이 배 밖으로 나왔나! 감히 이런 식으로 모함하다니!"

여관이 조용히 말했다.

---

8) 관직명.

"다들 녕원후부가 궁 밖에서 기세등등하다고 하던데, 이제 똑똑히 알 겠군. 궁에서 내려오는 말도 대놓고 무시하다니! 오늘은 성지를 받들지 않았다가 내일은 한술 더 떠서 역모를 꾀할 수도 있겠군."

"두 분께서는 중죄를 남에게 덮어씌울 필요 없으십니다."

학대성이 미소를 지었다. 그도 밖에서도 나름대로 위신 있는 인물로, 이런 일에 놀라 당황할 사람이 아니었다.

"저희 후부는 그렇게 본데없는 집안이 아닙니다. 정효 장군의 부인과 저희 마님의 우의가 두터워 황후마마의 곁에 계신 상궁이 누구인지 저희는 다 알고 있지요."

환관이 여관과 눈을 마주치더니 별안간 미소를 지었다.

"학 총관이 보는 눈이 있군. 우린 확실히 황후궁 사람은 아니네. 하지만 이 성지는 분명 황후마마께서 내리신 것이야. 요즘 궁 안에 일이 많아 마마께서 우리를 불러 일을 처리하라 하셨네."

학대성이 미소를 지으며 어느 궁에서 왔느냐고 묻자 두 사람은 우물쭈물하며 제대로 대답을 하지 않고, 그저 심부름하는 궁인이라고만 할 뿐이었다. 학대성은 곧바로 정색했다.

"두 분께서 사람을 너무 우습게 보셨군요. 소인이 어리석기가 돼지만도 못하지만 이런 말을 믿을 정도는 아닙니다! 궁 안의 규율은 신하 집안의 규율보다 더 엄격할 테고, 이렇게 많은 궁인이 출궁하려면 출입 영패令牌가 있어야만 할 것입니다. 외람되지만 황후마마께서 아무리 너그러운 분이시라 해도 황후궁의 영패를 아무에게나 내어주시진 않을 듯합니다."

환관은 학대성이 만만치 않은 상대라는 것을 깨닫자 점점 초조해지기 시작했다. 이때 여관이 말했다.

"우리는 성안태후마마를 모시는 사람이네. 태후마마의 지위가 황후마마보다 높으니, 이제 의심을 거두게."

학대성이 차갑게 말했다.

"의심을 거두다니요? 두 분의 말씀이 제각각이지 않습니까. 후부 나리께서 출타하고 안 계신 지금 저희는 더욱 마님을 보호해야만 합니다. 어떻게 마님을 신원이 모호한 사람에게 내어줄 수 있겠습니까!"

"그럼 어떻게 할 작정인가?! 성지에 불응할 수는 없네!"

다급해진 환관이 목소리를 높였다.

"두 분이 궁에서 나오신 게 맞는지 정확하게 알아야겠습니다."

학대성이 천천히 말했다.

여관은 그를 냉랭하게 바라보다가 천천히 소매에서 금실이 끼워진 시커먼 영패를 꺼내 탁자에 내려놓았다. 학대성이 다가가 보니 과연 궁에서 내어준 출입 영패였다. 하지만 안타깝게도 여관이 영패를 재빨리 도로 가져가는 바람에 학대성은 영패 아래쪽에 새겨진 갑을병정무기경신임계와 같은 글자를 제대로 볼 수 없었다.

여관이 말했다.

"우리는 궁에서 나온 사람이 맞네. 궁에 계신 분들은 모두 상전이시니, 녕원후 부인이 왔다 가는 것이 억울한 일은 아니지 않은가."

학대성이 수염을 쓰다듬으며 입을 열려던 순간 갑자기 저쪽에서 시끄러운 소리가 들리더니 조그마한 계집종이 정신없이 달려와서는 울며 소리쳤다.

"마님께서 복통이 너무 심하다 하십니다. 피도 비치고요. 어서 가서 의원을 불러주십시오!"

학대성의 머릿속에서 빛이 번쩍하더니, 곧바로 '당황한 기색이 역력한 얼굴'로 목소리를 길게 빼며 크게 소리쳤다.

"아이고오오오, 일 났구나, 일 났어! 얼마 전 의원이 마님의 몸 상태가 좋지 않다고 하더니만 기어이 일이 터졌구나!"

그는 또 머슴아이를 향해 돌아서서 욕을 해 댔다.

"이 멍청한 놈아, 멍하니 서서 뭐 하는 게냐! 어서 가서 의원을 모셔와 야지!"

머슴아이가 재빨리 밖으로 달려나가자 학대성은 다시 고개를 돌려 웃으며 사죄했다.

"두 분께서 보셨다시피 저희 마님께서 곧 아이를 낳으실 것 같으니 며칠 동안은 아무래도…… 휴, 아무래도 입궁은 못 하실 것 같습니다."

궁녀와 환관의 표정이 일그러졌다. 그들이 으름장을 놓으려 할 때, 학대성이 다시 고개를 돌려 소식을 전한 계집종에게 말했다.

"어서 마님께 가보거라. 가서 금방 의원이 올 테니 그전까지는 무조건 버티셔야 한다고 말씀드려라. 마님께 지금 입궁 일로 걱정을 끼쳐선 안 된다. 궁 안의 상전들께선 모두 인자하시니 마님 모자의 생명이 위험해지길 원하진 않으실 게야!"

계집종은 깜짝 놀란 듯 눈물로 뒤범벅이 된 얼굴을 닦고 쪼르르 달려나갔다. 한달음에 가희거에 도착한 계집종의 얼굴에는 조금 전의 흐느끼며 당황하던 표정 대신 장난스러운 뿌듯함이 걸려 있었다. 계집종이 말했다.

"소도 언니가 제게 양파를 문질러 주겠다고 했지만 그럴 필요 없었어요. 방금 제가 정말로 울어서 모두를 놀라게 했거든요!"

"쪼그만 게 어디서 자랑질이니? 어서 말해. 그다음엔 어떻게 됐어?!"

녹지가 그녀를 방 안으로 끌어당기며 재촉했다.

소도와 두뇌 수준이 비슷한 취수가 어수룩하게 말했다.

"어떻게 되긴요. 말을 마치고 전 곧장 나왔는걸요. 아, 학 총관이 곧 의원이 올 거라고 하셨어요."

녹지가 급해서 발을 동동 굴렀다. 누가 진짜로 의원을 부르랬나!

명란이 실소하며 말했다.

"꾸짖어 무엇하겠느냐. 원래 연기하고 오라고 시킨 거니 연기하고 돌아왔으면 된 것이야."

녹지가 취수를 향해 눈을 부라리다가 이내 어쩔 수 없다는 듯 탄식하며 취수를 데리고 간식을 먹으러 갔다.

최씨 어멈이 취미와 함께 명란의 오자와 올린 머리를 풀고, 신과 버선을 벗기는 등 한참 동안 시중을 들었다. 명란은 침상에 눕자마자 온몸에 힘이 쫙 빠지는 것을 느꼈다. 종아리도 쿡쿡 쑤셨다.

취미가 고명 부인의 예복을 가져가 다림질해 정리하는 것을 본 후 최씨 어멈이 고개를 돌렸다.

"마님, 이, 이래도 될까요……? 어쨌거나 태후마마가 아닙니까."

명란이 관자놀이를 문지르며 가녀린 목소리로 말했다.

"태후긴 태후지. 성안태후가 아니라 성덕태후일 뿐이지만."

한 사람은 황제의 친어머니이고, 다른 한 사람은…… 계모 축에도 못 끼는 사람이다.

최씨 어멈이 깜짝 놀랐다.

"아, 성덕태후마마셨군요! 그분은 우리와 아무 원한도 없는데 왜 마님을 괴롭힌답니까?"

"그러게 말일세, 이번에 날 곤란하게 만들려고 한 것이 뻔하네. 만약 날 입궁시켜서 두 시진 동안 서 있게 한다거나 반 시진 동안 무릎 꿇게 한다면, 설령 황제 폐하나 황후마마라 해도 어찌하기 힘들었을 것이네. 목숨은 소중하니 안전이 제일이지. 그러니 성지가 진짜라 해도 나는 따를 수 없었네. 그래 봐야 나중에 어전에서 한마디 듣는 정도일 테니까. 뻔히 보이는 손해는 어쨌거나 피해야지…….”

명란이 혼자 중얼거리고 있을 때 소도가 얼굴이 시뻘게진 채 뛰어 들어왔다. 그 뒤로 급해서 안달이 난 녹지가 따라 들어왔다. 녹지가 소도의 팔짱을 끼고 재차 물었다.

“너 밖에서 계속 보고 있었잖아, 빨리 말해 봐!”

소도가 녹지를 뿌리치며 눈을 부릅떴다.

“아야, 이거 좀 놔요, 놓으라고요!”

소도는 한숨을 돌린 후 명란 앞으로 가서 상황을 보고했다.

“학 총관이 그들을 다 돌려보냈어요. 마님은 모르실 거예요, 아까 그 두 사람이 얼마나 성질을 부리던지! 탁자를 치면서 욕을 퍼붓고, 우리 후부가 역모를 꾀한다면서 어떻게든 마님을 나오게 할 거라지 뭐예요! 전 너무 놀랐는데 학 관사는 하나도 무서워하지 않더라고요. 말을 할수록 점점 강하게 나가니까, 결국엔 그 두 사람이 말로는 못 이기겠고 그렇다고 무력을 쓸 수도 없으니 그냥 돌아가더라고요.”

명란의 입꼬리가 올라갔다. 그녀는 또 그 환관과 여관이 어떻게 성질을 냈는지, 어떤 말로 위협을 했는지 물었다. 소도는 하나도 빠짐없이 모두 대답했다. 다 듣고 난 명란이 칭찬했다.

“학 총관은 똑똑한 사람이야. 이번 성지에는 확실히 무슨 꿍꿍이가 있어.”

신하의 집에 성지를 전하러 오는 환관들은 하나같이 콧대가 높고 안하무인이었다. 성지를 따르지 않겠다고 반항하면 별말 없이 그저 냉소만 짓고 돌아가서는, 황제와 황후 앞에서 낱낱이 일러바쳤다.

오늘 그 두 사람처럼 급하다 어쩐다 하면서 어떻게든 끌고 가려는 경우는 없었다.

"그 사람들 조급해서 어쩔 줄을 모르더라고요. 가기 전까지 저희에게 두고 보자며 큰소리쳤어요."

소도가 마지막 말을 덧붙였다.

명란은 차갑게 코웃음 쳤다.

"두고 볼 테면 두고 보라지!"

오직 황제만이 조위와 금군을 통솔하여 죄인을 수색하고 재산을 몰수할 수 있었다. 만약 이 성지에 아무 문제가 없다면 성덕태후도 우선 황제에게 보고한 후에, 황제가 명을 내려줘야 사람을 데려갈 수 있었다. 후궁에게는 본디 군사 권력이 없기 때문이다.

하지만 만약 이 성지가 날조된 것이라면, 하하하…….

아니, 이건 잘못되었다!

순간 미소가 얼어붙었다. 명란의 머릿속에 경종이 마구 울렸다. 명란은 침상에서 홱 일어나 베개를 치며 크게 소리 질렀다.

"큰일이야! 큰일 났구나! 빨리, 빨리……. 소도, 녹지, 너희는 얼른 학총관을 찾아가서 믿을 만한 사람을 유정걸 대인께 보내어 이 일을 알리라고 전해라. 그리고 집집마다 찾아가서 절대 입궁하셔서는 안 된다 말씀드리고!"

"어느 집 말씀이세요?"

소도가 깜짝 놀랐고 녹지도 어리둥절했다.

"단 장군댁, 심 국구댁, 영국공부, 그리고…… 박가, 종가, 경가, 복가, 정가……. 일단 이렇게 하고, 다른 곳은 생각나면 다시 얘기해주겠다. 어서 가거라. 어서!"

명란이 급한 마음에 침상을 쳤다.

두 계집종은 재빨리 대답한 후 황급히 나갔다.

최씨 어멈이 당황하는 명란의 표정을 보고 떨리는 목소리로 물었다.

"마님, 이게 어찌 된 일인지요."

명란이 무거운 표정으로 천천히 대답했다.

"어멈, '신진의 난'을 기억하나? 그때도 수많은 권문세가 아녀자들을 속여 입궁시켰었지."

최씨 어멈이 순간 눈을 휘둥그렇게 뜨며 자기도 모르게 외쳤다.

"설마요!"

"나도 내가 잘못 생각한 것이길 바라네."

명란은 피곤해져서 침상 머리맡에 기대어 손으로 배를 단단히 감쌌다. 손바닥이 배에 닿자 규칙적인 태동이 잔잔하게 느껴졌다.

배 속 아이는 차분했다. 단이처럼 마구 움직이지도 않았고, 자세가 불편할 때 그저 귀여운 항의를 하는 정도였다. 차분하고 사리 분별을 잘하는 아이가 될 것이 분명했다.

아들이든 딸이든, 이 아이가 태어날 때는 천하가 태평하고 혼란이 사라지길 바랄 뿐이었다.

제217화

어젯밤 비는 약했으나 바람은 세찼으니
– 경성의 변란 again 버전

명란은 이 일 때문에 신경이 쓰여 아침을 걸렀다. 점심도 내키지 않았다. 최씨 어멈이 죽순과 표고버섯을 넣은 닭국에 찰기가 있고 향이 좋은 벽경미碧粳米[1]까지 넣어 반 그릇을 억지로 먹였지만, 명란은 아무 맛도 느끼지 못했다.

소 씨는 궁에서 사람이 왔다는 걸 알고 있었다. 명란이 성지를 받들어 입궁할 줄 알았는데 한나절이 지나도록 아무 조짐이 없더니, 두 사자가 갑자기 불같이 화를 내면서 명란의 죄를 묻고 재산을 몰수하겠다고 큰소리치며 돌아갔다는 소식이 들려왔다. 소 씨는 너무 놀란 나머지 잠시 정신이 혼미해졌다. 지난번에 등 떠밀리다시피 나서서 고 태부인을 내쫓은 후부터 명란이 두려워지기 시작한 그녀였기에 직접 가는 대신 제 측근 어멈을 보내 사정을 알아보게 했다.

---

1) 고대의 우수 쌀 품종.

취미가 인내심을 가지고 한참이나 "그냥 오해였습니다." 하고 설명을 했지만, 소 씨가 보낸 어멈은 여전히 '둘째 마님께 궁에서 온 귀인들의 심기를 건드리지 않도록 자신을 낮추고 입궁하시라고 말씀을 드려야 맞지 않느냐'며 계속 버텼다. 이에 취미가 그 자리에서 딱딱한 얼굴로 불만스럽게 일갈했다.

"해야 할 일과 하지 말아야 할 일은 우리 마님께서 알아서 결정하실 겁니다. 첫째 마님께서는 바깥 사정을 모르시면 그냥 편히 지내시면 됩니다."

그 어멈의 우물쭈물하는 모습을 보니, 명란의 심기를 건드릴까 조심하면서도 자신에게 혹여 불똥이라도 튈까 전전긍긍하는 모양이었다. 취미는 내심 경멸이 일었다. 정말이지 염치가 없기로는 소 씨를 당해낼 재간이 없다는 생각이 들었다.

취미가 그 어멈을 서둘러 쫓아내고 정원을 지날 때, 마침 녹지가 정방 바깥의 통로에서 붉은 진흙으로 만든 작은 화로 앞을 지키며 이를 부득부득 갈고 있었다. 희미하게 빛을 내며 타는 숯에서 고소한 냄새가 퍼져 나오고 있었다. 취미가 웃으며 말했다.

"녹지야, 뭘 굽고 있는 거니? 점심 먹은 지 얼마나 됐다고……. 그러다 체할라."

녹지가 조그만 불쏘시개로 숯을 뒤적이며 한탄했다.

"소도 그 망할 것이 어디로 내뺐는지 코빼기도 안 보여요! 풋밤 몇 개를 무슨 보물처럼 애지중지하면서 올해 마지막 밤일 거라며 나더러 불을 잘 보고 있으라더니. 아니, 걔는 하늘도 안 보나요? 걸핏하면 비가 떨어지는 날씨에 밤이 맛있게 구워질 리 있냐고요!"

취미가 빙그레 웃으며 또 물었다.

"마님께선 아직 쉬고 계셔?"

녹지가 고개를 저었다.

"최씨 어멈이 저보고 문 앞에 있으면서 뜰에서 시끄러운 소리 나지 않게 지켜보라고 하셨어요. 마님이 낮잠을 주무셔야 할 거라고. 그런데 정작 안에서 말소리가 계속 들리네요."

취미는 고개를 끄덕이며 살금살금 안채로 들어갔다. 문발을 막 들어 올리려는 찰나, 최씨 어멈의 낮고 부드러운 목소리가 들렸다.

"……지금은 아무것도 확정된 게 없으니 마님께서는 쓸데없는 생각일랑 마세요. 조급해하다 몸이 상하십니다."

취미는 잠시 기다렸다가 말소리가 끊기자 그제야 발을 안으로 옮기고, 무릎을 꿇어 예를 갖춘 후 아뢨다.

"첫째 마님이 보낸 사람이 왔다 갔습니다."

명란은 살짝 낡은 월백색 운문雲紋이 들어간 털옷을 두르고, 새카만 머리카락을 풀어헤쳐 어깨너머로 드리운 채 침대 머리맡에 비스듬히 누워 있었다. 소 씨를 언급하는 취미를 보며 명란이 태연하게 물었다.

"또 무슨 쓸데없는 말을 하더냐."

취미가 식식거리며 말했다.

"제가 이리저리 말해서 돌려보내긴 했는데, 발등에 불이 떨어지니 마님의 안부는 묻지도 않고 그저 자신이 엮일까 무서워 전전긍긍하지 뭡니까. 그러면서 마님께서 입궁하셔야 한다고 충고까지 하더라고요! 흥, 아무리 뻔뻔해도 정도가 있어야지 말입니다!"

평소 같았으면 이런 말을 듣고도 별 반응이 없었을 것이나, 명란은 지금 마음에 걱정이 가득해서인지 이 말을 듣자마자 미간을 찌푸리며 말했다.

"료용댁더러 계집종 몇을 그쪽으로 보내서 사람들 출입을 주시하고 사고를 치는 건 아닌지 지켜보게 하거라."

약삭빠른 사람들 같으니라고, 귀찮아 죽겠구나!

자기 생각과 딱 들어맞는 주인의 분부에 취미는 웃으며 대답한 후 밖으로 나갔다.

명란은 마음이 복잡했다. 아들도 걱정되니 일단 최씨 어멈을 단이에게 보낸 후 자신은 이불을 덮고 똑바로 누웠다. 머릿속에 나쁜 생각들이 끊임없이 떠올랐다. 생각이 너무 많은 탓에 생긴 기우이길 바라면서도, 한편으로는 자신의 예감이 틀리지 않았다는 생각이 들었다. 옛날이라 통신이 너무 낙후된 것이 한이었다. 현대에서는 단체 메시지만 보내면 해결될 일이 여기에서는 이렇게 복잡하다니……

생각을 너무 오래 해 피곤한 나머지 비몽사몽 잠에 빠져들던 명란은 개꿈을 꾸었다. 만랑이 황금성투사[2]들을 이끌고 쳐들어 와 명란에게 드래곤 볼을 내놓으라고 위협했다. 명란은 눈을 크게 뜨고 '아테나가 아니고요?'라고 반문했다. 그러고 나니 또 갈노족이 경성에 쳐들어 와 명란을 초원으로 잡아가더니 호가십팔박胡笳十八拍[3]을 부르라고 독촉했다. 음치라는 게 탄로 난 그녀는 곧바로 말과 양을 씻기는 곳으로 쫓겨났다. 한창 씻기고 있는데 갑자기 환영여단[4]이 하늘에서 내려와 모든 부족을 죽여버렸다. 그녀가 씻기고 있던 말을 기르는 쿠르타족[5]의 붉은 눈을 얻기

---

2) 일본 만화 〈세인트 세이야〉에서 아테나 여신이 이끄는 최고 등급의 성투사.

3) 고대 중국의 10대 명곡 중 하나.

4) 일본 만화 〈헌터X헌터〉에 나오는 집단으로, 원하는 것을 얻기 위해 살인이나 범죄를 쉽게 저지름.

5) 일본만화 〈헌터X헌터〉에 나오는 종족. 이성을 잃고 감정이 고조되면 눈이 붉게 변하는데, 그 붉은 눈은 암시장에서 비싼 값에 거래된다는 설정.

위해서였다. 그녀와 함께 일하던 양치기가 숨통이 끊어지기 직전 그녀의 어깨를 잡아당기며 떨리는 목소리로 말했다.

"그래…… . 이 피바람을…… 몰고 온 게…… 너였구나…… ."

엥? 곧 죽을 사람이 아직도 이렇게 어깨를 세게 흔들 힘이 남았다고?

흔들림에 천천히 깨어난 명란의 뿌연 눈앞에 녹지의 큰 얼굴이 보였다. 녹지가 다급히 말했다.

"……마님, 마님, 일어나세요. 학 관사가 보낸 사람이 돌아왔습니다. 마님께서 저더러 그 사람이 돌아오면 무조건 말씀드리라 하지 않으셨습니까…… ."

명란은 벌떡 일어나 정신을 차리고는 녹지에게 옷을 갈아입는 걸 도와달라고 했다.

내리던 비는 그쳤고, 황혼이 내려앉았다. 떠나기가 아쉬워 미적거리는 푸르스름한 하늘이 반쯤 걸려 있었고, 멀리서 희미한 주황빛이 정원의 나뭇잎들을 비추었다. 가을에 심어 놓은 연못 옆 국화는 바람이 불 때마다 잔잔히 흔들려 시의 한 구절인 '해 질 무렵 드러난 달빛 아래 시든 국화 꽃잎 떨어지고, 밤바람에 가을 강이 조용히 흔들리네'[6]와 같은 풍경을 연출했다.

명란은 취미의 부축을 받으며 천천히 걸었다. 시원하고 상쾌한 저녁 공기가 그녀의 정신을 맑게 해주었다. 편청은 그리 멀지 않아 금방 도착했다. 학 관사는 허리를 숙인 채 복도에서 기다리고 있었고, 그의 뒤로 얼굴이 땀범벅이 된 어린 머슴아이 몇이 보였다. 명란은 자리를 잡고 앉

---

6) 黃昏 月影殘菊落황혼월영잔국낙, 晚風秋水瀟碧波만풍추수담벽파. 작자 미상의 구절.

자마자 상황이 어떤지를 서둘러 물었다.

학대성이 보낸 머슴아이는 모두 열 명이 넘었는데, 이때 막 속속 도착하는 중이었다. 명란은 이 일이 얼마나 많은 일과 얽혀 있는지 잘 알고 있었다. 만약 나중에 아무 일도 일어나지 않는다면, 자신은 남들을 선동하고 성지를 거역했다는 혐의를 쓰게 될 터였다. 그렇기에 명란은 서신 같이 증거가 될 물건은 사용하지 않고, 머슴아이를 시켜 '만약 궁에서 성지를 내리러 사자가 온다면 조심하십시오. 저희 마님께서 아무래도 미심쩍은 데가 있다고 하십니다.'라고만 전하게 했다.

머슴아이들이 무릎을 꿇어 예를 갖추자, 명란은 그들에게 일어나 보고하라고 명했다.

가장 먼저 돌아온 아이는 종씨 집안과 단씨 집안에 갔던 아이였다. 이두 집이 후부에서 가까워서가 아니라, 소식을 전하러 갔을 때 이미 단씨 부인과 종씨 부인이 시어머니와 자녀들을 데리고 입궁한 후였기 때문이었다. 아이는 주인마님이 출타했다는 얘기를 듣자마자 서둘러 돌아왔다.

명란은 깜짝 놀랐다. 이 두 집까지 끌어들이다니, 정말 내 예상이 맞는 것인가?

그다음은 경씨 집안이었다. 경씨 저택은 멀리 떨어져 있어 말을 타고 갔고, 다행히 한발 먼저 도착했다. 머슴아이가 숨넘어갈 듯 명란의 말을 전하자마자 곧바로 성지를 전하러 온 의장대가 도착했다. 글은 읽을 줄 몰랐지만 영리한 경 부인은 명란의 말을 모두 믿을 수도, 그렇다고 믿지 않을 수도 없었다. 성지를 따르지 않았다가는 남편이 해를 입을 수도 있기 때문이다. 하지만 그녀는 이를 꽉 깨물고 아들딸들을 뒷문으로 나가게 한 후 사자에게 '아이들이 친척을 뵈러 가고 집에 없다'고 답했다. 그러고는 자기 혼자 사자를 따라 입궁했다.

명란은 고개를 저으며 탄식했지만 그렇다고 그들을 탓할 수도 없었다.

그 머슴아이가 마지막으로 말했다.

"경 부인께서 부탁하시길, 그간에 쌓은 정을 생각해서 약조를 해달라 하셨습니다. 그리고 만약 자신에게 무슨 일이 생긴다면 경 대인께 경 부인 친정의 넷째 작은아버지의 셋째 외숙 할아버지의 둘째 딸을 후처로 맞으시고, 옆에 있는 불여우는 절대 가까이하지 말라는 말씀을 전하라고 하셨습니다."

명란은 대답하지 않았다.

이에 비해 장씨 집안과 심씨 집안의 소식은 훨씬 긍정적이었다.

'신진의 난' 때, 영국공 부인은 마침 궁 안에 갇힌 운 없는 인질 중 한 명이었다. 자라 보고 놀란 가슴 솥뚜껑 보고 놀란다고 했던가. 현재 경성의 정세가 심상치 않자 경계하지 않을 수 없던 차에 사자가 가져온 성지를 듣게 된 영국공 부인은 곧바로 의심을 품었다. 그녀는 놀라지도 따져 묻지도 않고, 높은 신분을 이용해 두 사자 앞에서 계속 말을 돌리며 시간을 끌었다.

영국공 부인의 친정과 시가는 귀족 중에서도 가장 명망 높은 집안이었다. 그래서 입궁은 그녀에게 친척을 보러 가는 것과 같았고, 황성 안의 규율에 대해서도 명란보다 훨씬 더 잘 알고 있었다. 그렇기에 그녀는 몇 마디 묻지 않고도 성지를 가져온 사자의 허점을 눈치챌 수 있었다. 그녀는 수십 년 동안 영국공부를 관리해 온 내공으로 그 자리에서 화를 내며 사자들을 꼼짝 못 하게 만들었다.

머슴아이가 도착했을 때, 영국공 부인은 마침 '가짜 성지를 가져온 놈들'을 관아에 보낼 준비를 하고 있었다. 그녀는 명란에게 감사 인사를 전해 달라며 날쌔고 용맹한 궁수 넷을 보내왔다.

"영국공 부인께서는 '뜻밖의 일에 대비하라'고만 하셨지 다른 말씀은 않으셨습니다."

그 머슴아이는 영국공 부인의 말을 의아하게 여기며 혹여 싸움이 일어나는 것이 아닐까 걱정했다.

명란은 점점 마음이 조급해졌다. 영국공 부인도 뭔가를 느낀 것이 분명한데, 아무 근거가 없으니 뭐라 말하기가 쉽지 않았다. 명란이 계속 물었다.

"그러면 국구부는 어떠하냐?"

또 다른 머슴아이가 앞으로 나와 대답했다.

"영국공 부인께서 이미 국구부에 서신을 보내셨습니다. 원래 국구 부인께서는 자제분들을 데리고 친정으로 피신을 하려 하셨는데, 국구 부인 옆에 있던 어멈의 말에 의하면 추 이랑과 자제분들이 가려 하지 않아서 어쩔 수 없이 국구 부인께서도 남을 수밖에 없었다고 합니다. 소인이 갔을 때는 국구 부인께서 병을 핑계로 성지를 내리러 온 사자들을 돌려보낸 후 문을 걸어 잠그고 계셨습니다."

명란은 고개를 끄덕이고는 고개를 돌려 말했다.

"학 관사, 이게 다인가?"

학대성이 난감해하며 공수했다.

"예, 마님. 그렇습니다."

잠시 망설이던 그가 다시 말했다.

"소인이 본디 사람을 보내어 상황을 알아보려 했으나, 오늘 정오쯤 중양문重陽門 쪽에서 사람들이 홍기를 휘두르며 싸우는 일이 있었습니다. 그래서 유 대인께서 경성 내에 계엄령을 내리셨습니다."

명란은 심장이 덜컥 내려앉았다. 명란의 표정을 본 학대성이 얼른 말을 덧붙였다.

"걱정하지 마십시오. 소인이 이미 사람을 보내어 마님의 친정을 살펴보았습니다. 셋째 나리의 부인께서 모든 게 무탈하다시면서, 상황을 봐서 마님의 아버님이 마님을 보러 오실 수 있도록 하겠다 하셨습니다. 음……. 허나, 아마 지금은 못 오시지 않을까 싶습니다. 원래는 충근백부의 마님께도 상황을 알리려 했으나 문을 나서자마자 계엄이 내려져 갈 수 없었으니까요."

문관 쪽은 아무 일도 없는데 무장의 가솔들은 어찌……? 어찌하여 지난번과 상황이 이렇게도 다르단 말인가.

명란이 미간을 찌푸리며 고민해 봤지만 아무리 생각해도 답이 나오지 않았다. 학대성에게 집 안팎의 경계를 강화하고 아무것도 소홀히 넘겨서는 안 된다고 재차 당부하는 것 말고는 다른 방도가 없었다. 학대성 역시 상황이 좋지 않으며 경계가 중요하다고 생각했기에 연신 알겠다고 답한 후 분부대로 처리하기 위해 밖으로 나왔다.

가희거로 돌아가려던 그때, 바깥에서 시끄러운 소리가 들렸다. 놀란 여자 목소리가 섞여 있었다. 명란이 미처 입을 열기도 전에 통통하고 어수룩하게 생긴 여인이 허겁지겁 들어와 명란의 앞으로 달려왔다.

명란은 픔 하고 웃으며 물었다.

"으이그, 화로까지 녹지에게 맡겨 놓고 오후 내내 어딜 다녀온 것이냐. 녹지가 네가 오길 단단히 벼르고 있었다."

소도가 고개를 들더니 당황하며 말했다.

"마님, 큰일 났어요. 석장 오라버니가 막 돌아왔는데, 오라버니가 말하길……."

"뭐라고 하더냐?"

명란의 안색이 어두워졌다.

소도가 급히 말했다.

"유, 유 대인, 유 대인께서…… 칼에 찔리셨는데……."

"뭐라고……?!"

명란의 심장이 요동쳤다.

"다행히 급소는 비껴갔대요."

소도가 급히 침을 삼키며 덧붙였다.

명란은 거의 비명을 지르고 있었다.

"단숨에 끝까지 말해보아라!"

명란은 놀라 심장이 멎을 뻔했다.

"도대체 어떻게 된 일이냐! 어디서 들은 게야!"

소도는 얼른 숨을 들이쉬고 말을 이었다.

"오늘 낮에 석장 오라버니가 저를 외원으로 불러 같이 비둘기 고기를 먹었는데, 제가 새콤달콤한 오디 열매가 없어 아쉽다고 했더니 오라버니가 기가 막히게 맛있는 과일 파는 점포를 안다고 했어요. 제가 바깥에 계엄이 내려진 것 같다고 했더니 오라버니가 괜찮다고, 자신은 강회에 전란이 일어났을 때도 어린 조카를 업고 여기저기 쏘다녔다고……."

소도의 동그란 얼굴이 빨갛게 변한 것을 보고 명란은 눈을 감으며 탄식하듯 말했다.

"천천히 말하거라, 숨 좀 고르고."

소도는 크게 숨을 들이쉬고는 반 시체 같은 모습으로 말을 이었다.

"그래서 오라버니가 머슴 옷으로 갈아입고 나가서 한참 있다가 돌아왔어요. 도착했더니 이미 문을 닫았다나요? 그런데 또 그 주변에 있는 괜찮은 과일 점포가 생각났대요. 종종 저울을 조작하는 주인네 가게인데……."

"그놈의 과일 얘기는 이제 그만하거라!"

명란은 짜증이 나서 혈압이 오르는 느낌을 받았다.

"핵심을 말해!"

소도는 억울했다. 이야기라는 게 원래 앞뒤 자초지종을 다 말해야 제맛인 것을.

"……석장 오라버니가 부채 골목 어귀를 나오자마자 누군가가 '자객이다!' 하고 외치는 소리가 들렸대요. 재빨리 큰길로 뛰어나갔는데 생각지도 못하게 거기서 유 대인이 이끄는 호위대의 진 도령과 마주쳤답니다. 진 도령이 말하길, 정오에 중앙문에서 소란이 있었는데 유 대인께서 정준 장군이 아직 도착하지 않은 걸 아시고 오성병마사에 가서 책임을 물으려 하셨대요. 말을 타고 가다 앞에서 방향을 꺾으려는데, 갑자기 지붕 위고 어디고 사방에서 복면을 한 자들이 나타나 유 대인을 암살하려 했다지 뭐예요. 유 대인은 다치긴 했지만 다행히 목숨은 부지하셨대요."

명란은 긴 한숨을 내쉬고는 화가 난 얼굴로 엄하게 꾸짖었다.

"바보 같으니라고! 바깥에 그 난리가 벌어졌는데도 석 도령을 밖에 내보내다니. 무슨 일이라도 생기면 석 도령의 형님과 형수를 어찌 보려고 그랬어! 석 도령은 어디 갔느냐? 당장 와서 엎드려도 시원찮을 판에. 버르장머리 없는 녀석, 단단히 혼내야겠다!"

소도가 말을 더듬었다.

"서서…… 오라버니는 외상을 조금 입어서 지금 도가의 둘째 공자님이 보고 계세요."

명란은 순간 소리를 꽥 질렀다.

"방금 자객들과는 마주치지 않았다 하지 않았느냐!"

소도는 켕기는 마음에 고개를 숙였다.

"그 과일 점포 주인장이 오라버니가 입은 낡은 옷을 보고 오래된 과일을 내주며 무시했나봐요. 오라버니가 과일을 먹어보고 좋은 말로 물러달라 했더니, 주인장이 갑자기 돌변해서는 방망이 든 자들을 불러와 위협했다지 뭐예요. 오라버니는 화가 나서 그 사람들과 한바탕 싸움을 벌였고……."

이제 화도 나지 않았다. 명란은 한숨을 내쉬며 말했다.

"그래, 그래서 과일을 샀다는 것이냐, 안 샀다는 것이냐?"

소도가 고개를 들며 말했다.

"오라버니가 그 사람들을 모두 때려눕혔더니 주인장이 최고급 정과[7]를 잔뜩 줬대요!"

소도는 명란의 뒤에 있던 계집종들이 몰래 키득거리는 것을 보고 멋쩍은 듯 말을 이었다.

"나중에 다들 맛보라고 나눠 줄게요."

명란은 하늘을 올려다보며 긴 한숨을 쉬었다. 경성은 아수라장이 되었고, 바깥에 도적과 반란이 횡행하여 수많은 권세가가 벌벌 떠는데, 고작 간식거리 하나 때문에 싸움을 해? 무쇠 같은 멘탈이구먼!

옆에서 지켜보던 취미는 웃음을 참느라 병이 날 지경이었다. 뒤에 서 있던 몇몇 계집종들도 얼굴이 일그러졌다. 명란은 힘없이 손을 내저으며 말했다.

---

7) 과일, 인삼 따위를 꿀이나 설탕물에 졸여 만든 음식.

"됐다. 내 방까지 부축해다오. 그런 다음 옷 갈아입고 석장에게 가보거라. 석갱 아저씨 내외가 이 일을 알기라도 했다간 이 혼담을 취소하자 할 수도 있겠구나……."

바보 같은 소도도 이때는 얼굴이 새빨개졌다. 소도가 수줍게 다가오더니 취미와 함께 양쪽에서 명란을 부축했다. 천천히 바깥으로 걸어 나가는 내내 취미는 빈정거리며 소도를 마음껏 놀렸고, 명란은 옆에서 들으며 마음속에 있던 번민을 조금이나마 잊을 수 있었다.

갑자기 계집종의 놀라는 소리가 들렸다.

"저기 봐, 저기 불이 났나봐!"

모두가 고개를 돌려 그 계집종이 가리키는 곳을 쳐다보았다. 저 멀리 짙은 연기가 피어오르고 있었고, 활활 타는 불빛이 멀리까지 아른거리고 있었다.

밤에 접어든 하늘은 마치 매연이 묻은 천처럼 얼룩덜룩했다. 서쪽으로 진 태양이 남긴 빛무리에 멀리 보이는 눈부신 화염이 더해진 광경은 보는 사람의 마음을 조마조마하게 했다.

"마, 마님, 저쪽은 혹시……?"

취미가 의아해하며 물었다.

명란은 말없이 고개를 끄덕였다.

"저렇게 높은 불길이라면 분명 아주 높은 곳에서 불이 난 것일 테지……. 황궁일 거다."

드디어 시작된 것이다.

사방이 고요했다. 계집종들은 우왕좌왕했다. 그들의 눈에는 두려움이 담겨 있었다.

명란은 조용히 먼 곳을 바라보았다. 한쪽은 어둠에 돌입하기 전의 애

매한 저녁 빛으로 물들어 있었고, 한쪽은 하늘로 치솟는 불길로 번쩍거렸다. 명란은 전에 없이 분명하게 깨달았다.

낮에 최씨 어멈이 명란에게 좀 쉬라면서 '마님은 생각이 너무 많으시다'고 했다. '신진의 난' 때 입궁을 명받은 사람이 어느 집안 누구였느냐, 우리는 황제의 친척도 아닌데 마님을 데려가 뭐 하겠느냐'고도 했었다.

그때는 몰랐지만, 이제는 확실히 깨달았다.

세상이 변하고 시대가 변했다. 사왕야가 난을 일으켰을 때 선황제는 건재했다. 정치와 군사의 모든 권력이 황제에게 속해 있었다. 사왕야에게 부족했던 것은 정통의 명분과 사람들의 인정이었기 때문에, 경성 전역의 세도가와 훈귀의 아녀자들을 입궁시켜 인질로 삼은 후 대신들과 대학사들에게 강제로 조서를 쓰게 한 것이다. 그러나 지금은……. 아, 예왕, 예왕이다!

명란은 멀찍이서 열 살 정도 되어 보였던 그 남자아이를 본 적 있다. 희고 고운 피부에 총명하고 온화하며 예의가 발라 사림에서도 평판이 좋았다. 강경한 현 황제와 달리 널리 권문세가의 칭송을 받았고, 성안태후와 황후조차 그를 아꼈다. 그래, 그 아이를 내세워 일을 꾸민 거야!

예왕은 선황제가 시명한, 삼왕야의 뒤를 이을 적통이었다. 삼왕야 역시 선황제가 책봉한 태자로, 서열이 지금의 천자보다 높았다. 현 황제가 황위에 오른 지 벌써 몇 해지만 권력은 아직 안정되지 않았다. 잘못하다가 황제가 궁에서 '비명횡사'하고, 황자들이 나란히 '조난'을 당하거나 실종되면 그들에겐 더 좋을 것이다. 그게 안 된다면…… 누구의 세력이 더 강한지를 지켜볼 수밖에 없다.

경성의 상황은 한 치 앞을 내다보기 힘들었고, 대부분의 군대는 서쪽 정벌을 위해 경성을 떠나 있다.

영국공과 고정엽 군의 생사는 알 길이 없었다. 박 우대도독은 중상을 입어 몸져누워 있고, 복 장군은 교활하고 간사한 감 노장군을 감당하기 어려울 것이다. 더구나 성덕태후의 친정이 수년 동안 꿰차고 있는 서북 지역은 구세력의 뿌리가 깊어서 다루기도 만만찮다. 그리고 지금 심종흥 쪽에서 군을 실질적으로 장악한 사람은 단성잠의 세력이었다.

만약 궁에서 일어나고 있는 변란이 성공하면 예왕에게 우선 황위를 계승하라 한 후 권솔을 이용해 장군들을 위협할 것이고, 그렇게 되면 대군이 경성으로 돌아온다 한들 두렵지 않을 것이다. 이미 벌어진 일이니 인정하고 싶지 않다고 해도 인정할 수밖에 없다.

과연 똑똑한 계책이야!

"마님, 마님!"

항상 침착했던 학대성이 허둥지둥 뛰어와 청석 바닥에 털썩 무릎을 꿇었다.

"바깥에 난리가 났습니다. 오성병마사가 난을 일으켜 유 대인의 명령도 듣지 않고 성문까지 걸어 잠가 아무도 출입하지 못하게 하고 있습니다. 유 대인의 금군과 목숨을 내놓고 싸울 모양입니다!"

그는 식은땀을 닦으며 조심스럽게 명란을 쳐다보았다.

"……그, 그리고…… 정 대장군도 반란에 가담하셨다고 합니다. 소식을 전하러 온 종놈이 조위가 황궁으로 쳐들어가는 것을 보았다 합니다……."

주변에 있던 계집종들이 놀라 훌쩍이기 시작했다.

명란이 조용히 말했다.

"어쩐지 그렇게 대담하게 소란을 피우더라니, 다 준비되어 있었던 거로구나."

학대성이 황급히 말했다.

"마님, 우선 피하시는 게 어떨는지요, 마님께서 빠져나가실 수 있도록 돕겠습니다."

명란이 냉소를 지으며 말했다.

"피하라고? 어디로 피하란 말인가."

명란은 밤바람에 흔들리는 귀밑머리를 가볍게 어루만지며 침착하게 말했다.

"후부를 나간다 해도 성문이 굳게 닫혀 있는데 어디로 숨을 수 있겠는가? 결국 화는 피할 수 없을 터. 황상은 영명한 분이니 곧바로 사태를 수습하실 걸세."

바깥은 이미 쑥대밭이 되었을 테니 나간다 해도 안전을 보장할 순 없었다. 고정엽에게 여자를 보는 눈보다 상사를 보는 눈이 더 있길 바라는 것이 전부였다. 그렇지 않으면 모두 목숨을 보전하기 힘들 것이다!

명란은 사람들의 표정을 무시한 채 가희거를 향해 계속 걸었다. 최씨 어멈이 차간에 밥을 차려 놓고 단이를 안고서 기다리고 있었다. 모서리를 마름꽃 모양으로 둥글게 굴린 팔각상에는 잘게 다진 고기와 새우를 넣은 달걀찜, 소금과 계화를 넣고 끓인 후 자홍색 무로 꽃장식을 한 오리탕, 소 안심 볶음, 표고버섯 청경채 볶음이 차려져 있었다.

명란은 오히려 더 침착해져서는 젓가락을 들고 식사하기 시작했다. 심지어 밥을 먹으면서 아들에게 장난도 쳤다. 단이는 오랜만에 어미와 놀아서인지 연신 깔깔거리며 쿵쿵 뛰다 하마터면 식탁 아래로 굴러떨어질 뻔했다. 유모는 단이에게 간신히 달걀찜 한 그릇을 먹일 수 있었다. 음식을 덜어 주면서 명란을 힐끗힐끗 쳐다보던 최씨 어멈은 몇 번이고 입을 달싹였지만 결국 아무것도 묻지 못했다.

명란은 밥을 배불리 먹은 후 입을 헹구고 손을 닦은 뒤 말했다.

"형님의 처소를 잘 살피게. 한이와 용이를 한곳에 머무르게 하고 밖으로 못 나가게 하게. 약미와 아이도 형님 처소로 데려다 놓고."

아무래도 명란과 단이 모자와 떨어져 있는 것이 그들에게는 더 안전할 것이다.

"그리고 단이는……."

명란이 최씨 어멈의 귓가에 속삭였다. 최씨 어멈이 알겠다는 듯 대답했다.

"알겠습니다. 걱정하지 마십시오."

이것저것 계획을 세우고 나니 벌써 등불을 켤 시간이 되었다. 명란은 책상 앞에 바르게 앉아 문을 활짝 열어 놓고 조용히 책을 읽었다. 『도화원기桃花源記』[8]를 펼쳐 '향긋한 풀들이 아름답게 피어 있고, 복숭아 꽃잎들이 바람에 흩날린다.'까지 읽었을 때, 료용댁이 달려오는 것이 보였다. 료용댁은 귀신처럼 창백한 안색으로 예를 갖추는 것마저 잊은 채 무릎을 꿇고 황급히 말했다.

"바깥…… 바깥에서 관병들이 후부를 포위하고 있습니다……."

명란은 천천히 책을 내려놓았다.

"뭐라고 하던가?"

료용댁은 침을 삼켰다.

"마님께서 성지에 불응했으니 압송하여 가둘 것이라 했습니다! 도가 첫째 공자님께서 앞을 막고 문을 지키고 계십니다."

---

8) 중국 진대 도연명의 산문.

"예상한 대로구나."

명란이 희미하게 웃었다.

"내가 가 보겠네."

바깥에는 이미 가마가 준비되어 있었다. 명란의 몸이 가마꾼의 발걸음에 맞추어 조금씩 흔들렸다. 초봄의 경성은 생각보다 추웠다. 마치 순식간에 한겨울로 돌아간 것 같았다. 나뭇가지 사이로 휘몰아치는 삭풍이 마치 어둠 속에 숨어 있던 독사가 날름거리는 혀처럼 느껴졌다.

명란은 고개를 들어 하늘을 바라보았다. 밤하늘은 먹처럼 새카맸고 달과 별은 잘 보이지 않았다. 끝도 없는 어둠이 하늘을 뒤덮고 있었다. 주위에 어멈과 계집종들이 가득했지만, 바늘 떨어지는 소리도 들릴 정도로 고요했다. 고요와 어둠은 똑같이 두렵구나. 그녀는 생각했다.

하지만 내 마음은 하늘에 걸린 달처럼 밝지.

모든 생명의 시작은 꽃망울이 터지는 것과 같다, 본디 모든 것은 공空이요, 소멸 없이는 생성도 없는 법.

외원에 도착하니 건장한 호위병들이 뜰을 가득 채우고 있었다. 모두 횃불을 들고 있어 깜깜한 밤이 대낮처럼 환했다. 누군가가 사람 세 명 높이의 주칠이 된 대문을 두드리고 있었고, 바깥에서는 시끄러운 고함이 들렸다.

"고 씨, 성 씨는 속히 나와 오랏줄을 받아라!"

"고 씨 역적은 어서 빨리 문을 열라!"

"역적을 붙잡아 오라는 명령을 받고 왔다! 문을 열어주는 자는 죄를 면하고 관직을 얻을 것이다!"

도룡이 앞에 서서 곧게 뻗은 통로를 막고 있었다. 명란이 소도의 부축을 받으며 걸어가는데, 측문 옆에 손바닥만 한 창문이 보였다. 명란이 가까이 다가가 내다보니 문밖에 모인 무리 가운데 앞쪽의 몇 명만 병마사의 관복을 입고 있을 뿐, 그 뒤의 수십 명은 제각각 다른 옷을 입고 있었다. 하나같이 평범치 않은 용모에 험상궂은 표정으로 말끝마다 욕을 내뱉고 있었다.

명란은 몸을 돌려 대청의 높은 계단에 올라가 큰소리로 외쳤다.

"모두 내 말을 들으시오!"

안팎이 시끌시끌 거리는 가운데 도롱이 숨을 들이쉬었다가 크게 외쳤다.

"바깥에 있는 자들은 들어라! 부인께서 오셨으니 하시는 말씀을 똑똑히 들어라!"

무인의 포효는 만만하게 볼 것이 아니었다. 명란의 귀가 웅웅거릴 정도였으니 바깥은 당연히 쥐죽은 듯 조용해졌다.

문밖에서 오만한 남자의 목소리가 들렸다.

"녕원후 부인은 들어라. 지난번 너희가 명을 받들지 않고 입궁을 거부하여 황상과 태후마마를 대로케 하였으므로 너희를 체포하러 왔다! 어서 나와 오랏줄을 받으라, 그러면 일가족의 목숨은 보전해주겠다!"

명란이 고운 눈썹을 치켜올리며 재빠르게 말했다.

"꿈 깨거라. 나는 안 간다!"

깜깜한 밤, 높은 톤의 여자 목소리가 더욱더 또렷하게 울렸다. 뜰에 있던 호위병들은 저도 모르게 작은 웃음소리를 냈다.

바깥의 남자가 소리 질렀다.

"저 계집이 감히?!"

"다른 이유는 없다. 네 흉악한 생김새가 꼭 성질 고약한 도둑놈 상 같아서 그런다. 딱 봐도 매번 실패만 하는 놈이로구나!"

명란은 일부러 가늘고 약한 목소리로 말했다.

주변이 한바탕 웃음을 터뜨렸다. 문 바깥까지 웃음소리가 퍼져나갔다.

격노한 남자가 소리를 지르며 거칠게 욕을 내뱉었다. 주위의 소음이 잦아들자 명란이 곧바로 끼어들었다.

"네놈들이 뭐 하는 것들인지 내 똑똑히 알고 있다! 어울리지도 않는 변장은 그만두어라, 반역을 도모한 것들이 감히 어디서 추태냐!"

'반역을 도모한 것들'이라는 말에 놀랐는지 바깥은 다시금 조용해졌다.

명란이 목소리를 높여 차갑게 말했다.

"난신적자亂臣賊子[9]는 누구나 죽어 마땅하다는 도리를 모르는 놈은 없을 것이다. 눈먼 놈들이 제 운만 믿고 스스로 목을 칼에 갖다 대고 도박을 하려 들다니! 몇 년 전 '신진의 난'을 기억하느냐? 반역을 위해 얼마나 많은 훈귀와 세도가들이 힘을 모았더냐? 흥, 그런데 어떻게 되었지? 고작 칠 일 만에 선황제께서 난을 제압하셨다. 네놈들도 잘 헤아려보아라, 그때의 반란 세력과 얼마나 차이가 나는지. 너흰 아마 일곱 시진도 제대로 버티지 못할 것이다!"

그녀가 차가운 목소리로 웃으며 계속 말을 이었다.

"헛소리 지껄일 필요 없다. 실력이 있으면 쳐들어오면 될 것을 어디 감히 속이려 드느냐. 바깥에 있는 사내들에게 한마디하겠다. 너희 정체가 탄로 나기 전에 어서 빨리 올바른 길로 돌아서거라. 돈을 벌 방법은 얼마든지 있지 않으냐. 이런 흉악한 일에 가담해서는 안 된다. 반역은 부잣집

---

9) 나라를 어지럽히는 불충한 무리.

재물을 약탈하는 것과 달라서 일단 잡히면 네놈들 목 떨어지는 걸로 끝나지 않는다. 부모와 처자식을 생각해야 할 것이야!"

바깥은 마치 아무도 없는 것처럼 조용해졌다. 한참이 지나서야 그 오만한 남자의 목소리가 쩌렁쩌렁 울렸다.

"저년의 말에 현혹되지 마라, 후부에는 금은보화가 가득 쌓여 있다. 오늘 밤 제대로 한몫 벌어보자!"

도룡 역시 크게 소리를 질렀다.

"우리 명부가 나리 손에 있다. 만약 최선을 다해 부인을 보호하지 않으면 후일 엄벌에 처해질 것이다! 부인께서 이미 약조하셨다. 팔 하나를 잃으면 은자 백 냥, 다리 하나를 잃으면 은자 백오십 냥, 목숨을 잃으면 처자식은 모두 후부에서 거둬주실 것이다! 형제들이여, 이 난국을 견뎌내면 모두에게 큰 상이 있을 것이고, 평생 배불리 먹고 마시게 될 것이다!"

두 사람의 고함을 끝으로 이날의 목숨 건 사투가 시작되었다.

대청의 열여섯 칸짜리 주홍색 격선이 열리고, 녹지가 높고 커다란 태사의를 들고 와 청당의 정중앙에 놓았다. 명란은 태사의에 앉아 눈앞에서 벌어지는 격전을 지켜보았다. 아군의 기세를 높여 주기 위함이었다.

경성 안에서 후부의 담 높이와 문 두께는 (일단 황궁은 차치하고) 왕부에 살짝 못 미칠 뿐 다른 집들에 비하면 훨씬 높고 두껍다. 높이가 사람 두세 명의 키만 하고, 두께가 반 척에 이르는 대문에 일단 빗장이 걸리면 충차를 동원하지 않는 한 부수는 것은 불가능했다. 바깥에서 미친 듯이 문을 두드렸지만, 문은 꿈쩍도 하지 않았다. 칼과 창으로 베고 찔러도 아무 소용없었다.

도적들은 명란이 이토록 기개가 있을지 미처 예상하지 못했다. 일개 아녀자일 뿐이니 겁 좀 주면 될 거로 생각했던 것이다. 문을 부술 무기가 없는 지금, 그가 할 수 있는 거라곤 두꺼운 나무를 베어와 문을 부수라고 명령하거나 서로 받쳐 주며 담을 타고 넘어가라고 독촉하는 것밖에 없었다.

도룡은 이미 끝이 날카롭고 몸체가 가벼운 여섯 척尺짜리 백랍수白蠟樹[10]를 잔뜩 준비해 놓았다. 두 명이 한 조가 되어 백랍수를 들고서 담 위로 사람 머리가 보일 때마다 세게 찌르니 비명이 이어지다 털썩 떨어지는 소리가 들렸다. 뒤이어 어떤 놈들은 턱이나 가슴을 관통당해 담장에서 추락했다. 더러 용감한 놈들이 대도를 휘두르며 벽을 기어올랐지만, 나무에 끈끈한 액이 발려 있어 베려 해도 벨 수가 없었다. 몸이 날랜 놈들은 나무로 찌르기가 쉽지 않았다. 그런 놈들은 궁수 두 명이 옆에서 보고 있다가 화살 몇 발로 쓰러뜨렸다.

바깥이 잠시 조용해진 듯하더니 이내 다시 후부 안으로 화살을 쏘기 시작했다. 벽을 타고 오르는 동료를 엄호하려는 것이었다. 쏟아지는 화살에 나무를 들고 있던 장정 몇이 맞아 쓰러졌다. 명란은 재빨리 사람을 불러 부상자들을 청당 안으로 들어 옮기라 명했다.

호위병들이 고개를 돌리자 커다란 배를 받친 채 침착한 표정으로 청당에 앉아 있는 주인마님이 보였다. 그걸 보니 그 누구도 감히 게으름을 피울 수 없었다.

'연약한 아녀자도 이렇게 당당한데, 하물며 사내인 우리가 질쏘냐?!'

---

10) 중국에서 자라는 물푸레나무과의 나무.

도룡이 급히 귀두도鬼頭刀[11]를 휘두르며 벽에 놓인 사다리를 타고 올라가라고 명했다. 호위병들은 석회 가루가 든 작은 주머니를 들고 쏟아지는 화살을 피해 사다리를 올라가 재빨리 가루를 뿌렸다. 석회 가루가 마구 흩날리자 바깥은 으아 하는 고함과 함께 저주 섞인 비명으로 가득 찼다.

"빨리 눈 감아. 안에서 석회를 뿌린다!"

"뻔뻔한 것들, 이런 치사한 방법을 쓰다니!"

도룡은 작게 한숨을 내쉬었다.

"강호의 형제들이 안다면, 우리 아버지께서 어떻게 얼굴을 들고 다니신단 말인가……. 뭘 봐, 이 녀석아, 어서 계속 뿌리기나 해!"

그 후 반 시진이 지나자 후부 안팎은 점점 조용해졌다. 그런데 또 갑자기 한 무리의 발소리가 들렸다. 도적놈들이 다시 온 것 같았다. 도룡이 귀를 기울이더니 낯빛을 바꾸며 큰소리로 외쳤다.

"모두 조심해라, 놈들이 다시 공격해 올 것이다."

아니나 다를까, 얼마 후 놈들은 눈에 얇은 천 띠를 두른 채 소리를 지르며 다시 담벼락을 기어오르기 시작했다. 이번에는 더 많은 놈이 와서 담벼락에 떼를 지어 움직이고 있었다. 활을 쏘고 나무장대로 찔러도 역부족이었다.

이때, 뜰 안 기름 솥에서는 소름 끼치는 푸른 연기가 피어오르고 있었다. 도룡은 사람들을 불러 끓는 기름 한 통씩을 사다리에 올라간 자에게 건네게 했다. 곧 '주르륵' 소리와 함께 기름이 담 너머로 쏟아 부어졌다.

---

11) 칼자루에 도깨비가 새겨진 넓적하고 날카로운 칼.

바깥에서 인육이 타는 역한 냄새와 함께 처참한 비명이 울렸다. 어두운 밤을 더 끔찍하게 장식하는 소리였다.

녹지는 창백한 얼굴로 이를 딱딱 부딪치며 바닥에 흩어진 핏자국을 노려보고 있었다. 멘탈이 더 강한 소도는 여건이 허락하는 대로 고통스럽게 울부짖는 부상자들을 옮기는 일을 도왔다.

마침 봄이었다. 기름을 끼얹는 가정들은 모두 솜저고리를 걸치고 손에는 가죽 장갑을 껴 두려울 것이 없었으나, 바깥의 도적들은 모두 얇은 봄옷을 입고 있어 기름이 닿자마자 반죽음이 되었고, 주변에서 튄 기름을 맞은 자들도 끔찍한 비명을 지르며 발을 동동 굴러야 했다.

끓는 기름을 퍼부은 것은 석회 가루보다 파급력이 높아 도적들의 사상이 심각했다. 바깥은 잠시 소강상태에 들어갔다.

도룡은 땀을 뻘뻘 흘리며 청당으로 들어가 공수하며 말했다.

"부인, 한동안은 마음을 놓으셔도 될 것 같습니다."

태사의 팔걸이를 잡고 있던 명란의 손가락 마디가 하얗게 질렸다.

"저들은 그렇게 쉽게 물러나지 않을 겁니다."

"안심하십시오. 뒷문에 저의 형제들이 부하들과 함께 지키고 있습니다. 뜨거운 기름도 충분하고 뾰족한 말뚝도 많이 있습니다!"

명란은 뻣뻣하게 고개를 끄덕이며 이마의 식은땀을 닦았다. 배를 만지니 강한 태동이 느껴졌다. 아마 배 속의 아이도 이 공포를 느꼈겠지. 명란은 안타까운 마음이 들어 눈물을 참으며 아이를 어루만졌다.

고요함은 한 시진을 가지 못했다. 온몸이 피범벅이 된 하인이 멀리에서부터 뛰어와 크게 소리쳤다.

"나리, 놈들이 뒷문으로 갔습니다. 도호 나리께서 도움을 청하십니다!"

도룡은 고개를 돌려 명란을 바라보았다. 질문의 눈빛으로 바라보는 그에게 명란은 웃으며 명랑하게 대답했다.

"아녀자는 공방전에 대해 아는 바가 없으니, 후부 내의 사람과 무기 모두 도 공자가 알아서 배치해주세요!"

도룡은 조용히 '알겠습니다!'라고 대답한 후 읍하며 공경의 예를 표했다. 그는 우선 장정 한 무리를 뒷문으로 보내 돕게 하고, 자신은 나머지 사람들과 계속 앞문을 지켰다. 도적들은 뒷문을 공격하기 위해 한참을 돌아가야 했지만, 후부 안에서는 앞문과 뒷문 사이를 직선으로 뛰기만 하면 되었다. 따라서 일단 한번 막아 놓으면 사람들을 배치하기가 수월했다.

사실 뒷문은 방어하기가 더 쉬웠다. 뒷문과 맞닿은 골목은 폭이 좁아 네다섯 명이 나란히 걷기에도 벅찼기 때문이다. 거기다 거대한 통나무로 문을 때리기도 쉽지 않았고, 제대로 흩어질 수도 없어 삼삼오오 모여 있으니 끓는 기름이나 석회 가루를 쓰기에도 훨씬 유리했다.

반 시진이 조금 더 지나자 앞문 담벼락 쪽에서 기어오르는 소리가 또다시 시끄럽게 들리기 시작했다. 앞문 앞에 있던 놈들이 모두 간 것은 아니었던 것이다. 아마도 뒤에서 치면 앞문 쪽의 경비가 느슨해지리라 생각했던 모양이다.

하지만 도룡은 이미 손을 써놓았다. 머슴아이들에게 담벼락을 따라 지키고 서서 눈도 깜빡이지 말고 동정을 살피다 적의 머리가 보이는 즉시 백랍수로 찌르라 명했던 것이다. 상대는 신음 소리도 내지 못하고 담장 아래로 곤두박질쳤다.

이 광경을 본 명란은 찬사를 보냈다.

"역시 도 공자는 명불허전입니다! 나리께서 항상 칭찬하셨는데 괜한 게 아니었군요."

도룡은 고개를 돌려 씩 웃은 후 호기롭게 말했다.

"전부 하찮은 수일 뿐이라 부끄럽습니다. 부인은 나리께서 전장에 계실 때의 그 늠름한 모습을 못 보셨지요. 가는 곳마다 적을 무너뜨리시고 그야말로 대적할 자가 없었습니다!"

명란이 더 칭찬하려던 찰나, 갑자기 저편에서 불길이 치솟았다. 뜰에 있던 사람들이 일제히 고개를 돌렸다. 동쪽에 있는 후부의 고택이 어느새 불바다가 되어 있었다. 멀리서부터 끔찍한 비명이 들려왔다. 공포에 질린 주위의 사람들과는 달리, 명란과 도룡은 매우 차분했다.

도룡이 동쪽의 불길을 보며 볼 안쪽을 꽉 깨물었다.

"이놈들, 결국 저쪽부터 치고 들어오겠다는 거군요! 고택이 아깝습니다. 정말 오래되었는데 말입니다!"

명란은 무표정한 얼굴로 건조하게 말했다.

"아까워할 필요 없습니다. 귀한 물건은 이미 다 옮겨 놓았고, 사당은 구석에 있으니 불길이 미치지 않을 것입니다. 잠깐은 괜찮을 거예요. 무엇보다 목숨이 중하지요. 집은 다시 지으면 됩니다."

인시寅時[12]가 막 지날 무렵이었다. 갈씨 어멈이 야식을 든 계집종들을 데리고 왔다. 명란은 대강 쌀죽 반 그릇을 비우고 그릇을 내려놓았다. 그때 서쪽 숲에서도 불길이 타오르는 것이 보였다.

명란이 손을 멈추자 녹지가 그곳을 내다보며 아쉬워했다.

"아, 저 산에 있는 노루랑 두루미랑 안타까워서 어찌합니까. 두 아가씨께서 새로 키우는 토끼도 있는데."

---

12) 새벽 3시~5시.

얼마 후 동서 양쪽에서 상황 보고를 하러 차례로 사람들이 왔다. 놈들이 이미 퇴각했으며, 동쪽은 대여섯 명이 불에 타죽고, 서쪽은 숲이라 자세히 살피진 못했지만 적어도 네다섯 명이 죽었을 거라고 했다.

명란은 가볍게 가슴을 쓸어내리며 운이 좋았다고 중얼거렸다.

징원을 중심으로 한 녕원후부는 사방형의 거대한 저택으로, 앞뒤로 문이 나 있고 동서에 각각 후부의 고택과 작은 숲이 있었다. 동서 양쪽에서 침입하는 것을 막기 위해, 명란은 독한 마음을 먹고 불이 잘 붙는 기름을 끼얹어 놓았다. 봄에는 숲의 초목이 무성하고, 후부의 고택도 나무로 된 대들보 천지이니 하룻밤에 다 태우는 것은 일도 아니었다. 징원과 두 곳 사이에 넓은 방화대를 두고, 도화선을 설치해 누군가 침입하는 즉시 불을 붙이면 되는 것이다.

숲과 고택이 불길에 휩싸이는 것을 보고 아깝지 않다고 하면 거짓일 것이다. 명란은 그저 이 방책으로 도적을 막을 수 있길 바랄 뿐이었다.

이때, 도룡이 무거운 발걸음으로 다가와 명란에게 나지막이 말했다.

"부인, 상황이 심상치 않습니다."

경험이 많은 그는 변란이 일어날 때마다 도둑들이 밤을 틈타 약탈을 일삼는다는 것을 잘 알고 있었고, 이 정도 계책이면 평범한 도적쯤은 쉽게 제압할 수 있을 거라 여겼다. 그런데 형제가 밤새도록 힘을 합쳐 싸워도 겨우 막아내는 게 고작일 줄이야.

"최소한 서른 명 이상은 죽거나 다쳤을 텐데 아직도 기세가 이렇게 대단하다니……. 아마 뒤를 봐주는 누군가가 있는 것 같습니다."

싸움이 시작된 지 한참이 지나고서야 그는 깨달았다. 상대는 원래 백 명 남짓이었다. 두 번의 사투 후 적잖은 졸개들이 도망갔고, 어림잡아 계산해 봤을 때 핵심들만 오륙십 명 남았었다. 그리고 지금까지 과반수가 죽거나 다쳤다. 그런데도 아직 퇴각하지 않다니 정말 기이한 일이었다.

명란의 생각은 더욱더 깊어졌다.

이번 변란 중에 후부에 쳐들어올 자들은 둘 중 하나였다. 하나는 혼란을 틈타 약탈하려는 도적 떼, 즉 도룡이 막으려 했던 그 무리이고, 다른 하나는 반역을 꾀한 역적이었다.

도적은 재물을 원하고, 경성 안에 부호는 넘친다. 어느 집을 터느냐는 중요치 않을 텐데 군이 침입하기 어려운 고씨 저택을 고집할 필요가 있을까?

역적은 세력을 원하니 명란을 잡아 인질로 삼으려 할 것이다. 만약 고씨 집안 식솔이 모두 죽고 없다면 무엇으로 협박할 것인가? 고정엽이 필사적으로 원수를 갚으려 들지 않으면 오히려 이상할 것이다. 그런데 지금 이놈들은 흉포한 기세로 덤비는 것이 목숨을 빼앗으려 하는 것이 분명했다.

"혹시……."

명란의 얼굴을 굳히며 입을 열려던 그때, 갑자기 밖에서부터 익숙한 울음소리가 들려왔다. 온통 산발이 된 취수가 뛰어와 울며 말했다.

"마님, 큰일 났습니다! 놈들이 안으로 들어왔습니다!"

명란은 벼락을 맞은 것처럼 큰 소리로 말했다.

"그럴 리가?!"

취수가 울며 말했다.

"숲을 통해 들어왔습니다. 몇몇 놈들이 불이 무릅쓰고 오솔길을 타고 들어왔습니다! 석장 도령이 사람들과 함께 막고 있어요, 얼른 사람을 보내셔야 합니다!"

명란은 눈앞이 아득해졌지만 억지로 마음을 다잡았다.

도룡이 낮은 목소리로 말했다.

"부인, 조급해 마십시오. 제기 지금 사람들을 데리고 가겠습니다!"

그가 옆에 있던 사내를 끌어당겼다.

"나 대신 여길 지키거라!"

사내는 대답했고, 도룡은 한 무리의 호위병을 이끌고 안으로 들어갔다.

녹지는 입술을 깨물었고, 소도는 명란을 꼭 붙든 채 작게 말했다.

"마님, 무서워 마세요. 단이 도련님과 최씨 어멈이 어디 있는지 아는 사람은 몇 안 됩니다. 후부에 방이 이렇게 많은데 일일이 열어보기도 쉽지 않을 겁니다."

명란은 차츰 이성을 되찾았다. 그러나 모자의 마음은 하나라 했던가. 걱정으로 애가 탄 명란이 무조건 상황을 보러 가겠다고 하는 바람에 녹지는 어쩔 수 없이 가마를 불렀다. 사방이 컴컴하고 길이 어두워 가마꾼들은 빨리 갈 수가 없었다. 마음이 급해진 명란이 거의 울 지경이 되어서야 겨우 도착했다.

안뜰은 쑥대밭이 되어 있었다. 계집종들과 어멈들은 살려달라고 울부짖거나 숨을 곳을 찾아다니고 있었다. 명란은 가마에 앉아 있을 수가 없어 녹지의 부축을 받으며 안으로 들어갔다. 눈이 밝은 소도가 옆으로 뛰어가던 그림자를 획 붙잡고는 크게 소리쳤다.

"석장 오라버니!"

그 사람은 정말로 얼이 빠져 있던 석장이었다. 온몸이 피범벅이 된 그가 명란과 일행을 보자마자 기쁘게 외쳤다.

"마님, 제가 지금 마님을 찾으러 가려던 길이었습니다! 도적 일고여덟 명이 머리 없는 파리처럼 사방을 미친 듯이 돌아다니는데, 그중 둘은 첫째 마님의 처소 입구까지 갔다가 밖에서 지키고 있던 호위병들에게 죽었습니다. 지금 도 공자께서 놈들을 잡아들이고 있습니다!"

명란이 안도의 한숨을 내쉬었다.

"다들 무사하다니 됐다……."

"마님……."

석장이 다급히 말했다.

"도 공자와 제가 첫째 마님의 처소에 도착했을 때, 방 안에는 추 이랑과 미 이랑 모자, 그리고 어멈 몇이 다였습니다."

"응? 그게 무슨 말이냐."

명란은 순간 멍해졌다.

"도 공자도 물었습니다."

석장이 괴로운 듯 말했다.

"한 어멈이 슬쩍 말하길, 첫째 마님께서 최씨 어멈이 단이와 함께 다른 곳에 숨어 있다는 걸 아신 후, 그곳이 더 안전하다 여기시어 벽사에게 실토하게 한 다음, 두 아가씨를 데리고 몸을 피하러 가셨습니다……."

명란은 아랫입술을 깨물었다. 어떻게 생각해낸 건데 그곳을 누설하다니! 빌어먹을 벽사! 빌어먹을 소 씨!

"도 공자께서 제게 단이 도련님이 어디 계시는지 마님께 알아오라고 했습니다. 그런데 소 뒷걸음치다가 쥐 잡는 격으로, 아……."

석장은 적절치 않은 비유임을 깨닫고 얼른 입을 다물었다.

명란이 급히 말했다.

"구향원의 상방 중 하나에 있다! 어서 가거라! 가서 도 공자를 찾아!"

명란은 발을 동동 굴렀다. 은신처라는 것은 필시 아는 사람이 적을수록 좋은 것인데, 지금 이 상황은 도대체 어찌 된 일인가?!

석장이 가는 것을 본 후 명란도 급히 그쪽으로 가려 했다. 하지만 소도가 최씨 어멈의 당부를 기억하며 명란의 팔을 꽉 붙잡았다. 뒤에서 어떤 어멈도 명란에게 천천히 걸으라고 소리치고 있었다.

잠시 후 일행의 눈앞에 목적지가 나타났다. 명란은 두 시진은 족히 지난 것 같은 기분이 들었다. 들어가는 길에 우왕좌왕하고 있는 어느 계집종을 잡고 물었다.

"구향원은 무사한 것이냐?"

마침 구향원 쪽에서 뛰어오던 아이였다. 아이는 갑자기 주인마님과 마주치자 더듬거리며 말했다.

"모두 무사합니다. 아…… 아닙니다. 노씨 어멈이 말하길, 용이 아가씨는 이미 첫째 마님 처소로 가셨으니 이제 지키고 있을 필요가 없다 했습니다……."

명란은 조금이나마 안심이 되었다. 아이에게 소 씨의 처소로 가 몸을 숨기라고 말하려는 참에, 그 아이가 또 말했다.

"하지만, 하지만…… 방금 제가 임 이랑이 시커먼 사람 두세 명을 데리고 구향원 쪽으로 가는 것을 보았습니다……. 이상합니다. 그쪽에는 아무도 없지 않습니까."

"임 이랑?!"

녹지가 크게 소리 지르며 그 아이의 손목을 꽉 붙잡았다.

"첫째 마님 옆에 있는 그 임 이랑 말이야……?"

임 이랑은 원래 소 씨가 시집올 때 데려온 몸종이었으나 이후 고정욱의 첩이 되었고 고정욱이 죽기 전 이랑으로 승격되었다.

아이가 아파하며 얼른 고개를 끄덕였다.

명란은 너무 두려워 아무 말도 하지 못하고 있다가 겨우 한마디를 내뱉었다.

"얼른 가거라!"

모두 더 이상 지체하지 않고 곧장 발걸음을 옮겼다.

구향원에 들어서자마자 피비린내가 진동했다. 등불을 아래로 비춰 보니 바닥엔 핏자국이 흥건했고, 입구에는 두 어멈의 시체가 널브러져 있었다. 최씨 어멈을 보호하던 어멈이었다.

명란은 순간 정신이 아찔해져 쓰러질 것 같았다. 마침 이때 도롱 일행이 도착해 몸을 굽히며 아뢨다.

"부인, 이미 두 명을 처단했고, 내부 첩자를 생포했습니다."

그의 뒤를 따르던 호위병이 검은 옷을 입고 있는 두 구의 시체를 바닥에 내던지고는 지저분한 옷을 입은 아녀자 하나를 앞으로 내밀었다. 늘 소 씨 옆에 있던 바로 그 임 이랑이었다. 명란은 머리끝까지 화가 나 그 자리에서 임 이랑의 양쪽 따귀를 철썩철썩 때렸다. 도롱에게 아들을 찾았는지 물어보려던 찰나, 서쪽 방에서부터 여인과 아이의 비명이 들리더니 곧 석장의 고함이 들렸다.

"네가 감히……!"

도롱 일행이 급히 횃불을 들고 소리를 쫓아갔다. 줄지어 있는 깜깜한 상방 중 한 곳의 불이 켜져 있었다. 명란은 소도의 부축을 받으며 얼른 그곳으로 갔다. 탁자 위에는 촛불이 켜져 있었고, 소 씨는 한이를 꺼안고 구석에 웅크리고 있었으며, 최씨 어멈은 누군가에게 맞아 정신을 잃고 침상 머리맡에 늘어져 있었다. 석장이 피가 콸콸 흐르는 팔을 붙잡고 안에서 나왔다.

"마님, 안에…….”

명란이 소도를 밀치며 안으로 들어가 반 정도 열린 발을 잡아당겼다.

바닥에는 검은 옷차림의 시체가 누워 있었고, 도룡과 두 명의 호위병이 칼을 든 채 입구에 서 있었다.

그들의 시선을 따라가 보니 용이가 침상 끝에 걸터앉아 요란하게 우는 통통한 단이를 품에 안고 있었다.

용이의 얼굴에 채 마르지 않은 눈물 자국이 보였다. 머리는 엉망으로 흐트러져 이마에 머리카락이 흘러 내려와 있고, 관자놀이 부근에는 피가 번져 있었다. 오른손에는 금잠이 꽉 쥐어 있었고, 왼손에는 선혈이 낭자한 데다 끔찍하게도 뼈가 드러나 있었다. 아이의 안색은 창백했으나 눈빛만은 뜨거웠다. 입 주변도 온통 핏자국이었고 볼도 깨물었는지 약간 부풀어 있었다.

도룡은 미소를 지었다. 정황을 보니 대략 짐작이 되었기 때문이다. 이곳에 더는 위험한 것이 없다 판단한 그는 다시 바깥의 일이 걱정되어 두 명의 호위병과 석장을 남겨 놓고 도적들을 잡으러 나갔다.

명란은 배를 감싼 채 천천히 다가가 용이를 가볍게 껴안으며 부드러운 목소리로 말했다.

"착하지. 무슨 일이 있었느냐? 내게 말해보렴."

용이가 멍하니 고개를 들었다. 하지만 입을 벌리곤 아무 말도 하지 않았다.

바깥에서 듣고 있던 한이가 필사적으로 소 씨를 뿌리치고 안으로 들어와서는 큰 소리로 막힘없이 이야기하기 시작했다. 잠시 후, 대충 팔의 상처를 묶은 석장이 들어와 몇 마디를 덧붙였다.

두 사람이 상황을 설명할수록 적모가 부드러운 격려의 눈빛으로 자신을 바라보았지만, 정작 용이는 그저 멍하기만 했다.

조금 전 그 상황은 마치 꿈을 꾼 것만 같았다.

깜깜한 방 안에 숨어 있던 그들은 침입자가 횃불을 들고 방문을 일일이 걷어차며 내뱉는 난폭하고 잔인한 욕지거리를 들었다. 모두 너무 놀라 벌벌 떨었다. 놈이 이 방에 금방이라도 들어올 것 같았지만 최 씨 어멈도 별다른 방도가 없었다.

이때, 용이가 어디서 난 용기인지 단이를 안고 뒷방으로 들어가 침상 밑에 밀어 넣고는 의자를 가져와 문가에 놓았다. 그러고는 금잠을 뽑아 손에 쥐고 그 위에 섰다.

놈이 문을 걷어차는 소리와 함께 소 씨의 날카로운 비명이 들렸다. 꼭 모가지를 잡힌 늙은 암탉 같았다. 한이의 흐느낌 사이로 잠시 픽픽 소리가 들리더니 최 씨 어멈의 목소리가 더 이상 들리지 않았다.

놈이 뒷방으로 걸어오는 소리를 들으며, 용이는 금잠을 더 꼭 쥐었다. 거의 살을 파고들 지경이었다. 용이는 소리를 내지 않으려 이를 꽉 깨물었다. 그리고 놈이 문지방을 넘어 방으로 들어오는 순간, 온몸을 날렸다.

놈은 미처 손쓸 새도 없이 곧장 바닥으로 쓰러졌다. 용이가 놈의 등에 딱 달라붙어 닥치는 대로 찔러댔다. 어떤 것은 목과 어깨에, 어떤 것은 등에 꽂혔다. 도적은 고통을 호소하며 장도를 떨어뜨리고는 장화에서 비수를 꺼내 들었다. 용이는 생각할 겨를도 없이 곧바로 비수를 붙들었다. 예리한 칼날이 용이의 손바닥을 갈랐다. 통증이 가슴 깊은 곳까지 전해졌다.

용이는 자신에게 이런 강한 기개가 있었는지 미처 알지 못했다. 용이는 비명 한 번 지르지 않았다. 강렬한 분노는 오히려 용이 안에 있는 강함을 끌어냈다. 용이는 놈의 얼굴을 힘껏 깨물었다. 놈은 고통스러워하며 다른 손으로 용이의 머리채를 잡았다. 용이의 고집 센 성격이 진면목을 드러냈다. 두피가 당기고 손바닥은 찢기고 터져 고통이 극심했지만,

이를 악물고 금잠을 쥔 손으로 힘껏 찔러 댄 것이다.

놈은 용이의 머리칼 한 움큼과 두피를 잡아 뜯었고, 용이는 도적의 귀 반쪽을 물어뜯었다. 놈이 마침내 용이를 등에서 떼어냈을 때, 그는 자신이 곧 단칼에 죽을 운명이라는 걸 깨달았다. 석장이 도착한 것이다.

단이가 침상 밑에서 기어 나와 고개를 갸웃하며 사방을 살피더니 팔을 벌리고 울며 자신에게 다가왔다. 그 모습에 용이도 더는 참지 못하고 달려가 어린 남동생의 토실토실한 몸을 꼭 껴안았다. 누이와 동생은 서로를 안고 대성통곡했다.

• • •

명란의 눈에도 눈물이 고였다. 명란은 피범벅이 된 아이의 상처를 가볍게 어루만졌다. 너무 감동한 나머지 땅에 엎드려 몇 번이고 절하고 싶은 심정이었다. 명란은 목이 메었다.

"착하기도 하지. 단이에게 이런 누나가 있다는 건 정말 너무 큰 복이구나!"

적모의 품에 안기자 만감이 교차했다. 알 수 없는 슬픔에 용이는 또 울음을 터뜨렸다. 통통한 단이는 뭐가 뭔지 몰랐고, 문장 단위로 말하지 못하는지라 그저 용이의 옷을 잡고는 연신 '누나' 소리를 반복하며 엉엉 울 뿐이었다.

소 씨는 문 앞에서 쭈뼛거리고 있었다. 들어가고 싶으나 들어갈 용기가 나지 않았다. 명란은 소 씨를 흘끗 보았으나 일부러 알은체하지 않고 용이의 눈물을 닦아주며 웃었다.

"요 녀석, 솔직히 말해보렴, 무서웠지?"

명란이 바닥의 시체를 가리켰다.

용이는 바닥을 보며 진지하게 생각하다가 부끄러운 듯 말했다.

"……사실, 그렇게 무섭진 않았어요……."

정말 대단한 아이였다.

명란이 고개를 내저으며 혀를 찼다. 그러고는 손뼉을 치며 웃었다.

"역시 그 아버지에 그 딸이구나! 천성이 용감하고 대담해!"

하늘이 조금씩 밝아오고 있었다. 저택 안으로 들어온 도적들은 모두 소탕되었다. 명란은 두 아이를 데리고 가희거로 돌아갔다. 취미가 고정엽의 금창약金瘡藥[13]을 가져왔다. 명란은 직접 용이의 상처를 소독하고 약을 발라 싸매주었다.

소도도 아주 자연스럽게 약을 덜어서는 몰래 석장에게로 가 상처에 발라 주었다.

그래도 아이는 아이였다. 하룻밤을 꼬박 새웠고, 놀랐고, 다쳤고, 울었으니, 용이는 너무나도 피곤해 명란의 침상에 쓰러져 깊게 잠이 들었다. 그 옆에서 아기돼지 같은 통통한 단이도 곤히 잠들어 있었다. 명란은 촛불을 들고 침상 옆에 서서 입가에 미소를 머금은 채 가만히 둘을 바라보았다. 누나와 동생은 팔다리를 뻗고 자는 모양마저 똑같았다.

여란 언니도 대자로 뻗어 자는 걸 좋아했었는데, 그동안 형부는 어떻게 참은 걸까. 언니 다리에 깔려 제대로 잠도 못 잤을 텐데. 명란은 문득 이 소녀도 여란처럼 멋진 안식처를 찾았으면 하는 생각이 들었다.

바깥의 소란이 점점 잦아들었다. 명란은 소란이 끝났다는 것을 이미

---

13) 칼, 창, 화살 따위로 생긴 상처에 바르는 약.

알고 있었다.

얼마 지나지 않아 도가 형제가 사람을 보내 보고하기를, 놈들은 원래 최후의 결전을 벌이려 했으나 유 대인이 보낸 병사들을 보고는 즉시 뿔 뿔이 흩어졌다고 한다.

피곤에 절은 명란이 미간을 찌푸리며 말했다.

"모두 수고했네. 다른 건 놔두고, 후부에 병자와 부상자투성이니 우선 의원 몇을 불러오게. 나중에 망가진 것들을 정리하고, 공로에 따라 상을 내릴 것이네. 하나씩 천천히 하세나."

최씨 어멈은 깨어나긴 했으나 머리의 생긴 혹이 심각한 것인지는 알 수가 없었다. 용이의 손바닥도 잘 치료해야 할 것이다.

학대성이 참지 못하고 물었다.

"마님, 바깥의 상황은 어떤지 묻지 않으십니까?"

명란이 손을 내리고 웃으며 말했다.

"유 대인이 아무리 우리 후부를 염려한다 해도 황상에 대한 충심만 못 하지. 만약 황궁의 혼란이 잡히지 않았다면 유 대인께서 사람들을 보내 우리를 구했겠는가?"

학대성이 연신 쓴웃음을 지으며 탄복했다.

"마님의 통찰력을 따라가려면 저는 한참 멀었습니다."

"됐네. 천하가 뒤집히든 어떻든 무슨 상관인가. 나는 그저 아들딸이 단 잠을 잘 수 있게 지킬 뿐일세!"

명란은 가볍게 목덜미를 두드렸다. 시큰시큰 쑤시고 아팠다.

"학 관사도 그러고 있지 말고, 대충 정리가 되었으니 가서 쉬게."

학대성이 가려다가 갑자기 발길을 멈추고 몸을 돌렸다.

"마님, 어젯밤에……."

그가 머뭇거리다 말을 이었다.

"아랫것들이 그러는데…… 놈들 사이에서…… 셋째 나리와 꼭 닮은 사람을 봤다 합니다…….”

어깨를 두드리던 손이 딱 멈췄다. 명란은 믿을 수 없다는 눈으로 그를 쳐다보았다.

고정위?!

제218화

종결장 上

머릿속을 가득 채운 수많은 의문도 덮쳐오는 피로를 이길 수는 없었다. 명란은 부드럽고 따뜻한 이불에 들어가 머리를 대자마자 깊은 잠에 빠졌다. 꿈도 꾸지 않았다. 단이도 그녀의 품에서 작은 소리로 훌쩍거리다 이내 잠이 들었다. 작은 얼굴에는 아직도 눈물 자국이 남아 있었고, 단잠을 자면서도 작은 손가락으로 어미의 옷소매를 잡고 있었다.

밤에 잠이 든 모자는 오시午時[1]가 한참 지나서야 일어났다. 마침 시장이 영업을 개시할 때였다.

단이는 어느새 훌쩍 철이 들어 잠에서 깨도 울거나 떼쓰지 않았고, 밥도 취미가 주는 대로 얌전히 받아먹었다. 다만 명란 옆에 꼭 붙어서는 누가 안을라치면 경계심 가득한 눈으로 쳐다보며 작은 손으로 어미의 옷을 더욱 꽉 붙잡을 따름이었다. 처리해야 할 집안일이 산적해 있던 명란은 단이를 잘 타이를 수밖에 없었다.

---

1) 오전 11시 ~ 오후 1시 사이.

"우리 누나한테 한번 가볼까? 누나 손이 많이 아프다는데, 단이가 가서 '호'라고 하는 게 어때?"

단이는 크고 까만 눈을 빛내며 잠시 망설이다가 이내 고개를 끄덕였고, 취미가 단이를 안고 용이가 있는 상방으로 데려갔다. 곧이어 관사들이 분주히 몰려왔다. 그들은 복도에서 조용히 순서를 기다리다가 자기 차례가 오면 이런저런 일들을 보고했다.

밤새도록 큰불이 나고 혼란이 일었으니 손실이 적지 않았다.

후부 고택의 3분의 2 이상이 소실되었지만, 다행히 사당은 무사했다. 애당초 고씨 선조가 사당을 외지고 습한 곳에 지었기에 화를 면한 것이다. 명란은 대단히 탁월한 선택이었다며 새삼 감탄했다.

그러나 다른 한쪽은 운이 따르지 못했다. 숲 전체가 완전히 타 버린 것이다. 이제 막 피어나던 붉은 매화, 푸르고 귀여운 열매를 맺은 복숭아나무, 비싼 값을 치르고 가져온 수려한 꽃나무들이 하나도 남김없이 숯덩이가 되어버렸다.

숲을 수색하던 중 불에 탄 시신 몇 구가 발견되었다. 무고하게 희생된 사슴과 두루미를 마음 아파하고 있던 명란은, 언짢은 기색으로 시신들을 멍석으로 말아 문밖에 있는 도적들의 시신과 함께 순천부 관아로 보내라고 지시했다.

이 두 곳을 제외하면 징원의 다른 곳에는 큰 피해가 없었다. 갈씨 어멈이 당황해서 부뚜막 절반을 태워먹은 걸 빼면 말이다.

저택과 숲의 피해가 아무리 심하다 한들 어차피 무생물이고 언젠가 수복될 날이 올 터. 정말로 아까운 것은 따로 있었다.

자세히 조사해보니 후부의 가정과 호위병 중 간밤에 죽거나 다친 이는 모두 합해 서른두 명이었다. 그중 열넷이 경상, 아홉이 중상이었고,

나머지는…… 이미 돌아올 수 없는 강을 건넌 후였다. 명란은 애통해하며 이들에게 성대한 장례를 치러주고 희생자들의 가족과 부상자들에게 넉넉한 위로금을 주라고 학대성에게 일렀다.

하하는 명란이 하는 모든 말을 책자에 받아 적고 있었다. 옆에서 주판을 튕기던 녹지는 명란보다 낯빛이 안 좋아졌다.

'어림짐작해도 위로금만 만 냥이 넘겠어!'

모든 관사가 보고를 마치고 줄줄이 나간 후, 녹지의 얼굴은 수박 껍질처럼 새파래져 있었다. 명란은 그런 그녀를 위로함과 동시에 자신을 위로했다.

"……잘 생각해보렴. 어젯밤 그들이 필사적으로 막지 않았다면 우린 진즉에 귀신이 됐을 거야! 다시 평화를 되찾았으니, 물을 마실 때 우물을 판 사람을 잊지 말아야 하듯이 희생된 사람의 마음을 잊으면 안 되는 거야."

녹지는 억지로 고개를 끄덕였다.

말은 그렇게 했지만, 고택을 재건하는 데 드는 비용은 몇 년 동안 명란이 열심히 모은 은자의 반이 필요한 정도의 거금이었다. 체, 지랄 맞지만 옛말에 재물에 너무 목매지 말라잖아!

명란은 가슴을 움켜쥐고 한참을 안타까워한 후에야 겨우 기운을 차릴 수 있었다. 한숨을 채 돌리기도 전, 해가 서쪽으로 기울 때쯤 방 밖에서 영국공부 사람이 다녀갔다고 아뢨다.

"어젯밤 영국공부에는 도적 떼의 습격이 없었다고?"

명란은 소식을 듣고 의아해했다.

아뢰러 온 어멈이 문 옆에 서서 말했다.

"예. 영국공부는 어젯밤 아무 일도 없었답니다. 그래서 영국공 마님께선 우리 후부의 일을 전혀 모르셨고, 오늘 아침 소식을 듣자마자 사람을 보내 안부를 물어온 것입니다."

명란이 또 물었다.

"그럼 국구부는?"

어멈이 대답했다.

"그 사람이 말하길, 지금도 바깥 경계가 삼엄하여 소식이 원활하지 않아서 상황이 어떤지는…… 잘 모른다고 합니다."

명란은 한참을 아무 말이 없었다. 그녀의 마음속에서 밤새 떠나지 않던 그 의문에 대한 답이 점점 또렷해지고 있었다.

그 후, 명란은 외원 관사 몇을 더 불러 계속 일을 처리해나갔다. 도롱이 지친 얼굴로 보고를 하러 왔을 때쯤에는 후부가 말끔히 청소되어 그 어디에도 도적의 흔적이 보이지 않았다. 학대성과 료용댁은 하인들을 시켜 뜰과 집안 곳곳을 정돈하게 했다. 한 시진이 넘도록 바삐 움직이고 나니, 명란은 그제야 숨 돌릴 틈이 생겼다. 용이가 보고 싶어진 명란은 얼른 몸을 일으켜 몸종의 부축을 받으며 상방으로 향했다.

막 문을 나서는데 소도가 바깥에서 허겁지겁 뛰어 들어오는 게 보였다. 입가에 달콤한 미소를 띤 행복한 얼굴이었다. 명란이 걸음을 멈추고 소도를 흘겨보며 말했다.

"왔느냐? 석장 도령의 상처는 좀 나아졌고?"

소도가 천진난만한 표정으로 얼른 대답했다.

"상처요? 아…… 그저 조금 찢어진 것뿐입니다. 도롱 공자께서 별것 아니라 했어요."

명란이 야릇하게 물었다.

"그럼 왜 이제야 오는 게야?"

주인마님도 눈을 뜨자마자 일을 시작해 이제야 다 끝냈는데, 측근 계
집종이 내내 코빼기도 안 보이다니.

소도가 겸연쩍어하며 말했다.

"석장 오라버니가…… 어젯밤 너무 놀랐다고 해서요. 핏자국이 사방
천지에다 앞문, 뒷문, 바닥 할 것 없이 전부 시체들이었으니까요. 생각만
해도 심장이 뛰어 잠들 수가 없대요!"

방 안에서 장부를 대조하던 녹지는 이 말을 듣자마자 닭살이 돋아 하
마터면 벼루에 머리를 박을 뻔했다. 명란을 부축하던 하하는 비틀거리
며 쓰러질 뻔했다. 그녀는 입술을 깨물었지만 결국 참지 못하고 물었다.

"언니, 설마 그 말을 믿는 거예요?"

소도가 멍하니 말했다.

"뭐 하러 날 속이겠어?"

하하가 아예 툭 까놓고 말했다.

"칼로 사람도 죽이면서 악몽이 뭐가 무섭대요? 언닐 속이고 있는 거
라고요. 언니를 좋아해서, 언니랑 더 오래 같이 있으려고!"

분을 바른 소도의 얼굴이 순간 빨갛게 물들었다. 소도가 튼튼하고 억
센 팔로 '가볍게' 하하를 치며 뾰로통하게 말했다.

"아이, 좋아하긴 무슨……. 너, 너 진짜 별로다!"

그러고는 명란을 향해 "마님, 저는 녹지를 도우러 가겠습니다." 하고
수줍게 말하고는 살랑거리며 안으로 들어갔다.

하하는 비틀거리다 문간에 이마를 부딪힐 뻔했다. 명란이 친절하게
그녀를 부축하며 안타까운 심정으로 말했다.

"소도와 말싸움하지 말아라. 석 도령을 가지고 장난치지도 말고. 너만
답답해질 거야."

소도와 석장. 두 사람으로 말할 것 같으면, 하나는 무지하여 세상에 두려운 것이 없었고, 하나는 얼굴이 두껍기로 당해 낼 자가 없었으니 정말 기가 막히도록 아름다운 인연이 아닐 수 없었다. 명란은 또 생각했다. 석갱 아저씨 부부에게 서신을 보내 배 속 아이를 낳으면 그때 둘의 혼사를 준비하자고 해야겠어.

소도를 먼 강회로 시집보낸다고 생각하니 마음 한쪽이 허전했다. 명란은 말없이 고개를 숙이고 걷다가 곧 상방에 도착했다. 안에서 아이들의 말소리와 웃음소리가 들렸다.

문을 넘어 왼쪽으로 돌아 안쪽 방으로 들어가자 침상에 누워 있는 용이와 통통한 다리를 꼬고 누나에게 기대어 있는 단이가 보였다. 침상 옆에는 한이가, 창가의 양쪽에는 소 씨와 추랑이 앉아 있었다. 여의문이 장식된 원탁 옆에는 최씨 어멈이 홀로 앉아서 새카만 탕약을 후후 불고 있었다. 최씨 어멈은 이마에 어혈을 풀어주는 작은 매화 모양의 고약 두 개를 붙이고 있었다.

명란이 들어서는 것을 본 반응은 모두 제각각이었다. 추랑이 미소를 지으며 일어나 예를 갖추려는데, 뜻밖에도 소 씨가 그녀보다 더 빨리 일어났다. 토끼처럼 자리에서 튀어 오르는데, 그 공포에 질린 표정은 마치 남편이 한 번 더 죽기라도 한 것 같았다. 명란은 추랑을 향해 고개를 끄덕인 후, 소 씨는 본체만체하고 곧장 침상 옆으로 갔다.

용이는 미간을 잔뜩 찌푸리고 최씨 어멈이 들고 있는 탕약을 바라보다가 명란을 보자 기쁜 목소리로 인사하며 몸을 일으키려 했다.

"어머니, 오셨어요……."

명란이 얼른 용이를 다시 눕히며 부드럽게 말했다.

"뭐 하러 일어나니. 어서 다시 눕거라."

그러고는 상처가 아직 아픈지, 불편한 곳은 없는지 물었다. 용이가 고개를 저으며 대답했다.

"의원이 준 약을 먹었더니 하나도 아프지 않아요."

명란은 안쓰러운 마음이 들었다. 약효가 떨어지면 분명 통증이 심해질 텐데. 명란은 소녀의 숱 많은 앞머리를 걷어 자세히 살폈다. 이마에서 두세 치 떨어진 두피 위에 코를 찌르는 냄새의 흑록색 고약이 잔뜩 발려 있었다. 아직도 끔찍한 핏자국이 보이는 것만 같았다. 명란이 탄식하며 말했다.

"머리숱이 많아 정말 다행이구나, 그렇지 않았으면 어떻게 이 상처를 가렸겠니. 상처 때문에 적어도 반년은 장신구를 하면 안 되겠구나. 무거워서 두피가 더 아플 테니 말이야."

용이가 자신의 머리를 만지더니 호들갑스럽게 말했다.

"한이가 저는 머리를 묶어도 안 예쁠 거라고, 아예 틀어 올리는 것이 낫겠다 했어요. 지난번에 어머니가 제게 주신 머리 장식을 하면 되니 괜찮아요."

용이의 얼굴은 중성적인 매력이 있어 귀엽게 틀어 올리는 머리는 별로 어울리지 않았다.

쾌활하고 총기 있던 한이는 전과 다르게 명란이 들어온 이후 시종일관 고개를 숙이고 있었다. 그러다 이 말이 나오자 그제야 살며시 고개를 들어 조심스럽게 명란을 흘끗 쳐다보았다.

명란이 손을 내밀어 한이의 얼굴을 가볍게 쓰다듬으며 부드러운 목소리로 말했다.

"너희 둘은 친자매나 마찬가지란다. 네가 용이 곁에서 챙겨주니 나도 안심이 되는구나."

한이의 눈에 눈물이 고이고, 앳된 얼굴에 부끄러운 빛이 떠올랐다. 한이가 고개를 끄덕였다. 옆에 있던 소 씨도 뭔가를 말하고 싶은 듯 입을 벌렸지만, 명란의 냉담한 시선과 마주치자 아무 말도 하지 못했다. 명란에게 사과의 말을 하고 싶었으나 사람들 앞에서 하기엔 아무래도 멋쩍은 모양이었다.

명란은 고개를 돌려 붕대가 감겨 있는 용이의 왼손바닥을 자세히 살펴보았다. 소동이 수습된 후 도적의 비수를 관찰하였더니 끝이 예리하고 날카로웠다. 씩씩하고 대담한 성격인 용이가 분노에 휩싸여 필사적으로 칼을 붙잡았기에 망정이지, 그때 조금이라도 힘을 뺐다면 한쪽 손이 아예 날아갔을지도 모를 일이다.

그렇다 해도 어쨌든 칼은 피부를 베고 뼈가 있는 부분까지 파고 들어가 명란을 혼비백산하게 했다. 의원의 말에 따르면 상처가 완전히 낫는다고 해도 손바닥의 감각이 예전과 같진 않을 거라 했다.

"며칠이 지나 계엄이 해제되면, 그때 스승님께 서신을 보내도록 하마. 그래도 다친 손이 왼손이라 글씨를 쓸 때 불편하진 않겠구나. 하지만 자수는…… 어쩐다…….."

큰 폭의 자수는 네모난 수틀에 천을 끼운 후 한 손은 위에서, 다른 한 손은 아래에서 바늘을 움직이면서 양손으로 번갈아 실을 당겨야 한다.

"아무래도 홍 스승님의 수업은 듣질 못하겠구나…….."

용이가 기쁜 마음에 저도 모르게 입을 놀렸다.

"정말요? 홍 스승님 수업은 안 들어도 되나요? 아야……."

말을 마치기도 전에 이불 밑으로 손가락 하나가 용이를 콕 찔렀다. 용이는 자신을 쏘아보는 한이의 눈빛을 보고는 그제야 고개를 숙이고 힘없는 목소리로 말했다.

"홍 스승님의 세심한 수업을 못 듣게 되어 너무 안타까워요."

걱정이 가득했던 명란은 이 모습을 보고 피식 웃지 않을 수가 없었다.

부자연스러운 표정, 딱딱해진 말투, 흐트러진 호흡이 왕년에 자신이 선보인 물 흐르듯 자연스러웠던 연기에 비하면 한참 부족했기 때문이다. 자매들과 싸울 때를 돌이켜보면, 연기파 배우였던 묵란과 자신은 말할 것도 없고, 제일 형편없던 여란의 연기력도 이 두 소녀보다는 훨씬 나았다. 확실히 경쟁이 있어야 발전이 있는 것인가?

명란에게 부끄러운 모습을 보였다고 생각한 두 소녀는 동시에 고개를 푹 숙이며 울상이 되었다. 명란이 웃으며 아이들의 얼굴을 쓰다듬었다.

"그래, 훨씬 나아졌구나. 이제 좀 봐줄 만해. 다음에 스승님 앞에서도 이렇게 하렴."

이 말에 모두가 웃음을 터트렸다. 최씨 어멈은 약을 식히던 숟가락을 멈추고 고개를 저으며 웃었고, 한이는 용이의 어깨에 머리를 기대고 웃었다. 두 소녀가 입을 가리고 작게 웃는 가운데, 추랑이 앞으로 나와 맞장구를 쳤다.

"역시 마님께선 잘 아시는군요. 우리 아가씨들에게 글공부나 장부 대조는 아무것도 아니지만, 바늘과 실은 골칫덩이지요!"

명란이 미소를 지으며 말했다.

"여인의 일이란 본디 온화한 마음을 기르기 위한 것이고, 여인의 덕을 보여 주기 위한 것이네. 우리 같은 집안의 규수들이 굳이 잘할 필요까진 없지. 못하면 바느질 어멈에게 시키면 되니 말이야."

명란은 자신이 연륜과 노련함이 묻어나는 말을 한 것 같아 순간 뿌듯해졌다. 그러고는 잠시 생각한 후 한마디를 덧붙였다.

"자수건 뭐건 간에 어쨌든 기본적인 바느질은 할 줄 알아야겠지."

명란이 다시 고개를 돌려 추랑에게 당부했다.

"자네가 수고 좀 해주게. 아이들을 꼼꼼히 가르쳐야 할 게야."

용이가 딸랑이 북처럼 황급히 고개를 끄덕였다. 한이는 입을 가린 채 뺨을 긁적이며 몰래 웃었다. 추랑이 얼른 대답했다.

"걱정 마십시오. 그게 제 본분인 걸요."

사실 이 말은 적절치 않았다. 첩실의 본분이란 본디 남편과 본처를 잘 받드는 것이다. 하지만 추랑은 이미 자신을 늙은 하녀라 여기고 있었다.

명란이 미소를 지으며 최씨 어멈에게 상처는 좀 어떠냐고 물었다. 최씨 어멈은 연거푸 '전혀 문제없다'고 대답했다.

눈치 빠른 추랑은 명란이 미간을 찌푸리는 것을 보고 나서서 덧붙였다.

"의원이 최씨 어멈에게 약을 처방해준 후, 당장은 괜찮을 것 같으니 시간이 조금 지난 뒤 다시 와서 진찰해보겠다 했습니다."

명란은 고개를 끄덕였다. 엑스레이를 찍는 게 가장 안전하다고 생각하는 명란이지만, 이 시대에 엑스레이가 있을 턱이 없으므로, 그저 최씨 어멈에게 푹 쉬라고 당부할 뿐이었다.

갸륵하게 여기는 명란을 본 추랑은 더욱 적극적으로 나섰다.

"오늘 점심때 미 이랑에게 다녀왔습니다. 마침 아들에게 젖을 먹이고 있었는데, 모자 사이가 참으로 좋아 보였습니다."

명란이 활짝 웃으며 말했다.

"그래, 다행이군. 그렇지 않으면 내가 공손 선생을 볼 면목이 없지 않겠는가."

간밤의 사건은 거의 모든 사람에게 영향을 미쳤다. 다들 정신적인 충격을 받거나 몸이 상했는데, 뜻밖에도 가장 멀쩡한 사람은 평소에 별로 미더운 모습을 보이지 않았던 추랑과 약미였다.

실은 이 두 사람은 소 씨 처소의 상방으로 옮겨갔을 때부터 신경이 곤두서 있었다.

약미를 보필하는 두 어멈은 애초에 주인마님의 분부를 받기도 했고, 또 귀하신 첩실 마님의 예민함을 익히 알고 있던 터라 시끄럽게 난리 치는 것보다 낫겠다 싶어, 아예 마음을 안정시키는 차를 진하게 우려 몰래 탕약에 넣는 방법을 택했다.

약미는 잠이 든 후 날이 밝고 나서야 일어났다. 간밤에 있었던 잔혹한 칼부림은 전혀 모른 채, 일어났을 때는 이미 모든 일이 끝나고 난 후였다. 약미의 기분은 상쾌했다. 아들 역시 유모의 품 안에서 발그레한 얼굴로 잘 자고 일어났다. 약미 모자는 아침부터 기운차게 소리를 지르며 자기 처소로 돌아갔다.

명란은 영민한 두 어멈을 크게 칭찬하고, 유모를 포함한 세 명에게 각각 은자 열 냥을 하사했다.

그에 반해 추랑은 방 안에서 밤새도록 불안에 떨었다. 용이가 안 보이자 찾아 나서려 했으나, 어멈에게 만류 당했다.

"마님의 분부를 또 잊으셨습니까? 특별히 말씀하셨잖아요, 무슨 일이 있어도 밖으로 나가선 안 된다고요. 아가씨가 안 보이면 저희 계집종과 어멈들이 알아서 찾으러 나갈 겁니다. 추랑께서 무작정 나가시면 저흰 한 분 한 분 찾다가 결국 모두 흩어질 것이고, 그럼 오히려 일을 그르치게 됩니다!"

최근 명란이 차가운 얼굴로 규율을 바로잡은 후, 추랑은 그녀의 위엄에 두려움을 느꼈다. 그래서 얌전히 방 안에 있을 뿐, 감히 돌아다닐 엄두를 내지 못한 채 귀를 쫑긋 세우고 바깥 동정을 살폈다. 간밤의 절반은 조용했고, 절반은 시끄러웠다.

칼이 부딪치는 소리는 뜰의 입구에서부터 들려왔다. 깊은 밤 울리는 비명에 그녀는 다리가 풀려 오줌을 지릴 뻔했고, 하마터면 창문을 넘어 도망갈 뻔했다. 하지만 그녀가 용기를 내어 창문을 열기도 전에 바깥의 호위병들이 도적들을 깨끗이 소탕했다.

그 후 호위병들은 어멈을 보내 혼란이 수습됐음을 알렸다. 추랑과 계집종들이 한숨을 돌렸을 때는 이미 날이 밝아오고 있었고, 심신이 너무 피로했던 그녀들은 각자 자신의 처소로 돌아가 휴식을 취했다. 추랑은 시종일관 겁에 질려 있었지만 몸은 안전했으니, 그저 기괴한 이야기를 들은 것과 매한가지였다.

"……모두 어젯밤 일에 대해 말하는데, 저희는 도적의 그림자조차 보지 못했습니다."

사실 이 말은 공연히 아부하려고 꾸며 낸 말은 아니었다. 실제로 추랑은 마음속 깊이 명란의 철저한 보호에 감동하였던 것이다.

"미 이랑이 마님께 대신 감사 인사를 올려달라 했습니다. 마님께서 보호해주신 덕분에 미 이랑 모자가 터럭 한 올도 다치지 않고 무사할 수 있었다고요."

사실 추랑은 비아냥거릴 의도가 전혀 없었다. 하지만 소 씨는 이 말에 부끄러움이 몰려왔다. 그녀의 표정이 계속 바뀌더니 결국 참지 못하고 입을 열었다.

"동서…… 난, 나는…… 모두 내 어리석음 탓이네……. 하마터면 단이까지 위험에 빠트릴 뻔하다니……."

눈시울이 빨개진 소 씨가 손수건을 꺼내 눈가를 훔쳤다.

"만약 단이에게 무슨 일이라도 생겼다면, 난, 나는 정말 자네를 볼 면목이 없었을 게야……."

……나를 볼 면목이 없다?

명란은 속으로 냉소를 지으며 생각했다. '말 한번 쉽게 하네. 만약 당신 때문에 내 아들이 죽었다면, 산 채로 당신의 심장을 꺼내 먹을 수도 있었어!'라고 말이다.

"형님께서 무슨 잘못이 있다고 그러십니까. 사람마다 생각이 다르고 각자의 계산이 있는 법이니, 형님께서 저를 믿지 못하시어 나름의 은신처를 찾고 싶으셨던 것도 당연한 일이지요."

명란의 말은 날카롭고 매몰찼다. 한이는 차마 들을 수가 없어 고개를 푹 숙였다.

소 씨는 마음이 조급해져 연신 사과했다. 명란은 일부러 그녀를 무시하며 그녀가 무슨 말을 더 주워섬기나 들어보았다. 그러나 소 씨는 말주변이 없고 생각이 단순한 탓에 '내가 어리석었다, 내가 잘못했다.'는 말만 계속 되풀이했다. 언사에 볼품이 없는 데다, 흘리는 눈물마저 동정심을 사기엔 역부족이었다. 한이조차 저도 모르게 고개를 저으며 이런 식으로 어찌 용서를 구한다는 것인지 의문을 품을 정도였다.

소 씨는 한참을 흐느껴 울었다. 그녀는 본래 동서의 성격이 좋으니 화가 아직 안 풀렸더라도 사람들 앞에서 자기 체면을 봐줄 거라 기대했다. 그런데 아무리 기다려도 너그러운 말을 하기는커녕 애매하게 말을 돌리더니 급기야 단이와 놀아주려 몸을 돌려버릴 줄은 몰랐다. 소 씨는 어색하게 그 자리에 서 있을 수밖에 없게 되었다.

진정한 인재는 성씨 집안에 있었구나 싶어서 명란은 새삼 감탄하게 됐다.

만약 오늘 소 씨가 아닌 임 이랑이 자신의 죄를 자백할 상황에 놓였다면, 자신의 불쌍한 신세를 한참 하소연하다가 결국 그 어디에도 기댈 곳이 없어 이런 어리석은 짓을 했다고 읍소할 게 분명했다. 듣는 사람이 슬퍼 눈물을 흘리게 만들면서, 첩살이하는 박복한 운명을 안타깝게 여겨 결국 그녀의 잘못을 다 잊게 만드는 것이다.

속으로 고개를 저은 명란은 더는 일을 지체하지 않기로 했다. 명란은 용이에게 몇 마디 당부한 후 소 씨에게 말했다.

"사실 마무리 지어야 할 일이 하나 있어서 며칠이 지난 후 말씀드리려 했는데, 형님께서 괜찮으신 걸 보니 오늘 같이 끝맺음을 하는 것도 괜찮을 것 같습니다."

소 씨는 심장이 마구 뛰었으나 억지로 웃으며 물었다.

"무슨…… 무슨 일 말인가……?"

"무슨 일이겠습니까? 임 이랑 일이지요."

명란이 천천히 몸을 돌렸다.

"도적을 이끌고 온 집안을 돌아다니는 것을, 얼마나 많은 눈이 보았는지 모릅니다. 분명 누군가의 지시가 있었겠지요."

이 말을 마치자마자 그녀는 하하의 부축을 받으며 먼저 방을 나섰다. 소 씨는 얼굴이 창백해졌고 곧 쓰러질 것처럼 휘청거렸다. 바로 옆에 서 있던 하죽이 얼른 나와 소 씨의 팔을 붙잡고 반은 끌다시피 하여 데리고 나갔다.

일행은 뒤꼍에 있는 포하로 빙 돌아가서 편문을 통해 가회거를 빠져나갔다. 그런 다음 자갈이 깔린 오솔길을 따라 북쪽으로 향했다. 명란은 배를 받치고 걷느라 뒤뚱거리며 느리게 걸었으나 소 씨는 감히 재촉하지 못한 채 성질을 죽이고 명란이 가는 길을 뒤따라 걸을 뿐이었다.

사실 몇 걸음 걷지도 않아 소 씨는 세월의 변화를 느끼며 식은땀을 잔뚝 흘렸다. 일행은 뒤편 배옥의 가장 서쪽에 있는 상방에 도착했다. 안에는 둥근 탁자와 의자 서너 개 외에는 아무것도 없었다. 그나마 창틀에 커다란 화분이 있었지만, 풀과 흙이 말라 있는 것이 오랫동안 아무도 돌보지 않은 것 같았다.

하하가 작게 말했다.

"상황이 급박하여 청소를 대충 할 수밖에 없었습니다. 마님, 너무 노여워하지 마십시오."

명란은 깨끗한 창과 바닥을 쓱 훑어보고는 만족한 듯 말했다.

"잠깐 있을 곳인데 뭣 하러 힘을 들이느냐. 이 정도면 충분하다."

명란이 원탁을 붙잡고 앉으며 말했다.

"꾸물거리지 말고, 어서 가서 데려오너라."

하하가 대답 후 나갔고, 하죽은 얼른 소 씨를 의자에 앉힌 후 탁자를 돌아 명란 옆에 섰다.

얼마 안 있어 하하가 돌아왔다. 뒤로 세 무리의 사람들이 따라 들어왔다. 맨 앞은 도호, 그 뒤엔 손발이 묶인 여인을 끼고 들어오는 호위병 둘, 맨 뒤엔 포박한 계집종 하나를 끌고 오는 어멈 둘이었다. 호위병들은 여인을 바닥에 내던진 후 팔짱을 낀 채 양쪽에 섰고, 두 어멈도 마찬가지로 그 계집종을 명란 앞에 내동댕이쳤다.

소 씨가 고개를 숙여 바라보니, 바닥에 내던져진 풍만한 몸매의 여인은 아름답던 큰 눈에 시퍼렇게 멍이 들어 몰골이 끔찍해 보였다. 머리도 헝클어져 있고, 옷은 온통 진흙투성이였다. 누구겠는가? 바로 임 이랑이었다.

바닥에 엎드린 또 다른 한 사람은 틀림없는 벽사였다.

소 씨가 앞섶을 움켜쥔 채 깜짝 놀라 안절부절못하는 가운데 명란이 미소를 지으며 말했다.

"도호 공자는 어젯밤부터 고생했으니 푹 쉬셔야지요. 이 일은 다른 사람에게 맡기면 될 것을 무엇 하러 직접 오셨습니까?"

도호가 웃으며 말했다.

"바깥은 이미 깨끗이 정리되었으니, 이제 이걸 얼른 정리해야 모두가 마음 놓고 쉬지 않겠습니까."

그가 허리를 굽혀 여인의 입에 물려놓았던 재갈을 뺐다.

"부인, 이제 물어보시지요!"

마찬가지로 입이 틀어막혀 있던 벽사가 흑흑 작은 울음소리를 내며 고개를 들고 명란을 쳐다보았다. 애원하는 눈빛이 역력했다.

그런 그녀를 무시한 채 명란이 몸을 돌려 소 씨를 쳐다보며 웃었다.

"제가 물을 것이 뭐가 있겠습니까! 이 사람은 형님께서 곁에 두던 심복이니 형님께서 물으셔야지요."

소 씨는 얼굴이 뜨거워지는 기분이 들었다. 차마 맞은편의 세 거한은 쳐다보지도 못하고 임 이랑만 주시하며 조심스럽게 물었다.

"……나, 나는…… 너는 어찌하여 도적들을 들여보냈느냐……."

친정에서도, 시집온 이곳에서도 딱히 일을 처리해 본 적 없는 소 씨의 질문에서는 아무 위엄도 느껴지지 않았다. 오히려 말을 할수록 목소리가 사그라들었다.

임 이랑은 소 씨를 보자마자 눈물 콧물을 쏟아내며 울기 시작했다.

"마님, 전 억울합니다……. 제가 어찌 감히……. 그자들이 칼을 제 목에 갖다 대고 협박한 것입니다……."

말이 끝나기도 전에 명란이 웃었다.

"임 이랑, 사람을 놀리는 것도 때와 장소를 봐가면서 해야지. 지금 상황을 한번 보게. 마님을 속여서 이 상황을 넘어갈 수 있을 것 같은가?"

임 이랑은 도호와 두 호위병을 쳐다보더니 몸을 잔뜩 움츠렸다.

소 씨는 수절한 과부였기 때문에 그녀의 곁에 있는 계집종들 역시 칙칙하고 노숙한 차림새를 했다. 평소에 입술연지나 분을 발라서도 안 되었고, 장신구를 하는 것도 금지되었다. 명란은 이전에는 별로 주의를 기울이지 않았으나 지금 자세히 보니, 비록 한쪽 눈이 시퍼렇게 멍이 들고 양 볼이 잔뜩 부어 있었으나 임 이랑의 얼굴은 여전히 아름다웠다.

"위협 때문에 도적들을 구향원으로 불러들인 건가, 아니면 그자들과 내통을 한 건가? 다른 사람들이 눈뜬장님인 줄 아는가?"

임 이랑은 명란이 소 씨와 비교도 안 되는 대단한 인물이라는 것을 잘 알고 있었다. 그럼에도 요행을 바라며 말했다.

"너무 컴컴한 나머지, 아마 잘못 보았을······."

그녀는 결박당한 몸을 움직여 다시 소 씨를 향해 고갯짓하며 말했다.

"마님, 저희가 함께한 세월이 몇 년인데, 저를 위해서 무슨 말씀이라도 좀 해주십시오!"

소 씨가 입술을 꿈틀거렸다. 그러나 얼음장 같은 명란의 얼굴을 보자마자 나오려던 말이 쏙 들어가고 말았다.

"전혀 뉘우칠 줄을 모르는구나!"

명란이 차갑게 코웃음을 쳤다.

"좋다. 내 똑바로 일러주마."

명란이 왼손으로 소 씨를 가리켰다.

"너희 마님은 평소에 깨끗하고 청렴하게 사시며 바깥일에는 귀를 기울이지 않으셨다. 그런데 내가 단이를 어디에 숨겼는지 어찌 아셨겠느냐! 너희 처소의 공씨 어멈이 털어놓았다. 바로 네가 형님께 아뢰어서 어떻게 된 건지 알아보라 부추겼다지."

소 씨의 얼굴은 찌르면 피가 날 것처럼 시뻘게졌다. 그녀는 가슴팍까지 고개를 푹 숙였다. 임 이랑은 입만 벌린 채 아무 말도 하지 못했다. 명란이 냉소를 지으며 말했다.

"내가 일을 은밀히 처리했음에도 넌 결국 알아내었다. 흥, 오가며 들은 얘기라고는 하지 말거라! 네가 평소에 얼마나 주의를 기울이고 있었는지는 뻔하다!"

이런 일은 일상적인 대화로 알 수 있는 것이 아니었다. 항상 가희거의 동정을 살펴야만 알 수 있는 일이었던 것이다.

임 이랑이 몸을 떨며 가냘픈 목소리로 말했다.

"……전, 저는 마님과 아가씨를 위해 그랬을 뿐입니다……."

명란이 그녀의 궤변을 무시한 채 계속 말을 이었다.

"네가 세 치 혀로 형님을 부추긴 후, 외원에서 다 같이 도적을 막고 있는 틈을 타 벽사를 불러내 형님 앞에 대령했겠지. 형님은 언변이 안 좋으시니 자리에 앉아만 계셨을 테고, 네가 옆에서 감언이설로 회유하여 정보를 알아냈을 것이야."

새우처럼 묶여 있던 벽사가 필사적으로 몸부림을 치며 엉엉 우는 소리를 냈다. 불타오르는 두 눈은 임 이랑을 노려보고 있었다. 임 이랑은 못된 짓에 도가 튼 사람은 아니었는지, 벽사의 눈빛을 차마 마주하지 못했다.

"좋다! 네 말이 맞다고 치자. 네가 주인을 위해 내 처소의 동정에 주의를 기울였다면, 단이의 행방을 알아냈을 때 형님과 함께 가서 숨고 옆에서 주인을 보호해야 이치에 맞다! 그런데, 너는 어디를 갔더냐?"

명란의 두 눈에는 조소가 가득했다. 계속되는 책문에 임 이랑은 한마디도 답하지 못했다.

"너는 갑자기 소변이 마렵다며 급히 나왔다. 그러다 난향각의 염씨 어멈과 마주쳤지. 너는 형님께 밤참을 가져다드린다 했어. 염씨 어멈은 그때가 양쪽에 불이 나기 전이라고 했다. 중문에 있던 숭씨 어멈도 네가 서쪽으로 뛰어가는 걸 봤다. 그때가 동쪽 고택이 불에 활활 타고 있을 때였다고 했지. 마지막은 숲을 관리하는 복 씨가 널 보았고, 그땐 서쪽 숲에 막 불길이 일던 때였다."

명란의 목소리는 점점 커졌고, 말투도 점점 매서워졌다.

"안채 여인이 큰 소란이 벌어졌을 때 외원 숲으로 뛰어갈 일이 뭐가 있느냐, 도적을 안으로 들인 것이 아니고서야 무엇이겠어! 어젯밤 너를 보았다는 사람이 수두룩한데, 누가 네 목에 칼을 들이대고 있었다고 하는 사람은 없었다. 그런데도 계속 교활한 변명을 늘어놓을 것이냐?!"

임 이랑이 계속되는 추궁에 안절부절못하자 옆에 있던 도호가 잔인한 표정을 지으며 조용히 말했다.

"마님, 무엇하러 이런 천한 것에게 그렇게 힘을 낭비하십니까. 저희에게 맡겨 주십시오. 뼈마디를 하나하나 부러뜨려도 실토 안 할지 한번 보시지요."

명란은 손을 내저었다. 그래도 명색이 새 시대의 법조인인데, 우선 예의를 갖춰 힘써 보고 안 되면 그때 가서 무력을 사용해도 되지 않겠는가.

임 이랑은 공포에 질린 나머지 경기를 일으키는 것처럼 몸을 둥그렇게 말고는 필사적으로 도호에게서 멀리 떨어지며 날카로운 목소리로 외쳤다.

"마님, 목숨만 살려주십시오! 그럼 잡아떼지 않고 모두 다 실토하겠습니다!"

명란이 차갑게 그녀를 바라보았다.

"내가 묻고 싶은 게 무엇인지 알렸다."

임 이랑은 입술을 깨물고 손발이 저리는 것을 참으며 떨리는 목소리로 말했다.

"……큰마님 쪽에서…… 거기서 사람이 왔었습니다."

명란은 눈을 감고 중얼거렸다.

"나도 그럴 거라 짐작했다."

"……아니, 저뿐만이 아니었습니다. 외원에도 큰마님의 사람이 있어서 때가 되어 문을 열어 주기로 약속되어 있었습니다. 그런데 도가의 두 공자님이 수많은 장정을 데리고 오셔서 직접 앞문과 뒷문을 지키실 줄은 몰랐습니다. 그래서 미처 손쓸 틈이 없었습니다."

임 이랑이 더듬거리며 말했다.

옆에서 듣고 있던 도호가 벌컥 성을 내며 소리쳤다.

"천하의 몹쓸 배신자가 누구냐!"

임 이랑은 놀라서 간담이 서늘해졌다. 그녀가 황급히 말했다.

"그…… 문간방의 한삼입니다……."

도호는 갑자기 멍해졌다.

"한삼……? 그놈은 어젯밤 화살에 맞아 죽었다."

도호가 곧바로 임 이랑의 멱살을 잡아 일으키며 버럭 소리를 질렀다.

"혹시라도 위기 모면을 위해 남에게 누명을 씌울 생각일랑 하지 말아라!"

임 이랑은 돼지 멱따는 소리를 내기 시작했다.

"정말로 한삼입니다! 진짜라고요! 원래 저는 소식 염탐만 맡았는데, 어젯밤 한삼이 제게 몰래 기별했습니다. 상황이 변해서 양쪽 대문 모두 못 열 수도 있다며, 저보고 단이 도련님이 숨은 곳을 알아내어 서쪽 숲으로 가서 접선하라고 했습니다!"

도호가 손에 힘을 풀더니 낭패라는 듯 욕설을 내뱉었다.

"등잔 밑이 어둡다더니!"

그러고는 명란을 향해 거듭 사죄했다.

명란은 울지도 웃지도 못했다. 한삼은 아무것도 하지 못하고 죽었으니 딱히 낭패라 할 것도 없었다. 도호는 여전히 화가 난 목소리로 진상을 정확히 밝힌 후 한삼의 가족에게 준 위로금을 회수해야겠다고 말했다.

소 씨는 한참을 조용히 듣고만 있다가 결국 참지 못하겠는지 바닥을 내려다보며 쉰 소리로 말했다.

"……우리, 우린 어릴 때부터 함께 컸고, 같은 지아비를 섬겼다. 지난 날 네게 섭섭지 않게 베풀었는데 어찌 이리…….''

바닥에 웅크리고 앉아 흐느끼던 임 이랑은 이 말을 듣자마자 화산처럼 폭발했다. 임 이랑이 몸을 똑바로 일으켜 원망 가득한 눈빛으로 소 씨를 노려보며 소리쳤다.

"섭섭지 않게 베풀었다는 말이 지금 나오십니까! 전부 당신 때문이야! 전부! 당신은 위선만 가득한 멍청이라고!"

그녀의 풍만한 가슴이 위아래로 들썩였다. 그녀가 거친 숨을 내쉬며 말했다.

"……같이 온 계집종들도 전부 시집가고, 제일 어린 나도 때가 되면 버젓한 집에 시집갈 수 있을 줄 알았는데…… 그런데 나를 폐병쟁이에게 시집보내다니……! 나리는 살날도 얼마 안 남은 상태였는데 혼자 과부 노릇 한 거로 모자라 나까지 끌어들여!"

이 말에 소 씨가 한참 멍하니 있다가 겨우 정신을 차리고 날카로운 목소리로 말했다.

"네, 네가 어찌 감히 나리를…… 폐병이라니……?! 내가 한이를 낳은 후 몇 년간 아무 기미도 없었다. 네가 아들을 낳을 상이라 일부러 밀어준 것이다. 나중에 아들을 낳으면 너도 복을 누릴 수 있으니까!"

"풰, 밀어주기는!"

임 이랑은 갑자기 다른 사람이 된 것처럼 헝클어진 머리를 흔들며 미친 듯이 소리쳤다.

"나리의 상태를 몰랐다고?! 마지막 몇 년 동안은 합방도 못 했는데 아들을 낳아? 나는 싫다고 진작 말했어. 그런데도 멍청한 돼지 같은 당신이 내가 그저 수줍음을 타서 그런 거 아니라고 우겼지. 그러고는 부지런히 큰마님께 내 자랑을 하면서 어진 며느리인 척했고. 결국은 큰마님이 직접 나를 나리께……."

지난날을 생각하며 임 이랑은 눈물을 줄줄 흘렸다.

"그렇게 돼 버렸으니 암만 싫어도 어쩔 수가 없었지."

소 씨는 아연실색하여 중얼거렸다.

"정말 원하지 않았었구나……."

그녀의 마음속에 고정욱은 천하제일의 남자였을 뿐 아니라 후부의 주인이었다. 게다가 그녀가 평소에 보고들은 바로는 모든 계집종이 이랑이 되고 싶어 안달이라고 했었는데 어찌……?

명란은 옆에서 차가운 눈으로 보고만 있었다. 전 후부 나리의 사생활을 왈가왈부해서는 안 되지만, 이 부부를 가만 보니 한쪽은 생전에 내 남편을 괴롭혔고, 한쪽은 어젯밤 내 아들을 죽일 뻔하지 않았는가. 명란은 그들을 저지하지 않고, 입가에 조소를 띤 채 잠자코 앉아 귀를 기울였다.

"내가 그 폐병쟁이 밤 시중을 든 건 다 해봤자 다섯 번도 안 돼! 그 사람 생전에는 나를 생과부로 지내게 하더니, 죽었는데도 나를 붙잡아놔? 그러면서 서로 의지하며 살자고? 내가 지금 몇 살인데 왜 이리 독하게 구는 거야!"

소 씨는 손발이 얼음장처럼 차가워졌다. 그녀가 황급히 말했다.

"나, 나는 진심으로 후부에서 네 노후를 보장해주고 싶어서, 그래서……."

"웃기지도 않은 소리! 노후는 무슨 노후. 내 나이나 외모나 아직 이렇게 파릇파릇 한데, 앞으로 살날이 훨씬 많이 남았다고!"

임 이랑이 큰소리로 욕했다.

"혼자 과부 노릇 하기 싫으니 누구 하나 붙잡아서 말동무나 하려던 거였겠지!"

소 씨는 임 이랑의 말에 머리가 어지러웠다. 변명하고 싶었으나 그럴 수도 없었다. 소 씨의 얼굴이 시뻘게졌다. 좋은 구경한 덕에 충분히 화가 풀린 명란이 부들부들 떨고 있는 소 씨의 모습을 보다 천천히 말했다.

"그래, 네 말마따나 형님께서 번드르르한 말로 널 매장한 거나 다름없구나. 허나 내 하나 물어야겠다. 너는 형님과 그리 오래 지냈는데도 어찌 형님의 유약한 성정을 몰랐단 말이냐? 말을 꺼내기도 쉬웠을 테니 정말 시집이 가고 싶었다면 솔직히 말했으면 될 일 아니냐. 형님이 속으로는 언짢아하더라도 너를 벌할 리 없으니 결국은 네가 원하는 대로 됐을 것이야. 너는 초라하게 시집가기가 싫었던 게지?"

임 이랑의 낯빛이 순식간에 변했다. 명란은 자신이 정곡을 찔렀음을 눈치챘다.

죽은 남자의 첩이 새로 시집가는 것은 본래 어려운 일이 아니었다. 하지만 좋은 집안으로 시집가는 것은 또 다른 문제였다. 멀쩡한 집안에서 뭣 하러 이미 시들어버린 꽃을 취하겠는가? 엄청난 혼수나 인맥이 없이는 불가능한 일이었다.

임 이랑은 원래 후부 내 힘 있는 관사에게 시집가고 싶었다. 하지만 고 씨 집안 형제간의 사이가 좋지 않은데, 명란이 어찌 고정욱의 첩을 유능한 관사와 맺어주려 하겠는가? 게다가 소 씨는 과부가 되고 나서부터 한 이에게 혼수를 더 해주고 싶어 돈에 집착하기 시작한 상황이었다. 이런 와중에 새로 시집가겠다고 이야기하는 것 자체가 소 씨의 심기를 거스르는 짓이었고, 잘해봤자 노비 문서나 돌려받지 풍족한 혼수는 꿈도 못 꿀 터였다.

아무리 생각해도 고 태부인에게 빌붙는 것 말고는 다른 방도가 없는 것 같았다.

"저는⋯⋯."

임 이랑이 뭐라도 변명을 하려고 입을 열자 명란이 손을 들어 그녀를 막았다.

"아무리 고충이 있더라도 그렇게까지 해서는 안 되었다."

명란이 천천히 손을 거두었다.

"나는 너를 푸대접한 적이 없다. 용이나 단이도 마찬가지야. 숲에서 칼에 찔려 죽은 안씨 아범 일행도 그렇고, 구향원 문 앞에서 처참하게 죽은 어멈과 계집종들은 더욱 그렇지! 네가 힘들다고 해서 도적들과 내통하고 사람들의 생명을 앗아가도 되는 것이냐!"

명란이 손바닥으로 탁자를 내리쳤다. 임 이랑은 얼음처럼 차가운 표정으로 자신을 내려다보는 명란을 보며 할 말을 잃고 고개를 숙였다. 명란이 고개를 돌려 말했다.

"제가 물을 것은 다 물었습니다. 도 공자, 임 이랑을 데려가시지요."

진작부터 이 말을 기다리고 있던 도호는 곧장 재갈을 주워 다시 임 이랑의 입속에 쑤셔 넣었다. 호위병 둘이 임 이랑을 양쪽에서 붙들고, 도호가 앞장서서 서둘러 바깥으로 나갔다. 임 이랑의 우는 소리가 멀리서도 들렸다.

소 씨는 그 자리에 얼어붙어 양손으로 손수건을 꽉 쥐고 있었다. 곤혹스러워하는 것 같기도, 화가 난 것도 같기도, 슬퍼 보이는 것 같기도 했다. 한참 뒤에야 그녀가 입을 뗐다.

"……임 이랑, 임 이랑을 어디로 데려가는 건가……?"

명란은 문을 가리키며 하죽에게 문을 닫으라는 신호를 보냈다. 그러고는 대답했다.

"유정걸 대인에게 보냈습니다."

명란의 입꼬리가 올라갔다.

"우린 덕망 높은 집안이니 내부의 적이라 해도 함부로 죽일 수 없지요. 관아에 보내 처리해야 하지 않겠습니까."

소 씨는 다시 멍해졌다. 그녀는 명란의 말에 다른 뜻이 담겨 있음을 깨닫고 잠시 뜸을 들이다 작은 소리로 물었다.

"그럼 로랑露娘은…… 어떻게 되는 건가……."

로랑은 임 이랑의 이름이었다.

"그야 유 대인의 판단에 맡겨야지요. 만약 어젯밤 이곳을 습격한 자들이 평범한 도적이라면, 임 이랑도 도적 정도의 죄명만 받고 끝날 겁니다. 허나 반역자들과 한패라면 임 이랑도……."

명란이 무표정하게 대답했다.

반역자는 대부분 목을 부러뜨리거나 참수형에 처한다. 우두머리급이면 '능지처참'과 같은 고급 기술이 들어간 형벌도 경험해볼 수 있다.

온갖 생각이 소 씨의 머릿속을 어지러이 휘저었다. 슬퍼졌다가 두려워졌다가 만감이 교차하던 가운데, 소 씨가 갑자기 탁자에 엎드려 서럽게 흐느끼기 시작했다. 명란은 조금의 동정심도 없이 차갑게 말했다.

"형님, 그만 우세요. 마저 처리하고 다시 이야기하시는 게 어떠실까요?"

소 씨는 그제야 아직 바닥에 엎드려 있는 벽사와 양쪽에 대기 중인 두 어멈을 알아차리고 무안한 듯 눈물을 닦으며 바르게 앉았다.

어멈이 명란의 눈짓을 보고 벽사의 입에 물린 재갈을 꺼냈다. 임 이랑의 자백을 듣고 자신이 큰 화를 자초했다는 것을 깨달은 벽사는 곧장 눈물을 줄줄 흘리며 울며불며 호소했다.

"마님, 소인이 죽을죄를 지었습니다! 이번 한 번만 용서해주십시오!"

벽사는 연신 바닥에 머리를 조아리며 죄송하다는 말을 끊임없이 내뱉었다.

하하는 벽사의 아름다운 얼굴이 먼지와 핏자국으로 얼룩진 것을 보자 절로 동정심이 일었다. 하지만 명란이 자신을 바라보며 "가져오너라."라고 말하자 퍼뜩 정신을 차리고 소매 안에서 작은 꾸러미를 꺼내 탁자 위에 놓았다.

비단 손수건으로 싼 그 꾸러미 안에는 한 쌍의 팔찌가 들어 있었다. 전체가 다 순금으로 덮여 있는 물결 모양의 넓은 팔찌였다. 위쪽에는 눈이 부실 정도로 번쩍이는 보석 몇 개가 박혀 있고, 매듭 부분에는 콩알만 한 묘안석이 박혀 있었다.

팔찌를 보자마자 소 씨의 얼굴이 퍼렇게 변했다. 소 씨가 찔리는 심정으로 명란을 한번 쳐다보았다. 명란이 여유롭게 팔찌를 만지며 말했다.

"이 팔찌는 원래 고씨 집안에서 첫째 며느리에게 주는 예물이지요. 과연 좋은 물건이네요."

소 씨는 아무 말도 하지 못하고 마구 고개를 끄덕였다.

"고작 이 팔찌 때문에 나와 단이를 팔아넘긴 것이냐?"

명란이 부드러운 목소리로 물었다.

벽사가 몸을 덜덜 떨며 울었다.

"아, 아닙니다⋯⋯. 저는 첫째 마님이라서, 평소 마님께서 첫째 마님을 믿으시는 것 같아서 알려드려도 무방하다고 생각했습니다⋯⋯."

"최씨 어멈이 네게 뭐라고 말했느냐? 첫째 마님이 아니라 세상 그 누가 와도 한마디도 해서는 안 된다고 하지 않았느냐?"

명란의 말투는 무미건조했다.

"최씨 어멈이 한 얘기는 한 귀로 듣고 한 귀로 흘린 것이야?"

할 말을 잃은 벽사는 그저 연신 바닥에 머리를 조아리며 용서를 구할 뿐이었다. 그러고는 하하와 하죽을 쳐다보며 그녀들이 대신 선처를 구해주길 바랐다.

마음 약해진 하죽이 입을 떼려던 순간, 하하가 그녀의 소매를 잡아당기며 저지했다.

이는 하하가 모진 성격이어서가 아니라 주인마님의 성정을 잘 알고 있기 때문이었다. 일단 명란이 마음을 먹으면 아무도 명란의 마음을 돌릴 수가 없었다. 하물며⋯⋯. 하하는 주변을 한번 돌아보고 천천히 고개를 숙였다.

오늘의 이런 광경을 명란이 그녀와 하죽에게 굳이 보여 주는 것이 무슨 뜻이겠는가?

소도가 먼 곳으로 시집갈 날이 다가왔다. 녹지 역시 내보낼 나이가 되었다. 최근 일이 년 동안, 가희거의 계집종들은 거의 다 자리가 바뀌었다. 취수와 춘아는 마님이 좋아했지만, 나이가 너무 어렸다. 그렇다면 남은 사람은⋯⋯. 하하는 명란의 의중을 똑똑히 깨달았다. 그러고는 더 열심히 일하겠다고 결심했다. 최소한 자신이 분별 있게 행동하면 되는 것이다.

명란은 계속 머리를 조아리는 벽사를 보고 있자니 마음이 아팠다.

"너는 어렸을 때부터 큰 욕심이 없었다. 똑똑하지도 않았고, 충성스럽게 열심히 일하지도 않았고, 그저 맛있는 것을 먹고 좋은 옷만 입으면 만족했지."

현대였다면 벽사는 딱 신분 상승 욕심 없이 자신의 분수에 만족하며 살 정부 감이었다.

"내 옆에 있는 동안 언제 한번 제대로 계집종 노릇한 적이나 있더냐. 온종일 놀기만 좋아하고 쉬운 일만 골라 하려 했지. 그나마 단귤이나 다른 아이들이 너그러우니 네게 따지지는 않았겠지. 내가 너를 좋아하지는 않았으나 그래도 십 년을 함께했다. 내가 목석이 아닌 이상 어찌 네게 정이 없겠느냐."

지난날을 회상하는 것이 좋아지면 늙었다는 징표라 했다. 갑자기 명란의 눈앞에 지난 세월이 파노라마처럼 지나갔다. 모든 일이 어제 일인 양 선했다. 그간의 배신과 상처, 떠남과 헤어짐. 돌이켜보니 자신도 나이를 먹었다는 생각이 들었다.

"그렇다고 네가 말썽을 일으킨 적도 없지."

천성이 게으른 벽사는 약미처럼 자존심이 강하지도, 연초처럼 약삭빠르지도 않아 일찍부터 앞날이 걱정되었던 계집종이었다.

"원래 소도와 녹지가 떠나고 나면 네게도 좋은 배필을 찾아주려 했다. 번듯한 집안으로 시집가 평생 따뜻한 밥 먹으며 아쉬움 없이 살면, 나와 너 사이의 인연도 유종의 미를 거두는 것 아니겠느냐."

벽사는 혼란스러웠다. 명란이 무슨 뜻으로 이런 말을 하는지 알 수 없

었기 때문이다. 그러다 갑자기 땡그랑거리는 소리가 나더니 눈앞에 빛
이 번쩍였다. 명란이 자기 앞에 팔찌와 비단 손수건을 던진 것이다. 명란
의 차가운 목소리가 들려왔다.

"나는 너를 벌하지도, 욕하지도, 때리지도 않을 것이다. 다만, 우리의
연은 여기까지인 것 같구나."

명란이 가벼운 탄식을 내뱉었다.

"집에 노모와 오라비, 올케가 있는 거로 안다. 집으로 돌아가거라. 이
팔찌는 네게 주마. 그동안 모은 은자와 보석, 비단도 전부 가져가거라.
그걸로 땅을 사든 점포를 사든…… 어쨌든 앞으로는 알아서 잘 살거라."

명란은 이 말을 마치고 두 어멈에게 손짓했다.

벽사는 귀가 웅웅거렸다. 귓가에 오직 "집으로 돌아가거라."라는 말만
맴돌았다.

안 돼! 집에는 안 갈 거야! 할아버지와 아버지가 돌아가신 뒤로 가세
는 하루가 다르게 기울었고, 결국 자신을 성씨 집안에 팔기에 이르렀다.
노모는 약했고, 오라버니는 무능했으며, 올케는 정이 없었다. 더군다나
가난하니 할 일이 많았고, 동전 한 닢도 여러 번 따져 보고 써야 했다. 명
란의 곁에서 호화스러운 생활을 하며 손에 물 묻히지 않고 한가롭게 보
내던 날들과는 비교도 할 수 없었다.

그녀가 대성통곡하며 용서를 빌려 하자 옆에 있던 어멈들이 재빠르게
그녀의 입에 재갈을 쑤셔 넣었다. 벽사는 아무 말도 할 수 없었다.

벽사는 필사적으로 발버둥 치며 미친 듯이 울면서 명란에게 사죄의
눈빛을 보냈다. 집게처럼 자신을 붙잡고 옴짝달싹 못 하게 하는 두 어멈
이 원망스러웠다. 그녀는 명란의 앞에서 질질 끌려 나가는 자신의 모습
을 멍하니 바라볼 수밖에 없었다.

문밖까지 나오자 한 어멈이 작은 소리로 비아냥거렸다.

"이제 그만하지! 자기가 무슨 귀한 상전이라도 되는 줄 아나."

다른 어멈이 맞장구쳤다.

"마님은 참 인자하기도 하시지. 도련님을 죽일 뻔한 이런 천한 것한테 말이야. 나였으면 저 멀리 팔아 버려야 화가 풀렸을 텐데!"

빈정대는 말들이 간간이 방 안으로 들려왔다. 하하의 눈시울이 붉어졌다. 두 해 동안 그녀는 벽사와 같은 방을 쓰며 늘 함께 지냈다. 비록 친자매는 아니었으나 벽사의 마지막이 이렇게 끝나는 것을 보니 너무 마음이 아팠다. 하하는 나중에 출입이 자유로워지면 자주 벽사를 찾아가 조금씩이라도 도움을 줘야겠다고 생각했다.

하지만 일은 뜻대로 되지 않았다. 몇 년 후 하하는 유능한 젊은 관사에게 시집갔고, 남편을 따라 남쪽에 있는 고씨 집안 장원으로 가서 장원을 관리하게 되었다. 벽사를 다시 만나게 되었을 때는 이미 십 년이 지난 후였다. 붉은 얼굴에 큰 목소리, 굵직한 팔다리에 남루한 옷차림을 한 그녀가 정말 버드나무 가지처럼 가는 허리를 가졌던, 싱그러운 초록색과 고상함을 좋아하던 예전의 그 한가로운 소녀와 같은 사람인지 도저히 믿기지 않을 정도였다.

벽사의 일을 처리한 후, 명란도 기분이 썩 좋지 않았다. 명란이 한참을 가만히 있다가 말했다.

"하하는 가서 벽사의 짐을 정리하거라. 바늘 하나, 실 한 올도 다 챙겨서 보내고, 다른 사람이 탐내지 못하도록 하거라. 하죽은 바깥에 나가 있거라. 형님과 할 얘기가 있다."

두 계집종은 작은 목소리로 대답한 후, 하나는 곧장 밖으로 나갔고, 다른 하나는 바깥에서 조심스럽게 문을 닫았다.

이제 방 안에는 명란과 소 씨만 남았다. 소 씨는 완전히 긴장하여 화살에 놀란 새처럼 안절부절못했다. 명란에게 슬쩍 시선을 돌렸다가 마침 자신을 응시하고 있는 명란과 눈이 마주치자 그녀는 더욱 두려움에 사로잡혔다.

"동서, 날 겁주지 말게. 이번 일은 내가 잘못했네……. 내가 어리석었어…… 내가……."

용서를 구하는 소 씨의 말은 여전히 했던 말의 반복이었지만, 임 이랑의 자백 후 그래도 어느 정도 진심이 들어간 것 같았다. 한마디 한마디가 가슴에서 우러나오는 것 같았다.

"형님께서 도대체 뭘 잘못하셨다는 겁니까?"

명란이 다그쳤다.

"임 이랑의 꼬임에 넘어가지 말았어야 했다는 뜻입니까, 아니면 제 말을 들었어야 했다는 뜻입니까?"

소 씨는 순간 말문이 막혔고, 낯빛이 어두워졌다.

"제가 한번 말씀드려보지요."

명란이 조금씩 소 씨를 조여가기 시작했다.

"형님께서 잘못하신 것은 두 가지입니다. 첫째, 저를 믿지 않은 것. 둘째, 사람을 너무 쉽게 믿은 것! 결국, 저를 믿지 않았으나 제가 단이를 보호하기 위해 형님을 이용했다는 임 이랑의 말은 철석같이 믿으셨던 거지요!"

소 씨는 감히 아무 말도 하지 못한 채 연신 손을 내저었다.

"아, 아닐세……. 내가 어찌……."

"솔직히 말해볼까요?"

명란이 손뼉을 한 번 치고는 탁자를 짚고 일어났다.

"경성에 난이 일어났을 때, 후부를 어지럽힐 만한 자는 두 부류였습니다. 재물을 탐하는 자, 아니면 다른 속셈이 있는 자였지요. 저는 특별히 사람을 시켜 가희거의 주실에 불을 환히 밝히라 명했습니다. 재물을 탐하는 멍청한 도적들을 유인하기 위함이었지요. 후부를 통틀어 제 거처보다 더 재물이 많은 곳이 있겠습니까? 멍청한 도적들이 제 거처를 몽땅 털었다면 너무 무거워 한 발자국도 움직이지 못했을 겁니다!"

소 씨는 입을 벌려 더듬더듬 말했다.

"그, 그래. 어찌 자네 처소가 그리 밝나 했네……!"

"사람을 노린 것이라면……. 흥, 형제간 불화가 어디 하루 이틀이었습니까. 경성의 반이 다 아는 사실이지요! 궁에서 붙잡으러 나온 사람이나 우리 그 인자하신 시어머니나, 누가 온들 결국 저희 모자를 노리고 오지 형님과는 아무 상관없었을 겁니다! 어떻게든 안으로 들어오려 한다면……. 형님의 처소는 호수와 붙어 있지 않습니까! 사면 중에 두 면이상이 물과 접해 있는데, 설마 놈들이 뗏목을 끌고 와 야밤 습격을 하겠습니까?! 출구가 하나뿐이니 지키기는 쉽고 공격하기는 어렵지요. 호위병을 얼마나 많이 배치했는지 아십니까? 도 공자도 놈들이 세 배의 인원을 끌고 오지 않고서야 뚫고 들어갈 수 없을 거라 말했습니다!"

명란은 양손을 탁자에 올려놓았다. 서슬이 시퍼런 그녀의 모습에 소씨는 적잖이 놀랐다.

"솔직히 말해서 제가 가장 경계했던 건 어머님 쪽이었습니다! 반역을 일으킨 것이 어머님도 아니고, 후부로 와서 소란을 일으킬 인원도 한정적일 거라 생각했지요. 제가 걱정했던 것은 보이지 않는 음모였습니다. 눈에 보이는 창은 피하기 쉬우나 몰래 쏘는 화살은 막기 어려운 법이니까요. 후부가 이전부터 얼마나 많은 사람을 부려 왔습니까. 사람의 마음은 본디 예측하기가 어려운 것인데, 후부에 소란이 일었을 때 어멈과 계집종이 드나들면서 비녀나 약, 돌멩이나 꼬챙이로 단이를 해친다면 어린 단이가 어찌 막을 수 있겠습니까! 허나 무슨 일이 일어난 것도 아닌데 미리 이런 말을 할 순 없었지요!"

소 씨는 울고 싶었으나 눈물이 나오지 않았다. 명란에게 무릎을 꿇고 싶은 심정이었다. 맥이 풀린 소 씨가 탁자에 기대어 애원했다.

"동서, 내가 눈과 귀를 닫고 산 데다 어리석어 사리 분별을 못 했네. 만약, 만약 정말 일이 생겼다면……. 이 죄는 목숨으로 갚겠네……."

"형님께 목숨으로 갚으라 말씀드리지 않았습니다."

명란이 차갑게 말했다.

"저는 한이를 좋아합니다. 설령 나리가 좋아하지 않으셔도, 저는 한이의 앞날을 잘 돌볼 겁니다. 허나 단이가 정말 형님 때문에 목숨을 잃었다면, 제가 어떤 생각을 했을까요?"

소 씨가 깜짝 놀라 몸을 부르르 떨며 양손을 마구 내저었다.

"아니, 아닐세……. 이 일은 한이와는 관련이 없네……."

그녀는 갑자기 용이에게 정말 고마운 마음이 들었다. 만약 용이가 죽음을 무릅쓰고 동생을 구하지 않았다면, 소 씨 모녀가 목숨을 부지한다 해도 앞으로 살아가기가 힘들어졌을 테니 말이다.

"정말 위험했지요. 조금만 늦었어도……."

명란의 눈에는 그때의 두려움이 여전히 짙게 배어 있었다.

"만약 용이가 용기 있고 대담하게 움직이지 않았다면 단이는 이미 저세상 사람이 되었을 겁니다. 지금 어떤 상황이 되어 있을지 정말 상상도 하고 싶지 않습니다."

소 씨도 더는 생각하고 싶지 않았다. 명란은 차치하고라도, 고정엽의 분노는 자기네 모녀를 잿더미로 만들고도 남을 것이다. 소 씨는 생각할수록 두려웠다. 순식간에 손과 등에서 식은땀이 배어 나왔다.

명란이 차가운 눈빛으로 그녀를 한참이나 바라보다가 입을 열었다.

"오늘 제가 이렇게 말씀드리는 것은 형님을 위해서가 아니라 한이를 위해서입니다."

소 씨는 목각 인형처럼 뻣뻣하게 고개를 들었다. 명란의 말이 무슨 뜻인지 잘 이해가 가지 않았기 때문이다.

"몰래 구향원에 가실 때, 한이만 데려가고 싶으셨죠?"

명란이 탄식하며 말했다.

"한이는 착한 아이라 그 상황에서도 용이를 잊지 않고 함께 데려갔습니다."

눈시울이 붉어진 소 씨가 고개를 들고 흐느끼며 말했다.

"착한 내 딸! 어미가 너를 위험에 빠뜨릴 뻔했는데, 너는 어미를 구해주었구나!"

한이는 용이를 챙겼고, 용이는 단이를 구했으니 간접적으로 자기 자신과 모친을 구한 셈이다. 하늘의 뜻을 잘 알지는 못하지만, 역시 선을 행하면 보상이 따르는 것이다! 그녀는 갑자기 천지신명과 인과응보의 이치에 대한 경건한 마음이 일었다.

명란이 문을 열고 나가기 전에 엄숙한 목소리로 말했다.

"안심하세요. 앞으로 형님께서 어리석은 짓을 하지 않으신다면, 저도 용이와 한이를 친딸 친자매처럼 대할 것입니다."

명란이 잠시 머뭇거리다 또 덧붙였다.

"저는 한 입으로 두말하지 않는 사람입니다."

말을 마친 명란은 고개도 돌리지 않고 문밖에 있던 하죽의 부축을 받으며 곧장 떠났다.

그날 밤, 저녁을 먹은 후 녹지가 공씨 어멈이 보낸 소식을 전하러 왔다. 소 씨가 일의 자초지종을 한이에게 말했고, 모녀가 서로를 부둥켜안고 한바탕 울었으며, 소 씨가 계속 자책하긴 했지만 안심한 듯 보였다고 한다.

다음 날 아침, 한이가 부은 눈으로 명란에게 문안 인사를 하러 왔다. 불안하게 쭈뼛대는 한이를 본 명란은 짠한 마음에 그녀의 머리를 쓰다듬으며 가서 용이, 단이와 함께 놀라고 말했다.

하지만 소 씨는 좋은 마음으로 대할 수가 없었다. 꼬박꼬박 예의는 차렸으나 소 씨를 바라보는 표정은 엄격하고 차가웠다. 불필요한 말은 한마디도 건네지 않았다. 이것은 소 씨를 고분고분하게 만들었다.

훗날 명란은 이런 생각이 들었다. 만약 소 씨가 고 태부인을 두려워하는 만큼 자신을 두려워했다면, 임 이랑이 아무리 부추긴다 한들 단이가 숨어 있는 곳에 감히 가지 못했을 것이라고 말이다. 추랑이 가장 좋은 예였다.

소인배는 덕보다 위협을 두려워한다. 좋은 가르침이 모두에게 쓸모 있는 것은 아니다.

어쩔 수 없는 현실 앞에서 명란은 끊임없이 흐느껴 울었다.

제219화

종결장 中

점심을 먹고 난 후, 명란은 가마를 타고 후부 곳곳을 둘러보았다.

봄은 원래 만물이 생장하는 계절이지만, 비단처럼 빛나던 꽃들이 가득했던 정원은 하룻밤 사이에 삭막해져 있었다. 밤새 사람들의 목숨을 빼앗으며 어지러이 뛰어다니던 발길에 짓밟혀 짓이겨진 것이다. 바닥의 반짝거리던 청석판은 물로 여러 번 씻고 닦아 깨끗해지긴 했지만, 여전히 군데군데 희미하게 붉은 자국이 남아 있었다. 구향원은 더 심했다. 안팎을 가리지 않고 죽음의 흔적이 남아 있었기 때문에 몇몇 겁 많은 계집종들은 울먹이며 들어가기를 망설였다. 명란도 강요하기가 곤란하여 용이에게 다른 처소를 마련해주기로 했다. 원래 위치가 약간 외진 곳이었으니 이참에 다른 용도로 쓰기로 한 것이다.

가장 처참한 곳은 대문 쪽이었다.

반 척 두께의 주칠이 된 대문이 천천히 흔들리며 금속이 삐걱거릴 때 나는 소름 끼치는 소리를 냈다. 바깥까지 길게 이어진 청석 계단을 따라 가만히 내다보면 문밖은 온통 피로 얼룩져 있었고, 살점과 머리카락이 엉겨 붙은 끈끈한 액이 굳은 채 시커먼 덩어리가 되어 있었다. 시체와 유

해들은 이미 모두 깨끗하게 정리된 후였으나 여전히 진한 피비린내가
진동했다.

　바닥에는 도적이 어디에서 베어 온 것인지 모를 굵은 통나무들이 굴
러다녔고, 문에 박혀 있던 커다란 놋쇠 못들은 바닥에 떨어져 여기저기
널려 있었다. 문간방의 유 관사가 옆에서 "그때 도금을 안 했기에 망정
이지. 주워 모아서 녹이면 다시 쓸 수 있겠어."라는 둥 혼잣말을 중얼거
렸다.

　명란은 웃고 싶었으나 웃음이 나오지 않았다.

　가희거로 돌아온 명란은 우울한 기분으로 구들 위 이불 안에 누워 천
천히 황금빛으로 물드는 하늘가를 멍하니 바라보았다.

　저녁을 먹기 전, 출타했던 도룡이 돌아와 복도에서 발을 사이에 두고
명란에게 무릎을 꿇었다. 그는 간통하다 들킨 여자의 남편인 양 안색이
아주 나빴고, 말하고 싶어 답답해하면서도 정작 말을 꺼내지 못하고 있
었다.

　"……그 한삼이란 놈, 알고 보니 손버릇이 좋지 않은 놈이었습니다. 저
희가 관리를 엄중히 못 한 탓입니다. 저희를 벌하여 주십시오."

　그는 호위 몇을 데리고 가 한삼의 집을 뒤졌다. 그리고 거기서 최근에
소유자가 변경된 땅문서 두 장과 황금 백 냥을 찾아냈다. 너무 화가 난
도호는 누구 하나 잡아서 갈아 마시고 싶은 심정이라고 했다.

　명란이 약간 놀라며 물었다.

　"도호 공자가 벌써 손을 쓴 건가요?"

　한삼은 후부에 속한 노비였지만, 그의 가족은 양적이었다.

　"아닙니다!"

　도룡이 크게 낙심하여 말했다.

"일단 보고만 왔습니다. 지금은 적절한 시기가 아닌 듯하여 다음에 처리할 생각입니다."

명란은 피곤한 듯 고개를 끄덕거렸다.

"좋습니다. 벌을 묻는 것은 나리께서 돌아오시면 다시 이야기하지요."

명란처럼 평화롭고 나른한 삶을 숭배하는 사람이 끊임없이 이런 일을 처리해야만 하다니, 정말 피곤한 일이 아닐 수 없었다. 그래도 명란은 도룡에게 위로의 말을 건네는 것을 잊지 않았다. 어쨌든 그의 첩자 노릇은 실패였으니 그리 괴로워할 필요도 없었다. 앞으로 나쁜 일이 생기지 않도록 사전에 방지하면 될 일이었다.

셋째 날이 되자 계엄이 풀리진 않았지만 분위기는 확실히 가벼워졌다. 조급함을 참지 못한 사람들은 몰래 머슴아이를 보내 서로 소식을 주고받기 시작했다. 가장 먼저 소식을 알려온 곳은 영국공부였다. 모든 것이 평안한지, 일손이 부족하지는 않은지를 물었고, 호위와 의원, 약제와 탕약을 가리지 않고 필요한 만큼 지원하겠다고 했다. 영국공 부인은 밤새 쓸데없는 경비를 썼다며, 사전에 준비했던 물자들도 전혀 사용하지 않았다고 웃으며 말했다.

명란은 내심 감동했다. 과연 수십 년 동안 경성의 귀족 가문에서도 항상 손에 꼽히는 인물다웠다. 그녀의 일 처리 방식을 보니 과연 기백이 있었다. 얼마 지나지 않아 기백 넘치는 영국공 부인의 딸도 서신을 보내왔다. 거친 글씨로 휘갈겨 쓴, 노기가 충만한 한 통의 짧은 서신이었다.

전날 밤, 국구부에도 소란이 있긴 했지만 이는 그저 소소한 재물 약탈에 불과했다.

"저는 근 스무 해 동안 어리석게 살았습니다. 장씨 집안의 일원으로서 위엄을 갖추고 있다 자부하며 감히 호랑이 수염을 건드릴 자가 없을 거라 여겼건만, 지난밤 이런 변을 당하고 말았습니다."

장 씨로서는 정말 새로운 경험이었다. 간이 배 밖으로 나온 어리석은 도적들이 감히 그녀의 집에 들이닥치는 날이 올 줄이야! 한참을 우울해 있던 차에 문득 어떤 생각이 그녀의 뇌리를 스쳤다. 이 집은 장씨의 집이 아니라 심씨의 집이다. 즉, 그녀가 당한 소식이 온 나라에 퍼진다 한들 영국공부 주변 삼 리里 이내에서 활동할 간 큰 도둑은 여전히 없다는 뜻이었다.

서신에는 내부의 도둑이 없었다면 외부의 도적을 불러들이지 않았을 거라는 말도 있었다. 즉, 간밤의 일은 추가가 밖에서 재물 자랑을 너무 많이 하는 바람에 초래된 소동이란 뜻이다.

"추가가 바깥에서 뭘 했다더냐?"

명란이 물었다.

소식을 가져온 머슴아이가 어두운 낯빛으로 말했다.

"……속 시키면 말을 했습니다. 국구 나리께서 전장에서 중상을 입었다가 만약 무슨 변고가 생기면 첫째 도련님이 작위를 이어받을 것이고, 그때는 든든한 이 외삼촌에게 당연히 도움을 청하지 않겠냐고 했습니다! 지아비가 죽으면 아들을 따라야 하는데, 장씨 집안에서 온 마님이 버틸 수 있겠냐고도 했고요. 어휴, 심문하고 난 후 저희 마님께서 어찌나 화가 나셨던지……."

주점에서 떠드는 허무맹랑한 소리를 도둑들이 귀담아들었던 모양이다. 그들은 추가에게 술을 잔뜩 먹여 국구부의 사정을 알아냈다. 마침 경성이 혼란하니 야밤에 추가의 이름을 대고 국구부 뒷문으로 들어간 다음 사람을 죽이고 재물을 약탈하려 했던 것이다.

다행히 미리 대비 태세를 갖추고 있던 장 씨는 침입을 알자마자 신속하게 호위병들을 보내 도둑들을 막았다. 명청한 도둑 조무래기들은 영국공부의 뛰어난 용병들을 당해 낼 재간이 없었다. 얼마 지나지 않아 죽을 자들은 죽고, 잡힐 자들은 잡혔다.

장 씨는 가슴 가득 울분이 쌓였다. 원래 더 크고 심각한 정치적 박해를 대비한 것이었는데!

그날, 장 씨는 자신의 몸에 맞게 만들어진 연궁軟弓[1]으로 도둑 몇 명을 쏴 상처를 입혔다. 그중 용감무쌍한 도둑 둘은 잡힌 후에도 집 안에 여자와 아이들만 가득한 걸 보고 시건방진 태도로 온갖 욕지거리를 하며 위협하려 들었다. 이에 화가 머리끝까지 치밀어오른 장 씨가 다짜고짜 검을 뽑아 두 도둑의 귀를 베어버렸다. 바닥에 떨어진 귀는 흑오黑獒[2]의 먹이가 되었다. 너무나 살벌한 분위기에 국구부는 순간 정적에 휩싸였고, 아무도 입을 열지 못했다고 한다.

말하고 있는 머슴아이의 얼굴에 자긍심이 가득했다. 명란은 속으로 귀엽다고 생각했다.

이 일이 있고 난 뒤, 국구부 사람들은 장 씨만 보면 모두 길을 돌아갔다. 이후 장 씨는 수십 년을 위엄 있게 살았다. 첩들도 감히 말대꾸하지 못했고, 서자 서녀들도 감히 불평하지 못했다. 전화위복인지는 아직 알 수 없으나, 일단 지금은 이 문제에 관해 얘기하지 않기로 하겠다.

단씨, 종씨, 경씨 집안의 여자 권속들은 아직 궁에서 돌아오지 않았다. 무슨 일이 있었는지 알 방도도 없었다. 박씨, 복씨 저택에 갔던 머슴아이

---

1) 탄력이 약한 활.
2) 티베트가 원산지인 세계 최고의 명견.

가 드디어 소식을 가지고 돌아왔다. 길에서 습격을 당해 민가에 발이 묶여 있다가 계엄이 느슨해지자마자 달려오는 길이라며, 박씨와 복씨 집안은 무사하다고 했다. 특히 박씨 집안의 여자 권속들은 일찍이 박 노대부인을 따라 고향으로 내려갔다고 했다.

성부에서 보내온 서신이 가장 길었다. 장풍이 적어 보낸 서신은 열 쪽이 넘는 방대한 양이었다. 명란은 참을성을 가지고 끝까지 다 읽은 후 자기도 모르게 "오라버니도 참 대단하네."라며 한탄했다. 사실 내용은 매우 간단했다. 그날도 성굉은 평소처럼 일하고 돌아와 밥 한 그릇과 구운 닭 반 마리를 먹은 후 장풍이 공부한 내용을 검사했다.

"이번 추위에도 낙방한다면 그때는……."

잔소리가 시작되려던 그때, 밖에서 소란이 벌어졌다.

경성에 계엄이 내려진 후 성굉은 이틀간 대기하다가 지금까지 조정에 복귀하지 못하고 있었다. 문관의 상황은 대부분 이랬다. 지난번 반란과 비교하자면, 피해를 본 곳이 바뀐 정도랄까.

그 서신에는 큰일은 물론 소소한 일도 거의 담겨 있지 않았고, 운율을 신경 쓴 화려한 문체와 미사여구만 가득했다. 시국이 불안하다며 역사적 교훈이 담긴 이야기를 장황하게 늘어놓질 않나, 부엌 어멈이 밖에 나가 신선한 재료들을 살 수 없다는 이야기도 '하늘을 어지럽히는 혼란에 조왕신이 탄식하네'라는 내용의 타유시打油詩[3]로 대신하지 않나.

단이는 까만 눈동자를 굴리며 아무리 달래도 자려 들지 않았다. 명란은 아들에게 장풍의 서신을 읽어주었고, 단이는 한 쪽 반 만에 고개를 축

---

[3] 운율에 구애받지 않는 통속적인 해학시.

늘어뜨리고 잠에 빠졌다.

"그래, 네가 공부 잘하길 기대하지는 않으련다. 네 아버지 따라 몸을 단련하고 바위나 깨면 되지 뭐."

명란은 운명을 받아들이고 체념한 듯 아들의 통통한 팔다리를 쓰다듬었다. 작은 배가 오르락내리락하는 걸 보니, 아들은 이미 깊이 잠든 모양이었다.

정씨 집안의 소식은 계속 안 오더니 등불을 켤 시간이 되어서야 도착했다. 소식은 국구부에 도둑이 들었다는 얘기보다 훨씬 심각했다.

머슴아이가 잠긴 목소리로 말했다.

"……저희 노대인께서 엊그제 돌아가셨는데, 오늘 오전 노마님마저…… 돌아가셨습니다."

사흘 만에 두 어르신이 모두 돌아가셨다고?!

명란은 깜짝 놀랐다.

"이게 무슨 말이냐. 정정하시던 분들이 어찌 그렇게 갑자기 돌아가셨단 말이야……?"

그녀는 자초지종을 캐묻고 싶었으나, 정 부인은 내부 단속을 철저히 하는 사람이었다. 머슴아이는 고개를 저으며 더는 말하려 하지 않았다.

"……최근 몇 년 동안 노대인과 노마님께서는 병이 끊이지 않았습니다……. 큰마님께서 소인을 불러 말씀하시길, 지금은 큰마님과 작은마님 모두 자리를 비울 수 없으니 나중에 시간이 나면 녕원후 부인께 자세히 설명하겠다 하셨습니다."

머슴아이는 지쳤는지 땀을 뻘뻘 흘리며 숨을 가쁘게 쉬었다. 하지만 말에 조리가 있고, 법도도 하나 흐트러짐 없이 반듯했다. 명란은 이런 머슴아이의 모습을 보고 새삼 정 부인의 능력에 탄복했다. 그녀는 녹지를 불러 그에게 상으로 동전을 주고 돌려보내라 지시했다.

머슴아이가 문을 나선 것을 본 후에야 최씨 어멈이 입을 열었다.

"마님, 좀 이상한 것 같습니다. 며칠 전 저희가 겨울 동안 숙성해 놓은 과일주를 그 댁에 보내드릴 때만 해도, 노대인 어르신과 노마님 모두 정정하셨잖습니까. 옛말에 가느다란 멜대일수록 잘 휘어져서 쉬이 부러지지 않는다 하였는데, 이, 이⋯⋯."

최씨 어멈은 계속 '이'만 몇 번 반복하다 결국 말을 잇지 못했다.

명란은 최씨 어멈이 무슨 말을 하고 싶어 하는 건지 이해했다. 병마와 싸운 기간이 긴 노인일수록, 별안간 세상을 떠나는 일은 드문 법이다. 병세가 위독해질 때부터 숨이 끊길 때까지 그래도 이삼 일은 버티곤 하는데, 두 노인이 며칠 전까지 멀쩡하다가 이렇게 갑자기 세상을 떠나다니 정말 이상한 일이라는 생각이 들었다.

한참을 생각해도 그럴 법한 연유가 떠오르지 않았다. 명란은 자신의 상상력 부족을 한탄하며 베개를 끌어안고 밤새도록 고민했다. 그런데 다음 날 아침, 그녀의 의문을 풀어 줄 누군가가 찾아왔다.

유 부인은 황갈색 금실로 구불구불한 문양을 넣은 살짝 낡은 장화 배자를 입고, 머리에는 암홍색 융으로 만든 손가락 두께만 한 너비의 말액을 두르고 있었다. 말액 한가운데에는 커다란 진주가 한 알 박혀 있었다. 얼굴에는 분을 칠했고, 귀밑머리 근처에는 깨꽃을 꽂았다. 마치 중화인민공화국 수립 후 새로운 사회에서 가난을 벗어나 부자가 된 유 노파劉姥姥[4] 같은 모습이었다.

---

[4] 『홍루몽』의 등장인물로 가난한 시골 농가의 촌부.

마침 아침 식사 중이던 명란은 편하게 인사했다. 유 부인은 아무렇지도 않게 마침 잘됐다며 젓가락을 집어 들더니 같이 앉아 먹기 시작했다.

유 부인은 기분이 매우 좋았는지 먹으면서 이런저런 칭찬을 해 댔다.

"부인 댁은 음식에 신경을 많이 쓰는군요. 오, 이 찹쌀죽은 어쩌면 이렇게 맛있게 끓였는지……. 안에 뭘 넣은 거예요? 어머, 부인 얼굴이 고우니 유조도 곱게 튀기네요……."

절망적인 비유였으나 명란은 입꼬리를 잡아당겨 억지로 웃었다.

"아니에요. 저는 그저 선대부터 전해 내려온 요리 비법대로 만든 건데요, 뭘."

대갓집에서는 부엌데기의 손맛까지 대대로 전해 내려왔으므로, 집집마다 고유한 특별 요리가 몇 가지씩 있었다.

"입에 맞으시면 나중에 조리법을 적어 댁으로 보내드릴게요."

"아이고, 아닙니다, 아니에요."

유 부인은 황급히 손을 내저으며 입을 벌리고 웃으며 말했다.

"사실 우리 집 식구들이 경성 음식에 통 적응을 못 해서 연초에 특별히 촉에서 요리사를 모셔왔습니다. 내가 그렇게 말했다고 괜히 신경 쓰지 마세요……. 어릴 적부터 어른들이 말씀하시길, 남의 집에 가면 무조건 칭찬을 많이 해야 한다고 해서 그런 거죠."

유 부인은 또 혼잣말로 한참을 떠들었다.

명란은 입을 벌렸다가 오므리길 몇 번이나 반복했다.

유 부인이 계속 쓸데없는 말만 한 것은 아니었다. 식사 후 입과 손을 닦고는, 명란이 질문하기도 전에 말을 시작했다.

"어젯밤 나리께서 돌아오셨는데, 아니 세상에, 온몸에 피 칠갑을 하고 계시지 뭐예요……. 어머, 이건 말하지 않을래요. 부인이 놀랄까봐…….

나리가 제게 이런저런 당부를 하셨어요. 오늘 직접 가서 자초지종을 설명하고 부인 마음을 편하게 해 달라는 당부도 있었죠. 걱정으로 부인 몸이 상하면 안 되니까요……. 음, 그게…… 어디서부터 어떻게 말을 해야 할지……. 가장 궁금한 게 어떤 거죠?"

당연히 고정위가 죽었는지, 후부는 이제 안전한 건지, 고 태부인 그 늙은 여우는 아작이 났는지 그런 것들이죠, 하하하하하! 하지만 아쉽게도 그걸 물은 순 없었다! 여긴 고대이고, 그녀는 조정이 봉한 일품 고명 부인이니까!

명란은 입 밖으로 나오려는 말들을 겨우겨우 삼키며 억지로 웃었다.

"황상과 황후께서는 평안하신지요? 신하 된 자로서 가장 걱정되는 것은 그것입니다."

유 부인은 매우 감동한 것 같았다.

"부인은 정말이지 충신이자 애국자입니다."

감동의 시간이 끝난 후, 그녀도 자신의 정치의식이 밀리지 않는다는 것을 보여 주기 위해 황제에 대한 찬가를 부르기 시작했다.

"……만날 소란만 피우는 그 망나니들 말입니다. 평소에는 꿍꿍이수작을 부리고, 몰래 결탁하고, 그러면서도 스스로 엄청 잘난 줄 알지만, 사실 우리 황상이야말로 전에 없는…… 그…… 어쩌다 한번 있을 성군 아니십니까. 길운을 안고 태어나셔서 그런지, 이런 일도 훤히 꿰뚫어 보시고 말입니다. 그래도 선황제를 생각해서 성덕태후와 예왕 모자의 체면을 봐주셨는데 어찌……."

명란이 속이 느글거리는 것을 참으며 끼어들었다.

"성덕태후와 예왕이 관련 있다는 건가요?"

"당연한 거 아닌가요? 그럼 누가 그렇게 간이 배 밖으로 나와서 거짓

성지를 전하고 대신들의 권속을 속여 궁으로 불러들였겠어요?"

유 부인은 뻑뻑해진 눈을 비비며 마치 시골에서 장례를 치를 때 곡하는 사람처럼 찬가를 이어 불렀다.

"아이고, 우리 황상께서는 얼마나 덕이 많으신 천자이신지 선황제께서 남기신 말씀을 지키기 위해 친모도 아니요, 황후로 책봉된 적도 없는 성덕태후께 조석으로 문안드리지, 효를 다 하시지, 아주 극진히 모시지⋯⋯."

명란은 뒤의 말들이 매우 부적절하다고 생각했으나, 유 부인의 기분이 너무 고조되어 있어 귀띔할 엄두를 내지 못했다.

"⋯⋯떠받들고 퍼 주어도 만족할 줄을 모르더니 결국 성상의 황위까지 넘봤습니다! 그리고 그 용비 말이에요, 정말로 잔인한 인물이에요. 정 대장군의 충성심이 지극하니 망정이지, 그렇지 않았다면 우리 황상께서 음모에 당하셨을 거 아닙니까⋯⋯."

유 부인은 그 후로도 족히 반 시진 동안 쉬지 않고 떠들어 댔는데, 그중 반 이상이 황상의 공과 은덕에 대한 찬양이었다. 소도가 찻물을 두 번 갈고, 녹지가 다과를 세 번 더 갖다 놓고 나서야 이번 변란의 대략적인 과정을 다 들을 수 있었다.

사실 명란의 판단에 의하면, 성덕태후 쪽 사람들은 원래 음흉하고 본심을 헤아리기 어려웠다. 그러나 많은 사람이 좋아하고, 충과 효를 다하며, 하늘을 받들고 백성을 사랑하는 황제 역시 어린 양처럼 그저 순진무구하다고만은 할 수 없었다.

최근 몇 년 동안 꾸준히 확대된 황제의 세력(영국공, 심종흥, 고정엽, 정준, 단성잠, 유정걸 등)은 황제의 힘을 더 강화함과 동시에 성덕태후의 세력을 약화하는 데에 전력을 기울여 왔다. 문관 중신들은 요 각로를 중심으로 한 충성파와 사직한 추 각로처럼 적당히 타협하려는 바보 연기파로 나뉘었다.

선황제가 죽기 전 나라의 뒷일을 부탁받은 몇몇 원로대신 중, 황제에게 성덕태후에 대한 효를 필사적으로 요구했던 신하들은 최근 몇 년간 이미 소리 소문 없이 실권을 잃었거나 나이가 들어 사직했다.

삼, 사품 및 그 이하는…… 예왕이 꼭 정통성을 갖추었다고 말하기 힘든 터라 젊은 신하 중에서 황위 쟁탈전의 혼돈 속에 기꺼이 발을 들이려는 자는 거의 없었다.

황제의 지위가 점점 굳건해지고 슬하의 황자들도 자라고 있으니, 성덕태후 세력은 마음이 꽤 조마조마했을 것이다. 또 한편으로, 황제 역시 영민한 예왕을 지켜보며 늘 목구멍에 가시가 걸린 듯 불편함을 느꼈을 것이다.

성덕태후 세력은 손을 쓰고 싶었으나 적당한 기회를 찾지 못해 감히 움직일 수가 없었다. 황제 역시 그들의 시커먼 속내를 훤히 꿰뚫고 있었음에도 먼저 나서서 공격할 수는 없었다. 어머니와 집안사람들을 보살피지 않는다는 오명을 쓰고 싶진 않았기 때문이다.

양쪽 세력은 이런 대치 상태에 있었다. 문명사회에서 두 나라가 모두 전쟁을 일으키고 싶다 한들, 전범국의 오명을 쓰고 싶은 나라는 없는 것과 마찬가지다. 그래서 끊임없이 서로를 도발하며 상대방이 먼저 한 발을 쏘게 해 달라고 하늘에 비는 것이다.

작년부터 황제는 자신이 압도적인 우위를 점했다고 생각하고 더 이상 참지 않기로 했다.

그래서 그는 화살 하나로 여러 마리의 새를 잡을 수 있는 형세를 구축했다.

아마 수년 전이었을 것이다. 갈노족이 새로운 황제가 즉위하던 시기를 틈타 제멋대로 남하하여 노략질을 일삼았다. 최종적으로는 패전하여 물러나긴 했으나, 서북쪽의 몇몇 지역은 여전히 그들이 점령하고 있었다. 수년 동안 철저한 준비해온 황제는 마침내 대군을 정비하여 토벌에 나섰고, 분을 풀게 되었다. 이것이 첫 번째 새였다.

대군이 출진하고 경성이 텅 비면서 역모를 꾀할 수 있는 절호의 '기회'가 만들어졌다. 꿈틀대고 있던 역도들을 유인할 수 있게 된 것이다. 이것이 두 번째 새였다.

성덕태후의 친정은 서북의 권문세가로, 수십 년 동안 그 지역에 큰 영향력을 행사해 왔다. 사돈과 친척이 도처에 깔려 있었고, 툭하면 서북의 군사와 정치를 틀어쥐려 했다(영국공과 고정엽 군의 패전 소식을 적극적으로 전해 온 것도 이들이었다). 황제는 박 우대도독에게 적을 무찌르는 것은 두 번째 문제이고, 가장 중요한 것은 그 지역을 토벌하여 평정하는 것이라고 은밀히 전했다. 성덕태후가 인내심을 잃으면 가장 좋고, 만약 계속 참으며 버틴다면 이 기회에 서북 지역의 우환을 일거에 없애려는 것이었다. 이것이 세 번째 새였다.

그 외에도 다른 작은 새들이 있었으나 유 부인도 확실하게는 몰랐고, 명란도 추측할 수가 없었다.

"황상께서 너무 무모하셨어요. 대군이 전부 나갔다가 무슨 일이라도 생기면…… 그, 그땐 어떡한단 말입니까……?"

거는 돈이 크면 이기는 것도 크게 이기겠지만, 부처님이 보우해주시지 않는다면 속옷까지 죄다 빼앗길 수도 있었다.

"우리 황상이 어떤 분이신가요? 속세에 내려오신 진룡천자眞龍天子[5]가 아니십니까……."

유 부인은 또다시 열정적으로 황제의 지혜와 무용을 노래하다가 그제야 진실을 말했다. 황제는 진작부터 밀지를 내려 정 대장군에게 세작이 되라 명했고, 유정걸이 그와 소식을 주고받으며 거사를 준비할 수 있었던 것이다.

경성의 병권은 세 부분으로 나뉘어 있었다. 첫 번째는 유정걸의 금군, 두 번째는 정 대장군과 다른 무장 한 명이 함께 이끄는 조위, 세 번째는 오성병마사였다. 반란을 일으키려면 적어도 이 중 한 곳의 도움을 얻어야 했다.

여기서 정 대장군을 제외한 나머지 군 통솔자들은 모두 황제가 직접 선발한 한미한 집안의 무장이었다. 같은 권문세가의 자제로서 예왕이 친서를 보내 정 대장군을 설득했을 때, 정 대장군은 받아들이는 척하면서 일이 벌어진 후 일거에 붙잡을 준비를 했다. 죄인과 물증을 모두 잡을 수 있도록 한 조치였다.

정 대장군은 임무를 완벽하게 수행했다. 원래 노련하고 신중한 사람이 그럴듯하게 말을 꾸며내면 다른 사람보다 더욱 설득력이 있으므로, 일은 매우 순조롭게 진행되었다.

그러나 적진에 세작을 심은 것은 황제만이 아니었다. 더구나 상대는 두 명을 심어놓았다.

변란이 일어나던 날 오전, 평소처럼 퇴청하던 황제가 크게 넘어진 후

---

5) 황제를 이르는 말로, '용이 될 하늘의 아들'이라는 뜻.

의식을 잃고 깨어나지 못했다. 성안태후와 황후는 어찌할 바 모르고 울기만 했다. 궁중이 엉망진창이 된 이때를 틈타 성덕태후는 반란을 일으켰다.

"용비가 한 짓이라고요?!"

명란은 너무 놀라 눈이 튀어나올 것 같았다.

"황상께서 얼마나 총애하셨는데!"

황제와 황후는 원래 부부의 정이 깊었으나 용비 때문에 몇 번이나 사이가 틀어질 뻔했었다.

유 부인이 화가 나 말했다.

"천하의 몹쓸 여우 같으니!"

이 세상에 좋은 첩은 없는 법이다.

"나리 말씀이, 성덕태후가 용비를 속였다고 하더군요. 첫째 황자와 둘째 황자를 제외하면 용비의 아들이 가장 나이가 많으니 황상께서 붕어하시고 나면 ─ 퉤퉤, 이건 제가 한 이야기가 아니라 나리가 한, 흠흠, 아니 나리가 한 이야기가 아니라 성덕태후가 한 이야기예요. ─ 황제를 음해했다는 죄명을 황후 모자에게 뒤집어씌우고, 셋째 황자를 보좌에 앉힐 수 있다고 했대요!"

"그런 말도 안 되는 이야기를 용비가 믿었단 말인가요?!"

명란은 상식적으로 이해가 가지 않았다. 일전에 입궁하여 용비를 보았을 때 그녀가 매우 똑똑한 사람이라고 생각했기 때문이다.

"성덕태후한테 멀쩡한 자기 손자가 있는데 뭐 하러 용비의 아들을 황제로 만들겠어요!"

유 부인이 큰 소리로 비웃었다.

"그 왜 잠…… 잠자리 기교나 부리는, 아유, 사내 시중들어 주는 여우

들이 무슨 머리를 굴리겠어요. 성덕태후가 입에 발린 말로 속이기를 어쨌거나 예왕도 자기 친손자가 아니라 명절 때나 *가끔* 와서 얼굴 비추는 정도니 정이 별로 없다, 그런데 셋째 황자는 자주 자길 보러 와서 효도하니 참 마음에 든다고 했답니다……. 게다가 용비가 황후마마께 대든 적이 없는 것도 아니고, 첫째 황자가 즉위하면 용비 모자가 편히 살 수 있겠어요?"

명란은 아무 말도 하지 않았다. 황후는 너그러우면 너그러웠지 어질고 지혜로운 척 연기하는 사람은 아니었다. 용비는 천성이 오만한 데다 좋은 집안 출신이었고, 몇 년 동안 쭉 황제의 총애를 받아 왔다. 게다가 셋째 황자까지 촉망받게 되니, 상황은 계속 첫째 황자와 둘째 황자의 입지를 좁게 만들었다. 황후와 용비는 서로 팽팽하게 대립했고, 어떨 땐 태후가 나서서 중재해야 하기도 했다.

두려움과 탐욕은 가장 간단하면서도 가장 효과적인 미끼였다.

"그럼 지금은요? 옥체 평안하신가요?"

명란은 황제가 무탈할 거라 생각하고 있으면서도 두려움을 억누를 수가 없었다.

유 부인이 양손을 합장하고 하늘을 바라보며 연신 절을 했다.

"아유, 부처님……. 우리 황상께 홍복이 있으셔서 참 다행입니다. 황상께서 밤새 상소문을 보신지라 그날 아침 몸이 편치 않으셔서 평소 즐기시던 유과를 조금밖에 안 드셨다지요……. 역시 하늘도 사람을 알아보고 복을 내리신 거 아니겠습니까……."

그녀는 은근히 용비의 십팔대 조상들과 그들이 사통한 여인까지 싸잡아 욕을 했다. 황제가 쓰러지면 고정엽, 단성잠 같은 무장들은 그나마 살길이 있겠지만, 그녀의 남편처럼 내부를 지키고 염탐꾼 역할을 하는 사람은 십중팔구 희망이 없었다.

명란 역시 조용히 허공을 향해 절했다. 황제에게 무슨 일이 생긴다면, 고정엽이 갈노족 선우單於[6]의 일곱째 외숙까지 생포해 온다 한들 안위를 보장할 수 없었다.

성덕태후 측은 내궁뿐 아니라 주변에도 공을 들였고, 오성병마사 부총지휘사인 등안국에게까지 손을 뻗었다.

명란은 눈을 깜박거렸다. 눈앞에 눈빛이 어두운 쉰 즈음의 남자가 떠올랐다. 명란이 설마 하며 물었다.

"등 지휘사는…… 잠저에서 배출된 인물 아닌가요……?"

유 부인이 침을 탁 뱉으며 경멸스럽다는 듯 말했다.

"바로 그 사람이에요! 황상과 누구보다 오래 알고 지낸 사이지만, 실은 별 볼 일 없는 데다 관록을 뽐내는 걸 좋아하는 사람이죠. 성상의 삼십 세 축하연 땐 저희 집 나리와 국구 나리를 포함한 몇 분을 재미 삼아 '오호五虎'라고 불렀고, 술주정까지 부렸죠! 경성에 들어온 후에는 성상께서 자신을 불러 주지 않는다고 원망을 쏟아냈고요! 우리 황상께서 덕이 많으신 분이니 망정이지 그렇지 않으면 어디 상대나 하셨겠습니까!"

명란은 아무 말도 하지 않았다.

심종흥, 고정엽, 단성잠 등 젊은 장수들은 지금도 끊임없이 공훈을 세우며 업적을 쌓고 있었다. 등안국은 그렇지 않아도 원망을 품고 있던 차에, 자신이 나설 기회가 점점 사라지는 걸 보며 '한번 싸워보자!'라는 생각을 하게 됐을 것이다.

---

6) 갈노족 군주의 칭호.

양쪽이 결탁한 후, 등안국은 제멋대로 직권을 남용하여 강호인을 가장한 수많은 역적 무리를 경성으로 들여보냈다. 얼마 지나지 않아 유정걸은 수상한 낌새를 눈치채고 오성병마사 총지휘사인 두노서를 불러 책문했다.

그런데 상황을 파악한 후 집으로 돌아가던 두노서가 길에서 칼을 맞고 목숨을 잃었다. 유정걸에게 발각되는 걸 막기 위해 역적들은 곧바로 손을 쓸 수밖에 없었고, 이왕 시작한 거 철저하게 하자는 생각에 유정걸까지 제거하려 했다.

이렇게 안에는 용비가, 바깥에는 등안국이 있는 형세에서 막 '배신'한 정 대장군은 어리둥절해졌다.

……이보게, 안팎에서 협력해서 일망타진하자고 했잖나?

황제가 사전에 치밀하게 세운 계획에 정 대장군의 기민한 모략이 더해지니 일은 과감하게 진행되었다. 결정적 순간에 칼끝을 내부로 겨누어 성덕태후와 예왕 모자를 먼저 사로잡고, 그다음 유정걸의 병력과 합세하여 중심을 잃은 역적들을 일거에 섬멸했다.

"하늘이 도우셔서 지금 바깥이 겨우 평온을 되찾은 거 아니겠어요! 저희 나리가 오늘 아침에 계엄도 해제했답니다."

유 부인은 남편의 공적을 자랑하는 것을 잊지 않았다.

"부인도 마음 편히 가지세요. 나리 말씀이, 어젯밤 부하 한 명이 팔백리 길을 급히 달려 알아보았는데 영국공의 군은 아무 일도 없을 뿐 아니라 적의 우두머리인 김장의 군을 대파했다고 합니다! 지금은 경성의 변란을 평정하러 서둘러 오는 길이고요. 나리 말씀이, 뭐라더라…… 무슨 책……."

"유인책이요."

명란이 침착하게 말했다. 왠지 모르게 그녀는 이미 알고 있었던 느낌이었다.

유 부인이 무릎을 '탁' 치며 웃었다.

"맞다! 유인책."

영국공과 고정엽의 군이 무모하게 뛰어들어 참패했다는 소식이 전해졌을 때, 황제는 이것이 예정된 유인책이라는 것을 분명히 알고 있음에도 효과를 극대화하기 위해 잔뜩 굳은 얼굴로 '화가 난' 척할 수밖에 없었다.

황제의 훌륭한 연기에 조정의 문관과 무관이 모두 속아 넘어갔다. 또한, 그렇기 때문에 성덕태후도 점점 마음 놓고 과감하게 행동하기 시작했다.

유 부인은 편안해 보이는 명란을 보며 오히려 걱정이 들었다. 그녀는 처음 명란을 만났던 때를 똑똑히 기억하고 있었다. 그때 명란은 갓 딴 과일처럼 여리고 고왔으며, 아이처럼 아무 근심걱정이 없었다. 그러나 지금은? 눈앞의 임산부는 출산을 앞두고 있었다. 혈색이 좋지 않았고, 몸이 수척했으며 미간에는 말로 표현할 수 없는 피로가 쌓여 있었다.

"부인, 그래도 우리 나리를 너무 원망하지는 말아요. 이 일은 나리도 몰랐던 일이랍니다. 황상께서 얼마나 철저히 속이셨으면 그랬겠습니까. 나리 말씀이, 서북의 그 못된 관리 나부랭이들이 정신없이 패전 소식을 퍼뜨렸다더군요. 안 그랬다면 그렇게 먼 곳의 소식이 어찌 이렇게 빨리 온 경성에 퍼졌겠어요. 예전 같았으면 아마 부인이 가짜 소식을 듣기 전에 승전 소식이 먼저 당도했을 거예요."

명란은 소매에서 손을 빼 천천히 펼쳤다. 손바닥이 축축하고 차가웠다. 명란은 움직이지 않고 미소를 띠며 말했다.

"제가 원망할 게 뭐가 있겠어요. 제 마음 편해지자고 나리께 군국대사의 소소한 부분까지 나 알려 달라고 할 수는 없는 일이지요……. 부인, 전 그날 밤 저희 후부 습격 사건에 관한 이야기를 듣고 싶어요."

"아이고, 내 정신 좀 봐!"

유 부인이 웃으며 자신의 이마를 '탁' 치고는 목소리를 낮추어 말했다.

"부인 예상이 맞았어요. 그날 밤 후부를 공격한 건 정말로 후부의 셋째였어요!"

순식간에 명란의 동공이 커졌다. 그러나 명란은 이내 평정심을 되찾고 걱정하는 투로 말했다.

"정말인가요? 아무리 그래도 서방님은 고씨 집안 혈육인데, 하인들 몇이 봤다고 해서 죄를 뒤집어씌울 순 없잖아요!"

유 부인은 그녀의 말을 이해하고 단언하듯 말했다.

"나리가 나섰으니 부인은 걱정 말아요. 그저께 날이 밝기도 전에 나리가 보낸 사람들이 그 도적들을 쫓아가서는 픽픽 한바탕 신나게 두들겨 줬답니다. 성 밖으로 도망간 사람도 있고, 붙잡힌 사람도 있는데……."

"서방님도 붙잡히셨나요?!"

명란은 깜짝 놀랐다.

유 부인은 난처해졌다.

"그건 아니에요."

명란은 조금 실망했으나, 그래도 유 부인을 다독였다.

"그럼 유 대인께 분명 다른 수확이 있으셨겠죠."

유 부인이 한숨 돌린 후 얼른 말했다.

"나리가 여러 번 심문해서 자백을 받아냈지요. 도적이 말하길, 자기들은 원래 성 밖의 산적인데 두 달 전에 이 거래가 들어왔대요. 접선해 온 사람은 늙은이였는데, 그날 밤 그들을 이곳으로 이끈 사람은 젊은 사람이었답니다. 수하들이 그 사람한테 '셋째 나리'라고 하는 걸 들었다죠, 아마. 그 젊은이 생김새를 이야기하는데 딱 녕원후부 셋째였답니다. 그래서 우리 나리가 곧장 사람들을 끌고 고 태부인의 저택을 포위했는데 예상대로 셋째는 집에 없었대요. 대신 지하 저장실에서 노 씨 성을 가진 관사를 붙잡았는데 끌어와 보니, 하, 바로 접선해 왔던 노인네였다지 뭡니까!"

명란은 한참 동안 아무 말이 없다가 드디어 입을 뗐다.

"그럼 서방님은 그냥 후부를 습격한 것일 뿐, 반역을 꾀한 건 아니라는 건가요?"

"그건 모르지요."

유 부인은 다른 뜻 없이 그저 웃었다.

"나리는 일반적인 습격이라고 하기엔 시간이 너무 딱 맞아떨어졌다고 했어요. 마침 황궁에 일이 터진 그때 형수와 조카를 죽이러 왔으니까요."

명란은 조용히 유 부인을 바라보았다. 순간 명란의 뇌리를 스치고 지나가는 것이 있었다. 그녀가 작은 목소리로 말했다.

"부인 덕분에 마음이 편해졌습니다. 나리와 유 대인은 친형제 같은 사이죠. 역시 나리가 사람 보는 눈이 있으셨어요."

유 부인은 자신이 헛수고하지는 않았다고 생각하며 미소를 띤 채 차를 한 모금 마셨다.

사실 유정걸은 인맥이 넓은 고정위가 은연중에 역모의 낌새를 알아차렸을 것으로 판단했다. 아마 고정위는 역모에 가담하지는 않고, 확정된 거사 일자를 알아낸 다음 움직이려고 했을 것이다. 그러나 그날 예상치 못한 일이 발생하여 성덕태후 측이 급하게 반란을 일으키는 바람에, 치밀하게 준비할 시간이 없었던 고성위는 결국 직접 나서서 산적 무리를 성으로 불러들인 후 그들을 이끌고 후부를 습격한 것이다.

엄밀히 말하면 고정위는 살인과 방화, 그리고 형수와 조카를 해하려 한 것이지 반역을 도모한 것은 아니므로, 그 죄가 부모와 자식에게까지 미치지는 않았다. 그러나 굳이 이렇게 정확히 판단할 필요는 없었다. 유정걸은 특수 임무를 맡은 군의 수장이지 관아의 판관은 아니니까.

게다가 유정걸의 직무 권한으로는 용비 친정의 이상한 낌새는 물론 등안국의 배반도 사전에 알 방도가 없었다. 사후에 반란을 평정한 공은 있으나, 어쨌든 감독 소홀의 불찰이 있으므로 향후 고정엽의 큰 공로에는 비길 바가 못 되었다.

생각이 여기에 미치자 유 부인은 명란을 더욱 지극정성으로 대하며 명란의 질문에 무조건 대답해주었다.

"서방님은…… 성 밖으로 도망가셨겠지요……?"

명란이 망설이며 물었다.

유 부인은 고개를 끄덕였다.

"같이 도망간 사람 중에 역적이 많다고 했어요. 나리 말씀이, 다들 멀리 도망가진 못했을 거라더군요. 더구나 지금 그 집은 감시당하고 있잖아요. 아유, 부모와 처자식만 불쌍하죠……."

여인의 목숨과 부귀영화가 어디 저 스스로 정할 수 있는 것이던가.

명란은 속으로 냉소를 지었다. 그 늙은 여우가 불쌍하다고는 할 수 없었다. 이 일의 주모자는 그녀일 것이며, 고정위는 그저 심부름꾼에 불과했을 것이다.

그러나 주 씨는…… 그녀는 그렇게 미래를 꿈꾸었는데…….

마주 앉은 두 사람은 서로 다른 이유로 함께 탄식했다.

한참 후, 명란은 아직도 의문이 풀리지 않는 한 가지 일을 기억해냈다.

"……아, 맞아요. 어제 정가에서 전갈이 왔는데, 그 댁의 노대인과 노대부인께서 모두 돌아가셨다더군요……. 어찌 된 일인지 혹시 아시나요……?"

그냥 한번 물어본 것이었을 뿐 대답을 기대한 건 아니었는데, 뜻밖에도 유 부인은 긴 탄식을 뱉으며 쓴웃음을 지었다.

"이거야말로 불의의 사고지요. 변란이 일어난 날, 정 대장군이 반역을 도모했다는 소문이 났잖습니까. 이야기들이 앞뒤가 맞고 너무 그럴듯하니까 집안사람들에게 숨기려야 숨겨지겠어요? 정 노대인이 원래 충직한 분이잖아요. 너무 화가 난 나머지 가래에 목이 막혀 그 자리에서 돌아가셨답니다! 노대부인은 이틀 내내 상심이 너무 커서 몇 번을 울다가 혼절하셨고요. 그런데 어제 아침 정 대장군이 서둘러 집에 돌아와 진짜 연유를 밝혔더니, 노대부인이 너무 기쁜 나머지 숨도 제대로 못 쉬시는 바람에…… 그렇게 따라가셨다는군요……."

명란은 너무 놀라 입을 반쯤 벌린 채 아무 말도 하지 못했다.

늙은 남편은 너무 화가 나서 죽고, 늙은 아내는 너무 기뻐서 죽다니, 노인들은 갑작스러운 기쁨과 슬픔을 견디지 못하는구나 싶었다. 이 일로 정 대장군은 부모를 모두 여의었으나, 황제가 신뢰하는 사돈에서 황제의 최측근 심복으로 완벽한 입지를 다지게 되었다.

좋아, 피로 물든 벼슬길이군! 어차피 한 번 사는 인생!

유 부인의 방문은 마치 때맞춰 내리는 단비처럼 명란의 의문을 해소해주었고, 마음을 편하게 해주었다.

요즘 생각을 너무 많이 해서인지 명란은 온몸에 힘이 없었다. 발은 찐

빵처럼 부어오르고, 얼굴은 따귀를 맞은 것처럼 붓고, 목은 마치 누군가에게 졸린 것처럼 가는 핏줄이 올라와 있었다.

명란의 몸 위로 불거진 앙상한 뼈를 만지며 최씨 어멈은 탄식했다. 몇 년을 공들였는데, 하룻밤 사이에 원래대로 돌아가 버리다니.

명란은 양심의 가책을 느끼며 배를 어루만졌다. 단이를 품었을 때는 제대로 걸을 수 없을 때도 얼굴의 혈색이 좋고 늘 활기찼는데, 이번에는……. 배에 손바닥을 대니 안정적이고 힘 있는 태동이 느껴졌다. 느리지만 규칙적인 것이 마치 팔십 노인이 천천히 걷는 것 같았다. 명란은 웃음을 터트렸다.

"요 녀석, 아무래도 굼벵이가 되겠구나."

최씨 어멈은 말없이 명란의 배를 바라보며 손가락으로 날짜를 꼽아 보았다.

이미 명란의 산달이 코앞이었다. 그러나 노련하고 눈썰미 있는 어멈들이 배는 나왔어도 아래로 내려가지 않았다면서, 태아가 아직 골반까지 내려오지 않았다고 했다. 이에 장 태의를 불러와 명란을 진찰하게 했다. 장 태의는 대략 이레, 길면 열흘, 그도 아니면 며칠이 더 있어야 나올지 모르겠다고 했다가 하마터면 최씨 어멈에게 쫓겨날 뻔했다. 어쨌거나 그는 있는 그대로 이야기한 것이다. (임 태의 왈, "의원이란 본디 세상에 나오는 그날부터 의술과 말재주가 온몸에서 흘러나온다네.")

출산이 조금 늦어지는 것은 정상적인 것이니 명란도 조급해지는 않았다. 그저 맘 편히 쉬고 태교에 신경 쓰며 최씨 어멈의 모든 지시에 순순히 따르면서 먹고 자는 날들에 적응하려 노력했다.

바깥의 계엄이 풀린 후, 친지들이 앞다투어 명란을 보러 왔고, 자연스레 옅은 핏자국이 남아 있는 대문과 돌계단을 보게 되었다. 첫 방문자는 의외로 성굉이었다!

명란은 깜짝 놀랐고, 성굉은 더 깜짝 놀랐다. 수안당에서 살기 시작한 이후 늘 희고 포동포동했던 어린 딸의 얼굴이 어느새 누렇게 뜨고 수척해진 것을 본 그가 저도 모르게 이런 말을 내뱉었다.

"진즉에 내가 말하지 않았더냐, 무관에게 시집가는 것이 얼마나 힘든 일인지. 문인의 집에 보냈어야 했는데 하필 네 어미가 너무 좋아서 단박에 승낙을 해버렸으니!"

명란은 멍하니 물었다.

"아버지가 언제 그런 말씀을 하셨어요?"

그녀는 들어 본 기억이 없었다.

성굉은 자신의 말실수를 깨달은 듯 헛기침을 하며 더듬더듬 말했다.

"…… 처음에…… 여란이에게…… 에헴, 혼담을 꺼냈을 때……."

명란은 바로 깨달았다. 고정엽이 처음 성부에 와서 사기를 쳤을 때…… 아니, 혼담을 꺼냈을 때였군.

이런 생각을 하면서 명란은 눈을 가늘게 뜨고 성굉을 흘겨보았다.

'그만하세요, 아버지. 사실 아버지도 기뻐셨잖아요. 그냥 쌓인 내공이 덕에 어머니만큼 속마음이 드러나지 않은 것뿐이면서.'

세월은 화살과 같다. 어느새 단이도 사람 노릇을 하게 되었고, 성굉의 귀밑머리도 희끗희끗해졌다. 명란은 문득 아버지에 대한 미움이 사라지는 걸 느꼈다. 그녀는 새하얀 이가 드러날 정도로 환하게 웃으며 작은 손수건을 흔들어 위엄 있는 척하는 성굉을 배웅했다.

그래, 저렇게 훌륭한 아버지도 마뜩잖은 부분은 많았지. 새로 꾸린 가정 때문에 적모를 잊었고, 첩 때문에 정실을 잊었고, 나중에는 자신의 앞날을 위해 '진실한 사랑'을 잊었고……. 그래도 십여 년이 지났는데 대충 잊자.

오전에 아버지를 보내고 나니 오후에는 언니가 찾아왔다.

원문소가 직접 데려다준 화란은 아직 배가 눈에 띄게 부르지 않아 살랑살랑 집 안으로 걸어 들어왔다. 그녀는 명란을 보자마자 눈시울을 붉히더니 문간을 잡고 우는소리를 했다.

"걱정은 혼자 다 하나 보구나. 어쩌다 몰골이 이렇게 된 거야. 할머니가 보시면 얼마나 속상하시겠어!"

명란은 비틀거리다 하마터면 구들 위로 넘어질 뻔했다. 언니가 앙탈 부리듯 훌쩍이는 모습은 어릴 때도 본 적이 없었기에 순간 적응이 되지 않았다.

아이를 가진 후 화란은 너무나도 감상적인 사람이 되었다. 꽃이 지는 것만 봐도 흐느꼈고, 새끼 새가 둥지를 떠나는 것만 봐도 눈물지었다. 바람이 불어 잎이 떨어지면 한참을 속상해했다. 형부는 지금도 그녀의 비위를 잘 맞춰 주었으며 부부의 닭살 행각은 여전했다.

"형부는 바깥일로 바쁘지 않으세요?"

명란이 미심쩍게 물었다.

화란이 입을 삐죽거리며 말했다.

"내가 널 보러 가겠다고 했더니 마음이 안 놓였는지, 반나절 휴가를 냈더구나."

"이 상황에요? 경성 어디고 지금 일손이 없어서 난리인데 언닌……언닌……"

명란은 너무 원망스러웠다.

"정말 하고 싶은 대로 하며 사는군요!"

이번 변란에서 대부분 사람에게는 불운이 따랐지만, 원문소에게는 행운이 따랐다.

오성병마사에서도 높은 관직에 있던 원문소는 역적의 회유에 넘어가지 않았다. 그래서 등안국이 원문소를 사전에 제거해야 할지 고민하고 있던 차에, 마침 그가 말 목장 일 때문에 북쪽 외곽에 가기 위해 휴가를 신청한 것이다. 등안국은 기뻐서 어쩔 줄 모르며 곧바로 허락해주었다.

그런데 집에 돌아와 보니 화란이 아이를 가졌다는 것이다. 원문소는 너무 기쁜 나머지 화란에게서 떨어지려고 하질 않았으며, 옆에 꼭 붙어 칩거하다가 경성의 변란과 맞닥뜨리게 되었다. 그는 부하들을 이끌고 순식간에 적들을 소탕하여 적지 않은 공로를 세웠다.

묵란의 남편도 원문소만큼이나 운이 좋았다. 부친상을 당한 처지라 변란의 영향에서 자유로웠지만, 집안 장정들을 이끌고 약탈을 행하는 도적들을 해치운 것이다. 영창후부의 이웃은 하나같이 부유한 대갓집이 아닌가. 량함은 갑자기 칭송을 한 몸에 받게 되었다.

"이번 일이 있고 나서 오성병마사는 최소 한 번은 정리가 필요하게 됐어. 네 형부가 그러는데, 묵란이 남편 말이야, 출세할 기회가 생길지도 모른다는구나."

화란이 천천히 정과를 싼 대나무 잎을 벗겼다.

"휴, 묵란이가 철이 좀 들어서 얌전히 지낸다면 나중에도 큰 고생 없이 살 수 있을 텐데."

세상 돌아가는 이야기를 끝낸 화란은 맏언니 분위기를 물씬 풍기며 명란에게 몸조리 잘하라 신신당부하더니 만족스러운 표정으로 돌아갔다.

그 후 이틀 동안 고정훤의 부인, 고정적의 부인, 심지어 강윤아까지 명란을 보러 왔다. 그러나 고 태부인을 언급한 사람은 아무도 없었다. 단씨, 종씨, 경씨 집안의 여인들도 왔는데, 모두 전복이며 인삼이며 크고 작은 선물 보따리를 바리바리 들고 와 감사의 뜻을 표했다. 모두 명란이 혼란스러운 와중에도 그들을 잊지 않았다며, 덕을 갖춘 여인이라고 입을 모았다.

그중에서도 경 부인은 특히 감동하여 명란을 붙잡고 연신 칭송했다.

"정말 든든하네. 다음번엔 자네 말이라면 내 무조건 믿겠네. 그래야 화를 면할 수 있을 테니!"

종 부인이 헛기침하며 그녀의 팔을 툭 쳤다.

"다음번이라니 무슨 말인가. 앞으로는 천하태평일 텐데."

경 부인은 자신이 실언했다는 것을 알아차렸으나 인정하려 들지는 않았다.

"무슨 생각하시는 겁니까. 내 말은 그저 다른 일들, 그러니까 저택을 수리하거나 사람을 대하는 법 같은 것은 모두 녕원후 부인 말을 듣겠다는 거 아닙니까."

두 사람을 보던 단 부인이 고개를 저으며 말했다.

"두 분, 그 고생을 하면서 함께 난관을 극복한 사이인데 어찌 아직도 싸우십니까. 나중에 조모, 증조모가 돼서도 그렇게 싸우실 겁니까!"

재미있는 대화에 네 여인은 함께 크게 웃었다. 그러나 최근 며칠 동안 궁 안에서 어떤 고생을 했는지는 세 명 모두 언급하려 하지 않았다.

변란이 일어난 후 9일째 되던 날, 유정걸이 드디어 경성 전역을 소탕하고, 구석구석에 숨어 있던 잔당들까지 모조리 해치웠다. 성 밖으로 탈출한 다수의 잔당은 성문 밖에 매복해 있던 정 대장군에 의해 동쪽으로 쫓겨났다.

반란군은 경성 수비 병력이 오랫동안 경성을 비울 순 없으리라 판단했다. 그래서 역적으로 낙인찍힌 도적 떼의 오합지졸까지 합쳐 천여 명의 반란군이 경성에서 동쪽으로 삼십 리 떨어진 산비탈에 모여 휴식을 취하며 재정비를 하고 있었다. 그런데 갑자기 철기 부대가 나타나 산골 입구를 막더니, 삽시간에 온 하늘을 불화살로 뒤덮으며 피바다를 만들었다.

황혼이 내려앉을 즈음, 명란은 식탁에 앉아 천천히 닭국을 먹고 있었다.

삼십여 리 떨어진 경성 외곽 산비탈에서 울리는 병사들의 함성이 여기까지 들려오는 듯했다. 멀리서 짙은 연기가 천천히 피어오르고, 시뻘건 화염이 번쩍거렸다. 하늘이 어두워질수록 화염은 밝게 빛났다. 마치 갑옷을 두른 전설 속 신선이 불꽃과 천둥을 끌고 속세로 내려와 요괴와 악마를 처단하는 것 같았다.

해시亥時[7]를 알리는 딱따기 소리가 들려왔다. 낮잠을 너무 많이 잔 탓에 통 잠이 오지 않던 명란은 큰 부들부채를 흔들며 복도에 앉아 끝없이 펼쳐진 별들을 올려다보았다. 나뭇잎에서 풍기는 상쾌한 향이 은은하게 코끝을 간질였고, 드문드문 반딧불이가 한들거리며 처마 밑을 왔다 갔다 했다. 불나방은 수정 등갓 위에서 천천히 날갯짓하며 책장이 넘어가는 듯한 소리를 냈다.

슬슬 졸음이 몰려와 몸을 일으켜 들어가려는 찰나, 갑자기 정원 쪽이 시끄러워졌다. 놀람과 환호가 섞인 소란이었다. 그녀의 멍한 시선 사이로 정원에 서 있는 시커멓고 큰 그림자가 들어왔다.

그 그림자가 멈칫하는 것 같더니 저벅저벅 걸어왔다. 넓은 어깨에 걸

---

7) 오후 9시~11시.

친 암홍색 창의 양쪽에 사나운 금빛 맹수가 수놓여 있었다. 입을 크게 벌린 채 날카로운 이빨을 드러내고 있는 호랑이였다.

희미한 달빛이 무성한 나뭇잎을 지나 그의 얼굴과 몸을 비추었다. 굳은 붉은 색 덩어리가 어두운 금빛 갑옷 곳곳에 붙어 있었다. 빽빽한 수염이 얼굴의 반을 가리고 있었고, 오직 새까만 눈동자만이 이전처럼 밝게 빛나고 있었다.

명란은 목구멍이 마른 것 같았다. 심장은 마구 뛰고, 부채를 쥔 손은 끈적끈적해졌다. 너무 오래 생각한 탓일까, 어느새 맨 처음 했던 생각은 까맣게 잊어버렸다. 옆에서 소도와 녹지가 뭐라 말하고 있었지만 아무것도 들리지 않았다. 그녀는 그저 가만히 서서 그를 뚫어지게 응시했다.

'수염'이 천천히 걸어와 쉰 목소리로 입을 열었다. 첫마디부터 목소리가 갈라졌다.

"……내가, 내가 돌아왔다…….."

멀리서 들려오는 북소리처럼 낮게 웅웅거리는 목소리가 놀라운 소식을 알렸다. 그윽한 향기가 감도는 시원한 정원에는 불나방의 날갯짓 소리, 잎 끝에 걸린 이슬 떨어지는 소리만 남았다. 명란의 귓가는 너무도 고요했다. 그녀는 순간 이것이 꿈인지 생시인지 분간할 수 없었다.

아까 복도에서 잠이 든 걸까? 지금 내가 꿈을 꾸고 있는 걸까……?

수염이 앞으로 성큼 한 걸음 내디뎌 힘껏 그녀를 안았다. 콧속으로 훅 들어오는 피비린내와 흙먼지 냄새, 그리고 꽉 잡힌 어깨에서 느껴지는 저릿함이 그녀를 정신 차리게 했다. 명란이 멍하니 그의 얼굴을 어루만졌다.

"아, 오셨군요."

목구멍이 막힌 듯했다. 하고 싶은 말이 그리도 많았건만 순간적으로 말문이 막혔다.

수염이 한참 동안 그녀를 안고 있다가 그녀의 얼굴을 두 손으로 받쳐 들었다.

"무슨 말이 하고 싶으냐?"

명란이 멍한 표정으로 물었다.

"싸움에서 이긴 건가요? 죄를 지은 건 아니겠지요."

수염이 입을 벌리고 웃으며 말했다.

"모두 이겼지. 기병을 이끌고 밤낮없이 달려 돌아왔다. 영국공도 아직 뒤에 계시는데 말이다. 포로와 전리품, 적군의 목, 그리고 갈노족의 선우, 김장도 있다!"

명란은 웃고 싶기도 했고 울고 싶기도 했다. 그녀는 선생님에게 이름을 불린 초등학생처럼 우두커니 서서 멍한 표정을 짓고 있었다.

수염이 그녀를 안고 복도에 앉아 메마른 그녀의 머리칼을 만지며 안타깝다는 듯 말했다.

"……못생겨졌구나."

명란은 갑자기 정신이 번쩍 들어 그의 어깨를 힘껏 때리며 매섭게 말했다.

"당신도 귀신 같은 몰골이에요!"

반년의 풍찬노숙과 끝없는 토벌과 살육을 견뎌 온 그다. 수일간 밤낮없이 말을 타고 달리면 또 한 번 살육이 벌어지곤 했다. 그도 수척하고 초췌하기가 그지없었다. 도드라진 광대뼈, 움푹 들어간 눈, 새카만 피부가 흉악한 분위기를 자아내서 악귀라 해도 믿을 것 같았다. 바짝 말라버린 명란에게 매우 잘 어울리는 한 짝이었다.

마주 앉은 부부는 하고 싶은 말이 너무도 많았으나 정작 무엇을 먼저 말해야 할지 생각나지 않았다.

수염이 명란의 얼굴을 찬찬히 훑어보았다. 그의 시선이 얼굴과 몸을 지나 불룩 나온 배에 가 닿았다.

"……정말 두려웠다……."

그녀가 뜻밖의 재난을 당할까봐, 그녀가 아플까봐, 그녀가 걱정할까봐…….

"패전과 관련된 일은 네가 걱정하지 않도록 진작 알렸어야 했는데."

개의치 않는다고 한다면 거짓말이겠지만, 그렇다고 뭘 어쩌겠는가?

"잘하신 거예요."

잠시 뜸을 들인 후, 명란이 말을 이었다.

"정 대장군의 일은 들으셨지요? 정 노대인과 노대부인께서 사흘 만에 차례로 돌아가셨어요."

수염이 탄식하며 말했다.

"안타깝구나. 정 형님은 효자 중의 효자셨는데……. 형님은 상복을 입은 채 성 밖에서 매복하셨다."

명란은 잠시 침묵하다 입을 열었다.

"군자가 말을 함부로 하면 나라를 잃고, 신하가 말을 함부로 하면 목숨을 잃는다 했지요. 그러니 저도 이해해요."

가까운 거로 말하자면, 정씨 부자는 피를 나눈 혈육으로, 늘 자애로운 아버지와 효성이 지극한 아들이었다. 충심으로 말하자면, 정 노대인은 흔들리지 않는 기개의 충신이었다. 정 노대부인은 평생 세상사에 무관심했다. 그렇다 해도, 말하면 안 되는 것은 말해선 안 되었다.

이것은 피의 규칙이었다.

가족으로서 할 수 있는 것은 그저 신뢰와 지지뿐이었다.

"게다가 박 노대부인께서 말씀하시길, 무장의 가족은 남자가 전장에서 죽어도 소란 피우지 말고 아들딸을 잘 키우면 된다고 하셨어요."

명란의 말투는 우울했다.

수염은 망설임 없이 고개를 끄덕였다.

"그건 맞는 말이지. 허나……."

그가 참지 못하고 말했다.

"박 노대부인의 말을 전부 귀담아들을 필요는 없다."

"왜죠?"

명란은 박 노대부인을 희대의 재녀라고 생각하고 있었다. 어떤 화가 닥치든 모두 신묘하게 피해가지 않는가.

"박 우대도독은 어렸을 때 기댈 곳이 없었지. 그러다 어떤 선비 가문과 연이 닿았는데, 그 가문이 우대도독에게 큰 신세를 지게 되었다. 그래서 우대도독이 그 댁 여식에게 구혼했을 때 거절하기가 어려웠지. 그런데 그 여식은 떨떠름해하며 과부가 되어 재가할 날만 기다렸단다. 우대도독은 이것 때문에라도 부인보다 오래 살아야겠다고 했단 말이다!"

명란은 듣다가 웃음을 터뜨렸다.

"무슨 말씀이세요. 박 우대도독께서도 명문가의 자제라고 들었어요. 물론 중간에 가세가 기울긴 했지만요."

수염은 '성공한 사람의 배경은 늘 미화되기 마련이지'라는 표정을 지으며 웃었다.

"그런 허무맹랑한 소문을 믿다니! 박 우대도독의 고향은 들어보지도 못한 산골 벽촌이었고, 어릴 때부터 정식 이름도 없었다. 소교小校[8]로 진급할 때가 돼서야 겨우 점치는 장님한테 이름을 받은 게다."

"그럼, 원래 이름은 뭐예요?"

수염이 말했다.

"어릴 때 아버지께 듣기로는 무슨 '개'자가 들어갔던 것 같은데. 개똥이였나, 개둥이였나, 아니면 개자식이었나……."

명란은 배꼽을 잡고 웃었다. 그녀를 자신의 품에 기대게 한 수염은 한 손으로는 그녀의 손을 꼭 잡고, 다른 손으로는 그녀의 머리카락을 가볍게 쓸어 넘겼다. 넓고 조용한 정원이 어느새 낭만적인 사랑의 무대가 되었다.

조용함도 잠시, 측상에서 들려온 아이의 울음소리가 부부의 정신을 일깨웠다. 명란은 수염의 어깨에 있는 금빛 호랑이를 만지며 웃었다.

"단이가 아버지가 온 줄 아나봐요. 옷부터 갈아입고 단이를 보러 가세요."

"옷은 지금 갈아입을 수 없다. 원래는 군을 이끄는 무장은 성지 없이 경성에 들어와서는 안 되는데 잠깐 몰래 온 거란다. 일단 우리 아들 한번 안아 보고 바로 돌아가야……."

뒷말은 명란에게 제대로 들리지 않았다. 그저 귓가에 윙윙거리는 느낌만 들었을 뿐이다. 잠시 후 그녀가 날카롭게 외쳤다.

"몰래 온 거라고요?! 당신, 당신, 당신…… 제정신이에요?! 처자식이 걱정되면 사람을 시켜 소식을 전하면 될 것을 뭐 하러 직접 오세요! 성

---

8) 고대 군대 계급의 하나.

지 없이 경성에 들어오는 것이 무슨 죄명인지 알기나 해요? 언관들은 장식용이랍니까! 당신 장인어른은 진작 어사대御史臺[9]에서 물러나셨으니 당신을 보호해줄 사람은 아무도 없다고요! 바보! 보긴 뭘 봐요……."

수염은 박장대소했다. 이때 최씨 어멈이 단이를 안고 나왔다. 수염은 단숨에 아이를 안고 힘껏 입맞춤한 후 다시 최씨 어멈에게 아이를 건넸다. 성큼성큼 걸어 떠나기 전 아내의 얼굴을 한 번 더 쓰다듬었다.

명란은 분노가 치밀어 올라 부채로 수염의 손을 '탁' 치고는 발을 동동 구르며 화를 냈다.

"이 멍청이! 돌아가서 사죄 상소를 써 보내세요! 황상의 용서를 구하는 거로요! 저는 옥바라지 할 생각 없다고요!"

돌아온 것은 큰 웃음소리뿐이었다. 저 바깥에서부터 정원까지 들려오는 웃음소리는 유쾌하기 그지없었다. 그로 인해 깊고 조용한 밤이 순식간에 꽃피는 봄으로 화하는 것 같았다.

한참 화를 내던 명란은 자신이 허리에 양손을 걸치고 마치 '찻주전자' 처럼 배를 잔뜩 내민 채 욕을 하고 있다는 것을 깨달았다. 단이가 졸음이 가득한 눈으로 이상하다는 듯 어미를 바라보았다. 명란은 입을 가리며 웃고 말았다.

수염이 간밤에 왔다 간 일은 날이 밝기도 전에 후부 전체에 퍼졌다. 계집종들, 어멈들, 잡부들, 관사들까지, 마치 갑자기 기댈 곳이 생긴 듯 모두 활기찬 모습이었다. 아침 일찍부터 일어나 정원을 청소하고, 화초를 정리하고, 후부 전체가 부지런을 떨고 있었다.

---

9) 중국 고대 감찰 기관.

게으름을 피우는 건 오히려 명란이었다. 몸이 무겁고 정신을 똑바로 차릴 수가 없었다.

정오가 되자 무영전대학사가 직접 성 밖으로 나가 성지를 공포했다. 반란을 평정한 오백 기병은 순서에 따라 입성해도 좋다는 내용의 성지였다.

수염은 수염을 깎지 않았기 때문에 선두에서 말을 타고 가는데도 거리를 메운 아가씨들과 젊은 부녀자들의 눈길을 끌지 못했다. 그들은 그저 뒤에 있는 젊고 잘생긴 몇몇 무장들을 향해 두루주머니와 꽃 등을 던지며 환호를 보냈다.

경 장군도 몇 개 받고 뿌듯해하고 있는데, 갑자기 사람들 사이에서 제 집 관사가 눈을 똑바로 뜨고 자신을 바라보고 있는 것이 보였다. 놀란 나머지 식은땀이 주르륵 난 그는 황궁 문 앞에 도착해 말에서 내리자마자 두루주머니와 간식을 황급히 옆에 있던 부하 장수의 손에 쥐어주었다.

궁에서는 관례대로 공을 칭찬하며 포상을 내렸고, 복잡하고 번거로운 법도들이 이어졌고, 그런 다음 정무를 논의했고…… 그리고 수염이 집에 돌아왔을 때는 이미 날이 어두워진 후였다.

고삐를 당기고 말에서 내리자마자 목을 길게 빼고 문 앞에서 기다리고 있던 유 관사가 보였다. 유 관사가 허둥지둥 뛰어왔다.

"나리, 서두르십시오! 마님께서 곧 아이를 낳으실 것 같습니다!"

수염은 순간 다급한 마음에 얼른 다시 말에 올라 고삐를 당겼다. 앞발굽을 치켜든 말이 정문을 걷어차 열어젖힌 후, 놀란 표정의 사람들 사이로 쏜살같이 지나갔다. 가희거 앞에 도착한 수염은 말에서 내려 고삐를 팽개치고 성큼성큼 안으로 뛰다시피 들어갔다.

뜰 안은 사람들로 가득했다. 다들 목이 빠져라 소식을 기다리고 있었다. 안쪽에서는 취미가 관계없는 사람들을 다 내보내 어멈과 계집종 몇만 왔다 갔다 하며 뜨거운 물, 흰 천 따위를 질서정연하게 나르고 있었다.

수염은 곧장 방 안으로 들어가 보고 싶었으나, 온갖 규칙과 금기를 나열하는 한 무리의 어멈들에게 제지당했다. 그도 규율과 예의를 중시하는 사람이었기에 굳이 고집을 피우진 않았다. 그래도 속으로는 불안과 초조함으로 안절부절못했다. 하지만 발을 동동 구르는 것 말고는 딱히 할 수 있는 게 없었다. 부아가 잔뜩 치밀어오를 때쯤, 한 소년이 수풀 사이로 고개를 빼꼼 내밀고 있는 게 보였다. 수염이 그를 홱 붙잡으며 소리쳤다.

"이 녀석, 여기서 뭐 하는 게냐! 응……? 손에 든 건 무엇이냐?"

석장은 의자를 품에 안고 가리려 애쓰며 멍한 표정을 지었다.

"하하……. 하하, 그게…… 아, 나리께서 피곤하실까봐 앉으시라고 제가 준비했습니다!"

사실이 아니었지만, 그는 자신의 기지에 매우 감탄했다.

뜻밖에도 옆에 서 있던 고전이 웃음을 터뜨렸다.

"형, 거짓말 말아요. 이건 소도 누나한테 주려고 했던 거잖아요!"

석장은 얼굴에 열이 확 올랐지만, 다행히 그의 까만 피부 때문에 티가 나진 않았다. 잔뜩 긴장한 채 혼날 각오를 하고 있었는데, 웬걸 수염이 아래위로 그를 한번 훑어보더니 그의 어깨를 툭 치며 미소 짓는 게 아닌가.

"자기 여자를 아낄 줄 아는구나. 음, 장래가 아주 밝아!"

석장이 미처 대답하기도 전에 수염이 또 한마디 덧붙였다.

"지금부터 한 시진 내로 아이가 나오면 올해 네 혼례를 치러주마. 두 시진이 걸리면 내년, 세 시진이 걸리면 내후년이다. 이런 식으로 계속 미뤄질 것이야!"

석장은 멍하니 수염을 바라보았다. 형수님이 어린 조키를 낳았을 때, 온종일 진통에 시달렸던 것이 기억났다. 방금 두 시진이 지났으니 그렇다면…… 흑흑, 칠팔 년은 지나야 혼인할 수 있단 말인가!

소년이 두려움에 질려 창백해지는 모습을 보자 수염은 만족스러운 듯 손을 내저었다. 음, 마음이 한결 편해졌군.

방 안에서는 낮은 신음이 끊어질 듯 이어지고 있었다. 수염은 뒷짐을 진 채 정원을 돌고 또 돌았다. 그를 보고 있던 석장은 머리가 어지럽고 눈이 돌아가는 기분이었다. 이삼백 바퀴쯤 돌았을까, 드디어 방 안에서 기쁨의 환호와 아기 울음소리가 들려왔다. 최씨 어멈이 손을 닦으며 밖으로 나왔다. 그녀의 얼굴에는 웃음이 가득했다.

"나왔습니다! 마님께서 출산하셨어요! 이번에도 아들입니다!"

석장은 의자를 꽉 쥔 채 너무 기뻐 눈물을 흘릴 뻔했다. 최씨 어멈은 이상하다는 듯 그를 한 번 쳐보았다. 왠지 모르게 이 녀석이 가족보다 더 감동한 것 같다는 느낌이 들었다.

아기는 발그레한 분홍빛 피부에 가냘픈 몸집이었지만, 산적 같은 아버지의 품에서도 무서워하지 않고, 차분하게 수염을 바라보다 차분하게 고개를 기울여 잠에 들었다. 그가 태어남과 동시에 가족이 한자리에 모였으므로 아명을 '아원阿圓'으로 지었다. 어린 두 아들의 이름이 딱 맞아떨어졌다.[10]

수염은 너무 기쁜 나머지 아들의 손가락이 가늘고 기니 필시 공부를

---

10) 첫째 아들의 이름 단團과 둘째 아들의 이름 원圓을 합친 단원團圓은 중국어로 '한데 모이다'라는 의미.

잘할 상이라고 칭찬하다가, 어미를 닮아 기품 있게 자라서 경성 최고의 미남이 될 거라며 크게 웃었다. 하하, 하하……

땀범벅이 된 명란은 누워서 휴식을 취하고 있다가, 이 말을 듣자 언짢다는 듯 눈을 흘기고는 베개를 힘껏 집어 던졌다. 참고로 지금 경성 최고 미남의 칭호는 제씨 성을 가진 유부남이 가지고 있다.

수염은 가볍게 베개를 받아내고는, 미소를 띤 채 침상 옆에 앉아 아내에게, 그리고 아들에게 입맞춤했다. 그는 기쁨으로 가슴이 벅찼으나 곧 탄식하며 말했다.

"만약 이번에 황상께서 사직을 명하시면 나는 바로 받아들일 것이다."

그 후 며칠간 수염은 너무 바쁜 나머지 깨어 있는 아내를 볼 수 없었다.

원정 대군은 아직 바깥에 있고, 변란은 이제 막 평정되었다. 아직 어딘가 역적이 남아 있고, 요주의 인물 몇은 도주한 상태다. 성덕태후와 예왕 모자는 어떻게 처벌할지도 고민이었다. 역적 잔당들을 체포하고, 그들의 재산을 몰수하고, 세 기관이 모여 심의하고, 죄를 정하고, 경성의 방어진을 구축하는 등등 처리해야 할 일들이 산더미였다. 수염은 매일 닭이 울 때 집을 나서서 개가 울 때 집에 돌아왔다. 수염을 깎을 짬조차 나지 않았다.

정신없는 사나흘이 지나고 5일째가 되자 황제는 드디어 정 대장군을 집으로 보내 분상하게 했고, 몇몇 중신들에게도 돌아가면서 반나절의 휴가를 쓰도록 했다.

정씨 집안이 영당을 설치한 뒤, 안타깝게도 두 아들 모두 돌아가신 부모님 곁을 지키지 못했으나 정 대장군의 자녀들이 적지 않아 다행히 영당이 초라하진 않았다. 설사 영당을 지킬 자녀가 없었다 해도 문상을 오는 사람이 매일 넘쳐났기에 영당은 저잣거리 장터보다 시끌벅적했다.

더구나 장례를 성대하게 치르라는 황제의 명도 있었으니 현재 정씨 집안의 위용이 어느 정도인지 짐작할 만했다.

고정환의 부인은 문상을 다녀온 후 명란에게 상황을 생생하게 들려주며 막 출산한 산모의 무료함을 덜어주었다. 그리고 마지막에 망설이며 이야기 하나를 꺼냈다. 그날 산비탈에서의 격전 후 적들의 잘린 머리를 모으고 공적을 논할 때 시쳇더미 사이에서 고정위의 시신을 찾아냈는데, 들리는 말에 의하면 그는 맨 처음 화살을 쏘기 시작했을 때 이미 죽었다는 것이다. 시신이 집에 도착했을 때 고 태부인은 그 자리에서 정신을 잃었고, 깨어났을 때는 사지의 반을 움직이지 못하게 되었다고 한다.

명란은 많은 말을 하고 싶지 않아 담담하게 말했다.

"가학家學을 전수받은 박희 장군이 이끈 궁수대였으니 매서운 공격을 퍼부었겠지요."

공공연히 자신과 아들의 목숨을 해치려는 자가 죽든 말든 무슨 상관이란 말인가.

고정환의 부인은 웃었지만 더 말을 얹진 않았다. 사실 그녀가 보기에도 명란 모자를 보러 온 귀족 가문의 여자 권속들이 정씨 집안에 문상객보다 적지는 않았다. 이것만 봐도 고정엽이 황제의 총애를 받고 있음을 알 수 있는데, 고정위가 대담하게도 산적들을 모아 후부를 공격하고 살인과 방화를 저질렀으니 간이 부은 정도가 아니라 거의 미쳤다고 할 수 있었다. 정신이 반쯤 나간 사람이 아니고서야 그를 위해 변호를 해줄 리가 없었다.

다음 날, 드디어 수염의 휴가가 돌아왔다. 수염은 명란과 구들 위에서 점심을 먹었다. 구들 탁자 위에는 담백한 채소볶음, 거위찜 요리, 농어백

찜, 연잎구마[11] 닭국이 차려져 있었다.

수염은 맹수처럼 밥을 쓸어 넣다가 어느 정도 배가 차자 그제야 젓가락을 내려놓으며 탄식했다.

"생각해보니 이게 돌아와서 너와 먹는 첫 끼구나."

안타깝기도 하고, 감개무량하기도 했다.

명란이 그의 얼굴을 바라보며 말했다.

"수염 좀 깎으시죠."

"그동안 매일 혼자 밥을 먹었느냐?"

그는 계속 안타까운 마음이 들었다.

"수염에 국물 안 묻었어요? 손수건 드릴까요?"

수염은 언짢다는 듯 눈을 부릅떴다.

"제대로 된 대화 좀 할 수 없겠느냐?"

"알았어요, 알았어. 그게…… 뭐였더라, 뭐였더라."

명란은 젓가락을 입에 문 채 한참을 생각했다.

"배가 불러오니까 말입니다. 첫째, 날씨가 좋아도 나들이를 못 갔어요. 둘째, 술을 마시며 연극도 못 봤고요. 게다가 부처님께 절을 올리고 싶어도 사찰에 사람이 많아 부딪힐까 염려되어 못 갔고요……. 먹고, 자고, 장부 보고, 애들 보살피고, 하루하루가 똑같았으니 딱히 할 얘기도 없습니다……. 나리야말로 반년이나 나가 있으셨잖아요. 자질구레한 집안 이야기보다 행군담, 전쟁담이 훨씬 즐겁지 않겠어요? 차라리 나리가 말씀하세요, 제가 들을 테니."

---

11) 버섯의 일종.

이 말은 마치 회로를 차단하는 것처럼, 수염의 말하려던 의지를 차단해버렸다. 수염은 한참 아무 말 없이 있다가 겨우 입을 열었다.

"진즉에 네게 말했어야 하는데 말할 기회가 없었구나…… 만랑 모자 말이다……."

그는 머뭇거렸다. 명란은 마음을 굳게 먹었다.

"우리 대군이 있는 곳에 왔었다."

명란은 힘겹게 쌀알을 삼켰다.

"음…… 그다음은요?"

이 웬수가 짜증 나게 한마디하고 한참 뜸 들이네. 이야기꾼 될 소질은 없다, 없어.

수염이 말을 하려는 찰나, 바깥에서 고전의 목소리가 들렸다.

"나리께 아룁니다. 경 대인께서 문간방 쪽에서 기다리고 계십니다. 경 대인께 기다리시라 할까요?"

황제는 휴가를 그냥 준 게 아니었다. 휴가 중 해야 할 중요한 일 중 하나는 정씨 집안에 문상 가는 것이었고, 고정엽은 같은 날 휴가를 얻은 경 대인과 함께 가기로 했던 것이다.

수염이 조용히 명란을 바라보며 말했다.

"경 장군을 기다리게 하는 건 예의가 아니지. 그 집도 일이 많으니 빨리 갔다가 빨리 오마. 저녁에 용이도 부르도록 하거라, 다 같이 식사하자 꾸나."

"아, 알겠어요……."

시무룩해진 명란은 떨떠름한 표정으로 입을 삐죽거렸다. 한참 흥미가 일고 있었는데 하필 이때 끊기다니 정말 괴로웠다.

수염은 구들에서 내려와 옷차림을 가다듬었다. 그러고는 명란의 실망한 표정을 보더니 재밌다는 듯 그녀의 귀를 쓰다듬었다.

"별것도 아니다. 우리와 상관도 없는 일이고. 그때까지 못 기다리겠거 든 내가 사상을 불러 네게 말하라고 이르마."

명란은 잠시 주저하다가 곧 힘차게 고개를 끄덕였다. 그가 언제 돌아 올지도 모르는 마당에 계속 감질나게 기다리기만 할 수 있나? 기왕 다른 사람을 통해 이야기를 들려주겠다니, 들어주는 게 인지상정!

수염이 나간 후, 하죽과 소도가 밥상을 치우고 여의 능각 테두리가 둘 러쳐진 낡은 구들 탁자를 가져왔다. 하하는 바깥에서 햇볕을 쬐어 뜨거 워진 푹신한 등받이를 명란의 등 뒤에 끼워 넣었다. 허리 뒤가 금세 따뜻 하고 편안해진 명란은 두 어멈을 불러 세 폭짜리 팔선과해八仙過海[12] 그 림이 그려진 비단 병풍을 방의 정중앙에 갖다 놓으라고 분부했다.

계집종들이 정리를 거의 끝내자 녹지가 녕원후의 친위대 소대장인 사 앙을 데리고 들어왔다.

고정엽을 오랫동안 모시며 생사의 현장도 수차례 함께한 사앙이지만 지금은 얼굴을 붉히며 팔을 비비 꼬는 것이 마치 막 시집온 새색시 같았 다. 그가 병풍을 사이에 두고 명란에게 예를 갖추자, 녹지가 그에게 의자 를 갖다 주었다. 덩치 큰 청년이 의자에 살짝 걸터앉은 모습이 참으로 수 려하고 점잖아 보였다.

"어색해할 필요 없네. 자네가 나리를 얼마나 오래 따랐는데, 내겐 일가 친척이나 다름없어."

명란은 그의 긴장을 풀어 주려고 애써 부드러운 말투로 말을 건넸다.

---

12) 여덟 명의 신선이 바다를 건너는 모습.

"아, 아닙니다……. 소인이…… 친척이라니, 가당치도 않습니다."

사앙은 머리도 감히 들지 못했다. 병풍 건너로는 아무것도 보이지 않았음에도 그는 자신의 발끝만 주시할 뿐 미동도 하지 않았다.

명란이 계속 말했다.

"나리께서 말씀하시길, 한두 해 후에 자네에게 신붓감을 찾아주시겠다더군. 가정을 이루고 자립할 수 있도록 말이야."

"아니, 아닙니다. 그러지 않으셔도……. 저희 모친께서 오래도록 나리를 섬기라 하셨습니다……. 전 지금도 좋습니다, 정말 좋습니다."

사앙은 말을 하면서 속으로 자신에게 이런 일을 맡긴 나리를 원망했다. 주인마님과 나리의 전 외첩이라니, 얼마나 거북한 화제인가.

명란은 계속 부드러운 목소리로 물으면서 시종일관 쑥스럽게 대답하는 사앙을 보다가 결국 솔직히 털어놓았다.

"나리께서 너무 바쁘신 나머지 자네를 불러 이야기를 들으라 하시더군. 이야기해보게."

사앙은 먼 곳을 쳐다보았다.

"이야기요? 아! 어…… 그 일이……."

그는 마음이 혼란스러웠다.

"그게…… 어디서부터 말씀을 드려야 할지……."

병풍 뒤에서 차분한 목소리가 들려왔다.

"만랑을 본 시점부터 말해보게. 나리께서 만랑 모자를 맨 처음 발견한 사람이 자네라고 하시던데."

사앙이 탄식했다.

"발견이라고까지는 할 수 없고, 실은……."

그는 마치 어떤 단어를 쓸지 고르는 사람처럼 뜸을 들였다.

"서요성을 수복한 지 얼마 안 되었을 때입니다. 처음에는 수풀이 무성한 저습지에 숨어 지내며 보름 정도 겁먹은 척하다가 군량미가 떨어지기 전에 마침내 갈노족의 선우 대군을 유인해냈습니다. 혈투 끝에 승리를 거두었지만, 사상자가 적지 않아 서요성에서 쉬며 재정비를 하고 있었습니다. 그날, 정예 궁수 부대의 박 장군이 저를 찾아왔습니다. 성 북쪽에 있는 토굴집에서 굶주리는 백성들에게 식량을 나눠 주다가 아픈 아이를 데리고 있는 여인을 보았는데, 그 여인이 자신은 후부 나리의 식솔이라면서 설명을 정말 그럴듯하게 했다고 했습니다……."

사앙은 침을 삼켰다. 부인의 안색을 살피고 싶었으나, 병풍 속에서 자신은 풍류를 좀 아는 사람이라 큰소리치며 수염을 쓰다듬는 여동빈呂洞賓[13]과 음탕한 눈빛을 뿜어내는 하선고何仙姑[14] 밖에 보이지 않았다. 그는 하는 수 없이 이야기를 계속했다.

"놀라서 얼른 가 보았는데 정말로 만랑이었습니다……. 아, 저는 강회에 있을 때 이미 만랑을 알고 있었습니다……."

그때, 만랑은 자신이 고 부인이라고 여기저기 떠벌리고 다녔으며, 일부러 차삼낭 부부 같은 사람들과 친하게 지내려 애썼다. 게다가 매우 적극적으로 고정엽을 따르는 사내들을 살뜰히 보살펴주었으니, 당시 사앙과 주변 사람들 모두가 그녀를 '형수님'이라고 불렀다. 예전 일을 생각하니 사앙은 더욱 불안해져 다시 한번 명란의 안색이 신경 쓰였다.

그러나 여동빈은 여전히 수염을 쓰다듬고 있었고, 하선고는 계속 음

---

13) 전설 속 팔선 중 하나.
14) 전설 속 팔선 중 하나.

탕한 눈빛을 보내고 있을 따름이었다.

"저만의 생각으로 결정을 내릴 수가 없어 얼른 돌아가 나리께 보고했습니다. 나리께서 가 보시고는 아무 말 없이 모자를 데려오셨는데, 창이는 이미 병세가 위중해 의식이 없는 상태였습니다."

그가 조용히 탄식했다. 예전엔 그 아이를 머리 위로 들어 올려 목말 태운 적도 있었건만.

"군영은 중요한 장소라 아무나 들어갈 수 없습니다. 그래서 나리께서는 두 사람을 한 처소로 데리고 가셨고, 의원을 불러 창이를 진찰하게 하셨습니다."

실상은 이렇게 간단하진 않았지만, 그는 말하기 불편한 부분은 생략했다.

처소에 도착한 고정엽의 얼굴은 못 봐줄 지경이었다. 그가 물었다.

"여기는 왜 온 게냐?!"

만랑이 뜨거운 눈물을 흘렸다.

"나리, 당연히 나리와 생사를 같이하려고 왔습니다! 죽더라도 함께 죽어야 하지 않겠습니까!"

만랑은 온갖 닭살 돋는 말을 해 댔다. 전날 대승을 거뒀다는 사실을 모르는 그녀는 길에서 주워들은 풍문만 가지고 영국공과 고정엽의 대군이 서요성에 숨어들었다고 생각하고 있었다.

다행히 박 장군이 사람들을 해산시킨 후라 그곳에는 사앙과 몇몇 심복들만 남아 있었다. 진영으로 돌아간 사내들은 한담을 나누었다.

누군가 말했다.

"생사를 같이해? 속이 니글거려서 원!"

형제여, 제대로 맞혔구려.

또 다른 사내가 말했다.

"죽긴 뭘 죽어! 형님이 벤 적의 목이 몇 갠데. 부귀영화가 눈앞에 펼쳐진 마당에 어디서 재수 없는 년이 헛소리야! 이 몸이 확 죽여버릴까? 사내대장부가 전쟁터에 나가면 아녀자는 얌전히 집에서 부모님 잘 모시고 자식들 잘 키우고 있어야지 왜 쪼르르 달려온 거야?!"

상황을 조금 아는 이가 말했다.

"내가 듣기로는 우리 장군님이 예전에 강호를 떠돌아다니셨다던데. 젊은 나이에 풍류를 즐기다가 찰거머리 같은 여자가 들러붙었나보지!"

또 한 사람이 끼어들었다.

"그 여자를 봐. 얼굴도 별로고, 몸매도 별로고, 우리 어머니만큼 늙은 거 같은데. 준수하신 우리 장군님이 어디 저런 여자한테 반하셨겠어!"

"혹시 침상에서 죽여주는 거 아닐까? 원래 숙성된 게 맛도 좋잖아!"

음담패설이 오가며 한바탕 웃음이 터졌다.

군영 안에 있는 여자라고는 빨래하는 아낙과 기녀뿐이었는데, 그마저도 자주 볼 수가 없었다. 그래서 군영의 사내들은 쉬는 시간이 되면 상관의 시시콜콜한 사생활을 안주 삼아 무료함을 달래곤 했다. 게다가, 명문가의 규수 중 만랑처럼 행실이 경박하고 말을 막 하는 여자는 없었다. 그러니 고의는 아니었지만, 사내들의 말에는 은근히 그녀에 대한 무시와 경멸이 스며있었다. 사앙은 듣고 있기가 힘들었고, 괜히 난감한 기분이 들었다.

사앙은 머리를 흔들고는 얼른 말을 이었다.

"……창이는 병세가 심각해 이미 가망이 없었습니다. 군영 안의 의원과 성에서 불러온 내로라하는 명의가 모두 진찰을 해 봤지만 방도가 없다고 했습니다. 공손 선생께서 말씀하시길, 번화한 성이었으면 모를까

서요성은 궁벽한 벽촌인 데다 유랑민들이 몇 차례 싹쓸이해간 탓에 의원과 약이 부족했다며, 아마 제대로 먹지도 못 했을 기라고…… 휴…….'

병풍 너머에서 작게 '아' 하는 소리가 들렸다. 챙 하고 자기 찻잔과 뚜껑이 부딪치는 소리가 나더니 곧 질문이 들렸다.

"혹시 창이가…… 죽었는가……?"

사앙이 낮은 목소리로 말했다.

"예. 이미 화장까지 마쳤고, 뒤에 오시는 공손 선생께서 유골함을 가져오고 계십니다. 도착하는 대로 장례를 치를 예정입니다."

"만랑은?"

명란이 급히 물었다.

고정엽과 만랑을 이어 준 유일한 끈이었던 창이가 죽었는데 만랑이 과연 가만히 있었을까?

사앙은 잠시 침묵하다가 난감해하며 대답했다.

"만랑에게서 창이를 데려올 때부터 나리께서는 두 모자를 떼어놓으셨고…… 창이가 죽기 직전까지 만랑에게 창이를 보여주려 하지 않으셨습니다……."

어렸을 때 말썽을 많이 피우긴 했어도 사앙의 인생은 전반적으로는 평탄한 편이었다. 그런 그에게 악몽과도 같았던 그 며칠은 다시는 생각하고 싶지 않은 것이었으나, 그래도 이번에는 명란에게 자세히 들려 주어야만 했다.

만랑이 치근거리려고 시동을 걸었으나 고정엽은 본체만체했다. 사람을 시켜 그녀를 방 안에 가둔 후 음식과 입을 옷만 가져다주었다. 며칠 후, 우여곡절 끝에 경성에서 유정걸이 보낸 서신이 도착했다. 고정엽은 서신을 보고 난 후 만랑을 풀어주었다. 만랑은 나오자마자 자신의 깊은 사랑과 일편단심을 호소하려 했으나 고정엽은 한마디도 듣지 않았다. 만랑은 혼잣말을 너무 오래 한 나머지 입이 마르고 흘릴 눈물도 없어지자 그제야 입을 다물었다.

마침내 고정엽이 입을 열었다. 매우 침착한 목소리였다.

"다 했느냐? 그럼 내가 말하지. 나는 이미 말했다. 다시 경성에 들어가 명란이를 괴롭히는 날에는 두 번 다시 창이를 볼 생각 따윈 하지 말라고. 내 말을 기억하느냐?"

만랑은 굽히지 않고 울며불며 말했다.

"지금 그 얘기가 왜 나옵니까?! 그 여자는 지금 경성에서 호의호식하면서 나리의 생사에는 관심도 없습니다! 오직 저, 저만이 이 고생을 하면서 겨우겨우 나리를 뵈러 온 것입니다……."

고정엽은 그녀를 무시한 채 계속 말했다.

"나는 한 번 한 말은 지킨다. 지금부터 너는 창이를 볼 생각일랑 하지도 말거라."

말을 마친 후 고정엽은 자리를 떴다.

다시 방 안에 갇힌 만랑은 아들을 보여 달라며 통곡했다. 의원이 명을 받들어 그녀에게 알리길, 창이는 지금 인삼 절편으로 간신히 버티고 있으며 그마저도 며칠 남지 않았다고 했다. 만랑은 의원의 말을 믿지 못하고 고정엽이 자길 속여 아들을 뺏어가려 한다며 며칠 동안 쉬지도 않고 저주와 욕설을 퍼부었다. 욕을 하다 지치자 목놓아 울기 시작했다. 매일 울고 또 울고, 목에서 피가 날 때까지 울면서 그곳에 있는 사람들을 미치게 했다…….

드디어 여유가 생겨 처소에 돌아온 고정엽이 만랑을 데려오라 분부했다.

사앙은 만랑이 앞부분에 한 이야기들은 기억나지 않았다. 기억나는 것은 마지막 부분뿐이었다. 그때 새빨간 눈을 똑바로 뜨고 산발을 한 만랑의 모습은 마치 실성한 사람 같았다.

"나리, 정말 저에게 조금의 마음도 남아 있지 않으십니까?"

이미 목이 다 쉬었으나 계속 날카롭고 가는 목소리를 짜내니 마치 무대에서 경극을 하는 것 같았다. 허세를 부리면서 완곡하게 묻는데, 모래가 섞인 듯 거칠고 쉰 목소리가 마치 귀신 같이 음산하게 들렸다. 당시 서요성은 매우 더웠지만 만랑의 목소리에 사앙은 저절로 몸이 떨릴 지경이었다.

고정엽이 처음으로 만랑에게 표정을 드러냈다. 짜증과 지겨움, 그리고 약간의 기막힘까지 섞인 표정이었다.

"도대체 몇 번을 말해야 알아듣겠느냐? 너를 혐오하기 시작한 것이 이미 옛날 옛적이다."

그는 한숨을 내쉬었다.

"이건 진심이다. 옛날부터 네게 마음은 남아 있지 않았어. 내가 얼마나 여러 번 말했는데 도대체 왜 믿으려 하지 않는 것이냐."

어려서부터 거칠게 살아온 사앙은 이 말에 절절히 녹아 있는 울분을 처음으로 느꼈다.

만랑은 정기를 빨아 먹힌 사람처럼 가만히 있었다. 마치 껍데기만 남은 듯 더는 울지도 않았다. 며칠 후 창이가 세상을 떠났고, 화장하기 전 고정엽은 창이를 만랑에게 보여 주었다.

공손 선생도 예전부터 만랑을 알고 있었다. 다른 사람들과는 달리 만랑을 처음 봤을 때부터 싫어했던 그가 비꼬듯 말했다.

"안 그래도 허약한 아이가 여기저기 끌려다니며 밥도 못 먹고 치료 시기도 놓쳤으니 애꿎은 어린 목숨만 희생되었군. 이게 다 자네같이 훌륭한 어미를 만난 덕이 아니겠는가!"

아들의 시신을 마주한 만랑은 멍하니 웃다가, 갑자기 온갖 희한한 소리를 지껄이기 시작했다. 중얼거리다가 노래를 하다가, 울다가 웃다가 했다. 옆 사람도 만랑이 무슨 말을 하는지 정확히 알아듣지 못했다. 그저 그녀가 아들의 주검을 안은 채 집에 가자고 하는 말만 겨우 알아들을 수 있었다.

명란의 손가락 끝이 약하게 떨렸다. 오후의 따뜻한 햇볕이 갑자기 차갑게 느껴졌다. 마치 어릴 때 들었던 『요재聊齋』[15] 속 귀신이 땅속 축축한 흙에서 나와 음산한 기운을 퍼뜨리는 것만 같았다.

그녀의 목소리가 떨렸다.

"만랑, 그 여자는…… 실성을 한 건가……?"

사앙이 고개를 끄덕였다. 그러다 문득 병풍 때문에 그녀에겐 보이지 않겠단 생각에 얼른 말을 덧붙였다.

"그렇습니다. 공손 선생과 몇몇 의원들도 모두 그렇게 말했습니다."

그는 말을 마치고 길게 탄식했다.

그는 양갓집 출신이었으나 가산이 넉넉하지는 않았다. 부친이 일찍 돌아가신 후 홀어머니가 그를 오냐오냐 키운 나머지 그는 하루가 멀다 하고 저잣거리에 나가 말썽을 부리며 고집스럽기 짝이 없는 아이로 자랐다. 그러다 열다섯 살 때 큰 사고를 쳐 목숨을 잃을 뻔했으나, 고정엽 덕분에 목숨을 건진 후 얌전히 살게 되었다. 매일 무술을 연마하고, 다리

---

15) 청대 문학가 포송령이 지은 문어체 소설집. 민간 설화 속 신선, 사람으로 둔갑한 여우 등을 소재로 한 괴기담으로 이루어짐.

에 벽돌을 달고, 창검술 연습을 하고, 공부까지 해야 했다. 절대 봐주지 않는 고정엽에게 적잖이 맞아 가면서 지금 이렇게 홀어머니가 자랑스러워하는 사상으로 자란 것이다.

그에게 있어 고정엽은 반은 스승이고, 반은 주군이었다. 그는 고정엽을 두려워하기도, 존경하기도 했다.

처음에 그는 속으로 '이 형님 진짜 복 받은 사람이구나.' 생각하며 고정엽을 부러워했다. 강호를 유랑하는데도 홍안지기가 따라다녔기 때문이다. 그런데 가만 보니 점점 더 두려워졌다. 이 여자는 홍안지기가 아니라 거의 빚쟁이 수준이었기 때문이다!

단 한 가지, 그가 아무에게도 말하지 않은 일이 있었다.

당시 이웃집에 수줍음 많은 소녀가 있었다. 붉은 끈으로 머리를 묶고 다니는, 얼굴이 고운 소녀였는데 고정엽을 사모하는지 종종 와서 옷과 신발, 모자 같은 것들을 선물했다. 차삼낭은 그녀의 성품이 훌륭하다고 여겼다. 어차피 고정엽이 완강하게 만랑을 거절하고 있었기 때문에 이번 일이 끝나면 이 아가씨를 첩으로 들이라고 고정엽에게 제안할 심산이었다. 곁에서 시중들 수 있도록 말이다.

만랑은 이 일을 알고 난 후에도 싫은 내색을 전혀 하지 않았다. 오히려 그 소녀를 극진히 대하며 자신이 고정엽의 마음을 얻지 못했다고 자책했다. 소녀는 자신에게 잘해주는 만랑에게 감동해 그녀를 친언니처럼 생각했다. 어느 야심한 밤, 그 소녀는 어찌 된 영문인지 외진 골목으로 향했고, 그곳에서 몇몇 불한당들에게 겁탈을 당했다.

소녀는 다음 날 강물에 몸을 던져 생을 마감했다. 물 위에 떠오른 붉은 머리끈이 한참을 떠내려갔다.

고정엽이 돌아온 후 이 일을 언급한 사람은 아무도 없었다.

오랜 시간이 지난 후, 사앙은 우연찮게 이 일의 진상을 알게 되었다. 만랑이 그 소녀를 속여 야밤에 밖으로 나가게 한 것이었다.

고정엽은 강호에 살면서 사내들과 함께 먹고 자며 허물없이 지냈다. 그러나 그의 괴팍함과 거만함, 냉소와 자조, 무심결에 보이는 습관은 남들과는 다른 그의 고귀한 출신을 시시때때로 드러냈다.

그래서인지 사내들은 한 번도 그를 놀리거나 경솔하게 대하지 않았다.

사앙은 더욱 그랬다.

어쨌거나 고정엽이 만랑과 연을 끊기로 한 이상, 자신이 괜한 입을 놀려 나리의 심기를 불편하게 할 필요는 없다고 생각했다. 다만, 다른 사람들이 내막을 아는지까지는 알 수 없었다. 그 후, 차삼낭은 만랑과는 눈 마주치는 것조차 싫어했다.

한숨을 내쉬며 말을 이으려는데, 갑자기 뒤에서 익숙한 발소리가 들려왔다. 그가 황급히 일어나 공수했다.

"나리, 오셨습니까."

수염이 웃으며 걸어들어오더니 손으로 병풍을 치웠다.

"이런 성가신 것은 뭣 하러 두는 것이냐?"

그러고는 명란 옆에 앉아 턱을 그녀의 어깨에 괴며 다정하게 말했다.

"낮잠은 좀 잤느냐? 내가 간 후 지금까지 이야기한 건 아니겠지."

명란이 웃었다.

"이야기하는 재주가 훌륭해서 제가 이야기에 아주 푹 빠져들었지요."

"오, 그래?"

수염은 전혀 개의치 않았다.

사앙은 이마에 식은땀이 나는 것을 느꼈다. 마치 십 대 시절로 돌아가 또 얻어맞을 것만 같은 기분이 들었다.

뜻밖에도 수염은 사앙을 보며 웃었다.

"됐다. 그만 돌아가 쉬어라. 내일도 할 일이 많다."

사앙은 사면을 받은 죄인처럼 쏜살같이 도망 나왔다.

날이 점점 더워지고 있었다. 밖에서 한바탕 돌아다니고 돌아와 온몸이 땀범벅이 된 수염은 정방으로 가 따뜻한 물로 몸을 씻은 후, 깨끗한 흰색 비단 중의로 갈아입고 나왔다.

그가 명란을 안고 다시 앉으며 말했다.

"경 장군의 공처가 증세가 더 심해졌다. 정 장군부에서 나온 후에 우리 집에 와서 차 한잔하라고 했더니 몸서리를 치지 뭐냐. 그러고는 뒤에서 귀신이 쫓아오는 것처럼 아주 필사적으로 말을 달리더구나."

명란이 그의 덜 마른 머리카락을 쓰다듬었다.

"정씨 집안의 두 부인은 어떠세요? 너무 힘들지는 않을까 걱정됩니다."

수염이 그녀를 꽉 안더니 눈을 크게 뜨고 말했다.

"아녀자들의 일을 내 어찌 알겠느냐?!"

그러고는 한숨을 쉬었다.

"그런데 정 형님은…… 휴, 너무 수척해지셨다. 듣자 하니 각혈을 하셨다는구나."

부부는 정씨 집안의 기이한 불운을 생각하며 탄식했다.

수염이 사방을 둘러보았다.

"두 놈은?"

"단이는 누나랑 놀고 싶다고 안 자려 해서 최씨 어멈이 데려갔어요. 아원이는 배가 고파 칭얼거려서 유모가 데려갔고요."

수염이 미간을 찌푸리며 말했다.

"배가 고픈데 왜 네가 젖을 먹이지 않고?"

그는 첫째가 태어났을 때 처음 두 달은 명란이 수유했던 사실을 떠올렸다.

명란이 손수건을 꼭 쥐며 괴로운 듯 말했다.

"이번에는 제가 잘 먹지 못해서 젖이 안 나와요."

수염은 누런빛이 도는 그녀의 머리카락을 만지며 자책하듯 말했다.

"모두 내 탓이다. 너까지 힘들게 했구나."

명란이 탄식하며 말했다.

"그러게요! 어느 집이나 골치 아픈 식구는 있다지만 우리 서방님처럼 대단한 식구는 없지요. 용이의 친모도 만만치 않고요."

남편은 그나마 괜찮은데 아쉽게도 철천지원수 두 명이 딸려 왔다.

수염은 안색을 차갑게 굳혔다가 다시 부드럽게 물었다.

"방금 사앙과는 어디까지 이야기했느냐?"

명란이 잠깐 주저하다 입을 열었다.

"창이가 죽었고, 만랑이 실성한 것까지요."

그러고는 그의 안색을 살폈다.

수염은 하등 슬프거나 난처한 표정을 짓지 않았다. 아무렇지 않게 명란의 맞은편에 앉아 주전자를 들어 차를 따르더니 한 잔을 마시고 나서야 입을 뗐다.

"거기까지 했으면 그다음은 별로 할 것도 없지. 그래도……."

그가 아랫입술을 오므렸다.

"그래도 이야기해주마."

명란은 경청하겠다는 표시로 자세를 고쳐 앉았다.

"이번에 출타가 좀 길었는데, 오히려 차분하게 생각할 수 있는 시간이었다. 영국공이 항상 내게 우스갯소리로 말하길, 예전의 나는 너무 생각을 안 했는데 지금은 생각을 너무 많이 한다는구나. 하지만 어찌 생각을 안 할 수가 있겠느냐. 예전의 나는 뭘 해도 엉망이었고, 무슨 말을 해도 믿어 주는 사람이 없었다. 나를 믿어 주고 내 말을 잘 들어 주는 사람은 만랑뿐이었지……. 그런데 그게 다 연기였을 줄 누가 알았겠느냐.”

수염은 조소를 지으며 찻잔을 내려놓았다.

“만랑은 훌륭한 배우였지. 기회가 있어 무대에 올랐다면 분명 인기 있는 배우가 됐을 게다.”

수염은 생판 모르는 사람인 듯 그녀를 얘기했지만, 사실은 거의 십 년 동안 그를 괴롭힌 여자였다.

“그 여자를 처음 알았을 때는 그저 맑아서 바닥이 훤히 들여다보이는 샘물 같다고 생각했다. 단순하고, 따뜻한 여잔 줄 알았지. 그러다 그 여자의 속셈이 음흉하다는 걸 알게 됐지. 가련한 신세에, 오라비가 도망가기는 무슨…… 심지어 여씨 집안까지 찾아가서……. 그렇게 되니 그 여자가 탁한 물로 보이더구나. 거미줄투성이에 더럽기 그지없는 그런 물 말이야. 언홍이 세상을 떠나고 나서야 깨달았지. 만랑은 사실 먹는 즉시 즉사할 수 있는 맹독이었다는 걸!”

명란은 속으로 투덜댔다. 이 몸이 폭로하지 않았으면 맑은 물이건, 더러운 물이건, 독약이건, 똑같이 신나게 마셔댔을 거면서.

“사실, 만랑의 진짜 모습을 알게 되었을 때도 나는 그녀를 탓하지 않았다. 나를 얼마나 속였든, 여가와의 혼사를 망쳤든, 연홍을 끌어들여 일을 벌였든 어쨌든…… 나에 대해서만큼은 진심이라고 여겼으니 말이야. 솔직히 만랑이 날 속여서 화가 나긴 했지만, 마음속으로는 기쁘기도 했다. 어쨌거나 그 여자는 후부 때문이 아니라 나라는 사람만 보고, 정당한 명분으로 나와 부부가 되고 싶었던 것뿐이니까.”

명란은 입을 삐죽거리고 싶었지만 참았다. 그 여자가 좋아한 건 당신이 아니라 자기 꿈을 이뤄 줄 남자였어. 능력 있고 책임감 있는 명문가 자제면 무조건 오케이였다고.

그런데 수염의 다음 말이 뜻밖이었다.

"나중에야 알았지. 만랑의 진심 근저에는 내가 아니라 그녀의 집착과 망상이 있었다는 걸."

명란은 할 말을 잃었다.

"그때 그녀를 탓하진 않았지만 한 가지만큼은 확실했다. 만랑이 수년 동안 나를 속이면서도 전혀 티가 나지 않았던 건 정말 대단하지. 나는 그때 알았다. 만랑은 누군가의 밑에 있는 것을 달가워할 사람이 아니란 걸. 정실이 아니라 첩으로 있는 한, 절대 안주인을 가만두지 않았을 거야……. 하지만 나는 단 한 번도 만랑을 정실로 삼겠다는 생각은 해본 적이 없다."

고정엽의 부친은 고정엽이 어릴 때 이런저런 기대를 이야기했다. 그중 하나가 아들이 좋은 아내를 얻었으면 좋겠다는 바람이었다. 어떤 아내가 좋은 아내인가? 부친은 툭하면 어려운 말로 가르치려 했기 때문에, 고정엽은 그 말을 쉽게 이해할 수가 없었다. 집안이 청렴결백해야 하고, 품행이 단정해야 하고, 온화하고 지혜로우며 선량해야 하고, 고상하며 품위가 있어야 하고, 거기다 처가에 힘이 좀 있으면 더 좋고…….

소년은 깊은 뜻을 이해하지 못한 채 어리벙벙한 상태로 부친의 말을 마음속에 새겨 두었다.

명란을 응시하던 수염이 옅은 미소를 띠며 말했다.

"예전에 넌 내게 '겉으로 보기엔 한없이 방탕해도 사실은 철저히 법도를 지키는 사람'이라고 했었지. 그땐 내가 너무 화가 나서 너를 강에 던져 버릴 뻔했단다. 그런데 곰곰이 되짚어보니 맞는 말인 것 같기도 하더구나."

명란은 반사적으로 목을 움츠리며 바보처럼 웃었다.

"겁 많고 연약한 사람은 귀여움을 살 순 있지. 하지만 고관대작의 정실 중 그런 사람이 어디 있더냐? 출신이 비천한 것은 흠이 아니나 교양이 부족하면 품위 있고 적절하게 사람을 대하지 못하는 법이다. 만랑은 여인의 일을 잘하고 가무에 능하고 경제 돌아가는 것도 잘 안다만, 식견이 얕고 매일 하소연만 늘어놓으니 결국은 같이 나눌 이야기가 점점 사라지게 되더구나."

그는 만랑을 바닥이 훤히 들여다보이는 샘물로 여겼을 때조차 그녀를 정실로 삼을 생각은 하지 않았다.

'신하가 입을 조심하지 않으면 목숨을 잃는다'와 같은 말들을 만랑은 알지도 못했고, 억지로 외웠다 한들 그 안에 담긴 깊은 뜻은 이해하지 못했을 것이다. 그러나 명란은 고정엽이 들려 주는 조정 이야기나 그의 인간관계에 대해 이해함은 물론, 하나하나 이치에 맞는 비평도 할 수 있었다.

……그는 만랑의 처지를 동정했고, 그녀의 기개에 탄복했고, 그녀의 따뜻한 위로를 좋아했고, 그녀를 보살펴 주고 싶었고, 그녀에게 먹고살 걱정이 없는 인생을 선물하고 싶었다. 그뿐이었다. 그러나 그녀의 처지, 기개, 위로……. 그 모든 것이 꾸며낸 것이었다.

"너는 다르다."

수염이 따뜻한 눈빛으로 명란을 바라보았다.

"우린 늘 대화거리가 넘쳤지."

명란도 그의 눈을 바라보며 조용히 미소 지었다.

"……네, 우린 늘 할 말이 넘쳤지요."

설보채의 모든 조건이 완벽했음에도 가보옥이 임대옥을 좋아했던 것은, 그저 두 사람의 마음이 잘 맞고 서로 할 말이 넘쳤기 때문이다.

"이야기가 장황해졌다만, 결국 후부의 둘째 공자는 배우 출신의 만랑이 눈에 차지 않았던 것이다. 만랑은 아마 진즉에 알아차렸을 것이다. 그래서 몇 번이고 나를 부추겨서 집에서 나오게 했던 게야."

수염은 자조했다.

"막 집을 떠나 먼 길에 올랐을 때는 고민도 많았고 의기소침했었다. 출세의 길이 보이지 않았을 때 이런 생각도 했지. 어차피 이미 강호에 적을 둔 하류 인생인데 내가 감히 누굴 무시하나, 그냥 되는대로 만랑과 살면 그만이지, 하고. 어쨌거나 자식도 둘이나 있고 말이다. 하지만……."

그가 가볍게 관자놀이를 문질렀다. 손등의 핏줄이 도드라졌다.

"언홍 언니가 죽을 줄은 모르셨지요."

명란이 침착하게 그의 말을 받았다.

수염은 손을 내렸다. 그의 눈빛은 의연했다.

"……그래. 언홍이 죽었지. 만랑에 대한 내 마음도 죽었고."

수염이 나직하게 말을 이었다.

"언홍이 혼인하고 싶었던 상대는 내가 아니었고, 내가 원하던 여자도 언홍이 아니었다. 짧은 몇 개월 동안 언홍이 보여준 행동은 좋은 아내라고 할 수 없었고, 나도 좋은 남편이라 할 수 없었지. 그래도 멀리 떠나오고 나니 결국 그 사람에게 미안한 마음이 들더구나."

그는 손을 뻗어 명란에게 얇은 담요를 덮어주었다.

"만약 언홍에게 나와 계속 같이 살 생각이 없다면, 나도 더 좋은 집에 시집갈 수 있도록 놓아줄 마음이 있었다. 잘못으로 인한 오명은 내가 지면 그만이었어. 어차피 내 평판은 밑바닥에 떨어진 지 오래였으니까. 그런데 나중에는 그 사람에게 진 마음의 빚을 갚으려던 일말의 의지도 몽땅 사라졌다."

그의 목소리에 은근한 노기가 서리기 시작했다.

"내가 집을 떠난 지 사오 년이나 됐으면 언홍이 고독을 참지 못하고 잘못을 저질렀다고 해도 나는 용서할 수 있었어. 하지만 겨우 석 달이 지났을 뿐인데 그새 외도에 회임까지 하다니, 나를 기만해도 정도가 있어야 할 것 아니냐……."

그의 눈썹이 치켜올라 가고, 입꼬리에는 냉소가 걸렸다.

"외도 상대는 황당하게도 정병 형님 같은 호색한이었다. 내 계모가 작심하고 일을 크게 만들지 않았더라면 의원을 매수해 그 아이를 내 핏줄이라고 속였을 테지."

고 태부인은 당연히 언홍이 아이를 낳는 것을 원하지 않았을 것이다. 그게 사생아일지라도 말이다. 첫째 아들이 후손도 없이 죽게 생겼고, 둘째는 제 발로 집을 나간 차에 혹여 둘째에게 적자라도 생기면 변수만 하나 더 생기는 게 아닌가.

수염은 치욕을 견딜 수 없다는 듯 또 말했다.

"네겐 좀 거슬리는 말이겠지만, 강호의 다혈질 사내들은 자기 형제가 이런 모욕을 당한 것을 알면 즉시 간통한 연놈의 숨통을 끊어버린다. 다들 손뼉을 치며 쾌재를 부르지."

명란의 입술이 움찔했다. 고대의 바람난 남녀를 처벌하는 문제에 대한 자기 생각을 밝히고 싶었으나 침저롱과 같은 오래된 관습을 생각하며 입을 다물었다.

"어쨌거나 하늘이 맺어준 부부인데 정은 없어도 의리는 있어야지. 그렇게 생각하니 나와 언홍은 정도, 의리도 없었다. 그녀가 죽든 말든, 나는 상관없었다.”

수염은 탄식했다.

“그래도…… 만랑이 그래선 안 되었지…….”

이 일에 있어 만랑이 보여 준 음험함, 사악함, 치밀함은 평범한 여자에 대한 그의 예상을 훨씬 넘어서는 것이었다. 자신이 술에 취한 상태에서 하인을 통해 용서할 뜻을 비쳤더니 만랑은 어떻게든 언홍의 목숨을 끊어놓으려 했다.

예전에는 이런 일이 있어도 만랑이 자신을 너무 은애한 나머지 벌인 일이라고 스스로 합리화할 수 있었다. 그러나 언홍의 죽음은 그런 그의 마음을 단번에 사그라들게 했다.

고정엽이 어렸을 때, 고언개는 그에게 『명신록名臣錄』[16]과 『신무지神武志』[17]를 펼쳐 역대 왕조 순서에 따라 훌륭한 문신과 무장의 행적을 하나하나 들려 주곤 했다.

“문신에게는 문신의 도가 있고, 무장에게는 무장의 덕이 있으니, 심지와 몸이 곧지 않으면 사방에서 습격해오는 귀신에게 저항할 수 없다.”

그 진지한 가르침이 아직도 그의 귓가에 생생한데, 그렇게 심보가 고약한 여자는 죽어도 싫었다.

“그렇다 해도 나는 만랑이 죽거나 안 좋게 끝나길 원하진 않았다. 그래도 나와 함께했던 사람인데, 만랑을 다시 보고 싶진 않아도 두 모자가 먹

---

16) 고대 명신들에 대한 기록을 모아 놓은 책.
17) 무장들의 뛰어난 무용담을 기록해 놓은 책.

고사는 걱정 없이 살기를 바랐다. 영국공이 들으면 또 나보고 감정적인 사람이라고 말씀하시겠구나…… 명란아, 설마……?"

그의 눈빛이 다급해졌다.

명란은 침착하게 그의 눈을 바라보았다.

"압니다. 이해해요."

사람들의 억측과 달리, 고정엽이야말로 정과 의리를 중시하는 사람이었다. 결핍은 소중함을 일깨워 주기 마련이다. 그렇기에 비록 꾸며 낸 아름다움일지라도 거칠고 외로운 어린 시절을 보낸 그는 거기서 위안을 얻었던 것이다.

"만랑에게서 제일 이해가 안 되는 부분은 내가 아무리 의절하려 하고 몰인정하게 대해도, 마치 자신만의 세계에 사는 사람처럼 자기 생각을 고집하며 내가 여전히 자신에게 감정이 있다고 생각하는 것이었다."

수염은 곤혹스러웠다.

"내가 제 팔다리를 부러뜨리고 손가락을 자르면 그때야 믿을지."

만랑 모자가 면주로 가도록 놔둔 것은 그가 만랑에게 준 마지막 기회였다. 사실 그는 이미 괜찮은 곳을 물색해 놓은 상태였고, 만랑이 또 귀찮게 하면 창이를 그녀에게서 철저히 떼어내 다른 곳에서 키울 작정이었다. 다만 유년 시절 내내 어미 없는 설움을 충분히 겪었던 그이기에, 이러니저러니 해도 만랑이 아이를 사랑해 줄 거라고 생각하며 창이를 만랑 곁에 남겨 둔 것이었다.

그러나 출정하기 전 석갱 부부가 그에게 들려 준 과거의 일로 그는 결심했다. 돌아오자마자 창이를 만랑에게서 떼어놓으리라. 하지만 결국 한발 늦어버렸다.

"만랑은 끝을 알 수 없는 동굴처럼 종잡을 수 없는 사람이다. 그녀가 남을 속일 줄은 알았어도 죽일 줄은 몰랐고, 사람을 죽일 줄은 알았어도 피붙이에게까지 손댈 줄은 몰랐다. 유일한 피붙이인 제 오라비도 철저히 써먹고는 버렸더구나. 그녀는 목적을 이루기 위해서라면 그 어떤 악랄한 짓도 할 수 있었던 거야."

그녀를 한 겹 한 겹 벗겨내 발견한 밑바닥은 추잡함과 추악함이었다. 그는 너무나 두려웠다. 이 여자가 과연 자기가 한때 좋아했던 만랑이 맞는지 믿을 수가 없었다.

그는 서요성에서 만랑을 봤을 때를 기억한다. 그녀는 굶주린 백성들 사이에서 나무 몽둥이를 휘두르고 있었다. 어찌나 정확하고 매서운지 아무도 감히 만랑 모자에게 다가가지 못했다. 그녀를 알았던 오랜 세월 동안 그녀를 병약하다고 생각해 왔다. 아니, 기껏해야 겉만 멀쩡하다고 생각했다. 그 모습을 본 그제야 그녀의 몸 상태가 단순히 괜찮은 정도가 아님을 알게 되었다.

그는 식은땀이 났다. 예전에 만랑이 아이를 밴 아내를 받으러 달려들었을 때까지만 해도, 그것이 차라리 같이 죽고 말겠다는, 절망한 여자의 분노 행위라고 생각했다. 하지만 지금 보니 만랑은 그때 창이를 안고 있었더라도 자신은 다치지 않고 명란을 해칠 수 있었던 게 틀림없었다. 그의 마음은 순식간에 얼어붙었다.

"만랑을 만난 건 내게 불운이었다. 나를 만난 건 그녀에게 더 큰 불운이었고."

많은 세월이 흘렀다. 이제 그는 침착하게 자신과 만랑의 관계를 간단히 설명할 수 있었다.

명란은 뻣뻣해진 등을 쭉 폈다. 머리가 마비된 것처럼 무슨 말을 해야 할지, 무엇을 해야 할지 생각나지 않았다. 고개를 들어 수염의 암담하고 고요한 얼굴을 보았다. 그가 불쌍했다.

"그때 내가 만랑 모자를 면주로 보내서 날 원망했지……."

그가 어렵게 말을 꺼냈다.

"원망하는 게 당연하다."

명란이 입을 열려 했으나 수염이 손을 들어 그녀를 막았다.

"내 말부터 먼저 들어보거라."

명란은 입을 다문 채 인내심을 가지고 듣기 시작했다.

"변명하고 싶은 생각은 없다. 진심으로 너를 대하지 않았다는 네 말도 틀린 게 하나 없다. 하지만 나도 천성이 무정한 사람은 아니란다. 예전에는 나도 마음을 다했지. 그러나 결국 돌아온 건 기만과 모욕, 설움이었다. 하소연할 곳도, 믿을 사람도 없었지……. 그저 그곳을 떠나 밖으로 나갈 수밖에 없었다. 고씨 집안 차남의 옷, 장신구, 이름, 모든 것을 내려놓았지. 심장을 도려내고, 고개를 숙였다. 새롭게 태어나서 처음부터 다시 배웠다."

남자의 목소리는 낮게 잠겨 거친 돌 두 개가 서로 갈리는 듯한 소리를 냈다.

"마침내 나는 터득했다. 무슨 일이든 이익과 손해, 좋고 나쁨, 옳고 그름 이 세 가지를 먼저 헤아렸지……. 나를 겨냥한 계략을 막는 법, 다른 사람을 음해하는 법을 터득했지."

그는 비참한 웃음을 지었다.

"이전의 고정엽을 죽여야만 살아갈 수 있었어."

명란의 눈가에 서서히 뜨거운 눈물이 차올랐다. 마음이 시리고 아팠다. 면 한 그릇이 얼만지도 몰랐을 후부의 귀공자가 빈털터리가 되어 이어가는 삶이란 얼마나 어려웠을까. 그녀는 알았다. 모든 걸 이해했다.

"그땐 시국이 나빴다. 우리가 잘못을 저지르기만을 호시탐탐 노리는 사람이 도처에 있었지. 경 장군도, 심형도, 단씨 형제와 같은 충신도 온갖 생트집에 걸려 넘어졌지. 나는 황상과 그들만큼 가깝진 않았기 때문에 더더욱 잘못을 저질러선 안 되었다."

그가 손을 뻗어 명란의 손을 잡으며 말했다.

"너희 모자가 무사하다는 걸 안 후로, 내가 가장 먼저 생각한 것은 네가 두려워할까 걱정하거나, 너 대신 화풀이하는 게 아니었다. 어떻게 하면 온당하게 만랑의 일을 처리할지에 대한 고민이었다. 네가 나를 탓하고 원망하는 것도 당연하다! 나 같은 놈이 진심으로 대해주지 않는다며 너를 원망한다면 정말 천하에 나쁜 놈이지!"

그가 힘껏 주먹을 쥐자 손가락 관절이 창백해지며 우두둑 소리를 냈다.

"할머님께 일이 생겼을 때 너는 병상 앞에 엎드려 슬피 울었지. 할머니를 위해 진실을 밝히려고 생사와 부귀, 모든 것을 내걸었고, 절대 포기하지 않았어! 나는 그제야 꿈에서 깨어난 느낌이었다. 그렇게 많은 길을 걷고, 그렇게 많은 것들을 배워 왔으면서 정작 가장 중요한 것을……, 진심으로 사람 대하는 법을 잊었단 걸 깨달은 거다……."

그의 목소리는 오래된 양피지를 찢을 때 나는 소리처럼 잔뜩 쉬어 있었다. 말이 끝나자 그의 눈에서 눈물방울이 떨어졌다. 하늘에 틈이 생겨 갑자기 빛이 들어온 느낌이었다. 운명은 한 번도 그가 탄탄대로를 걷도록 놔둔 적이 없었다. 늘 순탄치 못했고, 갈수록 더 많은 위험이 도사리고 있었다. 그는 돌아보고 나서야 소중한 과거를 놓쳤다는 것을 깨달았다.

명란이 흐느끼며 그의 주먹 위로 손을 올렸다.

"아니, 제가 옹졸했어요. 나리가 밖에서 그 어려운 일들을 하신 덕에 제가 이렇게 편히 살 수 있는 거잖아요. 제가 총명해서도 아니고, 붙임성이 있어서도 아니고, 팔방미인처럼 무엇이든 잘해서두 아니에요. 나리가 조정에서 인정을 받으니 다들 저에게 아첨하고 떠받들어 주는 것인걸요……."

뜨거운 눈물이 두 사람이 맞잡은 손 위로 떨어졌다.

"나리가 보이는 곳에서나 보이지 않는 곳에서나 저를 보호해주고 어떤 억울함도 당하지 않게 지켜 주시니, 경성의 어느 누가 부러워하지 않을 수 있겠어요! 제가 만족을 모르는 탓이에요. 제가……."

명란은 입술을 꽉 깨물었다. 굵은 눈물방울이 뚝뚝 떨어졌다.

"두려웠어요! 어느 날 갑자기 나를 싫어하게 되면 어쩌나, 그럼 난 어떻게 해야 하나 걱정됐어요. 그래서 항상 따지고 들었고, 조금이라도 손해를 보고 싶지 않아 전전긍긍했어요! 그런 무서운 날이 오게 된다면 저는 상심해서 죽을 테니까요!"

그녀는 결국 대성통곡하기 시작했다. 오랫동안 숨겨 왔던 속내를 털어놓고 보니, 그 이유라는 것이 하나같이 나약하고, 이기적이고, 부끄럽기 짝이 없었다.

"사실 나리 마음은 진작부터 알고 있었어요. 저한테 잘해주시는 게 단순히 집을 다스리고 자식을 키우는 정실이라서가 아니라 진심으로 저를 사랑하고, 존중하기 때문이라는 것을요. 제가 즐겁게, 아무 걱정 없이 살도록 해주고 싶어한다는 것도요……. 하지만 전 모르는 척했어요! 두려웠으니까요. 전 두려웠어요……."

수염은 소매를 들어 서툰 손놀림으로 그녀의 눈물을 닦아 주었다.

"울지 말거라. 몸조리할 때는 울면 안 된다……."

그렇게 말하는 그도 커다란 눈물방울을 떨어뜨렸다.

명란은 더 크게 울기 시작했다.

둘은 서로를 부둥켜안았다. 머리를 맞대고, 몸을 맞대고, 눈물을 흘렸다. 알 수 없는 눈물이 멈추지 않고 흘러 옷과 소매를 적셨다. 마치 억울하게 꾸중 들은 두 아이처럼, 그렇게 서로를 위로하고 보듬었다.

그들은 어린 나이에 냉혹한 현실 앞에서 순진함과 열정을 잃었고, 삶 속에서 각종 위선을 배웠다. 사람을 대할 때, 일을 대할 때 늘 경계하고 방어했고, 늘 조심하면서 쉽게 남을 믿지 않았다. 그렇게 숱한 고생을 하고, 의심하고, 상처받고, 주저하고, 한참을 돌아오고 나서야 깨닫게 된 것이다. 내가 원하던 것이 사실은 지척에 있었음을.

이것이 그들의 인생에 만랑이 등장한 마지막 순간이었다.

제220화

종결장 下

담아 두었던 이야기를 다 털어놓으니 마음이 훨씬 가벼워졌다. 두 사람은 그 어느 때보다 서로가 편하게 느껴졌고, 마치 반평생을 함께한 노부부 혹은 오랜만에 재회한 옛 친구처럼 말과 행동에 거리낄 것이 없었다. 명란은 피가 섞이지 않은 사람에게 이토록 친밀하고 편한 감정을 느껴본 적이 없었다.

산후조리 기간은 한가롭고 편안한 나날들이었다. 온갖 자질구레한 일은 고정엽이 처리했다.

첫 번째 일은 후부를 지킨 장정과 남자 하인들에게 상을 내리는 것이었다. 집집마다 은자를 내렸음은 물론, 남자가 목숨을 잃은 집에는 양적을 발급하고 전답을 주었다. 혹여 그 집에 나이 찬 사내가 있으면 군에서 하급 관리로 일할 수 있게 주선했다. 보상받은 집의 가족은 감격의 눈물을 흘렸고, 주위 사람들도 모두 부러워하며 주인의 은덕을 칭송했다.

후한 상이 있으면 엄중한 처벌도 있어야 하는 법. 그 후 며칠 동안 고정엽은 실질적인 행동을 통해 집안의 모든 사람에게 두 가지 사항을 알렸다. 첫째, 아내가 내린 벌과 자신이 내릴 벌은 별개이다. 둘째, 자신은 군법으로 다스리길 좋아한다.

바깥이 아직 어수선하다는 이유로 벽사는 여전히 후부에서 나오지 못했다. 그녀는 외원의 작은 방에 갇혀 끊임없이 울며, 하루에도 몇 번씩 자기를 감시하는 어멈을 붙들고 마님께 다시 생각해달라는 말을 전해달라 애원했다. 고정엽은 두말하지 않고 곧장 그녀를 끌어오라 명했고, 벽사는 사람들이 보는 앞에서 빰 마흔 대를 맞았다.

"네년이 시끄럽게 떠들기를 좋아했으렷다!"

벽사의 얼굴과 입술이 터지고 찢어졌다. 갸름한 얼굴은 돼지머리처럼 퉁퉁 부어오르고 이도 예닐곱 개가 빠져버렸다. 그녀가 정신을 잃자 냉수를 끼얹어 깨운 후, 몇몇 어멈이 낡은 마차에 실어 집으로 압송했다.

이쯤 되니 그녀도 더는 감히 애원하지 못했다. 말을 할 수 없으니 애원도 할 수 없었다.

고정엽이 처리한 두 번째 자질구레한 일은, 임 이랑의 시중을 들던 계집종 여섯에 관한 것이었다. 임 이랑은 다른 곳으로 보내졌으나 그녀들은 아무도 도망가지 않았다.

예전에 명란은 소 씨의 체면을 생각해 큰집 내부의 인사에 대해 거의 묻지 않았다. 그러나 찬찬히 생각해보면, 저택 깊숙한 곳에 거하며 대문을 나서는 것조차 마음대로 할 수 없는 이랑이 어떻게 멀리 떨어진 곳에 사는 고 태부인과 접촉해 수없이 들락날락해야만 알 수 있는 일을 훤히 꿸 수 있었을까? 그녀 곁에 있던 사람들은 아무것도 몰랐다고 말할 수 있을까? 고정엽은 물어보기도 귀찮아져서 곧바로 처벌을 내렸다.

임 이랑의 곁에 있던 큰 계집종 둘은 각각 양쪽 검지와 양쪽 귀를 베어버린 후 북쪽 혹한 지역에 노비로 팔아버렸다. 삼등 시녀 넷에겐 곧장 스무 대를 내렸고, 가생자의 경우에는 가족들까지 몽땅 내쫓아 시골에서 허드렛일하게 했고, 영원히 후부에 발을 들이지 못하게 했다.

소 씨의 잘못은 노골적으로 말하기가 껄끄러워 굳이 따지진 않기로 했다. 그러나 그녀를 오랫동안 보좌했던 어멈과 관사의 아내 넷을 끌고 와 소 씨가 보는 앞에서 몽둥이로 서른 대를 치고 삼 년 동안 은자와 쌀을 지급하지 않는 벌을 내렸다. 죄명은 명확하지 않았다. 변란이 일어났을 때 첫째 마님을 잘 모시지 못하여 첫째 마님이 여기저기 돌아다니게 놔두었으며 하마터면 화를 초래할 뻔한 것이 그 죄명이었다.

사발 입구만큼 굵직한 가법의 살벌한 한 방이 떨어지자마자 지켜보던 소 씨는 비명을 지르며 졸도했다.

고정엽은 눈 하나 깜짝하지 않고 속으로 냉소를 지었다. 큰집의 일등 하인 중 그와 고정욱의 해묵은 원한을 모르는 자는 없었다. 다만 명란의 선처 덕분에 큰집 사람들은 대접을 받으며 살 수 있었고 바깥의 식솔들 역시 후부의 세력에 힘입어 장사를 할 수 있었던 것이다. 그런데 위기가 닥치자 양심적으로 행동한 사람은 하나도 없었다.

그날 밤, 소 씨와 임 이랑의 수상한 행동이 아무리 은밀했다고 해도 오랫동안 곁에 있던 몸종들이 전혀 눈치채지 못했을까? 한 명이라도 상황을 알렸다면 명란이 더 빨리 대처할 수 있었을 것이다. 그러나 약삭빠른 몸종들은 쓸데없는 짓을 하느니 아무것도 안 하는 편이 낫다고 생각했다. 어쨌거나 주인마님은 너그러우니 실제로 무슨 일이 생긴다 해도 그들을 심하게 벌하지는 않으리라 판단했던 것이다.

하나는 매를 맞다 그 자리에서 다리가 부러졌고, 또 하나는 매를 맞다 피를 토했다. 다른 둘 역시 정신을 잃고 초주검 상태가 되었다. 처벌이 끝난 후, 소 씨의 처소에는 검붉고 걸쭉한 핏방울들만 남아 석판 위를 쓸쓸히 물들였다.

후부의 하인들은 늦가을의 매미처럼 입을 꾹 다물었다. 가희거에 들어가 보고를 올릴 때도 전전긍긍했다. 소 씨는 충격으로 몸져누웠고, 추랑은 겁에 질려 두문불출했고, 한이는 소리 없이 울었다. 용이는 곁에서 조용히 한이를 위로했다.

주인을 배반한 한삼의 권속들은 그 이후를 아는 이가 없었다.

고정엽의 이번 조치는 일종의 선전포고였다. 너희들이 먹고, 쓰고, 입는 모든 것은 내가 준 것이지 소 씨나 소진 씨가 해 준 것은 아무것도 없다. 누구를 모시든 어디서 일하든 오로지 내 아내에게만 충성해야 할 것이다.

처음부터 끝까지, 명란은 둘째 아들을 안고 첫째 아들의 손을 잡은 채 방 안에서 숨을 죽이고 있었다.

고대에선 이런 처벌이 마땅하다는 건 잘 알고 있었다. 주인이 너무 착하고 너무 합리적이면 간사한 하인들은 너무나도 쉽게 기어올랐다. 자애로운 할머니조차 금릉에 돌아오셨을 때 주인의 재물을 몰래 내다 판 하인과 관사를 붙잡아 일말의 주저함 없이 바로 죽여 버렸지 않은가.

당시 큰당숙모는 연신 할머니를 칭송하며 이 사례로 명란과 품란을 교육하려 했다.

"밖에서 주인 대신 저택과 토지를 관리하는 하인이 딴생각을 품기 시작하면 피해는 걷잡을 수 없이 커지는 게야."

하지만 명란은 딴생각에 빠져 있었다.

그들이 훔친 재물의 양과 가치가 얼마나 되는지, 민사책임과 형사책임의 기준이 있는지, 사형의 양형 조건에까지 도달하는지.

……뭐, 굳이 다른 사람이 상기시키지 않아도 그녀는 이런 생각이 너무 바보 같고 진부하다는 걸 알고 있었다.

"……미안해요. 안 그래도 바쁘고 피곤할 텐데 안채 일까지 신경 쓰시게 해서."

명란은 마음 가득 미안함을 느꼈다.

고정엽이 수척한 그녀의 뺨을 어루만지며 잔뜩 찌푸려진 그녀의 미간을 손으로 펴주었다.

"그런 말 말거라. 내가 다 안다."

사실 그녀는 세세한 음모와 계략을 모조리 밝혀 낱낱이 죄를 캐물을 수 있었다. 그러나 처벌만 하려고 하면 마음이 약해졌고, 고정엽은 그런 그녀를 이해하지 못했다. 주인으로서 위협하고 위엄을 세우기 위해서는 때로 아랫사람에게 모질게 굴어야 할 때도 있는 법이었다. 물론 그 와중에 누군가는 억울할 수도 있고, 벌을 과도하게 받을 수도 있다. 어찌 매사에 일말의 치우침 없이 처벌할 수 있겠는가.

한때 그는 그녀의 모질지 못하고 약한 마음이 답답했지만, 돌이켜 생각해보면 참으로 존경스러운 면이었다.

지금까지 살면서 그의 곁에 있던 사람들, 그러니까 이미 세상을 떠난 부친 고언개, 고 태부인, 고정욱 그리고 사촌 형제 등은 하나같이 자신의 흥미와 이익에 따라 행동하는 사람들이었다. 마땅히 해야 할 일인지, 양심에 거슬리지 않는지 여부는 생각하지 않았다. 만랑은 더 말할 것도 없었다. 사리사욕을 위해 살인과 방화를 저지르고 제멋대로 행동했다.

책에 나오는 사대부의 말처럼, 군자는 해야 할 일은 하되 하지 않는 일도 있어야 했다. 그러나 그는 평생 이러한 군자를 거의 만나보지 못했다.

이에 반해 명란이 고집하는 도리는 바보 같긴 해도 청풍명월처럼 확실하고 깔끔했다.

고정엽은 이전에도 살생을 하면서 마음속에 아무 거리낌이 없었다.

명란은 그래도 소 씨가 죽은 형님의 부인인데 고정엽이 이렇게 매정하게 대하다 평판을 해칠까 근심했다.

"나는 예전부터 이랬다. 그래도 내가 악역을 맡는 게 낫지 않겠느냐."

고정엽은 이렇게 말하고는 얼른 또 덧붙였다.

"그저 탄핵이 무서워 아무것도 못 한다면 숨 쉴 필요도 없지. 걱정 말거라. 내게 다 계획이 있다."

고정엽이 미소 지으며 말했지만 돌아온 것은 명란의 흰자위뿐이었다.

흥, 계획이 있긴 뭐가 있어! 승전고를 울리며 돌아온 장군이 과부가 된 형수를 박대하고 하인들을 함부로 죽여 없애면 너무나도 완벽한 탄핵감 아닌가? 할 일없는 언관들이 알기라도 하는 날엔 신이 나서 탄핵하자고 난리를 칠 텐데?

명란은 미간을 찌푸렸다. 그런데 이튿날 장 씨가 찾아와 이런저런 말로 그녀의 불안을 해소해주었다.

"하, 부인의 부군이 그렇게 호락호락한 사람인 줄 아십니까! 저희 부친께서 말씀하시길, 녕원후는 보기엔 호탕해 보여도 사실은 섬세하고 치밀하다고, 일을 착수하기 한참 전부터 정성을 들인다고 하셨습니다."

장 씨는 자기도 모르게 웃음이 새어 나왔다.

"지금 밖에서는 부인의 그 과부 형님이 자기 분수도 모르고 몰래 시어머니와 결탁해서 부인과 아들을 음해하려 했다는 얘기가 돌고 있어요."

"네? 그건 또 무슨 말입니까?"

명란이 놀라 물었다.

"그날 밤, 황궁과 구문이 심한 피해를 본 것 외에 다른 집은 오합지졸들이 들이닥쳤던 정도였습니다. 도적질의 피해는 저희 집이 가장 심각했던 것 같아요. 아무래도 내부에 적이 있었기 때문이겠지……."

장 씨가 경멸하듯 입을 삐죽거렸다.

"경성 사람들한테 전부 물어보세요, 녕원후부만큼 잔인한 일이 벌어진 곳이 있는지. 기름을 끓이고, 문을 부수고, 사다리로 벽을 오르고, 불까지 질렀잖습니까. 쉰 명 가까이 죽었으니 서책에나 나오는 공성전攻城戰과 다를 게 뭡니까. 경성에서 이런 일은 없었어요. 황상께서도 깜짝 놀라 엄벌에 처하라 하셨고요."

장 씨는 기분이 나쁘지 않은 듯 신나게 이야기를 늘어놓았다. 명란이 조용히 찻잔을 건네자 그녀는 한 모금 마시더니 말을 이었다.

"처음에야 다들 정신이 없었지만 지금은 어느 정도 안정을 찾았으니, 사람들이 이 이상한 일을 알아보지 않고 배기겠어요? 그런데 하필이면 부인께서 마침 산후조리 중이시라."

말인즉슨, 여러 권문세가의 권속들이 명란에게 직접 묻기가 곤란해 풍문으로만 들었다는 뜻이다.

명란이 쓴웃음을 지었다.

"그래서 무슨 소식을 좀 들으셨나요?"

"따로 알아볼 필요도 없었지요. 그 요사스러운 이랑이 유 대인에게 압송됐잖아요. 심문을 받다가 은연중에 진실을 털어놓았다네요. 부인의 형님과 시어머니가 내통해서 부인과 아들을 해하려 했다고요."

명란은 깜짝 놀라 한참을 아무 말도 하지 못했다.

"······하지만 임 이랑은 다 자기 혼자 한 짓이고 형님과는 무관하다고 했는데요."

장 씨가 의미심장하게 웃었다.

"아문에서 심문을 하면 진상이 다 밝혀지는 법이지요."

명란은 침묵했다. 좀도둑을 잡는 건 의미가 없었다. 조직 깊숙이 파고

들어 핵심 두목을 밝혀내야 비로소 성과를 거둔 것이라 할 수 있었다.

"그리고, 주인과 아무런 상관없이 하인이 일을 벌이는 경우가 어디 있답니까."

장 씨가 계속 말했다.

"부인의 형님은 항상 돌아가신 부군의 후계자가 없을까봐 걱정하셨잖아요."

명란은 들을수록 의아했다.

"형님께선 옛날에 그런 생각을 하시긴 했지만 요 몇 년간은 그 얘길 꺼내지도 않으셨어요."

어째서 이 일까지 연결되는 걸까.

장 씨는 명란의 멍한 표정을 바라보곤 재미있다는 듯 그녀의 귀를 꼬집었다.

"고작 몇 년 지난 일이라 기억하는 사람이 많답니다. 고씨 집안 장자가 임종 전에 사람들을 모아 놓고 자신이 죽은 후 후계자는 필요 없다고 했을 때 부인 형님께서는 딱히 내켜 하지 않으셨어요. 그쪽에서 이 일로 트집을 잡으면 부인 형님께서 어찌 흔들리지 않을 수 있겠어요? 자, 이렇게 딱 맞아떨어지네요. 지금 바깥에선 이 일이 아주 흥미진진한 화제라니까요."

명란은 숨을 들이마시고 힘겹게 말했다.

"그 정도까진 아닐 거예요. 제가 잘 아는데, 형님은 그럴 만한 분이 아니에요……."

장 씨가 의아한 눈빛으로 그녀를 위아래로 훑어보는 바람에 명란은 입을 다물었다.

장 씨가 굉장히 웃기는 일을 목격한 것처럼 농담조로 말했다.

"그 정도인지 아닌지는 저도 모르지요. 누가 보장할 수 있겠어요. 하지만 부인이 조카딸을 어떻게 대했는지는, 설 대가나 정씨 집안, 가까운 이웃 친척 등 알 만한 사람은 다 압니다."

참으로 심오한 말이었다. 명란은 한참을 곱씹은 후에야 비로소 속뜻을 깨달았다. 소 씨의 죄명이 거의 확정된 것이다. 그녀는 잠시 침묵하다가 울적하게 말했다.

"우리 불쌍한 한이, 한이는 정말 착한 아이예요."

상황을 잘 아는 장 씨는 여유롭게 손톱을 어루만지며 무미건조하게 말했다.

"첫째, 아이가 아직 어리니 적어도 십 년은 지나야 혼사 얘기가 나올 텐데, 그때는 아마 기억하는 사람이 없을 겁니다. 둘째, 앞으로 아이를 불러 같이 지내는 시간을 늘리세요. 나중에 아이가 자신은 작은어머니 밑에서 자랐다고 생각하도록 말이에요. 그럼 품성도 부인을 닮게 되겠지요. 흥, 자기 처자식도 제대로 보살피지 못하면서 무슨 또 옆에 어중이떠중이들을 생각하는지, 사내대장부라고 할 수도 없지요……."

명란은 고개를 돌려 옆을 바라보았다. 찬란한 햇살이 창문을 통해 들어와 장 씨를 비추었다. 부드럽고 가녀린 손가락, 매끄럽고 아름다운 피부. 그녀의 얼굴에는 맑고 깨끗한 명검처럼 총기가 넘쳤고 차분함과 느긋함이 묻어났다.

대군은 세 무리로 나뉘어 경성을 빠져나갔다. 나머지 두 무리의 상황을 알 수 없는 상황에서 장고 대군은 이미 시작부터 확실한 대승을 거두었다. 영국공은 장막 안에서 전략을 세워 천 리 밖까지 승리를 거두었으며, 적재적소에 인재를 배치했다. 그는 경기병을 보내 신속하게 회군하여 천자를 호위했고, 자신은 후방에서 군대가 혼란스러워지지 않도록 관리하는 와중에 위기에 빠진 사위를 구하러 달려갔다. 논공행상에서 영국공은 총사령관으로서 가장 앞에 이름을 올렸다.

이렇게 유능한 부친 덕분에 장 씨의 콧대는 더욱 높아졌다. 남편인 심종흥이 지금 어쩌고 있는지에 대해서는…… 그다지 관심이 없었다.

이때, 최씨 어멈이 강보를 안고 활짝 웃으며 들어왔다.

"원이 애기씨가 깼길래 국구 부인 보시라고 데려왔습니다."

장 씨는 얼른 화제를 돌리며 웃는 얼굴로 아이를 안았다.

부드럽고 발그레한 아기의 얼굴에는 자다 눌린 흔적이 옅게 남아 있었다. 기분 좋은 젖내가 풍겼고, 이목구비가 또렷했다. 장 씨가 매우 기뻐하며 얼른 금쇄가 든 두루주머니를 꺼냈다. 아원은 방금 젖을 먹어서 울거나 떼를 쓰지 않았다. 큰 눈은 맑고 깨끗했고 마치 장 씨의 체면을 세워 주려는 듯 방긋 웃기까지 했다. 보드라운 입가에는 좁쌀만 한 보조개도 있었다. 참으로 평화롭고 고요한 아름다움이었다.

아기를 물끄러미 바라보던 장 씨가 웃으며 말했다.

"……어쩐지 며칠 전에 어머니께서 여길 왔다 가신 후 계속 사돈을 맺고 싶다고 하시더군요."

그녀는 아기의 얼굴에 힘껏 입맞춤하고는 웃으며 말했다.

"제가 아들을 낳았기에 망정이지, 딸이었으면 사돈 맺자고 맨날 부인을 조를 뻔했어요."

명란이 입을 가리고 웃었다.

"아, 아들은 예쁜데 어미는 몰골이 말이 아닙니다."

명란이 양손으로 자신의 홀쭉해진 볼을 만지며 우울하게 탄식하는 표정을 지어 보였다.

장 씨가 웃으며 충고했다.

"저도 갓 출산했을 때는 종잇장 같았어요. 어떤 돌팔이 의원은 제가 곧 죽을 거라고도 했다니까요. 그래도 천천히 회복하고 나니까 또 펄펄 날아다니게 됩디다."

그녀는 죽지 않았으나, 적잖은 사람이 그녀로 인해 죽을 뻔했다.

명란은 웃음이 터지려는 것을 꾹 참고 연신 고개를 끄덕였다.

장 씨는 아원을 안고 토닥이며 즐거움을 감추지 못했다.

"쯧쯧, 나중에 이 아이의 혼사를 얘기할 때가 되면 아마 문지방이 닳겠어요……. 우쭈쭈, 착하지. 나중에 우리 집에 와서 망이와 함께 놀렴, 둘이 책도 보고 글씨도 쓰고……."

한참을 안고 있다가 아이를 최씨 어멈에게 넘긴 후, 장 씨가 명란을 보며 웃었다.

"부인도 참, 경성 안이 태평해졌는데 며칠 전 아들 세삼례 때도 바깥에 소식을 알리지 않으시다뇨. 신경 쓸 새가 없으셨으면 절 부르시지 그랬어요."

명란이 거듭 감사를 표하다 탄식하며 말했다.

"신경 쓸 새가 없었던 건 아니고요. 생각해보니까 평소에 저희 집이 정씨 집안과 친하게 지냈는데, 지금 그쪽 집안이 상중이잖아요. 이런 상황에 제가 신나서 세삼례를 치르고 만월연을 열면 양심이 없어 보여서요."

정씨 집안 얘기가 나오자 장 씨도 한숨을 쉬었다.

"정말 생각지도 못한 일이지요. 노부부가 얼마나 선량하고 존경스러웠는데, 마지막을 그렇게……."

어릴 때 정씨 저택에 갔던 기억이 떠오른 장 씨는 고개를 저으며 한숨 짓고는 화제를 바꾸었다.

"제가 조문하러 갔을 때, 정 부인이 부인께 전해 달라 하셨어요. 양쪽 집안은 그런 허례허식은 필요 없으니 우선 몸조리부터 잘하시라고 말입니다."

명란은 심청평과 정 부인의 상황을 물었다.

"본래 상 치르는 게 제일 힘든 일이잖아요. 몸을 상하게 해선 안 될 텐데 말입니다."

"그러게 말이에요."

장 씨가 고개를 저으며 말했다.

"두 사람 모두 살이 쏙 빠져서는 몰골이 말이 아닙니다. 굳이 그럴 필요까지 있을까요. 천지에 다 혼령이 있고, 효심은 자기가 제일 잘 아는 법. 산 사람이 몸을 축내며 힘들어하는 걸 지하에 계신 어르신들도 기뻐하지 않으실 테지요."

이 말은 속 시원한 데가 있으면서도 불교의 이치가 약간 섞여 있기도 했다.

이런 얘기가 나오자 명란도 흥미가 생겨 물었다.

"정부에 조문 가셨을 때 기세가 대단하셨다면서요."

장 씨는 부인하지 않고 웃으며 대답했다.

"추씨 집안 덕분에, 평소에 저를 비웃던 사람들도 요즘은 조용하더라고요."

그녀가 정부의 접객실에 들어서자 재잘재잘 수다를 떨던 귀부인들이 갑자기 입을 꾹 다물더니, 경외하는 눈빛으로 바라보며 말투도 공손하게 변했다는 것이다.

이것이 바로 기만 센 여자와 무림 여고수의 차이였다. 방금 녹지를 비롯한 몇몇 계집종도 곁에서 시중을 들 때 장 씨를 보고는 전전긍긍하며 숨조차 제대로 쉬지 못했다.

명란이 그녀의 눈을 보더니 가볍게 물었다.

"불편하세요?"

어쨌거나 이상한 눈빛일 테니 말이다.

장 씨가 잠시 생각하더니 고개를 저으며 자조 섞인 미소를 지었다.

"부인이라면, 다른 사람들이 항상 자신을 불쌍한 눈으로 보는 게 좋겠어요, 아니면 지금처럼 보는 게 좋겠어요?"

영국공의 유일한 적녀, 어렸을 때부터 오만했던 그녀가 정작 혼인은 자신 뜻대로 되지 않을 줄 누가 알았겠는가? 선의의 눈빛이든, 고소하다는 눈빛이든, 불쌍하다는 눈빛이든, 남들이 던지는 연민의 시선에 그녀는 시집간 후 집에서 나가고 싶어하지 않았다.

명란은 그 마음을 이해하며 고개를 끄덕이곤 화제를 바꾸었다.

"지금 추씨 집안은 좀 조용해졌죠? 음, 밖에서 헛소리를 지껄이는 놈들에게 어떤 벌을 내리실 건가요?"

장 씨는 신경 쓰지 않는다는 듯 콧방귀를 뀌고는 담담하게 말했다.

"제가 무슨 벌을 내리겠어요, 나라에는 나라의 법이 있는데. 추씨 집안 넷째와 생포한 도적 모두 유 대인께 보냈습니다. 일단 고문을 좀 받아야지요."

천재다! 명란은 미소를 지으며 마음속으로 엄지를 치켜올렸다.

두 사람은 즐겁게 얘기를 나누었고, 명란은 장 씨에게 점심을 먹고 가라고 권했다.

계집종들이 각종 그릇과 잔을 줄줄이 들고 들어왔다. 용정 찻잎을 넣은 새우 요리, 뽀얀 국물의 붕어탕, 진한 양념을 넣은 고기 조림, 그리고 연꽃무늬 테두리의 자기 그릇에는 김이 모락모락 나는 연잎 닭찜이 담겨 있었다. 거기에 제철 채소 볶음과 냉무침까지……. 맛있는 음식이

한 상 가득 차려지고, 녕원후부에서 직접 만든 과일주까지 한 주전자 놓였다.

과일주 석 잔에 장 씨는 말이 많아지기 시작했다.

"……나쁜 짓을 하면 나쁜 결과가 따르는 법이지요. 부인 댁의 속이 시커먼 태부인도 끝이 좋지는 않았잖아요. 아들도 죽고, 듣자 하니 손주들도 병이 났다던데, 무슨 돌림병에 걸렸다나……."

명란은 살짝 철렁했으나, 고개를 숙여 천천히 탕만 마실 뿐 아무것도 묻지 않았다.

"……이번에 부인께서 고생을 참 많이 하셨잖아요. 지금 부인 모습을 좀 보세요. 바람만 불면 꺼져 버릴 등불 같다고요."

술기운이 오르자 장 씨 가슴속에는 알 수 없는 슬픔이 밀려오기 시작했다.

"여인이란 자고로 고생이 운명이에요. 아들딸 낳고, 남편 도와야지, 자식 교육해야지. 피와 눈물로 이루는 거지요, 이게 다."

명란이 가볍게 탄식하며 주전자를 들어 장 씨에게 또 한 잔 따라 주었다.

술은 마치 버드나무 이파리 끝에 달린 이슬처럼 맑았고, 여름의 끝자락을 붙잡고 있는 것처럼 시원하며 맛이 좋았다. 장 씨는 술을 한입에 털어 넣었다. 뺨이 점점 붉게 달아올랐다.

"저에겐 오라비가 네 명 있어요. 어릴 때부터 원숭이처럼 몰려다니며 놀고 참으로 즐거웠지요. 그런데 제가 열 살이 되자 어머니께서 계집애가 무예를 하면 나중에 남편이 안 좋아한다는 거예요. 그래서 전 칼과 활을 포기하고 여자들이 하는 바느질과 자수, 살림, 시, 온유함과 선량함과 공경과 근검절약, 작은 소리로 말하는 법을 배웠지요……. 남편이 좋아할 만한 것들을 배웠다고요······. 그런데······."

그녀가 술 주전자를 가져와 자기 잔에 따르더니 다시 고개를 젖히고 잔을 비웠다. 다시 고개를 숙였을 때 그녀의 눈가에 눈물 한 방울이 순간 반짝였다. 장 씨가 술잔을 내려놓고 나지막이 중얼거렸다.

"그게 뭐 중요하다고······."

그녀가 또 혼자 술을 따르려 하자, 명란이 손을 뻗어 주전자를 잡고 부드럽게 말했다.

"이 술은 약한 것 같아도 금방 취합니다. 부인······ 천천히 드세요······. 몸이 상합니다."

장 씨의 술주정이 더욱 심해졌다. 그녀는 술 주전자를 빼앗더니 순식간에 두 잔을 비우고는 명란을 보며 키득키득 웃었다.

"······처음에 나랑 말 섞기 싫었죠? 그렇죠? 아, 부인처럼 착한 사람은 처음 봅니다. 우리 어머니가 하도 남들한테 부탁을 많이 해서 다들 날 보는 시선이 차갑고 그저 한두 번 성의 표시하는 게 고작인데, 휴······ 부인은 참 착한 동생이에요. 정말 고마워요······."

명란은 속으로 생각했다. 내가 착한 게 아니라, 바깥에서 늘 장 부인의 덕을 보아 왔으니 심씨 집안의 실세에게 신세를 갚으려는 거예요.

결국 장 씨는 술에 잔뜩 취해 명란을 붙잡고 똑같은 말을 되풀이했다.

"우리 바보 동생, 내 말 좀 들어봐요. 남자 걱정은 조금만 하고 자기 몸 챙기는 게 가장 중요해요. 남자가 똑똑하면 주변엔 덕을 보려는 멍청한 놈들도 모이는데, 그들을 위해 공명과 관록을 계획할 때 정작 고생은 여자만 한다니까요······."

그녀는 결국 눈시울이 붉어져 고개를 숙이고 눈물을 닦았다.

명란이 가볍게 미간을 찌푸린 채 미소를 지으려 애쓰며 말했다.

"앞으로 어찌 되든, 전 나리를 한번 믿어보기로 했어요."

그리고 잠깐 뜸을 들였다가 한마디 덧붙였다.

"영국공께서는 부인의 부친이시자 장씨 집안의 어른이시잖아요."

그녀는 장 씨의 말속에 숨은 뜻을 알고 있었다.

장 씨가 고개를 들고 그녀를 한참 동안 쳐다보다가, 술로 입술을 적시고 씁쓸하게 말했다.

"처음에 황후마마께서 혼사 얘기를 꺼내셨을 때, 어머니께선 울면서 절 보내기 싫다고 하셨어요. 장씨 집안은 부와 명예만 추구한다면서, 친척 언니와 여동생들만 해도 일고여덟 명이 있으니 숙부의 딸들을 보내라고 하셨지요. 그런데 아버지께선 어렸을 때부터 지금까지 제가 가장 귀하게 자랐으니, 집안에 급한 일이 생겼을 때 제가 안 가면 누가 가냐고 하셨죠……. 원망도 해봤어요. 하지만…… 하지만 전 알고 있었어요. 아버지는 잘못한 게 없어요. 사실 어머니보다 더 마음 아파하셨고……."

술로 시름을 달래니 마음이 더 슬퍼졌다. 장 씨는 결국 참지 못하고 울기 시작했다. 태어날 때부터 모든 일이 잘 풀린 그녀였으나 혼인에서만큼은 큰 실패를 했다. 자부심과 승부욕이 강한 그녀는 억울한 일을 당해도 냉정한 얼굴로 고집을 부릴지언정 허리를 숙이려 하지 않았다. 사람들은 그런 그녀를 동정했다.

명란은 가볍게 그녀의 등을 토닥이며 마음껏 울도록 놔두었다. 뭐라고 위로를 해야 할지 몰라 그저 나긋나긋하게 말했다.

"제가 산후조리 중이라 아쉽네요. 안 그랬으면 우리 같이 한바탕 펑펑 울었을 텐데……. 자, 이왕 취하신 거 한 잔 더 따라 드릴게요. 죽은 돼지는 뜨거운 물도 겁내지 않는다는 말도 있잖아요. 몇 잔 더 마셔도 어차피 똑같아요……."

장 씨가 피식 웃으며 말했다.

"쳇, 죽은 돼지는 부인이거든요!"

명란은 다시 웃는 그녀를 보며 조금은 마음이 놓였다.

장 씨는 시중드는 계집종을 부르지 않고 직접 대야가 놓인 곳으로 가 수건을 물에 적셔 짰다. 그다음 앉아서 가볍게 얼굴을 닦았다. 다행히 평소에 화장을 즐기지 않았기에, 이날 그녀의 얼굴은 약간 젖은 것 외에 눈에 띄는 다른 흔적은 없었다. 한바탕 울었더니 술도 반쯤 깼다. 장 씨는 자신이 추태 부린 것이 생각나 얼굴을 닦으면서 티 나지 않게 명란을 슬쩍 쳐다보았다.

구들 위에 무릎을 안고 가만히 앉아 있는 여인은 창백하고 연약했다. 기다란 속눈썹이 아래로 살짝 드리워져 있었고, 아들 둘 낳은 어머니로는 보이지 않았다. 특히 두 눈은 방금 그녀가 안아 본 아원과 똑같이 맑고 따뜻했다. 웃지 않을 때도 웃는 것 같아 호감을 불러일으키는 눈이었다.

장 씨가 한숨을 내쉬었다.

"부인하고 우리 아가씨하고 평소에 잘 지냈잖아요. 아가씨가 뒤에서 저에 대해 뭐라고 하는지 저도 다 알아요."

그녀가 혀를 차며 자조하듯 말했다.

"사실 저도 아가씨 얘기를 하지 않은 건 아니니까요. 그런데 부인께선 이제껏 제게 한마디도 전해 준 적 없고 오히려 우리 둘에게 좋은 말만 해 주었죠……. 아이, 이젠 그만 말할게요……."

그녀는 한숨을 푹 쉬더니 갑자기 미소를 지었다. 눈물이 그렁그렁했다.

"하소연은 그만할게요. 투덜거리기만 하는 사람 같네요."

그러고는 고개를 돌려 창밖을 바라보았다. 초여름의 햇빛이 정원에 내리쬐어 참으로 아름다운 풍경이었다. 그러나 그녀의 표정은 공허하고 쓸쓸했다.

"망이가 있어서 다행이에요. 아들 키우면서 조용히 사는 것도 나쁘지 않은 것 같아요."

명란이 천천히 미소 지었다.

"저도 똑같죠, 뭐. 어렸을 때부터 생각했어요. 작은 정원 딸린 집에서 먹고사는 걱정 없이 한가롭게 시간을 보낼 수 있다면 그걸로 된 거라고요."

장 씨가 잔을 들고 웃으며 말했다.

"실없긴……. 아, 우리 같이 힘내요."

명란이 두 손으로 작은 탕 그릇을 들고 웃었다.

"같이 힘내요."

오랜 세월이 지난 후, 두 사람은 저녁까지 수다를 떨다가 당시 나눈 이 두 마디가 결국 공연한 걱정이었음을 깨닫게 되었다.

장 씨는 인생의 반은 아들딸 낳느라, 그 후의 반은 재롱부리는 손주들과 지내느라 시끌벅적한 나날을 보냈고 쓸쓸하다고 탄식할 시간이 없었다. 한편, 명란은 저택의 깊숙한 곳에서 나와 청산녹수를 벗 삼아 인생을 마음껏 즐겼다.

• • •

밤이 되어 고정엽이 돌아왔다. 명란은 창가에 기대어 고개를 삐딱하게 둔 채 멍한 표정을 짓고 있었다. 얼굴이 핼쑥해진 탓에 큰 눈이 더 커보였다. 그녀가 무슨 생각을 하고 있는지 궁금한 고정엽이 연신 추궁하자 명란이 입술을 오므리며 웃었다.

"국구 부인과 무슨 얘길 했겠어요. 그저 이 나라와 백성에 대한 얘기뿐이죠."

고정엽은 믿을 수 없다는 표정이었다.

"그래?"

명란이 힘껏 고개를 끄덕였다.

"성 밖에 은자와 쌀을 나눠 주러 함께 가기로 했답니다."

고정엽이 눈을 가늘게 떴다.

"점포에 대장군 연을 하나 주문해 놓았다. 요즘 바람도 많이 불고 날이 좋으니, 나중에 사람을 시켜 날리면 한번 보거라."

고정엽이 그녀를 안아 무릎 위에 앉히고는, 한 손으로 그녀의 푸석한 머리카락을 쓰다듬으며 슬쩍 화제를 돌렸다.

"제가 더 잘 날릴 텐데, 지금은 꼼짝할 수가 없으니 안타깝네요."

"이번 일이 마무리되면 일찍 와서 너와 대화를 많이 해야겠다."

"일이 더 중요하지요. 전 괜찮아요."

"의원이 그러는데 네가 많이 움직여야 한다는구나. 시간이 나면 너를 데리고 산사에 향불을 올리러 가야겠다."

"아…… 예."

"이번에 아주 잘생긴 망아지를 얻었다. 몸조리가 끝나면 망아지를 태워 주마."

"네."

"요즘 먹고 싶은 것은 없느냐?"

"……나리, 국구 부인은 나리 험담을 하지 않았어요."

두 사람은 한참 서로를 바라보다가, 동시에 웃음을 터뜨렸다.

명란은 손등으로 입을 막았으나 웃음이 터지는 것은 막을 수 없었다. 그녀가 장난스럽게 말했다.

"나리는 국구 부인을 싫어하시잖아요."

고정엽이 정색했다.

"그분이 내 고운 아내를 괜히 꼬드기지만 않으면 나도 싫어할 이유가 없지."

고정엽은 명란과 친분이 있는 여자 권속들을 대부분 잘 알고 있었다.

종 부인은 항상 자신이 첩들과 잘 지내며 적자와 서자들도 화목하다고 자랑했다. 고정엽에겐 그런 문제가 없었다. 경 부인은 말끝마다 '여우 같은 년'을 죽기 살기로 경계했다. 고정엽에겐 '여우같은 년'이 없었다. 단 부인은 자기 아들보다 철이 없는 어린 시동생이 언제 장가를 갈지 늘 걱정했다. 고정엽의 친형제들은 벌써 다 죽었다. 유씨 집안의 그 중년 부인은 시종일관 시부모를 떠받들었다. 고정엽의 부모님은 아마 지금쯤 저세상에서 신을 만났을 것이다. 그리고 심청평은, 그저 다른 사람에 대해 이러쿵저러쿵하기를 좋아할 뿐이었다.

유독 장 씨가 넓은 식견과 다양한 경험을 바탕으로 혼인에 대한 불신과 비관적인 전망에 대해 설득력 있는 주장을 펼칠 수 있었다. 예전에 명란은 국구부에만 다녀오면 한참 동안 우울한 얼굴을 하곤 했다.

"처형은 좋은 분이지. 처형과 자주 만나거라."

화란은 지혜롭고 덕이 많을 뿐 아니라 다른 사람에게 좋은 말로 충고해주길 좋아했다. 또한 근주자적近朱者赤[1]이라 했으니, 명란이 원문소 부

---

1) 붉은색을 가까이하면 자신도 붉어진다는 뜻.

부의 깨가 쏟아지는 모습에 익숙해지는 게 늘상 심씨 집안의 우울한 얘기를 듣는 것보다 나았다.

그의 마음을 알아차린 듯, 명란이 웃으며 손가락으로 그의 콧잔등을 쓸었다.

"깍쟁이! 깍쟁이!"

이 똑똑한 남자가 바로 알아맞히네. 하지만…….

명란이 그의 마음을 알아채고 나지막하게 말했다.

"걱정 마세요. 얘기가 다 잘됐어요."

세상에 화목하지 못한 부부가 많다지만, 서로 사랑하며 백년해로하는 부부도 적지 않았다. 인생이란 산사태에 휩쓸려서 하늘이 미안해할 수도 있고, 고생 끝에 낙이 올 수도 있고, 한 사람의 마음을 얻어 백년해로하는 행운이 따를 수도 있다. 뭐든 한번 해보는 거지 뭐.

고정엽은 말할 수 없는 따뜻함을 느꼈다.

구들 위에 통통한 두 아들이 누워 있었다. 단이는 대자로 누워 깊은 잠에 빠졌고, 아원은 얼굴을 잔뜩 찌푸린 채 엄숙한 표정으로 자고 있었다. 품에는 사랑하는 아내를 안고 있으니, 이것이 바로 집이구나.

그가 별안간 구들장에서 내려와 똑바로 서더니, 크게 껄껄 웃으며 양팔로 명란을 높이 들어 올린 채 몇 바퀴를 빙글빙글 돌았다. 명란은 아이처럼 키득대며 한 손으로는 필사적으로 자신의 입을 막고, 한 손으로는 그의 어깨를 힘껏 때렸다.

"……으이그, 얼른 내려놔요. 저 장난꾸러기들 깨면 당신이 재워요!"

열 몇 바퀴를 돈 후에야 두 사람은 어지러워져 구들 위로 쓰러졌고, 얼굴을 맞대고 누워 바보처럼 웃었다.

최씨 어멈은 밖에서 한참을 기다렸다. 명란이 피곤해질까 봐 몇 번이나 들어가 그만하라고 하고 싶었으나, 이내 웃으며 고개를 저었다. 장난 치기 좋아하는 애들인 걸 뭐.

신이 난 고정엽은 얼른 자신이 들은 얘기를 명란에게 들려주었다.

"단씨, 종씨, 경씨 집안의 여자 권속들이 속아서 입궁한 후로 어떤 고생을 했는지 아느냐?"

명란은 듣자마자 호기심이 일었다.

"말해봐요, 말해봐요."

세 집안의 여자 권속들은 입궁 후 재물을 미끼로 한 회유와 협박을 받았다. 그러나 불확실한 상황으로 황궁은 완전히 통제되지 않았고, 성덕 태후 또한 그들을 처리할 수 없었다. 결국, 그 세 명은 어느 외딴 궁실에 갇혔고 듣지도 말하지도 못하는 경비관들의 감시를 받았다.

그렇게 이틀을 꼬박 갇혀 있었다.

"그냥 갇혀 있는데 무슨 고생을 한단 말입니까?"

명란은 이해가 가지 않았다.

고정엽이 웃으며 말했다.

"갇혀 있는 건 갇혀 있는 건데, 하나가 부족해서 꽤 고생했지. 맞춰보거라."

명란이 대답한 것들은 '먹고 마실 것', '입고 덮을 것', '잔과 수저' 같은 것들이었다……. 고정엽은 계속 고개를 저었다.

"어떻게 모셔온 인질들인데, 배고프고 춥게 놔두겠느냐."

명란은 연속으로 틀리자 마음이 급해져 그를 붙잡고 다그쳤다.

"얼른 말해줘요!"

그제야 고정엽이 천천히 말했다.

"부족했던 것은…… 요강이었다."

순간, 명란의 얼굴이 새파랗게 질렸다.

그들이 갇혔던 곳은 오랫동안 방치되어 왔기에 요강이나 조두[2] 같은 것들이 없었다. 사람이 안 먹고 안 마실 수는 있어도 배설을 참을 수는 없었으니, 정 대장군이 부하들을 이끌고 그들을 구하러 갔을 때, 안에서 나는 냄새와 그 광경이란······.

명란은 한참 동안 속이 메스꺼웠지만 궁금한 건 참을 수 없었다.

"부인들 모두······ 다······ 바닥에······."

볼일을 보셨다고요?

고정엽이 웃음을 참으며 고개를 끄덕였다.

"그럼 어디겠느냐. 감시하는 귀머거리와 벙어리들은 시키는 대로만 할 뿐, 다른 일은 아무것도 관여하지 않았다."

구석에서 처리했다고 해도 내부에 아무것도 없이 휑할 테니 안 보일 리가 없지 않나······. 윽, 그 한 무더기의······. 경성에서 나름 위신 있는 귀부인들인데, 당시 그들의 표정과······ 장수들의 표정은······. 쯧쯧, 정 대장군의 덕이 두터워 이제야 소문이 새어 나온 거였군.

명란이 한참을 멍하니 있다가 입꼬리를 올렸다.

"······ 너무했네요."

고정엽이 눈썹을 치켜올렸다.

"그게 다인가?"

명란은 고개를 돌리며 유유히 탄식했다.

"부인들이 정말 고생했겠어요. 아유, 너무 괴로웠겠다."

---

2) 녹두나 팥 등을 갈아서 만든 가루비누.

어조가 진지했다.

고정엽이 그녀의 귀를 잡아 얼굴을 자신 쪽으로 돌리고는 눈을 가늘게 뜨고 웃으며 말했다.

"착하지, 솔직한 마음을 말해보거라."

명란은 그를 한 번 째려보았다가 결국 이불 위에 얼굴을 파묻었다. 비단 이불 안쪽에서 미친 듯한 웃음소리가 터져 나왔다.

"얄미워! 하하, 하하하하…… 웃겨 죽겠네……."

그래, 그녀는 정말 심보가 못됐다.

다른 사람들은 차치하고, 평소에 늘 단정하고 엄숙하던 단 부인을 떠올리자 고정엽마저 경박하게 웃으며 명란 위에 엎어져 같이 웃었다. 명란은 커다란 몸에 눌려 거의 숨이 끊어질 뻔했다. 겨우 몸을 뒤집어 박장대소하는 남자의 옆모습을 보니, 마치 가을날의 찬란한 태양처럼 느껴졌다. 그녀는 순간 마음이 찡해 아무것도 묻지 않았다.

그녀는 생각했다. 사람을 믿는 방법을 배워야겠다. 소진 씨 쪽에 무슨 일이 일어나든, 믿어야 했다. 그는 해야 할 일은 할 것이고, 하지 말아야 할 일은 하지 않을 것이다.

고정엽은 그녀가 맘 편히 몸조리할 수 있길 바랐다. 명란도 다른 것은 묻지 않고 먹고 쉬는 것만 신경 썼고, 여유가 되면 두 아들과 놀아 주었다. 단이는 새로 생긴 동생을 열정적으로 대했으나 아쉽게도 아원은 너무 차분했다. 활달한 형이 옆에서 아무리 시끄럽게 해도 일어날 때가 되지 않으면 자는 척을 해서라도 눈을 뜨지 않았다.

단이는 아원이 잘 때 건드리지 말라는 어머니의 말을 기억했다. 그래서 새로 얻은 장난감을 안고 있거나, 책상다리를 하고 강보 옆에 앉아 고집스럽게 눈을 감고 있는 동생을 보며 탄식할 수밖에 없었다.

분명 안타까운 상황인데, 최씨 어멈은 감동하여 홀로 상상의 나래를 펼쳤다.

"세 살 버릇 여든까지 간다지요. 단이 도련님은 형이니 이렇게 마음이 넓고 착하고, 원이 도련님은 뚝심이 있으니 다른 사람 힘들게 하지 않고 스스로 독립해서 큰 인물이 될 겁니다."

명란은 속으로 이렇게 생각했다. 어멈은 상상력이 너무 풍부하네.

어쨌거나 젊고 체력이 좋다 보니, 이렇게 유유자적 마음 편히 지낸 지 열흘이 조금 지나자 명란은 금세 뽀얗게 살이 올랐다. 고정엽은 포동포동해진 그녀의 살을 만지며 최씨 어멈보다 즐거워했다.

고정위의 어린 아들딸은 결국 오래 버티지 못했다. 명란의 산후조리가 끝나기 약 일주일 전 아이들이 숨을 거두었다는 소식이 들려왔다. 고정엽은 아무 말 없이 사람을 불러 조의금을 전했다. 그리고 자신은 너무 바쁘며 명란은 임신 중 기력이 많이 약해져 산후조리를 두 달 동안 해야 한다고 전했다. 결국 부부는 얼굴도 비추지 않았다.

하지만 굳이 갈 필요도 없었다. 양쪽 다 서로 감정이 틀어져 원수지간이 된 지 오래였기 때문이다.

요 며칠 조옥과 큰 감옥 몇 군데는 모두 시끌벅적했다. 형부, 대리시, 도찰원은 합동 심리를 진행하고 일일이 죄명을 확정 짓느라 눈코 뜰 새 없이 바빴다. 화재를 틈타 도둑질을 한 도적에 대해서는, 유정걸은 황제의 명을 받들어 도둑질과 살인 방화만 처벌하고 역모를 꾀한 것은 포함하지 않아 가족들은 처벌을 면하게 되었다. 단, 고정위는 예외였다.

도적이 가장 기승을 부렸던 국구부에서도 피해자라고는 가슴에 화살을 맞은 유모 둘, 머리통이 깨진 관사 넷, 밤중에 넘어진 사내종과 계집종 예닐곱, 이외에도 가벼운 상처를 입은 사람 십여 명, 그리고 놀라 정신을 잃은 이랑 한 명이 전부였다. 오히려 장 씨와 그녀의 호위 무사가 더 잔인했다. 사실 도적들은 재물을 빼앗으러 온 것이었기에 목적이 단순명료했다.

그러나 고정위는 아니었다.

만약 그가 역적들과 아무 관련이 없었다면 성덕태후가 장수들의 권속을 속여 입궁시킨 일을 어떻게 알았을까? 그때 그들이 '명을 받들어 녕원후 부인을 입궁시키라'고 말하는 것을 얼마나 많은 사람이 들었던가. 어떤 명을 받들었을까? 어느 궁으로 입궁시키라는 명이었을까?

사로잡힌 일당은 자신들과 함께 후부로 쳐들어가 사람을 죽인 자들 중에 관복을 입은 군인 몇 명도 있었다고 자백하기도 했다. 심문을 더 하자 그 몇 명이란 바로 오성병마사의 역적이었으며 평소 고정위와 어울리던 술친구라는 것이 밝혀졌다.

결국 고정위를 대신해 변론하고 싶었던 사람도 상황을 정확히 설명할 수 없게 되었다. 아니, 설령 제대로 설명할 수 있다 하더라도 어떻게 말해야 할까?

'황상, 고정위는 모반을 하려던 것이 아니옵니다. 그저 형수와 조카를 제거하고 싶었을 뿐이옵니다.'

이 말을 과연 입 밖으로 내뱉을 수 있을까.

녕원후부의 그날 밤 격전으로 과반수가 죽거나 다쳤고, 화재의 규모도 황성 다음으로 컸다. 대로한 황제는 진상이 어떻든 상관없이 먼저 소진 씨의 종일품 고명을 박탈했다. 대리시는 황제의 뜻에 따라 고정위를 역적으로 칭했으나 고씨 집안의 대대로 내려오는 충심을 참작하여 처자식을 노비로 삼는 것, 그리고 그의 시체를 등안국을 비롯한 역적들의 시체와 함께 오문에 내거는 것은 면해주었다. 하지만 고씨 족보에서 고정위를 지우고, 자손 삼대가 관직에 나아가는 것을 금지했다.

죄를 언도하는 성지가 내려오자마자 사람들은 고씨 집안 셋째 아들의 가족을 기피하며 두려워했다. 심지어 진씨 집안조차 대문을 걸어 잠그고 그들과의 접촉을 피했다. 고씨 집안에서는 고정환 부부만이 몇 번 방문하여 친척으로서의 본분을 다했을 뿐이다.

며칠 후, 고정환 부부가 날이 밝기도 전에 녕원후부를 찾아왔다. 일부러 고정엽이 집을 나서기 전 찾아온 그들은 지금 고 태부인의 상태가 좋지 않아 살날이 얼마 남지 않은 것 같고, 주 씨는 또 울며불며 친정으로 간다고 떼쓰고 있고, 관리하는 사람이 없으니 하인들이 주인의 재물을 훔치며 병든 주인 모시길 소홀히 하니, 이러다 초상이라도 나면 그땐 어쩌냐고 하소연했다.

"형님 말씀은……."

고정엽이 허리를 굽히며 부드럽고 공손하게 말했다.

고정환은 사람은 좋았으나 말주변이 없었다.

"내, 내 말은…… 그러니까……."

고정위가 저지른 천하의 용서받을 수 없는 소행을 훤히 알고 있는 고정환은 차마 입을 열 수가 없었다.

고정환의 부인이 남편의 말을 받아 재빨리 말했다.

"서방님, 형님 말뜻은 이겁니다. 그래도 한 식구인데, 이 좁은 경성 땅에서 저쪽이 진상을 부리면 우리 체면이 말이 아니지 않겠어요? 서방님께는 부끄럽지만서도 형님이 마음이 약해서 저쪽의 안타까운 꼴을 못 보시잖아요. 저야 당연히 가문을 위해서고요. 서방님 큰조카와 복씨 집안의 혼사도 이미 다 얘기가 끝나서 곧 혼례를 치를 것 같은데, 사람들한테 우스운 꼴을 보여서야 되겠습니까!"

고정엽이 크게 웃으며 공수했다.

"형수님은 말씀도 참 시원시원하게 하십니다. 그저께 복씨 집안 여섯째가 말하길, 그 집 자당께서 이번 혼사를 매우 흡족해하신다고, 우리는 축하주 마실 준비만 하면 된다고 했습니다."

고정엽이 연거푸 축하 인사를 올렸다.

고정훤의 부인은 내심 뿌듯했다. 이 혼사가 이루어지기까지 정말 쉽지 않았는데, 이렇게 공개적으로 축하까지 받다니.

"형수님께서 하고 싶으신 말씀이 있으면 편히 하시지요."

고정엽이 말했다.

고정훤의 부인이 시원하게 말했다.

"그럼 솔직하게 말하지요. 저쪽에 관사가 부족합니다. 다들 괜히 서방님의 미움을 사게 될까봐 걱정하거나 아니면 역모에 가담한다는 의심을 살까 봐 그 일을 맡지 않으려고 합니다. 서방님만 괜찮으시다면, 제가한번…… 한번……."

고정훤이 끼어들었다.

"한번 해보시겠단다."

고정훤의 부인이 뾰로통한 표정으로 남편을 노려보았다.

"당신이 참견하지 않아도 서방님이 다 알아들으실 거예요."

고정엽은 웃으며 잠시 생각하더니 말했다.

"형님과 형수님 말씀도 일리가 있습니다. 예전엔 제가 경솔해서 화낼 줄만 알았지 고씨 집안의 체면은 아랑곳하지 않았지요. 이렇게 하는 건 어떠실까요? 내일 제가 시간을 내서 한번 찾아갈 테니, 형수님께서 가문의 일을 맡고 계신 분들을 모아주시지요. 모두가 보는 앞에서 제가 이 일을 형수님께 부탁드리겠습니다. 어떠신지요?"

갚아야 할 것은 다 갚았다. 어쨌거나 같은 집안사람인데, 자신이 동의
해주지 않으면 형수가 혼자 일을 처리하기는 곤란했다.

명란은 밤이 되어서야 이 일을 알고 흥미롭게 물었다.

"형님은 정말 똑똑하세요. 제가 요즘 살찌우기에 열심인 것을 아시고
일부러 아침 일찍 당신을 찾아오시다니."

고정엽은 품에 아원을 안고, 등에 통통한 단이가 매달려 있는데도 한
손을 뻗어 명란의 얼굴을 어루만졌다. 그가 부드럽게 말했다.

"몸이 회복되고 나면 바깥의 골치 아픈 일들은 하나도 없을 게다."

무심한 말투에 정중함이 은은히 배어 있었다.

그는 가끔 후회할 때도 있었다. 만약 명란이 하씨 집안에 시집갔다면,
첩들과의 사이는 좋지 않았을지언정 이렇게 사람 목숨이 왔다 갔다 하
는 엄청난 일을 자주 겪지 않아도 되었을 것이다.

명란은 그의 말뜻을 이해하고 따뜻한 미소를 지었다. 고정엽은 가볍
게 한숨을 쉬고 그녀를 품 안으로 끌어안았다.

다음 날 아침, 새벽안개가 걷히기도 전에 고정엽은 혼자 말을 타고 후
부를 나섰다. 뒤에는 사상을 비롯한 호위 몇이 따랐다. 일행은 경성 서쪽
의 산호 골목으로 향했다. 반 시진 정도 지나 약속 장소에 도착했을 때,
고정훤 부부는 와 있었으나 다른 친족들은 아직 도착하지 않았다.

고정훤의 부인이 어제 정돈을 좀 해서인지 저택은 얼마 전의 혼란이
생각나지 않을 정도였고, 하인들의 손님 접대도 질서정연한 편이었다.
그러나 눈썰미가 좋은 사람은 그 안에 스며있는 적막과 쇠퇴의 기운을
감지할 수 있었다.

고정훤의 부인은 초조함에 발을 동동 굴렀다. 고정훤이 옆에서 한참
을 침묵하고 있다가 불쑥 입을 열었다.

"어제 네가 준 쪽지를 가지고 의원을 불렀다. 여럿 불렀는데 다들 큰어머님이 회복되시긴 힘들겠다고 하더구나. 온종일 혼수상태로 탕약도 삼키지 못하셨는데, 오늘은 웬일인지 아침부터 정신이 드셔서는 말씀도 하시고 욕도 하시고……. 아무래도 불길해. 혹시…… 혹시…… 죽기 직전에 잠깐 정신이 번쩍 드신 게 아닌가 싶다. 그래도 한번 들여다보지 그러냐."

어쩌면 마지막일 수도 있었다.

고정엽은 한참 말이 없다가 미소를 지으며 말했다.

"그렇군요. 지금 가보지요. 형님께서 좀 데려가주십시오."

고정훤은 한시름 놓았다는 듯 한숨을 쉬고 집 안으로 그를 데리고 들어갔다.

가는 길은 스산했다. 이른 아침인데 청소하는 어멈 하나 보이지 않았고, 화분에는 잡초가 무성한 것이 방치된 지 오래된 것 같았다. 소진 씨의 처소 앞에 다다르자 진한 탕약 달이는 냄새가 퍼져 나왔다. 문과 창은 꼭 닫혀 있었고, 게으른 표정의 두 어멈이 입도 가리지 않은 채 하품을 쩍쩍하다가 그들이 오는 것을 보자 허둥지둥 예를 갖추었다.

안쪽 청당에 발을 들이자 안에서 날카로운 목소리로 욕설을 퍼붓는 소리가 들려왔다. 고정훤은 휘둥그레졌고, 고정엽은 냉소를 지으며 한 발짝 다가가 발 한 귀퉁이를 들어 올렸다.

머리가 산발이 된 노부인이 구들에 앉아 앞에 서 있는 주 씨를 가리키며 욕을 퍼붓고 있었다.

"……속이 시커먼 년 같으니라고, 속이 썩어 문드러졌구나……. 우리 모자가 널 섭섭하지 않게 대해줬거늘, 네년은 우리한테 미안하지도 않으냐?!"

주 씨가 슬픈 표정으로 웃더니 큰소리로 대들었다.

"아직도 상공을 입에 올리시다니, 부끄럽지도 않으세요?! 작위에 대한 미련을 버리시라고 제가 몇 번이나 말씀드렸습니까⋯⋯. 저희가 편안하게 사는 게 그렇게 나쁜 겁니까! 어머님이 손을 떼고 싶어하지 않으셨던 거죠! 상공은 배포가 큰 사람이 아니라는 걸 정녕 모르셨습니까? 잘도 상공을 꾀어 강도짓을 하게 하고, 다투게 하고, 살인과 방화를 하게 하고! 결국은 목숨을 잃었지요! 어머님이⋯⋯ 어머님이 상공을 죽이신 겁니다!"

노부인이 힘겹게 구들에서 몸을 일으켜 사방에 침을 튀기며 욕지기를 했다.

"네, 네가 감히 불효를⋯⋯."

"그게 어때서요?"

주 씨가 비웃으며 말했다.

"저도 쫓아내고 싶으신 거죠?! 아직도 어머님께 무슨 신통한 능력이라도 있는 줄 아세요?"

주 씨가 말을 하다 말고 갑자기 눈물을 뚝뚝 흘렸다.

"나리가 죽은 건, 그래도 욕심에 눈이 멀어 스스로 자초한 일이라고 치자고요. 하지만 우리 두 아이는⋯⋯. 눈먼 몹쓸 할망구, 당신이 그 사람을 불러들인 거야⋯⋯."

노부인은 거의 기절 직전이었다. 그녀는 주 씨의 말이 끝나기도 전에 구들 위에 있던 안경집을 들어 힘껏 던지며 거친 욕을 마구 쏟아냈다.

"⋯⋯독수공방하려니 못 견디겠어서 새로운 사내를 찾고 싶었다고 솔직히 말해, 괜히 이 얘기 저 얘기하지 말고. 내가 눈이 멀었었지. 어디서 너같이 지아비고 자식이고 다 잡아먹는 재수 없는 것이 와서는. 사흘

만 사내를 못 만나면 걸신들린 들개처럼 구는구나…….”

생전 들어보지 못한 온갖 욕지거리가 들리자, 밖에서 듣고 있던 고정
훤은 말문이 막혔다.

주 씨가 몸을 틀어 안경집을 피하다 문발 곁에 서 있는 고씨 형제를 발
견했다. 부끄러워 견딜 수 없었으나 그들도 소진 씨의 욕지기를 들었을
거라 생각하니 마음 한편에서 괜스레 용기가 솟아났다.

주 씨가 문밖으로 나와 두 형제 앞에서 고개를 꼿꼿이 들고 또박또박
말했다.

“저는 진작부터 나가고 싶었습니다만, 아이들이 눈에 밟혀서 못 가고
있었습니다. 지금은 아이들마저 없으니, 더는 이곳에 있고 싶지 않습니
다. 형님께서 제게 얘기는 정확히 하고 가라 하셨고, 이미 할 말은 다 했
습니다. 친정에서 곧 사람이 올 겁니다. 아주버님, 저는…….”

그녀는 울음이 터져 나와 자신을 억제하지 못했다.

“저는 여기서 인사 올리겠습니다.”

이 말을 마지막으로 그녀는 고개를 숙여 절한 후 얼굴을 가리고 재빨
리 밖으로 뛰쳐나갔다.

이러한 상황에서 고정훤은 그녀를 말려야 할지 어째야 할지를 몰라
제자리에 가만히 서 있었다. 안에서는 소진 씨가 여전히 욕을 퍼붓고 있
었으니, 들어가야 할지 말아야 할지 더욱 어찌할 바를 몰랐다.

고정엽이 미소 지으며 말했다.

“형수님께서 바쁘시니, 형님께선 가보시지요. 저도 이참에 태부인과
얘기 좀 나누겠습니다.”

고정훤은 바라던 바였기 때문에 얼른 읍하고 갔다. 그가 멀어지는 것
을 보던 고정엽은 문밖의 호위 둘에게 눈짓으로 신호를 보냈다. 두 호위

는 집 안팎의 하인 서너 명을 내보낸 후 문을 굳게 닫고 바깥에서 경비를 섰다.

침착한 발걸음이 천천히 방 안으로 들어왔다. 소진 씨는 아직도 화가 안 풀린 듯 계속 욕을 했고, 마침 목이 말라 물을 가져오라 말하던 참이었다. 그때 들어온 사람을 보고 소진 씨는 별안간 말문이 막혀 버렸다. 그녀는 눈을 크게 부릅뜨고 손가락을 떨었다.

"너, 너…… 너는……."

고정엽이 천천히 탁자 앞으로 걸어가 잔에 차를 따른 후 구들 위에 올려놓았다.

"드시지요."

그는 눈앞에 있는 노쇠하고 지저분한 노부인을 자세히 뜯어보았다. 구들 위의 이불은 얼룩져 있었다. 아마 며칠 동안 갈지 않은 것 같았다. 이제 겨우 마흔 몇인 사람이 칠팔십대 임종 직전의 노인처럼 보였다. 얼굴은 비정상적으로 붉어서 마치 얼마 안 남은 초가 마지막 불꽃을 튀기는 것 같았다. 그는 마음속으로 천천히 고개를 끄덕였다. 확실히 얼마 남지 않았군.

소진 씨의 혼탁한 눈동자에는 각골의 원한이 서려 있었다.

"네, 네, 네가 감히 어디라고 여길 와! 걔는 네 친동생이었는데……. 네, 네가 그렇게 손을 쓰다니……. 천하의 몹쓸 놈!"

고정엽이 미소 지었다.

"별말씀을요. 셋째는 저희 집에 불을 지르고 사람을 죽였고 형수와 조카를 죽이려 했습니다. 저는 셋째와 비교도 안 되지요."

사실 고정위는 그가 죽인 것이 아니라 마구 쏟아지던 화살에 맞아 죽었다.

소진 씨는 죽기 직전의 야수처럼 증오에 찬 눈빛으로 앞에 있는 남자를 바라보았다. 참으로 준수하고 건강한 모습이었다. 그러나 자기 아들과 손자는 이미 차디찬 관 속에 누워 천천히 썩어가고 있었다. 그녀는 도저히 이 분노를 삼킬 수가 없었다!

그녀의 생부인 동창후는 고상하고 멋을 아는 사람으로, 녹이 슨 청동 문고리를 사기 위해 거액을 쏟아붓기도 했다. 생모는 성품이 온화했으나 집안일은 서툴렀다. 그녀의 어린 시절은 얼마나 좋았던가, 금은보화가 넘쳤고, 없는 것이 없었다. 시 모임이나 연회에 참석하려 출타를 할 때마다 그녀의 옷차림은 동기들의 부러움을 한 몸에 받았다.

아쉽게도 이렇게 좋은 날들은 열네 살이 되어 끝이 났다. 부모가 잇달아 세상을 떠나면서 그녀의 혼사가 미뤄졌을 뿐 아니라, 금의옥식 하던 생활도 끝났다. 오라버니와 올케가 후부의 권한을 물려받았을 때, 후부는 이미 빈 껍데기였다. 그래도 남들 앞에서는 체면을 세워야겠기에 뒤에서는 온갖 고생을 할 수밖에 없었다. 매사에 절약하고, 절약하고, 또 절약했다. 종종 고씨 집안의 형부가 돈을 보태긴 했으나, 큰언니마저 세상을 떠나게 될 줄이야.

그때, 올케가 그녀를 녕원후부로 시집보내자는 얘기를 꺼냈다. 그날 올케가 한 말을 그녀는 똑똑히 기억하고 있었다.

"아가씨, 제가 각박해서 아가씨더러 후처로 가라는 게 아니에요. 솔직히 지금 아가씨 나이도 너무 많아서 좋은 집안 찾기가 어렵기도 하고. 형부가 언니를 어떻게 대했는지 우리 다 알잖아요. 아가씨에게도 당연히 잘해주지 않겠어요? 그 천한 소금 장수 딸 얘기는 하지도 말아요, 조만간 소박맞고 내쳐질 테니까! 게다가, 큰언니가 남긴 사람들이 그 소금 장수 딸을 편히 살게 두겠어요? 저도 아가씨 잘되라고 하는 얘기예요.

이 혼사가 지금은 좀 보기에 안 좋을지 몰라도 나중에는 잘했다고 생각할 거예요. 정욱이는 오래 못 살 것 같으니까, 아가씨가 아들만 하나 낳으면 작위를 물려받을 사람은 아가씨의 아들이 되는 거죠! 백 씨가 낳은 그 꼬맹이는 충분히 정리할 수 있잖아요?"

말이 청산유수인 올케 앞에서 그녀는 속으로 냉소를 짓고 있었다. 체면치레를 위한 혼수도 아깝다는 거겠지. 형부의 후처로 가게 되면 꽤 절약할 수 있을 테니까. 그렇지 않으면 변변찮은 집안으로 가야 할 텐데, 그건 후부의 체면이 안 설 테고. 더 높은 집안으로 가려면……. 언니는 남편의 사랑을 받긴 했지만 진씨 집안 여인의 명예를 더럽혔다. 사람들은 진씨 집안의 여자들이 남편의 총애만 믿고 아양을 떨 뿐 교양이 없다고 수군댔다. 이것이 그녀가 열네 살이 되도록 혼담이 없었던 이유였다.

후처가 적자의 지위를 빼앗겠다는 생각은 보통 나이가 들어서나 하는 생각이었다. 그러나 그녀는 달랐다. 녕원후부에 시집온 그날부터 이를 악물었다. 내가 가만히 앉아서 억울하게 후처살이나 할 수는 없지, 장래의 녕원후는 무조건 내 아들이어야만 해!

그녀는 의원에게 자세히 물어본 후 가까이에서 고정욱을 관찰해봤다. 역시나, 고정욱은 약을 달고 살았으므로 오래 못 살 것이 확실했다. 그렇다면 그녀의 앞길을 방해하는 사람은 오직 하나, 고정엽뿐이었다.

"왜 왔느냐?"

그녀가 이를 부득부득 갈며 말했다.

"날 비웃으러 온 게냐!"

고정엽은 조용히 그녀를 한참 바라보다가 입을 열었다.

"정위가 죽어서, 제가 기뻐할 거라 생각하십니까?"

소진 씨는 아무 말도 하지 않은 채 고개를 돌리고 식식거렸다.

"아무리 그래도 우린 피를 나눈 형제입니다. 어릴 때부터 정위가 과일을 따러 나무 위에 올라가면 제가 밑에서 두 팔 벌려 받아 주었고, 못 받을 것 같으면 정위가 다칠까 봐 아예 바닥에 누웠습니다……. 정위가 죽어가는 걸 그저 구경만 하고 싶어 할 줄 아셨던 겁니까!"

고정엽이 격노하며 손바닥으로 탁자를 내려쳤다. 탁자 위에 있던 찻잔과 그릇이 떨다 못해 굴러떨어졌다.

소진 씨가 냉소를 지으며 고개를 돌렸다.

"왜? 방금 며느리가 나에게 대든 것처럼 우리 착한 둘째도 정위 대신 이 늙은 어미를 욕하고 화내면서 분풀이하려고? 그래, 너희들은 다 좋은 사람이지. 형제간에 우애 깊고, 부부간에 사랑하고. 나만 죄가 너무 커서 용서받을 수가 없지! 그렇게 동생을 아꼈으면 진즉에 후부를 동생에게 줬어야지!"

"정말 일말의 후회도 없는 겁니까?"

차가운 눈빛의 고정엽이 낮은 목소리로 물었다.

"딱 하나 후회되는 게 있구나. 네 천한 목숨이 이토록 질긴 줄 알았더라면, 내가 내 평판을 해치고 의심을 받더라도 어떻게든 일찌감치 손을 썼어야 했는데. 너를 죽여 일을 성사시켰어야 했는데! 퉤!"

소진 씨가 힘껏 뱉은 가래는 무기력하게 구들 앞바닥에 떨어졌다.

고정엽은 속으로 조소하며 천천히 의자를 끌어와서는 옷과 소매를 정리하고 바르게 앉았다.

소진 씨는 아직도 부족한지 계속 큰소리로 욕을 했다.

"어미도 없이 큰 망할 놈아, 천한 소금 장수 딸이던 네 어미가 무슨 교양이나 있었는지 아느냐? 퉤, 어디서 감히 귀인이 되려는 생각을 품다니! 왜, 내가 지금 아들 손자가 다 죽은 마당에 너를 무서워할 것 같으냐!"

고정엽은 더는 화내지 않고 그녀의 화가 사그라지길 기다렸다가 천천히 입을 열었다.

"멀쩡하던 손자 손녀도 떠나갔습니다. 똑똑하신 분이니 어떻게 된 일인지 이미 알고 계시겠지요."

좀 전에 들었던 주 씨의 말은 바로 이것이었을 것이다.

그가 갑자기 이 얘기를 꺼낼 줄 몰랐던 소진 씨는 한참이 지나서야 이를 부득부득 갈며 말했다.

"……방 씨 이 천한 것, 내가 얼마나 잘해 줬는데, 감히……."

"그건 아니지요. 원래 여부에서 안주인 역할을 잘하고 있던 사람입니다. 아들딸 잘 키우고, 부군과 사이도 좋았지요. 그런데 당신에게 속아 넘어가 결국 버려졌습니다. 어떻게 '잘해줬다'는 말씀을 하실 수가 있죠? 최근에 그녀를 지극정성으로 끌어들여 후부의 손님이 되게 한 것도 다른 꿍꿍이가 있었던 것 아닙니까?"

고정엽은 그녀를 비꼬며 미소 지었다.

소진 씨가 별안간 도마 위에 놓인 죽기 직전의 생선처럼 격렬하게 몸을 떨기 시작했다. 붉은 얼굴은 죽은 사람처럼 잿빛이 되었다.

"너, 너…… 설마 정말…… 네놈이 내 손자를 죽인 거냐?!"

그녀의 쉬어버린 목소리는 마치 생명을 앗아가는 악귀 같았다.

고정엽은 꿈쩍도 하지 않았다.

"저는 그래도 처자식과 제 가정을 위해 덕을 쌓았습니다. 당신과는 다르지요. 저는 그런 일 못 합니다."

"그렇다면……."

소진 씨의 초점이 흐려졌다. 그녀는 너무 화가 나 현기증이 날 지경이었지만, 그가 자신에게 거짓말을 할 이유가 없다는 것 정도는 알고 있었다.

고정엽이 일어나 뒷짐을 지고는 방안을 천천히 몇 바퀴 돌다가 창가에 멈춰 섰다.

"방 씨는 쫓겨난 후 친정에서도 버티지 못해 교외의 비구니 암자에서 지낼 수밖에 없었습니다. 당신은 그런 이빨 빠진 호랑이와는 말도 섞고 싶지 않았겠지요. 그런데 남쪽에서 종종 은자를 보내왔고, 그때마다 먹을 것, 입을 것 등이 잔뜩 딸려왔지요. 방 씨의 아들딸이 생모를 걱정해 보낸 것이었습니다. 마침 그때 운남의 여언연이 여느 때처럼 설 물건들을 명란에게 보내왔습니다. 물건을 실어 온 사람들은 여씨 집안의 하인들이었는데, 내막을 잘 몰라서 돌아가는 길에 방 씨에게 인사를 드리기 위해 비구니 암자에 들렀지요. 바로 이 두 가지 일이, 당신으로 하여금 술수를 꾸미게 만든 겁니다."

소진 씨는 들을수록 놀라웠다. 닭발처럼 말라비틀어진 손이 이불을 꼭 쥔 채 떨리고 있었다.

"네…… 네가 그걸 어찌 다 알고 있는 것이냐……."

고정엽이 차갑게 그녀를 쳐다보았다.

"당신이 집에 방 씨를 불러 손님으로 들여앉힌 그날부터 알고 있었습니다."

소진 씨는 터질 듯 소리를 질렀다.

"그러면서도 내 손자를 안 죽였다고……! 천하의 나쁜 놈!"

"전 아닙니다. 처음부터 끝까지, 제가 한 일은 두 가지뿐입니다."

고정엽은 천천히 고개를 들었다.

"첫째, 출발하기 전, 여씨 집안 넷째 며느리에게 방 씨를 보러 갈 때 공홍초를 데려가 달라 부탁했습니다. 일의 전후 관계를 정확히 전달해달라고 했지요. 명란이 누명을 쓰고 다른 사람들에게 공연한 욕을 먹으면 안 되니까요. 둘째, 맨 처음 보낸 물품들은 방 씨의 아들딸이 보낸 것이 맞지만, 그 후로는 제가 사람을 시켜 강회에서 보내온 것입니다. 여씨 집안의 이름도 임의로 쓴 것이고, 이건 방 씨도 모릅니다. 그래서 당신은 여씨 집안에 대한 방 씨의 힘이 여전히 남아 있다고 믿고 그녀를 자주 초대했던 것이고, 그러면서 그녀에게 기회를 준 것이지요."

소진 씨는 끅끅거리며 덜덜 떠는 팔다리로 그에게 달려들고자 필사적으로 몸부림쳤지만, 고정엽이 툭 밀자 구들 위로 넘어져 일어나지 못했다. 그녀는 입을 크게 벌리고 가쁜 숨만 내쉬며 아무 소리도 내지 못했다.

고정엽이 다시 의자에 앉아 천천히 말을 이었다.

"당신은 자신의 말재주가 훌륭하다고 착각했겠죠. 다시금 방 씨를 꾀어내며 그녀가 명란을 미워해서 자신과 손잡고 복수를 하고 싶어할 거라고 생각했고요. 사실 다 틀렸습니다. 방 씨도 모든 걸 다 알고 있었고, 뼈에 사무칠 정도로 당신을 싫어하고 있었어요."

소진 씨는 이미 후부 태부인 시절의 총기를 잃은 지 오래라 감쪽같이 속아 넘어갔던 거였다.

소진 씨는 쥐가 난 독사처럼 꼼짝하지 못하고 힘없이 누워 겨우겨우 쉰 목소리로 말했다.

"내가, 내가 널 고발할 거야……. 고발할 거야, 하하……. 용맹하고 충성스러운 고 대도독이 사실은 이런 놈이었다고! 평판이 바닥을 치겠지……."

마음속에 쌓인 그녀의 원한은 극에 달해 손톱으로 그의 살점을 다 뜯어내고 싶을 정도였다.

"어떻게 고발하시게요?"

고정엽이 차갑게 그녀를 바라보았다.

"역병으로 죽은 사람들의 옷을 모아 창독瘡毒[3]을 긁어 가루로 만들고, 후부의 하인들을 매수하고…… 처음부터 끝까지 방 씨 혼자서 한 겁니다. 저는 여부의 이름을 빌려 물건을 두 번 보낸 것밖에 없어요. 어차피 찾아내지 못할 것이고, 찾아낸다 해도 명란이 여언연과의 정을 생각해 아무도 찾아오지 않는 그녀의 계모를 모른 척할 수 없었다고 하면, 누가 뭐라고 할 수 있겠습니까?"

"악랄한 놈! 그래도 너의 적친이고 조카들이다! 어떻게 그렇게……."

소진 씨는 참지 못하고 구들에 깔린 요를 내리치며 대성통곡했다.

고정엽은 그녀를 비웃었다.

"정말 이상합니다. 당신은 언제든지 주변 사람들의 가족을 사지로 몰아넣을 수 있었는데, 그 사람들은 반격할 수 없다는 겁니까? 당신이 방 씨를 지극정성으로 대한 것은 그녀에 대한 연민과 그녀를 해한 것에 대한 후회 때문이었습니까? 아니죠. 방 씨가 다음번 여언연이 명란에게 물건을 보낼 때 안에 뭔가를 끼워 넣을 방법이 있다고 말했기 때문이었겠죠. 그래서 방 씨에게 친절히 대한 거 아닙니까? 만약 이번에 변란이 없었다면, 아마 이것이 당신의 원래 계획이었겠지요."

소진 씨는 초점 없는 눈으로 마비된 듯 가만히 구들에 앉아 알 수 없는 말만 중얼거렸다.

---

3) 상처의 독.

두 아이를 생각하니 고정엽도 참을 수가 없었다.

"저는 방 씨가 무얼 하려 했는지 전혀 몰랐습니다. 하지만 방 씨가 당신과 친한 척을 하고 있다는 걸 안 순간부터 그녀에게도 복수심이 있다는 걸 깨달았죠. 만약 당신에게 일말의 양심이 있어 그만두고 싶은 마음에 제수씨의 말을 듣고 방 씨를 쫓아냈다면, 두 아이가 이렇게까지 되지는 않았을 겁니다."

말을 멈추었던 고정엽이 잠깐의 망설임 끝에 말을 이었다.

"제수씨는 당신이 아들을 죽였고, 손자 손녀를 죽였다고 했습니다. 틀린 말은 아니죠."

이 말을 끝으로 고정엽은 천천히 몸을 일으켜 문 쪽으로 걸어갔다.

소진 씨의 모든 기대가 물거품이 되었다. 눈동자는 초점을 잃었고, 무너지듯 구들에 눕자 가벼운 경련이 일었다. 입꼬리가 비뚤어졌고, 침이 흘렀다. 손가락 하나 움직일 수가 없었다.

흉측하고 비참한 모습의 그녀를 보자 고정엽은 문득 어린 시절이 생각났다.

생모가 세상을 떠났을 때, 그는 아무것도 모르는 어린아이였다. 사리 분별이 가능해진 그날부터 그에게 어머니는 소진 씨 단 한 명이었다. 그때의 소진 씨는 온화하고 아름답고 착하고 친절했다. 그에게 잘해주었음은 두말할 것도 없었다. 부친이 그를 쫓아오며 때리고 욕할 때 그는 주저 없이 그녀의 뒤로 숨었다. 그는 진심으로 그녀를 어머니로 생각했다.

그때, 그는 형이었던 고정욱이 오래 살지 못하리란 것을 어렴풋이 느꼈다. 어린 그는 결심했다. 만약 자신이 작위를 물려받는다면 반드시 소진 씨에게 효도하고 동생들을 사랑할 것이라고. 심지어 그는 자신이 조금만 더 멍청했더라면 좋았을 거라고, 그게 더 행복했을 거라고 생각하기까지 했다.

그러나 그는 너무나 예민했다. '정백극단鄭伯克段'[4]을 읽고 '자만에 빠지게 만들어 장래를 망치는 것'이 무엇인지 알게 되었고, 병법을 읽은 지 이틀 만에 '적을 얕보는 것'이 무엇인지 알게 되었다. 그리고 의문이 들었다. 어머니는 왜 내 방에는 예쁜 계집종만 들여보내려 애쓰면서 동생 방에는 계집종이 얼씬도 못 하게 하시는 걸까? 왜 사내종들에게 나를 데리고 기방과 주점에 가서 놀게 하면서 동생에겐 매일 공부와 무예 연습만 시키실까?

이것이 정말 나에게 좋은 길일까.

그는 의심 속에서 잔인함을 구별해 냈고, 기만 속에서 서서히 자라났다. 깊은 상처를 가슴에 새긴 채 구사일생으로 살아남았다.

한때 그는 그렇게나 그녀를 믿고 경애했던 것을.

그는 문 옆에 서서 발을 든 채 한참을 서 있었다.

"제수씨는 아마 이 일을 형수님께 말할 겁니다. 그러면 제가 죄수를 체포할 문서를 보내고, 제수씨에게 방 씨를 확인하게 할 겁니다. 방 씨가 죄를 자백하고 죄명이 확정되면, 일은 그렇게 끝이 나겠지요."

이 말을 마치고 그는 뒤도 돌아보지 않고 성큼성큼 걸어 밖으로 나갔다. 끈질기게 이어진 두 세대 간의 수십 년간 계속된 더러움, 기만, 음모는 저 뒤에 남겨진 채 다시는 입에 담지 않을 과거가 되었다.

---

4) 춘추시대에 쓰여진 산문.

이틀 후, 산호 골목에서 소진 씨가 세상을 떠났다는 부고가 왔다.

장례는 간소했다. 문상객은 하루만 받았다. 열 명이 조금 넘는 고씨 일가친척들만 모였고, 바로 관을 묘지로 옮겨 고언개의 무덤에서 멀지 않은 곳, 대진 씨의 무덤 근처에 그녀의 무덤을 만들었다. 주 씨는 오지 않았다.

고정위는 죄인의 신분이었기 때문에, 그의 후손이 없다는 것을 언급하는 일가친척은 없었다. 그가 가지고 있다가 주인을 잃은 엄청난 규모의 가산은 고정엽이 나서서 공평하게 네 부분으로 나눈 후, 각각 화재에 무너진 가옥 보수를 위해 후부, 넷째 숙부댁, 다섯째 숙부댁에 보내고 가난한 친척 자녀의 학비와 제답으로 그 용도가 정해졌다.

이러한 처분은 모두의 찬사를 받았다. 그중 자질구레한 내역은 굳이 적지 않기로 하겠다.

보름이 지나자 영국공이 대군을 이끌고 경성으로 돌아왔다. 아직 부상이 완쾌되지 않은 사위와 함께였으며 수많은 포로와 전리품도 뒤따랐다. 휘황찬란한 광경이 성문에서부터 이어졌고 환호와 동경의 목소리가 온 성에 가득했다. 여인들의 눈길을 끌기에 영국공의 나이는 너무 많았기에 어마어마한 수의 향주머니와 꽃과 과자는 거의 다 미중년인 단성잠 장군을 향해 던져졌다.

다리를 다친 심 국구는 말을 타고 행진하지 못해 아쉬운 마당에 성문 의식도 가지 않고 곧장 집으로 돌아갔다.

그러고는 자신의 호위병을 불러 장 씨의 처소로 데려다달라고 분부했다. 그가 가장 먼저 한 일은 추 이랑을 불러 따귀를 서너 대 힘껏 때린 후 있는 대로 욕을 하는 것이었다.

"예전부터 조심하고 신중하라고 했거늘! 네 친정은 아무 문제가 없다고 하더니, 후부 출입패를 줬단 말이지! 그래서 지금 꼴이 어떠냐? 하마터면 큰일이 날 뻔했다! 죽을 거면 혼자 죽든지, 부인과 아이들까지 연루될 뻔했잖느냐!"

심종홍은 원래 첩을 내쫓는 오래된 문제를 다시 꺼내고 싶었으나, 뜻밖에도 장 씨가 여전히 원하지 않았다. 결국 어쩔 수 없이 따로 처리할 수밖에 없었고, 가법으로 곤장 스무 대를 치고 사흘을 굶기는 것으로 마무리되었다. 추 이랑은 따귀뿐 아니라 볼기짝에도 울긋불긋 꽃이 피었다.

그다음으로는 적장자를 불러다 혼을 냈다.

"너는 서책을 읽어서 개한테 주는 거냐! 예법이 뭐고 적자와 서자가 무엇이냐. 네 친어미는 세상을 떠났으니 후부에서는 장 씨가 가장 어른이다. 감히 장 씨의 말을 안 들어? 좋다. 다른 사람 말을 듣지 않으면 자신의 잔머리만 믿고 진짜 실력은 별 볼 일 없는 놈이 되겠지. 첩들의 어리석은 말만 듣고 장롱 뒤에 숨기나 하는 놈 말이다. 내 남은 생의 체면이 너 때문에 바닥을 치겠다! 너야 사내니까 괜찮지, 적들이 후부에 들이닥쳐서 누이를 어쩌기라도 했으면 걔는 어떻게 살라고?! 도대체 나중에 네 친 친어미 얼굴은 어찌 보려고 그러느냐!"

소년은 '이모≥계모'의 원칙으로 반박하고 싶었으나, 곧바로 아버지의 성한 다리에 걷어차였으며 추가로 생모의 위패 앞에 무릎 꿇고 밤을 지새우는 벌을 받았다.

고개를 돌리자 젊고 아름다운 그의 후처가 항아리를 안고 만면에 웃음을 띤 채 말했다.

"날이 이리 더운데 나리의 옷이 온통 먼지와 땀투성이입니다. 이 안에 든 약주로 좀 씻으셔요."

그녀가 뚜껑을 열자 불길이 치솟는 것 같은 독한 술 냄새가 코를 찔렀다.

심종흥은 다친 다리를 움츠리며 자기도 모르게 작은 목소리로 말했다.

"이거…… 독한 술 아니오?"

이런 귀한 것을.

장 씨는 안타깝기도 하고 친절하기도 한 표정이었다.

"그저 술 한 동이일 뿐입니다. 아무리 귀한들 나리의 몸만 하겠습니까? 나리, 어서요!"

심종흥은 등에 알 수 없는 한기가 느껴졌다.

• • •

다시 보름이 지나고, 두 달에 걸친 명란의 산후조리도 거의 끝났다. 명란은 몸무게부터 외모까지 완전히 예전의 모습을 되찾았다. 고정엽은 포동포동하게 살이 오른 예쁜 아내를 껴안으며 기뻐서 어쩔 줄 몰랐다. 그는 기다렸다는 듯 그녀를 덮쳐 지칠 줄 모르고 사랑을 나누었다.

단이가 문틀을 붙잡고 귀엽게 물었다.

"어머니와 같이 자고 싶은데, 왜 안 돼요?"

최씨 어멈은 난처했다. 문제가 좀 복잡한데…….

단이는 아는 듯 모르는 듯했다.

"아버지와 어머니가 일을 하시나요?"

얼마 전 돌아온 공손 선생은 단이에게 어른이 된 남자는 지혜가 있어야 하고, 부모가 일할 때는 조용히 해야 한다고 가르쳤다.

최씨 어멈의 늙은 얼굴이 달아올랐다.

"맞아요, 맞아. 지금 일을 하고 계시니까요!"

단이는 신이 나서 방금 배운 네 글자를 말하며 자랑했다.

"국가 대사인가요?"

공손 선생은 이것이야말로 천하에서 가장 중요한 일이라고 했다.

최씨 어멈의 얼굴이 새빨갛게 달아올랐다.

"……국가 대사보다…… 중요한 일이지요."

단이는 바로 이해했다.

"아, 그럼 나 혼자 잘게요."

단이는 말 잘 듣는 착한 아이가 되겠다며 짧은 다리로 뒤뚱뒤뚱 걸어 자신의 방으로 돌아갔다.

다음 날 아침, 아버지는 이미 나가고 없고 어머니 혼자 늦게 일어나 여유 부리는 것을 본 단이는 신이 나서 연신 질문을 하며 관심을 보였다.

"어머니, 어젯밤에 아버지와 국가 대사를 처리하셔서 피곤하세요? 다 끝났나요? 오늘 밤에도 해야 하나요? 저도 여기서 자게 해주세요. 조용히 할게요……. 어머니와 아버지가…… 일을 하시니까요."

입을 헹구던 명란이 물을 뿜었다.

방 안에 정적이 맴돌았다. 어색한 정적이.

녹지는 얼굴이 잔뜩 일그러졌고, 하하는 거의 실신할 뻔했으며, 최씨 어멈은 쥐구멍이라도 찾고 싶었다. 집안에는 오로지 천진난만한 통통한 단이 혼자 주변의 반응을 두리번거리며 쳐다볼 뿐, 여전히 아무것도 알아차리지 못했다.

과연, 인생 곳곳에는 난감한 순간이 빠지지 않는다. 이런 인생이 어찌 쓸쓸할 수 있을까.

· · ·

열흘 정도가 지나고, 드디어 박 노장군이 돌아왔다.

수십 년 동안 서북지역을 장악하고 있던 성덕태후 문제를 해결하면서 엄청난 규모의 재산을 몰수했는데, 이번에 병사들에게 쓰느라 반 이상 비어버린 국고를 채우고도 남을 정도였다. 이밖에도 군대에 남아 있던 감씨 잔당의 수급 십여 개도 함께 가져왔다.

황제는 매우 기뻐하며 큰 상을 내리겠노라 선포했다. 박 노장군은 지팡이를 짚고 반죽음이 된 채 끙끙거리며 말했다.

"이번 일로 제 명줄이 반은 짧아졌으니 정말 사직을 해야겠사옵니다. 황상께서 일을 시키고 싶으시면 제 아들과 손자를 부르시지요."

늙은 장군이 이렇게 말하는 것을 보고 황제는 더욱 기뻐하며 그들에게 줄 상을 더욱 늘리라 명했다. 박 노장군, 영국공, 심종흥, 고정엽, 단성잠 등 장수들은 모두 포상을 받고 승진했다.

줄 상은 주고, 벌할 것은 벌해야 했다.

성덕태후의 친정과 심복 일당을 포함해 그녀와 관련된 사람들…… 역모에 가담한 사람들은 참형에 처하고 재산을 몰수했다. 처자식은 궁노가 되거나 교방사에 들어갔다. 죄의 등급이 그 아래였던 사람들 역시 참형 당하거나 유배를 떠났고, 재산을 몰수당했다.

황당하게도 성덕태후는 죽어서는 안 되었다. 남은 인생을 '외딴 궁에서 자숙하며' 지내야 했다.

삼왕비는 '예왕을 제대로 키우지 못한' 죄로 흰 비단 끈으로 목을 매자결하라는 명을 받았다. 이제 막 열 살이 된 예왕은 서인으로 강등되었고, 그의 친부모와 함께 연금되었다. 아이에게 무슨 죄가 있을까. 그저 누군가 뒤에서 악한 짓을 꾸민 것을.

이들은 그래도 어떤 처벌을 받았는지 알 수 있었으나, 용비는 소리 소문 없이 '병사'했다.

총애를 한 몸에 받던 후궁이 친아들의 황위 계승을 위해 자신을 해하려 했으니, 황제로서는 성덕태후가 사람들을 모아 역적을 모의한 것보다 위신이 떨어졌다. 황제는 분노를 넘어 슬퍼했다. 용비가 낳은 삼황자는 즉시 장춘궁에서 쫓겨나 멀리 떨어진 곳에서 영토를 지키며 영원히 경성에 들어오지 못하게 되었다. 만약 용비의 잘난 체만 아니었다면 그들 모자가 받았던 총애에 힘입어 삼황자는 최소한 풍요롭고 살기 좋은 영토로 갔을 것이다.

황제는 성덕태후 세력이 수십 년 동안 뿌리 깊은 권력을 휘둘렀던 것을 낱낱이 알고 있었다. 친척이나 친구 관계에 있는 사람이 백 집이 넘었기 때문에, 너무 광범위하게 엮어서는 안 되었다. 경성을 비롯한 그 일대의 뿌리가 흔들릴 수 있기 때문이었다. 일의 주모자와 공범, 그리고 관련된 잔당들을 제외하고 나머지는 가볍게 책벌했다.

신하들은 모두 황제의 지혜를 찬양했다.

아끼던 후궁의 배신을 겪고 난 후에도 황제는 관대하고 인자한 모습을 유지할 수 있었는데, 이는 명란의 맹랑한 얘기들을 귀담아들었던 황후의 공이 매우 컸다.

궁에 변란이 일어나리란 조짐이 보이자, 일찍이 황제의 명령을 받은 심복은 즉시 두 황자를 데리고 비밀 통로를 통해 빠져나가 화를 면했다. 황후도 같이 갈 수 있었으나(나중에 돌아와 태후와 싸우면 될 일이었다), 뜻밖에도 안 가겠다고 버티며 마치 시골의 무지한 아낙처럼 의식이 혼미한 남편 위에 엎드려 대성통곡만 할 뿐 다른 것은 아무것도 하지 않았다.

황후는 눈물 콧물을 줄줄 흘리면서 통곡했다. '그때 우리가 같이 쫓아다녔던 메뚜기'부터 시작해서 '우리 모자를 버려두고 가는 야속한 사람'에 이르기까지 끊임없이 떠들었다. 용상을 두드리면서 통곡을 하니 옆에서 독 빼는 침을 놓던 의원이 귀가 먹을 지경이었다. 황제는 우는 소리에 시끄러워서인지 짜증이 나서인지는 모르겠지만 어쨌든 깨어났고, 눈을 깜박일 때마다 보이는 건 눈물 콧물을 뒤집어쓴 마누라의 얼굴뿐이었다.

풍파가 지나간 후, 옥체가 완쾌된 황제는 드디어 똑똑히 깨달았다. 자신의 조강지처가 비록 육궁六宮[5]을 다스리는 능력이 부족하고 도량과 식견도 얕지만, 그래도 자신을 향한 진심만큼은 확실하다는 것을 말이다.

아름다운 후궁들은 매혹적이긴 하나 그 미모 아래에 어떤 마음을 숨기고 있을지 알 수가 없었다. 충신과 유능한 관리를 모두 얻을 수 없다면, 그가 늘 옆에 두고 싶은 사람은 충신이었고, 유능한 관리는 어쩌다 한 번 쓰면 그만이었다.

말 그대로, 결국, 결론은…… 황후가 또 회임을 했다.

중원절中元節[6]이 지난 후, 고정엽의 일은 차츰 정상적인 궤도를 찾았

---

5) 황후와 비들이 사는 궁실.
6) 음력 7월 15일, 죽은 혼령을 위로하는 중국의 명절.

고 며칠의 휴가도 얻었다. 그러자 그는 입만 열면 명란을 데리고 바람 쐬러 가야겠단 소리를 했다. 명란은 사실 기대하지 않았다. 조정의 중신 중 가고 싶다고 갈 수 있는 사람이 몇이나 되겠는가. 그의 마음은 고마웠지만, 현실은 녹록치 않았다.

이날 고정엽은 날이 밝기도 전에 집을 나섰다가 아침나절에 돌아왔다. 아직 이불 속에서 늦잠 자는 아내를 아무렇지 않게 이불에서 끌어내더니 즐겁게 말했다. 바람 쐬러 가자꾸나.

평소에 계집종들의 교육이 잘 되어 있던 터라, 챙겨가야 할 물건들과 옷가지들이 순식간에 정리되었다. 명란은 잠에서 덜 깬 상태로 어디로 가는지도 모른 채 마차에 올랐다. 갈수록 날이 밝아지고, 마차 안으로 들어오는 공기가 점점 상쾌해지는 게 인가가 드문 산이나 들판으로 온 게 아닌가 싶었다.

흔들리는 마차 안으로 신선한 공기가 들어왔다. 명란은 마치 요람에 누운 것처럼 편안한 기분이 들었다. 그래서…… 더 깊은 잠에 빠졌다. 옆에서 계속 한숨을 쉬던 고정엽은 마침내 어린 아원이 누굴 닮았는지 알게 되었다.

한낮이 되어 명란은 배가 고파 잠에서 깼다.

마차 안에 상을 차리고 두 사람은 마주 앉아 점심을 먹었다. 그제야 명란이 어디로 가는지 물었으나 고정엽은 의미심장한 표정을 지으며 절대 말하려 하지 않았다. 그러면서 행군 중에 있었던 우스운 얘기를 이것저것 들려 주었다. 경 장군은 매일 밤 무조건 부인에게 하루의 심경을 보고하는 편지를 써서 보내야 했는데, 글자 수가 300자 이상이어야 한다는 조건이 있어 도저히 채우기가 힘들면 주변의 사내들을 불러 몇 자씩

채워 넣게 했다는 것이다.

　명란은 문득 어느 날의 다과회가 떠올랐다. 자리에 모인 부인들이 남편이 보내온 편지에 관해 이야기하는데, 무장들은 대부분 '잘 있다. 걱정 마라.' 정도만 써 보냈었다. 그런데 경 부인이 법석을 떨며 자신의 남편이 너무 멋진 말을 썼다고 자랑하는 것이 아닌가.

　'집에 있는 지혜로운 아내를 생각하니, 집안을 돌보는 것이 고생스러울까 염려되오. 내가 밖에서 하는 고생은 고생도 아니구려.'

　"빈틈이 없고 노련한 문장을 보아하니, 노국공이 쓰신 것 같네요."

　명란은 양심적으로 평가했다. 그 문장을 들었던 당시에도 정말 좋다고 생각하긴 했었다.

　"그건 열일곱 살짜리 박씨 집안의 아들이 쓴 것이었다. 노국공이 쓰신 것은 '겨우 하루 못 보았는데 삼 년이 지난 것 같소. 당신 생각하며 몸을 뒤척인다오.'였지."

　명란은 할 말을 잃었다.

　무작정 끌려가던 명란도 어디로 가는지 더는 묻지 않았다. 두 사람은 하하 호호 웃으며 주변 경관을 감상하다 마침내 목적지에 도착했다. 앞에는 완만한 산봉우리가 있었는데, 수목이 울창하며 새가 지저귀는 소리가 끊임없이 들렸다. 명란이 어디냐고 묻기도 전에 고정엽이 그녀를 안아 마차에서 내려 준 후 웃으며 그녀를 끌고 산 위로 올라갔다.

　"산에 오르실 거였으면 경성 주변에도 얼마든지 적당한 산이 있잖아요. 서하산, 침면산, 낙월산⋯⋯. 여기까지 올 필요가 없지 않나요?! 산에 큰 절이나 영험한 스님이라도 있답니까? 점을 보고 싶으신 건지⋯⋯. 아이고, 숨 차 죽겠네⋯⋯."

　명란은 숨을 가쁘게 내쉬었다. 치맛단을 들고 산을 오르려니 너무 힘들었다. 요즘 몸 상태가 좋아졌다고는 하나, 산을 오르는 것은 여전히 힘들었다.

고정엽은 그녀의 앓는 소리에도 아랑곳하지 않고 그저 아무 말 없이 웃기만 했다. 그녀를 밀고 끌고 하며 계속 올라갔다. 이렇게 밑도 끝도 없이 반 시진이 지나자 명란은 심장이 터질 것 같아 노파가 풀무질하듯 숨을 내쉬었다. 고정엽은 그제야 발걸음을 멈추고 앞을 가리켰다.

"다 왔다."

그쪽을 볼 여유가 없었던 명란은 평평하고 깨끗한 바위 위에 철퍼덕 앉아 손수건을 꺼내 이마와 뺨을 열심히 닦았다. 사방을 둘러보니 이곳은 원래 산 한쪽에 튀어나온 거대한 암석으로, 평평하고 깨끗한 곳이었다. 평소 나무꾼들이 자주 쉬어가는 듯, 바닥에는 크기가 다양한 원통형의 돌들이 널려 있었다.

남편의 손가락을 따라 북쪽을 바라본 명란이 놀라며 소리쳤다.

"효릉?!"

고정엽이 멀지 않은 곳의 흰색 건물을 가리키며 웃었다.

"여기는 효릉의 남쪽 부분이다. 여기서는 정안황후의 무덤까지도 볼 수 있지."

지금은 현대처럼 입장권만 사면 타지마할에서 들어가 신천유信天遊[7]를 부를 수 있는 시대가 아니었다. 황실의 무덤은 호위병이 지키는 중요한 장소로, 아무나 들어갈 수 없는 곳이다. 그런데…….

"제게 정안황후의 무덤을 보여 주고 싶으셨던 거예요?"

---

7) 중국 섬서성 일대의 전통 민요.

그녀는 갈피를 잡을 수가 없었다.

고정엽이 산 정상에 있는 비탈을 가리키며 웃었다.

"그것도 그렇고, 산꼭대기에 정자가 하나 있는데 유리부인과 고 대학사가 천지신명께 예를 올렸던 곳이라고 하더구나."

명란은 한참을 멍하니 있었다. '설마 타임슬립한 걸 눈치챈 건가요?'라고 묻고 싶어졌다.

고정엽은 땀이 송골송골 맺힌 그녀의 얼굴을 닦아 주었다. 발그레하게 혈색이 도는 것이 건강해 보이는 얼굴이었다.

"너는 책을 이것저것 가리지 않고 보긴 하지만, 그래도 이 두 사람의 야사를 가장 좋아하지 않느냐?"

명란이 멍하게 대답했다.

"……이, 이상해 보이진 않나요……?"

"뭐가 말이냐? 난 예전에 전 왕조 표기 장군의 전적을 가장 좋아했다. 너는 여자이니 문신무장의 얘기에 무슨 흥미가 있겠느냐, 당연히 아녀자들이 좋아하는 책을 보겠지."

명란은 가슴을 쓸어내리며 그가 인도하는 대로 따라가며 기이하고도 아름다운 무덤의 풍경을 멀리서나마 바라보았다.

가을의 공기가 상쾌하고 날이 맑았다. 옅은 황금빛 햇살 아래 망자가 머무는 건물이 구불구불하고 비범해 보였다. 용, 봉황, 기린, 사자…….그 외에도 그녀가 이름을 알 수 없는 기이한 동물들이 많이 장식되어 있었다. 한백옥漢白玉[8]으로 조각된 동물들은 고개를 들고 있거나, 발을 올

---

8) 궁궐 건축의 장식 재료로 쓰이는 흰 돌.

리고 있거나, 날개를 펴고 있어 생동감이 넘쳤으며 붉게 빛나는 조각된 난간과 잘 어우러졌다. 층층이 겹쳐진 모습이 마치 신선의 상서로운 안개구름이 피어오르는 것 같은 형상이었다.

사방은 온통 푸르른 녹음이었다. 수백 년 된 고목도 있었고, 새로 자라나는 가녀린 풀들도 있었다. 저마다 싱싱한 가지를 뻗은 모습이 마치 장엄하고 아름다운 황실의 무덤에 예스럽고 소박한 테두리 장식을 더한 듯 자연스럽게 풍경에 어우러졌다.

두 사람은 한참을 바라보았다. 고정엽이 한숨을 내쉬며 말했다.

"정안황후의 시를 읽어보았다고 했지, 어땠느냐?"

명란은 침묵했다. 사실 모든 시가 익숙했다.

"하나하나가 다 좋았어요."

그녀가 말했다.

"정말로 훌륭하고 아름다웠지. 일찍 돌아가신 것이 안타깝지."

고정엽이 말했다.

명란이 입꼬리를 삐죽거렸다. 문명 고도의 수천 년이 응집된 것인데 안 아름다울 수가 있나.

고정엽이 긴 한숨을 내쉬며 낮게 말했다.

"가끔 이런 생각이 들더구나. 정안황후께서 그렇게 갑자기 세상을 떠나시지 않았다면 얼마나 많은 일이 달라졌을까."

여기에 대해서는 명란도 십분 동의했다.

정안황후가 독살되지 않았다면……. 우선 백 씨가 고씨 집안에 시집오지 않았을 테니, 고정엽은 태어나지 않았을 테고, 소진 씨 모자는 후부를 장악했을 것이다. 그리고 고정엽의 비호가 없을 테니 녕원후부는 진즉에 작위를 박탈당했겠지.

다른 집이 어떻든 간에 고씨 집안사람 대다수의 운명은 이때부터 바뀌었다.

물론, 명란 자신은 똑같이 산사태에 휩쓸려 비참한 타임슬립을 했을 테니, 지금은 그 조가 사촌누이와 제대로 한판 겨루고 있는 와중일 테고.

두 사람은 잠시 쉬다가 다시 힘을 내어 산 정상을 향해 올라가기 시작했다.

산세가 점점 험해졌다. 오르기가 어렵진 않았으나 힘이 두 배로 들었다. 이번에는 명란도 협조를 잘해주었다. 투덜거리거나 앓는 소리를 내지도 않았고, 민요를 부르며 내려오는 젊은 나무꾼에게 미소를 지어 보이기도 했다. 그 바람에 젊은 나무꾼은 굴러떨어질 뻔했다.

고정엽은 화가 나서 뒤따르던 하인의 손에서 유모帷帽[9]를 잡아채 아내의 머리에 힘껏 씌웠다.

두 사람은 걷다가 힘들면 쉬고, 두런두런 이야기를 나누며 수월하게 산 정상에 도착했다. 늙은 나무꾼이 알려 준 방향을 따라 마침내 그 정자에 다다랐다. 정자의 이름은 '무망無望'이었다.

"이름을 왜 이렇게 지었지?"

고정엽이 미간을 찌푸렸다. 정말 찝찝한 이름이었다.

명란이 대답했다.

"유리부인은 희망이 없을 때가 바로 희망이 찾아올 때라고 하셨지요."

이 말은 참 오묘한 이치를 담고 있었고, 그 이치가 너무 심오해 지루할 지경이었다. 마치 자기계발서에서 읽은 글귀 같다는 생각이 들었다.

---

9) 가리개를 드리운 모자.

낡은 기둥 네 개는 이미 칠이 다 벗겨져 본래의 색을 알아볼 수 없었다. 정자의 지붕에는 스무 개에 가까운 구멍이 나 있어 빛이 잘 들어왔다. 바닥에는 말도 못 하게 망가진 돌의자 일고여덟 개가 놓여 있었고, 바람이 조금만 세게 불어도 기와 부스러기들이 떨어졌다.

혹시 머리를 다칠까봐 안에는 들어가지 않기로 했다. 대신 무성한 잎이 하늘을 가리는 큰 나무를 찾아갔다. 부부가 앉을 수 있도록 사내종 둘이 서둘러 등에 멘 의자를 내렸다. 한쪽에서는 작은 냄비를 꺼내 차를 우릴 물을 끓이기 시작했다.

특권 계층은 정말 나태해. 명란은 탄식하며 얼른 의자에 앉았다.

"……한 사람은 공부 출신 규수였고, 한 사람은 천한 신분이었는데, 어떻게 둘의 결말이 완전히 반대가 되었을까."

고정엽의 말은 새롭지 않았다. 얼마나 많은 사람이 비슷한 탄식을 해 왔던가.

"정안황후 같은 여자는 마음에 안 드세요?"

명란이 조용히 물었다.

"그건 아니지."

고정엽이 고개를 저었다.

"정안황후는 제멋대로이긴 해도 참 좋은 사람이다. 직언하고 정쟁을 벌이다 그분의 충고로 목숨을 보전한 신하가 얼마나 많으냐. 후궁들이 이렇게 직언을 하는 것도 쉬운 게 아니고 말이야."

"그럼 유리부인 같은 여자는 어때요?"

명란이 다시 물었다.

"예전에는 좀 별로였다. 유리부인이 고 대학사를 오해한 것 같다고 생각했거든."

고정엽이 천천히 말했다.

"그런데 내가 고생을 하고 나니 알겠더구나. 밑바닥 인생을 살면서 시종일관 강직함을 유지하고 남을 원망하지 않고 스스로 강해지는 것이 얼마나 어려운 것인지를."

명란이 고개를 들어 멍하니 근처의 정자를 바라보았다.

겉으로 보기에 무망정과 정안황후의 무덤은 마치 절벽녀와 글래머처럼 서로 비슷한 데가 없는 것 같았으나, 두 사람의 결말은 두 장소와 딱 맞아떨어졌다. 행복은 대부분 평범하고 심지어 눈에 잘 띄지도 않지만, 비극은 언제나 가장 화려하고 눈부시다.

명란은 고개를 저었다. 눈곱만큼도 눈부셔지고 싶지 않다.

"……황상께서 나를 촉 지방으로 보내려 하시는 것 같다. 며칠 전 내가 황상께 직접 청을 드렸다. 연임하면 적어도 팔구 년 정도는 있게 되겠지."

고정엽의 말은 명란에게 마치 청천벽력처럼 들렸다.

명란이 깜짝 놀랐다.

"뭐라고요? 어디를 간다는 거예요? 그럼 저는요? 단이는요? 아원은요? 직접 청을 드렸다니, 돌아온 지 얼마나 됐다고 이러세요! 우릴 다 버릴 작정이세요?"

고정엽이 그녀를 향해 큰 부들부채를 천천히 흔들며 웃었다.

"내가 자진해서 청을 드려야 몸값이 올라갈 것 아니냐. 황상과 이미 얘기가 끝났다. 상은 필요 없고, 그저 아내를 데려가고 싶다고 말씀드렸다."

명란은 그제야 마음이 진정되었으나 곧 다시 불안해졌다.

"황상께서 허락하셨나요?"

고정엽이 진지하게 말했다.

"제 아내가 오행 중 나무가 부족한데, 불이 나무를 이기니 자꾸 축융祝 融[10]의 재난을 겪는 것이라고 말씀드렸다. 마침 내 사주팔자에 물이 많고, 물이 불을 이기니 아내와 함께 가야 한다고 했지."

명란이 그를 흘겨보며 말했다.

"황상께서 그런 말도 안 되는 얘길 믿으시겠어요! 큰 물 항아리를 하사하실까 겁나네요. 자주 그 안에 들어가 있으라고, 물이 부족한 걸 해결하라고 말이죠."

고정엽이 박장대소했다. 그가 가리개 너머에 있는 그녀의 얼굴을 잡고 진지하게 말했다.

"황상께 간곡히 부탁했다. 어릴 때부터 늘 피붙이를 그리워하며 살아온 불쌍한 저를 살피시어 가족과 또 생이별하게 하지 말아달라고. 그렇게 되면 내가 돌아오기 전에 아내를 다른 사람에게 빼앗길지도 모른다고. 무조건 나라에 충성하겠다고."

"그랬더니 황상께서 허락하셨나요?"

명란의 눈이 빛났다.

"음, 허락하셨지. 황후마마께서도 옆에서 도와주셨다."

고정엽이 미소 지었다.

"마지막에는 황상께서도 말씀하셨다. 그동안 장군은 변경에 주둔하고 처자식은 경성에 남는 게 대부분이었지만, 그렇다고 예외가 없는 것도 아니라고. 전조 때 목 왕부도 처자식을 경성으로 보내진 않았지. 그의

---

10) 불의 신으로 받들어진 전설 속 인물.

집안은 오랫동안 전변을 지키다 결국엔 온 집안 여자 권속들이 순절하였으니 얼마나 뜨거운 충심이냐? 아무리 철통같이 단속해도 악착같은 역적들 중 반역을 저지를 놈은 결국 저지르게 돼 있다. 이번이 그 좋은 예가 아니더냐. 군신이 서로의 마음을 이해하면 그걸로 된 것이다."

"황상께서 정말 지혜로우시네요!"

명란은 고대로 온 이후 처음으로 마음속 깊은 곳에서부터 만세가 흘러나왔다.

"맞는 말씀입니다. 정말로 역모를 일으키려는 사람들은 군주의 대의를 위해서라고 하면서 오히려 가족들을 남겨두려고 하잖아요! 당신 같이 강직한 사람이 또 어딨겠어요!"

아, 오삼계吳三桂[11]의 큰아들은 거세당했던가, 목이 매달렸던가.

그녀를 바라보는 고정엽의 눈에 웃음이 가득했다.

"촉은 경성처럼 좋은 동네가 아닌데 괜찮겠느냐? 서남 지방은 무덥고 습하지 않느냐."

"괜찮아요, 괜찮아."

명란은 의자를 끌어 바짝 다가앉아 그의 팔에 팔짱을 끼고 연신 고개를 저었다. 유모의 가리개가 흔들렸다.

"가족이 모두 함께 있을 수 있다면, 아무것도 두렵지 않아요."

고정엽이 다른 팔로 그녀를 감싸며 낮은 목소리로 말했다.

"나도 그리 생각한다. 승진은 다음 문제이고, 우리가 오래도록 함께 있는 게 더 중요하지. 사람이 얼마나 오래 살겠느냐. 젊을 때 너를 데리고

---

11) 명나라의 장군이었으나 청나라 건국을 돕고, 훗날 반란을 꾀해 자신의 나라를 세우고자 함.

여기저기 다니면 이번 생이 허무하진 않겠지."

명란은 행복감으로 가슴이 벅찼다.

빽빽한 먹구름 사이로 햇빛이 비칠 때처럼, 바다제비가 휘몰아치는 폭풍우를 뚫고 해안에 도착할 때처럼, 성지순례의 머나먼 여정에 있는 사람들은 하얀 탑 꼭대기를 멀리 바라보며 기쁨의 눈물을 흘린다. 그동안의 방황과 망설임이 기쁨을 곱절로 더해주는 이유라도 되는 것처럼.

고정엽이 그녀의 양쪽 어깨를 꽉 잡았다.

"촉에는 경성처럼 귀찮은 법도가 많지 않다. 내가 너에게 말 타는 방법을 가르쳐줄 테니, 너는 내게 연 날리는 방법을 알려다오. 우리 평생 떨어지지 말자꾸나."

명란이 웃으며 눈물을 흘렸다. 뜨거운 마음만큼 뜨거운 눈물이었다.

가자, 천부지국天府之國[12]으로. 그곳에는 이빙李冰[13] 부자의 도강언都江堰[14]이 있고, 젊은 선남선녀도 있고, 비옥한 토지와 화려하게 수놓은 비단도 있다. 그리고 무엇보다 그들의 희망찬 미래가 펼쳐져 있다.

---

12) 땅이 기름져 온갖 산물이 많이 나는 나라, 현 사천성, 즉 촉 지역의 별칭.
13) 중국 진나라의 수리학자.
14) 이빙과 그의 아들이 건설한 수리 시설.

번외

번외1

옥주

내 이름은 심옥주沈玉珠. 위로는 진주珍珠라는 이름의 언니가 하나 있고, 아래로는 각각 보주寶珠와 금주金珠라는 이름의 여동생이 둘 있다. 언니와 나는 어머니가 같고, 두 여동생은 나와 어머니가 다르다.

나는 늘 여동생들을 동정했다. 좋으라고 지어준 이름 덕에 어릴 때부터 쭉 무조건 돼지[1]와 관련된 것들을 입고 걸쳤기 때문이다. 이를테면, 황금 돼지머리가 장식된 팔찌를 끼거나, 금실로 조그마한 돼지가 수놓인 융 신발을 신는 것이다.

여동생들은 몹시 우울해했다.

내가 보기에, 이건 전적으로 아버지를 탓할 수만은 없는 문제였다. 아버지는 원래부터 이름 짓는 데 서툰 분이시니까. 사실 우리의 이름은 전부 어머니가 지어주신 것이다. 언니는 장녀라서 좋은 이름을 고를 수 있

---

1) 중국어에서 구슬 주珠와 돼지 저猪는 둘 다 '주'로 발음함.

었다. '주원옥윤珠圓玉潤'[2)이라. 언니에게 구슬 모양의 진주라는 이름을 붙였으니 내게는 옥玉을 붙여 옥주라 하신 거다. 물론 새어머니를 탓할 수도 없다. 새어머니는 원래 이렇게 많은 아이를 낳을 생각이 없었다. 사실, 새어머니가 지은 배다른 네 명의 남동생들의 아명은 차마 못 들어줄 지경이다. 그 아이들의 아명은 순서대로 대모大毛, 소모小毛, 아모阿毛, 모모毛毛였다. 주周 관사의 아들이 기르는 강아지 이름이 이보다는 더 나을 정도였다.

이름이 천해야 잘 큰다더니, 과연 틀린 말이 아니었다. 모毛 사인방 동생들은 다들 튼튼하게 자랐다. 특히 대모는 열 살이 되자마자 창 싸움에서 열네 합 만에 큰형을 땅 위로 고꾸라뜨렸다. 아버지는 몹시 기뻐하시며, 그야말로 '장수 가문의 건강하고 훌륭한 후예'라고 칭찬하셨다. 그러나 아버지의 첩실이기도 한 우리 이모는 몹시 불쾌해하며, 우리 삼 남매를 거칠게 잡아끌고 어머니 위패 앞에서 또 한바탕 울었다.

어째서 '또'란 말을 쓰냐고? 왜냐하면 이모는 하루가 멀다 하고 우리들을 데리고 이 소동을 벌이기 때문이다. 아버지가 울음소리를 듣는다면 더할 나위 없겠지만, 만약 듣지 못하면 들릴 때까지 계속 운다. 혹여 아버지가 못 들은 척하면, 못 들은 척하지 못할 때까지 울었다.

나는 너무 진절머리가 났다.

이모는 우리가 어렸을 때부터 계속 신신당부했다. '아버지의 새 부인을 경계해라. 계모들은 모두 뱃속이 시커멓다. 계모가 낳은 여동생들은 아버지의 총애를 빼앗아갈 것이고, 남동생들은 네 오라비의 작위를 가

---

2) '구슬같이 둥글고 옥같이 매끄럽다'란 뜻의 사자성어로, 고운 노랫소리나 매끄러운 문장을 형용할 때 사용.

로챌 것이다'라고 말이다. 심지어 걸핏하면 녕원후부의 아찔한 옛이야기를 예로 들며, 계모와 계모가 낳은 남동생, 여동생들에 대한 경계를 늦추지 말아야 한다며 우리를 자극하고 격려했다.

그뿐만이 아니다. 이모는 늘 우리더러 아버지의 환심을 사서 기회가 있을 때마다 이것저것 요구하라고 시켰다. 전답이나 점포, 하사품 등 뭐든지 많으면 많을수록 좋다고 했다. 오라버니는 어찌할 바 몰라 당황으로 얼굴을 굳혔고, 언니는 천성이 대갓집 규수라 남이 자기 몫을 챙겨주기만 기다릴 따름이었고, 나는 곧바로 솔직하게 그렇게는 못 하겠다고 대답했다.

이모는 어쩔 수 없이 손수 시범을 보이기 위해 나섰다.

실은 이모도 딱히 좋은 방도가 있는 건 아니었다. 그저 반복적으로 아버지 앞에서 돌아가신 어머니가 얼마나 현숙했는지, 남을 위해 어떻게 자신을 희생했는지 눈물로 호소하고, 양심이 있으면 언제나 그 사실을 기억하고 있으라며 음으로 양으로 상기시키는 게 다였다.

나는 이모가 이렇게 나오는 게 마뜩잖았다. 죽어서도 남에게 이용당하다니, 어머니가 지하에서도 편히 쉬진 못하겠단 생각이 들었다.

언니는 나의 비협조적인 태도를 대단히 불만스러워했다. 양심도 없는 것이 적과 아군도 제대로 구분 못 한다고 생각한 것이다. 언니가 울먹거리며 내게 물었다.

"설마 돌아가신 어머니를 잊은 거니?"

언니의 지적에 나는 뜨끔한 기분이 들었고, 또 한편으로는 너무 억울하단 생각도 들었다. 어머니가 돌아가셨을 때 나는 말도 제대로 못 했고, 뭔가를 기억하기도 힘들 만큼 어렸기 때문이다. 어머니에 관해서는 부드럽고 따뜻한 느낌만 어렴풋이 남아 있을 뿐이다. 사람들은 다들 내 어머니가 훌륭하신 분이었고, 합리적이기로는 천하에서 제일가는 분이라고 칭송했다. 나는 어머니에 관한 이런 평판을 전적으로 믿고 있다.

내 어머니는 물론 대단히 훌륭하신 분이다. 그러나 어머니가 훌륭한 것이 이모가 훌륭한지 아닌지와 무슨 상관이고, 외숙부, 외숙모 그리고 추씨 집안의 여자 권속들과 무슨 상관이란 말인가? 소화와 소황은 한 배에서 난 새끼 고양이이다. 하지만 한 마리는 온순해서 내 무릎 위에서 햇볕 쬐기를 좋아하고, 다른 한 마리는 장난기가 심해서 온 집 안을 돌아다니며 멋대로 깨물고 할퀴고 말썽이란 말썽은 다 부리고 있지 않은가.

아버지께선 늘 어머니를 신뢰하셨다. 아내를 사랑하면 처가 지붕의 까마귀까지 좋아하게 된다지만, 그렇다고 그 까마귀를 신뢰하기까지 해야 한다는 말인가.

어쨌든 나는 이모를 포함한 추씨 집안사람들을 신뢰할 수 없었다.

이모는 고집 센 나를 탐탁지 않아 하며, 늘 오라버니와 언니만 챙겼다. 나도 이모의 투덜거림을 듣는 게 싫었다.

이모는 늘 우리 남매가 자신의 친혈육이라며, 우리만 있으면 아무것도 필요 없다고 했다. 그렇다면 뭐 하러 일 년 내내 의원을 찾아다니고, 도사며 비구니를 부르는 데 은자를 물 쓰듯 쓴단 말인가? 대체 뭐 하러 아이를 낳기 위해 그렇게 쓴 약을 삼키고, 주 관사 아들의 비루먹은 개처럼 온몸에 검고 누렇게 그을린 자국이 생길 정도로 뜨거운 쑥뜸을 뜬단 말인가?

나는 유모에게 까닭을 물었다. 유모가 자애롭게 웃으며 내 머리를 쓰다듬었다.

"우리 옥주 아가씨는 참으로 총명하시군요. 큰 도련님이나 진주 아가씨보다 훨씬 나으세요."

그건 그렇다 치자. 심지어 이모는 나를 외숙의 아들에게 시집보낼 작정이었다!

이모는 허구한 날 내게 외숙부 댁이 얼마나 좋은지, 외숙모가 얼마나 나를 좋아하는지 늘어놓으며 하루가 멀다 하고 '너는 어떠니?' 하고 물었다. 게다가 아버지께도 이렇게 말했다.

"옥주와 순이는 참으로 잘 맞는 단짝입니다. 매일같이 한데 붙어 있고 헤어지길 아쉬워하니 참으로 '청매죽마'[3]라 할 수 있지요."

내가 "우린 맨날 싸운다고요. 전 순이가 너무 싫어요."라고 말하면, 웃으며 내 입을 틀어막고는 이렇게 덧붙였다.

"아이들은 다툴수록 친해지는 법이지요."

나는 화가 나서 죽을 지경이었다!

전에 유모가 말했다. 혼인이란 남과 평생 함께 사는 것이라고. 이 세상 어느 누가 그 망할 뚱보와 평생을 같이 하고 싶겠는가!

그 사촌 오라버니는 셋째 외숙의 늦둥이로, 난폭하고 못생긴 데다 글 공부는 싫어하고 남 괴롭히기나 좋아하는 사람이었다. 그래도 외숙모가 애지중지 감싸기만 하니 내 몸종들에게까지 함부로 욕하고 손을 올렸다. 간덩이 부은 자식! 나는 그 돼지 같은 얼굴을 떠올리기만 해도 구역질이 올라왔다!

언니가 자못 큰언니다운 표정을 지으며 나를 타일렀다. 돌아가신 어머니의 은혜와 사랑을 잊어선 안 된다고 당부하는 언니에게 내가 이 한마디로 받아쳤다.

---

3) 어린 시절부터 사이좋게 지낸 연인이나 부부.

"그렇게 외숙부 댁의 정과 의리를 생각한다면 언니가 그 오라버니에게 시집가지 그래?"

언니는 목 졸린 거위처럼 즉각 잠잠해졌다.

흥, 남의 재물로 생색내지 못하는 사람이 어디 있다고? 어머니가 살아 계셨다면 나더러 그 못난이 후레자식과 혼인하라고 하셨을 리 없다! 본디 무른 감 먼저 찔러보는 법. 이모는 언니가 일편단심 지체 높은 가문에 시집가고 싶어 하는 걸 알고, 내가 어리니까 멋대로 주무를 수 있을 거란 판단에 나를 괴롭힌 것이다.

우리 삼 남매 가운데서는 그래도 오라버니가 가장 이모를 신뢰했다.

외숙부들은 오라버니가 추가의 사촌 언니를 부인으로 맞이하게 할 생각까지 하고 있었다.

오라버니는 좋다고 했지만, 아버지는 화가 머리끝까지 나셨다. 그 자리에서 벌컥 화를 내시며 우리 집에서 오랜 기간 머물고 있던 사촌 언니를 내보내시더니, 오라버니가 혼사를 치르기 전까지 아버지 허락 없이 추가 여식들이 찾아오는 것을 금하셨다. 그러고는 오라버니에게 곤장 수십 대를 내리셨고, 이모의 따귀를 수십 대 때리시고는 벌로 불경을 삼백 번 베껴 쓰게 하셨다.

이모가 대성통곡하다 아버지에게 손가락질하며 말했다.

"이리 추씨 집안 여식을 무시하시다니, 제 언니는 추씨 집안사람이 아니란 말입니까?"

그러자 아버지가 실소를 터트리시더니, 어머니를 언급하는 이모에게 처음으로 기세당당하게 입바른 말씀을 하셨다.

"자네 언니가 생전에 이렇게 말했지. 친정 오라비들은 다들 시원치 않고, 올케들도 자식 교육을 제대로 못 할 것 같으니, 친지로서 옆에서 도움이나 주면 족하지 절대 아들딸들이 그런 집과 혼사를 맺게 하진 않겠다고 말이네!"

그 이후, 이모는 족히 반년은 기가 죽어지냈다. 추가도 우리 남매의 혼사에 대해 다시는 엉뚱한 생각을 품을 수 없게 되었다.

유모가 나를 끌어안고 남몰래 눈물을 흘렸다.

"아가씨 어머님께서는 고생하는 팔자를 타고나셔서 한평생 복도 며칠 못 누리셨지요. 규수 시절 친정 어르신께선 심약하시어 자기주장도 없으셨고, 지혜롭고 현숙하신 친정어머님께선 일찍 세상을 뜨셨고, 오라버니 부부는 동생을 권세 있는 가문에 시집보낼 생각만 했습니다. 결국 억지로 혼사를 치르게 되었지요. 나리께 시집오시고 난 다음부터는 안팎으로 일 처리하시느라 분주하셨습니다. 집안이건 왕부건 아씨를 부르지 않는 데가 어디 있었습니까! 제 언니도 아가씨 어머께 부디 몸 생각하시라 당부 드렸지만, 십여 년간 매사를 직접 돌보시는 게 몸에 배어서 뭐든지 직접 나서셨지요. 그 천성이 어찌 고쳐지겠습니까!"

나는 유모의 말이 잘 이해되지 않았지만, 왠지 슬픈 마음이 들어 유모를 따라 울었다.

얼마 지나지 않아 공주 사촌 언니가 시집오면서 집안이 더욱 소란스러워졌다.

오라버니가 누구의 부추김을 들었는지 알 순 없으나, 자기 아내에게 이모를 '정식 시어머니처럼 모시라'고 요구한 것이다. 새언니가 된 공주 사촌 언니가 하도 코웃음을 치는 통에 하마터면 코가 비뚤어지고 지붕이 뒤집힐 뻔했다. 오라버니는 깜짝 놀라 뒤꽁무니를 뺐다. 그러나 소란이 나 봐야 아무 소용없었다. 이모가 어디 순순히 오라버니에게서 손을 떼려 하겠는가? 이모는 걸핏하면 오라버니 처소 일에 참견하려 들었다.

오늘은 계집종을 보내고, 내일은 추가의 사촌 언니를 불러와 며칠 묵게 하며 오라버니에게 옛정 운운하게 하는 식이었다.

분노한 새언니가 입궁하여 이 일을 일러바쳤다. 그다음에는 황후마마 께서 화가 나셨고, 이에 상궁을 시켜 이모를 호되게 꾸짖었다. 둘째 황자 사촌 오라버니는 잔꾀를 하나 내놓기까지 했다. 친히 추가 사촌 언니에 게 변변치 않은 가문과의 혼사를 안배한 것이다. 들리는 바로는 추가 사 촌 언니의 부군 될 사람은 비틀어진 박과 터진 대추처럼 용모가 추할뿐 만 아니라 가문의 권세도 보잘것없을것이라고 했다.

새언니가 이모에게 웃는 얼굴로 말했다. 앞으로 또다시 자기 남편에 게 외간 여자를 소개했다간 곧바로 황후마마께 일러 추가 규수의 혼인 대사를 싹 다 정해버리라고 할 테니(추가의 사촌 규수들은 그 수가 적지 않다) 알아서 하라고 말이다.

새언니는 대단했지만 이모도 만만치 않았다. 대놓고 딴 짓을 할 수 없 게 되자 암암리에 새언니에게 수작을 부렸던 것이다. 그리고 길을 잘못 든 오라버니는 새언니를 냉대하기도 하고, 새언니와 말다툼을 벌이기 도 했다. 새언니는 한 달 중 보름은 홀로 공주부에서 울적해하며 화를 삭 였고, 나머지 보름은 집에서 오라버니와 다툼을 벌였다. 가끔 둘째 황자 오라버니가 찾아와 새언니를 거들기도 했다.

국구부 절반이 둘의 다툼으로 어수선해지자 아버지께선 이 소란을 견 디지 못하고 둘을 아예 남쪽 처소로 보내 새어머니와 함께 살게 했다. 내 친김에 아이 갖는 데도 힘쓰라고 말이다.

오라버니의 혼사가 순탄치 못했기에, 언니의 혼사를 의논할 때가 되 자 아버지는 무조건 새어머니와 상의하려 했다.

고모인 황후마마는 그래도 언니를 몹시 아껴서 최고 중의 최고 신랑

감 두 명을 물색해주셨다. 한 명은 위왕衛王 가문의 세자로 온화하고 귀족적이며 범상치 않은 용모와 재능을 갖춘 사람이었다. 다른 한 명은 막 변경 지역에서 공을 세우고 조정에 돌아온 박薄 장군이었다. 젊은 영웅으로, 그 역시 범상치 않은 재능의 소유자였다.

새어머니는 곧바로 박씨 집안이 좋겠다고 시원하게 말씀하셨다.

"세심히 잘 따져 봐야 시집가서 잘 지낼 수 있는지 알 수 있지요. 박씨 집안은 식구는 적고, 가산은 풍부한 데다 가풍도 훌륭하니 필시 근심할 필요가 없을 겁니다. 위왕의 세자도 훌륭하지만, 어쨌든 황가의 종실 친왕 가문이니 옥첩玉牒[4]에 이름을 올릴 수 있는 측실만 네 명입니다. 그밖에 여기저기서 들어오는 여인들은 또 오죽 많겠습니까? 하물며 그 가문은 황가이니, 혹여 거기서 진주가 수모를 당한다 해도 누가 뭐라 할 수 있겠습니까?"

아버지께선 이 말에 일리가 있다고 생각하셨으나, 안타깝게도 언니와 이모는 전혀 동의하지 않았다. 게다가 이모는 언니에게 계모가 언니를 지체 높은 가문에 시집보내길 꺼리는 것이라고 이간질하기까지 했다. 언니는 이모의 말에 깊이 공감했다.

훗날, 언니는 한 무리의 '사이좋은 자매들'을 얻게 되었다. 통통한 양귀비 형이나 가녀린 조비연趙飛燕[5]형 등 각양각색의 미녀들이 다 모인 집에서 살게 된 것이다.

반면, 그 박 장군은 녕원후 부인의 큰 질녀를 얻는 행운을 누리게 되

---

4) 황족의 족보.

5) 한나라 성제의 후궁으로 훗날 황후에 오른 절세미인으로, 가무를 배워 몸이 가볍기가 나는 제비 같아 비연이라 함.

었다.

새어머니는 나를 데리고 박 장군의 혼례 축하연에 참석했다. 비록 새 신부를 보진 못했지만, 하객들이 하는 이야기를 들을 수는 있었다. 원가 둘째 마님은 자식을 잘 가르치기로 유명한 데다 외모도 아름답고 지혜로운 분이니, 그분의 큰따님도 필시 별반 다르지 않을 거란 이야기였다. 훗날, 박 장군 부부는 많은 후손을 보며 행복하게 살았다.

오라버니와 언니가 차례로 혼인한 뒤, 나와 대모가 온종일 흙바닥을 뒹굴며 정신없이 노는 모습을 보다 못한 새어머니가 아예 나를 정가의 규수학당으로 보내고, 스승님께 내 거동을 단속하고 품성을 가다듬어 달라 청했다.

이모는 속이 탔지만 얻어맞을까 두려워 감히 아버지께는 말하지 못하고 내게 찾아와 한참 구시렁댔다. 나는 짜증을 참지 못했다.

"설 대가는 좋은 스승님 아닌가요?"

이모가 대답했다.

"……훌륭한 스승이지."

"정가에서 저를 괴롭히기라도 할 거란 말씀이세요?"

작은고모가 있는데 어찌 그럴 수 있겠는가?

이모가 대답했다.

"그럴 리도…… 없겠지."

"그럼 왜 제가 안 갔으면 하시는 거예요?"

"네 새어머니는 의도적으로 네게 잘해주는 거야! 너를 구슬리려고 말이다!"

나는 눈을 동그랗게 뜨고 반문했다.

"그게 어때서요?"

이모는 생각이 너무 많았다. 새어머니와는 나이 차이도 거의 없을 텐데 열 몇 살은 더 늙은 것 같았다.

오라버니와 새언니는 혼인한 지 몇 년이 지났으나 여전히 사이가 냉랭했고, 아이도 없었다. 모 사인방이 하루가 다르게 커가는 걸 보면서 아버지의 근심 걱정은 나날이 깊어 갔다. 그 해, 위왕이 세상을 떠나고 언니가 세자를 따라 번지로 떠나게 되자, 아버지께서는 언니가 떠나기 전에 식사를 함께하자며 특별히 우리 삼 남매를 불렀다.

몇 차례 술잔이 돌고 난 후, 늘 강한 모습만 보이던 아버지가 눈물을 흘렸다. 오라버니에게 늘 가차 없이 대하던 아버지가 갑자기 울기 시작한 것이다.

순간 당황한 오라버니가 어쩔 줄 몰라 허둥대기 시작했다.

아버지는 오라버니에게 말했다.

"……아비로서 네게 부탁하마. 이모를 내보내거라. 너와 공주는 이렇게 지내선 안 된다……. 공주는 평범한 며느리가 아니다. 지금 공주 마음속에는 원망만 가득하니 적자가 없다고 서출을 인정해주지도 않을 것이다. 그러면 나중에 이 작위는……."

나와 언니는 아버지의 의중을 알아차렸다. 언니도 울면서 오라버니를 채근했다.

"오라버니, 이번 한 번은 아버지 말씀을 들어요. 이모…… 이모는 좋은 사람이 아니에요. ……좋은 마음을 품고 있지도 않고요."

나는 눈물 한 방울 흘리지 않고, 그냥 이렇게만 말했다.

"첫째 황자 오라버니가 언젠가 황위를 계승할 거예요. 오라버니가 계속 이렇게 고집부리면서 새언니를 냉대하다간 적자가 생기든 말든 아버지가 돌아가시는 즉시 이 작위는 오라버니한테서 날아갈 거라고요.

그때가 되면, 오라버니는 부마로서 그저 새언니를 의지하고 살 수밖에 없을걸요."

사실, 사촌 오라버니인 두 황자는 아버지를 대단히 존중하고 있었다. 그러나 아버지의 아들이 오라버니 한 명만 있는 건 아니다. 다른 아들들도 모두 아버지의 아들인 것이다. 누가 작위를 계승하든 간에 내게는 아무 차이가 없었다. 그저 지금 아버지의 모습이 너무 가련할 따름이었다.

아버지는 몹시 괴로워했다. 아버지는 새어머니가 낳은 동생들을 정말로 마음에 들어 했고, 갈수록 그 동생들을 더 좋아하게 되었다. 그러나 한밤중에 퍼뜩 잠에서 깰 때마다 돌아가신 어머니가 가슴을 짓누르고 있는 것이다. 앞으로 나아가지도 뒤로 물러나지도 못한 채, 너무 고민하다가 양쪽 귀밑머리가 하얗게 새어버릴 지경이 되었다.

아버지도 그저 평범한 사내에 불과했다. 그렇게 의지가 굳건하지도 못하고, 그렇다고 너무 박정하지도 못한 것이다.

어머니에 대한 애정은 당연히 깊지만, 세월의 침식을 견디기란 너무도 힘들고, 후처와 후처의 어린 자식이 늘 아버지 곁을 맴돌고 있었다. 아버지는 아직 자기 심지가 굳건할 때, 오라버니를 위해 해 줄 수 있는 것을 다 해주고, 물려줄 수 있는 것을 다 물려줌으로써 오래전에 한 맹세를 지키고 양심을 달래려는 것이었다.

아버지가 눈물을 줄줄 흘리며 이 기세를 몰아 오라버니에게 부탁하기 시작했다.

"……설마 이 아비가 네 앞에 꿇어앉는 꼴을 보겠단 게냐! 부탁이다, 이 아비가 죽고 나서 네 어미를 볼 면목이 없게 하진 말아다오……."

결국 견디다 못한 오라버니가 울면서 그러겠노라 약조했다.

이튿날, 언니는 경성을 떠났다. 남편을 따라 멀리 번지로 떠난 것이다.

이번 생에 그녀는 다시 경성에 돌아오지 않을 것이다. 앞으로는 좋은 일이건 나쁜 일이건, 오로지 그녀 자신의 힘으로 버텨내는 수밖에 없을 것이다.

같은 날 밤, 어멈들이 이모를 묶어 집 밖으로 끌어냈다. 그러고는 곧바로 이모를 가묘 안에 밀어 넣고 엄중히 감시했다.

황후마마께서 이 사실을 아신 뒤, 특별히 궁으로 새언니를 불러들여 한 차례 이야기를 나눴다. 새언니는 붉게 충혈된 눈을 하고 돌아왔고, 오라버니가 눈시울을 붉히며 새언니를 맞았다. 두 사람의 관계는 천천히 좋아지기 시작했고, 몇 달 뒤 새언니는 회임했다.

드디어 아버지도 한시름 놓게 된 셈이다.

새어머니는 이번 희비극이 자신과 무관하다는 듯 아무 반응도 보이지 않았다.

사실 나는 새어머니도 참 녹록치 않겠다고 생각했다. 그렇게 훌륭한 가문 출신인데도 젊은 나이에 후처가 되었고, 듬직하지 않은 내 오라버니 같은 사람이 의붓아들이니 체면도 세울 수가 없었을 것이다. 만약 유약한 사람이었다면 진즉에 속을 끓이다 죽어버렸을 것이다. 그러나 새어머니는 한밤중에 호위들을 지휘하며 도적을 죽일 수 있는 사람이었다. 검을 쥐었을 때 살기등등하고 위풍당당하며 활력이 넘쳤던 그 모습은 그저 부들부들 떨기만 하던 이모나 오라버니, 언니보다 훨씬 강해 보였다.

사실 새어머니는 집안 관리에 능숙하지도, 열성적이지도 않았다. 새어머니가 동경하던 것은 조용하고 여유롭게 시를 짓는 생활이었다. 그러나 하필이면 아들딸들이 모두 활발하게 뛰노는 통에, 아침부터 밤까지 한시도 방 안에서 쉴 짬이 없었다.

매번 내 공부를 봐준 다음, 맑은 차를 한 잔 마시며 맑고 아름다운 산수를 그리거나 시 몇 구절을 쓸라치면……

대모가 본채에서 아버지의 보검을 몰래 들고 나와 노는 것을 본 아버지가 억지로 뺏지는 못하고 '당신, 어서 나와보시오.'라고 외치는 소리가 들렸다. 초간에서 소모가 먹물로 금주에게 얼룩덜룩 낙서를 하고, 금주는 구들 위에서 목 놓아 울기 시작했다. 옆에서는 아모와 모모가 한데 뒤엉켜 싸웠다. 차간에서는 보주가 체본을 던져버리고, 내 머리 위로 기어올라 벽 너머의 전투 상황을 구경하며 "어머니, 들어보세요, 들어보세요. 오라버니들이 또 시작했어요."라고 목청 높여 외쳤다. 그럼 나는 화가 나서 "야, 내 머리카락 당기지 말고 얼른 내려와. 너 때문에 글씨 틀렸잖아!"라며 비명을 질렀다.

그럼 새어머니의 이마 위로 퍼런 핏대가 불끈 솟아나고, 꽉 움켜쥔 붓자루에서는 뿌득 소리가 났다. 종국에는 새어머니가 단전까지 기운을 모아 포악한 사자처럼 천장이 다 울리도록 거칠게 포효하는 것으로 끝나곤 했다.

"다들 나가거라!"

현실과 이상의 차이는 너무나도 큰 것이다. 이는 언젠가 녕원후 부인이 이 광경을 보고 웃으며 하셨던 말씀이다.

많은 이들이 새어머니가 내게 별로 살갑게 대하지 않는다는 이야길 하곤 했다. 양심에 손을 얹고 말하자면, 새어머니는 사실 두 여동생에게도 그다지 살갑게 대하지는 않았다. 평소에도 훈계를 한 횟수가 더 많았다. 성격은 저마다 다른 듯싶다. 이 세상에는 녕원후 부인처럼 언제나 눈가에 웃음을 머금고 입가에 고운 미소를 띠며 용이의 손을 잡고 친히 글자를 가르쳐 주는 사람이 있는가 하면, 새어머니처럼 거만하고 완고하게 영영 자세를 누그러뜨리지 않는 사람도 있는 법이다.

그러나 적어도 새어머니가 내게 해준 것은 대부분 내게 유익한 것들이었다.

규수학당에서 나는 마음을 터놓을 수 있는 친구를 사귀었고, 처세술을 익혔으며, 장부 계산도 할 수 있게 되었고, 간단한 옷도 지을 줄 알게되었다. 바깥에서 손윗사람을 만나면 단정하고 온화한 모습을 가장할 줄도 알게 되었고, 치아를 드러내지 않고 웃는 법도 알게 되었다.

유일한 예외는 내가 막 학당에 들어가고 얼마 안 되었을 때, 정가 후원에서 거만하고 방자한 남자아이와 우연히 마주쳤을 때였다. 그가 조소하며 빈정거렸다.

"여자애가 무슨 책을 읽는다는 거야. 과거에서 장원 급제라도 하려고? 차라리 집에 가서 수나 놓지 그래."

나는 욕설로 맞받아쳤다.

"그렇게 잘났으면 그쪽이 급제해봐. 내가 두고 볼 테니."

말을 내뱉자마자 무서운 몸싸움 한판이 벌어졌다. 막상막하의 실력이라 둘 다 머리가 터져 피를 흘리며 집에 돌아갔고, 심하게 혼이 났다.

나중에 작은 고모님께 들으니 그 남자아이는 새어머니의 조카로 영국공 어르신의 손자란다. 몇 년 뒤, 그는 무과에 장원급제했고, 내게 혼담을 넣었다. 아버지께선 너무 기쁜 나머지 입을 다물지 못했고, 그가 마음을 돌릴까 두렵다는 듯 다급히 승낙했다.

혼사가 정해진 뒤, 새어머니는 평생 처음이자 마지막으로 나를 불러 속내를 말했다. 나를 바라보는 표정은 복잡했다.

"너는 좋은 아이다. 마음도 넓고, 활달하고, 속상한 일이 있으면 마음속에 담아 두지도 않지. 그건 큰 복이란다."

····

　내가 시집가게 된 것을 알고, 대모는 아버지가 돌아가시기라도 한 것처럼 통곡했다.

　들기로는 새어머니가 대모를 낳을 때 굉장히 고생했다고 한다. 안 그래도 고통이 상당할 텐데, 난산이기까지 했던 것이다. 그 뒤로도 연이어 모 사인방들과 여동생들을 낳으셨으니, 아이들을 다 단속하실 여력이 없었다. 어릴 때부터 나는 대모와 가장 친했다. 함께 들판에서 놀고, 함께 벌을 받았으며, 대모가 유치를 갈 때 같이 버려주기도 했다.

　상심한 대모가 며칠간 대성통곡하더니, 사나운 눈초리로 미래의 매형을 쏘아보는 것으로도 모자라 도둑놈 취급을 하면서 만약 누나한테 잘하지 않으면 '본때를 보여 주겠다'며 큰소리를 쳤다!

　나는 남편과 사이가 대단히 좋았다. 나는 사람들 앞에서 온화한 표정과 듣기 좋은 말로 그의 체면을 살려 주었다. 사람들 뒤에서는 그가 나를 떠받들어 주었고, 종종 구들 위에 엎드려 말을 태워 주기도 했다.

　여러 해가 지난 뒤, 우리 부부는 분가하게 되었다. 널리 어르신들의 의견을 구한 뒤, 나는 가묘에 가서 이모를 데리고 나왔다. 새하얗게 센 머리카락, 얼굴에 가득한 주름살. 이모는 이미 보기 흉한 노파가 되어 있었다.

　"이제 저희와 함께 살아요. 앞으로 함께 명절을 지내는 거예요. 집안에 아이들이 많으니 신경 좀 써주세요. 제가 아이들에게 이모님께 효도하라고 이를게요."

　이모에게 부귀영화를 누리게 해줄 순 없지만, 적어도 북적북적하고 활기찬 분위기에서 손자들이 안부를 여쭈며 침상 앞에 탕약을 대령하는 생활을 누리게 해 줄 수는 있었다.

이모가 떨면서 쉰 목소리로 물었다.

"네, 네가…… 왜……."

원래 이모는 노골적으로 날 싫어했고, 나도 이모를 미워하는 티를 냈었다. 그런데 이제 내가 그녀를 봉양하려는 것이다.

"왜는요."

내가 대답했다.

"이모는 제 어머니의 동생이고, 저를 오랫동안 돌봐주셨잖아요."

이모는 목 놓아 울면서 눈물을 줄줄 흘렸다. 반평생 허황한 삶을 보냈던 이모가 맞이한 결말은 이런 것이었다.

번외2

수교

아담하고 정취 있는 정원 안, 남쪽 지방에서 가져온 파초나무 몇 그루가 바람에 살랑이고 있다. 울긋불긋한 꽃나무들 사이로, 반쯤 열려 있는 사창紗窓이 보인다. 곱게 차려입은 스무 살 남짓의 한 여인이 창가에 앉아 고개를 숙이고 바느질에 열중하고 있다. 양쪽으로 둥글게 머리를 말아 올린 계집종이 다반을 들고 오더니 조용히 말을 걸었다.

"마님, 좀 쉬세요. 벌써 점심때가 되었습니다. 제가 마님 목을 주물러 드릴게요."

젊은 여인이 고개를 들고 웃으며 말했다.

"그래."

그러고는 손에 들고 있던 수틀을 내려놓고, 찻잔을 들어 차를 홀짝거렸다.

계집종이 여인의 목을 주무르며 투덜댔다.

"……어깨가 나무토막처럼 딱딱하게 굳었습니다. 마님께서 자신을 아끼지 않으시면, 나중에 나리께서 마음 아파하실 거예요. 저희도 혼이

날 테고요."

여인은 쑥스러운 얼굴로 생긋 웃었으나 대답은 하지 않았다.

그녀는 어렸을 때부터 바느질을 좋아했고, 자수에 능했다. 시집온 뒤에는 자주 형님과 조카들, 그리고 먼 곳에 사는 시할머니와 시어머니에게 옷이나 장식품을 만들어 보내고 칭찬을 받곤 했다.

그녀의 남편이 여러 번 그녀에게 적당히 하라고 말하긴 했으나, 그녀는 그저 쑥스러운 듯 웃기만 했다. 그러던 어느 날, 그녀가 남편에게 반문했다.

"나리는 제 규수 시절 이름이 뭔지 아시나요?"

그녀의 남편은 말갛고 준수한 외모에 순수하고 선량한 심성의 소유자였으나, 그녀의 질문에 문득 장난기가 발동했다.

"알지. 생쥐라고 불렸잖소."

그녀가 짐짓 토라진 척하자 그가 웃음을 터트리며 말했다.

"하하, 내가 잘못했소……. 음, 장모님께서 이아ㄷㅑ[1]라고 부르시는 걸 들은 적이 있소만."

그녀가 수줍게 말했다.

"그건 아명이니 되는 대로 지은 거고요. 제겐 정식으로 사용하던 규수 시절 이름이 있었답니다. 수교繡巧라는 이름이었죠."

그녀가 손가락을 뻗어 허공에 천천히 두 글자를 썼다. 내심 자랑스러워하는 듯한 기색이었다.

"큰형님과 둘째 형님은 유능하고, 학식도 있고, 견문도 넓으시죠. 전

---

1) 둘째 딸이라는 뜻.

아무리 애써도 그분들께 미칠 수 없어요. 그나마 제게 남 부끄럽지 않은 이런 재주라도 있으니, 이걸로 제 능력을 보이게 해주세요······."

그녀가 목소리를 낮추며 말했다.

"날씨가 추워졌어요. 향 이랑께서 다리가 안 좋으시니 다리 토시를 만들어 드릴 생각이에요."

그가 애정과 연민이 가득한 눈빛으로 그녀 곁에 다가가 조용히 속삭였다.

"학문으로 보나, 인품으로 보나, 나도 아무리 노력한들 두 형님을 따라갈 수가 없다오. 우리는 딱 알맞은 한 쌍이니 평생 서로 떨어지지 맙시다."

수교는 달콤한 기분이 들었고, 너무 행복해서 당장이라도 날아오를 것 같았다. 그녀의 남편은 세심하고 상냥한 데다 심성도 고왔고, 생활에 군더더기도 하나 없었다. 혼인하고서부터 지금까지 두 사람은 줄곧 달콤한 나날을 보냈고, 무슨 일이든 서로 사이좋게 의논하며 단 한 번도 얼굴을 붉힌 적이 없었다.

사람들은 모두 그녀더러 복 받았다고 했다. 요 몇 년간, 심가와 함께 입신출세한 가문의 적지 않은 규수들이 지체 높은 집안에 시집갔지만, 그중에서도 특히 그녀가 행복한 나날을 보내고 있었던 것이다.

성가는 온 집안사람들이 출세했기로 소문난 선비 집안이었다. 사내들은 모두 관직에 올랐고, 규수들도 모두 좋은 곳에 시집갔다. 사돈을 맺은 집안 대다수가 권문세가이니, 성가는 참으로 부와 지위를 모두 갖췄다 할 것이다.

시아버지는 온화하고 선량한 인품에 처신이 대단히 올바른 사람이었다(수교가 보기에는 말이다). 그는 비록 며느리들과는 자주 대면하진 않았지만, 아들들에게 여러 번 거듭해서 먼저 집안을 잘 다스려야 만사가 순조롭다고 훈계했고, 절대로 첩을 총애하고 정실부인을 냉대하여 집안에 분란을 일으켜선 안 된다고 당부하곤 했다.

그랬기에 글재주로 경성에서 이름난 둘째 아주버니가 시아버지에게 여러 번 매질과 꾸지람을 당했고, 그때마다 매번 둘째 형님이 구조하곤 했다.

그 광경을 수교가 목격한 건 두 번이었다. 한 번은 둘째 아주버니가 바깥에서 친구를 잘못 사귀는 바람에 그 친구에게 이끌려 몇 번 청루를 다녀왔고, 거기서 기예는 팔지만 몸은 팔지 않는 '기녀妓女' 한 명과 사귀게 되었다. 이에 놀라서 얼굴이 새파랗게 질린 시아버지는 아주버니를 족히 두 달간 집 안에 가두고 외출을 금지했다. 또 스무 대 곤장을 내리고, 성씨 집안의 가훈을 오백 번 베끼어 쓰게 했다. 성씨 집안의 가훈 중에는 이런 구절이 있었다. 바로 성씨 집안 자제들은 절대로 청루 여자들과 엮여서는 안 된다는 내용이었다.

사실, 수교는 시아버지가 다소 너무했다는 생각이 들었다. 선비들은 사교와 풍류를 즐기는 법이고, 책벌레인 자신의 둘째 오라버니조차도 청루에 간 적이 있기 때문이다. 적당히 분위기에 맞춰 노는 것이지 어느 귀공자가 청루의 기녀를 진지하게 대하겠는가? 그렇게 무섭게 화를 낼 필요가 있는지, 어쨌든 둘째 아주버니도 자식이 있는 가장인데 너무 체면을 상하게 한 건 아닌가 생각하는 그녀였다.

그런데 남편이 이렇게 탄식했다.

"당신은 모를 거요. 우리 집안 큰할아버님은 청루의 기녀 때문에 증조부님께서 남기신 수많은 가산과 친딸, 멀쩡하던 가정을 모조리 망치셨지. 우리들은 그 일을 직접 겪진 않았지만, 아버지께선 두 눈으로 그 광경을 목도하셨다오."

또 한 번은 춘위를 두 달 앞둔 때였다. 갑자기 둘째 아주버니의 서방에서 시중들던 계집종 하나가 회임했다는 소식이 퍼졌다. 마침 그때는 시아버지가 둘째 아주버니에게 과거를 준비하라 다그치던 때였다. 별안간 들려온 이 소식에 시아버지는 그 자리에서 벌컥 화내며 둘째 아주버니의 서방 안팎에서 시중드는 몸종 모두에게 벌을 내렸다. 그리고 회임한 계집종을 장원으로 쫓아버리고, "이번에 급제하지 못하면, 그 아이와 어미 모두 무사하지 못할 것이다."라고 으름장을 놓았다.

훗날, 과연 둘째 아주버니는 과거에 급제했다. 그것도 이갑二甲 상위권으로 말이다.

사실 둘째 아주버니는 대단히 총명하고 글재주도 뛰어난 데다 친절한 사람이었다. 성가와 심가 양가가 혼사를 맺고 난 뒤, 아주버니는 열성적으로 책벌레인 제 둘째 오라버니를 여기저기 데리고 다니며 견문을 넓혀 주었다. 경서를 토론하는 모임에 데려가 명망 높은 몇몇 학자들을 소개해주기도 했다. 둘째 오라버니는 기쁜 마음에 어쩔 줄 몰라하며, 부모님께 성가와 혼사를 맺길 참으로 잘했다며 감탄사를 연발할 정도였다.

다만, 둘째 아주버니는 끈기가 부족했다. 걸핏하면 중도에 포기하곤 하니, 의지가 굳고 결단력 있는 누군가가 올바른 길로 되돌려줄 필요가 있었다. 이를테면, 시아버님이나…… 둘째 형님 같은 분 말이다.

실제로 둘째 아주버니는 여인을 좋아하긴 했지만, 둘째 형님에 대해서는 존경과 애정을 품고 있었다. 음…… 거의 경외심이라고 해야 할 것이다. 둘째 형님은 일 처리가 공명정대하고 수완도 훌륭하니 가히 존경받을 만했다.

처음에 수교는 상냥하고 친절한 큰형님과는 대조적인 둘째 형님의 위엄 있는 모습과 신중한 언행을 보고, 한참 둘째 형님을 무서워하며 지냈다. 그러나 어느 정도 시간이 지나자, 수교는 둘째 형님이 실은 참으로 좋은 사람이며, 기꺼이 참을성 있게 그녀에게 집안 관리와 손님 접대 법도를 가르쳐 주고 있음을 깨닫게 되었다.

수교는 신이 나서 자신이 발견한 바를 남편에게 알렸다. 그런데 그가 실소하며 이렇게 대답했다.

"장풍 형님이 저러고 다니시는데, 형수님께서 정색하고 엄격히 법도를 다스리지 않으신다면 집안이 어수선해질 거요. 큰형수님은…… 당신도 큰형님을 봐서 알겠지만, 그런 큰형님인데 큰형수님마저 웃지도 않고 과묵하게 계신다면 어찌 지낼 수 있겠소?"

큰아주버니 이야기가 나오자, 수교는 저도 모르게 혀를 내두르며 자신이라면 결코 감당하지 못했을 거라고 말했다.

큰아주버니는 외지에 부임해 있어서 이제껏 단 한 번밖에 대면하지 못했지만, 시아버지를 뵐 때보다 더 긴장되었다. 이런 느낌을 받는 이는 비단 그녀 한 사람만은 아니었다. 둘째 아주버니도 시아버지 앞에서는 가끔 우스갯소리도 몇 마디 하고, 함께 어울려 시를 논하기도 했다. 그러나 큰아주버니 앞에서는 감히 눈썹도 움찔하지 못하고 고분고분하게 손을 모아 쥐고 공손히 서 있을 뿐이었다.

둘째 아주버니의 적장자가 말을 시작했던 해의 일이다. 옹알거리는 아기의 모습이 참으로 귀여웠다. 시아버지가 좋아하는 모습을 본 둘째 아주버니는 장원에 계신 친어머니를 모셔오고 싶어졌다.

"……정 안 된다면, 어머니께 아이만 잠시 보여드리겠습니다. 어쨌든 친손자 아닙니까…….."

들리는 바로는, 당시 둘째 아주버니는 말씀하시다가 눈물까지 흘렸다고 한다.

시아버지도 마음이 약해진 찰나였으나, 안타깝게도 둘째 아주버니는 운이 없었다. 하필이면 그때 큰아주버니가 급히 조정에 보고할 일이 생겨 경성에 돌아왔다가 이 일을 알고 당장 눈을 부라렸기 때문이다. 둘째 아주버니는 즉각 입을 다물었다.

"모셔 와서 뭘 어쩌려는 게냐? 다시 화를 부르려는 것이야?"

큰아주버니는 그 자리에선 더 뭐라 하지 않고, 막내아우를 부르더니 삼 형제끼리 모여 문을 걸어 잠그고 이야기하기 시작했다.

"집안의 누이들을 보거라. 묵란이 빼고, 다들 자식을 낳고 행복하게 살고 있지 않으냐? 만약 임 이랑만 아니었다면, 묵란이의 혼인이 그 지경은 안 되었을 것이야! 첩실 신분에 할머니와 어머니께 반 푼어치 경외심도 갖지 않고, 심지어 아버지의 말씀조차 아랑곳하지도 않고 제멋대로 그릇된 짓을 벌였다. 뭘 믿고 그랬겠느냐, 바로 아들인 너를 믿고 그런 것 아니냐!"

묵란의 일은 수교도 다소 들은 바가 있었다. 당시 량가 공자가 사람들이 지켜보는 가운데 묵란을 업고 왔다가 혼인이 성사된 바람에 사람들의 비난을 피할 수 없었다. 비록 량가와 성가 모두 대외적으로는 사고였다고 표명했지만, 사람들은 뒤에서 쑥덕거렸다. 성씨 집안이 엄격하게 집안을 단속하지 못한 탓에 첩실이 낳은 서녀가 결국 바깥에서 후부 나리 댁 도련님을 꼬드겼다며 말이다.

어쨌든 결국 혼사를 맺게 되었고, 일단 신부 머리에 붉은 비단 머리쓰개가 씌워지자 사람들의 쑥덕거림도 차츰 잦아들었다.

"너도 아비 된 자 아니냐. 만약 장차 네 첩실이 네 총애와 유망한 서자를 등에 업고 제멋대로 못된 짓을 한다면 어떻겠느냐? 몇 년 후에 또 그런 짓을 반복한다면? 너는 성씨 가문이 몇 번이고 위기에 처해도 끄떡없을 줄 아느냐?"

큰아주버니는 목소리를 높이지 않고 담담한 어조로 말했으나, 그 한마디 한마디는 바늘로 찌르듯 아팠다. 큰아주버니의 이야기를 들으며 둘째 아주버니는 땀을 뻘뻘 흘렸고, 나중에는 거의 울음을 터트릴 지경이 되었다.

이때, 큰아주버니가 친히 둘째 아주버니를 부축해 옆에 앉히고는 한결 누그러진 부드러운 목소리로 타일렀다.

"우린 사내로 태어났으니, 성인이 되기 전엔 출신에 기대더라도 성인이 되고 난 뒤에는 자기 능력에 기대야 한다. 너는 이제 부모님 무릎 아래서 재롱부리는 어린애가 아니잖느냐. 처자식도 있으니 앞으로는 너 홀로 일가족을 지탱해야지. 계산도 없이 그저 정에 이끌려서 일을 처리한다면, 아녀자와 다를 게 무엇이겠느냐! 만약 네가 큰형인 나를 원망한다면, 아버지가 돌아가신 뒤 우리 형제끼리 서로 안 보면 그만이다. 비록 한 배에서 나진 않았지만 그래도 혈육인데, 나라고 너희가 잘 살길 바라지 않을 것 같으냐? 너희에게 가문을 빛내라고까진 않겠지만, 적어도 자립할 수는 있어야지. 사내대장부는 옳고 그름을 우선시하고 정은 그다음에 생각해야 하는 것이야. 너더러 무정하고 의리 없는 사람이 되라는 게 아니라, 법도에 맞게 정을 생각하라는 것이다!"

남편의 말에 따르면, 결국 둘째 아주버니는 큰아주버니의 다리를 끌어안고 눈물 콧물 흘리며 통곡했다고 한다. 연신 목 놓아 울며 자신이 잘못했다며 빌고, 하늘에 대고 앞으로 다시는 아둔한 행동을 하지 않을 것이며 반드시 가문을 우선시하겠다고 맹세도 했다. 무고한 제 남편도 덩달아 훈계를 듣고, 함께 맹세해야 했다.

훈계를 듣고 멍해진 남편은 방에 들어오고 나서도 한참 뒤에야 겨우 정신을 차렸다. 그러고는 사랑하는 아내를 껴안고 훌쩍거렸다. 수교가 알기로는 이것이 둘째 아주버니가 임 이랑을 모셔오려는 마지막 시도였다.

나중에 듣자 하니, 시할머니도 시아버지에게 서신을 보내 "임 이랑이 산목숨인 이상 데려올 생각 말거라."라고 전했고, 이에 시아버지도 다시는 임 이랑 이야기를 꺼내지 않았다.

"할머님께서 굳이 그러실 필요가 있었나요? 어쨌든 큰아주버님이 이미 둘째 아주버님을 설득하셨잖아요."

그렇게 하면 손자의 미움을 살 것이 아닌가.

남편이 탄식했다.

"할머니는 원래 그런 분이시오. 비록 말씀은 적으시지만 마음속은 누구보다 자애로우시지. 부자간, 형제간에 거리가 생길까봐 염려하시고, 불쾌한 역할은 모두 자신이 떠맡으시려는 것이지."

수교는 시할머니를 몇 번밖에 뵙지 못했다. 수교는 천성적으로 수줍음이 많았고, 말주변도 없어서 시할머니 앞에서는 무슨 말을 해야 할지 몰랐다.

그저 시할머니가 냉담하여 다가가기 어려운 분이구나 생각할 따름이다. 그러나 평소 이런저런 잡담을 할 때마다 남편은 늘 시할머니가 가족들 중에 가장 진실하고 따뜻한 분이라 말했다.

한참 생각하던 중, 수교는 자신이 그만 왕 씨를 빼놓고 있었던 것을 깨달았다. 며느리에게는 시어머니 시중드는 것이 남편 시중드는 것보다 더 중요할 때도 있다. 그러나 수교는 이 문제를 신경 쓸 필요가 전혀 없었다. 왜냐하면 그녀의 정식 시어머니인 왕 씨는 오랫동안 고향의 가묘에서 생활하고 있기 때문이다.

가묘에서 뭘 하냐고? 노쇠한 시할머니를 위해 치성을 드리고 있었다.

이상한 이야기이긴 하다. 아무리 천진난만한 수교라 할지라도 속사정이 간단치 않다는 건 알 수 있었다. 그러나 천성이 온순하고 겁이 많은 그녀는 묻지 말아야 할 것은 일언반구도 입에 올리지 않았다.

정식 시어머니가 부재하긴 했지만, 집안에 시중들어야 할 다른 시어머니가 있긴 했다. 바로 향 이랑이었다.

출가하기 전, 수교의 모친은 딸이 남편의 친어머니와 어떻게 지내야 할지 근심했었다. 대접이 너무 가벼워도 안 되고, 너무 무거워도 안 되었다. 그 근심이 하등 쓸데없는 것이었을 줄 누가 알았으랴.

예상외로 향 이랑은 사리에 밝은 사람이었다. 시종일관 수교를 '마님'이라 부르며 둘째 마님 류 씨를 대하는 것과 똑같이 공손한 태도로 대했다. 친아들의 처소에 관해 한마디 참견하는 일도 없었다. 훗날 수교는 알게 되었다. 그들이 혼사를 치르기 얼마 전에, 향 이랑이 시아버지에게 부탁해 남편의 처소에서 시중들던 통방 둘을 내보내도록 했다는 것이다.

향 이랑은 결코 빼어난 미인은 아니었다. 시아버지 곁에서 시중드는 국 이랑의 미모에는 한참 못 미치는 외모였다. 그러나 맑고 담담한 분위기를 띠고 있었고, 웃는 모습은 특히 남편과 비슷했다. 다만 눈가에 고생과 근심의 흔적이 많이 남아 있을 따름이다. 지긋한 나이에도 불구하고, 여전히 시아버지의 방 앞에 서서 발을 걷고, 물이나 차 심부름을 하고 있는 그녀를 보노라니 수교는 왠지 가슴이 아팠다.

훌륭한 재봉 기술을 지닌 사람은 대체로 눈썰미도 그에 못지않은 법이다. 수교는 오랫동안 세심히 향 이랑의 체형을 관찰한 후 몰래 향 이랑의 몸에 딱 맞는 속옷을 지었다. 가볍고 부드러운 면을 써서 세심하게 바느질을 했다. 친정어머니를 위해 만드는 옷처럼 감사하는 마음을 담아

한 땀 한 땀 각별히 정성을 들였다. 그리고 다 만든 속옷을 계집종을 시켜 몰래 향 이랑에게 보냈다.

향 이랑은 옷을 받아 들고 아무 말도 하지 않았다. 그저 더 따뜻하고 부드러운 눈빛과 가슴 찡하게 하는 감격의 눈빛으로 수교를 바라볼 따름이었다. 수교는 내심 기뻐하며, 이후에도 종종 향 이랑 몸에 맞는 소품들을 만들곤 했다. 겨울에 쓰는 방한모, 여름에 걸치는 배자, 부드럽고 편안한 실내화, 부드러운 털토시……. 향 이랑도 몰래 사람을 시켜 수교더러 더는 만들지 말라고 전했다.

수교는 고분고분하게 고개를 끄덕였으나, 어느 정도 시간이 지난 후 다시 만들기 시작했다. 오래지 않아 남편도 이 사실을 알게 되었다. 그날 밤, 그는 수교의 목덜미에 머리를 깊이 파묻은 채 그녀를 껴안고 한참을 앉아 있었다. 그녀는 어깨가 촉촉하게 젖어드는 것을 느낄 수 있었다.

수교가 시집오고 반년쯤 지났을 때, 향 이랑이 갑자기 병으로 쓰러졌다.

어쩌다 풍한이 든 것에 불과했으나, 이상하게도 오랫동안 차도가 없었다. 경성의 이름난 의원이 탄식했다.

"심한 고생과 근심이 오래 지속되어 몸이 서서히 상한 것입니다."

가까스로 회복하긴 했으나, 몸이 반쪽이 될 정도로 야위어버렸다. 옷이 다 헐렁거릴 지경이었다.

수교는 문득 그해의 일을 떠올렸다. 심 국구의 전부인 추 씨도 이와 같았던 것이다. 그때 의원의 설명으로는 추 씨가 반평생 과로하고 근심한 탓에 몸의 기력이 모조리 바닥나서, 대수롭지 않은 병조차 견디지 못하게 되었다고 했다.

향 이랑은 어려서부터 처량하고 고단한 신세였다. 부모도 없이 팔려 왔고, 성부 안에는 아무도 의지할 사람이 없었다. 안주인은 성격이 고약해서 조심히 대해야 했고, 총애를 받고 있는 임 이랑에 대해서는 더더욱 매사에 가슴을 졸여야만 했다. 그렇게 조금이라도 눈에 띌까 봐 조심조심 까치발을 하고 십여 년을 보냈다. 가까스로 아들이 아내를 맞이하여 가정을 이루고 관직에도 올랐으나, 향 이랑은 계속 그 생활을 감내해야 했다.

수교는 가슴이 아팠다. 어느 날 문병을 갔다가 방 안에 아무도 없는 틈을 타 살며시 향 이랑 곁에 다가가 속삭였다.

"향 이랑, 꼭 몸조리 잘하셔야 해요. 백 살까지 장수하셔서…… 저희가 분가하고 나면 제게 살림하는 법도 가르쳐주시고, 아이들도 가르쳐 주셔야지요."

향 이랑의 눈가에 별안간 눈물이 차오르기 시작했다. 향 이랑이 힘없이 수교의 손을 다독이며 조용히 말했다.

"마님은 참으로 좋은 분이군요. 도련님이 마님 같은 아내를 맞이할 수 있던 것도 다 도련님의 복입니다."

만약 수교가 큰형님이나 둘째 형님 같은 명문 귀족 집안의 귀한 여식이었다면, 아마 이처럼 체면을 버리고 몸을 낮추지는 못했을 것이다. 그러나 수교에게는 그런 부담이 전혀 없었다. 그녀는 어머니에게 사랑받던 어린 딸이었고, 어렸을 때부터 무슨 고상한 법도니 뭐니 하는 것은 배운 적이 없었다. 부모 곁에서 응석 부리고 떼쓰기만 했을 뿐이다. 지금 와서 다른 사람을 상대로 그렇게 하는 것도 식은 죽 먹기였다.

수교는 종종 사람이 없을 때를 노려 향 이랑에게 가서 속삭이곤 했다.

"향 이랑, 나리는 아직도 어린애 같지 뭐예요. 어젯밤엔 한밤중까지 책 보다가 발도 안 씻고 잠자리에 들었답니다……."

"향 이랑, 제가 나리께 밤중에 꼭 야참 드시라고 했는데, 책을 읽다가 잊어버리셨대요. 나리가 제 말을 안 들으니 나중에 향 이랑이 야단쳐 주세요……."

"……향 이랑, 곧 나리 생일입니다. 나리는 무슨 음식을 좋아하나요? 향 이랑이랑 저랑 같이 만들어요, 어떠세요?"

아마도 삶의 의욕이 생긴 덕분인지 향 이랑은 서서히 기운을 차리기 시작했다. 향 이랑은 남들이 보지 않을 때는 수교를 점점 더 친밀하게 대했으나, 겉으로는 너무 티 내지 않으려 주의했다. 마치 숨바꼭질이라도 하듯, 시어머니와 며느리가 작고 따뜻한 비밀을 하나 공유하게 된 것이다.

다른 사람은 아마 눈치채지 못했을 것이다. 그러나 수교는 총명한 둘째 형님이 못 본 척할 뿐이지 왠지 진즉에 눈치채고 있는 것 같다는 생각이 들었다.

훗날 동서끼리 친해지고 난 뒤, 둘째 형님이 탄식하며 말했다.

"사실 향 이랑은…… 아우와 아주버님처럼만 해도 이미 대단히 잘하고 있는 거라네."

수교는 그녀의 말뜻을 이해했다.

둘째 아주버니는 수교의 남편보다 모든 면에서 더 뛰어났으나, 단 한 가지 못한 게 있었다. 분가하는 날, 둘째 아주버니가 정말로 자기 분수를 모르는 그 임 이랑을 데려와 함께 살게 된다면 둘째 형님은 골치가 아파질 것이다. 수교와 둘째 형님의 상황은 완전히 정반대였다. 수교는 향 이랑이 유유자적하는 행복을 누릴 수 있게끔 얼른 분가해서 향 이랑을 모셔갈 날만 기다리고 있었다. 반면에 둘째 형님은 자신들이 분가할 날이 좀 더 늦춰지길 고대하고 있었다. 그 전에 임 이랑이 죽는다면 더할 나위 없을 것이다.

그런데 임 이랑은 대체 어떤 사람일까? 수정같이 맑은 마음씨를 지닌 둘째 형님마저 이렇게 성가셔하다니.

일 년여가 지난 후, 수교는 드디어 그 전설적인 임 이랑을 볼 기회가 생겼다. 한때 지극한 총애를 받으며, 정실부인마저 백 보 양보하게 했던 그 대단한 인물을 말이다!

어느 여름 이른 아침의 일이었다. 둘째 형님이 여느 때처럼 장원에 있는 임 이랑을 방문하러 나섰다. 수교도 마침 중병에 걸린 유모를 문병하러 시골에 가야 했는데, 가는 길이 겹쳤기에 동서 둘이서 길동무를 하게 되었다.

시할머니와 시어머니가 성부를 떠나고 나서부터 임 이랑이 종종 둘째 형님을 귀찮게 하고 있음을 수교는 알고 있었다. 임 이랑은 걸핏하면 사람을 보내 기별해 왔다. 병으로 아프다고 했다가, 죽겠다고 했다가 하면서 말이다. 둘째 형님은 남편이 임 이랑을 보러 가길 원치 않았기에 그저 본인이 직접 갈 수밖에 없었다.

둘째 형님은 필시 이런 일을 남에게 보이고 싶지 않을 터였다. 수교는 형님이 민망해하지 않게 눈치껏 형님과 헤어져 각자 갈 길을 갈 생각이었다. 그런데 하필이면 그날따라 일찍부터 무더워지는 것이 아닌가. 수교는 원래 경성의 숨 막히는 무더위에 익숙지 않았고, 마차도 그날따라 심하게 흔들렸다. 아직 반도 가지 않았는데, 수교는 그만 더위를 먹고 쓰러져 정신을 잃고 말았다.

서서히 정신이 돌아온 수교는 어느 집 상방에 누워 있는 자신을 발견했다. 침상에는 간소한 돗자리가 깔려 있었고, 푸른 대나무 발 뒤로 나지

막하게 대화를 나누는 목소리가 들렸다. 수교는 온몸의 힘이 쭉 빠져 일순 목소리가 나오지 않았다. 그래서 발 너머에서 말나눔 중인 듯한 두 사람의 목소리를 듣고만 있었다.

"……부디 그만하세요. 상공이 여기 오실 일은 없을 테니까요. 아버님께서도 진즉에 분부하셨습니다. 상공이 임 이랑을 뵈러 가면 곧장 스무 대를, 그래도 또 가면 곧장 서른 대 치시겠다고요. 이런 식으로 곧장 횟수를 올리시겠다고 하십니다. 임 이랑께서 모자지간의 정을 생각하신다면, 상공을 고통스럽게 하지 마시고 놔주세요."

담담하고 부드러운 목소리, 둘째 형님의 목소리였다.

"허튼소리! 그 아이를 낳고 기른 건 나야. 곧장 스무 대는 물론이요, 설령 이 어미 때문에 죽더라도 감수하는 게 효자거늘!"

거칠고 탁한 목소리가 난폭하게 울렸다.

설마 저 사람이 바로 그 임 이랑? 어떻게 저럴 수 있단 말인가. 수교는 혼미한 정신으로 생각했다.

"임 이랑께선 아직도 잘 모르고 계시는군요. 만약 명분에 맞는 어엿한 낭娘²⁾이시라면, 당연히 효도를 우선시해야겠지요. 허나, '이랑'의 '랑'자 앞에는 서모, 첩을 뜻하는 '이姨'자가 붙어 있습니다. 듣기 거북하시겠지만, 설령 언젠가 상공이 어머님께 봉호를 드릴 수 있게 되더라도 그것은 적모에게 돌아갈 것입니다. 그러고도 남은 은혜가 있다면 그때야 임 이랑 차례가 오겠지요. 그게 원통하시거든 다음 생에서는 절대 남의 첩실이 되지 마시고, 아무리 고생스럽고 어렵더라도 제대로 중매인을 통해

2) 어머니.

정실이 되십시오. 그런 다음 상공 같은 출중한 아들을 낳으시면, 언제든 혼내고 싶을 때 혼내고, 보고 싶을 때 볼 수 있지요. 여기서처럼 쓸데없이 화를 내실 필요도 없을 것입니다. 그렇지 않습니까?"

둘째 형님의 입심이 참으로 세구나. 평소에는 그렇게 점잖고 신중한 분이 각박한 소리를 하기 시작하니 이리 무시무시할 줄이야.

수교는 혼미한 상태에서 깨어나려 애썼다. 뒤에 이어진 말은 잘 들리지 않았다. 그저 그 듣기 싫은 목소리가 쉬지 않고 저주와 욕설을 퍼붓는 것만 알 수 있었다. 그런데도 둘째 형님은 여유만만하게 비아냥과 조소를 날리며 우위를 점하고 있었다.

"……좋다, 네가 지금 뒤를 받쳐주는 사람을 믿고서 감히 내게 이리 무례하게 구는구나. 어디 두고 보자꾸나! 앞으로 내 아들이 분가하고 나를 모셔가게 되거든 내가 너를 어찌 혼낼지 두고 보거라!"

둘째 형님이 별안간 낭랑한 소리로 짧은 웃음을 터트렸다. 자조적인 의미가 담긴 웃음이었다. 그러고는 담담하게 말했다.

"정말 그때가 되어도 임 이랑께서 바라시는 대로는 안 될 겁니다."

"이 버르장머리 없는 천한 것이 무슨 소릴 하는 게야?"

둘째 형님이 낮은 목소리로 천천히 말했다.

"당시 성부에서 왜 쫓겨나셨는지 여태 모르시는 겁니까? 사실 상공은 뼛속까지 시아버님과 똑같은 분입니다. 그분들에게 가장 중요한 건 현숙한 아내도, 총애하는 첩실도 아닙니다. 바로 자기 자신이지요. 시아버님께선 시종일관 가문을 빛낼 생각만 하시는데, 임 이랑께서 그분의 앞길을 방해했으니 당연히 비켜야 했지요. 그리고 음풍농월을 좋아하는 상공이 원하는 건 근심 걱정 없는 생활입니다."

여기까지 말한 둘째 형님은 직설적으로 비아냥대기 시작했다.

"분가는 십여 년은 지나야 이뤄질 겁니다. 그때쯤이면 아마 상공도 어느 정도 명망과 지위를 얻은 뒤겠지요. 상공이 명분도 없는 서모를 위해, 제대로 중매인을 통해 정실로 들어온 저를 난처하게 하실까요? 저희 류씨 가문에 밉보이려 하겠습니까? 제 오라버니, 숙부님들은 죽은 사람이랍니까! 그때쯤이면 제 자식들도 장성하여 글공부를 하거나 관직에 나가 있거나 좋은 가문에 시집가 있겠지요. 저는 그 아이들의 적모지만 당신은 뭔가요?! 상공이 당신을 위해 그 모든 사람에게 밉보일 것도 감수할 거란 말씀입니까? 고결하고 재능 있는 시 모임 벗들이며, 동문수학한 벗들이며, 동년배들이며, 그 많은 지인을 버릴 수 있을 거로 생각하시냐고요!"

그 뒤로도 둘이서 뭔가 다투는 듯했으나 잘 기억나지 않는다. 그저 그 듣기 싫은 목소리의 여인이 갈수록 수세에 몰렸다는 것만 어렴풋이 기억날 뿐이다. 그 후로 수교는 일순 현기증을 느끼며 다시 곤히 잠들고 말았다.

다시 정신이 들었을 때는 평소처럼 단정하고 귀족적인 모습의 둘째 형님이 생긋 웃는 얼굴로 침상 곁에 앉아 있었다.

"아우가 이렇게 연약하다니. 오늘은 괜히 돌아다니지 말고 먼저 집에 돌아가게."

수교는 저도 모르게 연신 고개를 끄덕였고, 아까 들었던 이야기에 대해서는 일언반구도 하지 않았다.

부축을 받으며 방을 나서던 수교는 문가에 서 있는 사납게 생긴 반 노파를 보았다. 뚱뚱한 몸집에 험상궂은 인상의 그녀 얼굴에서 어렴풋하게 수려한 용모가 엿보였다. 둘째 아주버니 그리고 묵란 아가씨와 다소 닮은 듯한 인상이었다. 어멈 둘이 억지로 그 부인을 끌고 방 안으로 들어갔다. 어멈들은 '임 이랑' 운운하며 뭐라 말하고 있었다.

과연 이게 바로 그 임 이랑이란 말인가? 수교는 내심 실망했다.

일찍이 수교는 이런 이야기를 들은 적이 있다. 막 잘못을 저질렀던 그때 임 이랑은 장원으로 내보내지고 나서도 걸핏하면 죽느니 사느니 소란을 피우며 장원을 벗어날 기회만 노렸다. 당시는 왕 씨가 권한을 장악하고 있던 때였으니 과거의 원수를 처리하기가 얼마나 수월했겠는가. 왕 씨는 바로 임 이랑의 자살을 막는다는 명분으로 그녀를 조그마한 창하나만 달린 작은 방에 가두고 삼시 세끼 모두 돼지기름에 비빈 밥만 주었다고 한다.

물론 임 이랑은 진짜로 죽을 생각은 아니었다. 그래서 주는 대로 먹을 수밖에 없었다. 그런데 돌아다닐 수도 없고 먹을수록 식탐만 느니, 반년이 지나자 돼지처럼 뚱뚱한 부인이 되고 말았다.

수교는 남몰래 몸을 부르르 떨었다.

참으로 음흉하고 악랄하구나! 여인이 가장 중요하게 생각하는 미모와 요염함을 억지로 망쳐버리다니.

듣자 하니 이는 시어머니의 언니분이 생각해 낸 방도였다고 한다. 훗날 그 이모분이 어디로 갔는지는 알 수 없게 되었고, 강씨 집안과도 거의 왕래를 하지 않게 되었다. 수교는 한시름 놓았다. 그런 방도를 생각해낼 수 있는 사람과 행여나 만나게 될까봐 두려웠기 때문이다.

수교는 이날의 일을 아무에게도 말하지 않았다. 다만 딱 한 번, 친정에 돌아갔을 때 어머니에게만 털어놓았을 뿐이다.

심수교의 모친이 한숨을 쉬며 말했다.

"네 둘째 형님도 녹록지가 않겠구나. 임 이랑에 대해서는 너무 불쌍하게 여길 필요 없다. 그 사람은 인과응보를 치르고 있는 거니까."

그러고는 또 덧붙였다.

"그런 것들은 일체 신경 쓰지 말거라. 지금 시급한 건 네 회임이야!"

수교의 표정이 삽시간에 어두워졌다.

집안은 부유하고, 가문은 존귀하니, 수교는 어딜 가든 체면이 섰다. 시어머니도 안 계시고, 시할머니도 안 계시고, 큰아주버니 내외도 없었다. 시아버지는 상냥했고, 둘째 아주버니도 상냥했고, 둘째 형님은 더더욱 상냥했다. 법도에 맞춰 시중들어야 할 시어머니도 없고, 성가시게 하는 동서도 없고, 남편이 여색을 탐해 상심하게 만드는 일도 없었다.

이렇게 편안하고 느긋한 나날을 보내는 가운데 유일한 옥에 티는 혼인한 지 두 해가 돼 가건만 아직도 회임하지 못했다는 사실이다.

수교는 자신에게 잘해주는 남편과 향 이랑을 생각하면 미안한 마음만 들었다. 그래서 눈물을 머금고 아이를 잘 낳을 만한 여인을 물색해보자고 제안했다. 그러나 말이 채 끝나기도 전에 향 이랑에게 오히려 꾸중을 들었다.

"아둔한 분이군요. 혼인하고 서너 해는 지나야 겨우 회임하는 부인들이 널리고 널렸는데 지금 몇 년이나 되었다고 그럽니까. 게다가 집안에 자손이 이리 많으니 대를 잇는 것도 문제없지요. 뭘 그리 서두르는 겁니까!"

수교는 내심 감동했지만, 생각하면 할수록 송구한 마음에 갈수록 야위어 갔다. 이를 보다 못한 남편은 할머니에게 도움을 청해 백석담의 하 노대부인께 봐주십사 청하기로 했다. 서신이 오가고, 알겠다는 할머니의 답신이 왔다. 하 노대부인이 반년 후에 경성에 갈 테니, 그때 자신이 나서서 하 노대부인더러 한번 와 달라고 청해보겠다는 것이다.

"정, 정말 효과가 있을까요?!"

수교가 눈물을 머금은 얼굴로 기대에 가득 차 물었다.

남편은 그녀를 안심시키기 위해 가슴팍을 두드리며 하 노대부인의 의술에 대한 칭찬을 한바탕 늘어놓았다.

"당신은 모르겠구려. 당시 큰누님도 혼인하고 오륙 년이 되도록 회임을 못 했지. 하지만 하 노대부인께 봐달라고 한 뒤 단번에 아들을 얻었고, 삼 년 안에 둘을 또 얻었지. 이제 곧 마흔을 앞둔 나이인데도 또 회임했잖소! 요 몇 년간 우리가 큰누님 댁 조카들에게 준 세뱃돈만 해도 어마어마하오! 그러니 이번에 하 노대부인께 진맥을 받고, 우리도 힘닿는 대로 아이들을 낳아 본전을 찾아봅시다. 안 그러면 손해 아니오!"

천성이 솔직하고 꾸밈없는 수교는 바로 눈물을 거두고 미소 지으며 남편의 말을 굳게 믿었다.

이 일을 알게 된 심수교의 모친도 감동으로 눈시울을 붉혔고, 연신 자신의 남편에게 큰소리쳤다.

"영감, 제가 처음에 뭐라고 했습니까? 이야말로 선비 가문이지요. 법도도 있고, 정과 의리도 있지 않습니까. 걸핏하면 첩실을 들이는 가문들은 점잖은 척하는 위선자들에 불과합니다!"

그렇게 한참 웃더니 또 저도 모르게 종가 규수의 일을 언급했다.

애초에 심수교의 모친은 종가 규수를 큰며느리로 삼고 싶어 했다. 그러나 종씨 부인이 현재 경성에서 공부하고 있는 양광총독 주周 대인의 아들을 사윗감으로 점찍을 줄 누가 알았겠는가? 가문은 훌륭했지만, 주가는 네 세대가 한집에 사는 것도 모자라 세 형제가 함께 지내고 있었다. 집안에 사촌 형제와 동서, 시누이들이 잔뜩 모였으니, 수교는 몇 번을 들어도 누가 누군지 기억하지 못할 지경이었다.

종가 규수는 쭉 수교와 친하게 지냈다. 출가한 뒤에도 종가 규수는 자주 친정을 방문해 시댁에서 지내기 힘들다며 울면서 하소연하곤 했다. 매일 아침부터 밤까지 쉴 틈 없이 바쁘고, 잘 먹지도 못하고, 잘 자지도 못하니 더는 못 버틸 것 같다는 것이다.

수교는 그래도 주가를 탓할 수는 없다고 생각했다. 그 집안은 원래부터가 그런 집안이었고, 사실 큰형님이나 둘째 형님 같은 며느리를 들이는 것이 맞았다. 어렸을 때부터 잘 수련하여 적절한 집안 관리법을 알고, 수많은 친지의 부름에도 여유 있게 응대하며 결코 당황한 모습을 보이지 않을 사람 말이다. 수교의 집안이나 종씨 집안처럼 벼락출세한 집안이 어찌 거기에 비길 수가 있겠는가.

수교는 온 집안 식구들이 모여 설을 보냈던 그해가 떠올랐다. 그해는 마침 시할머니의 대수大壽[3]와도 겹쳤다. 집안에서는 사흘간 연일 주연을 벌였고, 극단과 곡예단도 초청했다. 승려를 불러 불경을 외우며 복을 기원하기도 했다. 대략 오십여 집의 식구들이 찾아와 시할머니의 생신을 축하했다.

집마다 어떤 내력이 있는지, 찾아온 여자 권속들의 항렬이 어찌 되는지, 무슨 호칭을 사용해야 할지, 자리 배치는 어떤 순서로 할지, 평소 사이가 안 좋아 함께 앉히면 안 되는 집은 어느 집인지, 혼맥, 혈연, 먼 친척 관계로 함께 앉혀야 하는 집은 어느 집인지, 노부인들이 못 견디는 냄새는 무엇인지, 부인들이 못 먹는 음식은 무엇인지, 저택 앞의 마차며 말들은 어떻게 세우고 여물을 먹일지, 따라온 머슴들과 마부들은 어떻게 대접할지, 집안의 어멈들이 어떻게 손님을 맞이할 것이며 계집종들을 어

---

3) 50세 이상 노인들의 매 십 주년 생일. 오십 대수, 육십 대수 등으로 표현함.

떻게 배치할지, 소지품은 어떻게 보관할지…….

수교의 그 신비한 큰형님은 머리카락 한 올 흐트러뜨리지 않고, 땀 한 방울 흘리지도 않으며 시종일관 웃는 얼굴로 상냥하고 여유롭게 안팎 상황을 완벽하게 처리했다. 문밖의 십여 명 어멈들을 향해 일사불란하게 지시를 내리는가 하면, 또 한편으로 주연 좌석에 앉은 어르신들의 식사 시중을 들며 농담도 하고 장단도 맞추었다. 적잖은 고명 부인들이 입을 모아 큰형님을 칭찬했다.

당시, 수교는 그 광경을 보다가 머리가 아득해졌다.

또 둘째 형님은 회임한 몸으로 그해 중추절을 치러냈다. 하필이면 그때 수교는 막 시집와서 아무것도 모르는 상태였다. 둘째 형님은 웃으며 가볍게 한숨을 쉬고는 잔뜩 부풀어 오른 배를 받쳐 들고 아무렇지도 않게 명절을 치러냈다. 수교는 젓가락을 들고 식탁 앞에 앉아 먹기만 하면 되었다.

주인은 말할 것도 없고, 아랫사람 역시 다른 집과는 비교도 되지 않았다. 큰형님과 둘째 형님 주변의 연륜 있는 어멈들은 각각 한 사람이 열 사람 몫은 해내는 능력자들이었다. 이는 모두 대대로 이어 온 하인들이 훈련을 쌓은 결과라 할 것이다.

수교의 집안에 은자는 넉넉하나 그런 하인들이 어디 있겠는가! 수교 주변에는 사 온 지 겨우 두 해 정도밖에 안 되는 아둔한 계집종이 몇 명 있을 뿐이었다. 그들의 장점이라곤 진실하고 후덕한 성품밖에 없다. 유일하게 쓸모 있다고 할 만한 유모는 최근에 병을 치료하러 다시 집으로 돌아갔다.

됐다, 비교하지 말자. 남과 비교하다간 화만 날 테니까.

하물며 수교는 원래부터 승부욕이 강한 성격도 아니었다. 그렇기에 오히려 두 형님과 사이좋게 지낼 수 있었다.

이런 마음 자세를 가지고 수교는 단순하고 행복한 나날을 보냈다. 매일 수를 놓고, 향낭을 만들고, 옷을 짓고, 끼니때가 되면 밥을 먹고, 잘 때가 되면 잠자리에 들었다. 건강에 신경 쓰며, 하루하루 손가락을 꼽으며 하 노대부인이 경성에 올 날만 고대하고 있었다.

느긋해진 마음 덕일까. 최근 그녀는 유난히 살이 오르기 시작했다. 남편은 그런 그녀의 모습을 보고 그저 흐뭇한 마음만 들었다. 차츰 풍만해진 그녀는 잘 먹고, 잘 잤다. 이날은 앉은자리에서 살구를 열 몇 개나 해치웠다.

마침 이때 향 이랑이 물건을 주러 들렀다. 수교는 친절하게 통통한 살구들이 반쯤 남은 쟁반을 그녀 앞으로 들이밀었다.

"향 이랑, 드셔보세요. 이번 살구는 유난히 맛이 좋답니다."

향 이랑은 사양하지 못하고 웃으며 살구 한 개를 깨물었다. 그런데 깨물자마자 너무 셔서 눈물이 다 났다. 향 이랑이 깜짝 놀라 물었다.

"이렇게 신 것을 어찌 이리 잘 드십니까?"

수교가 어리둥절해하며 반문했다.

"시다고요? 저는 모르겠는데요."

이렇게 맛있는데 왜 저러시지?

향 이랑의 눈에 서서히 기쁨의 빛이 떠올랐다. 향 이랑이 수교의 머리를 쓰다듬으며 웃었다.

"둔하시기는!"

그러고는 고개를 돌려 계집종에게 물었다.

"이 아둔한 것, 마님이 얼마나 오랫동안 달거리를 하지 않으신 게냐?"

계집종이 멍하니 대답했다.

"그건, 아, 유모가 가르쳐주셔서 적어 놨는데, 한참 된 것 같습니다. 잠시만 기다려주세요. 제가 방에 가서 적어 놓은 걸 보고 오겠습니다."

번외3
취선

"……어릴 적 정을 생각해서 내 대신 둘째 마님께 귀띔 좀 해주게. 나와 아들 모두 그 빚은 잊지 않겠네."

한 중년 부인이 복도에 서서 우아하고 말끔한 차림의 관사 어멈을 붙잡고 속삭였다.

관사 어멈이 낮은 목소리로 대답했다.

"네. 요즘은 둘째 마님께서 바쁘셔서 그렇지, 아니었으면 귀띔하지 않아도 둘째 마님께서 기억하고 계셨을 겁니다. 생각해보세요. 요 몇 년간 공부며, 서당 가는 것이며, 마님께서 언제 도련님을 빼놓은 적이 있습니까?"

그 중년 부인은 비록 온몸을 능라비단으로 휘감은 품위 있는 차림새를 하고 있었으나, 그 말을 듣고는 몹시 위축된 얼굴로 멋쩍게 몇 마디하고 돌아갔다.

중년 부인이 떠나고, 그 어멈도 정원을 빠져나왔다. 주변에 있던 한 어멈이 바삐 다가오더니 속닥이기 시작했다.

"취선이 자네도 참 사람이 좋다니까. 이번 일을 잘못 말했다가 둘째 마님께서 자넬 의심하시면 어쩌려고 그러나?"

취선이 가볍게 한숨을 쉬며 대답했다.

"됐네. 어쨌든 함께 자란 사이잖은가. 그 사람도 요즘 힘들다네."

"흥, 힘들기는. 애초에 분수를 지켰으면 지금 우리보다 잘나갔을 거 아닌가?"

취선이 고개를 가로젓더니 말했다.

"이 일은 우리가 이러쿵저러쿵할 게 아니네. 자네도 이만 가서 볼일을 보게."

그러자 그 어멈이 웃으며 물었다.

"그래, 그런데 내가 부탁한 일은……."

취선이 웃으며 대답했다.

"잊을 리가 없지."

그 어멈이 연신 감사를 표하며 활짝 웃는 얼굴로 자리를 떴다.

떠나가는 어멈을 눈으로 배웅한 뒤, 취선은 본채 쪽으로 발걸음을 옮겼다. 도중에 맞닥뜨린 계집종과 어멈들이 일제히 하던 일을 멈추고 부랴부랴 그녀를 향해 허리를 굽혀 인사했다.

취선이 막 안으로 들어서려던 찰나, 방 안에서 목소리가 들려왔다. 누군가 싶어 귀를 기울여 유심히 들어봤더니, 바로 자신의 주인마님과 성가큰댁 장오 나리의 아내 윤아 마님이 대화를 나누고 있었다. 취선은 얼른 걸음을 멈추고 숨죽인 채 문가에 가만히 서 있었다.

"……언니, 저 좀 도와주세요. 제 아이들은 태어나서부터 한시도 저를 떠난 적이 없단 말이에요."

윤아 마님이 조용히 울먹거렸다.

"너도 울지 말거라. 요 몇 년간 내가 충고할 건 다 했어. 그런데 너는 한쪽 귀로 듣고 흘려보내며, 내가 공연히 으름장 놓는다고만 생각했지. 결국 당숙모님의 심기를 건드리는 지경에 이르렀구나. 크게 보면, 고부간에 내밀히 처리해야 할 문제이니 이미 출가한 나는 물론이요, 내 남동생들도 끼어들 수가 없구나. 작게 보면, 할머니가 손자, 손녀를 직접 돌보시겠다는데 무슨 트집을 잡을 수 있겠어?!"

윤아 마님은 결코 바보가 아니었다. 도리는 전부 알고 있었으나, 그럼에도 여전히 상심한 채 눈물을 흘리고 있었다.

"제 어머니 때문에 화가 납니다. 허나, 허나 제가 또 무슨 방도가 있겠어요. 어쨌든 저를 낳아주신 어머니잖아요. 언니……."

"그래, 우리 사촌 누이가 효심이 깊어 자신을 낳아 주신 어머니 걱정할 줄도 아는구나. 나를 낳아주신 어머니는 지금도 고향의 가묘에서 홀로 쓸쓸히 지내고 계시지."

마님이 갑자기 냉랭한 말투로 끼어들었다.

윤아 마님은 자신의 말실수를 깨닫고 다급히 덧붙였다.

"언니 너무 나무라지 마세요. 제가 말재주가 없고, 아둔한 탓이에요! 이모님이 평소에 저를 많이 아껴주셨는데 제 어머니가 이모님을 그리 힘들게 만들다니. 저, 저는 정말 어찌 사죄해야 할지 모르겠어요."

말을 하다 보니 또 눈물이 나는 모양이었다.

"제 어머니의 죄가 고약하고 무겁지요. 제가 어찌 그걸 모르겠어요? 허나, 저번에 제가 신계사에 면회를 가봤더니, 어찌나 고생을 심하게 하셨는지 정말 어머니 모습이 말이 아니었습니다. 어머니가 저를 보시고 계속 울기만 하셨어요. 자식 된 자로서, 제가 어찌 보고만 있을 수 있겠습니까……."

"진즉에 너더러 거기 가지 말라고 했는데 기어이 갔구나."

윤아 마님이 훌쩍이며 말했다.

"외할머니께서 돌아가신 뒤부터 외숙부와 외숙모는 더는 어머니 일에 관여하지 않으려 하십니다. 오라버니는 새언니가 못 가게 하니 저 말고 또 누가 가겠어요……?"

"장오가 승진하니 네가 신계사로 면회 가기 편해진 것이구나!"

마님이 빈정거렸다. 그러고는 어조를 바꿔 물었다.

"외숙부, 외숙모 얘기가 나왔으니 말인데, 듣자 하니 최근에 우의 집에 또 아들이 태어났다면서? 과연, 외숙모의 눈썰미가 훌륭하구나. 새로 들어온 이방二房 덕에 아들 운도 피고 손자도 늘었으니 말이야."

윤아 마님은 깜짝 놀라 고개를 들고 의미심장한 눈빛을 하고 있는 마님을 바라보았다. 그러고는 당황해하며 말했다.

"언, 언니……."

"너도 잘 알고 있을 게다. 큰 당숙과 큰 당숙모께서 네게 충분히 너그럽게 대하신 걸 말이야. 비록 속으로는 화가 치밀어도 네게 화풀이하신 적은 없었지. 원아를 생각해보렴. 원아의 시부모님은 외숙부와 외숙모라고! 그런데 너도 참 대단하구나. 아예 한술 더 떠 이모의 면회를 다녀오더니, 우리 할머니를 성가시게 하며 용서를 구하다니. 할머니께서 모처럼 경성에 돌아오셨는데, 네가 설 명절에 수안당 문 앞에 엎드려 울며불며 애걸복걸하지 않았니. 복 떨어지게 말이다!"

"지금은 노대부인 건강도 많이 안정되셨고, 이미 이모님을 다시 불러오라는 말씀도 하셨잖아요. 다들 부귀영화를 누리며, 행복하게 지내고 있고요. 하물며, 하물며 그분은 제 친어머니라고요……."

윤아 마님은 계속 말을 하려고 했으나 곧바로 가로막혔다.

"나도 그분이 네 어머니라는 건 알지. 모두가 알다마다!"

비아냥이 잔뜩 담긴 말투였다.

"그 케케묵은 사건은 나도 질려서 더 말하고 싶지 않구나. 할머니께서 무사하신 건 할머니의 홍복이지. 허나, 이모 심보가 악독한 건 하등 변함이 없어. 큰 당숙 집안과 우린 오랫동안 깊은 정을 쌓았다. 평범한 다른 집 형제들보다 더 정이 깊고, 앞으로도 계속 이어 가야 할 것이야. 큰 당숙과 큰 당숙모께선 절대로 너 때문에 큰집과 작은집 간에 의가 상할 일은 하지 않으실 거다! 너도 똑똑히 알아야 할 거야. 네게 무슨 명분이 있든 간에 오직 한쪽만 선택할 수 있다는 것을. 남들이 다 너를 이해하고, 네게 양보하리란 생각은 하지 말거라! 너는 총명하니 어떻게 해야 할지 알겠지!"

이렇게 한바탕 퍼붓고 난 뒤, 마님은 진저리가 난 듯 곧바로 손님을 보내라고 지시했다. 윤아 마님은 눈물을 거두고 훌쩍이며 문을 나설 수밖에 없었다. 취선은 얼른 몇 발자국 물러나 입구에 서서 발을 걷어 올리고 떠나는 윤아 마님에게 무릎을 구부려 예를 갖췄다.

윤아 마님을 배웅하고 나서 취선은 천천히 방 안으로 들어섰다. 마님이 언짢은 기색으로 구들 위에 앉아 있다가 취선을 보자마자 호통쳤다.

"어째서 이제야 온 게야! 기다리다 죽는 줄 알았구나."

취선은 마님의 성정을 잘 알고 있었다. 취선이 웃으며 구들 앞에 다가가 어르듯 대답했다.

"아유, 우리 마님도 참. 마님께서 안에서 말씀을 나누고 계신데 제가 어찌 감히 불쑥 들어갈 수 있겠습니까? 한참 분주히 돌아다니다 여기 돌아와서도 공연히 밖에서 기다려야만 했던 저를 불쌍하게 여겨주세요."

마님은 천연덕스러운 취선의 말에 웃음을 터트리며 표정을 누그러뜨렸다.

취선이 마님의 눈치를 살피더니 웃으며 말했다.

"제가 보기엔, 마님의 심성이 너무 너그럽고 인자하셔서 큰댁 둘째 마님이 하소연하려고 오시는 겁니다. 만약 다른 사람이었으면 문전박대를 하거나 곧바로 화를 내며 욕을 했겠지요."

마님은 시원시원하고 명랑한 성격이라 금방 화를 냈다가도 또 금방화가 풀리곤 했다. 취선의 말에 마님이 웃으며 탄식했다.

"나는 그저 사촌 동생인 윤아가 가련할 뿐이다. 요 몇 년간 그 아이는 노약자들을 가엾이 여겨 먹을 것을 나눠 주며 적지 않은 선행을 베풀었지. 휴…… 까마귀 둥지에서 하얀 봉황이 나오다니, 대체 이건 또 무슨일인지……."

취선이 조심스럽게 물었다.

"이번에는…… 큰댁 둘째 마님께서 또 어쩐 일이시랍니까……?"

마님이 냉소하며 말했다.

"강가 사촌 올케가 윤아를 닦달한 게지. '신계사에서 사람을 빼내려면, 녕원후 나리 아니면 안 된다. 아가씨가 녕원후 부인에게 부탁해 봐라.'라고 부추기면서 말이다. 윤아는 그럼 정말 될 줄 알고, 손가락을 깨물어 혈서를 쓰고 촉蜀으로 보내려고 했어. 다행히 큰 당숙께서 경성에남겨 둔 관사 어멈이 눈치가 빨라서 윤아를 막고 유양 본가에 기별을 보낸 게야. 큰 당숙께서 소스라치게 놀라셨다더구나. 그 혈서가 정말로 보내졌다면, 명란이는 그렇다 쳐도 제부는 그게 장오의 뜻이라고 오해했을 게다!"

취선도 깜짝 놀랐다.

"큰댁 둘째 마님은 배짱도 참 대단하시군요."

"흥!"

마님의 얼굴에 한심하다는 기색이 떠올랐다.

"처음에 막 사달이 벌어졌을 때, 내가 요아를 타일렀지. 부디 똑똑히 잘 생각해서, 절대로 자기를 걸고 작은 집 식구들에게 도전하지 말라고 말이야. 큰댁의 어느 누구도 그 아이를 핍박할 리가 없잖아. 사 년 전, 큰 당숙모께서 그 아이를 본가에 일 년간 가둬 두셨지. 그 아이가 경성으로 돌아오고 난 뒤엔 내가 좋은 말로 타일렀다. 허구한 날 울지 말라고 말이 야. 큰 당숙모께선 이미 화가 나신 상태니까. 그런데도 작년에 그 아이가 수안당 문 앞에 덜컥 꿇어앉아 버리니 큰 당숙모께서 화병이 다 나셨지. 그래서 두 달 후에 양첩[1]을 들이신 게야. 아, 아무리 타일러도 듣지를 않 으니, 나도 쓸데없는 소리를 더 하기가 싫더구나."

취선은 마님이 화를 내다 입이 마른 걸 눈치채고, 묵묵히 따뜻한 차를 따라 건넸다.

"실은 나는 이렇게 될 줄 진작 알았다."

마님이 차를 마시고 숨을 고르더니 천천히 입을 뗐다.

"큰 당숙모께선 원래 윤아를 본가로 데리고 가신 뒤 다시는 돌려보내 지 않을 작정이셨지. 나중에 그 양첩을 평처로 삼고, 장오 대신 본인이 나서서 일을 처리하실 작정이셨어. 허나, 장오가 그래도 정을 생각해서 '그리하면 체통이 안 선다'며 이리저리 큰 당숙모를 설득해서 겨우 윤아 의 자리를 지켜준 거다."

취선이 구들 위에 앉아 가만히 마님의 다리를 주무르며 부드럽게 말 했다.

---

1) 양민 출신의 첩.

"마님, 그만 화내세요. 제가 보기에는 큰댁 큰마님께서 둘째 마님의 아이들을 데려가신 건, 꼭 벌을 내리기 위해서만은 아닌 건 같아요. 노대부인께서 큰댁에 베푸신 온정은 일단 제쳐 두고 말씀드릴게요. 따지고 보면 큰댁은 상인 집안이고, 오직 둘째 나리만 관직에 나가셨잖아요. 게다가 무관이시고요. 허나, 우리 성부에는 문관이든 무관이든 관직에 계신 분이 얼마나 많습니까? 이번 대에서는 큰댁과 작은댁이 한 식구처럼 친밀하기도 하고요. 그런데 큰댁 둘째 마님께서 계속 이렇게 행동하시면서 시시때때로 아이들을 데리고 신계사에서 고생하는 외할머니를 뵙게 하다간, 장차 그 도련님, 아가씨들이 장성하시면서 속으로 원망을 품게 될 거 아닙니까!"

마님이 다리를 탁 치며 말했다.

"네 말이 참으로 와닿는구나! 나도 그게 걱정이었단다. 큰 당숙, 큰 당숙모께서 사리에 밝으셔서, 아이들이 어릴 때 데려가 직접 가르치기로 하셔서 망정이지. 허나, 이번에는 장오도 큰 당숙모 말씀에 동의했다. 또다시 이런 일이 생기면, 윤아를 유양으로 보내고 평처를 들이겠다고 말이야."

마님이 한숨을 쉬고 말을 이었다.

"이모처럼 악독한 사람은 절대로 밖에 나와선 안 될 게야. 듣자 하니 신계사 안에서도 하늘에 대고 우리 가족을 저주하고 있다더구나. 아아, 그러고 보면 윤아의 혼사도 할머니께서 주선하신 건데, 그 아이가 할머니의 은혜를 아직 기억하고 있는지 알 수가 없구나."

한참 말하던 마님은 취선이 오랫동안 말이 없는 것을 보고 씩 웃으며 말을 걸었다.

"왜 그러느냐, 갑자기 벙어리라도 된 게냐."

취선은 한참 망설이다 겨우 말을 꺼냈다.

"마님께서 양심 이야기를 하시니, 제가 어떤 사람 대신 마님께 이 말씀을 전해야 할지 어떨지 잘 모르겠습니다."

잠깐 생각에 잠겼던 마님의 얼굴빛이 점점 어두워졌다.

"윤아가 마음이 여리다고 했다만, 너도 마음이 여리구나. 또 네게 무슨 말을 전해 달라고 부탁하더냐?"

취선이 쓴웃음을 지으며 대답했다.

"송宋 이랑[2]이 그러더군요. 큰아들이 계속 커 가는데, 보아하니 공부할 재목은 아니고 오히려 칼과 창을 갖고 노는 걸 좋아한답니다. 나리께선 짬이 없을 듯하니 마님께 무예 스승을 알아봐주셨으면 한다고요."

마님이 차갑게 코웃음을 쳤다.

"송 이랑은 배짱도 좋구나. 감히 못 하는 소리가 없어."

취선은 가만히 한쪽에 서서 아무 말도 하지 않았다.

비록 지금은 자신이 마님의 최측근이지만, 원래는 송 이랑이야말로 마님과 어렸을 때부터 함께 자란 측근 계집종이었다. 다른 마님들은 어쩌면 기꺼이 자기 몸종을 남편에게 첩으로 보낼지 모르겠으나, 마님은 어려서부터 임 이랑의 횡포를 보면서 자란지라 처첩 간의 화목이 가능하다는 걸 아예 믿지 않았다. 그렇기에 마님이 첩실 문제로 속을 끓이던 당시, 측근 계집종들에게까지 눈이 미치지 않았던 것이다.

그러나 마님이 큰 애기씨를 낳고 몸이 상했을 때, 송 이랑이 엉뚱한 속셈을 품게 될 줄 누가 알았겠는가? 적장자를 낳긴 글렀으니, 그렇다면

---

2) 성부에서 화란을 따라 충근백부로 왔다가 이랑이 된 계집종 채잠의 호칭.

서장자가 가장 귀한 신분이 될 거라고 판단한 송 이랑은 '주인마님의 근심을 덜어드리기 위해'라는 핑계를 대며 적극적으로 나섰다……. 그 이후, 마님은 아무 내색도 하지 않고 평소와 같은 모습을 보였으나 취선은 잘 알고 있었다. 마님이 상심했음을.

마님의 원래 계획은 부모 형제의 노비 문서가 모두 자신의 수중에 있는 이등, 삼등 시녀를 골라 나리의 서장자를 낳게 하는 것이었다. 자신과 너무 가까운 사람은 좋지 않았다. 별 탈 없으면 모두에게 좋은 일이겠으나 자칫 잘못하다 아들을 믿고 거드름을 피울 수도 있는데, 만에 하나 얼굴 붉히며 싸우는 일이 생기더라도 어릴 적부터 쌓아 온 정이 상하는 일은 없었으면 해서다.

취선은 종종 생각하곤 했다. 심지어 자신도 마님의 의중을 읽을 수 있는데, 설마 송 이랑이 모를 리가 있을까? 그런데도 여전히 말끝마다 다른 사람은 마음을 놓을 수가 없네, 나만큼 마님을 걱정하는 사람은 없지, 내가 낳은 아들은 마님 배 속에서 나온 것이나 다름없다네, 라는 것이다.

서장자가 막 태어났을 무렵, 마님은 크게 한시름 놓았었다. 송 이랑도 득의양양해 했다. 그러나 사람의 계산은 하늘의 계산을 못 따라가는 법. 훗날 마님의 몸 상태가 좋아지고 난 뒤, 마님은 연달아 적자를 낳았고 부부 사이도 갈수록 좋아졌다.

이렇게 되자 서장자의 존재는 오히려 난처해지게 되었고, 송 이랑도 갈수록 불안감에 벌벌 떨게 되었다.

한참이 후 마님이 조용히 말했다.

"솔직히 말해보거라. 요 몇 년간 내가 그들 모자를 푸대접한 적이 있었더냐?"

취선이 낮은 목소리로 대답했다.

"하늘에 대고 맹세하건데, 송 이랑이 먼저 마님의 마음을 상하게 했습니다. 마님께선 충분히 송 이랑에게 잘해주셨어요. 똑같이 계집종에서 첩실로 승격된 거지만 성부의 향 이랑과 장동 도련님이 먹고 입었던 거 생각해보십시오……. 송 이랑 모자는 적당히 만족했어야 했습니다."

마님의 눈에 눈물이 비치는 듯했으나 이내 자취를 감추었다. 마님이 취선의 손을 잡아당기며 잠긴 목소리로 말했다.

"출가하기 전에 할머니께서 너를 내게 보내주셔서 정말 다행이야. 가장 힘들었던 그 시절, 네가 매일 나를 응원하고 위로해준 덕에 겨우 버틸 수 있었어."

취선이 진심을 담아 대답했다.

"노마님께서 일찍이 말씀하셨지요. 마님은 어질고 따뜻한 분이시니, 마님을 따르면 잘못될 리 없다고요."

주인과 종이 웃으며 대화를 나누었다. 취선은 문득 한 가지 일이 떠올랐다.

"참, 마님께선 아직 제게 분부하신 일이 어떻게 처리되었는지 묻지 않으셨습니다."

마님이 이마를 짚고 입술을 깨물고는 웃으며 취선을 꾸짖었다.

"이게 다 너 때문이다. 너랑 잡담하다보니 이야기가 한참 멀리 나갔어. 어서, 어서 말해보거라. 오늘 아침 일찍 사람을 보내 살펴보라고 했는데, 묵란이는 어떻다더냐, 낳은 게냐, 아니냐?"

취선이 미소 지으며 대답했다.

"오전 내내 진통하시다가 또 따님을 낳으셨답니다."

마님이 놀란 목소리로 말했다.

"어찌 또 딸을 낳은 게야! 벌써 네 명째로구나!"

취선도 속으로 한숨을 쉬었다. 연달아 딸만 넷이라니 이건 정말이지 하늘을 원망해야 할 판이다.

다행히 묵란 아가씨는 친어머니로부터 전수 받은 게 있어서 시어머니의 미움을 받고 있을지언정 어쨌든 남편은 제 곁에 붙들어 두고 있었다. 그저 임 이랑이 물려준 수완이 쓸 만해서 계속 남편을 꼭 붙들고 아이를 낳을 수 있기만 바랄 따름이다.

마님은 잠시 한숨을 쉬더니 힘없이 말했다.

"이게 대체 무슨 일이냐. 명란이는 연달아 아들만 낳는데, 묵란이는 딸만 줄줄이 낳고 있으니."

취선이 조용히 말했다.

"들리는 바로는 묵란 아가씨가 처음 유산했던 아이가 아들이었다고 합니다."

마님이 혀를 차더니 안타까워하며 말했다.

"그뿐만이 아니다. 두 해 전에 묵란이가 또 유산했었는데, 이미 사내아이 형상을 갖춘 태아였다지."

묵란 아가씨의 '회임 능력'은 사실 대단했다. 비극은 하필이면 유산한 아이가 모두 남자아이였고, 낳은 아이는 모두 여자아이라는 데 있었다.

"이렇게 세월이 지나고 보니, 이젠 나도 미워하는 마음이 들지 않는구나. 그저 묵란이가 좀 더 철이 들고, 첩들과 다투지 말고, 몸조리를 잘해서 다음에는 아들을 낳기만 바랄 뿐이야."

마님이 연신 한숨을 쉬었다.

취선의 눈가에 웃음기가 어렸다. 요 몇 년간 마님은 점점 더 온화하고 자애로워지고 있었다. 심지어 임 이랑에 대한 원한마저도 바람에 실려 흩어진 느낌이었다. 마님은 한마음으로 선을 행하며, 자녀들을 위해 더 많은 복과 덕을 쌓고 싶어 했다.

"딸 하나에 아들 하나 있는 여란이가 제일이지. 하나씩 갖췄다고 명란이가 부러워하지 않더냐."

"꼭 그렇지만도 않습니다. 명란 아가씨는 여란 아가씨를 부러워하시지만, 여란 아가씨는 오히려 명란 아가씨를 부러워하시니까요."

마님이 가볍게 감탄사를 내뱉었다.

"제부가 명란이를 만지면 닳을까 불면 날아갈까 보물처럼 애지중지하니 그렇지. 한시도 안 떨어지려 한다지. 그에 비해 여란이 쪽은 제부가 때때로 여란이를 자극하지 않느냐. 저번에 제부의 상관이 첩실을 보내줘서 여란이가 한바탕 난리를 쳤다던데, 지금은 어찌 되었는지 모르겠구나."

취선이 듣다가 웃음을 터트렸다.

"여란 아가씨도 첩실을 용납하지 않는 분은 아니지요. 그래도 문가 나리께선 첩실을 들이시려면 꼭 여란 아가씨의 허락을 받으셔야 할 겁니다. 먼젓번의 그 둘은 괜찮지 않았습니까? 사람도 진실하고, 본분도 지킬 줄 아니까요."

"여란이는 명란이와 겨루고 싶은 게야!"

마님이 말했다.

"하지만 어디 명란이와 경쟁이나 되겠느냐. 제부는 젊어서 고생을 많이 해서 성미도 대단히 집요한 데다 남이 자기 집 가정사에 끼어드는 걸 가장 못 견디는 것을."

화란은 문득 어느 해의 일이 떠올랐다. 촉왕은 제부에게 미인 둘을 보냈다. 제부는 그 미녀들을 장가 못 간 병졸에게 주었다. 훗날 촉왕이 또 네 명의 무희를 보냈다. 제부는 맛있는 음식과 마실 것을 먹여 살을 찌우고, 어느 날 집 안에 주연이 열렸을 때 불러내어 춤을 추라 했다. 촉 지방의 고관과 귀인들 절반이 모두 그 광경을 보고 촉왕부가 사람을 잘 가르친다며, 하나같이 재색을 겸비한 미인들이라고 칭찬했다.

예전에 넝원후부에 있던 봉선 낭자라던가 하는 여인을 떠올린 화란은 슬쩍 웃음을 터트리며 고개를 가로저었다.

훗날 촉왕이 노하여 제부를 음해하려 들었다. 그러나 제부의 상소가 한발 빨랐다. 일찍이 장풍이 다음과 같이 생생하게 그 상소의 요지를 풀이해주었다.

〈폐하, 소신은 촉왕이 꽂아준 여인을 남에게 주었다가 촉왕의 노여움을 샀습니다. 다 소신의 죄이옵니다. 황가가 내린 것은 설사 그게 요강일지라도 제멋대로 남에게 넘기면 안 되는 것을! 그래서 소신은 촉왕이 두 번째로 보낸 여인을 남겨 두고 자주 사용했던 것이옵니다. 주연에 온 손님들이 보고 모두 좋아하였사오나, 촉왕은 또 불쾌해하며 소신이 그가 보낸 여인들의 정확한 사용법을 아직 깨우치지 못했다며 질책하였사옵니다. 폐하, 현재 촉왕은 소신이 어떻게 집안의 여인들을 사용해야 하는지 관리하려 들고 있사옵니다. 이러다 나중에 소신이 어떻게 휘하의 군대를 사용해야 하는지도 관리하려 들지 않을지요?

폐하, 소신은 참으로 첩실을 들이고 싶지 않사옵니다. 소신은 일찍이 가정이 평안하지 못한 죗값을 충분히 치루었사옵니다. 집과 가족을 잃었지요. 이는 폐하께서도 모두 아시는 바일 것이옵니다. 소신은 첩실을 들이고 싶지 않사오나 촉왕은 부득불 소신에게 첩실을 들이려고 하옵니다. 소신이 첩실을 들이는 것이 촉왕에게 무슨 이득이 있습니까! 소신은 폐하를 위해 전력으로 임무를 수행하느라 어린 아들의 글공부를 봐

줄 짬조차 나지 않사옵니다. 계속 이러다간 또 경성으로 보내야 할 것입니다. 그 아이의 큰형과 둘째 형처럼 황자님 곁에 두면 황가의 스승님께서 봐주실 테니 소신이 안심할 수 있을 터인데, 폐하, 제 아들놈을 한 명 더 거둬주시겠사옵니까?〉

황제가 고정엽에게 보낸 답은 이러했다.

〈황자와 더불어 공부할 인원은 이미 꽉 찼도다. 그대 일가는 두 명 자리를 차지하고 있어 오랜 동지들이 불만을 표하고 있는 터, 남은 어린 아들은 그대 곁에 두도록 하거라.

추신: 그대 큰아들은 훌륭하더군. 나이는 어려도 행동이 의젓하고, 매사에 적절히 행동하여 짐과 첫째 황자가 눈여겨보고 있네. 자네 둘째 아들은 너무 과묵하여 선생들이 대단히 애를 먹고 있네. 다음 달에 그대 처남 성장백이 조정에 돌아와 경관京官에 임명되거든 그에게 보내겠네. 키울 만할 게야.〉

황제가 기다리던 것이 바로 이것이었다. 황제는 즉각 전교를 내려 촉왕을 엄중히 질책했다.

"황자조차도 함부로 관원과 왕래해선 안 되거늘, 일개 번왕인 네가 계속 봉강대리封疆大吏[3]와 교분을 맺으려는 의도가 무엇이더냐?"

이 말의 숨은 뜻은 '짐은 번왕보다 높은 지위이고, 막 즉위하자마자 번

---

3) 성급 지역을 관장하는 고급 관리.

왕 둘을 처단했느니라. 너도 그리되고 싶으냐?'였다.

이후 수년에 걸쳐, 황제는 촉왕의 호위대 중 삼분의 이를 감축시켰고, 관할 영지의 화폐 제조권과 광산 채굴권을 박탈했으며, 내친김에 촉왕부에 '왕부장사王府長史'[4]를 몇 명 보냈다.

매번 명란이 멀리서 보내오는 서신을 떠올릴 때마다 화란은 웃음이 나왔고 마음이 평안해지고 따뜻해지는 느낌이 들었다.

취선은 곁눈질로 마님을 세심히 관찰했다. 마님이 입가에 웃음을 머금고 있는 모습이 뭔가 재미난 일이라도 떠올리는 듯했다. 아까의 불쾌한 기분을 모두 잊은 것처럼 보여서 취선은 내심 한시름 놓았다. 명란 아가씨 이야기는 꺼내기만 하면 마님을 기쁘게 할 수 있어 좋았다.

그런 마님을 보고 취선은 좀 더 힘을 내어 웃으며 말했다.

"아까 집으로 돌아오다가 마침 갈씨 아범이 측문 앞에서 짐을 내리는 모습을 보았습니다. 갈씨 아범 말이 우리 나리께서 만리장성 밖에서 보내신 물건이 당도한 것이라 합니다. 그중에 야생 여우 가죽도 있었는데, 알록달록한 무늬가 참으로 고왔습니다. 갈씨 아범이 그러는데 나리께서 친히 잡아 가죽을 벗기시고, 만리장성 밖의 솜씨 좋은 장인에게 맡겨 무두질한 것이라 합니다. 올해 설을 지낼 때 마님께서 쓰실 새 두건을 미리 준비하시려고요."

마님은 기쁜 마음에 뺨이 발그레해졌다.

"이제 할아버지, 할머니도 됐는데 다 늙어서 웬 소란을 떠시는 건지. 남들이 보고 웃겠구나. 나리께서 설 전에 돌아오시는 게 중요하지 다른

---

4) 왕부의 영지, 재산 등을 관장하는 최고 행정장관.

건 다 상관없는데 말이다."

취선은 마님이 활짝 웃는 얼굴을 보자 드디어 마음이 놓였다.

마님이 손가락을 꼽아 날짜를 헤아려 보면서 말했다.

"그러고 보니 설 전에 해야 할 일이 정말 많구나. 실이에게도 어엿한 글 선생을 물색해주어야 할 것이야. 온종일 아우들과 집안에서 글공부 하게 할 수는 없지. 이따 장백이 안사람에게 물어봐야겠구나. 그 집 셋째도 공부할 때가 됐을 테니 말이다. 송 이랑이 무예 스승을 모셨으면 한다고 했지. 그럼 무예 수련장을 좀 더 넓혀야겠다. 지금 보니 공부에 소질 없는 아이들이 있는데, 어쩌면 나중에 무예 익히길 좋아할지도 모르고……."

한참 골똘히 생각하던 마님은 문득 뭔가를 떠올리고 취선에게 분부했다.

"참, 잊지 말고 그 여우 가죽을 시어머님과 형님께 하나씩 보내 드리거라. 남들이 다 알게끔 떠들썩하게 말이야. 보기에 좋기만 하면 된다. 장 이랑에게는 수수해 보이지만 실속 있는 것으로 하나 골라 보내고. 아니, 그런데 오늘은 어머님께서 어쩐 일로 아무 기척이 없으시지?"

원 대인이 원 부인의 집안 관리 권한을 박탈하고, 며느리에게 매일 문안 올릴 필요 없다고 한 뒤부터, 고부간에 정면으로 얼굴을 맞댈 기회는 대폭 줄었다. 하지만 원래 만리장성 밖에서 보낸 물건이 도착하면 원 부인은 냄새 맡은 사냥개처럼 음으로 양으로 물건이 무엇인지 알아보고, 혹여 며느리가 독점할까봐 안절부절못하며 물건들을 들춰보러 오곤 했다.

실제로 처음에 원 부인은 자신이 각 처소에 분배할 테니 물건을 자기에게 보내라고 아들에게 울며불며 요구했다. 하지만 원 대인이 손가락질하며 한바탕 호통을 치자 겨우 그 주장을 철회한 것이다.

취선은 입을 오므리며 가볍게 웃고는 마님에게 다가가 속삭였다.

"어젯밤에 큰마님께서 또 장 이랑과 한바탕 싸우다 그만 어르신의 얼굴을 할퀴어서 어르신께 따귀를 한 대 맞으셨답니다. 지금은 분에 못 이겨 침상에 누워 계시고요."

마님은 시어머니에 대해 아무런 감정도 없었다. 취선의 말을 들은 마님이 작은 목소리로 물었다.

"이번에는 며칠이나 누워 계실 것 같으냐?"

취선이 잠시 머뭇거렸다.

"제가 가서 손바닥 자국이 얼마나 진한가 물어보고 올까요?"

어쨌든 손바닥 자국이 사라질 때까지 누워 있을 것 아닌가.

마님이 취선의 이마를 가볍게 쿡쿡 찌르며 짓궂게 웃었다.

"방씨 어멈 말이 네가 장난기가 많다고 하던데 하나도 틀린 말이 아니로구나."

번외4
령아

령아㴁兒는 종종걸음으로 초수유랑을 지나 고개를 숙인 채 적막한 서측 처소로 향했다.

바깥은 무더운 팔월이었으나, 그녀는 마치 얼음구덩이에라도 빠진 듯 뼛속까지 저미는 한기를 느끼고 있었다. 사람들은 모두 황가의 공주들 가운데 경녕대장공주가 가장 대단하다고 하지만, 그녀가 보기에는 자기 마님의 시어머니인 경창대장공주야말로 숨은 능력자였다. 한 부마와 경창대장공주는 모두 네 명의 아들을 두었다. 그 아들 중 하나인 제 주인 나리는 학식도 뛰어나고 관직에도 나갔다. 이번에 자칫 일을 그르쳤다간 경창대장공주가 자신을 어떻게 처단할지 모른다.

고정찬은 초조한 마음에 안절부절못하며 방 안을 왔다 갔다 하고 있었다. 나른하게 하품하고 있던 어멈 서넛이 령아가 들어오는 모습을 보고 짓궂게 웃으며 놀렸다.

"어머나, 우리 셋째 마님이 가장 총애하는 령아 아니냐. 대체 온종일 어딜 갔던 게야? 셋째 마님께서 어찌나 왔다 갔다 하셨는지 사람 그림자가 다 비칠 정도로 바닥이 닳을 뻔했단다."

자리에 있던 사람들이 한바탕 웃음을 터트렸다.

령아가 입을 떼기도 전에 방문이 삐걱 소리를 내며 열렸다. 고정찬이 냉랭한 표정으로 문가에 서서 화를 억누르며 말했다.

"령아와 할 말이 있네. 오늘은 날도 더우니 어멈들은 물러가서 쉬게."

그녀가 이렇게 아랫것들에게 예의를 차린 적이 있었던가?

그중 한 어멈이 느릿하게 일어나더니 가식적 웃음을 띠며 대꾸했다.

"셋째 마님도 참, 저희 아랫것들이 어찌 그런 호사를 누립니까? 더우나 추우나 주인께서 시키시는 일을 해야지요. 괜찮습니다. 죽든 살든 버텨야지요. 안 그랬다간 나중에 셋째 마님께서 온 집 안을 돌아다니며 '아랫것들이 날 푸대접한다'며 소란을 피우실 테니까요!"

고정찬이 입술을 깨물었다. 이 어멈들을 채찍으로 흠씬 때리지 못하는 게 한스럽기만 했다. 어머니가 살아계실 때 같았더라면, 어찌 그녀가 이런 수모를 당하겠는가. 분위기가 심상치 않다고 생각한 령아가 고정찬이 입을 열기 전에 얼른 앞으로 나와 호주머니에서 두루주머니를 꺼냈다. 그러고는 안에 은자와 동전이 얼마나 들어 있는지 확인도 못 한 채 통째로 조금 전 대꾸한 어멈에게 건네며 웃는 얼굴로 비위를 맞췄다.

"어멈, 농담도 잘하시네요. 우리 마님께선 원래 거침없이 말하는 분이시고, 대부분은 별다른 뜻 없이 하시는 말씀 아니겠습니까. 이걸로 술이라도 한잔하세요."

그 어멈이 령아가 건넨 두루주머니를 손으로 대강 가늠해보더니 연신 만족스러운 웃음을 지었다.

"령아 낭자가 이리도 깍듯하게 나오니 더 사양하지 않고 받겠네. 자, 우린 가서 좀 쉬자고."

어멈들이 정원 밖으로 나가는 것을 보고서야 령아는 고정찬과 함께 방으로 들어갔다. 그러고는 얼른 몸을 돌려 문을 닫았다.

씩씩거리며 책상 뒤에 앉은 고정찬이 책상을 내리치며 욕했다.

"속 시커먼 작자들 같으니. 지금 그 천한 것이 총애를 받는다고 나는 안중에도 없는 모양이로구나! 흥, 그 천한 것이 뭐라도 된 양 떠받들다 니. 그 양심도 없는 사람은 그러고도 무슨 선비라고. 황친이 다 무엇이 냐. 다들 예의도 없는 사람들이지. 공주마마도……."

고정찬이 갈수록 도를 넘어 곧 시어머니인 경창대장공주의 욕까지 할 것 같자 령아가 다급히 큰소리로 헛기침을 했다. 옆에 시립해 있는 계집 종을 애써 눈으로 가리키며, 령아가 웃는 얼굴로 말했다.

"마님, 또 날이 더워 심기가 불편해지신 게로군요. 참 별말씀을 다 하 십니다. 엄 이랑도 좋은 집안의 규수십니다. 들리는 바로는 엄가 공자께 서 과거에 급제하셨다고 하니 공주마마와 셋째 나리께서 신경 쓰시는 것도 당연한 일이지요. 게다가 엄 이랑이 낳은 도련님도 마님을 어머니 라고 부르실 텐데요?"

고정찬은 '그깟 천한 종자가 나더러 어머니라고 부른다고 누가 기뻐 할 줄 아느냐!'라고 외칠 뻔했으나 령아의 표정이 심상치 않아 힐끗 구 석을 보니 계집종 하나가 보여 분을 참을 수밖에 없었다.

"령아야, 뒷방으로 가자꾸나."

고정찬은 그 계집종에게 으름장을 놓았다.

"너는 문밖의 복도에 나가 살펴보고 있거라. 아무도 안으로 들어서는 안 될 것이야. 안 그랬다간 단단히 혼날 줄 알거라!"

하화荷花는 올해 겨우 열두 살밖에 안 되는 어린 나이였지만, 벌써 제 법 철이 들어 있었다. 고정찬의 말에 하화는 군소리 없이 연신 알겠다고 대답했다.

하화가 방문을 나서려는 찰나, 령아가 그녀를 불러 세우고 조그마한 은덩이 두 개를 쥐여 주었다.

"날씨가 이상하게 덥구나. 집에 아직 녹두가 남아 있는지 어떤지 모르겠지만, 이따가 나와 마님 이야기가 끝나거든, 너는 주방에 가서 아주머니더러 빙완冰碗[1] 좀 만들어 달래서 먹으렴."

온화하고 선량한 령아의 표정을 바라보며 내심 감동한 하화가 얼른 문밖으로 나섰다.

하화는 복도를 걸으며 생각에 잠겼다. 다들 이 저택에서 셋째 마님이 가장 모시기 까다롭다고들 하는데 과연 맞는 말이었다. 예민한 성미에 허세 부리길 좋아하는 건 말할 것도 없고, 남의 사정을 헤아려주지도 않으니, 당시 셋째 마님이 시집오면서 데려온 큰 계집종들은 다들 어디로 갔는지 모르겠다. 지금은 유능한 령아 언니 한 사람만 남아 주인을 위해 소처럼 열심히 일하고 있다. 령아 언니는 웃는 얼굴과 듣기 좋은 말로 마님의 비위를 맞추며 조용히 꾹 참고 있건만, 마님은 여전히 오라 가라 하며 함부로 대한다. 이제 령아 언니의 나이도 서른에 가까워졌다. 하지만 마님은 혼처를 물색해 줄 생각조차 안 하는 것 같고, 언니는 그렇게 하루하루를 흘려보내고 있었다.

듣기로는 여러 해 전에 바깥에서 점포를 하고 있는 한韓 관사의 아들이 령아를 좋게 보고 혼담을 넣으려고 했으나 셋째 마님이 일언지하에 거절했다던데 진짠지 모르겠다……

여기까지 생각이 미치자 하화는 저도 모르게 한숨이 나왔다. 다행히

---

1) 연잎을 깐 사발에 잘게 저민 오이, 호두, 살구씨, 말린 연밥과 얼음을 섞어 넣은 여름 별미.

자신은 부모님도 계시고 오라버니도 능력이 있으니, 몇 년만 버티다가 때가 되면 은혜를 청해 밖으로 나가 배필을 찾을 수 있을 것이다.

방 안의 고정찬은 점점 더 부아가 치밀었다. 구들 위에 털썩 앉아 잠시 멍하니 있던 고정찬이 별안간 눈물을 흘리기 시작했다.

"만약 어머니가 아직 살아계셔서, 내가 계집종 비위까지 맞춰야 하는 지경이 된 걸 보시면 얼마나 가슴 아파하실지 모르겠구나."

령아가 땀을 닦을 새도 없이 얼른 찻잔에 차를 따라 고정찬에게 차를 대령하며 달랬다.

"마님, 속상해하지 마십시오. 호랑이도 평지에서는 개에게 물리듯 일단 지위를 잃으면 남들이 만만하게 보게 되는 건 어쩔 수 없는 일이지요. 어쨌든 셋째 나리께선 여전히 애정을 가지고 마님을 대하시잖습니까. 사계절 내내 먹을 것과 입을 것, 다달이 주시는 돈 모두 줄이신 적 없고요. 그러니 좋은 쪽으로 생각하셔야지요."

령아가 한참 달래고 나서야 고정찬은 겨우 기운을 차리고 뾰로통하게 물었다.

"……얼토당토않은 소리는 그만하거라. 어떻든? 나가서 향씨 어멈은 만났느냐?"

령아가 이마의 땀을 훔치며 낮은 목소리로 답했다.

"뵈었습니다. 향씨 어멈 말이 그 허許가 언관은 품계는 높지 않으나 사림 내 평판이 좋다 보니 그가 하는 말은 꽤 무게감 있게 받아들여진다고 합니다. 예전에 태부인께 경제적인 도움을 받은 적 있으니 보은하는 건 당연지사지요. 그 언관이 기꺼이 우리를 위해 상소를 올려주겠답니다. 허나……."

"허나 무엇이냐?"

고정찬이 다그쳤다.

령아가 난감한 표정을 지었다.

"마님, 생각해보십시오. 남의 경제적 도움이 필요할 정도라면 가정 형편이 어떨지 짐작이 가시겠지요. 이 상소는 단번에 황상에게까지 올라갈 수 있는 것이 아니고 중간에 몇 단계를 거쳐야 합니다. 그러려면 약소하게나마……."

무슨 말인지 알아들은 고정찬이 탁자를 탁 내리치고는 가볍게 코웃음을 치며 말했다.

"은자 달란 소리 아니냐! 괜찮다. 어머니의 원수만 갚을 수 있다면 은자가 얼마나 들든 상관없어!"

령아는 내심 으스스한 기분이 들었다.

"……마님, 이 일은…… 그래도 몇 번 더 생각해보세요. 만약 공주마마께서 아시게 되면, 우리, 우리는 어떡합니까?"

"뭐 어떻다는 게야?"

고정찬은 하등 개의치 않는 모양이었다.

"그분이 우리를 죽이기라도 하겠느냐?"

자신의 주인이 철없이 내키는 대로 행동하는 모습을 보며, 령아는 알려 주고 싶어졌다. 그 사이 당신의 두둑했던 혼수는 진씨 집안사람들이 이런저런 명목으로 뜯어가고, 또 이런저런 비용과 뒷돈으로 사용하는 통에 얼마 남지 않았다는 걸. 하지만 고정찬은 이런 세속적인 사정은 아랑곳하지 않고, 자신에게 다 쓰지도 못할 만큼 수많은 은자가 남아 있다고 믿고 있었다. 귀띔을 해 봤자 계란으로 바위 치기나 다름없다는 데 생각이 미치자 령아의 낯빛이 절로 어두워졌다.

고정찬이 령아의 표정을 보더니 웃으며 말했다.

"두려워할 필요 없다. 지금 조정에선 효를 천하의 근본으로 삼고 있지. 내 어머니는 누가 뭐래도 고정엽의 계모야. 그런데 그가 감히 인륜을 저버리고 계모를 죽음으로 몰고 갔어. 나는 그가 끝까지 책임지게 하고 말 것이야!"

령아가 더는 참지 못하고 입을 열었다.

"마님, 그래도 제가 드리는 말씀 한마디만 들어주세요. 복수 때문에 만사를 제쳐 놓을 수는 없습니다. 마님께 가장 시급한 것은 얼른 셋째 나리의 적자를 낳는 것입니다. 다른 건 일단 제쳐 두십시오!"

이 말을 듣자마자 고정찬은 분통이 터져 발을 동동 구르며 욕했다.

"그 양심도 없는 작자 얘긴 꺼내지도 말거라! 아버지가 어떻게 큰 이모님을 대하셨는지를 생각해보거라. 혼인하시고 십 년이 다 되어 큰 오라버니를 낳으셨잖느냐! 만약 나리가 정말 나를 생각한다면, 아들이 있건 없건 한결같이 나를 대해야지! 혼인한 지 고작 몇 년밖에 안 지났는데 아들이 필요하다고 조바심 내다가 나는 아랑곳하지 않고 그 천한 것을 들이지 않았더냐. 나는 잘 알겠더구나. 그 양심도 없는 작자는 내 아버님의 발끝에도 미치지 못한다는 것을 말이다!"

매번 이 이야기가 나올 때마다 고정찬은 늘 돌아가신 고 대인을 들어 비교하려 들었다. 령아도 할 말은 없었다. 하지만 한가 셋째 나리는 혼인 자체가 늦었으니, 서둘러 아들을 낳고 싶은 건 인지상정 아닌가. 그런데도 고정찬은 지어미의 도리를 모르고, 사흘이 멀다 하고 소란을 피우며 남편의 속을 긁었다. 그런데 경창대장공주가 어떤 사람인가. 어디 그분이 며느리 눈치를 살피는 평범한 시어머니던가? 그분은 대진 씨에게 속수무책이었던 고 대인의 어머니와 다른 분이었다.

"하물며."

정찬이 흐느끼며 말했다.

"지금은 내 어머니와 오라버니가 모두 돌아가신 데다 그쪽은 내가 죽기만 바랄 거다. 두 해 전에 황상께서 진가 자손들이 불효한다면서 작위를 박탈하고 가산을 몰수하셨으니, 내가 의지할 데가 어디 있느냐. 이번 일을 기회 삼아 한차례 위세를 보여줘야 이곳 사람들이 감히 나를 무시 못 할 게 아니냐! 다시는 나를 말리지 말거라. 너도 비굴하게 목숨을 아까워하는 건 아니겠지!"

이렇게 고집을 부리며 자신을 의심까지 하는 주인의 모습에 령아가 황급히 변명하려는 찰나, 바깥에서 하화가 목소리를 높여 인사하는 소리가 들려왔다.

"셋째 나리, 아, 나리 오셨습니까!"

방 안으로 들려오는 목소리에 둘은 깜짝 놀랐다. 령아가 얼른 자리에서 일어나 방 한구석으로 물러났다.

한성이 문을 밀어젖히며 안으로 성큼성큼 들어왔다. 평소와 같은 얼굴로 구들 위에 앉아 있는 아내의 모습을 보자, 그는 저도 모르게 분통이 터졌다.

"이리 멀쩡하면서 어찌 요 며칠간 어머님께 문안드리러 안 온 거요? 넷째의 안사람이 막 집안에 들어와 법도를 세워야 할 때이거늘, 당신이 형님으로서 모범을 보이지 않으니 공연히 나만 큰형님과 둘째 형님께 꾸지람을 들었잖소!"

며칠간 못 보던 남편이 들어오자마자 대뜸 비난을 쏟아내니 고정찬은 저도 모르게 눈물을 뚝뚝 흘리며 구슬픈 목소리로 하소연하기 시작했다.

"나리는 참으로 독하십니다. 이렇게 더운 날에, 제가 원래 몸이 약하단

것도 잘 아시면서 굳이 저더러 뙤약볕을 쐬며 이리 가라 저리 가라 닦달하시는군요! 나리께선 제가 죽길 바라시는 겁니까!"

서른 살이나 된 부인이 아리따운 꽃처럼 연약한 자태를 꾸며대는 건 실로 눈꼴 사나운 짓이었다. 한성이 퍼렇게 핏대를 세우며 호통쳤다.

"당신 혼자만 더운 게 아니오. 둘째 형수는 회임한 몸으로도 어머니께 가잖소. 하물며, 어머니 방에는 얼음 대야도 수두룩한데 당신이 더위 먹을 일이 어디 있다는 게요! 효도가 백 가지 선행에 우선하는 법이오. 과거에는 병든 부모를 위해 겨울에 얼음을 깨고 잉어를 구했고, 가난한 집안에서 어머니를 봉양하기 위해 아이를 땅에 묻으려고까지 했거늘, 당신도 질리도록 책을 읽었을진대 이런 도리 하나 모른단 말이오?!"

고정찬이 가장 듣기 싫어하는 게 이런 거창한 도리였다. 고정찬이 구들에서 벌떡 일어나 큰소리로 욕했다.

"천하에 효자는 나리 하나랍니까? 나리에겐 어머님만 있는 게 아니라, 아내도 있습니다! 제 아버지는 나리보다 훨씬 인내심이 강했고, 제 큰 이모님을 아끼실 줄도 알았습니다. 아내를 위해서라면 뭐든 기꺼이 하셨지요. 옛말에 백 년은 수양해야 베개를 맞댈 부부의 연을 맺게 된다 했습니다. 저야말로 나리께서 가장 귀애하고 아껴야 할 사람입니다. 그런데 나리는 그저 효도만 생각하고, 아내의 괴로움에 대해선 신경도 안 쓰시지요. 그러고도 사내라 할 수 있습니까!"

한성은 관자놀이를 문질렀다. 그는 정말로 이해할 수가 없었다. 어머니께 문안 인사를 드리고 효도하는 것은 마땅할 지켜야 할 도리이다. 어느 누구도 이에 대해선 토를 달 수 없거늘, 자기 아내에게만 이르면 마치 닭과 오리가 서로 말이 통하지 않는 것처럼 도무지 소통이 안 되는 것이다.

처음에는 그도 진심으로 고정찬을 좋아했다.

그는 어려서부터 경창대장공주 같은 기 센 여자를 두려워하면서도 온 순한 여자들의 밋밋하고 따분한 모습을 견디지 못했다. 그런데 그 해 잠 국蠶菊[2] 시 모임 때 고정찬의 시를 읽고 대단히 감동한 데다 그녀의 미모 가 서시만큼 아름답다는 소문에 즉각 어머니를 졸라 혼담을 넣었다. 애 석하게도 혼인 후 두 부부의 좋은 시절은 고작 몇 달밖에 가지 못했다. 그 모든 달콤함이 그칠 줄 모르는 다툼으로 바뀐 것이다. 아내는 덜 자란 아이 같았다. 언제나 남들이 자신을 어르고 떠받들어 주길 바랐고, 조금 이라도 뜻대로 되지 않으면 곧바로 울며 소란을 피웠던 것이다.

한성은 자신의 스승이 너무도 부러웠다. 스승의 부인은 시와 노래에 뛰어날 뿐만 아니라 집안도 잘 다스렸다. 게다가 스승의 양옆에는 사람 마음을 잘 헤아려 주는 아리따운 첩실도 두엇 있었다. 얼마나 운치 있고 우아한 나날을 보내시겠는가. 그런데 자신은 어쩌다 이 지경이 되어버 렸을까?

고정찬은 여전히 울고 있었다. 그녀는 울면 울수록 더더욱 분이 치밀 었다.

"서책에는 첩을 정실로 대하지 말라고 되어 있습니다. 그런데도 나리 가 문인이라고 할 수 있습니까? 처소 안에 첩이 넘치는데도 이방二房을 얻으시더니, 중매인을 통해 정식으로 맞이한 정실은 구석으로 제쳐 놓 고 그 천한 것한테서 계속 아이를 보시다니요. 제 아버지가 살아계셨으 면, 필시 나리처럼 행실이 나쁜 사위는 때려죽이셨을 겁니다……."

---

2) 음력 9월 9일 중양절에 머리에 꽂는 국화를 지칭.

한성은 애써 숨을 고르며 구들 옆에 앉아 마음을 가라앉히고 말했다.

"내 말 잘 들어보시오. 어머니는 줄곧 당신을 달가워하지 않으셨소. 엄이랑은 어머니가 직접 들인 사람이오. 스님 체면은 못 세워도 부처님 체면은 세워줘야 한다는 말도 있거늘, 당신이 계속 이렇게 하다간……."

그는 며칠 전에 어머니가 자신에게 했던 말을 떠올라 가슴이 서늘해졌다.

"계속 이렇게 하면 어쩌시겠다는 겁니까?"

고정찬이 단번에 한성의 손을 뿌리치며 냉소했다.

"위풍당당한 공주부에서 휴처라도 하실 수 있다는 말씀이십니까? 어쨌든 저도 녕원후부의 적녀입니다! 나리 가문에서 저를 내칠 수 있을지언정 녕원후 집안을 내칠 수는 없겠지요! 나리도 사내대장부면서 자기 처자식도 지키진 못하면서 걸핏하면 어머님 핑계만 대지 마십시오. 흥! 당시 제 큰 이모님은 칠 년 동안 회임을 못 하셨으나 제 아버지는……."

"그만하시오!"

한성이 참다못해 외쳤다. 그간 효의 차원에서 그는 돌아가신 장인의 잘못에 대해 일언반구 하지 않았다. 오늘은 무더운 날씨에 짜증이 난 탓인지 결국 참지 못하고 비난하듯 말했다.

"당신 아버지는 진가 여식을 만난 탓에 대대로 액운을 겪게 됐소! 대가 끊길 뻔한 건 말할 것도 없고, 자칫하면 가문 자체가 망할 뻔했지. 수십 년간 내려온 저택도 당신의 그 셋째 오라비 때문에 깡그리 불탔잖소! 내가 비록 무능해도 장인어른을 본받진 않을 거요!"

"가, 감히 내 아버지를 비방하다니!"

고정찬이 벌컥 화를 내더니, 탁자 위에 있던 벼루를 들어 한성에게 던졌다.

벼루가 툭 하고 바닥에 떨어지며 먹물이 사방으로 튀었다. 다행히 한성이 민첩하게 피했기에 망정이지 자칫 잘못했다간 그의 머리가 깨질 뻔했다. 흐트러진 머리카락에 눈썹을 치켜세우고 있는 아내의 얼굴에 포악한 기운이 넘쳐흘렀다. 보는 이를 두근거리게 하던 예전의 청초하고 아름다운 모습은 더는 찾아볼 수 없었다. 그런 고정찬을 바라보며 한성이 대로하여 외쳤다.

"당신은 말이 통하지 않는 사람이군!"

그러고는 소매를 휘날리며 문을 걷어차고 나가 버렸다.

더더욱 화가 치민 고정찬은 방 안의 물건들을 눈에 들어오는 대로 집어던지더니, 곧 탁자에 엎드려 훌쩍거리기 시작했다. 령아는 하화에게 물을 길어오라고 분부한 뒤, 조심스럽게 엉망진창이 된 방 안을 정리했다.

고정찬은 한참 뒤에야 눈물을 그치고 고개를 들었다. 고정찬이 이를 갈고 입술을 깨물며 말했다.

"복수할 테다, 반드시 복수하고 말겠어. 부모도, 의지할 데도 없다고 이리 업신여기다니……. 내가 힘든 만큼 그들도 힘들게 할 것이다!"

고정찬과 령아는 목소리를 낮추어 의논했다. 령아가 낮은 목소리로 애원했다.

"마님, 이 은자는 적지 않은 액수입니다. 이걸 내놓으면 수중에 남는 은자가 얼마 안 될 거예요. 마님, 조금만 더 생각해보십시오."

고정찬이 잠깐 생각하다 결연하게 말했다.

"오늘 밤 향씨 어멈에게 여기로 오라고 이르거라. 내가 직접 향씨 어멈에게 분부를 내려야겠구나."

령아는 어쩔 수 없이 알겠노라 대답했다.

이날 밤, 령아는 문간방 어멈을 매수해 방문객을 들여보내달라 부탁했다. 문간방 어멈은 자주 셋째 마님을 뵈러 들르던 향씨 아낙이 온 것을 보고, 아무 의심 없이 은자를 받고 그녀를 들여보내주었다.

향씨 어멈은 겨우 마흔 살에 불과했으나 벌써 머리가 하얗게 세어 있었다.

그녀의 늙수그레하고 초췌한 모습을 보고, 고정찬이 전에 없는 관심을 표하기 시작했다. 그러나 평소에는 걸핏하면 나오던 눈물이 아무리 애써도 나오지 않아 소매로 얼굴을 가리며 우는 시늉을 해야 했다.

"향씨 어멈, 요 몇 년간 고생이 많았군."

향씨 어멈이 바닥에 엎드려 울며 하소연했다.

"아가씨께서 가엾이 여겨 주신 덕에 잘 지내고 있습니다. 다만 태부인의 자애로운 은혜와 일찍 떠난 제 남편과 시어머니가 자꾸 떠오릅니다. 저, 저는…… 정말이지……."

그녀의 대답에 심히 만족한 고정찬이 미소를 지으며 말했다.

"어머니는 평소에 자네를 가장 신뢰하셨지. 지금 보니, 자네 집안은 모두 좋은 사람들 같네. 지금 내가 의지할 수 있는 건 자네와 자네 집안의 형제들뿐일세. 이, 이 집안사람들은 모두 나를 괴롭히고……."

말하던 와중에 고정찬은 또 저도 모르게 울음을 터뜨렸다.

향씨 어멈이 바닥에 엎드려 대성통곡했다.

"아가씨, 너무 과분한 말씀이십니다! 태부인께서 저희 집에 베푸신 은혜는 저희 모자가 일만 번 죽어도 다 못 갚을 것입니다. 아가씨가 얼마나 귀한 분이신데요. 태부인께서 애지중지하며 기르신 분인데, 한가가 사리 분별을 못 해 제대로 대접하기는커녕 수모를 주고 있다니 참으로 천 번을 죽여도 시원치 않을 집안입니다!"

이 말에 고정찬은 속이 다 시원해졌다. 그만 몸을 일으키라는 말도 건네지 않는 주인을 보고, 령아가 대신 조용히 말했다.

"어멈, 어서 일어나세요. 청석판에 오래 꿇어앉아 있다간 몸이 상할 거예요."

고정찬이 입을 열기도 전에, 향씨 어멈이 하하 웃으며 손을 내저었다.

"상하긴요, 아무렇지도 않습니다! 아가씨를 뵐 수 있는 것만으로도, 저는 꿀을 맛본 것보다 더 달콤한 기분이 듭니다. 아가씨 앞에 잠시 꿇어앉아 있는 건 바깥에서 누워 있는 것보다 더 편안합니다! 우리 아가씨가 어떤 분입니까. 아가씨가 막 태어나셨을 때 태부인께서 사주를 보셨는데, 아가씨는 원래 서왕모를 모시던 선녀였고 은혜를 갚으러 이 세상에 오신 거라 했습니다. 고 대인께서도 그 말을 믿으셨지요. 설사 지금은 조금 힘드시더라도 결국 고생 끝에 낙이 올 것입니다."

고정찬은 마치 혼인하기 전의 시절로 되돌아간 듯했다. 위로는 자신을 애지중지 아끼는 아버지가 있고, 아래로는 못 하는 게 없는 어머니가 있고, 주위에는 온통 자신을 떠받드는 하인들이 있던 시절 말이다. 득의양양해진 고정찬은 교만한 기색으로 살며시 소매를 흔들며 귀족적이고 거만한 웃음을 지었다.

"그만 일어나게. 령아야, 앉을 자리를 마련해주거라."

령아가 얼른 작은 걸상을 가지고 왔다. 향씨 어멈이 걸상 모서리에 살짝 몸을 걸쳤고, 고정찬이 곧 입을 열었다.

"향씨 어멈, 그 일…… 확신할 수 있는가……?"

향씨 어멈이 얼른 대답했다.

"원래는 저도 감히 뭐라 말씀드릴 수 없었습니다. 허나, 근자에 촉 지방에서 녕원후 나리가 부적절한 행동을 하고 있다는 소식이 자주 들려오지 않습니까? 허 대인이 지금 이때라고, 쇠뿔도 단김에 빼자고 하시더군요."

고정찬은 정사에 어두웠지만, 촉왕이 고정엽에게 불만이 많더란 소문은 대충 들어 알고 있었다. 이에 고정찬이 웃으며 말했다.

"그렇군. 참으로 잘됐네! 흥, 고정엽이 어머니를 죽음으로 몰아넣고, 내 조카들까지 독살한 일은 절대 용납할 수 없네. 한씨 집안이 겁이 많아 아무것도 하려 들지 않는 게 한이었거늘. 상소가 올라갔을 때 그가 세상 사람들에게 어떤 손가락질을 당할지 두고 보세!"

령아는 내심 쓴웃음을 지었다. 고 태부인처럼 총명하고 능력 있는 사람이 어쩌다 자기 딸을 이리 세상 물정 모르는 천진한 아가씨로 키웠는지 도무지 이해하기 힘들었다. 한창 황제의 중용을 받고 있는 봉강대리가 어찌 그런 허무맹랑한 죄명 때문에 '세상 사람들의 손가락질'을 당하겠는가? '세상 사람들'이 어디 그리 한가하단 말인가.

고정찬이 소매에서 서신 하나를 꺼내 향씨 어멈에게 건넸다.

"이건 내가 친히 쓴 서신일세. 허 대인에게 전해주게나. 일이 성사되면 내가 따로 후하게 사례를 하리라 전하게."

향씨 어멈은 공손하게 두 손으로 서신을 받아 들고, 몇 마디 분부를 더 들은 후 바삐 길을 나섰다.

그날 밤, 고정찬은 유난히 다디단 잠에 빠져 꿈을 꾸었다. 자신의 어머니와 오라버니가 억울함을 풀고, 황제가 고정엽을 옥살이시키다 변방으로 유배시키고 영원히 경성으로 돌아오지 못하게 했다. 그 성가 여인은 교방으로 보내져 매일 교태를 부리며 사내들의 시중을 들었다. 자신은 예전의 존귀한 고씨 집안 아가씨로 돌아와 있었고, 시어머니와 남편은 그런 그녀에게 감히 밉보일 짓을 못 했다. 당연히 그 엄씨 성의 천것도 잘 지낼 리 없었다. 엄 이랑은 가장 천한 매음굴에 팔려 갔고, 그녀가 낳은 아이들도 외지로 팔려 가 종살이를 하게 됐다⋯⋯.

이렇게 한창 단꿈을 꾸고 있는 와중에, 별안간 바깥에서 쿵쾅대는 시끄러운 소리가 들렸다. 퍼뜩 잠에서 깬 고정찬은 한 무리 사람들이 우르르 방 안으로 들어오는 것을 보았다. 겁에 질린 그녀는 침상 구석으로 몸을 웅크렸다. 삼삼오오 건장한 몸집의 어멈들이 일제히 그녀에게 달려들더니 그녀를 꽉 붙든 채 손을 묶고, 다리를 묶고, 그녀의 입을 틀어막았다.

고정찬은 힘껏 머리를 치켜들고, 두 다리로 발길질하며 버둥거렸다. 그런 고정찬의 눈에 문가에 서 있는 낯익은 여인의 그림자가 들어왔다. 바로 경창대장공주의 최측근 반㵎씨 어멈이었다.

반씨 어멈이 싸늘한 목소리로 말했다.

"셋째 마님께서 발작을 일으키셨으니 얼른 후원의 조용한 방으로 옮기고, 치료할 의원을 부르거라."

고정찬이 죽을힘을 다해 머리를 흔들어 입에 물려진 헝겊 조각을 뱉어 내고 고함을 지르려던 찰나, 문득 반씨 어멈 손에 쥐어져 있는 서신 봉투가 눈에 들어왔다. 바로 몇 시진 전에 고정찬 자신이 향씨 어멈에게 주었던 그 서신이었다! 고정찬은 아연실색했다.

반씨 어멈이 그런 그녀를 바라보며 냉랭하게 말했다.

"앞으로 셋째 마님께선 병 치료에 전념하시고 다시는 글을 쓰지 마십시오."

고정찬은 즉각 반씨 어멈의 말뜻을 알아들었다. 고정찬은 일순 멍하니 있다가 곧바로 실성한 사람처럼 날카로운 비명을 지르기 시작했다.

"향씨 어멈을 어찌한 것이냐? 령아, 령아는 어디 있느냐? 너희가 어찌

감히! 내 아버지는 녕원후 나리셨고, 나는 고씨 집안의 적녀다! ……너
희 천하디천한 아랫것들이 어찌 감히 이리 무례한 짓을 하느냐! 령아야,
령아야, 얼른 나오거라!"

어멈들은 고정찬의 말을 무시하고, 여럿이 손을 움직여 그녀를 꽁꽁
묶었다. 한참 발버둥 치던 고정찬은 극도의 공포에 질려 아무렇게나 소
리치기 시작했다.

"……나리, 저는 모르는 일입니다. 저는 아무것도 모릅니다. 그 서신
은…… 령아에게 물어보십시오……. 필시 그 아이가 제멋대로 벌인 짓
입니다. 그렇지요, 그 아이가 절 위해 분풀이를 할 생각이었나 봅니다.
그 아이도 글을 쓸 줄 아니까요……."

순식간에 고정찬의 입이 틀어막혔다. 고정찬은 더는 아무 말도 할 수
없었다.

• • •

본채 큰방의 창과 문을 단단히 걸어 잠그고, 한씨 집안 부모와 아들 이
렇게 세 명이 모여 있었다. 경창대장공주의 손에는 얇은 종이 몇 장이 들
려 있었다. 거기에는 한성이 평소 익숙하게 봐왔던 자기 아내의 필체가
쓰여 있었다.

"어떠십니까? 그 화근을 남겨 둬선 안 된다고 진작 말했는데 당신 아
들이 미색에 연연하다 이런 일이 벌어졌습니다. 두 사람, 더 할 말 있습
니까?"

경창대장공주가 느긋하게 서신을 흔들며 말을 이었다.

"그나마 며느리가 아둔해서 망정이지, 만약 조금이라도 총명해서 정

말로 언관을 매수해 상소를 올렸다가 나중에 이 일을 들통 나기라도 하면 우리가 녕원후와 어찌 왕래할 수 있겠습니까?"

한성은 이마에 식은땀을 줄줄 흘리며 한마디도 하지 못했다.

한 부마는 예순이 가까운 나이였으나 여전히 목소리가 우렁차고 자세가 꼿꼿했다. 그가 한성의 뺨을 한 대 갈기더니 노기등등한 목소리로 호통쳤다.

"이 불효자식 같으니! 네가 계속 네 모친의 말을 듣지 않더니 하마터면 큰 사달이 날 뻔했구나! 고정엽과 왕선지王璿之는 황상의 명을 받들어 촉 지방에 간 것이다. 한 명은 군권을 거두러 간 것이고, 한 명은 행정권과 재정권을 거두러 간 것이지. 둘이 거기서 하는 행위는 모두 황상의 뜻이거늘 그런 사람들에게 미움을 사서 되겠느냐!"

경창대장공주가 천천히 말했다.

"남들은 몰라도 우리는 안다. 당시 녕원후부에 큰불이 났을 때, 황상께서는 녕원후 대신 화를 내시며 네 장모에게도 벌을 내리려 하셨다. 그런데 태의 말이 네 장모가 앞으로 살날이 며칠 안 남았다 하여 녕원후가 황상께 그냥 편안한 임종을 맞게 돼 주십사 청한 게야……. 그런데 그게 어찌 네 처 입에서는 녕원후가 계모를 죽음으로 몰아넣었다는 애기로 탈바꿈되는지 모르겠구나. 흥, 참으로 황당무계하지 않으냐!"

말을 마친 경창대장공주가 또 자조적인 웃음을 지었다.

"그것이 그리 아둔한 것을 내가 그땐 왜 알아차리지 못했는지 우습기만 하구나."

한 부마가 그 서신을 응시하며 성을 냈다.

"고정위의 아들, 딸 이야기도 있구나. 그 사건은 진즉에 종결된 것 아니냐? 여 각로가 친히 아문에 보내 버린 그 소박맞은 방 씨도 이미 자백했다. 고 태부인 때문에 위험에 빠지게 된 원한을 갚기 위해 그랬다고.
더구나 녕원후의 전처 여 씨가 지아비를 저버리고 서방질한 추문까지
끄집어낼 뻔하여 대리시의 몇몇 대인들이 깜짝 놀라 서둘러 사건을 종
결시켰다. 그런데 네, 네 처가 어찌 이런……."

한성은 천천히 이마의 식은땀을 닦았고, 차츰 침착한 표정을 되찾았
다. 그가 낮은 목소리로 말했다.

"다 소자의 잘못입니다. 이런 아내는 소자도 더는 필요하지 않습니다.
앞으로 어떻게 하시든 아버지와 어머니 말씀에 따르겠습니다."

"이런 안채 일에 네가 끼어들 필요는 없지."

경창대장공주가 잘 관리된 섬세한 열 손가락을 펼쳐 그 서신을 집어
들더니 촛불 위에 가볍게 대어 불을 붙이고 바닥으로 던져 버렸다. 불꽃
이 순식간에 얇은 종잇장을 삼켰다. 잠시 후 바닥 위에는 조그맣게 뭉친
거무스름한 종이 재만 남았다.

"녕원후 댁에서는 그저 휴처만 하지 않는다면, 그리고 고씨 집안 규수
의 명성만 해치지 않는다면 다른 건 개의치 않겠다더구나. 나와 네 아버
지도 독한 사람은 아니다. 어쨌든 정식으로 혼례를 치르고 들어온 사람
이 아니냐. 앞으로 네 처는 후원의 조용한 방으로 보내어 밖으로 못 나가
게 하자구나."

한성은 후원의 귀신 집 같은 그늘지고 습기 찬 그 방과 괴팍한 성정의
무뚝뚝한 어멈들이 지키고 선 정경을 상상하자 저도 모르게 안쓰러운
마음이 들었다. 무더운 여름임에도 불구하고, 그는 불현듯 늦가을 같은
으스스한 한기가 드는 느낌이 들었다. 코끝에 문득 은은한 국화 향기가
느껴졌다. 그해 가을, 온 산과 들에 만개했던 국화꽃을 떠올리게 하는 향
기였다. 그날의 시 모임에서 처음으로 고정찬의 시구를 읽었을 때처럼

황홀한 기분이 들었다.

경창대장공주가 살며시 한성을 잡아끌며 부드러운 목소리로 말했다.

"아들아, 괜히 너를 고생시켰구나. 네 잘못된 혼사로 적지 않은 일들을 그르쳤어. 이번만 지나고 나면, 더는 그 아이를 생각하지 말고, 너 자신의 앞날만 생각하거라."

아까의 국화 향기가 별안간 자취를 감추었다. 한성은 고개를 끄덕이며 냉정하게 대답했다.

"어머니 말씀대로 하겠습니다."

어쩌면 그건 환각에 불과했는지도 모른다. 어쩌면 그는 배필을 잘못 맞아들였는지도 모른다.

• • •

한부韓府 동편 처소의 정방. 엄 이랑이 온화한 손길로 곤히 잠든 어린 아들을 어루만지고 있었다. 살며시 이불을 잘 덮어 주고 난 후 엄 이랑은 몸을 돌려 뒷방에서 나왔다. 초간에 이르자 방 한구석에 서 있는 어둑한 인영이 눈에 들어왔다.

"수고했다."

엄 이랑이 탁자 위에서 은자 주머니를 집어 들어 그림자에게 건넸다.

그림자가 뒤로 한발 물러섰고, 곧 나지막한 여자 목소리가 흘러나왔다.

"소인은 감히 받을 수 없습니다. 그저 엄 이랑께서 큰 자비를 베푸시어 저를 저택 밖으로 나가게 해주시길 바랄 뿐입니다."

엄 이랑이 웃으며 은자 주머니를 내려놓았다. 그녀는 아담하고 요염

한 외모에, 달콤한 말투를 가지고 있었다. 달콤함과는 하등 관계없는 내용을 말할 때조차도 달콤하게 들릴 정도였다.

"정말 네 말대로더구나. 거기 따라갔던 몇몇 어멈들이 돌아와서 하는 말이, 네 그 주인마님이 입을 틀어 막히기 직전에 난동을 부리며 죄를 네게 떠넘겼다더구나."

부드러운 밤바람에 방 안의 등불이 흔들렸다. 어른거리는 불빛에 어렴풋하게 얼굴이 비치며 하얀 계란형 얼굴에 청초하고 수려한 눈매가 드러났다. 놀랍게도 령아였다!

령아는 아무 말도 하지 않았다.

그래도 엄 이랑은 얘기가 하고 싶었던 모양인지 천장을 바라보며 천천히 말을 이었다.

"그해 셋째 마님 주변에 있던 쌍아雙兒가 나를 밀쳐서 내 배 속에 품고 있던 아들을 유산하게 했지. 상심하여 죽을 지경이었으나 도저히 증거를 잡을 수가 없었다. 만약 셋째 마님이 쌍아를 위해 몇 마디 해주었다면, 아마 그 아이도 목숨은 부지할 수 있었을 게야……. 허나, 셋째 마님은 한마디도 하지 않았지. 아아, 어쨌든 사람 목숨이거늘 공주마마가 내린 곤장에 맞아 죽었지……. 그리고 전에 있던 민아敏兒, 량아良兒도……다 죽어버렸구나."

령아는 여전히 말이 없었다.

엄 이랑이 문득 고개를 돌려 령아를 바라보더니 미소를 지으며 물었다.

"지금은 너도 말할 수 있겠지. 그때 쌍아가 네 주인마님을 위해 스스로 나선 것이냐, 아니면 네 주인마님이 시킨 것이냐?"

싸늘한 표정의 령아가 그보다 더 싸늘한 목소리로 답했다.

"엄 이랑께서도 진작 알고 계셨던 아닙니까? 제게 또 물으실 필요가 있으신지요. 그래도 저는 엄 이랑이 대단히 존경스럽습니다. 그때 그렇게 고생을 하셨는데 그걸 다 견디셨으니까요."

엄 이랑은 살며시 쓴웃음을 지었으나 그래도 목소리는 여전히 흐르는 물처럼 맑고 감미로웠다.

"달리 무슨 방도가 있었겠느냐, 나는 네 마님처럼 팔자가 좋지도 않으니 그저 견딜 수밖에 없는 게지. 휴, 나리께선 마님께 그래도 정이 있으셨지. 만약 네 마님이 조금만 덜 소란을 피웠다면 나 같은 건 별 필요도 없었을 것이야."

예전의 고초를 떠올리자 엄 이랑은 당시의 쓰라린 마음이 쑥 올라와 한참 멍하니 있었다. 그러다 별안간 고개를 들더니 령아를 바라보며 물었다

"마지막으로 한 마디만 묻자. 넌 이런 짓을 했는데 주인에게 죄송스러운 마음이 들거나 양심에 걸리지 않느냐?"

령아가 갑자기 고개를 들더니 이글거리는 눈빛으로 한 자 한 자 똑똑히 대답했다.

"저는 일곱 살 때부터 마님 곁에서 시중을 들었습니다. 이제 스물일곱이니, 꼬박 이십 년이 되었군요. 그동안 단 한 번도 마님께 죄송할 일은 한 적 없습니다. 그럴 생각도 못 했지요. 쌍아 언니가 숨을 거두기 전에 제게 말했습니다. 자매들 가운데 오직 저 하나만 남았다고요. 주인의 은혜는 갚을 만큼 다 갚았으니 저더러 앞으로는 자기 자신만 생각하라 했습니다."

령아의 대답에 엄 이랑은 일순 멍해졌다.

령아의 목소리에는 조금의 감정도 실려 있지 않았다.

"요 며칠간, 저는 마님께 더 위험해지기 전에 그만 정신 차리시라 수없이 말씀드렸습니다. 한마디 한마디 모두 마님께 좋을 말들이었고, 제 진심에서 우러나온 말이었습니다. 조금이라도 거짓이 있었다면, 당장 날벼락을 맞아 처참하게 죽어도 좋습니다!"

령아는 마치 오랫동안 쌓인 탁한 기운을 모조리 뱉어내기라도 하듯 길고 긴 한숨을 쉬고 난 뒤 똑바로 상대방을 응시하며 말했다.

"……됐습니다. 그 얘긴 그만하겠습니다. 엄 이랑, 대답하시지요. 저를 놓아주실 겁니까, 마실 겁니까?"

엄 이랑이 지그시 령아를 바라보았다.

"나가자마자 내게 모든 걸 덮어씌우진 않겠지?"

령아가 쓸쓸하게 대답했다.

"주인을 배반한 자가 하는 말을 누가 믿겠습니까?"

• • •

하늘이 어슴푸레 밝아오고 있었다. 공주부 후문에서 그리 멀지 않은 곳에 잿빛 휘장을 드리운 마차가 한 대 서 있었다. 마차 앞머리의 마부자리에 앉아 있는 한 청년이 안절부절못하며 공주부의 동정을 살피고 있었다. 잠시 후, 그가 기쁘게 외쳤다.

"옵니다, 와요. 어머니, 그 사람이 왔어요!"

그 소리에 마차 안에서 머리가 하얗게 센 부인이 고개를 내밀었다. 향씨 어멈이었다. 가만히 앞을 응시하던 그녀가 외쳤다.

"아, 그 아이가 왔구나!"

가시나무 비녀를 꽂은 수수한 차림새의 령아가 간소한 보따리를 안고 공주부의 작은 후문으로 나와 느릿하게 마차 곁으로 걸어왔다. 향씨 어멈이 흐느끼며 말했다.

"착한 것, 드디어 나왔구나. 우리 모자가 밤새 기다렸단다. 행여……
행여 무슨 일이 생겼을까봐……."

"됐어요, 그만 말씀하시고 우리 얼른 가요."

이에 아까의 그 청년이 싱글벙글 웃으며 얼른 마차에서 뛰어내리더니 다정하고 세심한 손길로 령아를 부축해 마차에 오르게 했다. 그러고는 말을 채찍질하여 재빨리 그 자리를 떠났다.

마차 안에서 향씨 어멈이 령아의 손등을 어루만지며 눈물이 그렁그렁 맺힌 눈으로 웃었다.

"그 사람들이 너를 놔주지 않을까 두려웠단다. 과연 천지신명이 보우하셨구나……. 그렇게 고생하더니……."

"저도 두려웠어요."

령아가 향씨 어멈의 품을 파고들며 조용히 말했다.

"하지만 제가 엄 이랑에게 이렇게 말했어요. 만약 제가 공주부 안에서 죽는다면, 온 경성에 엄 이랑이 정실부인을 해치고 온갖 악행을 저질렀다는 소문이 날 거라고요. 저는 일개 계집종에 불과해서 이 대단한 공주부를 해칠 순 없지만, 엄 이랑의 평판을 해치는 것쯤은 어렵지 않다고도 했고요."

향씨 어멈이 손뼉을 치며 웃음을 터뜨렸다.

"그렇고말고. 지금 마님이 내쳐지고, 엄씨 집안 남자들이 모두 관직을 얻게 되었으니 엄 이랑이 정실 자리를 탐내지 않을 리가. 한 치라도 말썽을 일으켜선 안 될 때지."

잠시 후 그녀가 또 한숨을 쉬며 말했다.

"네가 보기에 정찬 아가씨는 얼마나 더 버티실 수 있을 것 같으냐?"

령아가 참담한 표정을 지었다.

"아가씨의 성정을 생각하면, 그리 오래는 못 버티시겠지요."

온실 속 화초 같은 고정찬은 그런 괴롭고 고된 나날을 절대 버티지 못할 것이다.

향씨 어멈이 령아의 어두운 낯빛을 보고 위로하며 말했다.

"너는 개의치 말거라. 아가씨 성정은 나도 잘 알지. 이번 일은 우리가 돕지 않아도, 그분이 알아서 방도를 생각해 내실 게다. 그때까지 기다리다간 넌 억울하게 죽은 귀신이 될 뿐이야."

"저는 후회하지 않아요."

령아가 머리를 가로저으며 무심하게 말했다.

"계속 마님 곁에 있어 봤자 한 가지 결말밖에 없는걸요. 저, 저는 아직도 정연 아가씨 일을 기억하고 있어요."

오래전에 시집가서 친정과도 왕래하지 않는 고부의 큰아가씨 이야기가 나오자 향씨 어멈은 즉각 흥분하여 손바닥으로 다리를 몇 번이나 치며 대꾸했다.

"그렇지! 진가 사람은 하나같이 다 고약했다! 노인네들이 하는 말씀을 들은 적 있지. 정연 아가씨의 어머님은 주인마님께 늘 충심을 다했다고. 원래는 좋은 혼처가 정해져 있었다지. 그런데 그 약골 마님이 죽을 때가 돼서 그런 못된 짓을 할 줄 누가 알았겠느냐! 백 씨를 괴롭히고 싶어서, 또 정욱 도련님을 돌봐줄 사람이 필요해서 그만…… 아이고…….'

향씨 어멈은 요절한 구 이랑을 떠올리자 더더욱 화가 치밀었다.

"진가 것들은 사람을 필요할 때만 쓰고 버리기 일쑤다. 처음에는 온갖 감언이설을 하더니 고 태부인이 시집오자마자 바로 정연 아가씨 모

472

녀를 눈엣가시 보듯 대했지. 아, 가련한 정연 아가씨. 고 태부인이 고 대인을 꼬드겨 그 먼 데로 시집보내 버렸으니, 평생 다시 경성에 돌아올 수 있을지 없을지도 모르겠구나!"

령아가 연신 고개를 끄덕이며 조용히 말했다.

"우리 같은 아랫것들이야 주인들 눈에는 쓸모 있을 때는 쓰고, 쓸모없어지면 버리는 물건이나 다름없겠죠."

여기까지 말을 마친 령아는 문득 뭔가가 떠올라 향씨 어멈의 무릎을 주무르려 했다.

"계속 관절염이 있으셨잖아요. 어젯밤에도 한참 꿇어앉아 계셨는데 아프지 않으세요? 제가 주물러 드릴게요."

령아의 손이 무릎에 닿자 향씨 어멈이 가볍게 신음소리를 냈다. 향씨 어멈이 노기등등한 목소리로 욕하기 시작했다.

"두 모녀가 아주 똑같다! 한 번도 아랫것들을 사람으로 본 적이 없지! 우리 식구들은 평생 그들을 위해 목숨 바쳐 일했다. 내 바깥양반은 그들이 벌인 일 때문에 맞아 죽기까지 했어. 시어머님이 돌아가셨을 때 고 태부인은 우리 모자에게 설명 한마디 없이 힘들겠지만 계속 수고하라는 말만 하더구나! 퉤!"

"그만하세요. 이미 다 지나간 일이에요. 우리 얼른 경성을 떠나서 조용한 지방으로 가서 정착해요."

령아가 말했다.

"이 은자가 있으니 어쨌든 먹고 살 걱정은 없을 거예요."

향씨 어멈이 웃으며 말했다.

"아무렴, 아무렴."

그러다가 또 문득 걱정스럽게 말했다.

"공주마마가 우릴 봐주실까? 마음이 바뀌시진 않겠지?"

령아가 활짝 웃는 얼굴로 대답했다.

"공주마마의 묵인이 없었다면, 엄 이랑이 이런 일을 벌일 수 있었을 것 같으세요?"

향씨 어멈이 깜짝 놀랐다.

"역시 공주마마께서 정찬 아가씨를 정리하려는 것이냐?"

"만약 마님께서 잘하셨다면, 공주마마도 그분을 내칠 필요는 없었을 거예요."

령아가 냉랭하게 말했다.

"마님이 굳이 셋째 나리를 부추겨서 공주마마를 거스르게 하니까 공주마마도 이 며느리는 못 쓰겠다 하신 거죠. 다만, 고 태부인이 돌아가신 뒤라 공주부가 상황에 따라 태도를 바꾼다고 입방아에 오르내릴까 걱정되기도 하고, 고가의 권세도 두렵고 하니까 바로 손쓰지 못하고 이리 오래 미루게 된 게지요."

"아이고, 참 총명하기도 하지!"

향씨 어멈이 몹시 기뻐하며 령아를 껴안았다.

"앞으로 우리 한 식구가 되어 잘살자꾸나."

자기 몸을 낮추는 데 익숙한 령아가 감사한 표정으로 말했다.

"제가 청이보다 두 살이나 많은데도 저를 꺼리지 않으시니 감사할 따름이에요. 앞으로 제가 꼭 어, 어······."

령아가 수줍기 그지없는 표정으로 얼굴을 붉혔다.

향씨 어멈이 생긋 웃으며 말했다.

"망설이지 말고 불러보거라."

고부에서 산해진미를 맛보던 예전 같았다면, 향씨 어멈에겐 령아가

며느릿감으로는 성에 안 찼을 것이다. 그러나 요 몇 년간 곤궁해지고, 장사를 하다 남에게 속기도 하고, 고된 일을 하다가 수모도 겪으며 한동안 어려운 생활을 하다 보니, 집안에 유능한 며느리가 있어야만 한다는 사실을 드디어 깨달은 향씨 어멈이었다.

령아는 총명하고 유능하며, 일편단심으로 자기 아들을 좋아한다. 친지가 없으니 자신들 말고 의지할 사람도 없다. 게다가 그녀는 나이도 많아서 남편이 자신을 원하지 않으면 어쩌나 두려워하며 시어머니인 자신에게 배로 잘할 것이 틀림없다.

령아는 득의양양해 하는 향씨 어멈을 가만히 바라보며 속으로 슬며시 미소를 지었다. 그러나 겉으로는 열여섯 살 소녀처럼 수줍어하는 기색을 보이며 온순하게 말했다.

"앞으로는 제가 꼭 어머님을 잘 모실게요."

인생이란 원래 사람이 하기에 달린 것이다. 기운 세고 말 잘 듣는 남편에, 그리 까다롭지 않은 시어머니라. 령아는 자신이 잘 지내지 못하리란 걱정은 들지 않았다.

번외 5

2월의 눈

2월 초봄, 별안간 꽃샘추위가 닥치고 으스스한 한기가 유리막처럼 온 경성 하늘을 뒤덮었다. 밝은 태양이 떠 있어도 한기가 발바닥에서부터 위로 스며 올라오는 날씨였다. 문가에 서서 하늘을 바라보던 하 부인이 한기를 떨쳐내기 위해 발을 동동 구르며 얼른 지룡에 불을 지피라고 어멈에게 분부했다.

"아이들 방에는 화로 두 개를 더 들여놓거라. 계집종들더러 아이들이 감기에 안 걸리게 잘 돌보라고 하고."

그러고는 또 잠시 생각하더니 한마디를 덧붙였다.

"그쪽도 잘 돌보거라. 추위에 병이라도 났다가 또 공연히 말썽부리지 않도록 말이야."

어멈은 웃으며 분부를 받들고, 주인마님의 인자한 덕성 운운하며 칭송을 몇 마디 늘어놓은 다음에야 자리를 떴다. 이때, 비갑을 꼭 여민 어멈이 신나게 달려오더니 복도에 멈춰 서서 방 안을 향해 웃으며 아뢨다.

"마님, 마굿간의 안씨 아범이 한발 먼저 돌아왔는데, 나리께서 벌써 성문 입구까지 오셨답니다. 약재 몇 수레만 점포에 내리시고 나면 바로 돌아오신답니다."

하 부인의 만면이 기쁨으로 물들었다.

"그래도 이번 출타에선 일찍 돌아오시는구나. 가서 아이들에게 아버지가 곧 돌아오신다고 전해라. 아이들이 연습한 글자와 그림들도 내오거라. 나리께 보여드려 기쁘게 해드려야겠구나."

어멈은 싹싹하게 웃으며 분부를 받들고 얼른 자리를 떴다.

멀리 출타했던 남편의 귀가를 앞두고 하 부인은 분주히 움직였다. 우선 뜨거운 물을 준비하고, 피로 회복에 좋은 약초를 목욕물에 풀었다. 깨끗한 속옷과 장포를 준비하고, 구들 침상도 따뜻하게 데워 두었다. 이때쯤이면 남편이 아직 점심 식사를 못 했겠다는 생각에, 부엌에 남편이 좋아하는 음식 몇 가지를 준비하라고 분부했다. 깡충거리며 달려온 아이들은 일단 뒷방의 구들 위에서 기다리게 했다…….

꼬박 반나절을 분주하게 보내고 날이 저물 때쯤, 문밖에서 땀범벅이 된 어멈 하나가 달려왔다. 분노와 경멸로 가득 찬 표정을 한 그 어멈이 입을 열었다.

"마님, 나리께서 돌아오셨습니다. 그런데 그 시끄러운 여인이 또 시작입니다! 그 여인이 보낸 계집종이 문 앞을 지키고 있다가 나리를 뵙자마자 조 이랑이 병으로 다 죽게 생겼다며 나리께서 빨리 가보셔야 한다 울며불며 난리를 쳤지 뭡니까!"

저쪽에서 이런 수작을 부린 건 이번이 처음은 아니었다. 평소라면 하 부인은 상대하기도 귀찮아 내버려 두었을 것이다. 어쨌든 남편은 그쪽을 쳐다보지도 않을 것이기 때문이다. 그러나 눈앞에 눈이 빠지게 아버지가 돌아오길 기다리고 있는 아들, 딸을 보자니 저도 모르게 속에서 부아가 치밀어 올랐다.

하 부인의 친정은 무인 집안이었다. 그녀는 어려서부터 아버지와 오라버니들을 따라다니며 자란 덕에 칼날처럼 날카롭고 사나운 심정을 지니게 되었다. 하 부인은 두말 않고 몸을 돌려 문을 향해 성큼성큼 걸어갔다. 문지방을 넘을 때 두툼하게 솜을 채워 만든 비단 휘장을 힘껏 밀친 탓에 휘장이 문틀에 부딪히며 '퍽' 하고 둔탁한 소리를 냈다.

하가 저택은 작고 아담하여, 전부 해봤자 3진進[1] 반밖에 안 되었다. 하 부인은 몇 걸음 만에 서쪽 곁채의 작은 뜰에 당도했다. 뜰에 있던 하인들이 아뢰기도 전에 하 부인은 성큼성큼 방 안으로 들어섰다. 발을 반쯤 걸어 올리자마자, 하얀 속옷을 걸친 여인이 반쯤 침상에 몸을 기대고 있는 모습이 눈에 들어왔다. 반쯤 풀어헤친 가슴께로 하늘하늘한 분홍색 배두렁이로 받친 반원형의 연분홍빛 가슴이 보였다.

흐트러진 머리칼에 가련한 표정을 한 조 이랑이 한 손으로는 자신의 가슴을 문지르고, 또 다른 한 손으로는 침상 곁의 사내를 꽉 붙들며 애원했다.

"오라버니, 오라버니 마음이 참으로 모질군요. 그간 절 보러 한 번도 오시질 않다니······."

사내는 먼지를 뒤집어쓴 모습에, 목소리에도 피로가 배어 있었다.

"나는 외지에 약재를 구하러 나갔었다. 그러니 어찌 너를 보러 올 수 있겠느냐?"

조 이랑이 눈물이 그렁그렁한 두 눈으로 그를 응시했다. 그녀가 더욱 간드러진 목소리로 애원했다.

---

1) 고대 저택의 규모를 세는 단위, 1진進은 담장으로 구획된 저택 한 채를 이름.

"그럼 그전에는요? 제가 뻔뻔하게 나오지 않으면 오라버니께선 저를 아예 쳐다보려고도 하지 않으셨을 거잖아요! 혹여 제가 죽더라도 아무도 모르겠지요!"

그가 한 손으로 그녀의 맥을 짚으며 심드렁하게 말했다.

"네 몸은 아무 이상이 없구나. 약간 울결된 것뿐이니 이를 풀어주면 약을 먹으면 될 게야."

죽느니 사느니 하는 소리를 그간 질리도록 들은 터라 그도 많이 무뎌진 상태였다.

조 이랑은 내심 원망스러운 마음이 들었다. 평범한 남자였다면 모를까, 하필 그는 명성 높은 일류 의원이었으니 꾀병을 부리고 싶어도 부릴 수가 없었다. 몸을 일으켜 자리를 뜨려는 그를 보고 조 이랑이 얼른 그의 소매를 잡아끌며 울부짖었다.

"오라버니, 저를 가엾이 여겨주세요!"

그러고는 그의 몸에 반쯤 매달리다시피 엉겨 붙어 조용히 속삭였다.

"……지난해에 이모님께서 돌아가신 후로 오라버니는 저를 보기 싫어하셨지요. 저도 잘못한 걸 알아요. 요 몇 년간 제가 약이니 보양이니 하며 오라버니를 성가시게 했었지요. 그러니 오라버니가 진즉에 질리셨을 만해요. 그렇다고 이 목숨을 끊을 수도 없고, 그저 오라버니와 오랫동안 함께할 수 있기만을 바랄 뿐입니다. 형님은 제가 형님 처소에 단 한 발자국도 못 들어가게 하시니……."

더 들어줄 수 없었던 하 부인은 힘껏 발을 밀치며 방 안으로 들어갔다. 그러고는 단숨에 조 이랑을 그에게서 떼어놓고 힘껏 바닥에 밀친 후 욕설을 퍼부었다.

"이 천한 것! 부끄럽지도 않으냐? 옷섶을 풀어헤쳐 가슴을 드러내다니, 어머님께서 돌아가신 지 몇 달이나 됐다고! 서방님은 아직 수효 중이거늘 이런 수작질로 서방님을 꼬드기려 들어?! 굶주릴 대로 굶주린 모양이로구나. 밖에서 건장한 사내들을 데려와서 네 열을 식혀 달라고 해야겠다! 서방님을 불효자로 만들 수는 없지!"

조 이랑은 원래부터 이 억센 안주인을 두려워했다. 더욱이 이모가 돌아가신 후 자신은 이미 이 안주인이 친히 휘두르는 매질을 당한 적도 있었다. 조 이랑이 시뻘게진 얼굴로 바닥에 엎드려 흐느끼며 말했다.

"······마님, 말씀이 어, 어찌 이리도 험하십니까! 저, 저는 못 살겠습니다······."

그러나 하 부인은 조금도 동정하는 기색 없이 그 자리에서 그녀에게 침을 뱉더니 경멸스럽다는 어조로 말했다.

"네가 얼른 죽었으면 좋겠구나! 죽기를 겁내며 교활한 눈으로 남을 해칠 기회나 노리다니! 어머님이 네게 얼마나 자비를 베푸셨는데 염치도 없이 어머님이 중병을 앓는 틈에 네가 무슨 수작을 부렸더냐?! 그러고도 네가 무슨 낯짝으로 우는 게야! 서방님께 약을 써서 더럽고 천한 계집을 침상에 오르게 하다니, 부정한 씨를 몰래 집에 들여 화를 일으킬 작정이렷다! 어머님은 원래 반년은 더 사실 수 있었다. 그런데 너 때문에 속이 상해서 해도 못 넘기고 돌아가신 게야!"

조 이랑은 얼굴을 가리고 계속 울기만 했다.

"마님, 제가 미우시다면 때리시든 욕하시든 다 상관없습니다. 허나, 억울하게 저를 모함하진 마세요! 저도 하씨 집안을 생각해서 그런 것입니다. 아직껏 오라버니께 아들 하나, 딸 하나밖에 없으니 첩실을 더 들여 자손이 번성하게 하려 했던 것입니다! 저는 쓸모가 없으니 아이를 잘 낳을 만한 여인을 물색한 것인데, 그 여인이 나쁜 마음을 품고 있었을 줄 누가 알았겠습니까. 저도 몰랐던 일입니다……."

대로한 하 부인이 발길질을 하여 조 이랑의 몸이 뒤로 넘어갔다. 하 부인이 호통쳤다.

"흥, 누굴 속이려는 게야! 만약 시할머님께서 일찌감치 대비를 해 두지 않으셨다면, 정말로 네가 바라던 대로 되었겠구나. 그 일 하나만으로도 내가 너를 산 채로 찢어 죽인다 한들 너를 위해 나서 줄 사람은 없을 게다! 너같이 더러운 것이 우리 집안을 돌아다닌다니 땅이 다 더러워지는 기분이다!"

하 부인에게 심하게 꼬집힘을 당하던 조 이랑이 남자의 발치로 몸을 던지려고 했으나 하 부인에게 또 한 번 발길질당하며 바닥에 고꾸라졌다. 조 이랑이 바닥을 구르며 통곡했다.

"오라버니, 제가 이렇게 두들겨 맞고 욕먹는 걸 보기만 하실 겁니까?"

남자는 여전히 담담한 표정으로 문 옆에 서 있었다. 마치 눈앞의 두 여자가 벌이는 육박전이 자신과는 아무 관계도 없다는 듯한 모습이었다.

"그 사람은 주인마님이고, 너는 첩실이다. 주인마님이 너를 훈계하려 하시면, 너는 그저 고분고분하게 받아들여야 하는 게야. ……나는 피곤하니 먼저 가겠다."

그는 말을 마치자마자 몸을 틀어 방을 나가 버렸다.

내심 득의양양해진 하 부인이 큰 소리로 어멈과 바깥의 계집종들을 부르며 말했다. 조 이랑은 자신을 도와줄 사람이 아무도 없음을 알자, 일순 당황한 마음에 하 부인 곁에 꿇어앉아 구해주십사 애걸하려 했다. 그런데 그때 어멈 둘이 뺨을 맞아 붓고 피가 나는 계집종 하나를 끼고 들어왔다. 조 이랑이 저도 모르게 소리를 질렀다.

"추아秋兒야, 어찌 이 지경이 되도록 맞았단 말이냐!"

추아는 현재 조 이랑에게 유일하게 남아 있는 심복 계집종이었다. 조금 전에 문 앞을 가로막고 남자를 조 이랑의 처소로 이끈 계집종이 바로 그녀였다.

하 부인이 조 이랑을 발길질로 떨어트리고, 창가로 걸어가 앉았다. 그러고는 방 안의 하인들을 쭉 둘러보며 천천히 말했다.

"작년에 내가 일렀다. 나는 가차 없는 사람이니 뭐라도 얻어 건질 게 없나 호시탐탐 노리는 짓은 말라고 했지……."

그녀가 바닥에 힘없이 늘어져 있는 추아를 손가락질하며 싸늘한 목소리로 말했다.

"……고작 은덩이 몇 개 때문에 내게 대적하려 들어? 여봐라, 이 계집종이 조 이랑과 사이가 참으로 좋은 것 같으니 이 아이의 노비 문서를 조가에 보내거라!"

추아는 갑자기 온몸이 바들바들 떨리기 시작했다. 조 이랑과 그토록 오랫동안 함께했는데 추아가 어찌 조가 형편을 모르겠는가? 장작불 때기나 밥 짓는 것조차 조가 며느리가 직접 해야 하고, 배불리 먹지도, 따뜻하게 입지도 못할 정도로 조가의 가세는 기울어진 상태였다. 게다가 조가의 나리들은 하나같이 고약하고 파렴치하다. 자신처럼 순결한 소녀가 그곳에 가는 건 양이 호랑이 입속에 들어가는 것과 다름없지 않은가! 노리개처럼 농락당하다 질리면 하루아침에 매음굴로 팔려 가게 될지도 모를 일이었다!

추아는 너무 놀라 당황한 나머지 용서해 달라 애원하고 싶어도 몸이 너무 떨리는 통에 말 한마디 못할 지경이 되었다. 곧바로 어멈 둘이 그런 그녀를 끌고 자리를 떴다.

사방의 하인들은 숨소리 한 번 크게 내지도 못하고 쥐 죽은 듯 조용히 있었다.

"이리로 끌고 오너라!"

하 부인이 위풍당당하게 큰 소리로 외쳤다. 두 어멈이 조 이랑의 팔을 붙들고 앞으로 끌고 왔다.

하 부인이 소매를 두세 번 걷어 올린 후 두툼한 손바닥을 높이 들었다. 곧 찰싹, 찰싹하고 뺨 때리는 소리가 울렸다. 조 이랑은 뺨이 터지고 입술이 찢어지도록 십여 차례 따귀를 맞고는 정신없이 연신 용서를 빌었다.

"……처음에는 나도 네가 좋은 사람인 줄 알았지. 양갓집 규수가 집안의 몰락으로 시골 벽지까지 가서 심하게 고생했다 생각했어. 그래서 좋은 음식을 주고, 예를 갖춰서 잘 대하려고 했단 말이다……."

따귀를 갈기고 속이 시원해진 하 부인은 천천히 소매를 내리며 싸늘한 목소리로 빈정거렸다.

"그런데도 네가 만족을 모르고 욕심을 부릴 줄이야. 원래부터가 추악하고 염치를 모르니 네 체면을 살려주려 해도 그럴 수가 없구나! 그 천한 계집이 침상에 기어 올라간 후 고작 칠, 팔일 만에 진맥을 했는데 어찌 회임 두 달째란 소리가 나왔을꼬?"

하 부인이 작정하고 사람들 앞에서 점점 더 거친 말로 조가를 욕보이기 시작했다.

"흥, 멍청한 척 시치미 뗄 생각은 말거라. 서방님과 내가 진즉에 다 조사를 했다. 그 천한 계집이 하루가 멀다 하고 조가에 가서 네 전언과 빼돌린 물건을 전하고, 네 몇몇 형제들과 사통했지. 배 속의 그 더러운 씨가 누구 씨인지는 몰라도 어쨌든 조가의 씨일 것이다. 하하, 이런 식으로 하씨 집안의 가산을 노리다니 너희 조가가 대단한 흉계를 꾸몄구나! 내 말하지만 꿈 깨거라! 시할머님께선 진즉에 다 간파하시고, 네 발로 죽을 길에 들어서길 기다리셨다!"

하 노대부인은 며느리의 목숨이 곧 다할 것 같은 조짐이 보이자 조가가 조바심에 일을 벌이리란 것을 알고 손자며느리인 하 부인을 불러 냉정하게 사태를 지켜보다가 사람과 장물을 모두 확보하라고 일렀다. 그러면 며느리가 임종 전에 무리한 요구를 할 경우도 대비할 수 있을 터였다.

결국 시어머니는 숨을 거두기 전 외조카에게 인정을 베풀어 달라는 요구 외에 다른 이야기는 할 수 없었다. 총명하게 모든 것을 훤히 꿰뚫고 있던 시할머님을 떠올리자 하 부인의 마음속에 다시금 감탄과 존경이 일었다.

계략이 탄로 난 뒤 조가는 한동안 침묵을 지키며 감히 모습을 드러내지 못했다. 그런데 고작 몇 달 만에 그 고약한 습성이 되살아날 줄이야. 하 부인은 계속 숨죽이고 있었지만, 오늘 이 일을 구실 삼아 조 이랑을 처리할 작정이었다.

"고분고분하게 굴어야 할 게야. 어머님께서 임종 전에 너를 잘 돌보라고 당부하셨지! 나와 서방님은 네가 부족함 없이 지내도록 하겠다고 약조했다. 허나, 네가 다시 엉뚱한 생각을 품었을 때는 모르지. 성 밖에 널린 게 암자이고, 지독한 주지 스님도 널렸다. 너를 처리할 방도는 얼마든지 있다는 걸 기억해라!"

한바탕 욕을 퍼붓고 으름장을 놓고 나니 속이 훨씬 후련해진 하 부인은 훌쩍거리는 조 이랑을 침상 위로 옮기게 한 뒤, 그녀에게 '쓸 만한' 계집종 두 명과 '법도를 잘 아는' 어멈 하나를 새로 지정해주었다.

만족스러운 기분으로 자신의 처소에 돌아오자, 이미 목욕을 마치고 구들 위에 앉아 아들, 딸과 웃고 떠드는 남편의 모습이 눈에 들어왔다. 어린 아들은 삐뚤빼뚤한 글자가 쓰인 종이를 들이밀며 아버지에게 칭찬을 조르다가 또 깔깔거리며 아버지의 어깨 위로 기어올랐다. 얌전한 장녀는 구들 곁에 앉아 작은 두 다리를 흔들며 최근 읽은 『황제내경黃帝內經』2)에 관해 아버지와 일문일답을 나누고 있었다. 남편은 한시도 가만 있지 않고 몸을 비트는 아들을 안고, 자랑스럽다는 눈빛으로 딸을 바라보고 있었다.

하 부인의 마음은 온기와 기쁨으로 가득 찼다.

"요 원숭이 같은 녀석들, 그만하거라!"

하 부인이 짓궂게 웃으며 말했다.

"너희 아버지는 아직 식사도 못 하셨어!"

그녀가 구들 곁에 다가가자 어린 아들이 덩굴을 타듯 그녀에게 엉기더니 아기처럼 칭얼댔다.

"어머니, 저랑 누나가 아버지를 모시고 식사할게요. 제가 아버지한테 요리도 집어 드리고 술도 따라 드릴게요."

"어휴, 네가 있으면 네 아버지가 편히 식사할 수 있겠느냐? ……됐다. 숙이야, 요 쪼끄만 장난꾸러기 동생을 데리고 돌아가거라!"

숙이는 몸을 돌려 입을 가리고 살짝 웃고는 동생의 귀를 잡고 질질 끌며 나갔다.

부부가 미소를 지으며 아들과 딸이 문을 나서는 모습을 지켜보았다. 하 부인은 곧장 어멈에게 분부하여 구들 위에 탁자를 놓고 음식들을 대

---

2) 중국 전통의학이 체계적으로 발전하는 데 기초가 된 중국 대표 의학서.

령하게 했다. 그러고는 직접 남편에게 잘 데워진 황주를 한 잔을 따라 주었다.

"서방님, 이번 출타는 순조로우셨습니까?"

하 부인은 간식을 먹은 지 얼마 안 된 터라 식사는 하지 않고 그의 맞은편에 앉아 말동무가 되어 주었다.

"보안당保安堂의 황 의원이 두어 번 찾아왔었습니다. 처방전에 대해 서방님과 의논하고 싶으시다더군요. 엄국공부嚴國公府에서도 전갈이 왔습니다. 저번에 서방님이 처방해 준 환약 덕에 그 댁 노마님과 어르신 건강이 많이 좋아졌다며 몇 알 더 만들어 달라고 하더군요. 서방님만 괜찮다면, 앞으로는 자주 집으로 청해 진맥을 받아보고 싶다고도 했고요. 아, 그리고 쌍화雙花 골목의 임林 태의께서 은퇴를 결심하셨다며 서방님더러 다시 생각해보라고 하셨어요. 그분께서 서방님을 태의원에 추천하시겠다는데 정말 사양하실 겁니까? 태의원 내부에 복잡한 일이 많긴 하지만, 그래도 이제는 전해지지 않는 고대의 처방전이나 의서도 많으니, 들어갈 마음이 없다 해도 일단 이름이라도 걸어 놓으시는 게……."

하 부인은 훌륭한 수완가였다. 집안 관리는 물론이요, 대외적 응대까지 잘하니 거의 반 가주家主라 할 수 있었다.

하 의원이 홀짝이던 술잔을 내려놓고 진심으로 고맙다고 말했다.

"그간 안팎일을 도맡아 하느라 고생이 많았소. 당신 몸도 잘 챙기시오. 이번에 아교阿膠[3]와 제비집을 가져왔소. 당신 먹으라고 가져온 것이니 또 남에게 주면 안 되오."

---

3) 당나귀 가죽을 고아 만든 자양 보혈제.

하 부인이 웃음을 터트렸다.

"부부 사이에 고마워할 게 뭐 있습니까. 그리고 제 몸은 아주 건강하답니다."

하 의원은 살며시 미소를 짓고는 다른 말 없이 고개를 숙이고 밥을 먹었다.

이제 겨우 서른 초반이고, 평소 별다른 욕심 없이 담백하게 지내서인지 그의 준수한 얼굴에서는 별다른 세월의 흔적을 찾아볼 수 없었다. 그러나 두 눈만은 이미 늙어 늘 지치고 멍해 보였다.

하 부인이 잠시 그를 바라보다 문득 여러 해 전의 일을 떠올렸다. 자신과 그가 혼례를 치렀을 때는 적잖이 나이가 들고 나서였다.

하 부인의 부친은 원래 낮은 품계의 경성 주둔 무관이었다. 그녀가 계례를 치른 뒤 부친은 적당한 가문과 혼사를 정했다. 상대 가문은 오랜 이웃이자 부친의 동료 집안으로, 한집안 식구처럼 친밀한 사이였다.

그 뒤에 벌어진 일이 잘된 일인지 나쁜 일인지 모르겠다.

선대 황제인 인종 말년부터 시작하여 몇몇 왕야, 번왕들이 차례로 역모를 일으켰고, 지금의 천자가 즉위한 뒤 난이 평정되었다. 그러고는 몇 년 뒤 또 역모가 발생했고, 또 난이 평정되었다. 경성 안팎이 혼란스러운 시절이었다.

하 부인의 아버지와 오라버니는 일련의 변란 중에 여러 차례 공을 세웠다. 제대로 줄에 서고 제대로 일한 덕에 몇 해 만에 빠르게 승진했다. 그녀도 볼품없는 낮은 품계의 무관 여식에서 위세 등등한 오성병마사 남문南門 부지휘관의 지체 높은 아가씨가 되었다. 그녀의 몇몇 오라버니들도 전도가 양양해졌다. 그러나 그녀의 약혼자는 전란 중에 목숨을 잃고 말았다.

그렇게 시간을 허비하다 스무 살을 훌쩍 넘긴 어느 해에 하가에서 혼담이 들어왔다.

신랑감은 인품이 훌륭하고 젊은 나이에 훌륭한 의술을 익힌 데다 집안도 명문가라 할 수 있었다. 일찍이 들리던 소문에 귀첩으로 들인 사촌 누이가 있다곤 하나(조가에서 여러 번 시끄럽게 소문을 냈다), 그녀도 이것저것 가릴 수 있는 나이가 아닌 터라 그녀의 부모도 바로 승낙했다.

시집오고 난 뒤의 생활은 별로 힘들지 않았다. 조 이랑을 상대하는 것도 그리 어렵지 않았다. 특히 중요한 것은, 아직 정정한 하씨 집안 최고 수완가 하 노대부인이 일찌감치 한 가지 철칙을 세워 두었단 점이다. 그것은 바로 시어머니와 조 이랑 중 한 명은 반드시 하 노대부인과 함께 백석담 본가로 가서 살아야만 한다는 것이었다.

조 이랑 편을 들어 줄 시어머니가 없으니 사나운 하 부인은 여유만만하게 첩실인 조 이랑을 혼낼 수 있었다. 그리고 조 이랑이 곁에 없으니 시어머니가 아무리 한숨을 내쉰들 아무 소용도 없었다. 매년 백석담으로 가서 설을 쇨 때 조 이랑과 시어머니가 함께 있는 게 다소 마음에 들지 않았지만, 다행히 남편은 사리 분별을 잘하는 사람이라 어머니에게 적당히 맞춰 주는 수준으로 행동했다. 조가 사촌누이에게도 소문만큼 잘해주지 않았다. 그저 어머니의 얼굴을 봐서 가끔 조 이랑의 방에 들러 앉았다 가는 정도였다.

오랜 시일이 지난 후, 하 부인은 남편이 실은 마음속 깊이 조 이랑을 혐오하는 게 아닌가 하는 생각이 들었다. 그들 부부를 이간질하기 위해 그녀의 남편에게 원래 훌륭한 혼처가 있었다는 것을 은근슬쩍 털어 놓는 그런 조 이랑을 말이다.

그러나 조 이랑의 계산은 틀렸다. 하 부인 자신도 원래 다른 혼처가 있었기 때문에 애초에 그런 건 개의치 않았기 때문이다. 게다가 그 일을 알게 된 건 하 부인에겐 오히려 더 잘된 일이었다. 그녀는 남편이 속으로 조 이랑을 혐오하고 있음을 확신할 수 있었고, 조 이랑을 더 가차 없이 혼낼 수 있게 됐으니까.

욕할 일은 욕하고, 매질할 일은 매질을 했다. 그녀는 어려서부터 저잣거리에서 자랐다. 집안에는 막일하는 하인 둘만 있었고, 종종 어머니를 따라 거리에 나가 이것저것 장을 보며 거친 욕설도 적잖이 할 줄 알게 되었다. 조 이랑이 어디 그런 그녀의 상대가 되겠는가?

더구나 명분만 정당하면 그녀가 조 이랑을 어떻게 단도리하든 하 노대부인은 전부 찬성했다. 시어머니는 구석에서 눈물만 훔칠 뿐 감히 아무 소리도 못 했다.

하 부인은 그제야 하 노대부인이 자신을 손자며느리로 삼은 이유를 알게 되었다. 뻔뻔하게 억지를 부리는 사촌누이 겸 귀첩과 엿처럼 찰싹 달라붙어 허구한 날 은자를 뜯어 가는 조가, 그리고 비상식적이고 미덥지 못한 시어머니를 상대해야 하기 때문이었다. 만약 자존심 강하고, 우아하고, 연약하고, 예의 바른 규수가 시집왔다면 집안이 다툼으로 소란스러워졌을 뿐만 아니라 부부간의 관계도 진작 틀어졌을 것이다.

자기 집안은 그럭저럭 괜찮은 가문이라 사위에게 어느 정도 도움을 주는 처가가 될 수 있었다. 또 자신은 거칠고 사나운 성정이라 앞으로는 첩실을 단도리하고, 뒤로는 시어머니를 꼼짝 못 하게 하면서도 뒤돌아서는 남편과 서로 은애하는 부부인 양 지낼 수 있었다. 하 노대부인은 바로 이런 집안과 여인이 필요했던 것이다.

작년 연말에 곧 죽을 날이 되었다면서도 좀처럼 죽지 않던 시어머니가 드디어 세상을 떠났다.

양파의 도움으로 그녀는 사람들 앞에서 훌륭한 효부를 연출해 보였다. 사람들이 깊이 감동할 정도로 울었던 것이다. 허니 시이머니의 죽음은 귀신이나 슬퍼할 일이었다. 이런 아둔한 어머니가 아니었다면, 남편은 자신의 인품과 재능으로 진즉에 명문가 규수를 아내로 맞이하고 집안을 일으켰을 것이다. 어디 내 차례까지 왔겠는가?

남편 역시 어머니의 죽음에 그다지 상심한 것 같지 않았다.

하 부인은 충분히 그럴 만하다는 생각이 들었다. 오랫동안 감정을 소모하다 보니 슬픈 감정마저 진작 바닥난 것이리라. 조 이랑의 앞날은 이제 그녀의 손에 달렸다. 만약 조 이랑이 고분고분하게 군다면 그녀도 조이랑을 괴롭히진 않을 것이다. 만약 감히 소란을 피운다면, 흥…….

여기까지 생각이 미치자 하 부인은 대단히 기분이 좋아졌다. 그녀는 남편의 식사 시중을 들며 간간히 최근의 경성 소식을 한두 마디 전했다.

"……다음 달이면 봄입니다. 경성에도 몇 가지 경사가 있지요. 그중에서도 가장 중요한 것은 당연히 녕원후부 첫째 여식이 출가하…….

그녀가 채 말을 마치기도 전에 하 의원이 갑자기 끼어들었다.

"고가 첫째 여식은 두 해 전에 출가하지 않았소. 그런데 또 첫째 여식이라니?"

하 부인은 내심 의아한 기분이 들었다. 남편은 원래 성정이 온화하여, 좀 거북하게 표현하자면 웅얼거리기는 해도 결코 다른 사람의 말을 가로막은 적은 없었기 때문이다.

그녀가 웃으며 말을 이었다.

"서방님께선 모르시는군요. 두 해 전에 출가한 것은 녕원후 나리의 여식이고, 이번에 출가하는 것은 녕원후의 돌아가신 형님의 따님이지요. 따지고 보면 그 아가씨도 '후부 나리의 적녀'입니다. 혼약 상대는 영창후의 적장자지요. 부귀를 갖춘 걸맞은 가문끼리 맺어진 셈 아닙니까!"

하 의원이 잠시 젓가락질을 멈췄다가 고개를 끄덕였다.

하 부인이 웃으며 말을 이었다.

"우리가 줄곧 량씨 집안의 약 처방을 도맡아 하지 않았습니까? 이번에 후하게 축하 선물을 마련할 생각입니다. 후, 량 노대부인이 수완을 발휘한 결과지요. 과부가 되신 고가 첫째 마님께 직접 이 혼담을 넣으셨으니까요. 영창후 나리는 진솔한 분이시지만 주변머리가 좀 없으시죠. 나리의 형님댁은 요 몇 년간 갈수록 번창하고 있는데 말입니다. 그 선하고 점잖은 영창후 부인이 제게 고민을 털어놓으시다 우실 뻔한 적도 여러 번이었습니다. 아아, 이번 일은 참으로 잘됐습니다. 고가와 맺어지게 되었으니……."

그녀는 말하다가 신이 난 나머지, 맞은편의 하 의원이 다소 거북해하는 기색도 알아차리지 못했다. 듣기만 하던 그가 입을 열었다.

"량가가 그런 생각을 품고 있다니, 고가가 괜히 진구렁에 말려들어 가는 것이 아니오?"

하 부인은 잠시 말문이 막혔으나 다시 웃으며 이야기를 계속했다.

"서방님, 그게 무슨 말씀입니까? 만약 좋은 혼처가 아니라면 녕원후댁에서 어찌 승낙했겠습니까? 량가 적장자는 훌륭한 상대입니다. 부모님들처럼 그저 선량하기만 하지 않고, 능력도 있으니까요. 허나……."

하 부인이 잠시 멈칫하더니 목소리를 낮췄다.

"제가 보기엔 그래도 두 해 전에 출가한 녕원후 첫째 여식의 혼처가 더 나은 것 같습니다."

하 의원이 고개를 들더니 의아하다는 듯 말했다.

"하나는 탄탄한 세습 작위를 지닌 후부 적장자이고, 하나는 막 과거에 급제한 진사이지. 전도유망한 신임 관리라고는 하나 다소 부족한 감이 있잖소."

그는 잠시 멈칫하다 다시 말을 이었다.

"허나 녕원후 첫째 여식은 서출이니 별반 차이는 없겠군."

하 부인이 웃으며 말했다.

"모르는 말씀입니다. 량가는 비록 작위는 있지만, 요 몇 년 새 주머니가 반은 비었습니다. 집안에 식구도 많고, 동서들도 많지요. 거기다 형제간에 화목하지도 않고, 적서嫡庶간 다툼까지 있으니 사흘이 멀다 하고 시끄러워집니다. 영창후 부인은 그것 때문에 속을 끓이시다 머리가 다 하얘질 지경이랍니다. 한번 두고 보시지요. 고가 따님은 일단 시집가는 순간, 정신없어질 겁니다. 하지만 상常가는 다르지요. 상씨 부인은 일찍 돌아가셨고, 집안에도 시할머님 한 분과 출가한 누이 한 명밖에 없으니 시집가자마자 바로 안주인이 됐지 않습니까. 상 대인의 벼슬 운이 형통한 데다, 여자 권속들과 교류할 때도 누가 감히 녕원후 큰아가씨를 무시할 수 있겠습니까?! ……쯧쯧, 녕원후 부인이 그 서녀를 몹시 아낀다고들 했을 때 저도 처음에는 못 믿었지만 지금 보니 정말 그렇더군요. 참으로 쉽지 않은 일이지요. 대단한 일입니다."

하 의원이 잠시 침묵하다 다시 젓가락을 들고 천천히 그릇 안의 음식을 뒤적거렸다.

"녕원후 나리는 변경을 수비하느라 외지에 계시고 후부 첫째 마님은 과부인데, 과연 이번 혼사는 어떻게 치를까요? ……두 해 전에는 녕원후 부인이 남쪽 변경에서 바삐 돌아와서 직접 혼사를 챙기셨는데 말입니다."

평소에는 과묵한 남편이 이 일에는 흥미를 보이는 듯하자 하 부인도 신이 나서 자신이 알고 있는 바를 늘어놓기 시작했다.

"이번에 녕원후 부인은 안 오고, 두 아들이 부친을 대신해 사촌 누나의 혼사를 돕기로 했다는군요. 아아, 서방님은 못 보셨지요. 장자는 평범하긴 하나 어린 나이에 이미 기품이 넘칩니다. 둘째 도령은 아직 어린 나이인데도 참으로 그림 속에서 튀어나온 사람 같습니다. 하루는 그 둘째 도령이 마차 대신 말을 타고 득승문得勝門을 지나는데, 규수들이며 젊은 부인들이 실성한 것처럼 향낭이니 손수건이니 소지품들을 흔들며 환호성을 질렀지요! 녕원후 부인이 젊었을 적에 경성 제일가는 미인이었는데, 둘째 도령이 어머니를 쏙 빼닮아서 그렇게 준수하고 고상하다고들 합니다. 어느 집 규수가 그 둘째 도령을 신랑으로 맞을지 모르겠지만, 자다가도 한밤중에 웃으며 깰 수 있을 겁니다. 듣기로는 심 국구와 영국공 모두 고가 형제를 마음에 들어 해서 하나씩 사위로 데려갈까 생각하신다더군요……."

· · ·

저녁 식사를 마치고 맑은 차를 마신 뒤, 하 부인은 탁자 곁에 앉아 바느질을 했다. 하 의원은 조용히 창문 앞에 서 있다가 갑자기 "눈이 오는구려."라고 하더니 문을 열고 밖으로 나갔다.

정원에 있는 늙은 매화나무 가지에 맺힌 노란 매화 꽃송이들이 부드럽게 떨리고, 눈송이들이 어지럽게 흩날리며 하늘을 채우고 있었다. 하 의원은 문을 등지고 나무 아래 서서 고개를 들어 매화 꽃잎에 쌓이는 눈을 바라보았다.

하 부인은 바느질 바구니를 저편으로 치우고, 천천히 문가로 다가가 내리는 눈을 감상했다. 희미하고 부드러운 달빛 아래 공중에 날리는 조그마한 눈송이들이 은빛으로 빛났다. 몽롱한 느낌이 마치 얇은 비단을 한 겹 드리운 것 같았다.

한참 멍하니 서 있던 하 부인은 문득 그해 기억이 떠올랐다. 이날처럼 휘영청 빛나는 달빛 아래 조그마한 눈송이들이 흩날리던 밤이었다. 준수하고 늠름한 소년이 담장을 기어올라 넋을 잃고 자신을 바라보고 있었다. 그녀도 자기 집 늙은 매화나무 아래 서서 고개를 들고 그를 바라보았다.

소년의 까맣고 곧은 눈썹 아래 이글거리는 눈빛을 발하던 칠흑처럼 검은 눈동자 안에는 오직 그녀의 모습만이 담겨 있었다. 차가운 눈송이가 그녀의 뺨 위에 떨어졌으나 그녀는 아무것도 느끼지 못했다. 그녀의 마음은 이미 소년의 이글거리는 눈빛에 온 세상의 눈을 모조리 녹여버릴 수 있을 만큼 뜨겁게 달아올라 있었기 때문이다.

두 천진난만한 소꿉친구가 드디어 양가 부모의 허락으로 삼생三生[4]의 연을 맺게 되어 얼마나 행복했던가…….

"……내일 날이 밝자마자 나는 아버지, 형님과 함께 출발할 거야. 내가 돌아오면 우린 혼사를 치르게 되겠지. 그 뒤에는 우리…… 우리…… 영원히 헤어지지 말자. 이가 다 빠지고, 머리가 하얗게 세도 언제까지고 함께 하는 거야!"

"누이, 내, 내 마음속엔 누이밖에 없어……. 이제까지 쭉 그랬어."

———
4) 전생, 현생, 내생을 통틀어 이르는 말.

494

"걱정 마. 반드시 무사히 돌아올 테니까. 누이를 위해서라도 꼭 무사히 돌아올게."

그의 목소리가 아직도 생생하게 들리는 것 같았다. 봄날 규방 규수의 꿈속 연인은 이미 차디찬 시신이 되어버렸다. 다시는 그처럼 뜨거운 눈빛을 볼 수도, 그처럼 맑고 낭랑한 웃음소리를 들을 수도, 그처럼 뜨겁고 단단한 어깨를 느낄 수도 없을 것이다…….

별안간 눈시울에 뜨거운 눈물이 차올랐다. 하 부인은 얼른 고개를 숙여 눈물을 훔쳤다.

그녀는 아주 오랜 세월이 지나고 나서야 서서히 슬픔에서 헤어 나올 수 있었다. 아버지와 오라버니가 물색해 준 혼처를 그녀가 얼마나 많이 물렀는지 모른다. 그렇게 혼기를 놓쳐 버리자 좋은 혼처도 놓치게 되었다. 그래도 그녀는 결코 후회하지 않았다.

그러던 어느 날, 그녀는 정원에서 장난치는 조카들을 바라보다 문득 자신에게도 가정이 있었으면 하는 생각이 들었다. 자신의 무릎 위에서 재롱부리는 아들, 딸도 갖고 싶어졌다. 더불어, 더는 부모님과 오라버니, 올케에게 폐를 끼치면 안 되겠다는 생각에 혼담을 받아들였다.

남편은 좋은 사람이었다. 그녀를 사랑하는 건 아니지만(그녀도 이 사실은 잘 알고 있었다) 그녀와 아이들을 따뜻하고 상냥하게 대해주었다. 부부간에 서로 존중하고, 생활은 풍족했고, 하루하루는 평화롭고 분주했다. 그녀는 이미 충분히 만족하고 있었다.

그토록 진실한 사랑을 해봤으니, 그녀에게 이번 생은 살아볼 만한 것이었다. 이 세상에 와서 살다 가는 것이 억울하지 않았다.

하 부인은 정신을 가다듬고, 정원의 매화나무 아래 서 있는 남편을 바라보았다. 문득 양심의 가책과 함께 호기심이 일었다.

저 조용하고 담백한 남편의 마음속에도 평생 잊지 못할 그런 사람이 있을까?

번외 6

자단목 함

우리 집은 금릉에서 명성 높은 유양 성씨 가문이다. 고조부는 탐화랑이 었지만 안타깝게 요절하셨고, 증조부이신 성굉 공公은 관직에서 물러나실 때 벼슬이 종이품이었다. 증조부 슬하의 아들 셋은 모두 양방 진사로 조정 관료로 등용되셨다. 그중에서도 우리 할아버지이신 성장백 공은 명신사에 봉안된, 두 명의 황제를 섬기신 원로대신이다. 네 차례나 내각에 진출하시고, 재상직을 세 번이나 역임하셨으며, 육부六部의 관직을 두루 거치시면서 전국 방방곡곡에 제자와 부하를 두신 분이기도 하다.

난 이 명망 높은 가문의 일개 서녀에 불과하다. 게다가 집안의 애물단지로 불리는 아들의 여식이다.

할아버지는 집안 단속에 엄격하시다. 아들 넷에게 늘 '수신제가'가 우선이요, '치국평천하'는 그다음이라고 강조하시며, 잘못된 행동을 할 경우 가법으로 호되게 벌을 내리신다. 하지만, 셋째 큰아버지까지는 뜻대로 단속할 수 있었지만, 우리 아버지만은 예외였다.

아버지가 어렸을 적에 할아버지는 서북부 지역의 봉강대리로 임명되셨다. 할머니는 언제나 그랬듯 할아버지를 따라갔고, 할 수 없이 허약한 막내아들을 증조모에게 맡겨야 했다. 증조모는 아버지를 금이야 옥이야 기르셨고, 할아버지가 경성으로 돌아오셨을 때 아버지는 이미 오만방자한 아이로 자라 있었다.

훗날 할아버지는 아버지의 버릇을 고쳐 놓으려고 몇 번이나 시도하셨지만, 증조모가 죽네 사네 통곡하시는 바람에 뜻대로 되지 않으셨던 것 같다. 게다가 정무로 하루하루가 바쁘셨으니 막내아들 일로 증조모와 매일같이 싸울 수도 없었다. 결국 아버지는 어중간한 채로 자라 가정을 이루고 우리를 낳았다.

어중간하다는 게 무슨 말이냐고? 아버지는 꽤 패기 넘치는 분이다. 고관대작으로 넘쳐나는 성가에서 늠생의 신분으로도 잘 살아가고 있기 때문이다. 패기 없는 분이기도 하다. 경성의 부잣집 한량들과 어울리며 계집질을 일삼을 배짱은 없기 때문이다.

내가 걸음마를 떼기 시작했을 때부터 자주 보던 장면이 있다. 증조모가 다 큰 아버지를 품에 안고 가법을 들이미는 할아버지에게 눈물로 호소하는 장면이다. 증조모는 통곡하며 말씀하셨다.

"……누가 우리 환이를 손가락질하느냐. 본래 한 집에서 진사 한 명 배출하기도 힘든 법이다. 성가 조상들이 무슨 덕을 쌓았는지 아들이고 손자고 모두 글공부를 잘하긴 하지만, 그것 때문에 환이가 유독 뒤처지게 보이는 것뿐이니라. 이 불쌍한 아이에게 첩 좀 더 붙여주는 게 뭐 그리 잘못됐느냐! 이 어미가 보기 싫어서 그러는 거 안다. 그러니 내가 환이를 아끼는 것을 가지고 걸핏하면 이 아이에게 화풀이하지 않느냐. 아이고, 차라리 내가 머리를 박고 죽어버리는 게 낫겠구나…."

이렇게 세상이 떠나갈 듯 통곡하는 어머니와 아들을 보면, 할아버지도 속수무책으로 그냥 넘어갈 수밖에 없다. 입장이 난처한 할머니는 며느리에게 위로 몇 마디 건넨다. 일은 그렇게 마무리되곤 했다.

적모와 아버지는 아무 애정도 없이 1남 1녀를 낳은 뒤 서로의 생활에 간섭하지 않고 선을 지키며 사셨다. 적모가 평소 시간 때울 때 제일 즐기는 것은 타유시를 짓거나 그림을 그리는 등 예술적인 방식으로 아버지를 풍자하는 것이다. 종종 오라버니를 상대로 아버지를 예로 들며 열심히 공부하고 자신을 수양해야 한다고 가르치시기도 한다.

아버지는 적모의 심기를 건드릴까 무서워 적모를 경원시할 수밖에 없었다. 그래서 매월 가규 때문에 얼굴을 내비쳐야 하는 날을 빼면 늘 첩의 처소에 계셨는데, 그러면 우리 어머니에게는 매달 서너 번 정도 아버지를 뵐 기회가 돌아왔다.

아버지의 배짱이나 지혜로는 '신분은 비천하나 마음은 하늘보다 높은'[1] 기녀자奇女子와 교제할 수도 없었고, 그렇다고 양첩良妾으로 들어오겠다는 사람도 없었다. 그래서 아버지의 첩은 죄다 성부 출신의 계집종뿐이었다.

우리 어머니도 아버지 첩 부대部隊 중 '어중간한' 위치에 있다. 뒤늦게 들어온 이李 이랑만큼 사랑받진 않지만, 젊은 나이에 자색을 잃은 조趙 이랑처럼 냉대받지도 않는 수준이랄까. 어머니의 가장 큰 경쟁자는 맞은편에 사는 구邱 이랑이다.

두 사람은 차례로 성부에 팔려 왔다. 그리고 차례로 안채까지 진출하여 아버지의 몸종으로 일하다가 구 이랑이 스무날 정도 일찍 아버지의 첩이 되었다. 하지만 이랑으로 승격된 건 어머니가 사흘 빨랐고, 딸 출산

---

1) 『홍루몽』중 용모가 빼어나고, 언변이 좋고, 재능이 있었던 계집종 청문晴雯을 두고 가보옥이 썼던 시 중 한 구절.

도 보름 정도 빨랐기에 평생 대적해야 할 경쟁자가 된 것이다.

　두 사람의 몸종과 어멈, 더 나아가서는 기르는 고양이까지도 서로 왕래가 없다. 구 이랑이 낳은 일곱째까지도 나를 적대시한다. 지금 두 사람이 가장 치열하게 경쟁하고 있는 것은 누가 먼저 아들을 낳느냐이다.

　굳이 왜 그러는 걸까?

　두 이랑에 대해 뭐라 하려는 게 아니다. 여인에게 아들 낳는 일은 일생일대의 과업이니 당연히 노력해야 할 일이다. 내가 말하려는 사람은 바로 일곱째다. 그 아인 대체 굳이 왜 그러는 걸까?

　큰아버지의 서녀인 첫째 사촌 언니는 이미 출가했다. 당시 큰아버지는 정육품 당관堂官[2]으로 일하고 계셨는데, 할아버지의 명성도 있고 해서 사촌 언니는 부잣집 자제에게 시집갈 수 있었다. 언니의 사례로 봤을 때, 우리 아버지는 일개 늠생인데다 할아버지의 눈 밖에 난 사람이라 나와 일곱째의 운명은 수재秀才 아니면 평범한 벼슬아치의 아내 정도로 정해져 있었다. 여차하면 장사꾼의 아내로 들어갈 수도 있고 말이다.

　다 거기서 거기 아닌가. 일곱째는 학식이나 지위가 있는 사람 혹은 재력가를 선호하지만, 나는 다 별 차이 없다고 생각한다. 우리 집안 같은 가세나 가풍이라면, 딸을 이용해서 권세와 부귀를 꾀하지도 않을 거고, 적모가 서녀를 일부러 형편없는 집에 시집보내지도 않을 것이다. 우리 아버지는 지위랄 게 없어서 조건상 제약이 있겠지만, 어쨌든 모든 게 다 정해져 있는 거나 마찬가지인데 굳이 경쟁할 게 뭐 있는가.

　하지만, 일곱째는 그걸 모르는지 외모부터 학식, 교양까지 늘 나와 경

---

2) 각 관청의 우두머리.

쟁하려 들고, 결국 월등하게 이겨 먹는다.

어머니는 내가 별 볼 일 없는 사람이 될까 봐 늘 내 꽁무니를 쫓아다니며 잔소리하신다. 나는 참다못해 어머니에게 한 말씀 드렸다. 서녀가 잘나 봐야 무슨 소용 있냐며 괜히 적녀와 경쟁하려다가 매를 번다고 말이다. 주변 이랑들을 보면 알 수 있듯이 정실부인보다 현명하고, 능력 있고, 다재다능하여 주인 나리와 목숨을 걸 정도의 깊은 사랑을 하게 된들, 결국 죽음에 가까워질 뿐이라고도 이야기했다.

어머니는 말로 당해 낼 수 없자 그저 가슴을 치며 답답해하셨다.

"너는 대체 무슨 귀신에 씌었길래 그리 욕심이 없고 노력을 안 하는 것이냐."

그럼 난 그럴 엄두가 안 난다며, 나는 그냥 지켜보는 것에 자신 있다고 말했다.

할아버지 대에 유명한 서녀 출신 고모할머니가 두 분 계신다. 한 분은 어마어마한 가문에 시집가서 남편을 꽉 쥐고 사셨다. 조정에 발만 딛어도 모두를 벌벌 떨게 했던 천하의 녕원후 나리, 즉 고모할아버지는 고모할머니에게만큼은 지고지순하셨다. 소문으로는 고모할머니가 고씨 집안으로 시집간 뒤부터 고모할아버지는 암말조차 타지 않으셨다고 한다. 고모할머니가 병으로 몸져 누우셨을 때는 몇십 년을 무관으로 지내셨던 고모할아버지가 아버지를 여읜 것처럼 서럽게 우셨다고 한다. 물론, 고모할아버지의 아버지는 진즉에 돌아가셨다.

칠순에 가까운 노인이신데, 참⋯⋯.

그 정도로 총애를 받으셨다면 경성 안 세도가들의 입방아에 오르고도 남았을 텐데, 고모할머니는 사람이 좋아 영국공부, 위북후부부터 정씨 집안, 박씨 집안, 복씨 집안, 단씨 집안 등등 여타 집안까지 죄다 고모할머니를 칭찬하셨다. 사람들이 모두 고모할머니를 따르는데 누가 함부로 입을 놀릴 수 있겠는가. 고모할머니는 훌륭한 남편도 두었지만 훌륭한 아들도 두었다. 줄줄이 낳은 아들 넷 모두 유능한 인재로 성장했는데, 성공률이 우리 할아버지보다 더 높다.

고씨 집안 막내인 넷째 당숙은 학문이나 무예를 닦는 대신 세상 유람을 떠나셨다. 혼인도 마다하고 말이다. 그러다 서른여섯 되던 해에 『강산전여지江山全興志』를 완성하여 황제에게 바치며 세상을 떠들썩하게 만들었다. 그것은 양경13성兩京十三省[3]의 풍토와 지리적 특색을 글과 그림으로 기록한 지리서였다. 우아하고 생동감 넘치는 문장 덕에 마치 그 장소에 서 있는 기분을 안겨 주니 한때 굉장히 잘 팔렸다. 그림도 아름다운 색과 선을 기반으로 정확하게 그려져 있었다. 네다섯 사람을 모아 놓은 너비와 폭을 자랑하는 그림 앞에 서면 강산이 시야를 가득 채워 그 압도감에 숨쉬기도 힘들다고 한다. 그중 풍토 편은 건청궁乾淸宮[4]에 걸려 있고, 군사 편은 병부가 비밀리에 보관하고 있다.

배를 몰고 동쪽으로 유람 나가길 즐기셨던 셋째 당숙에게 선수를 뺏기는 바람에, 넷째 당숙은 하는 수 없이 서쪽을 유람하셨다. 한나라의 관료 장건張騫[5]이 지났던 고도古道를 따라 유람하셨던 거다. 끝없이 이어진 험준한 모래사막, 백골이 묻혀 있는 척박한 땅에서도 석양빛을 받으며 당당하고 군세게 피어 있는 그 꽃송이는 수천 년의 세월에도 늘 그렇게 한결같은 모습으로 피어 있었을 거라는 대목에서는, 늘 별생각 없이 살

---

3) 지금의 북경과 남경에 해당하는 경성 두 곳과 13개의 성.
4) 황궁 내 정전.
5) 중국 서한의 외교관. 실크로드 개척에 중대한 공헌을 함.

던 나도 눈물을 쏟았다.

최근 들은 소식에 따르면, 넷째 당숙은 겉보기에 불혹으로 보임에도 불구하고 서역 국왕의 외동딸을 사로잡았고, 곧 부마가 되어 왕위까지 물려받을 거라고 한다.

요즘 전국의 젊은이들은 셋째 당숙과 넷째 당숙에게 자극을 받아 너도나도 동서로 유람을 떠나 세상을 떠돈다고 한다.

성가 여인들에게 고모할머니는 우상이자 본보기다. 서녀든 적녀든 모두 고모할머니 같은 인생을 살고 싶어 하지만, 안타깝게도 그렇다 할 인물은 아직까지 나오지 않았다.

진정한 전술가에게 혁혁한 공은 없다던가. 고모할머니의 생활은 평범하고 조용했다. 재능이나 현명함, 인품 등 모든 면에서 특별히 이름을 날린 적도 없다. 하지만 고조모에 대한 효심과 애정이 지극했다는 이야기는 들었다. 고모할머니는 몇 차례나 고조모의 봉양권을 얻기 위해 노력하셨지만, 할아버지의 반대에 부딪혀 번번이 실패하셨다. 친손자가 생긴 나이가 돼서도 포기하지 않으셨지만, 우리 할아버지가 노익장을 발휘하시어 철저하게 방어하신 덕에 고조모의 봉양권을 지킬 수 있었다고 한다.

고모할머니는 조용한 규방살이를 하셨다는데 어떻게 하면 그 비결을 배울 수 있을까.

여인이 자신을 드러낼 기회가 어디 있겠는가. 그저 스스로 학문에 힘쓰는 수밖에 없다. 가장 사랑받는 다섯째 사촌 언니는 장장 일 년 동안 쓴 '영매咏梅[6]'라는 60행짜리 시를 할아버지의 환갑 선물로 드렸디. 그런데 할아버지가 '여인에게 학문보다 더 중한 일은 자신의 성정을 수양하는 일이다.'라고 딱 잘라 말씀하실 줄이야. 다섯째 사촌 언니는 그 말에 눈시울을 붉혔다.

사실, 시를 가장 잘 쓰는 사람은 넷째 사촌 언니다. 복양장공주부福阳长公主府에서 열린 상국연賞菊宴[7]에서 오언절구를 써서 많은 칭찬을 받았다. 하지만 나중에 할머니에게 불려가 호되게 혼나고, 석 달 동안 불경과 여계를 베껴 쓰는 벌을 받았다.

"공주마마는 자기 여식의 재주를 뽐내고 싶어서 만든 자리라고 분명히 밝혔어. 사촌 남매끼리 가까워지라고 책벌레인 셋째 황자까지 일부러 초대했지. 그런데 본인이 왜 나서고 난리야."

넷째 사촌 언니와 사이가 안 좋은 셋째 사촌 언니는 득의양양하게 말했다.

할아버지는 여인이 시를 읊고 그림 그리는 것을 가장 싫어하셨고, 할머니는 여자가 밖에서 설치고 다니는 것을 가장 싫어하셨다. 그 이유는 우리 집안에서 그런 것으로 유명한 또 다른 고모할머니 때문이다. 증조부가 정해 준 혼처가 마음에 들지 않아 스스로 자신의 낭군을 찾아 나섰고, 보는 눈이 많은데도 경솔한 장면을 연출하신 고모할머니. 결국 그분과 혼례를 치렀지만, 어떤 사람들은 아직도 그 일을 입에 올린다.

나중에 그 고모할머니도 고생을 많이 하셨다. 슬하에 딸 다섯을 두었

---

6) '매화를 노래하다'라는 뜻.
7) 국화를 감상하는 연회.

는데 딸들이 모두 수준이 낮은 집안으로 시집간 것이다. 내가 이렇게 속속들이 알고 있는 이유는 량씨 집안으로 시집간 그 고모할머니가 사방팔방으로 사위를 찾으러 다녀도 마땅한 사람이 없자 친정과 사돈을 맺으려 했기 때문이다. 그때 우리 아버지와 세 분의 큰아버지, 둘째 작은할아버지 댁의 당숙 세 분이 온 집이 떠들썩할 정도로 난리를 치며 완강하게 거절했었다.

오직 고모할머니의 적친 오라버니인 첫째 작은할아버지 댁만 마지못해 하나를 받아들여주셨다. 다행히 부부 사이가 아주 좋으며, 지금은 유양 본가의 종백부從伯父에게서 장사를 배우고 있다고 한다.

성가 여식은 팔방미인으로 알려져 다들 데려가지 못해 안달이다. 내가 굳이 그 틈에 낄 필요는 없는 것 같다. 나는 매일 먹고 자거나 가끔 자수를 한다. 공부도 그렇게 열심히 하지 않는다. 그냥 이백과 이태백은 같은 사람이고, 이광李廣[8]과 이광리李廣利[9]는 다른 사람이란 것만 구분할 줄 알면 된다고 생각한다.

아홉 살이 되니 일곱째는 점점 더 미모를 갖추기 시작했다. 어린 나이임에도 쫙 빠진 몸매를 자랑했다. 하지만 나는 점점 더 둥글둥글해졌다. 골격은 작은데 살만 붙어서 통통한 새끼 돼지 같았다.

어머니는 나를 볼 때마다 울컥하셨다. 어미의 미모를 못 따라왔다며 '자포자기하는 거냐', '스스로 제 무덤을 판 거다' 등등 당신이 아는 모든 성어와 속담을 동원해 날 원망하셨다. 서방書房에서 아버지 시중을 들

---

8) 중국 서한 시대의 명장으로 흉노의 침입을 막는 데 공을 세움.
9) 이광과 비슷한 시기에 활약한 장군으로 대완大宛과 서역을 개척하는 데 공을 세움.

때 옆에서 시시덕거리며 엉터리로 배운 것을 나한테 써먹는 거다.

나는 인내심을 가지고 다시 어머니를 설득했다. 여인은 열 살이 넘으면 시집을 가고 그 뒤로는 시부모를 모시며 시댁 식구들의 환심을 사야한다, 게다가 남편과 자식을 돌보고 첩실과 통방까지 관리해야 한다, 다른 사람이 밥 먹고 있을 때 쳐다보고 있어야 하고 다른 사람이 앉아 있으면 서 있어야 한다, 내 속이 썩어가도 겉으로는 웃는 척해야 한다……. 이렇게 몇십 년을 버텨서 시어머니가 되면 다른 집 딸에게 되갚아주면 된다지만, 그때도 시어머님이 살아 계신다면 버티는 일상은 계속된다고 말이다.

여인의 삶에서 가장 속 편한 시기는 규수 시절이다. 비록 난 서출이지만, 다행히 엄격하고 공정하신 할머니와 도리를 아시는 큰어머니가 계셔서 하인들이 함부로 얕보지 않고, 서출이라도 먹고 입는 것을 가지고 다투지 않아도 된다. 그러니 다시 오지 않을 이 좋은 시기를 잘 즐겨야 하지 않겠는가.

일곱째는 기름떡을 보면 사족을 못 쓰는 주제에 굳이 안 먹고 참는다. 제 군침을 위장으로 흘려보내며 내가 우걱우걱 먹는 것을 눈에 불을 켜고 지켜보기만 하는 것이다. 얼굴색까지 시퍼레져서 코를 벌렁대는 걸 보고 있으면 며칠 굶은 청개구리가 저렇겠구나 싶었다.

또 한 번 '굳이 왜 그러는 걸까.'라고 되묻게 된다. 어차피 나중에 시집가고 나면 먹고 싶어도 못 먹을 텐데 말이다.

어머니는 말로 이기지 못할 것 같으면 내가 억지를 부린다고 말했다. 그래도 난 내가 하고 싶은 대로 했다. 어머니는 내가 다루기 힘든 아이라는 것을 깨달으시고 어쩔 수 없이 아들 낳는 일에 온 열정을 쏟았다.

열 살이 되던 해, 할아버지의 오랜 벗인 제국공이 육부 내각 대신을 맡으라는 황명을 받아 십여 년의 외직 생활을 마치고 경성으로 돌아오셨다. 제국공과 할아버지는 유년 시절에 동문수학한 동년배 친구이자 동료로, 친형제나 다름없는 각별한 사이다.

그해 정월 대보름날 제국공의 자제와 며느리들이 아직 경성으로 돌아오지 않은 까닭에 제국공은 우리 집에서 명절을 보냈다. 할아버지는 온 집안 식구들을 불러 모아 제국공에게 인사를 올리도록 했다.

나는 관례대로 특별한 날 입는 붉은색 오자를 입었는데, 그 모습이 꼭 육종肉粽[10] 같았다. 가슴에는 언니와 동생들도 모두 가진 금쇄를 차고, 머리는 두 갈래로 땋은 것을 동그랗게 말아 홍산호 구슬 끈으로 고정했다. 사실 어머니는 머리를 틀어 올려서 비녀를 꽂아주려 하셨지만, 통통한 얼굴에는 영 어울리지 않아 그냥 포기하셨다.

일곱째는 금실로 절지화折枝花[11]를 정성껏 수놓은, 허리가 잘록하게 들어간 장오를 입고, 머리에는 멋스럽게 주채珠釵를 꽂고 있었다. 종달새처럼 수려한 그 모습에 어머니는 나를 다시 한번 쳐다보시고는 눈물을 쏟을 것처럼 괴로워하셨다.

나는 형제자매 사이에 끼어 제국공 나리에게 인사를 올렸다. 상석에 계신 할아버지와 제국공 나리는 사촌 형제에게 글공부에 관해 물었다. 점점 졸음이 쏟아진 나는 기척도 내지 않고 천천히 구석진 곳으로 자리를 옮겼다.

"거기 붉은색 옷을 입은 꼬마야. 이리 한번 와보거라."

---

10) 고기소를 넣은 댓잎으로 싼 찹쌀밥.
11) 꽃이 핀 나뭇가지.

답답한 공기를 날려주는 산들바람 같은 낭랑한 목소리가 방 안에 울려 퍼지자 자리에 있던 사람들의 시선이 모두 내 쪽으로 쏠렸다. 나는 망치로 한 대 얻어맞은 것처럼 바로 정신을 차렸고, 사람들에게 떠밀려 앞으로 나갔다.

나는 쭈뼛쭈뼛 고개를 들고는 일단 할아버지를 쳐다보았다. 할아버지는 뭔가를 생각하는 듯 복잡한 표정으로 미간을 찌푸린 채 친구를 바라보고 계셨다. 제국공 나리가 자상하게 내 통통한 발을 토닥이며 몇 살인지, 어떤 책을 읽는지, 뭘 잘 먹는지 하나하나 물으셨다. 그러다 내가 여섯째라는 사실을 아시고는 더욱 기뻐하시며 "그래, 딱 좋구나. '육육대순六六大順12)'이라고 하지 않느냐. 아주 좋아!"라고 말씀하셨다.

좋긴 뭐가 좋아. 집안에 딸이 하도 많아서 제대로 된 이름도 없이 그냥 태어난 순서대로 다섯째, 일곱째 등등으로 불리는 건데. 장난기 많은 둘째 사촌 언니는 내가 온순하고 화를 잘 안 내는 걸 알고 '여섯째 꼬맹이'라고 부르며 놀려먹는다고.

나는 전형적인 내숭쟁이로, 집에서만 제멋대로 군다. 어머니를 설득할 때 빼곤 밖에서는 웬만하면 얘기도 안 한다. 나는 제국공 나리가 한마디 물으실 때마다 단답형으로 답하거나 바짝 얼어붙어 있었다. 하지만, 제국공 나리는 눈웃음까지 지으며 더듬더듬 내뱉는 내 바보 같은 말을 인내심 있게 들어 주셨다. 옆에 있던 다섯째 사촌 언니는 눈알이 튀어나올 듯 그 모습을 바라보고 있었다. 자기가 이 집안에서 가장 똑똑하고 싹싹하게 말 잘하는 이라 정평이 났는데 내가 앞에 있으니 얼마나 눈꼴

---

12) '모든 일이 순조롭게 잘 되다'라는 뜻.

사나웠겠는가!

　제국공 나리는 돌아가시기 전에 손바닥 크기만 한 양지옥패를 내게 주셨다. 투명하고 윤기가 반지르르 흐르는 옥패였다. 나는 물건 보는 눈이 없어 무덤덤했지만, 옆에 계시던 셋째 큰어머니가 숨넘어갈 듯 놀래는 걸 보면 값비싼 물건임이 틀림없었다.

　그날 이후 셋째 사촌 언니는 내게 '못생긴 게 설친다'느니, '맹꽁이 같은 게 성가 망신은 다 시켰다'느니 하면서 신랄한 말을 퍼부었다. 심지어 사이가 나쁘지 않았던 넷째 사촌 언니마저 나를 본체만체했다. 다섯째 사촌 언니는 일부러 일곱째와 어울리면서 시도 때도 없이 나를 괴롭혔다. 나는 너무 속상했다. 나쁜 짓을 한 것도 아니다. 아니, 정확히 말하면 아무것도 안 했다. 그런데 모두에게 괴롭힘당하고 있지 않은가.

　하지만 어머니는 몹시 기뻐하시며, 제국공 나리가 보는 눈이 있으시다며 입에 침이 마르도록 칭찬하셨다. 얼마 전까지만 해도 나를 '돼지' 취급하시더니 이제는 '보석'[13]이란다. 부와 권세가 좋긴 좋다. 대우가 이렇게 천지 차이인 것을 보면 말이다.

　어머니가 제국공 나리는 어떻게 생겼냐고 물으셨지만, 난 선뜻 대답할 수 없었다. 그 당시에는 혹여 예에 어긋나는 행동을 해서 혼이 날까 봐 불안에 떨고 있었기 때문이다. 나중에 찬찬히 떠올려보니 제국공 나리는 할아버지와 나이가 엇비슷해 보였고, 할아버지처럼 하얀 얼굴에 수염을 기른 선비상에다 야위었지만 위엄 있는 얼굴을 하고 있었다.

　조금 다른 점이 있다면 할아버지는 도통 웃질 않는 근엄한 인상이지

---

13) 중국어로 '돼지'와 '보석'을 뜻하는 말의 발음이 같음.

만, 제국공 나리는 어딘지 살랑살랑한 느낌이 있달까. 웃을 때면 눈이 살짝 올라가는데, 마치 강둑에서 불어오는 바람을 맞는 것처럼 시원하고 편안한 느낌을 주었다.

나는 나이 지긋한 노인이 그렇게 고울 수 있다는 건 처음 알았다.

고씨 집안 둘째 당숙도 미남이지만, 성격은 고모할아버지를 빼다 박았다. 아예 말을 안 하든가, 아예 독설로 사람 피를 말린다. 나이가 들수록 더 독해져서 삼사품 관리들은 당숙 얼굴만 봐도 오금이 저린단다. 그러니 누가 감히 당숙 얼굴을 자세히 바라보겠는가.

나중에 친정에 가끔 들르는 둘째 사촌 언니가 그러는데, 제국공 나리는 왕년에 경성 제일가는 미남이셨고, 아직도 나리를 넘어서는 사람은 없다고 한다. 그 말을 하는 언니 목소리에는 실망감이 가득 담겨 있었다. 일이십 년만 더 일찍 태어났어도 절세 미남 시절의 제국공 나리를 볼 수 있었을 텐데 그러지 못한 게 아쉬웠나 보다.

방 안에 있던 자매들은 모두 킥킥대며 웃었다. 형부는 언니 말에 마음이 상했는지 병풍 너머로 건너와 언니를 끌고는 밤이슬을 맞으며 집으로 돌아갔다.

경성에서 일하시면서 제국공 나리는 시도 때도 없이 우리 집에 찾아와 할아버지와 장기를 두시거나 시를 논하셨다. 그리고 매번 나를 찾으셨고, 나를 볼 때마다 꼭 선물을 챙겨주셨다. 붉은 코뿔소의 뿔로 만든 영남嶺南산 붓대, 엄지손가락만 한 해남海南 진주, 남송 시인 범성대範成大도 썼다던 자운석 벼루, 산해관山海關[14] 너머에서 나는 커다란 진주 등

---

14) 중국 하북성 북동쪽 끝, 만리장성 동쪽 끝에 있는 관문.

우리 아버지도 난생처음 보신 진귀한 물건들이었다.

어머니는 날로 기세등등해졌고, 맞은편 구 이랑 모녀는 질투심에 눈빛이 활활 타올랐다. 그리고 사랑을 한 몸에 받던 이 이랑도 점점 우리를 고깝게 보았다.

"제국공부는 재산이 어마어마하다더니 참말이었구나."

아버지가 말씀하셨다.

"제국공 나리는 딸도 손녀도 없으니 우리 여섯째를 손녀처럼 여기시는 것이야."

사람들은 홀로 웃자란 나무를 보면 가만두지 않는 법이다.

하루는 줄넘기를 하고 있는데 무언가에 걸려 세게 넘어졌다. 그때 셋째 사촌 언니가 나를 부축해주는 척하면서 팔을 엄청 세게 꼬집는 것이다. 내가 아프다고 고래고래 소리를 질렀다면 언니는 놀란 척하며 "어머, 대체 얼마나 세게 넘어진 거니."라고 했을 게 분명하다.

하루는 연못가에서 '방심'하고 있다가 못에 빠지고 말았다. 다행히 못은 얕았지만, 옷이 반 이상 젖어버린 데다 찬바람을 맞아 일주일을 몸져누웠다. 그때 일곱째가 제집 문에 기댄 채 얼마나 간드러지게 웃었는지 모른다.

하루는 정자에서 바람을 쐬고 있는데 풀숲에서 나를 겨누고 있는 익숙한 새총이 보였다. 곧 흐물흐물한 진흙이 내게 날아왔는데 거기에 맞으니 정말 아팠다. 다섯째 사촌 언니의 적친 형제인 아홉째 사촌 남동생 짓이었다. 그래, 둘이 늘 우애가 좋더라니.

규수학당에서 공부할 때 내 옆자리엔 보통 넷째 사촌 언니가 앉는다. 나는 다섯째 사촌 언니가 넷째 사촌 언니에게 여러 차례 눈짓하는 것을 봤다. 그러면 넷째 사촌 언니는 입술을 깨물며 다섯째 사촌 언니와 나를 한 번씩 번갈아 보고는 먹과 벼루를 손에 들었다가 다시 내려놓곤 했다. 그러고는 한숨을 내쉰 뒤 그냥 고개를 숙인 채 시 쓰는 데 집중했다.

둘째 큰아버지는 학문에 조예가 깊으시지만, 관직은 셋째 큰아버지보다 낮다. 그래서 난 넷째 사촌 언니에게 몹시 고마웠다.

나는 자운석 벼루를 고이 싸서 아무도 모르게 돌려보냈다. 그런데 다음 날 포장도 풀지 않은 채 그대로 되돌아오는 거다. 심지어 멍을 빼는 고약까지 같이 보내 주셨다.

나중에 세월이 흐른 후 넷째 사촌 언니는 셋째 황자의 후궁으로 간택됐고, 그 뒤 몇 년이 흘러 병약했던 셋째 황자의 정비가 세상을 떠나자 왕자와 공주를 많이 낳은 넷째 언니가 정비로 책봉되었다.

정말 잘된 일이다.

멍이 든 곳에 약을 바르고 나는 제국공 나리가 보내 준 선물을 함 속에 하나하나 정리했다. 그리고 자물쇠를 채운 뒤 어머니에게 진지하게 말씀드렸다.

"나중에 제가 변변치 않은 집안에 시집가면 어머니를 보살피기 힘들지도 몰라요. 그땐 어머니가 이 물건들을 은자로 바꿔서 사용하세요."

어머니는 눈시울을 붉히시더니 나를 끌어안고 한참을 우셨다.

화를 삭이는 일은 누구에게나 힘든 법이다. 하지만 참아야 할 것은 참아야 한다. 일을 키워 봤자 무슨 소용이 있겠는가. 어차피 다섯째 사촌 언니는 적출이고, 적친 형제도 많다. 게다가 셋째 큰아버지는 할아버지의 사랑을 한 몸에 받으시는 분이다. 형제자매끼리 다투는 것은 아주 작은 일이니 굳이 스스로 손해 볼 짓은 하지 않는 게 좋다.

어느 날, 투명한 연못 물에 비친 내 얼굴을 보았다. 새총에 맞아 시퍼렇게 멍이 들어 있었다. 나는 얼굴을 감싼 채 가산假山으로 숨어들어 그

자리에 쪼그리고 앉아 한참을 울었다. 닭똥 같은 눈물이 진흙 바닥 위로 떨어져 흐릿한 자국을 남겼다. 아홉째 사촌 동생이 일부러 쳤다는 거 안다. 그리고 늘 야속할 정도로 백발백중이었다.

이를 어쩌면 좋을까. 이제 속일 수도 없게 되었다. 어머니가 이 사실을 아시면 곧장 아버지에게 달려가 모두 고할지도 모른다. 하지만 아버지가 어찌 셋째 큰아버지에게 따질 수 있겠는가. 요 몇 달간 증조모의 병세가 날로 악화하여 정신이 오락가락하신다. 이 와중에 나와 어머니를 편들어 줄 사람도 없고, 다섯째 사촌 언니와 아홉째 사촌 동생이 벌을 받는다고 해도 어머니와 내게 득 될 건 하나도 없었다.

나는 욱신거리는 것을 견디며 얼굴을 문질렀다. 멍을 얼른 지워버리고 싶었다. 하지만, 내 마음과는 달리 눈이 자꾸만 시큰거리고 서러운 마음이 들었다. 어쩔 수 없이 한참을 울고 또 울었다……. 그러다 문득 바보 같은 생각이 떠올랐다. 나는 바위 근처에서 일부러 넘어져 이마를 찧고 나서 어머니에게 대충 둘러댔다.

"어찌 그리 조심성이 없는 게야. 얼굴을 다치면 나중에 어떻게 시집을 가겠니!"

어머니는 늘 그렇듯 기운 좋게 야단치셨다.

그래도 권선징악이라 했던가. 얼마 후 할아버지는 아홉째 사촌 동생이 허구한 날 짓궂은 장난만 치는 것을 가만히 두고 볼 수 없다고 판단하시고, 송산서원에 있는 친구에게 맡기기로 하셨다. 셋째 큰어머니는 가장 아끼는 아들을 멀리 보낼 생각에 눈이 퉁퉁 붓도록 우셨지만, 할아버지 말씀을 감히 거역할 수는 없었다.

다섯째 사촌 언니는 상심이 컸는지 어린 동생을 보낸 뒤 병이 나고 말았다. 규수학당에도 못 나올 정도였다. 할머니는 아끼는 손녀딸이 아파하는 것을 보고 당신 처소로 데려가 직접 간호하셨다. 언니는 반년 정도 보살핌을 받은 후에야 겨우 건강을 회복했다.

다섯째 사촌 언니는 크게 앓고 난 뒤 다시는 나를 괴롭히지 않았다. 일곱째가 아무리 비위를 맞추며 부추겨도 냉랭하게 무시했다.

얼마 지나지 않아 증조모가 세상을 떠나셨다. 할아버지는 정우丁憂[15]를 시작하셨고, 제국공 나리와 더 자주 왕래하셨다. 아홉 달이 지나 나는 만 열세 살이 됐고, 우리 아버지의 복상服喪[16] 기간도 끝났다. 그러자 제국공 나리가 나를 둘째 손자의 배필로 삼으시겠다며 갑자기 혼담을 넣으셨다.

할아버지는 담담하게 승낙하셨다.

하지만 성부의 나머지 식구들은 난리가 났다.

마른하늘에 날벼락 같은 일이 벌어지자 할머니, 할아버지를 제외한 모든 사람이 믿을 수 없다는 눈빛으로 나를 바라보았다.

가세를 비교하면, 조정에서 제국공 나리의 지위는 할아버지보다 낮지만 사실 큰 차이는 없었다. 게다가 그 집안은 대대손손 세습할 수 있는 작위가 있는 가문이라 전체적으로 봤을 때 성가보다 나았다.

가산을 비교하면, 제국공 나리의 모친인 평녕군주는 양양후의 재산 중 근 절반을 제국공 나리에게 주었다. 거기에 제국공 나리의 부친이 십 년 넘게 염도鹽道[17]로 지내시며 쌓은 재산과 제국공 나리가 십 년 넘게 지방 관리를 역임하시면서 쌓은 재산도 있다. 제국공부가 몇 대에 걸쳐

---

15) 부모상을 당했을 때 관직에서 물러나 만 27개월 동안 근신하는 것.
16) 상중에 상복을 입는 것.
17) 소금의 유통을 관리 감독하는 관리.

축적한 재산을 제하고도 이미 어마어마한 것이다.

성가 역시 부유한 축에 속하지만 제국공부에 견줄 만한 수준은 아니었다. 그리고 성가는 자제들이 많지만 제국공 나리는 아들 둘에 손자 셋뿐이라 어떻게 나눠도 재산을 풍족하게 받을 수 있었다.

사람을 비교하면, 신랑이 될 사람은 방년 16세에 수재에 합격하여 명성을 얻었고, 시아버님 되실 분은 제국공 나리의 차남으로 현재 종삼품 벼슬에 계신다. 하지만 우리 아버지는…….

더는 비교하지 않는 편이 좋겠다. 그렇게 월등한 집안의 귀공자라면, 셋째 큰아버지의 적녀인 다섯째 사촌 언니나 둘째 큰아버지의 적녀인 넷째 사촌 언니쯤은 돼야 겨우 수준을 맞출 수 있을 터였다. 첫째 큰아버지의 서녀인 셋째 사촌 언니도 나보다는 한참 나았을 거다.

성부의 모든 사람이 놀라움을 금치 못하고 있을 때 할머니와 첫째 큰어머니는 일사불란하게 정혼식을 준비하셨다.

그 뒤 내 일상은 참으로 희한하게 흘러갔다.

사촌 언니들은 속으로 어떤 생각을 품고 있는지 알 순 없었지만, 겉으로는 예의 바르고 점잖은 태도로 나를 대했다. 큰어머니들은 줄곧 놀라움과 의아함을 떨치지 못하셨다. 할머니, 할아버지는 도통 기분을 알 수 없는 표정을 하고 계셨지만, 어떠시냐고 감히 여쭤보는 사람은 없었다. 어쨌든 모두 일단 기쁜 표정을 지으며 적모에게 축하 인사를 전했다(여덟째의 혼처가 진작 정해져 있었기에 망정이지 안 그랬으면 적모의 얼굴을 못 쳐다볼 뻔했다).

이것은 똑똑한 사람들의 처신법이다. 어리석은 사람들의 처신법은 정말 볼 만했다. 일곱째는 잡아먹을 듯한 눈빛으로 나를 노려봤다. 만약 눈빛으로 검을 만들 수 있었다면, 내 몸은 이미 만신창이가 됐을 거다.

정혼식을 치르기 한 달 전, 어머니와 구 이랑이 십수 년간 이어온 경쟁의 승패가 갈렸다. 어머니가 내 혼사 준비로 아버지 환심 사기 작업에 몰두하지 못한 틈을 타 구 이랑이 선수를 쳤고, 결국 아들을 낳은 것이다.

아버지는 뒤늦게 얻은 결실에 동생을 안고 기쁨을 감추지 못하셨다. 구 이랑은 아버지가 기뻐하시는 틈을 타 말도 안 되는 제안을 했다. 아들의 장래를 위해 어떻게 해서든 일곱째를 좋은 집안에 시집보내야 하는데, 제국공 나리가 여섯째의 신분을 개의치 않으셨으니 일곱째도 싫어하지 않으실 터, 이번 혼사를 일곱째에게 넘기도록 할아버지를 설득해 보는 게 어떠냐고 말이다.

이런 말은 안 하고 싶었지만, 구 이랑은 정말 어머니와 수준이 비슷하다. 그러니 십수 년을 둘이서 경쟁해 온 것이구나 싶다.

기쁨에 잠시 정신이 나간 아버지는 정말로 할아버지를 찾아가 그 말을 꺼냈다가 그 자리에서 참담한 결말을 맞았다.

막아설 증조모가 안 계시니 할아버지는 그간의 분을 풀듯 가법으로 아버지를 호되게 다스리셨다. 아버지는 꼬박 보름 동안 침상 신세를 면치 못했다. 내 정혼식에도 큰아버지의 부축을 받아 얼굴 한번 내밀고 적당히 격식만 차리시고 끝냈다.

"제국공이 네가 마음에 들어 여섯째를 손자며느리로 삼으려는 줄 아느냐?! 제 주제를 알아야지. 이 아비가 너 때문에 창피해 죽을 지경이다!"

할아버지가 아버지에게 퍼부은 욕은 사실 세 큰아버지와 세 큰어머니에게 들으라고 하신 말씀이기도 했다.

이 혼사는 여기저기 이상한 점이 많았다. 그래도 큰어머니 세 분은 모두 여우 같은 사람들이라 경솔한 행동을 하지 않으셨다. 오직 눈치 없는 아버지와 더 눈치 없는 구 이랑만 이렇게 멍청한 행동을 한 것이다.

증조모가 돌아가신 후 할아버지는 정우丁憂 때문에 집에 계셨다. 한가하고 무료하니 이참에 아버지가 정신 차리게 교육 좀 해야겠다고 진즉 생각해 두셨던 모양이다. 그런데 아버지가 그것도 모르고 제 발로 찾아가서 화를 자초한 것이다.

원래 할아버지가 아버지를 위해 준비한 것은 도련님 천성을 고칠 수 있게 산간벽지의 서리로 보내는 것이었다. 입신양명은 바라지도 않고 패가망신시키는 일만 없길 바라신 거다. 하지만 이번 일은 겪으면서 아버지의 우둔함이 상상 이상이라는 것을 깨달으시고, 단계를 높이기로 하셨다. 아버지의 몸이 낫자마자 서북부 사막 마을의 교유教諭로 보내기로 한 것이다.

아버지는 다리에 힘이 풀려 자리에 주저앉아버렸고, 아버지 어머니를 부르짖다 마차로 끌려갔다. 출발 직전, 적모가 통쾌한 표정으로 아버지의 첩들을 불러 모은 뒤 "보살펴주는 사람 없이 나리 혼자만 외지로 보낼 수 없네. 자진해서 따라갈 사람 있는가?" 하고 물었다.

그 말을 들은 첩들은 잠시 침묵하다가 일제히 뒤로 한 발짝 물러났다. 아버지의 사랑을 독차지하던 이 이랑만 누군가에게 등 떠밀려서인지 물러나지 못하고 떡하니 앞에 서 있게 되었다.

적모는 손뼉을 치며 기뻐했다.

"좋네. 나리께서 자네를 아끼신 보람이 있군. 여봐라, 어서 이 이랑의 짐을 챙기거라! 그리고 열째는 내 방으로 보내고. 아이가 깨지 않게 조심해야 할 것이야."

이 이랑은 두려운 표정으로 그 자리에 털썩 주저앉았다.

아버지가 떠나시고 며칠 뒤 구 이랑은 소리 소문 없이 사라졌다. ……할아버지는 자식들 혼사에 첩이 끼어드는 것을 가장 싫어하셨다.

구 이랑이 팔려 갔다고 하는 사람도 있고, 침당沈塘에 처해졌다고 하는 사람도 있다. 갓 태어난 열두째는 자연히 적모가 키우게 됐다. 이로써 아버지의 적자와 서자 모두 적모 손에 들어가게 되었다.

어머니는 한참을 부들부들 떨며 말했다.

"마님은 역시 보통 사람이 아니야."

"어머니, 아직도 아들을 낳고 싶으세요?"

내가 물었다.

어머니는 한숨을 쉬며 답했다.

"됐다. 포기하고 마음 편히 살련다."

하지만 적모가 악한 분은 아니다. 일곱째가 만 스무 살 되던 해에 일곱째를 위해 신랑감을 세 명이나 찾아 두셨으니 말이다. 하나는 가난한 집 안의 수재였고, 하나는 명문 집안의 부인과 사별한 관리, 또 하나는 재력가인 강남 포목상이었다. 소문에 일곱째는 주사위를 던져 강남 포목상을 선택했다고 한다.

계례를 치른 이듬해 키가 갑자기 쑥 자라고 뒤룩뒤룩 붙어 있던 살도 쏙 빠진 덕에 나는 제법 아리따운 아가씨가 되었고, 어머니는 그제야 한시름을 놓았다. 그 후 몇 달 뒤, 할아버지는 정우가 끝나지 않았지만 조정에 재기용되셨고, 제가와 성가 두 집안은 조용히 혼례를 치렀다.

붉은 머리쓰개가 들리고, 신랑이 보였다. 점잖고 준수한 외모의 소년이었다. 합환주를 마시고도 그는 미동도 없이 침상 한쪽에 앉아있었다. 나는 그가 나를 싫어한다고 생각했다.

나는 눈물처럼 흘러내리는 화촉의 촛농을 바라보며 덩달아 울고 싶어졌다. 이 혼인은 내가 원한 것도 아니었다. 나는 일찍부터 상인의 부인이나 수재의 아내가 될 준비를 하고 있던 사람이다. 나를 원하지도 않으면서 왜 고분고분 혼례를 치렀나 그를 원망하는 마음도 들었다.

나는 기어들어 가는 목소리로 말했다.

"……제, 제가 마음에 안 드시나요……?"

남편은 뻣뻣하게 고개를 돌리며 반사적으로 고개를 끄덕였다. 그 순간 나는 '으앙' 하고 서럽게 눈물을 쏟았다. 남편은 어찌할 바 몰라 다급하게 고개를 내저었다가 다시 고개를 끄덕이며 말했다.

"오, 오, 오해하지 마시오. 당신이 싫다는 게 아니라 마음에 든다는 뜻이었소……."

나는 눈물범벅인 채로 웃음을 터트렸다.

훗날 남편이 말하길, 혼례를 치르기 전 할아버지가 새 색시에게 잘하라고, 그렇지 않으면 가만두지 않겠다고 엄포를 놓으셨단다. 남편은 침상에 앉고 보니 심하게 긴장돼서 어떻게 해야 할아버지 말씀처럼 잘해 줄 수 있는지 고민하고 있던 것이다.

그날 밤 남편은 내게 '잘해주려고' 최선을 다했다.

남편은 점잖은 숙맥이라 운우지정이 무엇인지, 어떻게 해야 여인이 기뻐하는지 잘 몰랐다. 나는 그걸 가지고 놀려먹는 것을 좋아했다. 그래도 우리는 서로 호흡이 잘 맞는 부부였다. 함께하는 시간이 쌓이면서 남편은 다른 사람들 앞에서는 진중하게 있다가도 나와 단둘이 있을 때는 같이 시시덕거리는 것을 즐기게 됐다.

시아버님도 이 혼사가 썩 마음에 들진 않으셨을 거다. 그래도 예의를 차려 나를 대하셨다. 시할머님은 오래전에 돌아가셨기 때문에 내 유일한 골칫거리는 시어머님이었다. 시어머님은 나를 마뜩잖아 하셨지만, 어차피 하나밖에 없는 아들 부부이고, 나 외에는 좋아하고 말고 할 며느리도 없었다. 본인 시중들게 하는 거 외에는 달리 혼내줄 방법도 없고 말이다.

제국공부에 시집와 보니 이상한 가규가 있었다. 시어머니가 며느리 일에 간섭할 수 없다는 것이다. 구체적으로 말하면, 아들 방에 다른 여인을 들일 수 없으며, 첩이나 통방을 들이는 일은 부부가 알아서 할 일이라고 못 박아 둔 것이다.

예전에 큰어머님이 갓 시집온 큰며느리에게 시집살이 맛을 제대로 보여 주고 싶으셨나 보다. 하지만, 시할아버님이 온 집안사람들 앞에서 망신을 주셨단다. 우리 시어머님은 출신이 큰어머님보다 못하니 더더욱 허튼짓을 할 수 없었다.

이런 기묘한 가규 덕에 나는 순조롭게 장남, 차남, 장녀를 낳고, 그 밑으로 또 아들을 낳았다.

손자, 손녀들이 하나둘 늘어나니 집안도 나날이 시끌벅적해졌다. 시어머님도 아무리 날 미워하셨던들 점점 마음을 풀 수밖에 없었다. 왼쪽에 하나, 오른쪽에 하나, 품속에 하나를 둔 것도 모자라 업기까지 할 정도로 손주들이 늘어나다 보니 냉정한 표정이 조금씩 무너지기 시작한 것이다.

특히 큰댁에 손孫이 적은 상황에서 내가 낳은 아이 수가 큰댁의 형님과 동서가 낳은 아이 수보다 많으니, 시어머님이 큰어머님 앞에서 점점 더 기가 살면서 표정이 더 좋아지셨다.

그러던 어느 해, 시어머님이 풍한에 걸려서 오랫동안 병상에 누워 계셨다. 나는 병상을 지키며 매일 탕약을 올리고, 씻겨드리고, 옷을 갈아입혀드리고, 음식을 떠먹여드리고, 머리를 빗겨드렸다. 심지어 볼일 보는 것까지 도왔다. 꼬박 두 달을 간호했더니 시어머님이 완쾌하셨다. 나는 살이 쏙 빠지긴 했지만, 다행히 어릴 적부터 체력이 좋아서 쓰러지진 않았다.

사람 마음이 돌이라 해도 오래 품고 있으면 따뜻해지는 법이다. 마침내 시어머님도 냉랭한 얼굴을 거두고 내 손을 잡으며 말씀하셨다.

"기특하구나. 전에는…… 내가 너무 야박하게 굴었다. 네가 우리 아들과 어울리지 않는다고 생각했으니까……."

시어머님은 눈시울을 붉히며 계속 말씀하셨다.

"인제 와서 보니 내가 너무 어리석었구나. 역시 아버님께서 보는 눈이 정확하셨다. 이렇게 훌륭한 며느리를 얻었으니 말이다."

시어머님은 마음의 벽을 허물고 나를 친딸처럼 진심으로 대해주셨다. 남편까지 질투할 정도였다.

알고 보니 큰어머님과 시어머님 두 분도 모두 시할아버님이 직접 고른 며느리라고 한다. 하긴, 시할아버님처럼 현명하고 대단하신 분이 진짜로 심보 고약한 여인을 며느리로 삼으셨을 리 있는가?

"아버님도 많은 풍파를 겪으셨단다."

시어머님은 한숨을 쉬시며 나를 붙잡고 말씀하셨다.

미남에겐 극처克妻 사주[18]가 있다는데 실로 시할아버님 상황에 꼭 들어맞는 말이었다.

시할아버님에게는 세 명의 부인이 있었다. 첫 번째 부인은 가성현주였다. 혼인 후 얼마 지나지 않아 '신진의 난'으로 목숨을 잃었는데, 명예롭지 못하게 생을 마감했다고 한다. 두 번째 부인은 고관을 많이 배출한 진남 신씨 집안의 적녀로, 혼인 후 쌍둥이까지 낳았다. 하지만 그해 시할

---

18) 부인을 해하는 사주.

아버님을 따라 민남閩南 지역으로 가셨다가 역병에 걸려 모자 셋이 전부 목숨을 잃고 말았다.

세 번째 부인은 경녕대장공주의 적손녀로, 혼례를 치른 뒤 부부는 바로 제국공 작위를 물려받았다. 새 부인은 아들 둘을 낳은 뒤 세상을 떠났는데, 그때 나이가 서른이 채 안 됐다고 한다.

그다음 해에는 평녕군주 부부까지 돌아가셨다. 그 뒤 시할아버님은 더 후처를 맞지 않으시고, 이랑 두 분의 시중을 받으며 두 아들을 직접 기르셨다.

"아주버님과 나리는 아버님을 깊이 존경해서 효를 다하고 계신다. 한 번도 아버님의 뜻을 거스른 적이 없지. 사실 아버님도 마음고생이 많으셨을 게다. 바깥일과 집안일을 모두 돌보고 어머니의 역할까지 하셔야 했으니까."

시어머님이 탄식하셨다.

"내가 시집오기 전에 들은 이야기로는, 아버님이 민남으로 부임할 때 모든 사람이 신 씨에게 따라가지 말라고 만류했다더구나. 거기는 덥고 습한 지역이라 북방 사람에겐 맞지 않고, 아이들도 아직 어리다고 말이야……. 에휴, 그런데 신 씨가 죽어도 따라가겠다고 완강하게 나왔다지. 한시도 남편과 떨어져 있지 않으려고 고집을 부렸다가 그 변을 당했으니 신씨 집안에서 원망의 말조차 못 했다더구나……."

"할아버님을 향한 마음이 깊으셨나봐요."

나는 구설수에는 관심이 없었지만, 시어머님은 꽤 관심 있어하시는 것 같아서 열심히 장단을 맞춰 드렸다.

시어머님은 의미심장하게 고개를 흔드셨다.

"꼭 그래서만은 아닐 게야."

나는 시할아버님이 참 감사했다. 시할아버님의 자애로움이 없었다면, 내가 어떻게 지금처럼 행복한 나날을 보낼 수 있겠는가. 나는 시할아버님께 온 힘을 다해 효도하겠다고 다짐했다. 하지만 어떻게 효도해야 할지 감이 오지 않았다.

시할아버님의 일상은 매우 단조로웠다. 연못 낚시를 즐기셔서 한번 앉았다 하면 반나절을 꼬박 그 자리에 계셨다. 물고기가 잡히든 안 잡히든 크게 상관하지 않으시는 듯했다. 한가하실 때면 책을 읽으시거나 증손녀가 책 읽는 소리를 들으셨다.

시할아버님은 증손녀에게 『시경』의 〈소아小雅〉[19]를 낭독하게 하거나 『도화원기』 혹은 고가 넷째 당숙이 쓰신 유람기를 읽게 하셨다. 조그마한 아이가 구들에 책상다리를 하고 앉아 고개를 흔들며 글을 읽으면 앳되고 낭랑한 목소리가 정갈한 서방을 가득 채웠다.

시할아버님은 멀리 떨어진 창가에 앉아 아이를 보며 옅은 미소를 지으셨다. 자상하고 인자한 표정이었지만, 눈 속에는 왠지 모를 희미한 슬픔이 있었다. 그 희미한 얇은 막 하나로 인해 시할아버님이 가깝고도 멀게 느껴졌다.

시할아버님은 늘 그런 표정으로 봄바람처럼 부드럽게 타인을 대하셨다. 친정 할아버지 같은 분도 조정에 적이 있는데, 시할아버님은 늘 찬사만 받으셨다.

하지만 딱 한 번 시할아버님의 얼굴색이 변하는 것을 봤다.

시할아버님을 가장 많이 닮은 도련님의 짝을 찾다가 벌어진 소동에서

---

19) 공식 연회나 의식에서 불리는 악가 모음집.

였다.

큰어머님은 도련님의 배필로 한韓씨 집안 아가씨를 점찍어 두셨지만, 도련님은 구龜씨 집안 아가씨를 마음에 두고 있었다. 그런데 안타깝게도 구씨 집안은 도련님의 출세에 아무 도움도 줄 수 없는 평범한 집안이었다.

이 일은 시할아버님의 귀까지 들어갔고, 시할아버님은 담담하게 딱 한마디만 하셨다.

"하고 싶은 대로 하게 두거라."

그 후 큰어머님은 눈물로 호소하여 도련님을 겨우겨우 설득했다. 무슨 말씀을 하셨을지는 나도 대충 알 것 같았다.

큰아버님이 원체 허약하셔서인지 아주버님까지도 건강하지 못했다. 게다가 아직 후사가 없어서 큰댁에게는 도련님이 유일한 희망이었다.

그에 반해 차남인 시아버님과 내 남편은 젊고 건강한 건 말할 것도 없고, 관운이 형통해서 벼슬길도 순조로웠다. 슬하에 자손도 많으니 훗날 어쩌면……. 시할아버님도 차남의 자제셨지 않은가.

결국, 도련님은 부모님의 설득을 받아들이고 기운 없는 표정으로 할아버지를 찾아가 "한씨 집안 아가씨와 혼인하겠습니다."라고 말했다.

시할아버님는 아무 동요 없이 살짝 웃으며 말했다.

"그래, 이 할애비가 그 집에 혼담을 넣으마."

사람들이 줄줄이 자리를 떠나고 나만 마지막까지 남아 있었다. 옆방에서 곤히 자는 아이를 데리고 가기 위해서였다. 문을 나서는 순간, 들리지 않을 만큼 작게 탄식하며 쓸쓸하게 중얼거리는 시할아버님의 목소리를 들었다.

"또 이렇게 됐구나……. 또 이렇게 됐어……."

재빨리 돌아봤더니 시할아버님이 창틀을 꼭 쥔 채 먼 곳을 응시하고 계셨다. 늘 평온했던 얼굴에는 슬픔이 가득 차 있었다. 마치 오래전에 잃어버려 영영 되찾을 수 없는 무언가를 떠올리는 것 같았다.

또 여러 해가 지나고, 내 큰아들은 혼사를 논할 정도로 장성했다. 고모할머니 네 분, 작은할아버지 두 분, 그리고 할머니가 잇달아 세상을 떠나셨고, 할아버지도 결국 임종하셨다.

성가의 기둥인 할아버지가 돌아가시고, 시할아버님은 영당靈堂에서 한참을 서 계셨다. 쓸쓸한 표정이었지만 크게 슬퍼하시는 거 같진 않았다. 친구의 죽음을 애도한다기보다 흘러간 청춘과 작별하는 것처럼 보였다.

할아버지는 큰 공을 세우신 분이라 황명에 따라 황자 두 분이 발인에 동참해 상여를 메 주셨다. 정말 영광스러운 일이 아닐 수 없었다.

성대한 장례를 치르느라 온 식구가 지쳤다. 나는 몸져누운 적모의 병문안 차 친정을 방문했다. 언제나 그랬듯 우리 사이에 딱히 할 말은 없었다.

이제 일어나야겠다고 생각했을 때 적모가 갑자기 입을 열었다.

"그거 아느냐? 그해 정월 대보름날 제국공께서 너를 보자마자 손자며느리로 삼고 싶다고 네 할아버지께 말씀하셨단다. 하지만, 네 할아버지는 손녀딸이 친구 집 손자며느리로 들어가서 처신을 제대로 못 하면 어쩌냐며 반대하셨지. 그 뒤 몇 년 동안 네 할아버지는 틈틈이 너를 지켜보셨단다. 그러다 네가 천성이 착하고 속이 깊은 것을 아시고 혼사를 승낙하셨던 게야."

나는 속으로 깜짝 놀랐다.

그리고 집으로 돌아오는 길에 처음으로 이 문제를 진지하게 생각해

봤다.

시할아버님은 왜 그렇게 날 마음에 들어하셨을까? 언뜻 이해되는 부분도 있고, 아무리 고민해도 도무지 이해하기 힘든 부분도 있었다. 됐다, 그럼 그만 생각해야지. 생각이 너무 많으면 밥이 안 넘어가기 십상이니까.

오랜 벗이 세상을 떠난 후 시할아버님도 점차 쇠약해지셨다. 결국 이듬해 연말, 태의의 입에서 "이제 마음의 준비를 하셔야겠습니다."라는 말이 나왔다.

큰아버님과 시아버님은 몹시 괴로워하며 흐느끼셨다. 형제 사이가 어땠든 두 분 다 아버지에 대한 마음은 각별했던 것이다.

"형님과 이야기를 끝냈소. 아버지가…… 돌아가시면…….'

시아버님은 시어머님 앞에서 힘들게 말을 이으셨다.

"우리는 분가하겠다고 말이오. 우리 아들도 밖으로 나가 세상을 더 배워야지 않겠소. 녀석을 위해 지방 관리 자리를 알아보고 있으니 며느리와 같이 내보냅시다. 우리는 경성에 남아 손자 손녀를 돌보고 말이오.'

연세가 드시며 점점 유해지신 시어머님은 분가 얘기를 듣고도 싫은 내색 없이 웃으며 말씀하셨다.

"그거 참 잘됐습니다. 형님께 말씀드려서 서로 가까운 곳에 살자고 해야겠습니다. 서로 돌봐줄 수 있게 말입니다.'

난 알았다. 시아버님과 시어머님은 제국공 작위를 완전히 포기하신 거다. 작위보다는 집안의 평안과 형제간의 화목을 선택한 것이다.

남편은 나를 데리고 방으로 돌아와 따뜻하게 말했다.

"그간 고생 많았소. 엄격한 집안에서 일도 참 많았지. 지방으로 가면 여기저기 나들이도 가고 뱃놀이도 하며 지냅시다…….'

그리고 내 귓가로 바짝 다가와 능글맞게 말했다.

"아이를 하나 더 낳아도 좋고."

나는 새빨개진 얼굴로 작게 웃으며 말했다.

"짓궂으십니다."

큰아버님과 시아버님은 시할아버님께 두 분이 논의한 바를 말씀드렸다.

시할아버님은 그 속뜻을 이해하시고 미소를 지으며 힘겹게 고개를 끄덕이셨다.

"그래…… 서로 마음의 정리가 됐다면 된 거지……. 잘했다……."

병상 옆으로 시할아버님의 손이 천천히 떨어졌다. 길고 고왔던 손이 이제는 연약하고 쭈글쭈글해져 있었다.

제국공부 선조의 유산과 공훈전, 제답을 제외하고, 남은 재산은 절반으로 나눴다. 두 이랑은 한 분씩 맡아 봉양하기로 했다. 이 과정에서 이의를 제기하는 사람은 없었다.

장례가 끝난 후 정丁 이랑이 내게 작은 함을 건넸다. 그리고 슬픈 미소를 지으며 말했다.

"나리께서 자네에게 드리라고 분부하셨네. 값비싼 것은 아니나 옛 추억이 담긴 물건이네."

그녀는 잠시 머뭇거리다가 눈물을 머금고 말했다.

"아주 옛날 나리께서 어떤 분께 선물했다가 되돌려 받은 것이지."

이 말을 끝으로 괜한 말을 했다고 생각하셨는지 다급히 자리를 떠나셨다.

그것은 오래된 구리 잠금쇠가 달린 작은 목함이었다. 귀한 자단목으로 만들고 정교한 자개 장식이 붙어 있어서인지 오랜 세월이 흘렀음에도 선명한 빛과 은은한 향을 뿜고 있었다.

천천히 함을 열어보니 흙 인형 한 쌍이 보였다.

예전에 익히 봤던 무석無錫 지방의 대아복大阿福이었다. 어릴 때 내게
도 몇 개 있었지만 이렇게 정교한 것은 아니었다. 옷이나 장식 모양을 보
니 특별 주문한 물건인 듯했다.

하나는 남자 인형, 하나는 여자 인형으로, 붉은 혼례복을 입고 있었다.
통통한 두 인형은 천진난만하고 귀여웠다. 아쉽게도 세월 때문인지 색
이 많이 바래 있었다. 손에 너무 자주 쥐어서 많이 닳아 있기도 했다. 인
형을 만지작거리다가 무심코 뒤집었더니 아래에 희미한 글자가 보였
다. 여자 인형에는 '여섯째', 남자 인형에는 '둘째'라고 쓰여 있었다.

묵 자국이 흐릿한 게 수십 해 전에 쓴 글자가 분명했지만, 서체가 유려
하다는 것은 충분히 알 수 있었다.

나는 왠지 모르게 마음이 아팠다. 그 옛날 인형을 받은 사람은 이 글자
를 보았을까?

나는 흙 인형을 함에 다시 집어넣고 조용히 서방으로 갔다. 그리고 남
편을 뒤에서 꼭 끌어안고는 그의 목덜미에 얼굴을 비볐다. 남편은 들고
있던 책을 놓고 나를 품 안으로 끌어당기며 말했다.

"무슨 일이오. 또 아이를 갖고 싶은 거요?"

나는 한참 동안 아무 말 없이 그를 바라보다 이렇게 말했다.

"이봐요, 제가 둘째 공자님."

남편은 어안이 벙벙한 듯 있다가 웃음을 터뜨리며 말했다.

"또 시작이군."

이건 우리 부부가 신혼 때 즐겨 부르던 애칭이었다. 남편도 장난기가
발동했는지 내 코를 살짝 꼬집으며 말했다.

"이보시오, 성가 여섯째 애기씨."

나는 갑자기 감정이 북받쳐서 눈물이 왈칵 쏟아졌다. 나는 남편을 꼭 안고 "네."라고 대답했다.

제가의 둘째 공자와 성가의 여섯째 애기씨는 이렇게 평생 함께할 것이다.

말을 타고 거리를 지나는 소년,
그 모습이 당당하게 빛나는구나

집을 나선 지 얼마 되지 않아 하늘에서 가는 눈발이 떨어지기 시작했다. 드문드문 떠 있던 흰 구름은 이미 자취를 감춘 뒤였고, 길 양쪽으로 우뚝 선 동백나무 가지에는 낙엽 몇 개만 대롱대롱 달려 있었다. 무질서하게 뻗은 앙상한 암갈색 나뭇가지는 청회색 하늘과 대비를 이뤄 유독 아름 다웠다. 진晉 나라 사람이 그린 수묵화처럼 자유분방하고 멋스러워 보 이는 광경이었다.

　한 손에는 말고삐를 쥐고, 다른 한 손에는 흑녹색 비취가 박힌 까만 채 찍을 들고 있던 제형은 한 손을 비우더니 섬섬옥수를 머리 뒤로 넘겨 두 건을 당겨 썼다. 우아하고 수려한 그의 얼굴이 살짝 가려졌다. 수가 놓인 감청색 촉금 창의氅衣 위로 하얀 눈발이 톡톡 떨어지니 소년의 자태가 더욱 아름다워 보였다. 길 양쪽을 지나던 소녀들은 자기도 모르게 그를 올려다봤다가 추위에 벌겋게 된 얼굴을 수줍게 떨궜다. 하지만 흘끔흘 끔 훔쳐보는 것은 멈추지 못했다.

　제형의 앞뒤로 호위와 가정이 수행하고 있었고, 옆에는 금은보화로 지붕을 장식한 화려한 마차가 있었다. 이 마차는 오두막 크기만 한 꽤 큰 마차라 튼튼한 준마 세 필 정도는 있어야 끌 수 있어 보였다. 이때 마차 측면의 발이 살짝 올라갔다 내려갔다. 그러자 마차 앞쪽에 앉아 있던 열 살 남짓한 머슴아이가 마차에서 뛰어내려 재빨리 제형의 말 앞으로 다가갔다. 아이는 말의 재갈을 잡고 공손하게 말했다.

"도련님, 마님께서 몸을 아끼시라며 눈을 더 맞기 전에 마차로 들어오라 분부하셨습니다."

제형은 가늘어 형태도 불분명한 싸락눈을 보다가 내키지는 않지만 고분고분 말에서 내렸다. 그리고 창의에 묻은 눈을 툭툭 털고 살짝 몸을 틀어 마차에 올랐다.

마차로 들어가자 중앙에 정교하게 만든 적동 난로가 있고, 환기를 위한 관煙이 마차 바닥에서 밖으로 연결돼 있었다. 이 때문에 마차 안은 훈훈한 온기를 유지하면서 연기와 그을음은 밖으로 내보낼 수 있었다. 자리에 앉자마자 온기가 얼굴로 스며들었고 제형은 가볍게 재채기를 했다. 이때 마차 안에 앉아 있던 평녕군주가 다급하게 말했다.

"제형아, 이리로 와 몸을 녹이거라. 몸에 한기가 들면 안 된다……. 에휴, 봄이 오면 회시를 치러야 하는데 병이라도 나면 어쩌려고."

제형은 조심히 난로 옆으로 이동해 방석을 깔고 앉았다. 그러고는 천천히 두꺼운 창의를 벗으며 웃는 얼굴로 말했다.

"괜찮으니 너무 심려치 마십시오. 요 몇 년간 말타기나 활쏘기를 꾸준히 해온 제가 어찌 그리 쉽게 병에 걸리겠습니까."

옆에 앉아 있던 제 대인이 책을 내려놓고 핀잔을 주었다.

"저 아이가 계집아이도 아니고, 설사 등주까지 왔다 갔다 한다 한들 뭐 얼마나 힘들겠소. 너무 그렇게 싸고돌지 마시오. 세 식구가 죄다 마차 안에 옹기종기 모여 있다니 이 무슨 꼴이오."

평녕군주는 제 대인을 살짝 흘겨보고는 아들의 손을 어루만졌다.

"저희 모자와 함께 있느라 나리가 불편하신 모양이군요. 전 원래 마차 두 대로 올 생각이었습니다. 그런데……, 흥! 전 일주일 전부터 말했습니다. 오늘 영국공의 교외 장원에서 열리는 연회에 가야 하는데 거기까지 길도 멀고 하여 난로 있는 마차가 꼭 필요하다고요. 그런데 하필 오늘 큰 조카를 위해 불공을 드리러 가시다니. 됐습니다, 됐어요. 귀한 아드님 일인데 어찌 지체할 수 있겠습니까. 그나마 하나는 남겨 두셨으니 저희 체면은 봐준 셈이지요!"

평녕군주의 냉소와 비아냥에 제 대인의 미간이 찌푸려졌다. 그가 언짢은 투로 말했다.

"제형이 앞에서 그게 무슨 소리오?!"

그리고 잠시 뜸을 들이다 다시 말했다.

"형수님께서 급한 마음에 그러신 것 아니오. 우리가 양보 좀 해 드리는 것이 어떻다고."

평녕군주는 같잖다는 듯 말했다.

"제가 제형이를 낳고부터 형님은 늘 불안해하셨습니다. 저도 형님 마음을 헤아리고 있으니 오랜 세월 양보하며 살고 있지 않습니까. 큰 조카는 태어나서부터 늘 병치레를 했으니 어느 집안이 자기 딸을 시집보내려 하겠습니까? 그렇다고 그게 우리 잘못이 아니지요."

제국공부 장손의 혼기가 꽉 차서 제 대부인은 요즘 한창 혼처를 찾는 중이었다. 하지만, 괜찮다는 집안에서는 하나같이 제형의 소식만 묻는 것이 아닌가. 거기다 장손의 몸이 타고난 병약체인 것을 알고 모두 그 혼담을 피하기만 했다.

두 사촌 형제는 나이도 엇비슷해서 제 대부인은 미리 점 찍어 두었던 귀족 가문들이 제형을 사위로 욕심낸다는 것을 알고 속으로 부아가 치밀어 오른 것 같았다.

제 대인은 한숨을 푹 내쉬며 무릎을 문질렀다.

"형님도 요새 건강이 좀 회복되시자 큰 조카 혼사를 걱정하시오……. 형수님도 생각이 있으시겠지. 큰 조카가 몸과 성정이 약하니 그 아이를 뒷받침해 줄 적당한 혼처를 찾아주고 싶으실 것이오. 처가에 힘이 있고, 아내가 현명하고 야무지면 앞으로 큰조카 고민도 덜 수 있을 테니 말이오. 당신도 나서는 게 어떻소. 형수님 혼자 발 동동 구르는 거 보고 있지만 말고."

평녕군주는 입을 샐쭉거리더니 가시돋힌 온화한 미소를 지었다.

"형님의 의중과 계획을 제가 왜 모르겠습니까? 그저……. 후, 그럼 나리께 묻겠습니다. 나리 같으면 금지옥엽 딸을 큰 조카 같은 사내에게 시집보낼 수 있겠습니까?"

어림없는 소리다! 재력 있고 권세 있는 집안의 미모와 덕까지 갖춘 여식을 어느 누가 원하지 않을 것이며, 그런 집안에서 왜 좋은 사위를 고르고 싶지 않겠는가? 군이 문무文武 어느 하나 갖추지 못한 약골을 고를 일은 없을 것이다. 출세할 수 있는지는 차치하고 자칫하면 젊은 나이에 과부로 수절할 수도 있으니까.

제 대인은 말문이 막혀 한숨만 내쉬었다. 평녕군주는 거기서 멈추지 않았다.

"녕원후 아저씨 댁이 현명했지요. 큰아들 며느리를 고를 때 가문은 조금 떨어져도 품성이 어진 처자를 고르셨으니까요. 지금 정욱이 부부는 아주 화목하게 잘살고 있지 않습니까. 만약 형님도 같은 생각이시라면 조금쯤 도와드릴 수도 있습니다. 하지만 조카가 그 모양인데도 형님 눈이 너무 높으시니, 원."

평녕군주는 또박또박 맞는 소리만 했다. 제 대인은 대꾸할 말이 없어 한숨으로 일관했다. 제형은 고개를 숙인 채 법도를 지키며 부모님의 대화에 끼어들지 않았다. 평녕군주는 마음이 비단결 같은 아들을 바라보며 친지를 만났을 때 받았던 갖가지 칭찬과 부러운 시선을 떠올렸다. 누가 우리 아들을 인정하지 않을 수 있을까. 생각하면 할수록 득의양양해졌다.

"어머니."

제형이 말했다.

"오늘 연회가 끝나면 밖에서 친구들은 만나고 오겠습니다."

평녕군주는 살짝 눈살을 찌푸렸다.

"오늘 날씨도 추운데 집에 있는 것이 좋지 않겠느냐. 게다가 공부나 출세에 관심도 없는 친구들과 어울려서 네게 득 될 게 뭐가 있느냐. 갑갑해서 집에 일찍 돌아가기 싫어 그러는 거라면, 더 있다가 영국공부의 공자나 어르신들과 담소나 나누고 오거라."

제형의 잘생긴 눈썹이 살짝 쳐지며 실망감을 드러냈다. 하지만 감히 어머니 말씀을 거역하지는 않았다. 오히려 제 대인이 차마 볼 수가 없어 낮은 목소리로 말했다.

"장씨 집안에는 무관 출신들만 있는데 제형이가 그 사람들과 무슨 할 말이 있겠소. 제형이도 이제 다 컸으니 세 살배기 어린애처럼 다루지 마시오. 누구랑 어울려 놀든 다 제 생각이 있을 테니."

평녕군주는 눈치가 빨랐다. 제 대인의 말투가 완고한 것을 알아차리고 더는 반대하지 않았다.

영국공부의 별원에서 빠져나온 제형은 가볍게 도약하여 말에 올라 창의 깃을 잡아당겼다. 살을 에는 찬바람이 목덜미 사이로 비집고 들어왔지만, 후끈 올라온 술기운을 떨치는 데 제격이었다. 그는 금세 정신이 들었다.

모처럼 양옆으로 따라오는 사람도 없자 잘생긴 소년은 아이처럼 신이 났다. 그는 말 위에서 채찍을 휘두르며 쏜살같이 달리기 시작했고, 얼마 안 가 시끌벅적한 거리에 도착했다. 제형은 화려하고 으리으리한 술집 앞에 말을 세우고, 뒤에 있던 머슴아이에게 손짓하여 고삐와 채찍을 넘긴 후 곧장 술집으로 들어갔다.

별실에 당도해 발을 걷고 안으로 들어가자 귀한 술과 안주가 갖춰진 주안상이 보였다. 상 옆으로는 비슷한 또래의 공자 두 명이 앉아 있었다. 다들 비단옷과 보석, 장신구로 몸을 치장하고 멋스러운 자태를 풍기고 있었다. 만면에 웃음을 띠고 있던 한 공자가 안으로 들어오는 제형을 반갑게 맞았다.

"드디어 왔구나. 얼굴 보기가 이렇게 어려워서야, 원."

뒤에 앉아 있던 소년 역시 활짝 웃으며 면박을 주었다.

"원약이 네놈 어머니가 무서워서 네 집 근처에는 얼씬도 못 했지. 그렇다고 너까지 문밖으로 걸음 한 번 안 하면 되겠느냐?!"

제형은 황급히 두 손을 모으며 연거푸 사과했다.

"죄송합니다. 이직 형님, 자곤 형님. 변명이 아니라 정말로 요즘 잠시도 평온했던 날이 없었습니다."

말은 공손했지만 표정은 아무렇지 않아 보였다. 그는 하하 웃으며 두 사람의 팔을 붙잡았다. 간단한 인사를 나눈 뒤 세 사람은 상에 둘러앉아 근황을 얘기했다. 잔을 주거니 받거니 하는 중에 웃음이 만발했다.

"자곤 형님, 국자감 생활은 할 만하십니까? 어떠십니까?"

제형은 술잔을 들고 밝게 물었다.

자곤은 고개를 절레절레 흔들었다.

"그냥 어찌어찌 지내고 있다. 아버지께서 망아지 같던 나를 잘 가르쳐 주신 덕이지."

"너무 겸손할 필요 없다!"

이직은 너털웃음을 지으며 자곤의 어깨를 토닥였다.

"얼마 전 우리 아버지께서 네 칭찬을 하셨다. 국자감에서도 칭찬이 자자하다며 말이다. 그런 네가 망아지면 나는 무어란 말이냐? 메뚜기? 아니면 여치? 난 아버지께서 때리시면 맞고 욕하면 그냥 들어드리고 했더니 이제 아버지도 포기하셨다. 아예 날 손봐줄 무서운 며느리를 찾겠다고 하시더구나!"

자곤은 상을 두드리며 박장대소하더니 이직에게 핀잔을 주었다.

"형님께는 호랑이 같은 부인을 찾아줘야겠습니다! 매일 청루에 들락거리지 않게 하려면 말입니다!"

"맞습니다! 제멋대로인 형님을 단속하려면 그래야지요."

제형도 배꼽이 빠져라 웃었다.

"자곤이 너도 아닌 척 말거라!"

이직이 반격했다.

"원약이는 그렇다 치고 나까지 네놈을 모를까봐? 네 처소의 계집종이 많지는 않아도 모두 절세 미녀 아니냐."

이어서 불평을 토로했다.

"우리 집에 얼굴 반반한 계집종이 몇 없는 건 다 우리 어머니가 보통이 아니셔서 그런 것이다."

얼굴이 달아오른 자곤이 잽싸게 받아쳤다.

"자당께서 보통이 아니셔도 원약이 어머님만 하겠습니까? 형님은 충분히 호강하고 계시지요."

제형은 맞다고 하기도 그렇고, 아니라고 하기도 그래서 쭈뼛쭈뼛하며 얼굴만 붉혔다. 빨간 입술에 가지런한 치아가 드러나니 그림처럼 아름다웠다.

세 사람은 모두 죽마고우에다 명성이 자자한 귀족 집안 자제다.

이직, 자곤 두 사람은 제형처럼 완벽한 우등생 친구를 둔 탓에 어린 시절부터 늘 비교를 당했다. 그들이 진흙을 가지고 놀 때 제형은 책을 읽었고, 그들이 새총을 가지고 놀 때 제형은 동생童生에 급제했다. 그들이 빈둥빈둥 저잣거리를 돌아다닐 때 제형은 수재秀才가 됐고, 그들이 사교 모임을 하고 어여쁜 여인과 시시덕거리기 시작했을 때 제형은 거인이 됐다.

몇십 년 동안 처참하게 비교당해도 그들이 아직까지 친구이자 친형제처럼 지낼 수 있는 이유는 유난히 마음이 넓고 선해서가 아니라 성격이 호탕하여 그런 소소한 것들에 예민하게 굴지 않기 때문이다.

세 사람이 유쾌하게 얘기를 나누는 도중 갑자기 밖에서 우당탕탕 하는 소리가 들렸다. 뒤이어 술집이 떠나갈 만큼 요란한 호통 소리가 울리며 바닥까지 진동했다. 중간중간 술집 주인장의 애원도 들렸다.

"공자님, 제발 그만하십시오⋯⋯."

제형은 어안이 벙벙했다.

"밖에 싸움이 난 것입니까?"

이직은 신이 난 듯 말했다.

"우리도 가 보자꾸나!"

이 말과 함께 벌떡 일어나는 이직을 자곤이 붙잡으며 질책했다.

"가만히 계십시오. 형님이 나갔다간 또 일을 칠 게 뻔합니다! 불과 얼마 전에 아버님께 매질당해 놓고 그새 잊으셨습니까?"

이직은 낙담한 얼굴로 자리에 앉았다. 세 사람은 어쩔 수 없이 가만히 앉아 술을 마시며, 간간이 발을 걷어 밖을 살피거나 창 너머로 밖의 분위기를 지켜보았다. 밖의 소란은 더욱 격해진 것 같았고, 이제 사과하는 소리까지 들렸다.

"저자들, 왠지 낯익지 않으냐!"

이직은 밖에서 눈을 떼지 못했다. 그 틈에 끼고 싶어 안달 난 것처럼 보였다.

제형은 이직을 보며 농담을 던졌다.

"혹시 예전에 형님과 한 판 했던 사람 아닙니까?"

"농담 그만하거라! 분명 이름 있는 집안의 공자들이야."

자곤은 쓴웃음을 지으며 확신했다. 경성에서 부잣집 도령들이 싸우는 일은 비일비재했다.

갑자기 문발이 바람에 흔들리고 '꽈당', '퍽퍽' 하는 소리가 들렸다. 그러다 문발이 획 들춰지고, 입구에서 몰래 밖을 내려다보고 있던 이직이 나동그라지는 동시에 얼굴이 피투성이가 된 사내가 별실로 밀려들어와 바닥으로 넘어졌다. 비단옷은 이미 처참하게 더럽혀지고 찢겨 있었다. 그 와중에도 사내는 연거푸 용서를 빌었다. 그 뒤로 몸집이 호리호리한 젊은 공자 하나가 따라 들어왔다.

젊은 공자의 얼굴은 난폭한 기운으로 가득했다. 그는 긴 다리를 뻗어 어떻게든 일어서려던 사내를 넘어뜨리고는 사내의 멱살을 잡고 위로 번쩍 들어 올렸다. 곤죽이 된 사내가 처참한 비명을 질렀다. 제형과 두 사람이 살펴보니 사내의 발이 땅에서 떨어져 있었다.

　세 사람은 한 손으로 사람을 번쩍 들어 올린 엄청난 괴력에 경악했다.

　"둘째 공자님! 아이고, 조상님! 이번 한 번만 살려주십시오. 다시는 그러지 않겠습니다……."

　사내는 빌고 또 빌었다.

　젊은 공자는 아무 대답 없이 성가시다는 듯 한 손으로 사내를 끌고 가버렸다. 발이 내려가고, 세 사람의 귀에 툭, 툭 하고 사람의 몸이 계단 위로 질질 끌려갈 때 부딪치며 나는 소리가 들렸다. 길고 긴 비명 소리도 그 뒤를 따랐다.

　비명 소리가 점점 더 멀어지는 것으로 보아 밖으로 나간 것 같았다. 누가 먼저랄 것도 없이 세 사람은 창문에 달라붙어 고개를 빼꼼 내밀고 밖을 보았다. 방금 그 젊은 공자가 사내를 밧줄로 칭칭 감은 후 다른 한쪽을 말의 안장에 맸다. 그러고는 다른 사람의 공포와 의구심 어린 시선은 아랑곳하지 않고 말에 올랐다.

　그 사내가 데려온 호위도 적잖아 보였다. 그들은 제 주인을 구하기 위해 소리를 치며 주위를 에워쌌지만, 젊은 공자가 노려보니 감히 덤비지는 못하고 주저하기만 했다.

　젊은 공자는 꼿꼿하게 주변 사람들을 둘러보았다. 그 빛나고 매서운 눈에서 무시무시한 냉기가 흘러나오고 있었다. 번화가라 사람이 많았지만, 누구 하나 나서는 사람이 없었다. 그는 경멸하는 듯한 미소를 짓고는 바로 채찍을 휘둘러 빠르지도 느리지도 않은 속도로 말을 몰았다. 사내는 참혹한 비명을 내지르며 말에 질질 끌려갔다.

　"저 패기! 저 기개! 참으로 대단하구나!"

　한참 후 정신을 차린 이직이 무릎을 탁 쳤다. 그는 감탄을 금치 못했다.

자곤 역시 한동안 정신 차리지 못하다가 이직의 말에 인상을 쓰며 실소를 터트렸다.

"저런 포악한 만행을 저지르는 자를 두고 어찌 대단하다 할 수 있습니까."

"흠씬 두들겨 맞은 사내는 아무래도 주씨 집안 공자 같다. 정말 더럽고 치졸한 녀석이지. 왕비인 큰누님만 믿고 아주 제멋대로지 않느냐. 제대로 혼쭐이 났구나. 고놈 참 쌤통이다!"

이직은 경성 귀족 자제의 일이라면 속속들이 꿰고 있었다.

"그럼 고씨 집안 둘째 공자는 뭐 좋은 녀석입니까? 그놈이 그놈이고, 개가 개를 문 꼴이지요."

자곤이 하하 웃음을 터뜨렸다. 밖에 있던 난봉꾼들과 비교하자면 그 둘은 착하디착한 모범생이었다.

"원약아, 너도 그렇게 생각하지 않느냐?"

제형은 아무런 대답도 하지 않고 방금까지 사람들이 모여 있던 곳을 멍하니 바라보았다.

"따지고 보면 저 사람은 네 외당숙이지 않느냐? 돌림자가 '정'이고 마지막 이름자가 '엽'이지."

어두운 밤 불빛 아래서 평녕군주는 아들의 책상 옆에 앉아 입을 삐죽거리며 무시하는 투로 말했다.

"안타깝기도 하지. 아저씨는 평생 신중하게 사신 분인데 어쩌다 그런 골칫덩이를 얻으셨을꼬. 늘 사고만 치고, 기녀를 끼고 살고, 아버지께 반항이나 하니."

제형은 고개를 숙인 채 대낮 저잣거리에서 보았던 당당하고 위엄 있는 고정엽의 모습을 떠올렸다. 사나운 불꽃처럼 뜨거우면서도 거만한 모습이었다. 많은 사람의 곁눈질에도 전혀 겁먹거나 기죽지 않았다. 그런 모습이 제형의 마음속에 알 수 없는 부러움을 불러일으켰다.

평녕군주는 제형과 몇 마디를 더 나누고 자신의 방으로 돌아갔다.

제 대인은 이미 옷을 갈아입고 침대 머리맡에 반쯤 누워 말했다.

"제형이는 아직 공부 중이오?"

평녕군주는 거울 앞에 앉아 탄식했다.

"정말 괴상한 성격입니다. 오늘 누구랑 뭘 하고 왔는지 말을 해도 듣는 둥 마는 둥 하는군요. 온종일 피곤했을 텐데 쉴 생각도 않고, 성가의 첫째 공자는 지금도 열심히 공부 중일 거네 어쩌네 하는 말만 합니다."

제 대인은 한숨을 쉬었다.

"나는 제형이가 경성에 돌아와 새해를 보내는 걸 처음부터 찬성하지 않았소. 경성에 온다 해도 방에 처박혀 공부만 할 테니 말이오. 그런데 당신이 이 집 저 집 데리고 돌아다니지 않았소? 제형이는 자신에게 엄격한 아이요. 며칠 책을 못 잡았으니 자신이 없어진 게지."

별말도 아닌데 평녕군주가 눈시울을 붉혔다. 제 대인은 그 모습을 보고 서둘러 침상에서 내려와 평녕군주를 달래 주었다.

"갑자기 왜 그러는 거요? 알겠소, 알겠어. 내 더는 아무 말도 하지 않으리다."

평녕군주는 눈물을 닦으며 목멘 소리로 말했다.

"나리만 제형이를 아낄 줄 아신다는 겁니까? 저는 냉정한 어미란 말씀이세요? 제형이는 제가 열 달을 품고 낳은 자식입니다. 만약 그 아이에게 적친 외숙이라도 하나 있었다면 저도 이렇게까지 하진 않았을 겁니다……."

제 대인은 그녀의 고민을 알고 있기에 가만히 어깨를 토닥여주었다.

평녕군주가 훌쩍이며 말했다.

"시부모님이 세상을 떠나시면 저희는 분가해야 할 겁니다. 아주버님은 늘 형님 눈치를 보시고, 형님은 저 모양이시지 않습니까. 앞으로 제국 공부에는 의지할 사람이 없습니다. 부모인 저희를 빼면, 제형이는 기댈 데 없이 혼자 노력으로 출셋길을 찾아야 한단 말입니다."

"……당신 욕심이 너무 많구료."

한참이 지난 후 제 대인이 말했다.

"우리는 이미 풍족하게 살고 있지 않소. 제형이가 크게 성공하지 못한다 한들 남은 생은 편하게 살 수 있소. 꼭 고관이 되고 작위를 얻어야 하는 것이오?"

"물은 아래로 흐르고, 사람은 위로 올라야 한다고 했습니다."

평녕군주는 단호하게 말했다.

"자신보다 잘난 사람과 비교해야지 어찌 모자란 사람과 비교한단 말입니까!"

"그래요, 그래. 부인 말이 맞소. 부인 뜻대로 합시다."

제 대인은 웃으며 평녕군주를 위로했다.

"이제야 알겠소. 제형이가 더 높이 올라가고자 하는 성정은 부인을 닮았다는 것을 말이오."

"당치도 않습니다!"

평녕군주는 눈물을 거두고 웃음을 터뜨렸다.

"모르시는 말씀입니다. 며칠 전에 알게 된 사실인데 그 아이가 성부에 공부하러 갔을 때 틈만 나면 그 집 막내딸을 골탕 먹였다고 합니다. 이건 대체 누구를 닮은 겁니까?"

"정말이오?"

제 대인은 의아해하며 말했다.

"어린아이 같지 않습니까. 매듭 장식을 잡아당기질 않나, 어망과 낚싯대를 숨겨 놓지를 않나, 심지어 벌레를 잡아서 놀라게 하기도 했답니다. 그 아이는 너무 놀라서 이제 제형이만 보면 도망가는데 제형이가 온 집 안으로 쫓아다니며 장난을 쳤다지요."

평녕군주는 화도 나고 우습기도 한 마음으로 말을 이었다.

"정말 이상하지 않습니까. 제형이는 어려서부터 늘 의젓하지 않았습니까. 어린 시절에도 그렇게 장난을 쳐 본 일이 없는데 말입니다."

제 대인은 큰소리로 웃었다.

"녀석도 아직은 어린아이구료."

"해가 지나면 혼담이 오고 갈 나이입니다."

평녕군주는 온화한 표정으로 웃었다.

"우리 제형이가 앞으로 마음 편히 살 수 있도록 제일 좋은 처자를 찾아줄 겁니다."

"당연히 그래야지."

제 대인도 그 말에 동의했다.

연나라와 조나라에
백옥 같은 얼굴의 미인이 넘치는구나

과거장에서 나온 사람들은 하나같이 옥살이하다 나온 죄수처럼 반죽음이 되어 있었다. 사흘을 꼼짝없이 갇혀 지내다 오랜만에 태양 빛을 보니 마치 딴 세상에 온 것 같았다. 한창나이인 제형과 장백 역시 창백한 얼굴로 비틀거리며 과거장을 나왔다.

있는 집안에서는 하인이나 식구들이 나와 시험장 밖에서 목 빠지게 도련님을 기다리고 있었다. 제가와 성가의 관사들도 고개를 쭉 빼고 시험장 쪽을 주시하고 있다가 각자의 도련님을 발견하자 냉큼 그들을 부축하여 집으로 데려갔다.

장백은 하루를 꼬박 자고 나서야 한숨 돌릴 수 있었고, 뜨거운 머릿수건을 세 번 갈고 나서야 안색이 돌아오며 긴 안도의 한숨을 내쉴 수 있었다. 오두五斗는 소모燒毛[1] 처리한 천청색과 은회색이 섞인 채색 비단 포

---

1) 실이나 직물의 잔털을 태워 매끈하게 하는 가공 방법.

자를 집어 들며 말했다.

"등주에는 벌써 복사꽃이 다 폈는데 경성은 아직도 쌀쌀합니다. 세심한 양호 누님이 두꺼운 옷을 두 벌이나 챙겨 주었기에 망정이지……."

그는 쉴 새 없이 얘기하다가 장백이 보낸 경고의 눈빛을 보고서야 입을 다물고 멋쩍어하며 고개를 숙였다.

옆에 있던 한우汗牛는 고개를 숙인 채 반쯤 쭈그리고 앉아 장백에게 버선과 신발을 신겨 주며 재빨리 말을 꺼냈다.

"방금 어르신께서 사람을 보내 물으셨습니다. 도련님께서 집안사람을 아무도 데려오지 않아서 이곳 생활에 불편함이 있을까 염려되니 계집종 둘을 붙여 주고 싶은데 도련님 생각은 어떠시냐고요."

장백은 고개를 저으며 말했다.

"필요 없다. 며칠 후면 등주에서 사람이 올 것이다."

한우는 공손하게 말했다.

"예, 그럼 요 며칠 불편하시더라도 저희가 나리를 보필하도록 하겠습니다."

그는 도련님의 성격을 잘 알기 때문에 다른 말은 덧붙이지 않았다.

아침상에는 갓 만들어 뜨끈뜨끈한 흰죽과, 송화단松花蛋[2], 계화꽃떡, 쇠기름으로 튀긴 참깨 전병말이가 놓여 있었다. 장백은 젓가락을 들고 간단히 요기만 했다. 장백이 입을 헹구고 손을 씻을 때 비단옷과 옥패로 한껏 차려입은 제형이 금박 무늬 쥘부채를 부치며 들어왔다. 그는 간단한 인사를 건넨 후 곧장 물었다.

---

2) 삭힌 계란이나 오리알.

"형님은 오늘 뭘 할 생각입니까?"

장백은 제형에게 뜨거운 차를 건네며 말했다.

"책을 읽거나 서체 연습을 할 생각이네. 내일 경耿가 아저씨께서 나를 데리고……."

제형은 같은 소리에 지겨웠는지 웃으며 말을 잘랐다.

"됐습니다. 됐어. 매번 시간을 안 내 주시니 이렇게 서둘러 찾아오지 않았습니까. 오늘 제 죽마고우들과 취빈루聚賓樓에서 한잔하기로 했는데 형님도 같이 가시죠."

장백은 인상을 찌푸리며 말했다.

"나는……."

그는 귀족 집안 자제들과 썩 어울리고 싶지 않았다.

"적당히 빼시지요!"

제형은 대답도 듣지 않고 다짜고짜 장백의 팔을 잡아당겼다.

"걱정 마십시오. 제 소꿉친구들이 다 망나니는 아닙니다. 그 두 친구는 정말 좋은 사람들이라 친해져도 형님의 명예가 더러워지진 않을 겁니다!"

장백은 하는 수 없이 제형의 제안을 받아들였다. 두 사람은 문밖을 나서자마자 사소한 실랑이를 벌였다. 제형은 말을 타고 위풍당당하게 가고 싶어 했지만, 장백은 마차를 타고 사람들의 이목을 피해 조용히 가고 싶어 했다. 한참 옥신각신하다가 장백은 결국 제형의 손에 이끌려 말을 타고 길 가운데로 유유히 가게 되었다.

취빈루 이층에 자리한 별실에는 주안상이 거하게 차려져 있었고 두 친구는 창문에 몸을 기대고 담소를 나누고 있었다. 술은 이화백梨花白[3]이요, 사람은 풍류가였다. 창밖에는 봄기운이 완연하고, 사방은 벼슬아치로 가득 차 있었다. 두 사람은 제형과 장백을 보자 곧장 자리에서 일어나 그들을 맞이했다. 그런데 생각지도 못하게 제형과 장백 뒤에 낯선 서생 두 명이 더 있는 것을 보고 자곤과 이직은 잠시 멀뚱히 서 있었다.

그들은 간단한 인사를 나눈 뒤 차례로 자리에 앉았다. 다행히 상이 넓어서 여섯 명이 앉아도 자리가 넉넉했다. 서생 중 나이가 어려 보이는 사람은 혜주惠州[4] 사람으로 성이 '전錢'이요. 이름은 '성成'이었다. 다른 하나는 서른 정도로 나이가 조금 있었는데 임안臨安[5]에서 왔고, '노魯'가의 '평여平汝'라고 했다. 두 사람 모두 경성에 과거를 치르러 와서 우연히 장백, 제형과 알게 됐고 서로 친해졌다고 한다.

"오늘 어찌 된 일인지 괜찮은 술집은 모두 만석이라 이곳으로 술을 얻어 마시러 오게 됐습니다. 자, 여기. 감사히 즐기겠습니다."

전성은 시원시원한 성격을 발휘하며 술잔을 들고 건배를 청했다. 다른 사람들도 모두 그에 응했다.

술을 마신 뒤 노평여는 잔을 내려놓고 웃으며 말했다.

"아직도 그 이유를 모르는가? 낙방하면 기죽은 채로 집에 돌아가야 하고, 합격하면 다시 힘을 내서 전시를 준비해야 하지. 아무래도 지금이 가장 여유로울 때 아니겠나. 시험이 끝나긴 했지만 아직 결과가 나오지 않았으니 말일세. 이 틈에 술잔을 기울이지 않으면 또 언제 마시겠나?

---

3) 송대의 명주名酒.
4) 중국 광동성의 한 도시.
5) 중국 항주의 한 지역.

자, 자, 내가 술자리 주인인 두 사람에게 술 한 잔씩 올리겠네. 우리 둘은 경성에 온 뒤부터 지금까지 공부하거나 스승님을 찾아뵙느라 여태 제대로 된 경성 요리도 맛보지 못했지. 오늘 두 사람 덕분에 그 한을 풀 수 있겠어!"

자곤과 이직은 두 서생의 유쾌함과 호방함에 말을 몇 마디 나누지 않고도 술잔을 주고받으며 거나하게 취했고, 곧 편히 대화할 수 있게 됐다.

"원약 형님, 어제 시험에서 '반고班固[6]가 가의賈誼[7]의 오이삼표五餌三表[8]설을 비웃었으나, 진목공秦穆公[9]이 유사한 방법으로 서융을 정복한 바 있다. 중항열中行說[10] 역시 이 사례를 들어 선어單於[11]에게 조언했으니 반드시 무효하다고는 볼 수 없다.'라는 문제의 답을 어떻게 서술하셨습니까?"

역시 직업은 못 숨긴다고 했던가. 시험을 마친 선비의 최대 관심사는 시험 내용이다. 전성 역시 시험에 관한 말을 꺼냈다.

제형이 수려한 미간을 찌푸리며 말했다.

"그 문제는 정말 난감한 문제였지. 모호하게 꼬아서 두루두루 연관 지어 놨으니 어디서부터 손을 대야 할지 막막했다네. 문제의 요점을 찾아서 서술을 시작하는 데만 반 시진은 넘게 썼어."

노평여도 한숨을 쉬었다.

---

6) 중국 동한의 사학자이자 문장가.
7) 중국 서한의 정치가이자 문학가.
8) 우수한 문화와 생활수준으로 동화시켜 회유의 방법으로 흉노를 정복하자는 이론.
9) 전국시대의 맹주 중 하나.
10) 한나라의 환관이었으나 훗날 흉노가 한나라를 정벌하는 것을 도움.
11) 한나라 때 흉노의 군주를 일컫는 말.

"이번 시험관이 맹 대인 아닌가. 화려하게 멋 부린 글을 아주 싫어하는 분이지. 구구절절 길게 쓰면 자만과 허풍으로 여기실 것이고, 간략하게 쓰면 문제를 충분히 이해하지 못했다고 생각하실 테니 정말 괴로웠다네."

이 얘기가 나오자 자곤은 한마디 끼어 들었다. 실상은 모르겠으나 어쨌든 국자감에 몸담은 사람 아닌가. 그럴듯하게 말은 섞을 수 있었던 것이다. 반면, 이직은 무슨 이야기인지 전혀 모르겠다는 멍한 표정으로 맞장구만 쳤다.

"즉성 형님 생각은 어떠십니까?"

제형은 전성과의 논쟁이 끝나지 않자 절친한 벗에게 화살을 돌렸다.

장백은 곁눈질로 이직을 한 번 본 후 말했다.

"우리가 시험관도 아닌데 어떻게 완벽하게 쓸 수 있겠나. 책론策論[12]은 대부분 시대의 병폐를 지적하는 문제일세. 나라가 태평성대를 누릴 때는 치국이 중요하지만, 정국이 어지러울 때는 소요를 잠재우는 게 우선 아닌가. 지금은 천하가 평온한 듯 보여도 실제로는 여러 가지 폐단이 나타나고 있네. 조정과 내각이 무슨 생각을 하는지, 먼저 무엇을 다스리고자 하는지 우리는 아무것도 모르지 않는가."

이때가 그날 하루 중 장백이 가장 오랫동안 말한 순간이었다.

장백은 가만히 생각하다 몇 마디 덧붙였다.

"사흘 동안 정말 고생 많았네. 날씨도 화창하고 좋은 벗과 함께 술잔을 기울이고 있는데 굳이 괴로운 이야기를 꺼낼 필요가 있겠는가? 우리 술

---

12) 과거시험에서 대책을 논하는 문제.

이나 마시세."

알아듣지 못할 소리에 미리가 터질 것 같았던 이직은 장백의 말을 듣자마자 감격스러운 얼굴로 그를 바라보았다. 장백이 과묵하긴 하지만 눈치는 가장 빠르고 필요한 순간에 필요한 말만 꺼내는 사람이라는 생각이 들었다. 이직이 맞장구치려는 순간, 자곤이 먼저 상을 내리치며 장백의 말에 동의했다.

"즉성 형님 말이 맞습니다. 저희 스승이신 이 대인께서도 그렇게 말씀하셨지요. 과거에서는 수려한 문장으로 뜻이나 이치를 애매하게 풀어 써야지, 안 그러면 다 소용없다고 말입니다."

그가 운을 떼니 이직도 바로 장단을 맞췄다.

"그럼, 그럼. 그나저나 다들 정말 너무하지 않소. 내가 학문과 거리가 멀다는 것을 뻔히 알면서 공자 왈 맹자 왈 떠들고 있으니 나를 괴롭히려고 일부러 그러는 것 아니오?"

오늘 술자리의 주인이 짐짓 심통 부리듯 말하자 자리에 있는 사람 모두가 웃음을 터뜨렸다. 노평여는 잔을 들고 용서를 구했다.

"벌 받을 짓을 했군그래. 다 우리 잘못이네. 내가 벌주 석 잔을 들 테니 용서해주게!"

과거 이야기를 꺼낼 수 없으니 혈기왕성한 남자들의 화제는 자연스럽게 여인에 관한 이야기로 넘어갔다.

노평여는 술을 한 잔 털어 넣고 긴 한숨을 쉬었다.

"과거 이야기가 지루하다면 다른 이야기나 하세. 책 속에 부귀가 있고 미인이 있다지만 그 오묘한 이치를 남에게 말할 것은 아니지."

이직은 웃으며 말했다.

"노형魯兄은 나이도 있으신데 아직 댁에 미인이 없으십니까?"

550

노평여는 고개를 내저으며 쓴웃음을 지었다.

"본처 하나와 첩이 둘 있다네. 셋 다 한물간 늙다리지."

제형은 고개가 뒤로 넘어갈 정도로 크게 웃더니 노평여를 가리키며 말했다.

"어여쁜 부인과 첩을 모두 두었으면서 만족을 모르시다니. 다른 홀아비들은 어찌 살라는 겁니까? 혼쭐이 나셔야겠습니다!"

"홀아비는 무슨! 그런 이야긴 그만두게."

노평여는 능글능글한 표정으로 제형과 장백, 자곤, 이직을 가리키며 말했다.

"자네, 자네, 자네 그리고 자네도 그런 이야기할 때가 아닐 텐데. 자네들 춘부장과 자당께서 생각해 두신 게 없을 줄 아나? 시간문제일 뿐이네!"

자곤은 우울해하며 고개를 푹 숙이고 술을 홀짝거렸다. 그의 사정을 가장 잘 아는 이직이 큰 소리로 놀리기 시작했다.

"노형 정말 용하십니다. 우리 자곤이는 근래 혼처가 정해졌지요. 한림원 왕 대인의 여식입니다."

전성은 깜짝 놀라며 들뜬 목소리로 말했다.

"숭명서원崇明書院의 왕씨 집안 말입니까?"

그는 경성으로 시험을 치르러 오기 전에 충분히 공부했던 터라 그 말을 듣자마자 부러운 마음을 감출 수가 없었다. 노평여는 연장자답게 솔직하게 말했다.

"정말 축하하네. 왕씨 집안은 유서 깊은 문인 집안이라 자네에게 딱 어울리는 배필이네. 아우에게 축하주 한 잔 올리겠네."

"너와 의논하고 싶은 게 있다."

이직은 자곤에게 정성스레 술을 한잔 따르더니 탐욕스럽게 웃으며 말했다.

"최근 네 어머님께서 네게 얌전히 지내라고 하셨다던데 청하淸河[13]의 그 기녀와도 헤어지는 것이 어떠냐? 내가 대신 그 아이를 거둬 주마. 내 섭섭지 않게 대해 줄 것이야. 좌우지간 넌 곧 결혼할 테고, 왕씨 집안에선 절대 그 아이를 받아 주지 않을 것 아니냐."

자곤의 하얀 얼굴이 순식간에 시뻘게졌다. 그가 낮게 말했다.

"형님, 어찌 그런 어처구니없는 말씀을 하십니까! 연우 그 아이는……."

그는 난처한 눈빛으로 장백과 노평여, 전성을 바라보며 갑자기 입을 다물었다. 하지만 가슴 속에 솟구친 화 때문에 들고 있던 술잔의 술을 쏟고 말았다. 그는 고개를 돌리고는 이직과 눈을 마주치지 않으려 했다.

노평여는 자곤의 화난 모습을 보고 분위기를 바꾸기 위해 장백에게 말했다.

"가풍이 엄하기로는 해씨 집안이 유명하지. 그 집안은 사림 사이에서 고결하기로 칭송이 자자하지 않은가."

그는 일부러 의미심장한 말투로 말했다.

"오늘 들은 소식으로는 장백이 자네도 좋은 일이 있을 거라고 하던데. 곧 현모양처를 얻게 되는 것인가."

그 일은 함부로 말하기 어려웠다. 자칫하면 해씨 집안 규수의 이름에 먹칠을 할 수도 있기 때문이다.

제형은 알고 있었지만, 말을 아끼며 웃기만 했다. 이직이 깜짝 놀라 소

---

13) 현 하북성에 위치한 현의 이름.

리쳤다.

"해씨 집안이라고? 하지만 해씨 집안은 첩을 들여선 안 된다는 가법이 있지 않은가……. 윽, 차긴 왜 차느냐!"

그는 약간 취한 듯한 표정으로 제형에게 눈을 부라렸다.

전성은 속으로 또 한 번 씁쓸한 기분이 들어 의도적으로 이렇게 말했다.

"해씨 집안이라면 사윗감이 줄을 섰으니 하나 고르는 게 보통 일이 아니겠습니다."

장백은 담담한 얼굴로 말했다.

"혼인대사는 부모님의 뜻을 따라야 하는 법이네. 어찌 자식 된 도리로 사견을 말할 수 있겠는가?"

전성은 장백의 완곡한 반격에 우물쭈물하며 아무 말도 하지 못했다.

장백이 자곤을 향해 말했다.

"자고로 부인을 얻을 땐 현명함을 봐야지요. 원약에게 익히 들어 알고 있습니다. 대형은 포부가 큰 분이라 더 심사숙고하시는 것이겠지요. 집안이 평안하지 못하면 큰일 아닙니까."

장백의 말은 간결하지만 핵심을 짚는 말이라 자곤은 몹시 감동했다. 자곤은 홍안지기인 그녀를 떠올리며 크게 갈등하는 마음을 감추지 못했다.

자곤과 우의가 깊은 제형은 그런 그가 안타까워 저도 모르게 이렇게 말했다.

"꼭 그럴 필요 있습니까. 만약 제가 능력을 갖추어 스스로 앞길을 닦을 수 있게 된다면 은애하는 여인과 백년가약을 못 맺을 것도 없다고 생각합니다."

장백은 아무 말 없이 조용히 제형을 바라보다가 고개를 숙여 술을 조금 들이켠 후 말했다.

"예법이 엄격하니, 그 은애하는 여인이 임을 위해 자신의 명성과 앞날을 담보로 내놓게 하는 일은 없어야 할 것이야."

제형은 속으로 깜짝 놀라 멍하니 장백을 바라보았다. 그리고 한참 동안 아무 말도 하지 못했다.

번외 9

화로에 연기가 피어오르고
비취색 연못 위로 꽃잎이 지네

한 여인의 일생에 대체 몇 번의 삼 년이 있는 걸까? 추랑은 자신이 가장 무력했고, 행복했고, 달콤했고, 두려웠고, 절망적이었던 몇 번의 삼 년만 알고 있다. 그 시간은 전부 기다림 속에서 흘러갔다.

녕원후부에 들어왔던 해, 추랑은 겨우 일곱 살이었다. 손발이 빠르고 바느질 솜씨가 좋아 얼마 지나지 않아 녕원후부 차남의 처소로 들어가게 됐다. 그리고 몇 해가 지나서야 추랑은 그분의 이름을 알게 됐다. 오랫동안 그분은 그저 추랑의 '둘째 도련님'이었다. 하지만 이름을 알았다 해도 소용없었을 것이다. 어쨌든 그녀는 까막눈이고, 녕원후부로 시집온 성가 마님처럼 글을 알거나 식견이 있다거나 수려하고 아름다운 서체를(듣자 하니 그걸 잠화소해簪花小楷[1]라고 부른다고 한다) 쓸 수 있는 것도 아니었으니까.

---

[1] 진晉나라의 위 부인이 만든 서체. 작은 해서체의 일종.

추랑이 들어왔던 해, 둘째 도련님은 열 살도 채 안 됐었다. 하지만 저 소 곳곳은 어여쁜 어인들로 가득했다. 후부는 품삯도 두둑하고 분첩이 나 장신구나 어느 하나 부족한 적이 없었기 때문에 모든 여인이 기를 쓰고 몸을 단장했다. 일등 시녀 세 명, 이등 시녀 예닐곱 명, 삼등 시녀 십여 명에 심부름하는 계집, 막일하는 어멈, 문간방 어멈 등등 모두가 태양을 중심으로 도는 별처럼 주인 하나만 바라보고 있었다.

안타깝게도 그 잘생긴 눈은 장님에게 팔아 버린 것인지 둘째 도련님 은 어려서부터 말타기와 무예 말고는 아무것도 눈에 보이지 않는 것 같 았고, 여인과는 일절 어울리지 않았다.

그렇지만 그녀가 상관할 바는 아니었다. 그때는 눈에 띄지 않는 계집 종에 지나지 않았으니까. 평소에는 청소나 바느질 같은 허드렛일을 하 느라 열흘, 길게는 보름에 한 번 주인의 얼굴을 볼까 말까 했다. 게다가 태어나길 남들보다 잘난 것도 없고 말주변도 없는 데다 별생각도 없어 서 다른 사람들은 추랑을 신경 쓰지 않았다. 그때의 추랑은 꿍꿍이 따위 품지 않고 가족들이 자신을 데려가주기만을 손꼽아 기다렸다.

삼 년이 훌쩍 지났건만 집에서는 아무 소식도 없었고, 마음만 아련하 게 아파 왔다. 그러다 어느 여름날 오후, 운명 같은 일이 벌어졌다. 그녀 가 평소와 다름없이 빗자루를 들고 정원을 쓸고 있을 때 둘째 도련님이 바람처럼 나타난 것이다.

수십 년이 흐른 뒤에도 추랑은 그때의 둘째 도련님 모습을 똑똑히 기 억했다. 훤칠하고 당당한 자태의 소년이 검은색과 붉은색이 섞인, 진주와 자수 장식이 있는 비단 전포箭袍[2]를 입고, 허리에는 여의주를 차지하려는 흑룡 두 마리의 자수와 옥돌이 장식된 허리띠를 차고 있었다. 이마에는 금망문金蟒紋[3] 말액을 차고, 까만 머리는 가볍게 묶고 있었으며, 준수한 얼굴에는 땀방울이 살짝 맺혀 있었다.

소년은 이렇게 무더운 오후에 바닥을 쓸고 있는 게 이상해 보였는지 까맣게 반짝이는 눈으로 추랑을 흘끗 쳐다보고는, 곧바로 몸을 씻고 옷을 갈아입기 위해 방으로 쌩하고 들어갔다.

추랑은 빗자루를 잡고 그 자리에 멍하니 서 있었다. 한여름 뙤약볕에도 붉어지지 않던 얼굴이 갑자기 후끈 달아올랐다.

그녀의 소녀 시절은 그렇게 시작됐다.

둘째 도련님은 보통 귀족 자제와는 달랐다. 전신에 후광이 비치고 총기가 넘쳤다. 생기 있고 위풍당당한 모습, 신궁 같은 활 솜씨와 온갖 무기를 다루는 다재다능함, 재빠른 주먹과 날쌘 몸놀림, 호탕하고 시원시원한 미소, 빠른 행동력 덕에 고가 둘째 공자는 경성 전체에 당당하게 이름을 날리고 있었다. 가끔 손님으로 찾아오는 고상한 공자님들은 둘째 도련님과 나란히 서 있으면 파리하고 창백한 것이 병든 병아리 같았다.

처소의 여자아이들은 늘 파리 떼처럼 모여 주인의 모습을 주시했다. 이런데 추랑이 어찌 자신의 속마음을 드러낼 수 있었겠는가. 그녀는 그저 일을 더 찾아서 할 궁리만 했다. 운이 좋으면 둘째 도련님을 한 번이라도 더 볼 수 있을지 모르니까. 어쩌다 도련님을 보게 되는 날에는 얼굴

2) 궁술복.
3) 이무기 문양.

이 벌게지고 한참 동안 가슴이 세차게 뛰곤 했다.

그 시절 추랑의 가장 큰 바람은 매일 소년의 얼굴을 보는 것이었다. 잠자리에 들면 날이 밝길 기다리고, 날이 밝으면 소년이 나가길 기다리고, 해가 지면 다시 다음날이 되길 기다렸다……. 그렇게 또 삼 년이 흘렀다.

그녀도 점점 소녀의 면모를 갖춰갔다. 가슴도 나오고 허리도 잘록해졌다. 하지만 능화경 앞에 서서 평범하기 이를 데 없는 자신의 외모를 보면 또 한참 동안 우울해졌다. 둘째 도련님 방에 들어간 계집종들은 다들 원앙처럼 예쁘고 봉황처럼 요염했다. 게다가 같은 방을 쓰는 황앵黃鶯 언니는 모란꽃처럼 농염해 눈을 뗄 수 없을 정도였다. 추랑은 현실을 자각하고 본분을 지키는 데 최선을 다했다. 말을 아끼고, 자기와 상관없는 일에 관심을 두지 않고, 그저 부지런히 일했다. 계집종들의 치열한 암투에도 끼지 않고 지켜보기만 했다.

추랑은 똑똑하진 않았지만, 그들이 옳지 않다는 것은 분명히 알고 있었다. 하지만 나서서 단속하는 사람이 없어 답답했다. 나중에 청소하는 어멈이 하는 말이 태부인…… 아, 그때는 아직 녕원후 부인이셨다. 어쨌든 마님의 성격이 본래 너그럽기도 하고, 또 후처로 들어오셔서 그런지 둘째 도련님 처소 일엔 함부로 관여하시지 않는다고 했다. 그래서일까? 둘째 도련님이 하루하루 장성하면서 계집종 간의 은근한 경쟁과 잔꾀는 음험한 경쟁과 수법으로 변화했다.

그리고 끝내 사달이 나고 말았다.

둘째 도련님 처소의 자안紫雁은 가장 오랫동안 도련님의 시중을 든 아이로 가장 신뢰받는 아이이기도 했다. 그런데 놀랍게도 회임한 것으로 밝혀졌다.

고 대인은 노발대발하며 마님까지 나무랐고 당사자를 결박하여 문책

했다. 자안은 맹세코 탕약을 버린 적 없다며, 누군가가 자신을 음해하려는 것이라고 눈물로 호소했다. 이를 계기로 더 깊이 조사하자 숨어 있던 많은 일이 드러났다. 고 대인은 몸이 휘청거릴 정도로 격노하며 둘째 도련님을 꾸짖었다.

"색이나 밝히는 놈이 무슨 큰일을 하겠느냐!"

소년은 가만히 서 있었다. 처음에는 영문을 모르겠다는 표정이다가 나중에는 오기 가득한 얼굴로 바뀌었다. 구석에 숨어 상처받은 그를 바라보자니 추랑의 가슴이 너무도 아팠다. 혈기왕성한 열네다섯 살짜리 소년은 꽃밭에 둘러싸여 자신도 모르는 사이에 벌과 나비의 꾐에 말려들었다. 여태껏 그에게 가르쳐준 사람도 없었고, 경고한 사람도 없었으니 제대로 대처할 수 없는 게 당연했다.

그때 고 대인은 둘째 도련님의 혼처를 찾고 있던 참이었다. 혼례도 치르기 전에 서자부터 생기면 어찌 좋은 가문과 맺어질 수 있겠는가?

소년은 사건의 심각성을 알고 있었지만, 강인하게 버티며 자안을 보호하려 했다.

"제가 벌인 일은 제가 감당하겠습니다."

고 대인은 인내심의 한계를 느끼고 그를 결박하여 엄청난 매질을 했다. 마님은 곁에서 흐느끼며 고 대인을 말렸다.

이유는 모르겠지만, 추랑은 좋은 사람 노릇밖에 할 줄 모르는 마님이 너무 미웠다.

고 대인은 자안에게 억지로 약을 먹여 내쫓은 뒤 도련님 주변 사람들을 직접 처리했다. 특히 곱게 생긴 아이들은 대부분 내보냈다. 그렇게 삽시간에 둘째 도련님 방이 휑해졌다. 어느 날 고 대인이 외출을 하다 묵묵히 빗자루질하고 있던 추랑을 발견했다. 본분을 지키고 충실하게 일하며 남의 눈길을 끌지 않는 평범한 외모를 가진 추랑을 본 고 대인은 그녀를 둘째 도련님 방으로 들여 시중을 들도록 했다. 그렇게 꿈처럼 추랑은 소년의 곁으로 가게 됐다.

정과 의리를 중시하는 둘째 도련님은 자기 상처가 낫기도 전에 자안이 어떻게 됐는지부터 알아봤다. 그는 자안을 급히 외지로 시집보낸 것을 알고 한참 동안 아무 말도 하지 않았다. 심지어 고 대인과는 몇 달 동안 말도 섞으려 하지 않았다. 추랑은 자신이 말주변이 없고 위로하는 재주도 없다는 것을 알았기에 묵묵히 시중만 들었다. 오랜 시간이 흐르자 소년은 차츰차츰 추랑을 신뢰하게 됐고 제 사람으로 받아들였다.

갈수록 부자간 사이가 나빠지고, 바깥에 떠도는 그의 평판도 갈수록 나빠졌지만, 추랑은 행복감에 날아갈 것 같았다. 마음에 둔 정인이 눈앞에 있는 것도 모자라 자신에게 늘 따뜻하고 상냥하게 대해주고, 밖에 나갔다 돌아오면 작은 선물도 주곤 했기 때문이다. ……도련님의 말 대부분을 이해하지 못한 게 흠이긴 했지만.

위청衛靑[4]과 곽거병霍去病[5]은 누굴까? 둘째 도련님이 자주 거론하는 거로 봐선 엄청 대단한 사람인 것 같은데. 기병이 그리도 대단하다면 아예 모든 병사를 말에 태우면 되는 거 아닌가? 우회 진격이란 말은 또 무슨 뜻일까?

그래도 괜찮았다. 수많은 미인이 새로 들어와도, 도련님이 밖에서 색을 탐하고 말썽을 일으켜도, 그저 평생 도련님 곁에서 시중들 수만 있다

---

4) 한무제 때의 명장.
5) 어린 나이에 위청과 함께 흉노를 정벌한 장수.

면 그걸로 바랄 게 없었다. 그때가 가장 행복했던 삼 년이었다. 그리고 만랑이 나타났다.

추랑은 도련님이 밖에 여인을 둔 것을 알고 있었다. 그 일로 부자간에 수 없는 언쟁과 다툼이 있었지만, 감히 제 생각을 드러내지 않았고, 그저 곁에서 묵묵히 보살펴 드리기만 했다. 이상하게 만랑에게는 질투심이 느껴지지 않았다. 둘째 도련님이 만랑 때문에 온 집안을 떠들썩하게 만들긴 했지만, 그녀는 본능적으로 알 수 있었다. 외첩에 대한 도련님의 마음이 바깥사람들이 말하는 것처럼 크지 않다는 것을.

추랑이 보기에 둘째 도련님은 자안을 보호하지 못한 것에 대한 마음의 상처를 안고 있는 것 같았다. 이번에는 만랑이 보호해야 할 대상이 된 것이다. 거기다 그는 부친에게 강한 반발심을 가지고 있었기에 부친이 하지 말라는 일일수록 더 하려고 했다……. 당연히 그것도 일종의 사랑이겠지만.

이렇게 두렵고 조마조마한 마음으로 삼 년을 보내다 갑작스러운 소식을 들었다. 외첩이 이미 아들 하나와 딸 하나를 낳았다는 소식이었다!

추랑은 그 시절의 일들은 기억하고 싶지 않았다. 항상 총기 넘치고 명랑하던 둘째 도련님은 점점 과묵하고 어둡게 변했고, 자포자기한 듯 고대인에게 정면으로 대항했다. 게다가 갖가지 말도 안 되는 일들이 벌어지기도 했다.

상황이 점점 더 심각해지자 추랑은 제발 둘째 도련님이 하루빨리 어질고 온화한 부인을 만날 수 있게 해 달라고 달님에게 기도하기 시작했다. 그렇게 되면 모든 일이 해결될 테고, 설사 외첩을 불러들인다 해도 무방하니 말이다. 더구나 나중에 부인이 적자를 낳으면 추랑 역시 자식을 가질 수 있을지도 몰랐다.

하루하루 기도를 드리며 또 삼 년을 보내고, 마침내 도련님에게 부인이 생겼다. 신부는 성이 여 씨이고, 이름은 언홍으로 어여쁜 여인이었다. 하지만 신부가 후부로 들어온 지 사흘 만에 추랑은 그 소원을 빌지 말았어야 했다고 생각했다.

두 사람은 고작 몇 개월 만에 평생 싸울 양만큼 모두 싸웠다. 여 씨는 성질이 보통이 아니었고, 둘째 도련님도 만만한 성격이 아니었기 때문에 두 사람은 사흘에 한 번꼴로 살벌하게 싸웠다. 여 씨는 첩과 통방에게 더 못살게 굴었다. 그때 추랑은 악몽 같은 세월을 보냈다. 다행히 그녀는 평범한 외모에 고 대인의 분부로 들어간 것이라 화는 면할 수 있었다.

활시위도 버텨낼 수 있는 강도 이상으로 당겨지면 결국은 끊어지는 법이다.

둘째 도련님은 더 이상 후부에서 지낼 수가 없어 집을 나가 버렸다. 추랑은 자신의 방에 숨어 벌벌 떨고만 있었다. 집안에 무슨 일이 생겨도 감히 물어볼 엄두조차 내지 못했다. 얼마 지나지 않아 여 씨와 고 대인이 잇달아 세상을 떠났고, 둘째 도련님도 분상하러 잠깐 집으로 돌아왔다. 아쉽게도 그녀는 도련님의 얼굴은 보지 못했다.

향씨 어멈이 첩과 통방들에게 거취를 물었을 때 대부분은 둘째 도련님이 영영 돌아오지 않을 거라 여기며 나가고자 했고, 오로지 추랑과 공홍초만 남겠다고 했다. 향씨 어멈은 둘에게 후부 구석의 작은 처소를 내주며 그곳에서 사는 동안 아이를 돌보라고 했다.

그곳은 비구니 암자처럼 적막했고 쥐 죽은 듯 고요했다. 어린 용이마저 매일 암울한 얼굴로 하루를 보냈다. 평소 입고 먹는 용도로 쓰는 비용도 중간에서 많이 뜯겼다. 세 사람은 우울하게 하루하루를 보냈다. 그렇게 눈 깜짝할 사이에 삼 년이 또 지나갔다.

둘째 도련님이 금의환향했을 때 추랑은 기뻐서 어쩔 줄 몰랐다. 후부의 하인들도 도련님의 소식을 듣고 태도를 싹 바꿔 세 사람에게 맛있는 음식과 좋은 옷을 제공했다. 공홍초는 그 상황을 마음껏 누렸지만, 추랑은 신경도 쓰지 않았다. 그저 하루빨리 도련님을 볼 수 있기만을 바랐다.

정말로 둘째 도련님과 마주하게 됐을 때 추랑은 선뜻 다가갈 수 없었다. 자신을 바라보는 도련님의 눈빛에 과거와 같은 친근함이 없었기 때문이다. 도련님은 자신을 순수하게 보살피고 보상해줘야 할 대상으로만 보았다. 그녀의 둘째 도련님은 완전히 딴사람이 되어 있었다.

추랑 앞에는 깊이 있고 진중한 어른 남자가 서 있었다. 예전처럼 날카롭고 완강했던 둘째 도련님은 온데간데없고, 담담하게 조롱하거나 냉정한 침묵을 유지하며 속을 드러내지 않는 사람만 있었다. 계화꽃으로 술을 담고 발효하면 그윽하고 깊은 향을 내는 것처럼 남자도 오랜 세월 동안 단련되어 더 훌륭하게 변한 것이다.

더 중요한 것은 그의 곁에 젊고 예쁜 새 부인이 서 있다는 점이다. 수양버들처럼 여리여리하고 봄바람처럼 포근한 미소로 사람들과 잘 어울리는 선한 사람이었다. 두 사람이 나란히 있으면 선남선녀가 따로 없었다. 그녀는 추랑이 매일 달님에게 빌고 빌었던 그런 부인이었다.

하지만 추랑은 온전히 기뻐할 수 없었다. 왠지 모르겠지만, 몇십 년 동안 느껴보지 못했던 질투라는 감정이 고개를 들었다.

새 부인의 빼어난 미모를 본 추랑은 무의식적으로 자기 얼굴을 매만졌다. 그렇지 않아도 둘째 도련님보다 한두 살 많은 자신이기에 그 순간 자신이 더 초라하게 느껴졌다. 낙담했지만 추랑은 자신을 계속 다독였다. 괜찮아, 괜찮아. 원래부터 뛰어난 외모는 아니었잖아. 도련님도 그런 나를 싫어하진 않았어.

이후의 삶은 그녀가 상상했던 것과는 너무나 달랐다. 둘째 도련님은 추랑과 지난 인연을 이어갈 계획이 선혀 없는 것 같았다.

나리의 눈과 마음에는 오직 새 부인밖에 없었다. 두 사람이 함께 얘기를 나눌 때면 어찌나 마음이 잘 맞는지 세상에 둘만 있는 것처럼 서로에게 집중했다. 그 모습을 볼 때마다 추랑의 가슴은 또다시 아파 왔다.

새 부인은 뭐든지 알았다. 나리가 이목李牧[6]을 두고 아쉬워하면, 부인은 "내정이 불안하고 군주가 어리석으면 좋은 장수가 있어도 아무 소용 없지요."라고 말했다. 나리가 승진한 후 녹만 축내는 각 관청의 관료를 비난하면, 부인은 "당신은 정사를 잘 이해하고 있으니 좋은 장군이시군요."라며 달랬다. 그렇게 나리의 마음을 차분하게 만들 수 있는, 이치에 밝고 총명한 사람이었다.

추랑은 자기 심정을 이해해줄 수 있는 사람이 하나도 없는 것 같아 한동안 너무 괴로웠다. 그래도 추랑은 부인에게 절대 대적하지 않았다. 부인이 싫다면 그녀는 평생 통방 몸종으로 지내도 좋았다. 그녀는 아무것도 바라지 않았다. 둘째 도련님 곁에만 있을 수 있다면 그걸로 충분했다.

하지만 추랑의 작은 바람은 이루어지지 않았다.

모두가 보는 앞에서 은애하는 이에게 질책을 받고, 부인에게 얼굴을 들 수 없을 정도로 혼쭐이 났고, 몇 차례 따귀까지 맞았다. 추랑은 능화경에 비친 자신의 처참한 얼굴을 보고서야 마음을 접을 수 있었다. 새 부인이 자신을 받아들이지 못하는 것이 아니라 둘째 도련님 마음에 누군가가 들어설 빈자리가 없다는 것을 안 것이다.

6) 전국시대 조趙나라의 명장. 적국이었던 진秦나라 사신의 꾐에 넘어간 조나라 간신의 모함으로 왕에 의해 사형됨.

그녀는 평범하디 평범한 여인이다. 단 하나 장점이 있다면 자신의 운명을 받아들일 줄 안다는 점이었다.

후부에 들어와 몸종이 됐을 때 가족은 오랫동안 그녀를 데리러 오지 않았다. 추랑은 슬펐지만 잘 이겨냈다. 도련님 처소에 고운 아이들이 넘쳐났을 때 임은 그녀를 봐주지 않았지만, 추랑은 곁에서 훔쳐볼 수 있는 것에 만족하며 그 시간을 넘겼다. 도련님 곁에 있게 되었을 때 밖에 다른 여인이 있다는 것을 알고 실망했지만 또 한 번 잘 견뎌냈다.

사실, 추랑은 찬밥 신세가 되더라도 평생 도련님 곁을 지키기로 마음먹었다. 지금은 잘 먹고 잘 입고 징원에서 그녀를 무시하는 사람도 없다. 게다가 용이도 자기 곁에 있는데 만족하지 못할 게 뭐가 있겠는가?

용이를 열심히 키우다보면 앞으로 삼 년 내에 용이의 혼처를 고민해야 할 것이다.

또 삼 년이 지나면 용이가 시집갈 것이고, 또 삼 년이 지나면 외손자를 볼 수 있을 것이다⋯⋯.

그렇게 살아가는 것이다.

번외 10

해님 보기 부끄러워 소매로 얼굴을 가리고,
수심이 이는 봄날이라 화장하기도 귀찮아지네

차삼낭은 어려서부터 부모님과 떠돌이 생활을 했다. 하루는 눈먼 점쟁이가 그녀의 만두 반쪽을 얻어먹고는 보답으로 점괘를 봐주었다. 그는 차삼낭에게 말했다.

"너는 평생 열심히 일해야 할 팔자구나. 부와 명예를 모두 얻게 되더라도 계속 바쁘게 일할 사주다."

차삼낭은 그 말을 완전히 무시했다.

감히 누굴 속이려고? 모두 강호를 떠돌며 밥 빌어먹고 사는 처지다. 그녀는 어설픈 권술拳術로, 눈먼 점쟁이는 세 치 혀로 적당히 상대를 속이면서 먹고 사는 형편 아닌가. 서로의 속사정을 모를 리가 없다. 그리고 어느 부자가 악착같이 일한단 말인가. 그런 허튼소리는 귀신이라면 차라리 믿을지도 모르겠다.

먼 훗날 그녀는 이 일을 떠올리며 입을 삐죽거렸다.

'눈먼 점쟁이의 말이 참말이었구나.'

어린 시절 가난에 허덕이며 살았던 일은 뭐 대수롭지도 않다. 그녀는 밥, 빨래 등 모든 집안일을 책임지고 병든 어머니까지 보살펴야 했다. 가끔은 아버지를 따라 밖에 나가 목청 높여 손님을 끌어모으며 장사를 하기도 했다. 덕분에 억척스럽고 야무진 아이로 자랐다. 많은 사람이 빠릿빠릿하고 유능한 차삼낭을 좋아했고, 혼담을 넣는 사람들도 많았다.

열아홉 살 되던 해 아버지가 돌아가셨고, 그녀는 미천한 일이라도 닥치는 대로 해야 했다. 어떻게 이것저것 따질 수 있겠는가. 아버지의 상중에 그녀는 병약한 어머니를 모시고 별 볼 일 없는 조방 졸개에게 시집갔다. 그의 이름은 석갱이었고, 그녀는 남편을 큰 석두라고 불렀다.

큰 석두에게는 코흘리개 동생 작은 석두가 있었다.

두 형제는 일찍이 부모님을 여의고 서로 의지하며 살았다. 하지만 큰 석두는 사내 된 도리로 식구들의 생계를 책임져야 했기 때문에 어린 동생을 보살필 시간이 없었다. 코흘리개 어린아이는 빼빼 마른 몸에 누렇게 뜬 얼굴로 몸에 맞지도 않는 큰 옷을 걸치고, 자기 발보다 훨씬 큰 신발을 신고 다녔다. 조그마한 손이 동상에 걸려 있는데도 차삼낭에게 '누님' 하고 부르며 킥킥 바보 같은 웃음을 짓는 아이였다. 차삼낭은 안쓰러운 마음에 친아들처럼 세심히 보살피기 시작했다.

남편은 진중하고 경륜 있는 사람이라 큰일은 알아서 잘했지만, 작은 일에 있어서는 차삼낭이 도와주거나 수시로 당부해줘야 했다. 같은 조방 형제에게 변고가 있으면 남편은 다른 사람을 찾아가 의논하곤 하는데, 가장 먼저 찾는 사람이 차삼낭이었다. 조방 형제들이 자리를 비운 사이 급한 일이 생기면 그녀는 큰형수로서 책임을 피할 수가 없었다. 부부두 사람 손발이 닳도록 함께 일하고 함께 고생했다. 어느 일이고 그녀가 마음 졸이지 않는 일이 어디 있을까? 뭐든 곱씹어 생각해야 하고, 큰 석두가 밖에서 일하다 잘못되진 않을까 걱정하는 등 집안 안팎을 신경 쓰다 보니 일 년 내내 그녀는 남편보다 더 바빴다.

못사람들은 가끔 우스갯소리로 말하곤 했다. 비록 차삼낭이 큰 석두를 가장이라고 부르지만, 실제로는 차삼낭이 절반의 가장이라고 말이다.

오랜 고생 끝에 마침내 기반을 다졌다. 하지만 작은 석두의 혼사 일로 또다시 마음을 졸여야 했다.

작은 석두는 어려서부터 형님과 형수의 모습을 보고 자라서인지 규방에서 자란 유약한 여인에겐 관심을 두지 않았다. 그렇다고 저잣거리 별볼 일 없는 집안의 아가씨를 원하지도 않았다. 차삼낭이 작정하고 자신과 비슷한 억척스러운 처자 하나를 알아봐주었지만, 그 처자를 본 작은 석두는 또 죽을상을 지으며 이렇게 말했다.

"왠지 누님을 보는 느낌이라 신방에도 못 들어갈 거 같아요."

그 말에 차삼낭은 화를 못 이기고 작은 석두의 등짝을 후려쳤다.

작은 석두도 나이를 먹을 만큼 먹었다. 그녀의 슬하엔 딸 둘 뿐이라 가업을 물려받고 향불을 피워 줄 사람이라곤 작은 석두밖에 없는데, 미래의 동서를 어디서 찾아야 하나 하는 막막함과 초조함에 차삼낭의 입가엔 물집이 다 잡혔다.

그래도 하늘도 보고 계셨던지 하루는 작은 석두가 몸을 배배 꼬며 마음에 드는 아가씨가 있다는 이야기를 꺼냈다. 차삼낭은 기쁜 마음에 꼬치꼬치 캐묻기 시작했고, 상대가 고정엽 나리의 새 부인을 보살피는 몸종이라는 사실을 알아냈다.

남편은 그 부분에서 주저했다. 이제 얼굴을 들고 다닐 수 있을 정도로 돈이면 돈, 권세면 권세까지 다 갖춘 마당에 선비 집안의 아가씨를 들이는 것도 어렵지 않은데 군이 몸종을 들이겠다고?!

차삼낭은 남편보다 더 현명했다. 자기 출신이 어떠한가. 어릴 때부터 바깥에 얼굴 드러내며 무예로 밥 벌어 먹고살던 사람이다. 남편은 또 어떠한가. 듣기 좋게 말하면 '영웅호걸'이지만 나쁘게 말하면 조운漕運 부두에서 먹고 살던 건달이었다. 만약 좋은 집안 출신의 동서를 들인다면 결이 맞지 않아 한솥밥을 먹으며 살아갈 수 있을지 미지수였다. 나중에 장, 차남 집끼리 감정싸움이 벌어졌을 때 동서가 좋은 집안 출신이라는 것을 무기로 쉽게 승복하려 하지 않는다면 그걸 어찌 해결한단 말인가?

차라리 그 몸종을 동서로 들이는 것이 좋을 것 같았다. 서로 출신이 비슷하니 형님 노릇 하기도 편할 것이고, 녕원후부와의 관계도 돈독히 할 수 있으니 일거양득이 아닌가? 석갱은 아내의 말을 잘 듣고 어린 동생을 아끼는 사람이다. 그는 결국 차삼낭의 설득에 넘어가 경성에 올라갈 때 아내와 아우를 데려가서 후부에 혼담을 넣기로 했다.

그 후로 일 년 반이 지나고 신부가 왔다. 석씨 집안은 으리으리하게 혼례를 치렀다. 작은 석두 부부는 알콩달콩 행복한 나날을 보냈고, 형님 부부에게도 전보다 더 예를 갖춰 공손히 대했다. 그 모습을 보자니 차삼낭의 마음도 훈훈해졌다. 다만 동서의 됨됨이는…… 어떻게 말해야 할까?

차삼낭은 동서가 들어온 뒤 새로운 고민에 빠졌다. 동서는 몸종 출신이긴 하지만, 고관대작 부인 밑에서 자란 아이이므로 여러 일도 처리해봤을 테고 사람도 관리해봤을 터였다. 그렇다면 안살림 권한을 넘겨줘야 할까? 넘겨주기 싫은 것은 아니었지만, 아무래도 갓 들어온 사람이라 좀처럼 마음이 놓이지 않았다.

하지만, 실제로 맡겨보니 그것이 기우였고 너무 비뚠 생각이었다는 것을 알게 되었다.

동서는 거의 모자라다고 할 정도로 정직하고 착한 사람이었다.

동서에게 심부름을 시키면 사탕 사 먹을 돈 한 푼이라도 꿍쳐 두는 법이 없었다. 그녀에게 조카딸 두 명이 말썽을 피우지 못하게 단속하라고 시키면 그녀는 두 눈을 부릅뜨고 아이를 지켜봤고, 차삼낭이 "그만 됐다."라고 말하기 전에는 절대 한 걸음도 움직이지 않았다. 그녀에게 하인의 품삯을 나눠 주라고 이르면 동전 개수하나 틀리는 일이 없었다.

차삼낭이 장부를 볼 때면 동서는 먹과 종이를 준비했다. 관사 어멈을 불러 일 처리를 논하면 그녀는 차를 따라 주고 부채질을 해주었다. 차삼낭이 조방의 아낙들을 불러 한담을 나누면 그녀는 방실방실 웃으며 옆에서 해바라기씨를 까 주었다. 항상 밝고, 온순하고 말을 잘 따랐다. 큰일이든 작은 일이든 차삼낭의 생각을 물어보고 자신의 계산과 생각은 조금도 섞지 않았다.

석씨 형제가 모두 자리를 비운 어느 날, 외출하고 싶어진 차삼낭은 동서에게 보름 정도 혼자서 집을 돌보라고 말했다. 그러자 동서는 그자리에서 눈물을 펑펑 쏟으며 그녀의 소매를 붙잡고 새끼 고양이 마냥 울었다.

"형님이 안 계시면 저는 어쩌라고요? 형님 저도 데리고 가셔요. 착하게 말 잘 들을 테니 혼자 두지 마세요. 저한테 일을 맡기시면 안 됩니다……. 누가 저 멍청하다고 팔아버리면 어떡해요?"

차삼낭은 화가 치밀어 올라 야단쳤다.

"자네는 어찌 그리 어리석은가?!"

동서가 멍하니 말했다.

"시집올 적에 마님이 앞으로 형님 말씀만 잘 들으면 된다고 하셨단 말이에요."

차삼낭은 물러서지 않고 말했다.

"어찌 됐든 스스로 생각하는 법을 배워야지! 이제 가정도 이루지 않았는가!"

동서는 바보같이 웃으며 말했다.

"형님이 계신데 제가 왜 생각을 해요?"

차삼낭은 역정을 냈다.

"앞으로 분가하면 어떻게 할 건가? 그때는 누구한테 대신 생각해달라 할 텐가!"

"형님, 절 내보내시려고요?!"

동서는 얼굴이 하얗게 질린 채로 눈물을 흘리며 뛰쳐나갔다.

차삼낭은 그녀의 눈물이 놀랍고 당황스러웠다. 어쩔 수 없이 본인의 말은 그런 뜻이 아니었노라며 애써 어르고 달랬고, 이래저래 타이른 끝에 사건은 마무리됐다. 그 일이 벌어진 후, 차삼낭은 딸 하나를 더 키우고 있다는 생각이 들어 깊은 한숨이 나왔다. 그래도 종국에는 딸도 출가외인이 되는데 동서는 자기 옆에 평생 붙어 있을 심산인 것 같았다.

결정이 필요할 때마다 자신을 찾는 걸 제외하면, 다른 부분은 대체로 좋은 사람이었다. 바느질이며 부엌일이며 못하는 게 없었고, 다림질도 정갈하게 잘했다. 두 딸은 바보 같은 숙모를 좋아했고 그녀에게 아녀자의 법도와 자수를 배웠다. 늘 한데 모여 조잘조잘 수다를 떨며 자매처럼 지냈다.

동서는 시집온 이듬해에 건강한 아들을 낳았고, 그 후에도 딸과 아들을 차례로 낳았다. 늘 식구가 적었던 석씨 집안은 시끌벅적해졌다. 차삼낭은 두 부부가 아이 키우는 게 힘들까봐 자주 가서 거들어주었다. 그런데 동서는 의외로 뻔뻔한 찰거머리파였다. 자신은 아이에게서 손을 털고 아예 차삼낭에게 아이 보는 일을 맡기고는 속 편하게 곁에서 살짝 거들기만 했다.

"앞으로 아이들이 니만 찾고 사네는 거들떠보지도 않으면 어쩌려고 그러는가!"

차삼낭은 매섭게 혼을 냈다.

그러면 동서는 그녀의 어깨에 기대며 애교 섞인 목소리로 말했다.

"저도 이렇게 형님을 따르는데요, 뭘. 우리 모두 형님을 따르네요. 형님이 최고예요."

차삼낭은 하늘을 올려다보며 긴 한숨을 내쉴 수밖에 없었다.

두 딸이 시집간 후, 차삼낭은 동서와 잘 이야기해보자 결심했다.

"자네도 이제 내게 기대기만 해선 안 되네. 스스로 생각하고 결정도 해봐야지 않겠나."

그녀는 노파심에 독하게 말했다.

"나도 언젠가는 늙어 죽을 텐데 나중에 우리 부부가 없으면 그땐 어떻게 살아가려고 그러는가?"

동서는 순박하고 천진난만하게 웃으며 답했다. 통통하고 혈색 좋은 얼굴에는 근심으로 인한 주름 따윈 하나도 보이지 않았다.

"그때요? 그때가 되면 첫째도 둘째도 짝을 찾지 않겠습니까? 그러면 며느리에게 맡기면 되지요."

차삼낭은 불같이 화를 냈다.

"며느리가 자네를 얕보면 어쩌려고!"

동서는 아무렇지 않다는 듯 손을 내저으며 말했다.

"문제없어요. 저도 다 생각해 뒀죠. 나중에 아이들이 모두 가정을 이루면 저는 마님에게 돌아가서 마님과 함께 살 생각이에요. 마님이 계신데 누가 저를 업신여기겠습니까."

차삼낭이 눈을 동그랗게 뜨고 물었다.

"자, 자네 지금 그게 무슨 소린가……?"

동서는 동경하는 표정으로 말했다.

"저는 어려서부터 저희 집 방씨 어멈을 존경했어요. 그때부터 쭉 생각했죠. 방씨 어멈처럼 평생 마님 곁을 지키면서 살면 얼마나 좋을까 하고요."

"자, 잠깐, 잠깐."

늘 똑 부러지던 차삼낭도 순간 멍해졌다.

"그 방씨 어멈이란 사람은 중년에 남편을 여읜 후에야 성 노대부인 곁으로 돌아간 거 아니었나?"

동서는 눈을 깜박이더니 고개를 갸웃하고 말했다.

"어쩌면…… 어쩌면 그때쯤 저도 과부가 돼 있을지 모르잖아요……."

차삼낭이 입을 열기도 전에 뒤쪽에서 분노에 찬 포효가 들렸다.

"당신은 내가 일찍 죽길 바라는 것이오!"

화가 머리끝까지 난 작은 석두가 문 앞에 서 있었다. 이어서 두 사람은 매달 정기적으로 한 번씩 벌이는 말다툼을 시작했다.

차삼낭은 무기력하게 천장을 올려다보며 말했다.

"그만."

그녀의 타이름도 다시 시작됐다.

오래전에 차삼낭은 자신이 더 이상 아이를 낳을 수 없다는 사실을 알았다. 그때만 해도 딸들이 시집가고 나면 남편과 적적하게 노년을 보내겠거니 했는데……. 에휴, 지금 돌아가는 꼴을 봐라. 적적은 개뿔!

〈서녀명란전 끝〉

작가 후기

이 이야기는 성씨 집안 여섯째 아가씨의 사연에서 출발하여 그녀가 행복을 찾으며 끝이 납니다.

모든 감정적인 혼란은 제씨 집안 소년이 발을 들추며 들어오던 어느 오후부터 시작되어 그가 생을 마감할 때 끝이 나죠. 그가 행복하게 눈 감았는지 아무도 알 수 없습니다.

우리 기억 속에는 한 가족의 번성으로 시작하여 아름다운 종결로 마무리되는 스토리로 남아 있기도 합니다.

꽃이 피고 지는 일은 늘 되풀이됩니다.

나라, 혈통, 문명 모두 마찬가지입니다.

저는 태평성대를 누리는 한 시대를 글로 옮기고 싶었습니다. 현명한 군주와 결단력 있는 장군이 있고, 동시에 교활한 기회주의자와 빈틈 있는 모략가가 있고, 선혈이 낭자하고 참혹하지만 더욱 찬란한 미래가 있는, 그런 모습을 그려보고 싶었습니다.

그리고 정상을 향해 오르는 한 가족의 이야기를 글로 옮기고 싶었습니다. 늘 심사숙고하는 가장과 공명정대한 아들, 강하고 아름다운 딸이 함께 지내며 눈물을 흘릴 때도 있고 상처를 줄 때도 있지만, 결국 단합하여 고난을 딛고 행복을 맞이하는 이야기를 말입니다.

『知否知否应是绿肥红瘦지부지부응시녹비홍수』에 등장하는 핵심 인물의 이야기는 그들이 강했거나, 약했거나, 착했거나, 악독했거나, 성공했거나, 실패했거나와 관계없이, 그들이 울었든, 웃었든, 행복했든, 상심했든 어떤 식으로든 마무리되었습니다.

이제 더 이상 그들에 관한 이야기는 쓰지 않을 생각입니다.

독자 여러분께 진심으로 감사의 마음을 전합니다.

이번 작품 활동은 평생 잊지 못할 경험이었습니다. 여러분을 만나게 되어 행복했습니다. 쓰다보니 눈물이 날 것 같네요.

새벽 4시에.

관심즉란

서녀명란전 ⑧

초판 1쇄 인쇄 2020년 5월 20일 초판 1쇄 발행 2020년 5월 28일

지은이 관심즉란关心则乱
옮긴이 (주)호연
펴낸이 연준혁

웹소설본부 본부장 이진영
책임편집 최은정 윤가람
디자인 김태수
표지 그림 감몬

펴낸곳 (주)위즈덤하우스 출판등록 2000년 5월 23일 제13-1071호
주소 경기도 고양시 일산동구 정발산로 43-20 센트럴프라자 6층
전화 031-936-4000 팩스 031-903-3893
홈페이지 www.wisdomhouse.co.kr

값 14,000원
ISBN 979-11-90786-47-8 04820
       979-11-90427-73-9 04820(세트)